# D'OMBRE ET DE GLACE

# D'OMBRE ET DE GLACE

## LE SOMMEIL DES JUSTES – LES NÉGOCIATEURS

TONI ANDERSON

Traduction par
ESTHER DUJOLIER

Traduction par
VALENTIN TRANSLATION

**D'ombre et de glace**

AUTRES LIVRES DE TONI ANDERSON
EN FRANÇAIS


LE SOMMEIL DES JUSTES
*Dans l'ombre de la loi*
*Par une nuit si froide*
*Entre chien et loup*
*L'eau qui dort*
*En clair-obscur*
*Comme l'ombre d'un doute*
*Des agents au secret*
*Obscurantisme*
*Une ombre au tableau*
*De sang-froid*

LE SOMMEIL DES JUSTES – LES NÉGOCIATEURS
*Glacé à cœur*
*Péchés givrés*
*De froides vérités*
*Baisers frappés*
*D'ombre et de glace*

Inscrivez-vous à la newsletter de Toni Anderson en française :
https://landing.mailerlite.com/webforms/landing/a4z9j3

N'hésitez pas à visiter la boutique de Toni Anderson pour découvrir ses autres livres et bénéficier d'offres exclusives !
https://toniandersonshop.com

*Pour Carla*

CHAPITRE UN



*26 janvier*

Alors que Darby O'Roarke se réveillait lentement, elle
sentait encore son cœur battre de manière irrégulière.
Puis elle se souvint. C'était fini. Elle ne risquait plus rien. Ils ne
pouvaient plus lui faire de mal.

Elle grimaça ; sa tête lui faisait mal et les images cauchemar-
desques hantaient encore son esprit. Alors que sa vision devenait plus nette, elle serra la couverture sur elle. Elle n'était pas
dans sa chambre. Ce n'était pas son appartement.

*Où suis-je ?*

Elle se sentait nauséeuse ; son estomac était noué. Paniquée,
elle souleva la couverture et poussa un soupir de soulagement
en constatant qu'elle était entièrement habillée. Elle n'avait pas
mal. Elle décida alors de se ressaisir, refusant de laisser ces
monstres avoir le dessus. Ils étaient morts. Mais elle était
vivante. Ils ne l'avaient pas détruite, et ils ne la détruiraient
jamais.

Chassant ses idées noires, elle regarda le haut plafond. Elle
ne vivait plus dans une cabane près de l'Équateur mais à Fair-

banks, en Alaska. Elle était en sécurité. Enfin. Sur un canapé, protégée du froid par une couverture en laine jetée sur elle.

Un filet de lumière terne filtrait à travers les rideaux tirés. Le soleil n'était pas encore levé, mais à une telle latitude, en janvier, cela ne voulait pas dire grand-chose.

Son mal de tête commençait à passer. Malgré la couverture, elle frissonna. Ce canapé était vraiment inconfortable, et il sentait le moisi. Les murs étaient recouverts de lambris, et des boules de Noël étaient suspendues à un support en bois fixé au-dessus de la cheminée. Une veste d'homme pendait sur le dossier d'une chaise, à côté de sa parka verte en duvet d'oie.

Ça y est, ça lui revenait : elle était dans le salon de Martin Carstairs. Il avait organisé une soirée avec tous les étudiants de l'institut de géophysique et du département de géophysique de l'université d'Alaska à Fairbanks. Il y avait aussi des professeurs et certains membres du personnel technique. Elle cligna des yeux en tournant lentement la tête et aperçut les cendres dans la cheminée dont le feu était désormais éteint.

*Comment me suis-je retrouvée ici ?* se demanda-t-elle en serrant plus fort la couverture contre elle pour conjurer le froid.

Elle se souvint d'être allée à un souper de Burns*, la veille au soir, avec d'autres étudiants de son cursus. Elle se revit danser le Ceilidh avec Martin et d'autres amis. Elle n'avait pas tous les détails en tête, mais c'était sympa. Elle ne s'était même jamais autant amusée. Elle commençait à bien maîtriser le *reel* †.

En y repensant, elle avait passé une bonne soirée – ce qui ne lui arrivait pas souvent. Même avant les événements de l'été dernier, elle avait toujours donné la priorité à ses études. Si elle

---

*  Ndlt : Le souper de Burns était une commémoration de la vie et de l'œuvre du poète écossais Robert Burns, né le 25 janvier 1759 et mort le 21 juillet 1796.

†  Ndlt : le *reel* était une danse traditionnelle irlandaise et écossaise.

ratait ses examens, elle risquait de perdre sa bourse ; or, elle ne pouvait pas se le permettre.

Sauf que... depuis qu'elle avait été enlevée et violée, elle avait pris conscience que la vie était effectivement très fragile – et courte. Trop courte pour ne pas en profiter du tout.

Alors, grâce à Haley Cramer, ses amis à l'université, son groupe de soutien, ses thérapeutes, et les deux négociateurs du FBI qu'elle considérait comme sa famille, elle avait réussi à redevenir un peu celle qu'elle était avant son enlèvement. Ce n'était pas toujours facile, mais elle faisait des progrès.

Danser lui avait permis de se vider la tête. À sa grande surprise, elle avait même aimé le *haggis* * ; ça lui avait rappelé les saucisses maison que faisait sa mère quand elle était petite. Son regard se posa sur les deux verres encore sur la table – chacun contenant une petite quantité de liquide ambré –, à côté d'une bouteille à moitié vide de single malt de 12 ans d'âge. Voilà d'où venait ce goût étrange dans sa bouche, et son mal de tête lancinant : le whisky lui avait moins bien réussi que le *haggis*. Elle n'avait jamais été une grande buveuse. Il fallait dire que son père bannissait l'alcool à la maison, certainement parce qu'il savait qu'il se serait noyé dedans à la moindre occasion.

Elle fronça les sourcils. Est-ce qu'elle avait accepté une invitation de Martin à prendre un dernier verre ?

*Pourquoi ?*

Elle avait beau essayer, elle ne se souvenait de rien. Le trou noir...

*Est-ce qu'il a... ?*

*Est-ce qu'on a... ?*

Elle n'était sûre de rien, mais elle ne pensait pas. Ce n'était pas la même sensation que... Peut-être qu'elle s'était évanouie, la

---

* Ndlt : le *haggis* était un plat traditionnel écossais consistant en une panse de brebis farcie d'un hachis à base de viande.

veille au soir ? Ou qu'elle s'était endormie, et que Martin avait mis une couverture sur elle avant d'aller se coucher ? Mais ça n'expliquait pas comment elle avait atterri ici... Pourquoi est-ce qu'elle ne parvenait pas à s'en souvenir ?

Faisant un effort pour se lever, elle se dirigea en titubant vers la salle de bain. La lumière était à présent plus intense et lui permit de trouver son chemin. Son estomac gargouilla, mais elle n'avait pas l'impression qu'elle allait vomir. Elle but un peu d'eau du robinet et savoura la fraîcheur du liquide qui coulait dans sa gorge.

Elle évita son reflet dans le miroir. Elle n'avait aucune envie de voir le visage du monstre qui dormait en elle.

*Tu n'es pas un monstre, Darby. Tu es une survivante !*

Elle leva les yeux au ciel, trouvant ridicule cette habitude qu'elle avait prise de s'autocoacher, et se sécha les mains sur une serviette. C'était toujours la voix d'Eban qu'elle entendait dans sa tête. Pas étonnant qu'il s'obstine à la maintenir dans la *friend zone* et qu'il lui ait demandé de passer à autre chose.

Elle savait qu'elle devait l'oublier, mais ça prenait beaucoup plus de temps que ce qu'elle imaginait. D'ailleurs, la voilà qui pensait encore à lui. *Eban.* Il lui manquait, elle avait envie de le voir – c'était plus fort qu'elle.

Se forçant à le sortir de son esprit, elle retourna dans le salon en attachant ses cheveux avec l'élastique qu'elle portait presque toujours au poignet. Puis elle resta là, dans cette pièce vide, ne sachant pas quoi faire d'autre que d'écouter le silence.

C'était calme. *Trop* calme. Même pas le crépitement d'un feu pour rehausser un peu ce silence assourdissant. Derrière les rideaux, l'aube commençait enfin à éclairer le monde, ce qui signifiait qu'elle risquait d'être en retard à son travail.

— Martin ? appela-t-elle doucement.

Pas de réponse.

Elle se mordit la lèvre en fronçant les sourcils. Elle savait que son colocataire était parti travailler sur le terrain, mais Martin ? Est-ce qu'il dormait encore ? Il était peut-être complètement comateux à cause de l'alcool de la veille ? À moins qu'il soit déjà au labo ?

Elle jeta un coup d'œil à sa montre. Bientôt 10 heures. *Merde !* Il fallait vraiment qu'elle rentre chez elle, mais elle s'en voulait de partir comme une voleuse. Et puis elle aurait préféré lui parler, qu'il lui dise ce qui s'était passé. Elle ne savait même plus à quel moment elle avait sombré... Pendant qu'ils dansaient ? *Oh non...* Ça aurait été tellement gênant. La communauté des étudiants était petite, ici. Tout le monde se connaissait. Déjà qu'elle était l'objet de spéculations et que beaucoup avaient pitié d'elle, elle n'avait vraiment pas besoin d'une ombre supplémentaire au tableau !

Elle attrapa les verres sur la table et les emporta dans la cuisine, les posant au-dessus de tout le reste, dans l'évier. Il n'y avait pas de lave-vaisselle et, de toute évidence, Martin n'était pas aussi doué pour le ménage que pour la création de logiciels de modélisation. Après avoir versé du produit sur le tas de vaisselle sale, elle remplit l'évier d'eau chaude et commença à laver verres, assiettes et couverts, qu'elle disposa soigneusement sur l'égouttoir. Faire la vaisselle l'aidait à calmer son anxiété, et elle en profita pour faire délibérément du bruit afin de tenter de réveiller Martin – sous réserve qu'il soit toujours dans la maison.

Elle vit à travers la vitre sa voiture garée dans la cour de derrière. Elle était donc venue par ses propres moyens... À côté, le vieux tacot de Martin ressemblait à une épave, branché au chauffe-bloc par un long câble orange afin que le moteur ne gèle pas.

Darby fronça les sourcils. Jamais elle n'aurait conduit en ayant bu... Ça voulait donc dire que quelqu'un d'autre était au volant ? Martin ? Peut-être qu'il avait conduit sa voiture parce qu'elle était trop ivre pour rentrer chez elle ? *Mais ça ne tient pas...* pensa-t-elle en regardant les deux verres qu'elle avait rapportés du salon. Si elle avait tant bu que ça, pourquoi est-ce qu'il l'aurait fait boire encore en arrivant ici ?

Elle détestait ne pas se souvenir de ce qui s'était passé. Elle aimait comprendre ; que ce soit logique. Or, rien de tout ça n'avait de sens...

Elle s'essuya les mains sur le torchon accroché à la cuisinière, essayant de ne pas grimacer devant la saleté de ce bout de tissu. Après tout, elle n'était pas chez elle : la propreté de la cuisine n'était pas son problème.

Si ça se trouvait, Martin était déjà parti en profitant de la voiture de quelqu'un ? À moins qu'il ne soit allé à l'institut à pied ? Ça lui arrivait souvent... Et peut-être que Darby n'était pas la seule à avoir passé la nuit ici ? Si c'était le cas, ce n'était peut-être pas elle qui avait bu du whisky ? Voilà une hypothèse qui lui paraissait logique...

Elle retourna dans le salon et prit sa parka. Elle ne savait pas quoi faire. Et si Martin était malade ? Elle hésita... Il y avait huit mois, elle n'aurait pas pensé une seconde à le réveiller ou à vérifier qu'il allait bien. Mais, après ce qu'elle avait vécu, elle ne pouvait pas s'empêcher d'imaginer le pire.

Finalement, elle décida d'aller voir. Elle ferait comme si elle voulait le remercier de lui avoir prêté son canapé, et en profiterait pour s'assurer qu'il allait bien. De toute façon, s'il n'était pas là, il ne saurait pas qu'elle était montée, et elle n'aurait pas à se sentir gênée d'avoir fouiné sans y être invitée.

Non, la seule chose qui la mettait mal à l'aise, c'était la possibilité qu'elle ait pu complètement se ridiculiser la veille au soir. Avant, elle s'en serait moquée, mais après ce qui s'est passé l'été dernier, elle tenait farouchement à sa dignité. C'était même devenu vital pour elle. Au même titre que sa santé mentale.

Prenant sur elle, elle se dirigea vers les escaliers, ses chaussettes chuchotant contre le parquet poli.

— Martin ? cria-t-elle en montant les marches d'un pas lourd pour le prévenir de son arrivée.

Elle ne voulait pas le surprendre. D'autant plus qu'il n'était peut-être pas seul.

En arrivant sur le palier, elle réalisa qu'elle n'avait aucune idée de quelle chambre était la sienne. Elle frappa à la première porte et l'ouvrit lentement, découvrant à l'intérieur deux lits simples et deux bureaux côte à côte, chacun avec sa chaise *gamer*.

*Putain...* Elle devait vraiment être dans un sale état pour ne même pas avoir pu gagner la chambre d'amis...

Elle frappa à la deuxième porte, entrouverte, et la poussa légèrement.

Il régnait une odeur musquée qui lui fit froncer le nez. Un mélange de sueur, de linge sale, et de quelque chose qu'elle n'arrivait pas à identifier...

— Martin ? T'es là ?

Elle ouvrit un peu plus la porte et aperçut le bout d'un lit. Une couette froissée recouvrait ce qui ressemblait à une bosse de pieds – elle devait donc être au bon endroit. Mais malgré le bruit qu'elle faisait, les pieds ne bougèrent pas. À contrecœur, elle décida donc de s'approcher du lit et tapota contre le mur.

— Hé, Martin ! dit-elle en parlant plus fort. Merci de m'avoir laissée dormir ici, hier soir. Désolée, je me suis écroulée. Tu me connais, je ne tiens pas l'alcool !

Elle se força à rire, mais elle commençait à être mal à l'aise car la personne dans le lit ne bougeait toujours pas. Aucune réaction.

Trouvant la situation bizarre, elle se décida à faire un pas en avant pour regarder par-dessus la couette. Et elle se figea.

Martin était allongé sur le dos, les yeux ouverts, fixant le plafond. Il était torse nu, et un couteau de chasse transperçait sa peau pâle.

La bile lui monta à la gorge.

*Non, non, non ! Ce n'est pas possible !*

Elle plaqua une main sur sa bouche pour s'empêcher de crier et, son cœur battant à toute allure, elle recula doucement. Dès qu'elle eut enfin quitté la chambre, elle descendit les escaliers en courant, s'agrippant à la rampe pour éviter de tomber. Elle enfila à la hâte ses bottes de neige, attrapa sa parka, et se précipita à l'extérieur sans même l'avoir enfilée, ignorant l'air glacial qui piquait ses joues mouillées de larmes. Ses jambes étaient en coton alors qu'elle dévalait les marches sur le côté de la maison et qu'elle courait jusqu'à sa voiture. Les mains tremblantes, elle sortit ses clés de sa poche, se jeta à l'intérieur du véhicule et mit le contact, remerciant le ciel que le moteur démarre tout de suite malgré le fait qu'il n'était pas branché au chauffe-bloc durant la nuit. Machinalement, elle fit une marche arrière, mais soudain, elle appuya sur la pédale de frein.

Où est-ce qu'elle allait se rendre ?

Et Martin ?

Le pauvre, elle ne pouvait décemment pas le laisser comme ça.

*Oh mon Dieu !*

Martin était mort.

Les larmes lui brouillèrent la vue et elle fourra sa main dans la poche de sa parka, soulagée de trouver tout de suite son téléphone. Faisant défiler la liste de ses derniers appels, elle appuya sur le petit téléphone en face du nom de Quentin Savage, son ami et chef d'unité au FBI. Elle ferma les yeux pendant que ça sonnait. Il allait être tellement en colère contre elle, tellement déçu, tellement blessé... Mais tant pis ; au moins, il saurait quoi faire.

— Darby ?

Elle se figea. Ce n'était pas la voix de Quentin. Jetant un coup d'œil à l'écran, elle réalisa qu'elle s'était trompée et qu'elle avait appelé Eban. Mais c'était peut-être un acte manqué ? L'idée de décevoir Quentin ou Haley la terrifiait, mais appeler cet homme qu'elle aurait aimé faire disparaître de sa vie n'était pas bien plus réjouissant...

— Darby ? Tout va bien ?

Entendre la voix d'Eban lui fit du bien. Il avait le don de l'apaiser. Avec lui, elle se sentit en sécurité. Elle aurait aimé ne plus jamais le quitter, mais c'était impossible – lui n'était pas intéressé par elle. Il le lui avait clairement dit. Et c'était trop tard désormais, de toute façon.

— *Darby,* répéta-t-il d'une voix plus insistante. Est-ce que ça va ?

Il avait des raisons d'être inquiet. Au cours des sept derniers mois, chaque fois qu'elle l'avait appelé, ça avait été quand elle ne gérait plus la situation. Quand son anxiété était trop forte pour parler à Quentin ou à Haley, et que la seule bouée de sauvetage qui lui restait, c'était lui – avec sa belle voix et ses lèvres réticentes. Mon Dieu, il l'aurait détestée s'il avait su qu'elle pensait des choses pareilles.

*Elle* se détestait, en tout cas.

— Darby ? Dis-moi ce qui se passe !

— Eban... dit-elle finalement d'une voix tremblotante, des larmes plein les yeux. Je crois que j'ai tué quelqu'un.

# CHAPITRE DEUX

— Qui était la victime ? demanda l'inspectrice Signy Torgerson, plongée dans un tourbillon de gyrophares et d'agents qui allaient et venaient le long de Lawlor Road.

Elle observa la jeune fille rousse assise à l'arrière d'une voiture de police, qui la fixait avec des yeux écarquillés, tétanisée.

— Martin Carstairs. Vingt-huit ans. Type caucasien. Il avait été retrouvé dans sa chambre, à l'étage. C'est nous qui avons reçu l'appel, lui indiqua-t-il, parlant également au nom de son coéquipier. Nous sommes arrivés sur place juste après les pompiers et avons sécurisé les lieux.

Le sergent, que tout le monde appelait « le Grand Al », était un géant noir tranquille qui prenait son travail extrêmement au sérieux.

— Quand les secours sont arrivés, je leur ai refusé l'accès à la maison car j'avais déjà constaté le décès.

— Et les pompiers ? Est-ce qu'ils sont entrés ? demanda Signy.

— Non.

— Très bien. Virez-moi tout le monde ! ordonna Signy, regardant avec agacement les nombreuses traces de pas dans la neige.

Elle se dirigea vers la maison, enfilant avant d'entrer des couvre-chaussures et une combinaison en Tyvek sur le porche couvert dont le plancher était branlant. À l'intérieur, elle salua d'un signe de tête le technicien de la scientifique en train d'épousseter une petite table basse à la recherche d'empreintes. Une bouteille de whisky trônait au milieu de la table. Du Highland Park, 12 ans d'âge. Celui qui l'avait achetée avait du goût...

Elle fit un rapide tour du rez-de-chaussée mais ne remarqua rien d'extraordinaire, à part cette bouteille de scotch solitaire, et une couverture en boule sur le canapé.

Attirée par des flashs, elle monta les escaliers, en haut desquels elle trouva un agent en train de photographier la chambre, avant de quitter la pièce d'un air sombre.

Elle le comprenait. On ne se faisait jamais à la mort. Elle était toujours dérangeante, souvent désordonnée, et parfois horrible.

Elle entra à son tour dans la pièce, ne sachant pas à quoi s'attendre. Elle savait que la victime avait été poignardée, mais étonnamment, cela avait été fait de manière particulièrement propre, presque clinique. Il n'y avait même pas de sang.

Tant mieux – elle venait juste de prendre son petit-déjeuner...

N'empêche que le couteau était là et bien là. Elle leva les sourcils, presque surprise par la violence avec laquelle il semblait avoir été planté. Il était enfoncé profondément dans le torse de la victime. L'auteur de ce geste avait été déterminé... Elle repensa au visage de la fille qu'elle avait aperçue à l'arrière de la voiture, tout à l'heure. Elle n'avait pas l'air bien méchante, mais on ne savait jamais de quoi les gens étaient capables...

Tournant sur elle-même, elle observa chaque détail de la

chambre. Des vêtements en tas sur le sol, à côté du lit – notamment un gant noir taché. Un téléphone portable relié à son chargeur sur la table de chevet. Un verre d'eau à moitié rempli sur le bureau. Un livre de poche posé par terre avec un marque-page au milieu. Le pauvre garçon ne connaîtrait jamais la fin du roman...

Un bruit à l'extérieur de la pièce la tira de sa contemplation. Son patron allait bientôt l'appeler pour avoir des infos, et elle ferait mieux d'avoir quelque chose à lui dire... Or, elle ne pouvait compter que sur elle-même : les deux autres inspecteurs du département travaillaient avec la DEA et la GRC sur une importante affaire de trafic de drogue et allaient être pris toute la semaine.

En même temps, ça ne lui déplaisait pas de travailler seule. Elle préférait, même. Elle venait de postuler à un poste plus important et elle avait le sentiment que si elle résolvait cette affaire, ça pourrait lui donner un coup de pouce.

Elle sortit son portable pour prendre ses propres photos de la pièce et du corps, retourna en bas afin de faire quelques clichés supplémentaires – notamment de la bouteille de whisky –, puis laissa l'équipe de la scientifique faire son travail.

Elle vacilla légèrement en retirant sa combinaison en Tyvek, avant d'enfiler sa parka et de retourner dehors, où le froid lui coupa le souffle. Le camion des pompiers avait disparu, et un petit groupe de curieux était agglutiné de l'autre côté de la route.

Elle se dirigea vers la voiture à l'arrière de laquelle la suspecte était assise.

— Elle avait une pièce d'identité ? demanda-t-elle à l'officier qui ouvrait la portière.

— Je m'appelle Darby O'Roarke, répondit la jeune fille rousse d'un ton doux, presque monotone.

Signy avait déjà entendu ce nom mais ne savait pas où.

Peut-être que Darby O'Roarke était une récidiviste qu'elle n'avait pas encore rencontrée ?

— C'est vous qui nous avez appelés ?

Darby O'Roarke acquiesça d'un signe de tête.

— Vous avez poignardé ce garçon ?

La jeune fille la regarda en écarquillant ses grands yeux verts. Signy était sûre que ce regard de chaton fonctionnait avec les hommes, mais pas avec elle. Elle était immunisée.

Signy soutint son regard avec fermeté. Elle attendait une réponse. Est-ce que Darby avait été attaquée ? Si c'était le cas, elle pourrait plaider la légitime défense.

Finalement, Darby sembla se ressaisir.

— Je n'ai aucun commentaire à faire, marmonna-t-elle d'une voix sourde.

Surpris, Signy et l'officier échangèrent un regard. Ce n'étaient pas des mots qu'ils avaient l'habitude d'entendre dans la bouche d'une personne innocente.

— C'est vous qui l'avez trouvé, c'est bien ça ? continua Signy.

Nouveau hochement de tête.

— Mais vous ne l'avez pas tué ? insista Signy, faisant de son mieux pour garder un ton compréhensif plutôt qu'accusateur.

La jeune fille leva à nouveau les yeux vers elle, avant de regarder la petite foule pressée derrière le ruban de délimitation installé par la police.

— Hé, Darby ! Ça va ?

Signy vit Darby O'Roarke tressaillir, et se tourna vers la fille qui venait de l'interpeller.

— C'est une amie à vous ?

Darby O'Roarke hocha la tête avec hésitation.

— Et de Martin... dit-elle doucement.

Signy se plaça devant la suspecte pour empêcher les badauds de la voir.

— Vous savez, Darby, vous vous rendriez service et vous nous aideriez beaucoup si vous me racontiez exactement ce qui s'est passé cette nuit.

Elle voyait bien que les yeux verts de la jeune fille cachaient une multitude de secrets.

— Je veux parler à mon avocat, déclara Darby.

Signy serra les dents. Puis elle ferma la portière avec fermeté et se tourna vers son collègue.

— On la met en garde à vue, murmura-t-elle avant de se diriger vers la foule en sortant son carnet. Est-ce que quelqu'un parmi vous connaissait Martin Carstairs ?

Toutes les personnes devant elle écarquillèrent les yeux en retenant leur souffle, et Signy regretta son emploi du passé. C'était peut-être un peu brusque...

— Nous le connaissions tous, déclara une petite jeune femme, agrippée aux bras des deux hommes qui l'entouraient. Est-ce qu'il est... *mort* ?

— J'en ai bien peur, répondit Signy d'un ton neutre.

Il allait falloir qu'elle interroge chaque personne l'une après l'autre, ce qui s'annonçait difficile avec cette température polaire, largement en dessous de zéro.

— Vous êtes tous à l'université ? demanda-t-elle au petit groupe, dont plusieurs personnes s'étaient mises à pleurer.

— Oui, répondit la petite brune, qui semblait s'être autodésignée porte-parole.

— Comment vous vous appelez ?

— Jacqui, murmura la fille, qui avait l'air d'être sur le point de vomir. Jacqui Paulson.

— Très bien, Jacqui. Est-ce que Darby O'Roarke était également étudiante à l'UAF ?

La jeune fille acquiesça d'un signe de tête puis fronça les sourcils.

— Pourquoi est-ce que Darby était dans une voiture de police ?

Signy ne répondit rien, essayant d'ignorer le froid qui lui brûlait les oreilles. Elle avait oublié son bonnet dans sa voiture.

— Écoutez, il fait très froid et cela va prendre du temps. Y a-t-il un endroit sur le campus où je pourrais tous vous interroger ?

—Dans le grand hall de l'institut de géophysique, suggéra Jacqui. Est-ce que Darby avait tué Martin ?

Encore une fois, Signy éluda la question.

— Dites-nous ! Est-ce que le tueur était toujours en liberté ? Est-ce qu'on doit s'inquiéter ? insista Jacqui.

Signy comprit qu'elle n'avait pas le choix que de donner une réponse si elle ne voulait pas que la panique s'empare de toute la ville.

— Tout ce que je peux vous dire, c'est que nous ne cherchons pour le moment personne d'autre en lien avec cette affaire.

Jacqui devint blême.

— Bien. Je vais prendre vos noms et vous retrouve tous à l'institut.

Après que Signy eut noté les noms et les numéros de téléphone de tout le monde, la foule se dispersa et elle poussa un petit soupir. Elle avait du pain sur la planche, et le médecin légiste venait d'arriver.

*<br>**

Il était 14 h 56 lorsque, ignorant le vent glacial, Eban sortit de sa voiture de location pour rejoindre le commissariat de Fairbanks. Il savait qu'il faisait froid en Alaska, mais pas à ce point... Il lui avait fallu cinq heures et demie pour arriver, et chaque seconde qui passait mettait un peu plus ses nerfs à vif.

Lorsque Darby l'avait appelé, il était à l'aéroport de Seattle-Tacoma, sur le point de prendre un vol pour Quantico. Il avait passé toute la nuit précédente à négocier une fin pacifique à une prise d'otage au siège de l'un des plus grands géants mondiaux de la technologie. Une femme qui braquait une arme sur la tempe d'un des cadres supérieurs de l'entreprise. Eban avait dû la jouer fine pour la convaincre de ne pas faire de bêtise et de sortir vivante de cette situation. Elle n'avait accepté de libérer son otage qu'après que celui-ci avait avoué lui avoir refusé plusieurs fois une promotion parce qu'elle avait repoussé ses avances lubriques.

Pendant toute la négociation, Eban avait pensé à Darby. À tout ce qu'elle avait vécu, à combien le monde était parfois injuste, et à la difficulté qu'il avait eue pour s'éloigner de la seule femme au monde avec laquelle il avait réellement envie de passer du temps.

L'euphorie qu'il avait ressentie lorsque la femme avait enfin accepté de baisser son arme – une fin heureuse qui allait sans nul doute faire la une des journaux nationaux – avait disparu à la seconde où il avait entendu la voix de Darby au téléphone et qu'il avait réalisé qu'elle avait un problème.

*Je crois que j'ai tué quelqu'un.*

Ce n'était même plus un problème. C'était un cataclysme !

Il lui avait dit de ne pas bouger, d'appeler la police, et de demander un avocat. De surtout ne rien dire jusqu'à ce que lui ou l'avocat arrivent.

Par chance, Eban avait pu avoir une place sur un vol direct pour Fairbanks, et il était arrivé sur place en un temps record. Malgré tout, c'était cinq heures et demie de trop. Une garde à vue était une épreuve difficile, surtout pour quelqu'un d'aussi vulnérable que Darby. Trois cent trente minutes.

C'était long comme agonie... Tout ce qu'Eban souhaitait, à présent, c'était de pouvoir la prendre dans ses bras et la protéger.

— Bonjour. Eban Winters, Agent spécial de surveillance du FBI, s'annonça-t-il en présentant son badge à la femme derrière le comptoir de la réception. Je voudrais voir Darby O'Roarke, s'il vous plaît.

— Euh... fit la femme en haussant les sourcils. C'est la suspecte dans l'affaire d'homicide de ce matin, c'est ça ? Excusez-moi, je suis un peu surprise... L'inspectrice Torgerson est en train de l'interroger ; nous ne nous attendions pas à ce que le gouvernement fédéral intervienne...

Eban serra la mâchoire alors que la femme lui demandait de la suivre. Il s'y était attendu, pourtant, mais le fait que Darby soit considérée comme suspecte le bouleversait.

— Voici le bureau de l'inspectrice ; si vous voulez bien attendre ici, elle ne devrait pas tarder.

— Je préférerais lui parler tout de suite.

La réceptionniste sembla interloquée par son ton, et Eban réalisa qu'il devait adopter une approche plus douce. Quand il était tendu comme il l'était à cet instant, il avait la fâcheuse tendance à s'en prendre à tout le monde.

— Si c'est possible, évidemment... ajouta-t-il avec un sourire.

*Bingo !* La femme se détendit.

— Excusez-moi, je ne vous ai pas demandé votre nom ?

— Shayla Snow, lui répondit-elle en lui rendant son sourire.

D'après ses cheveux foncés et ses traits harmonieux, Eban présuma qu'elle devait être native du coin.

— Suivez-moi. Je vais voir ce que je peux faire... Même si l'inspectrice Torgerson déteste être dérangée pendant un interrogatoire. Je préfère vous prévenir : elle peut être assez... *piquante.*

*Bon à savoir.*

— Je suis désolée de vous faire monter au front, Shayla. N'hésitez pas à dire que je vous ai menacée ! plaisanta Eban.

Shayla semblait désormais conquise, et il la suivit à travers les différents bureaux, conscient des regards qui se tournaient vers lui avec curiosité. Visiblement, les agents se demandaient pourquoi le FBI venait fourrer son nez dans une banale affaire d'homicide. S'ils avaient su... Darby était loin d'être « banale » à ses yeux, même si ses sentiments pour elle étaient pour le moins complexes.

Au bout d'un couloir, Shayla ouvrit la porte d'une salle d'interrogatoire.

— Attendez ici ; je vais prévenir l'inspectrice. Si vous le souhaitez, vous pouvez assister à l'interrogatoire jusqu'à ce qu'elle vous rejoigne, lui dit Shayla en souriant, avant de disparaître sans lui laisser le temps de répondre quoi que ce soit.

Dès qu'il se retourna, Eban aperçut de l'autre côté du miroir sans tain la femme qui hantait ses rêves depuis sept mois – depuis qu'il l'avait sauvée de ce morceau de roche volcanique dans la mer de Banda, où elle était torturée. Il pensait à elle tous les jours. Elle avait fait naître en lui des sentiments qu'il ne connaissait pas, et il se demandait souvent à quoi aurait ressemblé sa vie si les choses avaient été différentes.

Elle était blanche comme un linge, et ses grands yeux verts avaient perdu leur lumière. Ses cheveux flamboyants étaient tirés en une queue de cheval austère qui mettait en valeur la maigreur de son visage. Clairement, elle ne mangeait pas suffisamment, et son tee-shirt bleu trop grand pour elle, qui pendait sur son legging, ne suffisait pas à cacher cette réalité. Elle avait l'air tout à la fois fragile, faible, fatiguée, et complètement abattue. Pourtant, ça ne lui ressemblait pas – Darby était l'une des personnes les plus fortes qu'il connaissait.

Approchant de la vitre, il appuya sur le bouton pour pouvoir écouter l'interrogatoire et – il l'espérait – glaner quelques informations sur l'enquête qu'on ne voudrait peut-être pas lui transmettre.

Soudain, un agent entra dans la pièce et chuchota le message de Shayla à l'oreille de l'inspectrice. Cette dernière secoua la tête de manière presque imperceptible mais nette, et l'agent repartit sans insister. De toute évidence, Shayla avait raison : Torgerson n'aimait pas être dérangée pendant un interrogatoire. Surtout que, d'après son air assuré, elle semblait penser qu'elle était sur le point de faire cracher le morceau à sa proie... Est-ce que Darby lui avait déjà dit quelque chose ?

*Fait chier !*

— Martin et vous étiez amis ?

Darby se mordit la lèvre, se murant dans le silence.

*C'est ça, Darby. Ne tombe pas dans le piège.*

— Laissez-moi vous poser la question autrement : est-ce que sa mort vous fait quelque chose ? demanda l'inspectrice d'un ton brusque pour obtenir sa réponse.

Les yeux de Darby se remplirent de larmes, mais elle ne les laissa pas couler.

— Ne lui réponds pas, marmonna Eban en plissant les yeux.

Malheureusement, Darby n'était pas suffisamment forte pour résister à une telle pression. Elle finit par craquer :

— Bien sûr que ça me fait quelque chose. Nous étions amis. Et même si nous ne l'avions pas été, je ne suis pas habituée à voir un homme mort. Alors oui, ça me fait quelque chose.

Puis elle détourna le regard et Eban sut exactement à quoi elle pensait.

Au passé. À ce passé qui les hantait tous les deux.

À présent que l'inspectrice avait ouvert une brèche, elle allait pouvoir enchaîner les questions. Et il n'allait pas lui falloir longtemps avant de faire dire à Darby ce qu'elle voulait entendre : que c'était elle qui avait tué Martin. Pourtant, Eban était persuadé que ce n'est pas le cas. Malgré les événements du passé, il refusait d'y croire.

— Quelqu'un nous a dit que vous avez dansé tous les deux, hier soir. C'est le cas ?

Ce n'était pas le moment pour la jalousie ; cependant, c'est bien ce que ressentit Eban, malgré lui, en entendant que Darby avait fini par l'oublier et qu'elle avait un petit copain.

Pourtant, elle méritait d'être heureuse. Elle le méritait vraiment. Il regrettait que ça ne puisse pas être avec lui, mais jusqu'à ce qu'elle l'appelle ce matin, il était persuadé d'avoir pris la bonne décision. Pour elle.

— J'ai dansé avec tout le monde, hier soir, répondit Darby d'une voix rauque. C'était un *ceilidh*.

— Donc, vous avez bien dansé avec Martin ?

— Oui. Avec lui, et avec beaucoup de gens.

— Avez-vous accompagné Martin chez lui de votre plein gré ?

— Oui. Enfin... Non. Je ne me souviens pas, en fait, finit par souffler Darby en prenant sa tête dans ses mains.

— Comment ça, vous ne vous en souvenez pas ?

La légère satisfaction dans le ton de Torgerson n'échappa pas à Eban. Elle devait se dire qu'elle allait bientôt obtenir des aveux...

Mais il était hors de question qu'il laisse cela se produire.

Alors que Darby ouvrait la bouche pour répondre – il lui avait pourtant bien dit de ne rien dire à part « je n'ai aucun commentaire à faire » –, Eban appuya sur le bouton de l'interphone bidirectionnel pour se présenter :

— Eban Winters, agent spécial de surveillance du FBI. J'aimerais m'entretenir avec vous, Madame Torgerson.

Immédiatement, Darby se redressa et se tourna vers le miroir sans tain, ses grands yeux verts écarquillés. Elle fut imitée par l'inspectrice blonde aux yeux bleus qui, bien qu'elle ne puisse pas le voir, lui lança un regard noir, avant de se lever et de quitter la pièce, mettant un terme à l'interrogatoire. Elle semblait furibonde, mais Eban en avait vu d'autres. Tout ce qui comptait pour lui, c'est le soulagement qu'il vit dans le regard de Darby. Elle savait qu'il était là, désormais, et il espérait qu'elle le laisserait l'aider à se sortir de là... La première chose qu'il lui répéterait, c'est de ne rien dire à la police – y compris ce qu'elle pensait être inoffensif. Son passé était miné et tout pouvait être utilisé contre elle.

Cinq secondes plus tard, l'inspectrice Torgerson entra dans la salle d'observation.

— Bravo, agent Winters. Vous venez de foutre en l'air des heures de travail. La suspecte n'a presque rien dit depuis qu'elle est ici et elle était enfin sur le point de se mettre à table...

À présent qu'elle était face à lui, Eban réalisa à quel point Torgerson était jeune pour une inspectrice. Pourtant, elle n'avait pas l'air intimidée par le poids des responsabilités. Elle semblait ambitieuse, pétrie de confiance en elle – pas du tout ce qu'Eban avait espéré.

— Je suis désolé, inspectrice, lui répondit-il d'un ton neutre. Mais je suis surpris que votre suspecte ne soit pas encore assistée de son avocat...

Il soutint le regard de Torgerson. Haley avait mandaté un avocat qui aurait déjà dû arriver. S'il n'était pas là, c'est forcément que l'inspectrice s'était opposée à sa présence. C'était donc elle qui avait un problème avec la procédure. Pas lui.

— Nous ne faisons que discuter, se défendit-elle en détournant le regard.

— « Discuter » ? répéta Eban en pouffant et en arquant un sourcil.

Il avait du mal à croire que Darby, qui était en garde à vue, ait eu envie de « discuter » avec un bull-dog tel que Torgerson.

— Elle nous a appelés alors qu'elle était sur les lieux, mais elle soutient qu'elle ne se souvient de rien. Elle ment, c'est évident.

— « Elle ment » ? Comment pouvez-vous en être si sûre ?

— Elle a fait le ménage avant de nous appeler, lui apprit l'inspectrice en s'asseyant sur le bord d'une table. Et quand on a vu qu'elle avait du sang sur ses vêtements, elle a eu l'air complètement paniquée.

— « Du sang » ?

— Exactement. On est en train de l'analyser pour savoir si c'est celui de la victime.

Eban serra les poings, ses ongles s'enfonçant dans ses paumes. L'idée que Darby ait été obligée de se déshabiller devant une inconnue, seule, effrayée, lui était insupportable.

Un grand blond élégant entra dans la pièce de l'autre côté de la vitre. Eban et l'inspectrice le regardèrent se présenter à Darby.

— Qu'est-ce qu'il fout ici ? marmonna Torgerson.

— Qui est-ce ?

— Un avocat, répondit Torgerson en pinçant les lèvres, visiblement agacée. Un requin hors de prix d'Anchorage. Je ne pensais pas qu'O'Roarke pouvait se permettre un avocat comme lui. Je la voyais plutôt avec un jeune commis d'office...

En parlant de requin, Eban se dit que Torgerson devait savoir de quoi elle parlait... Elle-même devait espérer ne faire qu'une bouchée de cette affaire. Heureusement, Darby avait des amis riches. Ça en disait long sur le système judiciaire, mais Eban préférait ne pas y penser.

À la façon dont Torgerson regardait l'avocat, il comprit que ces deux-là s'étaient certainement déjà affrontés.

— Vous le connaissez ? lui demanda-t-il.

Il aurait dû se sentir coupable d'avoir voulu saper le travail de cette inspectrice, mais il ne croyait pas que Darby ait pu tuer quelqu'un, sauf en cas de légitime défense. Par contre, si la police découvrait ce qu'elle avait enduré l'été précédent, elle risquait d'en faire ses choux gras. D'ailleurs, Eban devait bien admettre que s'il ne connaissait pas aussi bien Darby, il la soupçonnerait, lui aussi. Tout était contre elle ; à l'exception des aveux qu'elle n'avait pas faits.

Et qu'elle ne ferait pas – il allait y veiller personnellement.

— Nous nous sommes croisés, il y a quelques années, lui répondit Torgerson de manière laconique, visiblement pas plus encline que lui à parler de sa vie. Je peux vous demander pourquoi cette affaire vous intéresse autant ?

— Je ne peux rien vous dire pour le moment...

Torgerson leva les yeux au ciel.

— Je croyais que le FBI voulait arrêter de piétiner la police locale pour reprendre une affaire...

*Bien essayé !*

— Je n'ai pas l'intention de piétiner qui que ce soit ni de reprendre votre affaire, inspectrice.

La blonde devant lui n'avait pas l'air convaincue.

— Est-ce que vous seriez d'accord pour que je me rende sur la scène du crime ?

— Bien sûr. Mais je vous préviens, il n'y a pas grand-chose à voir. Aucune trace de lutte ; le jeune a visiblement été tué dans son sommeil. Son corps est à la morgue.

— Demandez au légiste de faire un examen toxicologique complet rapidement.

L'inspectrice pencha la tête sur le côté et le regarda en plissant les yeux.

— Pourquoi ?

— Parce que si la défense de cette jeune femme (il pointa en direction Darby d'un air neutre, comme s'il ne l'avait pas serrée dans ses bras pendant qu'elle pleurait) est de dire qu'elle ne se souvient de rien, vous feriez mieux de faire analyser son sang et celui de la victime pour savoir s'ils ont pris de la drogue...

— Okay, acquiesça l'enquêtrice à contrecœur.

Elle sortit son téléphone portable pour appeler le médecin légiste, et Eban en profita pour observer Darby et son avocat. C'était un bel homme, poli et sûr de lui. Blond, les traits ciselés, musclé, il devait avoir environ 35 ans, et portait un costume qui avait probablement coûté plus cher que la voiture d'Eban. Instinctivement, il le détestait. Il fallait dire que les avocats n'avaient pas bonne presse auprès de ceux qui étaient chargés de l'application de la loi – même s'ils étaient un mal nécessaire.

Eban envoya un texto à Haley pour lui dire que son chien de garde était arrivé. Il espérait que le type était aussi bon qu'il semblait manifestement le penser, mais connaissant Haley et l'affection qu'elle portait à Darby, il devait sans doute être le meilleur pénaliste de tout l'État, voire de toute la côte Ouest.

Darby allait avoir besoin de lui.

Il réfréna son instinct protecteur. Même s'il mourait d'envie de rejoindre Darby et de la serrer dans ses bras pour lui dire que tout allait bien se passer, il ne pouvait pas se permettre de révéler à la police le lien qu'il avait avec elle. Pas avant qu'ils soient aussi convaincus que lui que, à moins que sa vie n'en dépende, elle ne ferait jamais de mal à une mouche.

Il se tourna vers l'inspectrice qui transpirait le zèle et la détermination.

— Allons-y ! lui dit-il, se résignant à laisser Darby entre les mains d'un autre homme.

# CHAPITRE TROIS

En voyant que l'homme qui venait d'entrer dans la pièce n'était pas Eban, Darby dut faire un effort pour cacher sa déception. Entendre sa voix dans l'interphone l'avait soulagée plus qu'elle ne s'y attendait. Elle ne s'en rendait pas compte, mais elle avait viscéralement besoin de sentir sa présence, et elle lui était reconnaissante d'être venu aussi vite. Elle espérait qu'il saurait prouver qu'elle n'était pas une meurtrière. En tout cas, pas dans des circonstances normales.

Car, si elle s'était toujours considérée comme quelqu'un de bien, elle commençait sérieusement à douter d'elle-même.

L'avocat – car qui d'autre qu'un avocat s'habillait de manière aussi élégante dans ce climat ? – la fixait avec insistance, cherchant visiblement à déterminer si elle était coupable ou innocente. Darby ne se déroba pas et soutint son regard. Elle ne savait pas ce qui s'était passé la veille au soir et n'avait donc aucune idée de la façon dont elle était censée agir. Vraisemblablement, c'était elle qui avait tué Martin, et cette réalité mettait à mal tout ce qu'elle pensait savoir d'elle-même.

Finalement, gênée, elle détourna les yeux, osant à peine

imaginer ce que devaient ressentir ses amis et les autres étudiants de l'UAF... De la tristesse bien sûr, comme elle. Peut-être aussi du soulagement de ne pas avoir été victimes de celle qu'ils avaient toujours trouvée un peu spéciale depuis son retour à l'institut, l'été précédent ?

L'idée d'être responsable de la mort de Martin lui était insupportable. Elle n'avait qu'une envie : se mettre en boule et hurler. Lorsqu'elle avait été à l'arrière de cette voiture de police, ce matin-là, elle n'avait pu regarder aucun des autres étudiants dans les yeux. Quant à son directeur de thèse, le professeur Jim Nilsson, il était tellement prétentieux et soucieux de son image que quand il allait savoir tout ça, il allait faire un arrêt cardiaque ! Les conséquences pour son doctorat risquaient d'être terribles, mais elle préférait ne pas y penser pour le moment. En plus de tout le reste, l'idée de voir ses rêves détruits lui était insupportable.

Eban et Quentin lui avaient tous les deux dit de ne rien dire à la police avant l'arrivée de son avocat. Elle avait été surprise qu'ils insistent autant pour qu'elle garde le silence – en tant que dépositaires de la loi, elle s'était attendue à ce qu'ils l'encouragent plutôt à dire la vérité. De toute façon, elle n'avait pas réussi à suivre leur conseil ; elle avait déjà trop parlé. Elle n'avait pas su résister à la pression, aux questions incessantes et insistantes que lui avait posées l'inspectrice Torgerson pendant des heures entières. Au début, elle avait eu l'air gentille. Directe, honnête – exactement le genre de personne que Darby pensait être elle-même. Mais, petit à petit, la femme s'était montrée plus dure, plus froide, plus agressive. Comme si elle voulait donner à Darby l'impression qu'elle lui faisait perdre son temps en lui cachant la vérité. Mais quelle vérité ? Darby ne se souvenait de presque rien...

Elle savait que l'inspectrice ne faisait que son travail. Et Darby aurait aimé pouvoir l'aider – elle était de nature plutôt coopérative. Mais est-ce que l'aider signifiait avouer avoir tué Martin de sang-froid ? Si c'était ça, la vérité, elle n'était pas sûre de pouvoir s'en remettre. Comment vivre avec une telle réalité ?

Ses amis seraient dévastés. Quant à Eban...

— J'aimerais m'entretenir avec ma cliente en privé, s'il vous plaît, demanda l'avocat à l'agent de police qui se tenait près de la porte, tirant Darby de ses pensées anxiogènes.

Le policier acquiesça d'un signe de tête et s'apprêtait à s'éloigner lorsque l'avocat lui donna ses instructions :

— Merci de veiller à ce que tous les appareils d'enregistrement soient éteints, si cela ne vous dérange pas. Et à ce que personne n'assiste à notre conversation depuis la salle d'observation !

— Ne vous inquiétez pas, vous aurez une intimité totale, lui répondit l'agent, qui semblait agacé d'être ainsi rappelé à l'ordre. Appelez-moi si vous avez besoin d'aide ; je serai juste devant la porte.

*De l'aide ?*

Darby cligna des yeux. De quelle aide l'avocat pourrait-il avoir besoin ? Est-ce que l'agent pensait qu'elle était dangereuse et qu'elle pourrait s'en prendre à l'avocat qui mesurait au moins une tête de plus qu'elle et semblait faire deux fois son poids ? Elle revit le couteau planté dans la poitrine de Martin et son estomac se noua. Peut-être qu'il avait raison, finalement...

— Mademoiselle O'Roarke ?

Elle se redressa et leva la tête vers lui.

Grand, large d'épaules, il était plutôt pas mal. Le genre qui devait faire fantasmer toutes les filles des écoles dans lesquelles il était passé...

— Oui... ? murmura-t-elle, incertaine.

— Je m'appelle Elliot Byrne. Je suis votre avocat.

Il lui tendit la main et elle la regarda avec méfiance avant de se forcer à la serrer. Dès qu'il la relâcha, elle passa sa main sous sa cuisse, comme pour se protéger.

— Comment est-ce que je peux être sûre ? lui demanda-t-elle en fronçant les sourcils.

— Pardon ?

— Comment est-ce que je peux être sûre que vous êtes vraiment avocat et que vous n'êtes pas un policier qui essaie de me piéger ?

Il sourit, et elle comprit qu'il semblait avoir de l'humour.

Il sortit son portefeuille et lui montra son permis de conduire, puis lui donna une carte de visite : un bout de papier cartonné d'un blanc étincelant avec son nom joliment gravé sur le devant en lettres noires.

*Elliot Byrne. Avocat.*

Elle la retourna et découvrit ses coordonnées inscrites au dos.

— Vous avez raison ; on n'est jamais trop prudent... la complimenta-t-il, comme si elle était une petite fille qu'il fallait encourager.

Darby se tendit. Elle se targuait d'être intelligente ; on ne la manipulait pas facilement. Mais cette situation était difficile. *Vraiment* difficile.

— Ne faites confiance à personne ici, surtout pas à ceux qui sont gentils avec vous. Ils doivent vous traiter avec respect, mais rappelez-vous qu'ils ne veulent qu'une chose: boucler cette affaire le plus rapidement possible. Or, pour l'instant, vous êtes leur principale suspecte. En fait, vous êtes même leur *seule* suspecte.

S'il voulait se montrer rassurant, c'était raté !

Il défit les boutons de son magnifique manteau en laine, le fit glisser le long de ses bras, et le déposa délicatement sur la chaise à côté d'elle. Puis il contourna la table et tira la chaise d'en face. Le bruit des pieds griffant le sol la fit tressaillir.

L'inspectrice Torgerson était assise au même endroit que lui, quelques instants plus tôt, avec son regard implacable et ses questions persistantes. Où était-elle, à présent ? Et surtout : où était Eban ?

Il lui avait dit de ne pas mentionner le fait qu'il allait la rejoindre – juste d'attendre l'avocat. Quentin lui avait donné les mêmes consignes. Elle n'était pas douée pour mentir, mais elle avait fait de son mieux pour éluder. Pourtant, à présent que l'avocat était là, elle se sentait encore plus nerveuse que tout à l'heure. Car elle n'était pas sûre qu'il allait pouvoir l'aider. En fait, elle avait l'impression de ne pas mériter son aide, et elle ne voulait pas lui faire perdre son temps.

Sa montre-bracelet en acier inoxydable, visiblement lourde et hors de prix, refléta la lumière alors qu'il déposait sur la table sa mallette en cuir, dont il sortit un bloc-notes jaune et un stylo-plume élégant. Ce type devait facturer à l'heure plus que ce qu'elle gagnait en un an... Elle commença à paniquer.

— Écoutez, dit-elle, avant de passer nerveusement sa langue sur sa lèvre inférieure. Je pense qu'il y a eu une erreur. Je n'ai pas les moyens de vous payer, Maître Byrne.

— Ne vous inquiétez pas pour ça, la question de mes honoraires a déjà été réglée.

L'assurance qui émane de lui était presque hypnotique et balaya d'un seul coup toutes les réserves de Darby. Il semblait habitué à faire ce qu'il voulait... Mais elle se ressaisit, décidant de rester sur ses gardes, et s'éclaircit la voix pour reprendre de l'assurance.

— Je sais que Haley a probablement insisté, mais je ne suis pas sûre de pouvoir accepter une telle aide...

— Mademoiselle O'Roarke, est-ce que je peux être franc ?

Il planta son regard dans le sien et Darby sentit sa bouche devenir sèche alors qu'elle s'attendait au pire.

Elle acquiesça timidement.

— Dans votre situation, vous ne pouvez pas vous permettre de *ne pas* accepter l'offre de madame Cramer, à moins que vous ne vouliez passer les vingt-cinq prochaines années en prison ou dans un hôpital psychiatrique pour criminels...

— Je ne suis pas folle ! se défendit-elle d'une voix tremblante.

— Votre thérapeute a déjà contacté la police, et je sais avec certitude que le bureau du procureur va demander une expertise psychologique indépendante avant de faire quoi que ce soit.

Et si elle avait perdu la tête ? Qu'elle avait vrillé ? D'un seul coup, ça ne lui paraissait plus si invraisemblable. Après tout, elle n'était pas loin d'avoir perdu la tête le jour où Quentin l'avait trouvée dans cette petite cabane sordide, en Indonésie. Paniquée, elle croisa les bras sur sa poitrine, faisant de son mieux pour ne rien laisser paraître de son trouble. Elle ne voulait pas qu'il puisse se rendre compte qu'elle-même doutait de sa santé mentale ; qu'elle envisageait la possibilité d'avoir pu tuer quelqu'un. Et pas seulement « quelqu'un » : un ami, un *très* bon ami.

Elle frissonna, glacée jusqu'aux os. Elle avait l'impression qu'elle ne pourrait plus jamais se réchauffer à nouveau.

Elliot Byrne la regarda avec de la compassion, comme s'il regrettait d'avoir été si honnête.

— Écoutez, madame Cramer tient manifestement beaucoup à vous. Je vous suggère de la laisser prendre en charge mes honoraires. C'est votre seule chance de sortir d'ici.

Darby inspira longuement, espérant que l'air emplissant ses poumons suffirait à calmer son pouls devenu incontrôlable. Faire des exercices de respiration lui permettait souvent de surmonter la panique, mais elle n'avait jamais été aussi terrifiée.

— Vous croyez sincèrement que c'est possible ?

— Je n'ai encore jamais perdu une affaire, rétorqua-t-il avec un sourire qui révéla ses dents parfaitement blanches.

Dans d'autres circonstances, elle aurait certainement trouvé son arrogance irritante, mais elle devait bien admettre que c'était plutôt rassurant d'avoir à ses côtés un homme aussi sûr de lui.

— « Un procès », vous voulez dire ? lui demanda-t-elle en se redressant. Vous pensez que ça pourrait aller jusque-là ?

Elle se demandait si c'est une bonne ou mauvaise nouvelle. Elle ne savait même pas si elle était innocente ou coupable. Pas plus qu'elle ne savait si elle devait avouer cela à Byrne ou le garder pour elle, en priant pour qu'il soit aussi doué qu'il le prétendait.

Cette fois, il perdit son sourire.

— Je préférerais que ce ne soit pas le cas, mais si nous devons aller devant le tribunal... Disons que j'ai confiance en moi, lui dit-il en s'appuyant contre le dossier de la chaise inconfortable. Mais pour l'instant, j'ai besoin que vous me racontiez dans le détail ce qui s'est passé hier soir.

Darby baissa les yeux sur ses doigts entrelacés.

— Vous ne me demandez pas si je l'ai fait ou pas ?

— Tous mes clients ne sont pas coupables, sinon je ne les représenterais pas, répond-il avec un sourire qui ne gagnait pourtant pas ses yeux.

Darby fronça les sourcils, ne comprenant pas ce qu'il voulait dire exactement. Il ne pouvait quand même pas n'avoir que des clients innocents ?

— Vous voulez dire que vous croyez toujours à l'innocence des personnes que vous défendez ? lui demanda-t-elle en levant les yeux vers lui, légèrement troublée par le bleu perçant de son regard.

— Tout ce dont j'ai besoin, tout ce dont le *jury* a besoin, c'est d'un doute raisonnable.

Il semblait passionné par son métier, mais Darby se dit que ce n'était qu'une question de temps avant qu'il ne soit blasé. Elle espérait simplement ne pas être celle qui le ferait basculer.

— Et si je ne me souviens pas de ce qui s'est réellement passé ?

Elliot Byrne contracta sa mâchoire taillée à la serpe, faisant ressortir les muscles de ses joues.

— Plaider l'amnésie fonctionne rarement. Je suggère que nous trouvions plutôt un scénario vraisemblable. Dire que vous avez planté un couteau dans la poitrine d'un de vos amis et que vous avez ensuite tout oublié ne fera que vous enfoncer davantage.

Darby détourna le regard pour cacher les larmes qui lui piquaient les yeux, alors qu'elle revoyait le corps de Martin froidement assassiné.

— Vous êtes dur... murmura-t-elle en serrant ses mains tremblantes sur ses genoux.

— Je ne fais que vous expliquer les choses telles qu'elles sont. Le procureur va se montrer sévère...

Il la regarda un instant en plissant les yeux.

— Vous étiez amis ? lui demanda-t-il finalement avec plus de douceur.

Elle acquiesça en silence.

— Amants ?

— Non. Du moins, je ne pense pas.

Elle se frotta le front en regardant à nouveau la table qu'elle commençait à connaître par cœur.

— Je ne me souviens vraiment pas de ce qui s'est passé la nuit dernière. Je voudrais. Mais tout ce dont je me souviens, c'est d'avoir dansé. Après, c'est le trou noir.

Elliot écrivit quelque chose sur son bloc-notes.

— Est-ce qu'ils vous ont fait faire une analyse toxicologique ? Ou un examen pour savoir si vous avez été violée ?

— Ils ont prélevé un échantillon de mon sang, mais aucun autre examen, non.

— Je vais demander à une infirmière privée...

— Je ne veux pas d'examen médical, l'interrompit-elle.

Il s'immobilisa et son regard redevint dur, comme s'il la soupçonnait de quelque chose. Il ouvrit la bouche pour parler, mais elle le coupa à nouveau :

— Non, dit-elle plus calmement.

Il l'observa attentivement. Darby soutint son regard, se demandant ce qu'il pouvait bien penser d'elle, ce qu'il savait exactement. Le silence s'abattit sur eux comme une chape de questions en suspens, mais Elliot finit par laisser tomber.

— Bon, reprenons depuis le début, déclara-t-il en plaçant son bloc-notes devant lui. Essayons de comprendre exactement ce qui s'est passé hier. Vous allez tout me raconter dans le détail, en commençant par ce que vous avez mangé au petit-déjeuner, jusqu'à ce qu'on arrive à la partie dont vous ne vous souvenez plus. Je suis là pour vous aider, Mademoiselle O'Roarke. Mon but est de vous faire sortir d'ici et de vous éviter la prison. Alors, je vous en prie, dites-moi absolument tout ; ne me cachez rien. Si la police découvre quelque chose que je ne sais pas, vous me ferez passer pour un imbécile. Or, s'il y a bien une chose que je ne supporte pas, c'est d'être ridiculisé. Vous comprenez ? lui demanda-t-il en braquant sur elle son regard bleu marine.

Oui, elle comprenait. Il avait un ego. Il n'était pas le seul à avoir un ego ; tout le monde en avait un. Pour autant, elle n'était pas prête à *tout lui dire.* Pas encore. Et s'il devait se mettre en colère lorsqu'il se rendrait compte qu'elle lui avait caché des choses, tant pis. Elle était déjà accusée de meurtre – qu'est-ce qui pouvait lui arriver de pire ? Même lui, à sa place, malgré sa force apparente, serait certainement ébranlé – pour ne pas dire dévasté. Mais il était de son côté, et elle n'était pas en position de se passer d'un allié.

— Vous pourriez peut-être commencer par m'appeler Darby ?

Cette situation était déjà assez difficile comme ça ; elle avait besoin d'avoir au moins l'illusion qu'ils sont en bons termes. Avant son enlèvement, l'été précédent, elle était confiante. Elle avait foi en la vie. Elle avait envie redevenir cette personne optimiste, avec juste ce qu'il faut de naïveté pour rendre la vie plus douce.

Si Darby n'était pas proche de beaucoup de gens, ce n'était pas parce qu'elle était timide ni parce qu'elle manquait de confiance en elle, c'était parce qu'elle était *très* réservée. Peu de personnes savaient réellement ce qui lui était arrivé l'été d'avant, même si elle avait été obligée de la raconter un milliard de fois.

Se redressant, elle prit une profonde inspiration pour se calmer, puis tenta de se rappeler ce qu'elle avait mangé au petit-déjeuner la veille au matin. Elle avait l'impression que c'était il y a une éternité.

*Du granola ?* Probablement. Avec du thé vert. Elle n'était pas du genre à changer ses habitudes...

Elliot nota sa réponse, et elle regarda son écriture soignée – précise et élégante.

Elle devait bien admettre qu'Elliot Byrne semblait brillant...

Elle espérait qu'elle n'avait pas tué le pauvre Martin et que, malgré tout, Eban n'avait pas totalement perdu confiance en elle. Car, si c'était le cas, alors elle serait vraiment perdue.

*<br>**

Eban suivit la voiture banalisée de l'inspectrice sur l'immense route bordée de conifères vert foncé qui ressemblaient à des sentinelles jusqu'à la scène du crime. Malgré le ciel gris et menaçant, la neige fraîchement tombée – et qui tomberait encore – était d'une brillance éclatante, caressée par un vent glacial qui faisait tournoyer dans l'air des cristaux de glace.

Les routes, ici, ne pouvaient pas être déneigées, mais heureusement, elles étaient bien sablées. De toute façon, Eban avait grandi dans le Montana, où les chutes de neige se mesuraient en mètres plutôt qu'en centimètres, et il n'était donc pas impressionné par ces conditions extrêmes. Surtout avec le SUV équipé de pneus neige qu'il avait loué.

En revanche, il devait bien avouer qu'il n'avait pas hâte de se frotter à la température en dessous de zéro qui était annoncée ce soir-là. Il se demandait comment Darby faisait pour aimer autant cet endroit malgré les hivers extrêmes...

À vingt minutes à l'ouest du centre-ville, l'inspectrice alluma son clignotant et quitta la route principale vers une zone presque déserte, jusqu'à une voiture de police stationnée. Elle baissa la vitre et échangea quelques mots avec l'agent qui gardait les lieux.

Eban ne savait pas trop à quoi s'attendre. Il savait bien sûr qu'il s'agissait d'un homicide : la victime avait été retrouvée sur le dos, avec un couteau dans la poitrine, et il était donc évident qu'elle n'était pas morte de causes naturelles ni par accident. Pour autant, il se forçait à ne pas faire d'hypothèses. Il préférait se faire une idée sur place, gardant néanmoins à l'esprit que Darby ne ferait jamais de mal à qui que ce soit sans y avoir été obligée.

Lorsque Torgerson redémarra et se gara devant la voiture de patrouille, Eban fit marche arrière et se gara derrière la voiture. Puis il attrapa sa veste d'uniforme avant d'ouvrir la porte. Elle n'était pas très chaude, mais elle protégeait au moins du vent et présentait l'avantage d'annoncer aux autres policiers qu'il était là en qualité officielle – même si ce n'était pas tout à fait vrai.

Son patron lui avait bien sûr ordonné de venir, mais il était déjà en route. Il serait venu, même sans ordre officiel. De toute façon, sa présence pouvait être justifiée : il était légitime que l'Unité de négociation de crise s'intéresse à une affaire de meurtre dans laquelle était impliquée l'une des victimes dont elle s'était occupée. La CNU pourrait même avoir un rôle important à jouer dans cette affaire – *si* Darby était officiellement inculpée, évidemment.

Et il espérait que cela n'arriverait pas.

Il fit un signe de tête à l'agent en uniforme alors qu'il passait devant lui à grands pas, rejoignant l'inspectrice qui l'attendait, impatiente, au bord de l'allée, engoncée dans son épaisse parka bleu marine et son bonnet en laine gris. Alors que la neige craquait sous ses bottes à chacun de ses pas, Eban pesta intérieurement contre ce froid de canard. Il n'était plus habitué à ces températures depuis qu'il s'était installé à Washington.

Lorsqu'il arriva à côté d'elle, il observa la maison au loin.

— Vous avez enregistré les arrivées et les départs ?

— Quand je suis arrivée, les lieux avaient déjà été piétinés par les premiers intervenants. Je me suis dit que ce n'était donc plus nécessaire de tenir un registre des allées et venues.

Eban haussa un sourcil interrogateur. Un jeune homme avait été tué, Darby était en train de jouer son avenir... Comment l'inspectrice avait-elle pu penser que « ce n'était plus nécessaire » d'avoir une liste des personnes qui avaient été sur la scène du crime ?

— Pardon, mais je crois vraiment qu'il faut que nous ayons une liste de toutes les empreintes. Pouvez-vous vous renseigner sur l'identité des personnes qui sont venues sur les lieux et leur demander ce qu'elles portaient comme chaussures ?

L'inspectrice soupira bruyamment pour montrer son exaspération. Il y avait des traces de chaussures partout, mais elle doutait que beaucoup de personnes soient impliquées. Et puis les pompiers portaient des chaussures réglementaires – prendre leurs empreintes n'allait pas servir à grand-chose.

— Vous pensez vraiment que c'est utile ?

Eban n'en revenait pas. On aurait dit que Torgerson n'avait pas conscience qu'il s'agissait d'une scène de crime !

— Je le pense, oui, répondit-il avec fermeté.

Le moindre indice pouvait être crucial pour Darby, mais il se garda de préciser cela à la blonde à côté de lui.

— Je vous préviens : ça va prendre du temps, marmonna-t-elle. Mais okay ; je vais demander à ce que ça soit fait.

Torgerson était une femme séduisante, malgré le regard dur qu'elle posait sur lui – sans même essayer de cacher le fait qu'elle n'appréciait pas son implication dans ce qui était censé être *son* affaire. De toute évidence, elle pensait que la coupable avait été arrêtée et qu'il était donc parfaitement superflu de rechercher des preuves ou des indices supplémentaires.

Mais Eban la laissa penser ce qu'elle voulait, et ne lui dit surtout pas qu'il était justement là pour lui prouver qu'elle avait tort.

Il avait bien conscience qu'il ne fallait pas gaspiller les ressources de la police, mais ce n'était pas non plus une raison pour bâcler l'enquête. Les laboratoires ne pouvaient pas examiner chaque élément de preuve provenant de chaque scène de crime, mais si les informations étaient collectées correctement, elles pouvaient toujours être examinées ultérieurement.

Torgerson appela l'équipe scientifique pour leur demander de revenir sur place et Eban en profita pour observer les alentours. Un ruban de délimitation avait été installé le long de la route et autour de la maison, qui se situait à une vingtaine de mètres de la route principale. Il n'y avait aucune autre habitation à proximité, mais il repéra une allée au sud et vit de la fumée s'élever, vraisemblablement d'une cheminée, au-dessus des arbres, côté nord.

La maison était en piteux état. Les marches du perron étaient affaissées, et l'ensemble donnait l'impression d'une bâtisse qui n'était plus entretenue depuis des années. Une grande remise et un garage se trouvaient à droite et, à travers l'appentis, Eban repéra un terrain d'environ deux mille mètres carrés, qui avait été défriché.

— Est-ce qu'une recherche d'empreintes a été effectuée autour de la propriété ?

Nouveau regard noir de l'inspectrice, laquelle se résolut malgré tout à aller poser la question à l'agent assis au volant de sa voiture.

Elle aurait dû le savoir. En fait, elle aurait dû connaître tous les détails de cette enquête. Mais force était de constater qu'elle avait préféré se précipiter au commissariat pour tenter d'obtenir des aveux de la seule suspecte qu'ils avaient trouvée.

L'agent sortit de sa voiture. Il mesurait facilement un mètre quatre-vingt-cinq et, lorsqu'il mettait son chapeau, il ressemblait à un géant. Il fit un signe de tête à Eban avant de s'éloigner d'un air las en direction du bois.

— Avez-vous d'autres demandes particulières avant que nous allions voir la scène, agent Winters ? lui demanda l'inspectrice avec une pointe d'ironie.

— Non, pas pour le moment, je vous remercie.

Elle le regarda en plissant les yeux, mais il la contourna et se dirigea vers les marches de l'entrée en veillant à éviter de poser ses pieds sur les traces de pas ou de pneus sur le sol gelé.

L'avantage d'être négociateur était qu'il savait exactement quoi dire pour obtenir la réaction qu'il souhaitait. D'habitude, son rôle était plutôt de désamorcer les tensions, mais, ce jour-là, il avait envie de provoquer cette petite inspectrice. Il n'aurait pas dû, il le savait, mais ce n'étaient pas des circonstances ordinaires. Darby n'était pas une femme ordinaire. Elle n'était pas une suspecte habituelle.

Dire qu'elle avait souffert était un euphémisme, mais c'était de toute façon au-delà de ça. C'était une fille formidable. Elle était la gentillesse incarnée et il aurait mis sa main à couper qu'elle était innocente. Si elle avait tué ce garçon, c'était forcément qu'elle avait une raison valable. Mais il espérait bien pouvoir prouver que ce n'était pas elle la coupable.

Il était prêt à tout pour ça, même s'il marchait sur des œufs. Personne ne devait connaître son lien avec Darby ; sa carrière et celle de son patron étaient en jeu.

# CHAPITRE QUATRE

Torgerson précéda Eban sur le porche qui craquait sous leurs pas. Après avoir mis des couvre-chaussures en papier, ils entrèrent et l'inspectrice lui tendit la boîte de gants en latex qui était posée sur une chaise à côté du porte-manteau afin qu'il en prenne plusieurs paires.

— La scientifique a déjà terminé d'analyser la scène ? lui demanda-t-il en enfilant des gants.

Torgerson massa ses doigts comme pour faire circuler à nouveau le sang avant de soulever le ruban jaune et de passer dessous, imitée par Eban.

— Ils ont fait une recherche d'empreintes, et le lit a été transporté au labo pour une analyse d'ADN immédiatement après l'enlèvement du corps.

Ce n'était pas suffisant. Il fallait passer la maison au Luminol afin de voir si des fluides corporels avaient été nettoyés, ou le corps déplacé. Mais peut-être que l'inspectrice avait prévu d'effectuer ce test plus tard, lorsque la nuit serait tombée ?

— La suspecte a déclaré qu'elle s'est réveillée sur le canapé.

Eban contracta la mâchoire en entendant Torgerson prononcer le mot « suspecte ». Mais il ne fit pas de commentaire et regarda la couverture posée en boule au bout du canapé en cuir usé. Malgré lui, il ressentit un sentiment de soulagement.

*Donc, Darby a dormi sur le canapé.*

Il n'avait pourtant pas le droit d'être jaloux. À présent qu'il avait fait son choix, il devait vivre avec. Et surtout, il devait rester concentré sur l'enquête. Mais quand même ; savoir que Darby n'avait pas de relation avec la victime l'apaisa.

Une parka d'homme était posée sur un accoudoir de chaise.

— Avez-vous analysé cette parka ?

L'inspectrice fronça les sourcils.

— Maintenant que vous le dites, je ne crois pas, non.

— Mais vous avez prévu de le faire, évidemment ?

Elle ne répondit pas et se contenta de hausser les épaules, agacée.

— Est-ce qu'on sait si la victime avait consommé de la drogue ?

— On n'a trouvé aucune trace de quoi que ce soit, répondit-elle, de plus en plus fermée.

— Absolument rien ? s'étonna Eban en arquant les sourcils.

— Beaucoup de gens consomment de la drogue et on ne le sait jamais.

Sa réponse lui laissait penser qu'elle savait que la victime avait consommé de la drogue, mais qu'elle ne voulait pas lui dire. Certainement parce que cela n'allait pas dans le sens de la culpabilité de Darby... Lui cachait-elle autre chose ?

Eban s'empara soigneusement de la parka sur la chaise et fouilla les poches extérieures. Il retira de la première un mouchoir et un énorme trousseau de clés qu'il plaça dans un sachet en plastique que Torgerson avait pris à côté de la boîte de gants en latex. La deuxième contenait des pièces de monnaie qu'il extirpa également. Dans la poche intérieure, il trouva un portefeuille qu'il ouvrit, découvrant pour la première fois le visage du jeune homme décédé. Visage rond, cheveux foncés en bataille... Un garçon tout ce qu'il y avait d'ordinaire. Peut-être un peu *nerd*, ce qui n'était pas surprenant pour un doctorant dans l'un des meilleurs instituts de géophysique.

En regardant la photo de Martin Carstairs, Eban se demanda si ses recherches avaient pu menacer les intérêts de certaines entreprises ou de gouvernements. Si c'était le cas, peut-être que c'est pour ça qu'il avait été tué ?

Eban ne trouva rien d'autre dans la parka. La pêche n'avait pas été très fructueuse, mais il ne savait pas vraiment ce qu'il cherchait de toute façon.

— Vous avez récupéré son téléphone portable ?

— Oui. Il était branché à côté du lit, répondit Torgerson en prenant le sachet en plastique contenant les effets personnels de Martin pour aller le déposer sur la table, près de la porte d'entrée.

*Intéressant...* Si Carstairs avait pris le soin de mettre son téléphone en charge avant de dormir, c'est qu'il ne devait pas être complètement assommé par l'alcool ou la drogue, et qu'il n'était pas non plus en charmante compagnie.

— Vous avez besoin d'aide pour analyser son contenu ? Je peux l'envoyer au labo du FBI...

— Nous avons quelqu'un qui est plutôt bon, ici.

— « Plutôt bon » ?

Les experts du FBI étaient les meilleurs de tous les États-Unis et, pourtant, ils n'arrivaient pas à la cheville d'Alex Parker, l'associé de Haley Cramer. Mais Eban savait que ça n'aurait pas été une bonne idée d'impliquer Alex dans cette affaire ; cela aurait certainement constitué un conflit d'intérêts. Que lui soit venu enquêter était une chose – il était déterminé à trouver le plus de preuves possible pour disculper Darby – mais Haley, elle, aurait été prête à tout brûler pour que son amie soit libérée. Or, Eban préférait faire les choses dans les règles : prouver l'innocence de Darby plutôt que de la faire libérer par la force.

C'était important pour son avenir ; être blanchie lui permettrait de vivre une vie normale, sans être associée à cette histoire sordide.

Il regarda la bouteille de whisky sur la table. Darby n'était pas une grande buveuse – tout juste une bière ou deux à de rares occasions.

— Il n'y avait pas de verres ?

— Ils ont été lavés et se trouvent sur l'égouttoir, à côté de l'évier.

Torgerson ne se départit pas de son agacement. Elle semblait trouver qu'Eban lui faisait perdre son temps. Ce qui était peut-être le cas, en effet...

— J'ai demandé à la suspecte s'ils avaient bu du whisky, mais elle a refusé de me répondre.

*Elle a refusé de répondre, ou elle n'en savait rien ?* se demanda Eban, allant dans la cuisine pour cacher sa colère. Il en voulait à Torgerson de ne pas avoir attendu l'arrivée de l'avocat pour commencer l'interrogatoire, comme Darby lui avait pourtant demandé. S'il se mettait à sa place d'inspectrice, il pouvait la comprendre. Mais, du point de vue de la défense, c'était une faute inexcusable.

Au milieu de la vaisselle propre empilée de manière précaire sur l'égouttoir, Eban aperçut en effet les deux verres. Jetant un coup d'œil par la fenêtre, il découvrit la voiture de Darby, à côté d'une épave dont il se demanda si elle pouvait encore rouler. Puis il retourna au salon et scanna la pièce du regard, sans savoir exactement ce qu'il espérait trouver. Il aurait aimé avoir pu demander à Darby de lui raconter en détail les événements de la soirée jusqu'à ce qu'elle l'appelle, ce matin-là. Mais il savait aussi que la meilleure chose qu'elle avait eu à faire était d'appeler la police immédiatement. N'empêche qu'à présent, il ne savait rien et qu'il ne pouvait compter que sur lui-même pour essayer de comprendre ce qui s'était passé.

Trouver des indices. Les analyser. Et les mettre en relation les uns avec les autres.

Son regard se posa à nouveau sur la bouteille de whisky. Il savait, aux taches sombres sur le verre, que les empreintes avaient été relevées.

— Il faudrait analyser le contenu de la bouteille pour vérifier la présence de drogue, déclara-t-il en s'approchant d'un buffet sur lequel étaient disposées d'autres bouteilles d'alcool. D'ailleurs, il faudrait que toutes ces bouteilles soient analysées, ajouta-t-il.

Torgerson le regarda en haussant les sourcils.

— Qu'est-ce que vous cherchez, exactement ?

Eban ne répondit pas. Il ne savait pas ce qu'il « cherchait exactement ». À part peut-être une preuve que Darby n'était pas la seule personne à avoir été ici cette nuit-là.

Torgerson poussa un grand soupir en repoussant d'un geste impatient les cheveux qui lui tombaient sur les yeux, avant de s'avancer pour mettre la bouteille de whisky dans un sachet.

— Je vous précise quand même que notre département dispose d'un budget limité. Vous avez peut-être l'impression que nous avons été négligents en ne faisant pas toutes les analyses possibles et imaginables, mais c'est aussi parce que la jeune fille qui nous a appelés était a priori sur place au moment du meurtre, qu'elle n'a pas d'alibi, et qu'elle prétend ne se souvenir de rien. Vous avouerez qu'elle a le profil de la coupable idéale...

Eban pensait l'exact contraire, et il n'était pas particulière- ment d'humeur à se montrer diplomate.

— Le fait qu'elle vous ait appelés joue en sa faveur...

Torgerson le regarda d'un air stupéfait.

— Elle a quand même été vue en train de quitter une soirée avec la victime, hier soir... Ça fait beaucoup, et on l'aurait de toute façon interpellée, même si elle ne nous avait pas appelés...

— Oui, enfin... Une fois que quelqu'un vous aurait signalé la disparition de la victime, probablement au bout de plusieurs jours.

L'inspectrice ne sembla pas impressionnée par son argument, mais il avait raison, et elle le savait.

— Si votre département n'a pas les moyens d'analyser le contenu de toutes les bouteilles, faites-les envoyer aux laboratoires du FBI. Soit à Quantico, soit à Anchorage. Nous serons ravis de vous rendre ce service. Vous pouvez me conduire dans la pièce dans laquelle le corps de Martin Carstairs a été retrouvé ?

Torgerson se pinça les lèvres, se retenant visiblement de laisser éclater sa colère, et Eban la suivit dans les escaliers.

Il jeta un œil dans une première chambre sur la gauche, avec deux lits simples, deux bureaux, des ordinateurs, et des chaises *gamer*, remarquant les taches noires présentes sur la poignée de la porte et l'interrupteur.

Torgerson ignora cette pièce et entra directement dans une autre chambre. Celle-ci était assez grande, avec en son centre un sommier dont le matelas avait disparu. Le regard d'Eban se posa sur un placard rempli de vêtements pour homme. Des pulls et des tee-shirts accrochés au hasard sur des cintres. Aucune trace de vêtements féminins.

— Pas de petite amie ou une relation plus ou moins suivie ?

Torgerson secoua la tête avec impatience. Décidément, elle lui donnait le minimum d'informations. Est-ce que ça voulait dire qu'elle ne savait rien, ou voulait-elle simplement garder pour elle toute la gloire de la résolution de l'affaire ? Il fallait à tout prix qu'il la fasse parler.

— Comment pouvait-il se permettre cette maison ?

De ce que Darby lui avait dit, Eban savait que les étudiants ne gagnaient pas beaucoup d'argent.

— Il était en colocation avec un autre étudiant, Gregory Kwan, qui est en ce moment au nord du cercle polaire arctique pour étudier l'épaisseur des calottes glaciaires. Il ne reviendra pas avant plusieurs semaines.

— Depuis quand est-il parti ?

Torgerson le défia du regard. Elle voyait où Eban voulait en venir et semblait heureuse de pouvoir lui donner tort.

— Il y a une semaine. Ce n'est pas lui.

Martin ne vivait donc pas seul, mais il vivait seul au moment de sa mort. Cette situation n'était pas sans rappeler à Eban celle qu'il vivait avec l'un de ses meilleurs amis qui était aussi son collègue. Tous deux voyageaient tellement dans le cadre du travail qu'ils ne se croisaient que rarement. Et à présent que Max avait une copine, Eban s'attendait à le voir encore moins.

Il traversa le couloir jusqu'à une autre chambre. Le lit était fait, la chambre bien rangée. Des vêtements étaient soigneusement accrochés dans le placard. Rien ne semblait avoir été dérangé.

— Pourquoi est-ce que la suspecte (il se força à utiliser ce terme) aurait-elle dormi sur le canapé alors qu'il y avait deux lits libres ?

— Elle a déclaré qu'elle avait dormi sur le canapé, mais ça ne veut pas dire que c'est ce qui s'est réellement passé.

Sauf qu'Eban connaissait Darby. Si c'était ce qu'elle avait dit, c'était ce qu'elle avait fait.

Il retourna dans la chambre de Martin Carstairs.

— Avez-vous des photos du corps tel qu'il a été trouvé ?

Torgerson lui fit penser à une adolescente récalcitrante alors qu'elle ouvrait avec impatience l'onglet photos de son portable, avant de le lui tendre. Sans lui demander la permission, il s'envoya toutes les photos qui l'intéressaient sur son propre téléphone.

— Merci, dit-il sobrement en lui rendant son appareil, ignorant son air farouche.

Eban fit défiler les photos, s'arrêtant sur celle où la victime était prise en plongée. Il était nu, avec un grand couteau de chasse enfoncé dans la poitrine. Il n'y avait pas beaucoup de sang, ce qui suggérait qu'il était mort sur le coup. Il faudrait qu'il demande confirmation au légiste.

— Il faut beaucoup de force pour planter un couteau aussi profondément. Pensez-vous que Darby O'Roarke aurait été capable de le faire ?

Torgerson haussa les épaules, trahissant le fait qu'elle n'était pas certaine de ce point.

— Ce que je sais, c'est que les gens sont capables d'une force incroyable dans des circonstances extrêmes.

Eban savait que Darby était capable de beaucoup de choses incroyables, mais certainement pas de commettre un meurtre de sang-froid.

— Avez-vous trouvé des traces de lutte sur la victime ?

— Non. Tout laisse à croire que Martin n'a pas vu son assassin.

*Martin ?*

— Vous le connaissiez ?

— Non, répondit-elle en lui jetant un regard en coin. Mais de toute évidence, c'était un garçon sympa.

Eban n'était pas sûr qu'elle lui dise toute la vérité, mais il n'insista pas.

Il se dirigea vers l'étagère. Au premier rang étaient alignés quelques livres traitant de géophysique, de changement climatique, de programmation informatique et de modélisation. Beaucoup de romans fantastiques au deuxième rang, surplombés par une photo de famille prise lors d'un mariage. Martin Carstairs portait une jaquette, qui devait certainement être la même que celle du marié. En regardant la photo, Eban serra la mâchoire, prenant conscience que Martin avait des gens qui l'aimaient, tout comme Darby.

Était-il possible que Darby ait tué ce garçon ? L'idée lui semblait complètement folle mais il était bien obligé de l'envisager. Peut-être que Martin avait voulu coucher avec elle et que Darby avait paniqué ? Après tout ce qui lui était arrivé, ça n'aurait pas été surprenant. Mais il refusait d'y croire. Il ne pouvait pas lâcher Darby – ni maintenant ni jamais.

— D'où vient le couteau ? demanda-t-il.

— On n'en sait encore rien, mes équipes sont en train de chercher.

— Faites-en une priorité. Et il faut aussi l'analyser.

Il avait besoin de savoir rapidement si les empreintes de Darby étaient dessus.

— Encore une fois, si vous n'avez pas les ressources nécessaires pour le faire, nous pouvons solliciter les services fédéraux...

— Je pense qu'on doit pouvoir gérer un couteau.

Elle lui tourna le dos, mais Eban était presque sûr qu'elle avait levé les yeux au ciel.

— N'hésitez pas à le démonter pour rechercher des traces ADN. Vous avez déjà un mobile ?

— Pas encore, répondit Torgerson en se tournant face à lui. Nous interrogeons tous leurs amis pour en savoir un peu plus sur la nature de leur relation. Ils sortaient peut-être ensemble...

Eban savait que ce n'était pas le cas.

— Ou peut-être qu'ils se sont disputés au travail... ?

Jamais Darby n'aurait tué quelqu'un pour une dispute au travail. Elle n'était pas du genre à se laisser faire, mais elle n'était pas rancunière pour autant – surtout pas au point de tuer.

Eban fixa Torgerson un long moment.

— Vous pensez qu'elle l'a fait ?

— Ce qui me surprend, c'est que vous puissiez en douter, rétorqua-t-elle d'un ton inquisiteur. Y a-t-il quelque chose que vous ne me dites pas et que je devrais savoir, agent Winters ?

— Comme quoi ? feignit-il de s'étonner en se forçant à sourire légèrement.

Il se demanda si l'inspectrice savait que Darby avait été kidnappée dans la mer de Banda, l'été d'avant ? Si elle ne le savait pas encore, elle n'allait pas tarder à l'apprendre – ça avait fait la une des journaux. Elle comprendrait alors tout de suite pourquoi un agent de l'Unité de négociation de crise s'intéressait à une simple enquête d'homicide. Mais elle serait encore loin de la vérité...

— À vous de me le dire.

Eban continua de ne rien répondre et l'inspectrice finit par lâcher l'affaire.

— Qu'est-ce que vous voulez que je fasse d'autre ? s'impatienta-t-elle. Qu'on analyse la moquette, peut-être ?

— Pourquoi ? Vous ne l'avez pas encore fait ? lui demanda-t-il en haussant un sourcil, peu impressionné.

L'inspectrice ricana avec mépris.

— Ôtez-moi d'un doute, inspectrice : vous ne trouvez quand même pas anormal que je vous demande d'analyser correctement la scène de crime ?

Elle se frotta le front comme si elle avait mal à la tête.

— Non. Bien sûr que non. C'est juste que l'affaire me paraît assez simple, et il me semble que nous l'avons déjà résolue.

— Pardon, mais je préfère me fier aux preuves. À *toutes* les preuves...

Il n'avait jamais aimé les conclusions hâtives.

Il redescendit les escaliers, se dirigea vers la cuisine, et regarda par la fenêtre au-dessus de l'évier.

— Il faudrait prélever les empreintes et les traces ADN dans les deux véhicules, déclara-t-il.

— Pourquoi ? Martin n'a pas été assassiné dans sa voiture...

Parce que Darby n'était pas une tueuse et qu'il voulait

prouver au jury – sinon à cette inspectrice récalcitrante – qu'il existait un doute raisonnable.

— Je n'arrive pas à croire que Darby O'Roarke puisse être la coupable. Si c'était elle, pourquoi serait-elle restée ici la nuit ? Pourquoi vous dire qu'elle a dormi sur le canapé et qu'elle a trouvé le corps de Martin Carstairs à l'étage ? Pourquoi est-ce qu'elle n'aurait pas cherché à effacer toutes les traces de sa présence dans cette maison la nuit du meurtre ? Elle aurait pu brûler ses vêtements, se rendre au travail, et prétendre qu'il était encore vivant lorsqu'elle est partie. Elle aurait même pu nier avoir passé la nuit ici. Ou prétendre qu'il l'a agressée et que son acte était de la légitime défense...

Eban essaya de chasser de son esprit un détail important, mais c'est difficile. Darby avait déjà tué. Elle avait poignardé à mort le dernier homme à l'avoir violée alors qu'il était en train de se battre avec Quentin Savage, venu pour la sauver. Si elle n'avait rien fait, Quentin et Haley seraient probablement morts dans des circonstances atroces sur cette île perdue d'Indonésie, et Eban ne les aurait peut-être jamais retrouvés. Le traumatisme et la douleur avaient été tels pour Darby qu'elle était presque devenue folle, à l'époque.

*Elle n'était plus elle-même...*

Mais il était hors de question pour Eban de révéler cette information. Si les flics venaient à découvrir cet épisode du passé de Darby, s'ils savaient qu'elle avait fait une grave dépression, elle serait jugée et condamnée sur-le-champ.

Or, il connaissait Darby par cœur et savait qu'elle était d'une honnêteté à toute épreuve. C'est pour ça qu'ils lui avaient envoyé l'un des meilleurs avocats : pour l'empêcher de dire à la police des choses qui pourraient être utilisées contre elle. Pour l'empêcher d'aller en prison pour un meurtre qu'il était sûr à 99,99 % qu'elle n'avait pas commis.

Soudain, l'agent les appela depuis le salon et ils se précipitèrent tous les deux pour aller à sa rencontre, le découvrant à bout de souffle et les joues rougies par le froid.

— J'ai trouvé des traces de pas près de la maison, en direction du bois, leur annonça-t-il. Je me suis dit que vous voudriez peut-être les voir...

Eban fit de son mieux pour cacher son enthousiasme. Ces traces de pas pourraient bien être la preuve qu'il attendait.

Il ne lui restait désormais plus qu'à découvrir à qui elles appartiennent.

*<br>**

— La dernière chose dont vous vous souvenez, c'est de vous être sentie mal et d'avoir quitté la soirée ?

Darby regarda Elliot Byrne en face d'elle. De près, il avait une légère ride du lion qui ajoutait une touche de maturité à sa confiance en lui. Avec son teint hâlé, elle l'aurait trouvé probablement très attirant si elle n'était pas aussi terrifiée par la situation.

— Oui.

Il fronça les sourcils.

— Excusez-moi un instant, finit-il par dire en levant un doigt, avant de sortir dans le couloir pour passer un appel.

Darby entendit des bribes de sa conversation ; apparemment, il demandait un deuxième échantillon de sang.

S'il lui demandait à nouveau d'être examinée par un médecin pour savoir si elle avait été violée, que ferait-elle ? Après tout, elle avait déjà vécu une telle situation et les médecins de la Marine qui s'étaient occupés d'elle après son sauvetage s'étaient montrés particulièrement gentils et doux. Mais qu'est-ce que cela prouverait ? Qu'elle avait eu des relations sexuelles ? Ou, au contraire, qu'elle n'en avait pas eues ?

En même temps, cela lui aurait permis de savoir ce qui s'était passé entre Martin et elle. Ce n'était peut-être pas grand-chose mais, en l'occurrence, c'était important pour elle. Alors oui, elle détestait l'idée de cet examen humiliant, mais si elle était reconnue coupable, elle aurait à subir bien pire...

Ses mains tremblèrent et elle serra les poings pour les arrêter. Elle ne survivrait pas à la prison. Déjà, lorsqu'elle avait dû se déshabiller juste avant pour l'examen médico-légal, elle s'était sentie violée. Ce commissariat, cette situation... C'était comme être dans l'antre de la mort.

— Maître ! lança-t-elle en direction de son avocat.

Elliot Byrne, toujours au téléphone, se retourna vers elle et la regarda en haussant les sourcils d'un air interrogateur.

— Je veux bien être examinée par une infirmière légiste. Même si je n'ai pas l'impression d'avoir été violée, hier soir...

Quelque chose dans les yeux d'Elliot changea. Comme s'il était content d'avoir réussi à la convaincre. Mais il y avait aussi autre chose... Darby avait le sentiment qu'il avait compris qu'elle avait été agressée dans le passé, et que cela aurait sûrement une incidence sur l'affaire si la police l'apprenait.

Heureusement, il y avait peu de chances qu'elle l'apprenne.

Les seules personnes qui savaient *exactement* ce qui s'est passé étaient Quentin, Haley et Eban. Les médecins qui l'avaient soignée après son sauvetage avaient deviné l'ampleur de ce qu'elle avait subi en découvrant ses blessures, mais ils n'avaient jamais su les détails. Quant à ses thérapeutes, ils étaient au courant de ce qu'elle avait bien voulu leur raconter : qu'elle avait été traînée hors de sa tente, déshabillée, battue, maintenue au sol, et violée. L'odeur âcre de la sueur. Le sentiment de ne plus pouvoir respirer lorsqu'elle était enfermée dans ce minuscule espace.

Elle n'avait jamais eu à revivre les détails du traumatisme qu'elle avait vécu – pas depuis qu'elle l'avait raconté à Eban. Il avait été sa catharsis, son point de départ dans le processus de guérison, avant qu'elle ne trouve un psy qui pratique la TCC *  et l'EMDR † – deux méthodes qui s'étaient révélées incroyablement efficaces.

En regardant l'horrible pièce aseptisée dans laquelle elle se trouvait, elle se dit que, sans ces traitements ou les techniques de pleine conscience et de respiration qu'elle avait apprises, elle aurait déjà eu mille crises de panique, ce jour-là.

À l'époque, les journalistes l'avaient harcelée pour obtenir son témoignage, mais elle n'avait jamais voulu s'exprimer, ni auprès d'eux ni auprès de personne. Certains, comme Martin, pouvaient peut-être deviner, de par son comportement, qu'il lui était arrivé quelque chose, mais c'était *son* corps. *Son* histoire.

Elle fronça les sourcils, se demandant si la police pouvait avoir accès à ses antécédents médicaux. Ou si Quentin et Eban pourraient être contraints de raconter exactement ce qui s'était passé en Indonésie... Si c'était le cas, elle trouverait ça dégueulasse. Pourquoi devrait-elle dire au monde ce qui lui était arrivé ? C'était *sa* douleur. Quelque chose d'intime et de personnel. L'idée que les gens puissent tout découvrir et la juger la terrifiait. Elle avait toujours tout fait pour cacher le fait qu'elle avait poignardé un homme pour sauver sa peau. Jamais elle n'avait reparlé de la terreur qu'elle avait ressentie lors de son enlèvement, ni de la peur de ne jamais être secourue et de mourir seule, à l'autre bout du monde. Car personne ne pouvait imaginer à quel point c'était horrible. Alors, penser que son histoire puisse être jetée en pâture lui donnait envie de vomir.

Elle essaya de calmer son anxiété. Mais le fait qu'Eban ne

---

* Ndlt : Thérapie cognitivo-comportementale.
† Ndlt : Désensibilisation et le retraitement des mouvements oculaires.

soit pas avec elle n'aidait pas. Il était le seul à l'avoir vue dans son pire état – brisée, prête à n'importe quoi pour survivre. D'ailleurs, il pensait peut-être qu'elle avait effectivement tué Martin. Comme elle le croyait elle-même. Il était certainement en train de négocier sa peine, ou la possibilité de la faire interner afin qu'elle soit reconnue irresponsable.

Ses poings serrés commencèrent à trembler.

Elle ne pouvait pas lui en vouloir. Il devait être soulagé de ne pas avoir voulu coucher avec elle, se disant qu'elle aurait certainement fini par le poignarder, lui aussi. Mais quand même... Il aurait pu venir la voir, lui parler.

Elle se frotta le front, essayant de se remémorer la nuit précédente. Sa bouche était sèche, elle avait mal à la tête. Pourquoi ne se souvenait-elle de rien ? Est-ce qu'elle avait perdu connaissance ? Peut-être que Martin avait essayé de la violer et qu'elle s'était défendue ? Et après... ? Elle se serait tranquillement couchée sur le canapé pour dormir ?

Ça n'avait aucun sens...

Certes, ce qui s'était passé en Indonésie l'avait traumatisée, mais elle allait bien depuis. D'ailleurs, son psy était très satisfait de ses progrès.

Malheureusement, il risquait d'être déçu en apprenant la nouvelle...

Elliot la rejoignit dans la salle d'interrogatoire.

— Un médecin et une infirmière sont en route. Est-ce que vous voulez un café ?

Elle avait bu tellement de café que la simple idée d'une tasse supplémentaire lui retourna l'estomac.

— Vous pensez qu'ils ont du thé plutôt ?

— Je vais demander. Ils vous ont proposé à manger ? lui demanda-t-il en fronçant les sourcils.

— Je n'ai pas faim.

Elle ne pouvait rien avaler.

Elliot disparut pour aller demander son thé, la laissant à nouveau seule dans cette horrible pièce.

Est-ce que ça allait être ça, désormais, son avenir ? Sa vie ? Elle était terrifiée à l'idée de ne plus jamais explorer les régions reculées du monde, de ne plus pouvoir essayer de percer les secrets de la croûte terrestre, et de devoir rester entre quatre murs, avec des gens qui la traiteraient pour toujours au pire avec mépris, au mieux avec indifférence.

Elle frissonna. Elle ne savait pas ce qui s'était passé après la soirée, mais elle était persuadée qu'elle n'avait eu aucune raison d'en vouloir à Martin. Elle avait même envisagé de coucher avec lui, une fois, pour enfin coucher avec quelqu'un *volontairement*. Ça ne lui était jamais arrivé et, à présent, elle se dit avec horreur que cela ne lui arriverait peut-être plus jamais.

Elle rouvrit les yeux alors que la vision de Martin, mort sur son lit, envahissait son esprit. Son estomac se contracta, et elle se sentit révoltée jusqu'au plus profond de son être.

Elle frémit. Jamais elle n'aurait été capable de poignarder quelqu'un sans que sa vie ne soit en danger.

*Tu as tiré sur un hélicoptère dans lequel se trouvaient les personnes qui venaient te sauver...*

Elle serra ses bras autour d'elle en se remémorant cet épisode. Elle croyait que c'étaient des terroristes qui voulaient s'en prendre à elle ; c'est pour ça qu'elle avait tiré !

Au fond, Darby savait que si elle avait assassiné Martin, c'est qu'elle y avait été obligée – pour se défendre. Mais il était peu probable que la justice – ni même la famille et les amis de Martin – voie les choses de cette manière.

Si seulement elle avait pu se souvenir de ce qui s'était passé...

# CHAPITRE CINQ

Alors qu'Eban suivait le géant devant lui, ses bottes craquaient doucement sur la neige.

Il prenait soin de marcher exactement dans ses pas afin de ne pas détruire les empreintes sur sa gauche qui appartenaient à la personne qui avait quitté – dans un passé proche – la maison de Martin Carstairs.

Ils finirent par apercevoir les maisons voisines nichées de part et d'autre au milieu des bois. Elles étaient assez loin pour donner un sentiment d'isolement, mais suffisamment près pour que leurs habitants aient potentiellement été témoins de quelque chose la nuit précédente.

— Vous avez déjà interrogé les voisins ?

— Pas encore. Il n'y avait personne quand nous y sommes allés, lui répondit Torgerson, qui marchait derrière lui. Nous réessaierons ce soir.

— Très bien. Les traces de pas remontent à combien de temps, à votre avis ?

Le géant devant eux s'arrêta et se retourna.

— Difficile à dire, je ne suis pas expert. Mais il est tombé quelques centimètres hier, et la neige s'est arrêtée vers 19 heures. Donc je dirais après ça.

L'agent ne semblait pas particulièrement souffrir du froid, et Eban se dit qu'il devrait vraiment mieux s'équiper s'il devait rester ici quelque temps.

Cette pensée souleva une question à laquelle il avait refusé de penser jusque-là : quand pourrait-il rentrer chez lui ? Il ne pouvait pas laisser Darby tant que l'affaire ne serait pas résolue. C'était important pour lui, mais aussi pour elle.

— Est-ce qu'on peut avoir une empreinte d'une des traces de pas ? demanda-t-il à Torgerson en se tournant vers elle.

Il remarqua que ses lèvres étaient pâles et contractées sous l'effet du froid.

— Un membre de la scientifique est en route. Je vais lui dire de venir prendre une empreinte avant de faire le reste. Mais je peux déjà vous dire que ces traces ont probablement été faites par Martin lui-même.

— Il y en a d'autres dans un endroit plus abrité par des arbres ; je pense que ça permettrait d'avoir une empreinte plus nette, déclara l'agent avant de se diriger d'un pas rapide vers l'orée du bois.

L'inspectrice leva les yeux au ciel avant de suivre les deux hommes devant elle. Alors que leur petite caravane évoluait dans la neige, Eban sentit ses orteils engourdis par le froid. Mais il fit abstraction du froid, comme de son inquiétude. Il ne pouvait pas se laisser gagner par l'émotion. Il devait se concentrer sur l'enquête et être en pleine possession de ses capacités s'il voulait pouvoir tirer Darby de ce mauvais pas. Une fois que tout ça serait terminé, elle allait devoir vivre ici et c'était important qu'elle soit blanchie dans une communauté aussi restreinte.

Même si l'idée de devoir à nouveau être séparé d'elle lui laissait un goût amer.

Ils arrivèrent finalement à l'endroit dont parlait l'agent, et

Eban s'accroupit pour mieux voir. La personne qui avait laissé ces traces avait un pied plus grand que le sien – probablement une taille quarante-cinq ou quarante-six. Elles étaient effectivement plus nettes dans cette zone protégée par les arbres, et Eban avait bon espoir de pouvoir en retrouver le propriétaire dans la base de données.

— Vous les avez suivies jusqu'où ? demanda-t-il à l'agent.

Chaque fois qu'il parlait, de la buée se formait devant sa bouche, et ses mains, bien que dans ses poches, étaient gelées. Il avait connu ce genre de températures dans le Montana, quand il était petit, mais le vent qu'il y avait ici rendait le froid presque insupportable. Pourtant, il savait que ça aurait pu être pire dans cette région, à cette époque de l'année, mais depuis qu'il vivait en Virginie, où la moindre chute de neige paralysait l'État, il n'était plus habitué à ces températures extrêmes.

— Je ne suis pas allé plus loin que ça.

Eban le fixa un instant d'un air pensif.

— Est-ce qu'on peut avoir une équipe cynophile ? Ça nous permettrait peut-être de savoir quelle direction a prise la personne...

L'agent sembla trouver que c'est une bonne idée, mais Torgerson, encore une fois, ne cacha pas son scepticisme.

— Et ça va servir à quoi ? demanda-t-elle.

— « Ça va servir à quoi » ? répéta Eban, estomaqué.

— Je veux dire... Ce sont des traces de pas, d'accord. Mais rien de très anormal, finalement.

— Vous me faites marcher ? lui lança Eban en se levant. Vous ne trouvez pas « anormal » – pour ne pas dire *suspect* – de trouver des empreintes fraîches provenant de la scène de crime ?

— Il peut tout à fait s'agir d'un voisin curieux venu assister aux opérations de police. Ou d'un journaliste qui voulait prendre des photos... Vous ne voulez pas l'admettre, mais nous avons *déjà* trouvé la coupable !

Eban sentit la moutarde lui monter sérieusement au nez. En tant qu'inspectrice, Torgerson aurait dû savoir qu'on ne condamnait pas quelqu'un uniquement sur la base de quelques indices. Certes, il ne pouvait pas lui en vouloir de ne pas connaître Darby aussi bien que lui, mais il lui en voulait, en revanche, de ne pas faire son travail correctement. La police n'avait qu'une seule chance d'analyser véritablement une scène de crime – elle devait le savoir aussi bien que lui. Pourquoi s'entêtait-elle à gâcher cette chance ?

— Vous avez une *suspecte* en garde à vue qui ne se souvient pas de ce qui s'est passé. Or, nous avons maintenant la preuve que quelqu'un d'autre était ici, peut-être au moment du meurtre. Quelleest l'heure du décès, d'ailleurs ?

— Le médecin légiste ne l'a pas encore déterminée, répondit Torgerson.

— Je n'ai pas vu ces empreintes ailleurs, intervint l'agent en replaçant son chapeau correctement. Celles-ci sont les seules, et sont celles de quelqu'un quittant la maison. Mais je peux refaire un tour et voir si je trouve des empreintes *vers* la maison, si vous voulez ?

Eban hocha la tête. Au moins, ce type faisait du bon travail : il recherchait des preuves.

— Désolé, je ne me suis pas présenté, dit-il en lui tendant la main. Eban Winters, agent spécial de surveillance. Mais je vous en prie, appelez-moi Eban.

— Enchanté, Eban. Sergent Allan Robertson. Mais vous pouvez m'appeler le « Grand Al » ; c'est comme ça que tous mes collègues m'appellent.

— Et vous aimez qu'on vous appelle comme ça ?

Allan souffla dans ses mains pour les réchauffer, et ce fut la première fois qu'Eban se rendit compte qu'il souffrait aussi du froid.

— En fait, je préfère « Allan ».

— Alors enchanté, *Allan*.

— Vous ne m'avez jamais parlé de ces traces avant, dit doucement Torgerson.

— Vous ne m'avez jamais posé la question, inspectrice, lui rétorqua Allan avec une pointe d'agacement.

Un silence tendu s'installa, et Eban devina qu'il y avait un certain passif entre eux.

— *Signy*, dit finalement l'inspectrice. Appelez-moi « Signy ».

Le sergent hocha la tête en souriant, et Eban fut satisfait que Torgerson ait enfin montré un brin d'humilité. Cet Allan semblait être attentif aux détails et avoir de l'empathie – des qualités précieuses dans leur travail. Il méritait d'être écouté, et non traité comme un larbin. En tout cas, Eban comptait bien s'appuyer sur lui ; il avait besoin de toutes les forces positives qu'il pourrait trouver pour sortir Darby de là. D'autant qu'il se sentait responsable... S'il avait fait des choix différents au cours des six derniers mois, elle n'aurait peut-être pas été dans cette situation.

Pourtant, il avait cru bien faire. Lui donner la chance d'oublier ce qui s'était passé, de prendre son envol, et de vivre ses rêves. Jamais il n'aurait imaginé qu'ils se retrouveraient tous les deux bloqués dans ce cauchemar. Il ne savait pas quelle allait en être l'issue et le mieux qu'il pouvait faire, c'était de continuer à mener l'enquête pour rassembler autant de preuves que possible, en espérant qu'elles ne se retourneraient pas contre celle qui comptait tellement pour lui.

— Appelez l'équipe cynophile, dit Torgerson à Allan. Winters a raison ; ça vaut peut-être le coup de voir où ces traces peuvent nous mener...

Alors qu'ils retournaient vers la route principale, ils croisèrent un agent de la scientifique qui tenait à la main une grande mallette. Torgerson, redevenue grincheuse, s'arrêta pour lui parler. Eban fut presque tenté de s'arrêter aussi pour lui rappeler de prendre l'empreinte avec le plus grand soin, mais il s'abstint et s'éloigna pour appeler rapidement Quentin.

— Salut, mon pote ! lança Quentin en décrochant à la première sonnerie. Alors ? Comment va Darby ?

— Je ne lui ai pas encore parlé. Je suis sur la scène du crime, là.

— C'est grave ?

Quentin avait l'air aussi inquiet que lui.

Eban regarda le ciel. Les nuages étaient noirs de colère, le vent se renforçait... Une tempête était annoncée pour le lendemain, et il espérait que ce n'était pas un mauvais présage.

— Ouais, ce n'est pas terrible...

— Putain ! En plus, j'ai voulu poser des congés pour te rejoindre, mais le siège a refusé ma demande.

— T'inquiète. De toute façon, tu ne pourrais pas faire grand-chose, le rassura Eban d'une voix calme. Elle est toujours en garde à vue. À moins que le bellâtre qu'a envoyé Haley ait déjà réussi à la faire libérer...

Il ne pouvait pas s'empêcher d'être caustique. Il n'aimait pas les avocats, c'était plus fort que lui. Surtout quand ils étaient riches et beaux.

— Je veux être là pour elle. Je veux la soutenir.

Depuis que Quentin et Haley avaient sauvé Darby et l'avaient fait évader de cette île indonésienne, un lien indéfectible s'était tissé entre eux, Eban le savait.

— Et puis je m'en fous du siège, après tout, soupira Quentin. Je vais venir...

— Arrête, ne déconne pas. Ils te vireront, tu le sais très bien.

Son ami ne répondit rien, mais Eban le connaissait suffisamment pour savoir qu'il était en plein dilemme.

— Tu adores ton travail, reprit-il pour le convaincre. Et le Bureau avait besoin de toi.

— Darby aussi avait besoin de moi.

Eban comprenait les sentiments de son ami qui était aussi son supérieur. À sa place, il aurait été tenté de faire la même chose.

— Écoute, Darby détesterait que tu perdes ton job à cause d'elle. Et puis, si tu veux mon avis, ajouta-t-il en lançant un coup d'œil à l'inspectrice qui s'approchait de lui avec un air sévère, je pense qu'avoir des agents du FBI de son côté est un gros avantage pour elle. Si tu démissionnes, tu ne seras plus qu'un civil et, crois-moi, les flics n'en auront rien à faire de ton opinion. Tu n'auras plus aucune influence. Déjà qu'ils se demandent ce que je fous ici...

— Dis-leur que c'est confidentiel et, si ça ne suffit pas, je les appellerai.

Quentin semblait hors de lui. Car il savait, au fond, qu'il y avait une limite à ce qu'ils pouvaient faire pour Darby sans aggraver la situation. Eban, lui aussi, était inquiet. Surtout que, comme Quentin, il connaissait le passé de Darby.

— Haley n'est pas bien non plus, reprit Quentin.

Eban resta silencieux. Que dire ? Ils étaient tous dans le même état, de toute façon.

Finalement, Quentin posa la question qui les hantait tous les trois.

— Tu crois que c'est elle ?

— Je n'en sais rien, murmura Eban pour ne pas être entendu, alors que le vent glacial lui griffait les joues. Et le pire, c'est qu'elle non plus ne le sait pas.

*<br>**

Darby se leva et remonta le legging qu'on lui avait prêté. L'infirmière s'était montrée bienveillante, heureusement. Darby ne lui avait pas dit qu'elle avait déjà subi cet examen ; elle préférait ne pas parler de son histoire car elle comprenait que ça pourrait être utilisé contre elle.

Elle ne savait pas si elle portait encore les stigmates des agressions sexuelles qu'elle avait subies, mais elle était à peu près certaine que ce n'était pas le cas. D'après les médecins qui l'avaient suivie, elle s'était parfaitement remise. En tout cas physiquement.

En revanche, son dossier médical ne pouvait pas être effacé, et elle espérait qu'il ne pourrait pas être utilisé comme preuve de sa culpabilité. Cette idée l'angoissait alors qu'elle glissait ses pieds dans les deux chaussons trop grands pour elle. Avec cet accoutrement, elle avait davantage l'impression d'être dans un hôpital que dans un commissariat de police.

— Vous pouvez y aller, dit doucement l'infirmière.

Mais elle réalisa aussitôt que non, Darby ne pouvait pas « y aller » – qu'elle était en garde à vue – et son attitude changea brusquement alors qu'elle sembla prendre conscience que sa patiente était suspectée de meurtre.

Darby redressa les épaules. Le fait qu'elle ne se souvienne pas de ce qui s'était passé la nuit précédente jouait clairement contre elle. Même si le coupable était retrouvé – ce qui semblait de plus en plus improbable au fil des heures –, les gens la regarderaient toujours avec suspicion.

— Merci pour votre gentillesse, dit-elle en gardant la tête haute.

Une fois que toute cette histoire serait terminée, sa dignité serait peut-être tout ce qui lui resterait.

Alors que le policier la raccompagnait jusqu'à la salle d'interrogatoire, elle sentit le froid s'emparer d'elle. Les chaussons et les vêtements fins qu'on lui avait donnés ne suffisaient pas à la protéger.

Elliot Byrne l'attendait, et elle s'étonna qu'il ait retiré sa veste et retroussé ses manches de chemise. Était-elle la seule à trouver que la température était glaciale ? Peut-être... C'était comme si son esprit était en train de quitter son corps, comme ça lui était déjà arrivé quelques fois dans cette cabane, en Indonésie. À l'époque, c'était le seul moyen pour elle de survivre à l'horreur. Pour autant, elle se souvenait de chaque détail. De chaque viol. De chaque blessure. Et de chaque humiliation. Surtout, elle se souvenait du froid qu'elle avait ressenti en permanence malgré les températures tropicales.

C'était le même froid qui la paralysait ce jour-là.

— La police veut vous réinterroger, dès que vous vous en sentirez capable, lui annonça doucement Elliot.

Darby cligna des yeux, surprise, puis laissa échapper un soupir d'épuisement. Elle était tellement fatiguée...

— Je serai avec vous tout le temps. D'ailleurs, je veux que vous me promettiez de ne jamais leur parler sans ma présence.

— Vous risquez de rester ici longtemps, alors, répondit-elle avec amertume.

Il posa une main compatissante sur son bras, et elle fut heureuse de ne pas se dégager de lui. Elle avait fait des progrès.

— Mais vous êtes gelée ! s'exclama-t-il. Attendez, je vais aller vous chercher un pull.

Elle releva la tête et le regarda d'un air surpris.

— Merci.

Alors qu'il quittait la pièce, elle passa ses bras autour d'elle et se mit à claquer des dents. Il revint quelques minutes plus tard, accompagné d'un agent qui lui tendit un épais sweat gris et une tasse de soupe. Dès qu'elle enfila le pull, elle se sentit apaisée par le tissu doux et chaud.

— Vous avez l'air d'avoir 15 ans avec ce truc, lui dit Elliot en souriant dès que l'agent eut quitté la pièce.

— C'est ça d'être petite et de ne pas porter de maquillage, répondit-elle avec une petite pointe d'humour malgré la situation.

Puis elle commença à manger. Elle pensait ne pas avoir faim mais, dès la première cuillerée avalée, elle découvrit qu'elle était affamée. La soupe poulet et nouilles la réchauffa de l'intérieur, et elle avait l'impression de ne jamais avoir mangé quelque chose d'aussi bon. Lorsqu'elle eut terminé, elle se sentit plus forte et plus courageuse. Elle repoussa le bol et Elliot s'assit, se penchant vers elle par-dessus la table.

— Maintenant, je veux vous parler de ce qui s'est passé l'été dernier.

Il avait parlé si doucement qu'elle crut avoir mal entendu. Sa gorge devint sèche, et son cœur se mit à battre plus fort.

— Je pensais que l'inspectrice voulait me réinterroger ? tenta-t-elle pour éviter l'épreuve.

Elliot sourit légèrement, révélant les fossettes qui barraient ses joues à la verticale.

— Elle peut attendre encore un peu. Je n'ai pas fini de m'entretenir avec ma cliente.

— Qu'est-ce que vous savez de ce qui s'est passé ? lui demanda Darby en détournant le regard.

Mais comme il ne répondait pas, elle finit par se tourner à nouveau vers lui. Elle le fixa un instant dans les yeux, essayant de déterminer si elle pouvait lui faire confiance. Elle vit alors véritablement pour la première fois ses yeux bleu marine, ses cheveux blonds courts et épais, sa mâchoire carrée et sa bouche bien dessinée. Il était beau, et elle était presque surprise de ne pas s'en être rendu compte avant. On aurait dit une star de cinéma. Mais c'est surtout l'intelligence qui brillait dans ses yeux qui la frappa.

Pourtant, il ne lui faisait absolument aucun effet. Elle ne ressentait ni attirance ni désir. Et, heureusement, ni peur ni panique non plus.

D'ailleurs, cette absence de tout sentiment lui faisait mal et l'accablait encore un peu plus. Car ça lui faisait prendre conscience qu'il n'y avait qu'un seul homme qui la faisait vibrer, qu'elle avait envie d'embrasser. Et elle ne savait pas où il était ni ce qu'il pensait de tout ça. Si elle essayait de deviner, elle se disait qu'il devait être déçu d'elle, sinon il serait déjà venu lui parler.

Cette pensée lui arracha le cœur.

— Je sais que vous avez été enlevée par des terroristes. Je sais que vous avez été retenue en captivité pendant six jours. Je sais que vous vous êtes évadée avec l'aide de Haley Cramer et de son compagnon, qui est lui aussi du FBI. Je sais que la plupart des hommes de l'île sont morts lors d'une autre attaque, mais que le chef n'a jamais été retrouvé.

Darby croisa les jambes et garda le regard fixé sur la table. Darmawan Hurek était l'un des terroristes les plus recherchés par le FBI, mais il courait toujours, en effet, et personne ne savait où il était.

— Alors vous en savez déjà beaucoup.

Elliot recula sur sa chaise, ses yeux toujours braqués sur elle.

— Je sais ce que vous avez dit dans les interviews que j'ai regardées pendant le vol, en venant ici. J'ai également lu tous les articles que j'ai pu trouver sur votre histoire. Malheureusement, j'ai découvert que les rapports du FBI vous concernant n'ont jamais pu être rendus publics, malgré plusieurs demandes.

La colère la gagna, et elle détourna à nouveau le regard pour tenter de garder son sang-froid.

— Vous savez l'essentiel. Qu'est-ce que vous voulez savoir de plus ?

Comme tout à l'heure, il ne répondit rien, la forçant à le regarder. Alors qu'elle pensait que son manque de coopération le mettrait en colère, elle découvrit dans ses yeux de la pitié et de la compassion. Son émotion était telle qu'une boule se forma dans sa gorge, l'empêchant de parler.

— Ce n'est pas de la curiosité mal placée, je vous assure. Dans des circonstances normales, jamais je ne vous aurais demandé de me donner les détails de ce qui a dû être très traumatisant pour vous.

— C'est vrai, ça l'a été, confirma-t-elle doucement, frissonnant malgré le pull.

— Je sais. Et c'est pour ça que j'ai besoin de savoir ce qui vous est arrivé *exactement*. En fait, j'ai besoin de savoir tout ce que l'agent du FBI qui participe actuellement à l'enquête pourrait révéler, même s'il n'est pas officiellement chargé de l'affaire.

Darby releva brusquement la tête.

— Il aide la police ?

— Oui, pourquoi ? Vous le connaissez ?

— Oui.

Elle savait qu'Eban ne travaillerait jamais contre elle. Elle le connaissait : il respectait les règles et devait vouloir faire les choses dans le bon ordre. L'une des raisons qu'il lui avait données pour ne pas entamer de relation avec elle, l'été d'avant, était qu'il perdrait son travail si ça venait à être découvert. La légalité était importante pour lui, et elle l'admirait pour ça. Mais, dans le cas présent, jusqu'où serait-il prêt à aller pour respecter les règles ?

Elle savait que Quentin ne révélerait jamais les conditions de leur première rencontre. Il avait d'ailleurs retiré du dossier et des dépositions tout ce qui pouvait être compromettant. Mais Eban ? Qu'avait-il fait des notes qu'il avait prises lorsqu'il l'avait interrogée, après son calvaire, et qu'il avait juré, à l'époque, de ne jamais partager avec qui que ce soit ? Les avait-il conservées ?

Irait-il jusqu'à les divulguer et les verser au dossier ? La jetterait-il dans la gueule du loup, sachant qu'elle avait déjà tué un homme ?

Elle ne regrettait pas ce qu'elle avait fait l'été précédent. Si ça avait été à refaire, elle n'aurait pas hésité une seconde à tuer ce monstre pour sauver sa peau, ainsi que celles de Quentin et Haley.

L'image du corps ensanglanté de Martin s'imprima à nouveau dans son esprit et elle sentit la bile monter dans sa gorge. Il n'avait pas été tué par quelqu'un qui voulait se défendre. Sa mort avait de toute évidence été préméditée ; c'était un assassinat.

Elle repensa à la brève conversation téléphonique qu'elle avait eue avec Eban juste après l'avoir découvert, et à son insistance pour qu'elle ne parle pas à la police sans la présence de son avocat. Il voulait sincèrement l'aider, elle en était sûre. Tout comme elle était persuadée qu'il ne ferait jamais rien contre elle, et que sa seule intention était de découvrir la vérité. Mais... et si elle était vraiment coupable ?

Elle n'était pas sûre de pouvoir vivre avec ça...

— Notre conversation est couverte par le secret professionnel, c'est bien ça ?

— Tout à fait, confirma Elliot. Tout ce que vous me dites restera entre nous.

Avec sa cravate desserrée et ses manches retroussées, il avait l'air plus accessible. Il faisait moins « avocat » et Darby avait presque l'impression de s'adresser à un ami. C'était probablement une technique dont il usait avec tous ses clients pour les amener à se détendre, à lui faire confiance, mais tant pis. Elle se sentait bien avec lui et, pour l'instant, c'était tout ce qui comptait.

— Vous allez peut-être regretter de m'avoir fait parler, le prévint-elle en le regardant droit dans les yeux.

Même s'il essayait de le cacher, elle voyait bien qu'elle l'avait déstabilisé.

*Déjà.*

Elle inspira profondément, se préparant à arracher les croûtes des vieilles blessures qu'elle pensait enfin à peu près cicatrisées. Elle n'avait raconté que rarement ce qui lui était arrivé – en tout cas intégralement – et, à chaque fois, ça l'avait détruite.

— Mon directeur de thèse m'a envoyée à Pulau Gunung Rebi, un volcan en Indonésie. Je devais superviser l'installation d'un réseau GPS permettant de surveiller l'activité sismique sur l'île.

Cette partie était la plus facile. Évoquer son travail ne lui posait jamais de problème. Au contraire.

— Vous avez sans doute entendu parler du Krakatoa, en Indonésie ? C'est un volcan qui est souvent mentionné dans les journaux car il est de plus en plus actif ces dernières années. Nous voulions vérifier d'autres volcans actifs dans la même chaîne, dans l'espoir qu'ils pourraient fournir – entre autres – une sorte de système d'alerte précoce. L'histoire de Pulau Gunung Rebi au cours du dernier siècle est fascinante. Pendant la Seconde Guerre mondiale, l'île était un camp de prisonniers de guerre japonais, et elle est aujourd'hui considérée comme maudite par les habitants de l'archipel. Quand j'y suis allée, l'été dernier, j'étais complètement seule. Enfin... c'est ce que je croyais...

# CHAPITRE SIX

Martin Carstairs gisait sur une table en acier inoxydable. Sous la lumière du néon, sa peau était si blanche qu'on aurait dit de l'albâtre, à l'exception de l'endroit où il avait été poignardé et où le sang coagulé formait désormais une couche violet foncé.

À la demande d'Eban, le médecin légiste avait effectué un scanner complet et vérifié s'il y avait d'éventuelles empreintes sur le corps de la victime. L'examen n'avait rien révélé, et Eban trouvait ça suspect. Mais peut-être qu'il refusait tout simplement de voir la réalité en face et que personne d'autre que Darby n'était impliqué dans la mort de Martin ?

— Est-ce que vous avez pu déterminer l'heure exacte de la mort ? demanda Eban.

Le légiste le regarda d'une manière qui lui rappelait son ancien professeur de mathématiques au lycée et qui lui faisait comprendre que, s'il voulait poser des questions, elles allaient devoir être pertinentes.

— Entre minuit et 10 heures du matin.

— Tu ne peux pas être plus précis que ça ? lui demanda Torgerson, les bras croisés.

— Tu sais que c'est toujours une fourchette, Signy, lui répondit l'homme en blanc avec une voix plus douce que celle avec laquelle il s'était adressé à Eban.

— Doc... roucoula-t-elle pour le faire céder.

— Ce jeune homme a été vu en train de quitter une soirée un peu avant minuit, donc il a forcément été tué après, fit remarquer le légiste avec une pointe d'humour qu'Eban trouva douteux. Si on s'en tient à sa température corporelle, il était mort depuis environ huit ou neuf heures quand je suis arrivé sur les lieux. Mais la maison est froide, donc c'est une information à prendre avec précaution. En revanche, il était déjà très raide au moment où les ambulanciers sont arrivés, donc il était de toute façon mort depuis au moins six heures. La fixation des lividités cadavériques est presque totale, donc je dirais que la victime a été tuée entre minuit et 2 heures du matin. Mais, encore une fois, ce n'est qu'une estimation ; je vais faire d'autres examens qui permettront d'être plus précis.

Eban hocha la tête et regarda la fine plaie dans la poitrine du jeune homme. Mesurant environ deux centimètres et demi, elle se situait immédiatement à droite du sternum et traversait le cartilage des côtes, jusque dans la cavité thoracique.

Lorsque le légiste mit en marche la scie, Eban se contracta mais ne réagit pas plus que ça. Il avait assisté à beaucoup d'autopsies au fil des années et avait fini par s'y habituer, même s'il n'était jamais à l'aise avec le fait qu'un humain en dissèque un autre.

Après avoir fait une légère incision, le médecin arrêta la scie et écarta soigneusement les côtes pour révéler la cavité thoracique et mettre en évidence la trajectoire du couteau.

— Vous voyez, la pointe a entaillé le ventricule gauche. Hmmm... marmonna-t-il en réfléchissant. C'est étrange. Il y a deux lésions, et la quantité de sang dans la cavité thoracique suggère que la victime n'est pas morte sur le coup.

— Pauvre garçon, dit doucement Torgerson.

— Deux lésions ? Vous voulez dire que le couteau a été planté deux fois par la même plaie ?

— Ça en a tout l'air...

Eban fronça les sourcils. Si Darby avait tué Martin, elle l'avait forcément fait pour se défendre. Cela voulait donc dire que Martin l'agressait, qu'il bougeait. Or, dans de telles circonstances, jamais elle n'aurait pu le poignarder une deuxième fois avec autant de précision.

— Si Martin n'est pas mort immédiatement, pourquoi n'a-t-il pas essayé de se sauver ? fit-il remarquer. Pourquoi est-ce qu'on ne voit aucune trace de défense sur ses mains ? Il aurait dû essayer de se battre, au moins de prendre son téléphone pour appeler à l'aide ?

— Vous avez déjà été poignardé, Winters ? lui demanda Torgerson comme s'il était complètement naïf.

— Non, admit Eban.

Il avait souvent été visé par une lame de couteau, mais aucun de ses agresseurs n'avait jamais réussi à l'atteindre.

— Moi, je l'ai été. Et je peux vous dire que même la plus petite blessure fait un mal de chien.

Eban lui lança un regard sceptique et se tourna vers le médecin légiste. Il ne remettait pas en cause l'expérience de l'inspectrice, mais il se dit que la douleur, aussi intense soit-elle, n'était pas invalidante, surtout lorsque sa vie était en jeu.

— Qu'en pensez-vous, docteur ?

— La blessure est profonde et a entaillé le cœur, ce qui a sans doute immédiatement altéré ses capacités. Peut-être qu'il a tenté de se défendre et que c'est pour ça que son agresseur s'y est repris à deux fois ? Mais je dois dire qu'il n'est pas courant d'avoir deux lésions et une seule plaie... Peut-être aussi que la victime avait beaucoup bu ou pris de la drogue ? Dans ce cas, il est possible qu'elle n'ait pas vraiment ressenti la douleur, ou qu'elle n'ait plus tout à fait été en capacité de réfléchir...

— Vous pensez qu'il a été drogué ? demanda Eban en regardant Martin.

Le légiste réfléchit un instant en se pinçant les lèvres.

— Peut-être. Nous le saurons lorsque nous aurons reçu l'analyse toxicologique.

— Dans combien de temps ?

— Quelques semaines, malheureusement...

Eban jura intérieurement. La lenteur du système lui donnait envie de hurler, mais malheureusement, personne ne pouvait rien y faire et il était bien obligé de s'y plier. Pourtant, même s'il avait peur de découvrir que c'était bien Darby la coupable, il aurait aimé que les choses aillent plus vite.

— Il n'y a aucun moyen que cette analyse soit effectuée en priorité ?

— Peut-être qu'une demande du FBI permettrait d'accélérer la procédure... lui répondit le légiste en souriant.

— Okay. Je vais voir ce que je peux faire.

Il avait hâte d'aller parler à Darby, de la prendre dans ses bras et de la réconforter. Mais ça ne servait à rien tant qu'il n'avait pas plus d'informations sur ce qui s'était passé la veille au soir. Et, surtout, il ne voulait pas prendre le risque d'être exclu de l'enquête.

— Merci pour votre aide, docteur. N'hésitez pas à m'appeler si vous avez de nouveaux résultats, lui dit-il en posant sa carte de visite sur une table près de la porte. En attendant, je vais voir avec le FBI si on peut faire accélérer la procédure...

— Est-ce que je peux vous demander pourquoi cette affaire est si particulière ? lui demanda le médecin. C'est rare de voir le FBI intervenir dans notre région...

Torgerson braqua ses yeux bleus sur lui, attendant – avec

une impatience ostensible – la réponse qu'il allait donner à la question qui venait de lui être posée.

— L'intérêt du FBI dans cette affaire est confidentiel pour le moment. Je suis désolé.

Le légiste hocha la tête en faisant la moue, puis se retourna, visiblement peu impressionné.

— Vous m'excuserez, mais je dois m'y remettre. Ce jeune homme mérite de retrouver son intimité.

— Bien sûr, on vous laisse ! lança Eban, avant de quitter la pièce, accompagné de Torgerson.

Dès qu'ils eurent retiré leurs vêtements de protection, Eban prit une profonde inspiration, emplissant ses poumons d'air stérilisé et faisant de son mieux pour chasser l'image du corps de Martin de son esprit.

Car la mort de ce jeune homme le touchait, et il réalisait qu'il ne cherchait pas la vérité uniquement pour Darby, mais aussi pour Martin, qui méritait justice. Tout ce qu'il espérait, c'est que cela ne veuille pas dire faire condamner Darby. S'il découvrait qu'elle était coupable, il ne savait pas comment il réussirait à gérer cette réalité.

— Où habite la famille de Carstairs ?

— Ses parents arrivent de Floride demain. Ses deux frères vivent dans différentes régions du pays ; ils doivent aussi venir, mais j'ai peur que le blizzard ne les en empêche. Une tempête est annoncée à partir de demain.

— Vous avez du nouveau de l'équipe cynophile ? demanda-t-il, se félicitant d'avoir demandé leur intervention le jour même, avant que la neige ne retombe.

— Ils ont trouvé des traces qui contournent la propriété du voisin et remontent jusque sur la route principale, à environ huit cents mètres de la maison de Martin. Ensuite, les chiens ont perdu l'odeur.

— Peut-être qu'il s'agit de quelqu'un qui s'est fait déposer en voiture, ou qui a décidé de laisser sa voiture sur place pour ne pas conduire en ayant consommé de l'alcool ?

— Ouais, confirma Torgerson en haussant les épaules. Ou c'est peut-être Martin qui est allé se promener dans les bois, hier ? Les gens font souvent ça, ici. On comparera les empreintes avec ses bottes pour confirmer.

Ils ne pouvaient être sûrs de rien. L'inspectrice avait peut-être raison, mais Eban espérait que ces traces appartenaient au véritable tueur. Malgré tout, il ne pouvait pas s'empêcher de douter, et il avait l'impression d'avoir encore plus froid.

— Comment expliquez-vous l'absence d'empreintes digitales sur le torse de Martin ? lui demanda-t-il finalement en fronçant les sourcils.

— Comme vous le savez sûrement, danser fait transpirer. Or, les empreintes ne restent pas sur une peau qui a transpiré. Peut-être qu'ils ont commencé à s'embrasser avec leurs vêtements, qu'ils sont montés à l'étage tout habillés, et que dès que Martin a retiré sa chemise, elle l'a poignardé ?

— Avec un couteau de chasse qu'elle avait sur elle ? Vous avouerez qu'une fille qui se trimbale avec un truc pareil sur elle, ce n'est pas très séduisant...

Son estomac était de plus en plus noué, et ce n'était pas simplement parce qu'il venait de quitter une salle d'autopsie.

— Peut-être que Martin gardait un couteau dans le tiroir de sa table de chevet et qu'elle l'a trouvé en cherchant un préservatif ? Ou qu'il avait tellement bu de whisky qu'il a fini par s'endormir, qu'elle est montée à l'étage, a défait sa chemise et l'a tué ?

— Et elle serait redescendue dormir sur le canapé ?

— Je n'en sais rien. Et c'est justement pour ça que je veux l'interroger à nouveau – pour savoir exactement ce qui s'est passé, lui dit-elle, l'air excédée. Vous voulez assister à l'interrogatoire ou pas ?

Eban glissa ses mains dans les poches de son coupe-vent alors qu'ils se dirigeaient vers la porte du bâtiment, et réfléchit à la réaction que pourrait avoir Darby si elle était interrogée en sa présence. Elle pourrait révéler le lien qui les unissait – ce qui aurait certainement un impact sur la procédure. Si elle devait aller devant un tribunal, le fait qu'ils se connaissent risquait de jouer contre elle... Il n'en était pas certain, mais il préférait ne pas prendre de risque et ne pas intervenir directement, même si cela voulait dire ne pas la voir pour le moment.

— Je préférerais rester dans la salle d'observation, si cela vous convient ?

— J'ai le choix ? rétorqua Torgerson avec un petit rire discret. Okay pour la salle d'observation, tant que vous ne m'interrompez pas...

Elle était piquante, mais il ne lui en tint pas rigueur.

— J'aimerais également jeter un œil à l'ordinateur, aux relevés bancaires, aux e-mails et aux comptes de réseaux sociaux de Martin.

Torgerson soupira.

— J'ai demandé à pouvoir consulter tout ça demain matin.

— Super. Prévenez-moi dès que vous y avez accès.

Eban avait cherché sur Internet tout ce qu'il pouvait trouver sur Martin, mais il était forcément passé à côté de certaines choses – des sites de jeux en ligne, des forums de discussion sur lesquels il devait certainement avoir un pseudonyme... De toute façon, l'équipe de Haley devait déjà être en train de fouiller dans le passé de Martin avec une ferveur habituellement réservée aux espions et bioterroristes russes.

— Est-ce que vous avez lancé un appel public pour avoir des photos ou des vidéos de la soirée d'hier soir ?

— Non, concéda l'inspectrice. Mais les gens ont publié des choses sur les réseaux sociaux toute la journée...

— Demandez à votre équipe technique de configurer un

serveur dédié pour toutes ces informations, dit-il, sachant d'expérience que les services pouvaient être facilement submergés par une quantité massive de données. Ensuite, diffusez un appel à témoin, et contactez également les chaînes locales en leur demandant de faire une annonce aux journaux télévisés de ce soir. Il faut que nous collections le maximum d'informations.

Eban voulait absolument avoir une meilleure idée de ce qui s'était passé la nuit précédente. Darby avait forcément été droguée ou hypnotisée – même s'il avait du mal à imaginer quelqu'un l'hypnotiser en plein *ceilidh*.

Torgerson gonfla les joues, se retenant clairement d'exploser.

— À vos ordres, agent Winters ! lança-t-elle avec ironie.

— Appelez-moi « Eban », lui répondit-il avec un sourire amical, qui ne sembla avoir aucun effet.

— « Signy », se sentit-elle obligée de répondre. Bon, on se retrouve au commissariat dans une demi-heure ? Je vais me prendre un truc à manger sur la route ; vous voulez quelque chose ?

Eban n'avait pas faim mais il ne savait pas non plus combien de temps il allait devoir rester au commissariat, ce soir-là. Visiblement, Torgerson aurait aimé qu'il y reste le moins possible pour ne plus l'avoir dans les pattes. Peut-être aussi qu'elle avait hâte de rentrer chez elle – pour nourrir son chat ou retrouver l'homme avec lequel elle vivait ? Mais jusqu'à ce qu'il ait prouvé l'innocence de Darby, ou qu'il soit forcé de se retirer de l'affaire, il comptait bien garder Torgerson sous la main et la forcer à travailler sur l'enquête.

— Je veux bien... Et comme je ne connais encore pas très bien la ville, je vais vous suivre, si ça ne vous ennuie pas. J'attendrai pendant que vous irez chercher quelque chose à manger – aucun problème.

Elle avait l'air tellement hors d'elle qu'il se sentit presque désolé pour elle.

Tournant les talons, elle rejoignit son SUV à grands pas, tandis que lui retournait s'installer au volant de sa voiture de location. Signy quitta le parking du médecin légiste en trombe, et Eban sourit en la voyant aussi énervée. Heureusement, elle ralentit sur la voie rapide, se disant probablement que la mort d'un agent du FBI dans un accident de voiture risquerait d'avoir un impact négatif sur sa carrière...

Pourtant, Eban n'avait peur ni de la vitesse ni de l'enneigement. Il avait appris à conduire dans les Rocheuses, avec la Buick de son beau-père. Ce qui le préoccupait, en revanche, c'était le blizzard annoncé le lendemain. Il savait qu'une tempête risquait de tout ralentir, y compris l'avancée de l'enquête et, par conséquent, la libération de Darby. Il espérait vraiment que cet avocat était à la hauteur de sa réputation – et de ses honoraires exorbitants...

L'inspectrice ne fit finalement aucun stop sur le chemin de retour au commissariat – certainement pour ne pas révéler à Eban où elle avait initialement prévu d'aller. Il regretta que sa présence semble l'insupporter à ce point. Il ne faisait rien pour. C'est simplement qu'ils avaient des objectifs différents, même s'ils avaient en commun de vouloir retrouver l'assassin de Martin Carstairs.

Elle était persuadée de la culpabilité de Darby, alors que lui espérait l'inverse. Personne n'était plus important pour lui que Darby, et il était prêt à tout pour prouver son innocence.

Si elle était innocente...

# CHAPITRE SEPT

Alors qu'elle terminait de raconter son cauchemar indonésien, Darby réalisa qu'elle avait cessé de trembler. De son côté, Elliot Byrne, qui avait d'abord réussi à conserver une posture professionnelle, semblait désormais particulièrement mal à l'aise.

Tout comme elle, d'ailleurs. Revivre ce traumatisme ne l'avait pas aidée à se sentir mieux. D'autant qu'elle avait peur que la police puisse utiliser contre elle tout ce qu'elle venait de confier. Elle regrettait... C'étaient *ses* blessures, *ses* secrets. Elle n'avait pas forcément envie de les partager avec la terre entière, même si elle n'en avait pas honte non plus. Au contraire, elle était fière d'avoir survécu, alors que la plupart de ses agresseurs étaient morts.

Elle avait bien vu qu'Elliott avait tiqué quand elle lui avait dit qu'elle en avait tué un elle-même... Elle avait hésité à occulter ce « détail », mais elle tenait à ce qu'il sache qu'elle n'était pas juste une victime, et qu'elle avait contribué à son sauvetage. Peut-être qu'elle n'aurait pas dû ; il allait la considérer autrement, à présent. Et il allait se dire qu'elle avait tué Martin, c'était sûr.

Le silence était assourdissant, et elle détestait la pitié qu'elle lisait dans ses yeux. Juste au moment où il ouvrait enfin la bouche pour parler, quelqu'un frappa à la porte, et l'inspectrice Torgerson entra dans la pièce.

— Maître, j'aimerais interroger votre cliente, si vous me le permettez.

— Bien sûr.

Eban n'était pas avec l'inspectrice et Darby était certaine qu'il se trouvait derrière le miroir. Elle le sentait.

Pourquoi est-ce qu'il n'était pas encore venu la voir ? Peut-être qu'il ne voulait plus rien avoir à faire avec elle ? Tout à coup, l'espoir de pouvoir un jour être avec lui commença à vaciller.

Elliot se leva et s'étira en levant les bras au-dessus de sa tête. La journée avait été longue. Darby aurait aimé pouvoir faire comme lui et se dégourdir un peu les jambes, mais elle était trop terrifiée pour bouger sans en avoir eu la permission.

Elle n'était pas la seule à regarder l'avocat et, semblait-il, à le trouver séduisant. Torgerson le fixa elle aussi. Ses yeux bleus étaient toujours aussi perçants, mais Darby voyait bien qu'elle était sous le charme. Dès que l'inspectrice s'aperçut du regard de Darby sur elle, elle se détourna et, mal à l'aise, alla allumer la caméra qui se trouvait dans un coin, en prévision de l'interrogatoire.

Elle commença par énoncer calmement les noms de chaque personne présente dans la pièce, et cela ne fit que renforcer l'angoisse de Darby. Car elle réalisa qu'elle était la seule pour qui cet interrogatoire risquait d'avoir des conséquences importantes. C'était toute sa vie qui était en train de se jouer.

Comme s'il lisait dans ses pensées, Elliot posa une main rassurante sur son épaule. Elle lui en était reconnaissante, mais elle se demanda s'il croyait vraiment en son innocence, surtout à présent qu'il connaissait toute son histoire. Bien sûr, il allait la défendre – il était avocat et gagner un procès était un important pour sa carrière, comme pour ses honoraires – mais la défendrait-il si elle était coupable ?

Après ce qui lui était arrivé – en Indonésie, mais aussi ici, avec la mort de Martin –, Darby avait perdu sa candeur. Elle était plus cynique. Or, elle aurait tout donné pour redevenir celle qu'elle était avant, quand le monde était pour elle une sorte de terrain de jeu et d'aventure qu'elle brûlait d'envie de découvrir, sans penser aux dangers. Depuis son enlèvement, son monde s'était réduit à ses études, ses amis, Eban et son environnement immédiat.

Surtout, elle avait le sentiment d'être toujours sur la défensive.

Elle aurait voulu retrouver l'espoir, son optimisme, sa *liberté*. Mais elle réalisait que c'était le pire moment pour prendre conscience de cela, car elle risquait bien de ne jamais les retrouver.

Le tic-tac de l'horloge au mur était comme un rappel du temps qui s'écoule inexorablement. Que se passerait-il si elle n'était pas libérée ? Jamais ?

Cette pensée la pétrifia et sa bouche devint complètement sèche.

Elliot enfila sa veste et resserra sa cravate. La contraction de sa mâchoire était un signe subtil qu'il se préparait au combat, et Darby fut soudain extrêmement heureuse que cet homme soit à ses côtés. Encore une fois, Haley avait bien fait les choses...

Elle regarda discrètement le miroir et se demanda à nouveau ce que pensait Eban. Elle savait qu'il était de son côté – du moins, elle supposait qu'il l'était –, mais il devait avoir peur que se montrer trop proche d'elle entache sa carrière. Pour quelqu'un qui défendait la loi et qui respectait les règles coûte que coûte, c'est vrai qu'être l'ami d'une meurtrière n'était pas idéal. C'était peut-être d'ailleurs pour ça qu'il avait insisté pour qu'elle se fasse assister d'un avocat ; pour la protéger de lui si jamais il devait lui faire face devant un tribunal ?

— Bien... commença l'inspectrice, attirant à nouveau l'attention de Darby sur elle.

— Je suis là, Darby, murmura Elliot à son oreille d'un ton rassurant. Si je vous dis d'arrêter de parler, vous arrêtez de parler. Immédiatement.

Elle hocha discrètement la tête pour lui dire qu'elle avait compris, sous le regard inquisiteur de Torgerson.

— Avant que nous soyons interrompues, vous me disiez que vous et Martin aviez quitté la soirée ensemble, hier soir...

Immédiatement, Darby fut engloutie par une vague de colère.

— Ce n'est pas ce que j'ai dit ! explosa-t-elle. J'ai dit que je ne me *souvenais pas* d'avoir quitté la soirée.

— Mais vous vous souvenez d'avoir dansé ? lui demanda Torgerson, faisant de son mieux pour avoir l'air modérée, ce qui n'échappa pas à Darby.

— En effet, avec beaucoup de monde. Le *Dashing White Sergeant*, et le *Strip the Willow*.

Torgerson ouvrit de grands yeux, comme si elle venait de parler chinois.

— Pardon ?

— Ce sont des danses traditionnelles écossaises qu'on danse lors d'un *ceilidh*, expliqua Darby en passant sa main sur son visage, tellement fatiguée qu'elle avait même du mal à réfléchir correctement. Ça se danse en petits groupes. C'est amusant. Nous avons tous passé un bon moment. Y compris Martin.

Des sanglots se formèrent dans sa gorge et elle marqua une pause pour se ressaisir avant de reprendre :

— Il a adoré la soirée. Comme nous tous, en fait. Je n'arrive pas à croire qu'il soit mort...

— Qui d'autre était là ?

— Mes amis : Jacqui, Davis et Mohammed, avec lesquels je partage un bureau.

Darby les revit ce matin-là, devant la maison, alors qu'elle était dans la voiture de police. Ils devaient penser que c'était elle qui avait tué Martin.

Elle posa les mains à plat sur la table et, bêtement, se dit qu'elle aurait aimé être le genre de femme à se faire les ongles. Même au spa avec Haley à Noël, elle avait refusé. Elle trouvait que ça faisait « trop futile » pour une scientifique sérieuse comme elle.

Mais elle réalisait à présent que ce qui était futile, c'était une vie vécue à moitié. C'était ça, la véritable perte de temps.

Si jamais elle sortait d'ici, elle se promettait de tester la manucure. Et le ski nautique. Et de faire l'amour…

Elle jeta à nouveau un coup d'œil au miroir.

— Et puis Martin, évidemment, reprit-elle. Quand je suis arrivée, il était assis avec Stef, Lenny et Inga.

À présent qu'elle était moins intimidée par l'inspectrice, elle prit son temps pour répondre et n'hésita pas à donner des détails.

— En fait, il y avait presque tous les doctorants, certains étudiants de premier cycle, et aussi quelques profs. Et puis des gens qui n'étaient pas de l'institut, que je ne connaissais pas. La soirée a été organisée par les doctorants de l'UAF pour collecter des fonds. Ils ont fait venir un groupe de cornemuses local spécialement pour jouer le *haggis*. Il y avait au moins deux cents personnes…

L'inspectrice sembla surprise par le chiffre, et prit des notes d'un air perplexe.

— Vous avez mangé et bu les mêmes choses que tout le monde ? demanda-t-elle tout en écrivant.

— Ma cliente peut difficilement savoir avec certitude ce que deux cents personnes ont mangé et bu, intervint Elliot.

Torgerson lui lança un regard noir.

— Pour la nourriture, il n'y avait que du *haggis*, servi avec des *neaps and tatties* – de la purée de navets et de la purée de pommes de terre, expliqua Darby. Quand tout le monde a été servi, on a porté un toast avec un verre de whisky. Je n'aime pas beaucoup ça, mais je me suis forcée à en boire un petit peu.

Pour s'intégrer, et essayer d'être « normale ».

— Après le repas, les tables ont été débarrassées pour qu'on puisse danser. Mais, à partir de là, je n'ai plus bu d'alcool car je savais que je devais conduire après...

Elle fronça les sourcils. Elle se revoyait très vaguement marcher jusqu'à sa voiture avec Martin. Est-ce qu'ils n'étaient que tous les deux ? Elle essaya désespérément de se souvenir de quelque chose, mais rien ne vint.

— Jusqu'à quelle heure a duré la soirée ?

— Minuit ? Je ne suis pas sûre. Je n'avais pas prévu de rester aussi tard, mais je passais un très bon moment.

Son estomac se contracta au point de lui faire mal. *Martin est mort*. Lui ne passerait plus jamais « un bon moment »...

— Est-ce que Martin est allé à cette soirée en voiture ?

Darby réfléchit en se mordant la lèvre.

— Je ne sais pas. Sa voiture était devant chez lui, ce matin, donc j'imagine qu'il a dû aller au travail à pied hier matin, et se rendre directement à la soirée en quittant l'institut. Il faudrait demander aux autres étudiants...

— Il avait l'habitude d'aller au travail à pied ? demanda sèchement l'inspectrice.

— Oui. Martin aimait marcher. Il pouvait aussi lui arriver d'y aller en ski. En tout cas, ce dont je suis sûre, c'est que nous ne sommes pas allés à la soirée ensemble. Nous étions amis, mais c'est tout.

Elle avait toujours eu le sentiment que Martin aurait aimé

qu'ils soient plus ça. Lui aurait-il fait des avances, la veille au soir ?

— Vous n'avez emmené personne ?

— Non, répondit Darby en essayant de ne pas bouger sur son siège pour ne pas paraître mal à l'aise. J'aime pouvoir partir quand je veux.

Elle évita de regarder le miroir et jeta un coup d'œil à Elliot. Elle vit, à son expression, qu'il avait compris pourquoi. Elle lui avait dit qu'elle était sujette aux crises de panique. Quand ça lui arrivait, elle devait s'éloigner de la foule pour se calmer. Et quand elle n'y arrivait pas, elle appelait généralement Eban.

Elle savait qu'elle comptait trop sur lui. Ce jour-là, elle lui avait demandé beaucoup, mais pourtant il était venu – plus vite qu'elle ne l'espérait. Alors elle n'avait pas le droit de lui en vouloir en se complaisant dans son rôle de victime. Même si, finalement, c'était peut-être ce qu'elle était – une victime incapable de résilience ?

Pauvre Eban... Il devait en avoir par-dessus la tête de jouer les sauveurs. Il fallait vraiment qu'elle apprenne à le laisser tranquille et à se débrouiller. *Seule.*

Pour autant, elle n'était pas prête à parler de ses crises de panique à cette inspectrice aux yeux de serpent.

— Vous savez si quelqu'un d'autre que moi a du mal à se souvenir de ce qui s'est passé hier soir ? demanda-t-elle.

Torgerson ne répondit rien.

— Non parce qu'on a peut-être tous été drogués et que c'est pour ça que j'ai un *black out* ? persista Darby.

— Pourquoi ? Vous avez l'impression d'un *black out* ?

Darby se redressa et inspira longuement.

— Bah... En tout cas, la dernière chose dont je me souviens, c'est d'avoir dansé un *reel* ; ensuite, plus rien. Or, je n'ai rien bu, à part ce verre de whisky au moment du toast. Beaucoup de gens avaient l'air éméchés, mais...

Elle grimaça, réalisant qu'elle était peut-être la seule à avoir perdu complètement la mémoire des événements. Elle était tellement frustrée de ne pas se souvenir de ce qui s'était passé...

Torgerson écrivit quelque chose, et Darby se demanda si elle comptait donner suite à sa suggestion. Elle l'espérait, car elle aurait beaucoup aimé savoir que quelqu'un d'autre qu'elle était dans sa situation ; cela lui permettrait peut-être de comprendre ce qui était arrivé et pourquoi elle était dans cet état d'amnésie.

— Et donc, vous avez quitté la soirée avec Martin ? répéta l'inspectrice.

— Ma cliente vous a déjà dit qu'elle ne se souvenait pas d'avoir quitté la soirée, l'interrompit Elliot.

— Alors de quoi est-ce que vous vous souvenez, Darby ? reformula Torgerson avec une patience forcée.

— De rien. Jusqu'à ce que je me réveille sur le canapé.

Darby essaya de calmer sa respiration. Elle savait que l'inspectrice ne la croyait pas. Mais Eban... Et Elliot ? Est-ce qu'ils la croyaient ?

— J'avais froid, reprit-elle. J'ai réalisé assez vite que j'étais chez Martin car j'étais déjà allée chez lui. Il avait organisé une soirée avant Noël. Il y avait une bouteille de scotch et deux verres sur la table basse, alors je me suis dit qu'on avait dû boire un verre en rentrant, même si, honnêtement, je ne me vois pas accepter un verre de whisky...

Elle n'aimait *pas* le whisky. Pourquoi est-ce qu'elle aurait bu quelque chose qu'elle n'aimait pas ?

— Je me suis levée pour aller dans la salle de bain, et j'ai ensuite décidé de faire la vaisselle en me disant que ça réveillerait peut-être Martin, si jamais il dormait à l'étage ?

— « Si jamais » ?

L'inspectrice s'était jetée sur l'expression comme un chat affamé sur ses croquettes.

— J'arrive généralement au travail vers 8 heures et Martin est toujours là avant moi. Je pensais qu'il était peut-être déjà parti, expliqua Darby en se frottant le front.

Torgerson parut déçue.

— Continuez...

— J'ai vu nos deux voitures par la fenêtre de la cuisine, et c'est pour ça que je me suis dit qu'il était peut-être en haut, dans sa chambre. Mais je n'en savais rien... Comme je vous l'ai dit, Martin va souvent travailler à pied, même s'il fait très froid.

*Allait souvent travailler à pied*, se corrigea-t-elle mentalement. Elle devait se souvenir qu'il n'était plus là, désormais.

— Mais quelqu'un d'autre aurait pu être avec nous, hier soir, et cette personne aurait pu l'avoir accompagné au travail.

— Vous avez dit qu'il n'y avait que deux verres sur la table ? souligna l'inspectrice.

— C'est vrai. Mais je vous ai aussi dit que je n'aime pas le whisky, rétorqua Darby d'un ton pointu.

Elle voyait bien que l'inspectrice essayait de la piéger, et elle détestait ça.

— Vous savez, quand on a trop bu, il peut arriver qu'on finisse par boire un peu tout, y compris des alcools que l'on ne boit pas habituellement.

— Ma cliente a déjà déclaré qu'elle n'avait bu qu'un verre de whisky, en début de soirée.

— Elle a également déclaré qu'elle ne se souvenait de presque rien, maître, répliqua Torgerson.

— Justement ; elle ne peut pas apporter de réponses sur des choses dont elle n'a pas souvenir. Sauf si vous souhaitez qu'elle invente des réponses ? Votre besoin de rentrer chez vous est-il plus important que de découvrir la vérité sur ce qui s'est passé ?

Torgerson inspira profondément pour tenter de se calmer.

— Maître Byrne... j'apprécierais que vous ne me disiez pas comment faire mon travail.

Torgerson était clairement ébranlée par la remarque d'Elliot, et Darby se dit qu'il l'avait fait exprès.

— En tout cas, vous reconnaissez avoir altéré une scène de crime ?

*Cette folle est complètement sadique !* se dit Darby en fermant les yeux un instant.

Chaque question était comme une pointe de couteau pénétrant sa chair, et Torgerson semblait prendre un malin plaisir à la torturer.

— Je ne savais pas qu'il s'agissait d'une « scène de crime » quand j'ai fait la vaisselle, sinon je n'aurais rien touché et je ne serais certainement pas montée à l'étage !

Elle commençait à être terrifiée à l'idée d'avoir une crise de panique. Se forçant à inspirer puis expirer lentement et profondément, elle sentit le regard d'Eban posé sur elle. Elle aurait tellement aimé voir son visage, entendre sa voix rassurante... En même temps, qu'est-ce qu'il pourrait faire ? Tout l'accusait.

— Je voulais rendre service à Martin en rangeant sa vaisselle, c'est tout.

— Que s'est-il passé ensuite ?

Darby se sentit un peu plus calme, et baissa la tête pour tenter de se souvenir.

— J'ai décidé de monter à l'étage pour voir si Martin était toujours dans la maison. Je voulais le remercier de m'avoir laissée dormir sur le canapé avant d'aller au travail.

— Donc, si je comprends bien... : vous vous êtes réveillée, vous avez fait la vaisselle – y compris les deux verres sur la table –, et ce n'est qu'après tout ça que vous avez décidé d'aller voir si Martin était toujours chez lui ?

Darby hocha la tête. Dit comme ça, c'est vrai que ça pouvait paraître bizarre, mais elle l'avait pourtant fait naturellement...

— Je ne voulais pas que ce soit gênant entre nous, au travail. Surtout que je ne me souvenais pas de ce qui s'était passé, dit-elle en fronçant les sourcils, le regard fixé sur la table. Je me suis dit que, s'il était déjà parti, ça n'avait pas d'importance que je monte alors que je n'étais pas chez moi, et que, s'il était toujours là, je pourrais le remercier avant de partir.

— Mais vous l'avez trouvé mort ?

Darby acquiesça d'un signe de tête, incapable de parler, et presque tout aussi incapable de respirer. L'évocation du cadavre de Martin lui était insupportable.

— Est-ce que vous avez touché quelque chose ?

Darby réfléchit attentivement.

— La rampe d'escalier. La porte de la chambre d'amis. Et la porte de la chambre de Martin – elle était ouverte, mais je l'ai poussée pour pouvoir entrer.

— La porte de sa chambre était ouverte ?

— Un peu.

— Vous pouviez voir le corps depuis le couloir ?

— Non.

Elle s'éclaircit la voix pour gagner un peu de temps et tenter de gérer ses émotions.

— Je voyais ses pieds, c'est tout. Je l'ai appelé plusieurs fois, mais il ne bougeait pas. Ça m'a inquiétée, alors je suis entrée...

Elle déglutit. Elle aurait préféré ne pas l'avoir fait.

— Vous avez touché quelque chose dans la chambre ?

— Non.

— Alors comment expliquez-vous qu'il y ait du sang sur les manches de votre chemise ?

Darby écarquilla les yeux et échangea un regard avec Elliot.

— Je ne sais pas, souffla-t-elle en secouant légèrement la tête, complètement paniquée.

— Vous êtes sûre de ne pas avoir touché le corps ? Peut-être que vous avez voulu voir si Martin était encore en vie ?

À nouveau, l'image du corps sans vie de Martin la fit frissonner. Elle se sentit coupable... L'inspectrice avait raison, elle aurait dû vérifier s'il était vraiment mort. Mais elle avait eu tellement peur que son réflexe avait été de partir. Vite.

*Pauvre Martin.*

— Non, vraiment, je ne l'ai pas touché.

— Même pas pour voir si vous pouviez le sauver ?

— Non. J'aurais dû mais je ne l'ai pas fait, avoua Darby en retenant ses larmes.

— Pourquoi pas ? insista l'inspectrice.

— Je sais à quoi ressemble un mort.

— Comment est-ce que vous savez ça ?

Darby sentit le pied d'Elliot appuyer sur le sien, mais elle l'ignora.

— J'ai grandi dans une cabane perdue en pleine nature, en Alaska. Nous devions chasser pour survivre.

— Ah... Vous êtes donc habituée à manier les couteaux de chasse, j'imagine ? lui demanda l'inspectrice, ravie d'avoir marqué un point.

Darby se tut. Si Torgerson avait voulu la déstabiliser, elle avait réussi. Mais c'était tellement facile de se faire piéger dans un interrogatoire. Elle commençait à comprendre pourquoi Eban et Quentin lui avaient conseillé de garder le silence ou, en tout cas, d'en dire le minimum.

— J'aimerais avoir une copie des résultats de l'analyse toxicologique, et de l'analyse du sang retrouvé sur le vêtement de ma cliente, surtout *s'il* s'avère que c'est du sang humain, intervint Elliot.

— Mais bien sûr, maître, lui répondit l'inspectrice avec une affabilité feinte. Et que s'est-il passé ensuite ?

— Je me suis enfuie. J'ai attrapé mon manteau, mes bottes, et j'ai sauté dans ma voiture.

— Puis elle a appelé la police, précisa Elliot pour que ce soit clairement enregistré par la caméra.

L'inspectrice Torgerson sembla se tendre à nouveau. Darby

ne savait pas pourquoi mais, de toute évidence, elle avait un problème avec elle, ou avec Elliot…

— Avez-vous couché avec Martin Carstairs, la nuit dernière ?

Darby secoua la tête.

— À voix haute, s'il vous plaît. Votre témoignage doit être audible sur l'enregistrement.

— Non. Je ne pense pas. Pas avec mon consentement, en tout cas.

— Avez-vous déjà eu des relations sexuelles ?

Darby regarda Elliot, horrifiée.

— Je ne vois pas en quoi cela concerne l'enquête, fit-il remarquer d'un ton sévère.

— Je pense au contraire que le comportement de votre cliente pendant les rapports sexuels est très pertinent pour l'enquête.

Darby sentit la sueur couler dans son dos alors qu'elle se demandait, avec effroi, ce qu'Eban avait pu raconter à cette femme…

— Sauf que ma cliente vient de vous dire qu'elle ne croit pas avoir eu de relation sexuelle avec la victime.

— Je pensais qu'elle ne s'en *souvenait* pas ? nota Torgerson avec sarcasme. Darby, il me faudrait une liste de tous vos anciens partenaires sexuels.

— Il en est hors de question ! réagit Elliot en se laissant tomber sur le dossier de sa chaise, l'air faussement détendu. Il s'agit d'une violation flagrante de la vie privée de ma cliente.

— Peut-être qu'ils se manifesteront d'eux-mêmes ? suggéra l'inspectrice en soupirant, braquant sur lui ses yeux de peste.

*Les hommes qui m'ont violée sont tous morts.*

Cette pensée résonna dans l'esprit de Darby, mais elle ne pensa pas que c'était une bonne idée de préciser ce fait à l'inspectrice.

— J'aimerais vous parler de votre enlèvement, l'été dernier... reprit Torgerson en plantant son regard dans le sien.

Immédiatement, Darby se figea. Chaque fois qu'elle devait évoquer cet épisode de sa vie, elle était tétanisée. Et la dernière chose dont elle avait envie, c'était d'en parler avec cette femme qui avait de toute évidence une dent contre elle.

— Je n'ai aucun commentaire à faire.

Les mots étaient sortis de sa bouche tout naturellement, cette fois.

— De toute façon, le FBI va nous communiquer le dossier de votre enlèvement présumé, l'été dernier, répondit Torgerson en haussant les épaules.

*« Présumé » ?!*

Elliot écrasa son pied tellement fort sur le sien qu'il lui fit mal, mais elle fut soulagée de sentir sa présence. Ce fut grâce à lui qu'elle ne sortit pas de ses gonds et ne répondit pas à la provocation de l'inspectrice. À lui, et au fait de savoir que le « FBI » ne lui ferait jamais ça. Jamais Eban, Quentin, Haley ni personne d'autre ne qualifieraient son épreuve de « présumée ».

C'était même tellement gros que c'était forcément un coup de bluff de la part de l'inspectrice. Dommage, elle aurait dû la jouer plus fine...

Torgerson attendit, mais Darby ne dit rien, et ce fut Elliot qui brisa finalement le silence :

— Ma cliente n'a aucun commentaire à faire, dit-il en souriant.

L'expression de Torgerson se durcit, et elle était sur le point de protester lorsque son téléphone se mit à sonner.

— Excusez-moi un instant, dit-elle en se levant. Je dois prendre cet appel. L'inspectrice Torgerson quitte la salle d'interrogatoire à 19 h 16, lança-t-elle, avant d'éteindre la caméra et de sortir.

— Vous vous en sortez très bien, Darby. Continuez comme ça, sourit Elliot.

Malheureusement, Darby eut à peine le temps de se détendre que son bourreau fut de retour avec une lueur particulière dans les yeux. Elle redémarra la caméra et se réinstalla sur sa chaise.

— Possédez-vous un couteau de chasse, Mademoiselle O'Roarke ?

Darby était sur le point de dire non, mais elle se ravisa.

— J'en ai un chez mon père, dans le *bush* *.

L'idée que son père puisse être mis au courant qu'elle était suspectée de meurtre lui déchira le cœur. Elle lui avait déjà fait perdre au moins dix ans de vie, l'été précédent.

— Donc, vous connaissez les couteaux ?

Qu'est-ce qu'elle cherchait, exactement ? Darby lui avait déjà dit, tout à l'heure, que sa famille devait chasser pour se nourrir. Depuis la cabane de son père, il fallait prendre l'avion pour se rendre au supermarché le plus proche, et savoir comment préparer le gibier une fois qu'il avait été tué était d'une importance vitale. Tout le monde savait ça, en Alaska – y compris l'inspectrice, forcément... C'est donc qu'elle jouait l'idiote, et Darby décida de la prendre à son propre jeu :

— En effet. Vous ne serez pas surprise d'apprendre que je mange avec un couteau chaque jour, Madame Torgerson.

— Des couteaux de chasse ? insista l'inspectrice sans une once d'humour.

— Nous sommes en Alaska, soupira Elliot en se penchant au-dessus de la table. Tous ceux qui ont grandi ici savent se

---

* En Alaska, *the bush* est le nom donné aux régions reculées et éloignées des routes et des ferries de l'État. Une majorité du peuple indigène d'Alaska vit dans le *bush* comme leurs ancêtres.

servir d'un couteau de chasse. Où est-ce que vous voulez en venir ?

Pour toute réponse, Torgerson jeta une photo sur la table d'un air victorieux.

— Avez-vous déjà vu ce couteau auparavant, Mademoiselle O'Roarke ?

Darby regarda la photo et découvrit un grand couteau de chasse avec un manche noir, une pointe mortelle, et une lame parfaitement aiguisée.

Sa bouche devint sèche.

— Euh... Non... balbutia-t-elle. Mais je suppose que c'est le couteau qui a été utilisé pour tuer Martin ?

— Et vous maintenez que vous n'avez pas touché le corps de Martin Carstairs ? lui demanda Torgerson, impassible.

— Absolument, répondit fermement Darby. Ni Martin ni le couteau.

L'inspectrice se pencha en avant et la regarda avec un plaisir non dissimulé.

— Alors comment expliquez-vous que nous ayons trouvé vos empreintes digitales sur l'arme du crime ?

Les mots de l'inspectrice firent à Darby l'effet d'une bombe. Sa vue se brouilla, son esprit chancela, et elle n'entendit plus que son pouls qui tambourinait dans ses oreilles.

— Ma cliente n'a rien d'autre à déclarer.

— Elle n'a pas besoin de déclarer quoi que ce soit, dit l'inspectrice avec un sourire pervers. Nous avons la preuve de sa culpabilité et tout ce qui lui reste à faire, c'est d'avouer. C'est le meilleur service qu'elle pourrait se rendre à elle-même... Si elle avoue son crime et cesse de nous faire perdre du temps, le procureur pourrait accepter une négociation de peine.

— Inspectrice, dit doucement Elliot d'un ton glacial, je vous le répète : ma cliente ne se souvient pas de tout ce qui s'est passé la nuit dernière. Je veux une copie de toutes les preuves, des analyses toxicologiques et du rapport d'autopsie dès que vous les aurez. Pour l'heure, j'aimerais m'entretenir avec mademoiselle O'Roarke. Seul, s'il vous plaît.

L'inspectrice leva les yeux au ciel et se leva, tandis que Darby restait là, figée sur sa chaise. La réalité s'était écrasée sur elle comme une météorite, faisant voler tout son monde en éclats.

Elle l'avait fait.

Elle avait tué Martin.

— J'ai besoin d'aller aux toilettes. Je ne me sens pas très bien, murmura-t-elle.

# CHAPITRE HUIT

*Les empreintes de Darby sont sur l'arme du crime.*

Eban avait l'impression de ne plus avoir d'air dans ses poumons. Il suffoquait. Il quitta à grands pas la salle d'observation et se dirigea vers le bureau général. Il avait besoin de se calmer dans un endroit où personne ne le remarquerait. Être au milieu de tous ces agents affairés sur leurs dossiers était idéal pour ça.

*Les empreintes de Darby sont sur l'arme du crime.*

Il avait envie de hurler. D'angoisse. De frustration.

En arrivant, il découvrit le sergent Robertson en train de parler à un autre homme qu'Eban reconnaissait. C'était l'un des types de la scientifique qui était sur la scène de crime, l'après-midi, la veille. Allan croisa son regard et lui fit signe de les rejoindre. Il hésita un instant, mais se força finalement à aller parler aux deux hommes.

— Vous avez appris la bonne nouvelle ? lui lança aussitôt Allan avec un large sourire. On a pu identifier les empreintes qu'on a retrouvées sur l'arme du crime.

— Oui, oui, j'ai entendu, répondit Eban d'une voix morne.

Il était bouleversé. Il ne savait pas comment il allait pouvoir annoncer ça à Quentin et Haley. Et il ne savait pas non plus comment il allait pouvoir regarder Darby en face lorsqu'il allait devoir lui annoncer qu'il ne pouvait rien faire pour elle.

*Putain...* Il ne supportait pas l'idée qu'elle aille en prison.

Il s'éclaircit la voix, avant de reprendre :

— Est-ce que vous auriez une copie du rapport ?

— Pas encore. La technicienne principale m'a appelé pour me dire qu'elle avait envoyé par e-mail les résultats préliminaires à l'inspectrice. Elle doit me les faxer dès qu'elle a un moment.

Juste à ce moment-là, le télécopieur se mit en route et Eban se précipita dessus, attendant avec impatience que la machine finisse de cracher le rapport. Dès qu'il l'eut entre les mains, il le posa sur un bureau vide et consulta, avec Allan, le détail des preuves qui pourraient bien le séparer de Darby pendant de longues années. Ce n'était qu'à présent qu'il était sur le point de la perdre – peut-être même pour toujours – qu'il réalisait à quel point elle comptait pour lui.

Il se sentit devenir blême et s'agrippa au bureau pour tenir debout.

— C'est bizarre... marmonna Allan en fronçant les sourcils, pensif, devant une feuille de papier.

— Quoi ? lui demanda Eban.

Il n'arrivait même plus à faire une phrase complète, étouffé par un chagrin qu'il ne pouvait pas révéler.

— Je n'ai pas vu la victime, répondit Allan en grattant son crâne rasé, mais j'ai remarqué que la suspecte était plutôt menue...

Eban regarda la photo imprimée sur une feuille A4 que lui mit Allan sous le nez et fronça les sourcils. Il ne comprenait pas.

— Regardez... dit Allan en mimant la prise du couteau avec sa main droite, le pouce pointé vers le haut. Si j'enroule ma main autour d'un couteau comme c'est indiqué ici, avec l'empreinte partielle du pouce près de la garde, ça veut dire que je poignarde ma cible du bas vers le haut.

Eban regarda le couteau attentivement, se remémorant les photos de la victime. Il sortit son téléphone et ouvrit une photo du corps.

— Le couteau a été planté dans le corps de Martin Carstairs du haut vers le bas, murmura-t-il. En plus, c'est l'empreinte de la main droite qui a été retrouvée sur le couteau. Or, je sais que Darby O'Roarke est gauchère.

Allan haussa les sourcils en tournant la tête vers lui, et Eban sentit une vague de soulagement le submerger. Darby n'avait pas tué Martin. Quelqu'un avait voulu la faire accuser à sa place...

Mais qui ? Qui aurait pu vouloir terroriser Darby en sachant par où elle était passée ? Il s'agissait forcément de quelqu'un qui lui en voulait. D'une personne cruelle, avec un cœur de pierre.

— Vous avez interrogé les voisins ?

— Pas encore.

L'inspectrice Torgerson entra dans le bureau et salua les agents de son équipe qui avaient visiblement entendu parler des empreintes trouvées sur l'arme du crime. Tous avaient l'air de penser que l'affaire avait été résolue.

— Vous leur annoncez ou je m'en charge ? demanda Eban à Allan, qui regardait les autres d'un air maussade.

— Vous vous en chargez ? proposa Allan, la voix emplie d'espoir.

— Mais c'est vous qui avez trouvé la faille, lui répondit Eban en souriant. C'est grâce à votre sens du détail.

— Honnêtement, je préférerais m'occuper d'un grizzly blessé plutôt que de dire à Torgerson et au patron que nous nous trompons de personne.

Eban comprenait, mais il tenait à rester à l'écart de tout ce qui concernait les preuves. Le ressenti était primordial dans une enquête, et il ne voulait pas prendre le risque de le biaiser. Surtout quand il s'agissait d'innocenter Darby.

— En même temps, ça pourrait jouer en votre faveur lorsque vous voudrez devenir inspecteur.

— Les postes d'inspecteurs sont limités à Fairbanks, fit remarquer Allan. Et on en a déjà trois.

— Mais vous n'êtes pas obligé de faire toute votre carrière à Fairbanks, si ? Vous pourriez postuler au FBI...

Eban avait dit ça sérieusement. Robertson était un bon flic. Observateur, motivé... Eban était lui aussi en bas de l'échelle lorsqu'il avait postulé au Bureau.

— Je pourrais appuyer votre candidature, vous savez...

Le regard d'Allan s'illumina.

— Vous feriez ça ?

— Bien sûr !

Le Bureau avait besoin de plus d'agents comme Robertson. Des agents qui s'attachaient aux preuves, qui recherchaient la vérité plutôt que de chercher des indices étayant leurs convictions personnelles.

— Mais il faut d'abord que vous affrontiez la colère de vos collègues en leur disant qu'ils font fausse route...

Allan soupira en se redressant de toute sa hauteur.

— Vous avez raison. Il faut que nous trouvions qui a tué ce jeune homme.

— Exactement, approuva Eban. Et pourquoi le meurtrier a voulu faire accuser une jeune femme innocente.

Convaincu, Allan se dirigea vers ses collègues, et Eban le regarda leur expliquer ce qui clochait. Tous les membres de la petite équipe levèrent leurs mains droites en tenant un couteau imaginaire et, petit à petit, leurs expressions changèrent alors qu'ils réalisaient que Robertson avait raison. Eban observa Torgerson qui semblait rester sceptique alors qu'elle discutait avec son patron. Mais ce dernier avait pourtant l'air de se ranger à l'avis du sergent.

Eban consulta sa montre et décida d'aller à son hôtel. Sa présence ici n'était plus nécessaire pour le moment ; les formalités de libération de Darby risquaient de prendre du temps, car l'inspectrice allait certainement se battre bec et ongles pour la maintenir en détention.

Plus tard, il appellerait Quentin, qui préviendrait Haley pour qu'elle passe un coup de fil à l'avocat ambitieux d'Anchorage, lequel était justement en train de traverser le parking d'un pas décidé vers sa Lexus noire brillante, le visage sombre.

De son côté, Eban se dit qu'il valait mieux qu'il fasse profil bas et qu'il agisse plus ou moins dans l'ombre pour essayer de trouver le vrai coupable, et découvrir pourquoi il avait fait accuser Darby. Mais avant ça, il avait besoin d'une heure ou deux pour pouvoir faire les préparatifs nécessaires. Il voulait être certain que Darby était en sécurité. Pour l'instant, elle l'était – on n'était jamais plus en sécurité que dans une prison –, mais elle allait être libérée plus tard dans la soirée. En tout cas, la starlette qu'elle avait comme avocat avait intérêt à veiller à ce que ça soit le cas. Or, une fois dehors, le tueur pourrait vouloir s'en prendre à elle. Pour l'instant, il ne savait probablement pas que Darby était sur le point d'être libérée, et Eban avait donc un peu de temps devant lui pour faire en sorte qu'il ne puisse pas la retrouver après sa sortie de prison.

Il traversa la ville jusqu'à l'immeuble de Darby. La première chose qu'il devait faire, c'était de prendre chez elle tout ce dont elle allait avoir besoin dans les jours à venir.

Il se gara et traversa le petit parking jusqu'à la porte de l'immeuble, affrontant la brise arctique. Transi de froid, il appuya sur l'interphone de la gardienne et mit ses mains dans ses poches pour éviter les engelures, surtout à présent que le soleil était couché.

— Oui, allô ?

— C'est le FBI. Je voudrais visiter l'appartement de mademoiselle O'Roarke. Est-ce que vous pourriez m'ouvrir ?

— Je pensais que vous étiez déjà tous passés ?

La femme semblait irritée par sa présence, mais elle lui ouvrit malgré tout la porte.

— Dernier étage. Quatre B. La porte doit être ouverte.

— Merci, répondit simplement Eban, s'abstenant de demander pourquoi elle n'avait pas jugé bon de fermer la porte à clé après le passage de la police.

Il prit les escaliers et entra dans le petit deux-pièces de Darby. Il découvrit un intérieur propre et bien rangé malgré les traces de la perquisition – quelques tiroirs ouverts et des affaires jetées au sol.

Il avait plusieurs fois vu l'appartement quand Darby et lui s'appelaient en visio, mais il n'y était jamais venu. Pourtant, il en avait souvent eu envie, mais il savait que quelque chose se passerait entre eux et que ce n'était pas une bonne idée. Darby était trop vulnérable, trop jeune, et il était dans une position de pouvoir vis-à-vis d'elle qui aurait forcément déséquilibré leur relation. Il avait contribué à son sauvetage, et elle le voyait comme un héros alors qu'il n'était qu'un homme, avec ses qualités, mais aussi ses défauts.

Il n'avait jamais été aussi tenté et terrifié à la fois à l'idée d'avoir une relation avec une femme. Depuis qu'elle lui avait proposé de coucher avec elle, il pensait à elle sans arrêt et à aucune autre femme. En tout cas, pas de cette façon. D'ailleurs, en étant chez elle, il réalisait à nouveau que, pendant des mois, il s'était torturé, s'obligeant à rester à l'écart parce qu'il pensait que c'était mieux pour elle. Il avait été terriblement malheureux, au point de devenir un cauchemar pour ses collègues, même s'il les adorait. Il était allé jusqu'à se mettre à dos le nouveau copain de Charlotte parce qu'il pensait que ce type n'était pas assez bien pour elle. En réalité, il était jaloux qu'elle soit enfin heureuse alors que lui était plongé dans un trou noir de solitude. Depuis des mois désormais, il était déchiré entre respecter son éthique et succomber à ce qu'il désirait le plus au monde.

*Darby*.

Il y avait une photo d'elle avec Haley et Quentin collée sur le réfrigérateur. Ella avait été prise à Noël, lorsqu'ils étaient allés camper pour observer les aurores boréales. Ils avaient l'air heureux... Darby lui avait demandé de venir, mais il avait du travail et n'avait pas pu se libérer.

Il ferma les yeux et inspira profondément pour chasser ses regrets et ce sentiment d'avoir perdu du temps.

Il prit la photo dans les mains pour la regarder de plus près.

Le problème était que leurs vies étaient toujours aussi incompatibles qu'avant. Rien n'avait changé. Lui voulait fonder une famille alors qu'elle poursuivait son rêve d'obtenir un doctorat en volcanologie. Et puis, surtout, elle avait été traumatisée. Trop pour être dans une relation apaisée.

Pourtant, alors qu'il avait failli la perdre, il savait maintenant qu'il voulait être avec elle. Mais il devait être lucide et pragmatique : entamer une relation avec elle alors qu'elle venait de vivre une nouvelle épreuve aurait été injuste, et il ne voulait pas prendre ce risque. Pas avec un tueur en liberté qui semblait en avoir après elle. Tout ce qui comptait pour le moment, c'était sa sécurité. Elle avait déjà assez souffert.

Il s'obligea à quitter ses pensées. Ça faisait des mois qu'il ruminait et ça commençait à devenir insupportable – pour lui autant que pour les autres. Il trouva une grande valise près de son armoire et la remplit de vêtements, de chaussures, et de tout ce qui lui sembla important pour elle – notamment son agenda que, étonnamment, les flics n'avaient pas jugé bon de prendre. Une photo en tomba. C'était une photo de lui. Une capture d'écran sur laquelle il était en train de rire lors d'un de leurs nombreux appels.

Le fait qu'elle ait gardé cette photo alors qu'il n'avait cessé de lui répéter qu'ils ne pouvaient pas être ensemble lui déchira le cœur. Car, même s'il n'avait jamais voulu lui faire de mal, il réalisait qu'elle souffrait au moins autant que lui, si ce n'est plus.

Et voilà... Encore une fois, il perdait du temps...

Il attrapa une liseuse, un iPad, un appareil photo, des chargeurs, quelques livres et des papiers qui traînaient sur son bureau. Il trouva son passeport dans un tiroir, son acte de naissance et d'autres documents officiels. Il ajouta également la photo de Quentin et Haley, ainsi qu'une photo encadrée d'elle et de son père souriant à la remise des diplômes, et glissa le tout dans un sac.

Il fonça ensuite dans la petite salle de bain et fourra dans sa trousse de toilette des produits d'hygiène, des médicaments, et les choses qu'une fille devait certainement utiliser. Il était en train de mettre du maquillage dans la trousse lorsqu'un bruit, dans une autre pièce, l'immobilisa.

— FBI ! Je suis dans la chambre, armé... cria-t-il pour prévenir de sa présence et éviter de se faire tirer dessus par un flic.

Il se dirigea vers le salon mais entendit la porte d'entrée claquer.

Immédiatement, il se précipita pour regarder par le judas, la main sur son Glock, puis ouvrit la porte et découvrit une jeune femme en train de s'enfuir dans le couloir.

— FBI ! Arrêtez-vous !

La fille se figea, et Eban s'avança vers elle jusqu'à ce qu'elle se tourne vers lui, les bras croisés sur sa poitrine. Elle portait une doudoune, des bottes de neige, un bonnet en laine et des mitaines qui pendaient à ses poignets.

— Comment vous vous appelez ?

— Lenny, répondit-elle d'une voix tremblante. Leonora Serkoak.

— Vous avez une pièce d'identité, Lenny ?

Jamais Darby ne lui avait parlé d'une Lenny.

— Oui, oui, bien sûr !

Alors qu'elle fouillait dans sa poche, il l'observa attentivement, espérant qu'elle n'était pas sur le point de pointer un couteau ou une arme sur lui.

— Qu'est-ce que vous êtes venue faire ici ?

Elle sortit son portefeuille et lui montra son permis de conduire.

— Je suis venue emprunter un livre à Darby.

Elle ouvrit la bouche pour dire autre chose, mais choisit finalement de se taire.

— Darby vous a donné la permission ?

— Euh... Non... Pas vraiment... Mais je sais que ça ne l'aurait pas dérangée. On se prête tout le temps plein de trucs et...

Elle s'interrompit, visiblement terrorisée.

— « Et... » ? répéta Eban d'un ton moins menaçant.

Il savait ce qu'elle allait dire, mais il s'efforça de ravaler sa colère. S'il voulait que cette fille lui parle, il devait la mettre en confiance.

— Et... Maintenant qu'elle est en prison, elle n'en aura pas besoin, de toute façon.

« *En prison* » ?! L'expression le fit bouillir et il dut prendre sur lui pour ne pas lui balancer qu'elle n'était pas « en prison » mais en garde à vue et qu'elle n'allait pas tarder à être libérée.

— Vous êtes amies ? lui demanda-t-il avec douceur.

— Oui. Enfin... Disons qu'on travaille toutes les deux dans le département Volcanologie de l'institut de géophysique. Je n'ai commencé qu'en septembre, et on a des directeurs de thèse différents, mais est dans le même groupe d'amis.

— Et vous avez la clé de chez elle ? lui demanda-t-il en fronçant les sourcils, remarquant le trousseau qu'elle tenait à la main.

— En fait, c'est à Davis et Stef, deux autres étudiants de l'institut, qui me l'ont donnée. Ils vivent dans le même immeuble et Darby leur a donné la clé de chez elle au cas où elle serait à la porte. Darby a aussi la clé de chez eux.

*Bon à savoir.*

— Okay... Vous voulez aller chercher le livre que vous vouliez ?

— Non, ça va, répondit Lenny en secouant la tête. Je repasserai...

— Je préfère que vous ne reveniez pas sans l'autorisation explicite de Darby. Je vais avoir besoin de cette clé, déclara-t-il en montrant son badge pour la rassurer. Donc c'est maintenant ou jamais.

Ce n'était pas qu'il tenait particulièrement à ce qu'elle prenne le livre, mais il voulait observer son comportement quand elle serait chez Darby.

— Ce n'est pas la peine, je vous assure, insista-t-elle en lui tendant la clé à contrecœur. Davis et Stef vont me tuer, murmura-t-elle.

Elle était blême tandis qu'elle reculait, avant de se retourner et de courir à moitié dans le couloir, jusqu'aux escaliers.

Eban retourna alors à l'appartement de Darby et ajouta Lenny, Davis et Stef à sa liste de suspects. À l'intérieur, il mit la trousse de toilette dans le sac de voyage, puis le posa, ainsi que la valise, près de la porte. Avant de partir, il jeta un dernier coup d'œil à l'appartement, se demandant s'il n'avait rien oublié dont Darby aurait pu avoir besoin. Il n'en était pas certain mais, de toute façon, il pourrait toujours lui acheter ce qu'il manquait.

Lorsqu'il quitta l'appartement, il veilla à fermer la porte à clé. Il ne voulait pas que quelqu'un d'autre vienne chez Darby pendant son absence – qui risquait de se prolonger.

Il vérifia l'heure. Il lui restait encore une chose à faire avant de retourner au commissariat et de récupérer Darby. Mais il n'avait pas beaucoup de temps.

*
**

Darby était assise dans sa cellule, dotée uniquement d'un banc et de toilettes à la turque en acier inoxydable. Il régnait une odeur pestilentielle de toilettes publiques. Une caméra était fixée au mur. Même si elle avait désespérément besoin de faire pipi, l'idée qu'on puisse la regarder l'en empêchait. Elle avait déjà été suffisamment humiliée.

Désespérée, elle posa son front dans la paume de ses mains et regarda le sol en lino gris. Au moins, elle était seule...

N'empêche qu'elle avait l'impression d'être dans une spirale infernale et qu'elle n'allait pas tarder à s'écraser complètement. Comment en était-elle arrivée là ? Elle avait tout juste commencé à retrouver sa place dans le monde, et voilà qu'on l'accusait de meurtre, qu'on lui prenait ses empreintes digitales, et qu'on la jetait dans ce trou puant. Elle croyait pourtant avoir déjà vécu le pire... Mais il fallait croire que l'enfer se déclinait en plusieurs couches ; elle avait simplement été naïve de ne pas le savoir avant.

Elle se détestait, à présent, d'avoir gâché ses quelques mois de liberté. Elle avait cru que ça durerait toujours alors qu'elle savait, pourtant, que tout pouvait basculer du jour au lendemain.

Elle pensa à Eban et au fait qu'il ne soit pas venu la voir depuis son arrivée à Fairbanks. De toute évidence, il la croyait coupable lui aussi. En même temps, comment lui en vouloir ? Même si elle ne se souvenait de rien, ses empreintes avaient été retrouvées sur l'arme du crime ! Il devait probablement chercher à prendre ses distances. Même s'il pouvait certainement justifier sa présence par un intérêt professionnel dans l'affaire, être lié à elle n'est pas la meilleure chose pour sa carrière...

D'ailleurs, c'était pour ça qu'il n'avait pas voulu entamer une relation avec elle – parce qu'il risquait gros en s'affichant avec une victime rencontrée lors d'une enquête officielle du FBI.

Entre autres...

Car il lui avait aussi dit qu'il craignait qu'elle le voie comme un héros. Pourtant, c'était plutôt Quentin et Haley qu'elle aurait pu considérer comme des héros. C'était eux qui l'avaient littéralement arrachée aux mains de ses ravisseurs. Eban, lui, n'était intervenu qu'après ; il faisait partie de l'équipe venue pour les extrader tous les trois de l'île.

Même si elle comprenait ses inquiétudes, elle aurait aimé pouvoir lui dire qu'il se trompait. Peut-être pas au début... C'était vrai qu'il y avait encore quelques mois, elle était fragile, trop perdue pour prendre la moindre décision, et elle s'était sans doute accrochée à lui comme à une bouée de sauvetage. Mais, dernièrement, elle s'était reconstruite et avait appris à l'aimer. *Lui*. Son regard ténébreux et sensible, sa force tranquille, sa voix... Et son soutien sans faille – en tout cas jusque-là.

Eban était véritablement un homme bien, qui avait toujours mis un point d'honneur à la protéger, y compris de lui-même, en refusant ses avances – à part cette fois, il y longtemps, où il lui avait rendu son baiser.

Il fallait dire qu'elle avait insisté... Comme elle continuait de le faire. À cet instant, elle réalisait qu'elle était certainement allée trop loin avec lui. Il devait être tellement soulagé d'être libéré d'elle. Car non seulement elle allait finir sa vie en prison, mais elle avait aussi enfin compris qu'il ne l'aimerait jamais comme elle l'aurait voulu.

Pour autant, elle ne pouvait pas s'empêcher de lui en vouloir. Elle pensait qu'ils étaient au moins amis, qu'il viendrait la voir, qu'il compatirait. Qu'il pleurerait un peu, même...

Le fait qu'il ne se soit pas manifesté lui faisait mal. *Vraiment* mal.

Malgré la douleur, elle ravala ses larmes, consciente de la caméra. Elle refusait de se montrer faible auprès de quiconque, y compris de l'agent spécial de supervision Eban Winters.

Elle se demandait ce qui allait se passer pour Quentin et Haley. Est-ce que l'accusation dont elle faisait l'objet allait avoir des conséquences pour eux ? Peut-être qu'il allait être reproché à Quentin de ne pas avoir prévenu les autorités qu'elle représentait un danger public ?

Sa bouche était tellement sèche qu'elle n'arrivait même plus à déglutir.

Elle regrettait de s'être confiée à l'avocat sur ce qui lui était arrivé. Non pas pour elle, mais pour Quentin. Ses révélations risquaient d'avoir un impact sur sa carrière. Il lui avait sauvé la vie. C'était grâce à lui si elle n'était pas devenue complètement folle. Elle lui devait tout, et elle n'aurait surtout pas voulu que ses actes puissent lui nuire. En fait, l'idée de décevoir ne serait-ce que l'un d'entre eux l'anéantissait. Elle les aimait trop. Quentin, Haley et Eban étaient sa famille – autant que son père.

Son père... Lui aussi allait souffrir et elle s'en voulait d'avance. Ce n'était pas quelqu'un qui montrait facilement ses émotions. Il était aussi dur et résistant que la terre qui l'avait vu grandir. Mais, même si personne ne le saurait jamais, il allait être dévasté.

Elle aurait voulu l'appeler, mais elle savait qu'à l'heure qu'il était, il était dans la nature, sur ses terrains de piégeage. Mieux valait ne pas l'inquiéter et le laisser travailler tranquillement ; ses terrains de piégeage étaient sa seule source de revenus. Il ne pouvait rien faire pour elle, de toute façon, et il serait au courant bien assez tôt.

Un jour, Haley lui avait demandé si elle pouvait aider financièrement son père, mais Darby avait refusé. Son père était un homme fier qui n'accepterait jamais la charité. Il préférait vivre chichement que de demander quoi que ce soit.

Épuisée, Darby avait envie de s'allonger sur le banc sale et inconfortable, mais elle s'y refusa. Se coucher serait revenu à accepter son sort ; or, elle n'était pas encore prête à céder. Elliot Byrne lui avait dit qu'il reviendrait tôt le lendemain matin et avait insisté pour qu'elle ne parle à personne avant qu'il n'arrive. Elle avait le sentiment qu'il était aussi incertain qu'elle concernant son innocence – bien que ce soit probablement pour des raisons différentes.

Pourquoi ne parvenait-elle pas à se souvenir de ce qui s'était passé ?

Est-ce que Martin avait tenté de l'embrasser, ou de l'agresser ? Si c'était le cas, peut-être que ça lui avait fait revivre son traumatisme, qu'elle avait paniqué, et qu'elle était devenue violente ? Le choc avait peut-être été si violent qu'elle aurait été atteinte d'amnésie traumatique ?

Mais serait-elle alors allée tranquillement dormir sur le canapé ?

Ça n'avait pas de sens... Pas plus que d'imaginer Martin en agresseur.

*Pauvre Martin...* Quoi qu'il ait fait, il ne méritait pas de mourir.

Si c'était elle qui l'avait tué, comment pourrait-elle un jour regarder à nouveau ses collègues en face ? Son directeur de thèse ? Ses amis : Jacqui, Davis, Stef, Mohammed ?

Elle se demandait ce qu'ils éprouvaient vis-à-vis d'elle... De la pitié ? De la haine ? De la peur ?

D'un seul coup, elle ressentit une douleur atroce, comme si on lui arrachait le cœur.

Non seulement elle était condamnée à vivre dans la peine et la culpabilité, mais sa carrière de chercheuse était terminée. Jamais elle ne serait autorisée à terminer son doctorat. Et puis quand bien même : comment pourrait-elle étudier la nature depuis une cellule de prison ?

En mourant, Martin avait peut-être perdu la vie, mais il lui avait aussi pris la sienne...

La honte l'envahit.

Ses mains tremblaient.

Comment avait-elle pu penser une chose pareille ? *Elle* respirait encore, alors que Martin n'existait plus.

Il était un géologue et un programmeur informatique brillant. Il avait tout pour être heureux. Le monde avait perdu un grand scientifique, un homme bon, *à cause d'elle*. Elle était un monstre. Une meurtrière. Une psychopathe. Ils avaient raison de vouloir l'enfermer ; elle le méritait, et il fallait à tout prix protéger les autres personnes à qui elle aurait pu faire du mal si elle était dehors.

De toute façon, elle ne pourrait jamais plus vivre normalement. Alors en prison ou ailleurs...

Elle ferma les yeux. *Elle avait tué un homme.* Un homme qui avait toujours été gentil et bienveillant avec elle. Un homme avec qui elle avait ri et dansé. Un homme avec qui elle aurait pu vivre une histoire si elle avait accepté ses avances...

Elle tendit les mains devant elle et les regarda avec incrédulité. Comment avait-elle pu faire ça ? Tuer quelqu'un de sang-froid et tout occulter ?

C'était comme si elle avait été possédée par un extraterrestre qui aurait commis le crime à sa place et effacé ses souvenirs avant de quitter son corps. Était-ce cela, la folie ? Était-elle réellement malade ? Toutes ces heures de thérapie, tous ces « progrès » n'avaient finalement été qu'un mirage...

Elle avait survécu à l'Indonésie. Mais elle ne pensait pas pouvoir survivre à ça.

# CHAPITRE NEUF

Une lampe à détecteur de mouvement s'alluma au moment où Eban arriva sur le porche de la grande cabane en *A* construite en rondins. Alors qu'il frappait à la porte, un chien se mit à aboyer derrière celle-ci. Il frissonna. La température avait encore baissé et le froid brûlait sa peau exposée. Un homme blanc portant un jean et une chemise à carreaux sur un tee-shirt lui ouvrit la porte.

— Qu'est-ce que vous voulez ? bougonna-t-il en lui lançant un regard suspicieux.

Il avait déjà connu des accueils plus chaleureux... Surtout que l'homme cachait ses mains derrière la porte, et Eban savait que beaucoup de personnes étaient armées en Alaska. Pour faire baisser la tension, il lui montra son badge et se présenta.

L'homme sembla se détendre un peu et recula pour laisser entrer Eban, même s'il ne ferma pas la porte derrière lui. Il flottait une légère odeur d'herbe, mais rien de répréhensible : l'usage récréatif du cannabis était légal dans cet État.

Eban se dit que l'homme cultivait peut-être de la marijuana dans son sous-sol, mais peu importe, puisqu'il en avait le droit. À moins que cette culture ne soit liée d'une manière ou d'une autre au meurtre de Martin Carstairs...

— C'est à propos de ce qui s'est passé dans la maison d'à côté ? lui demanda l'homme.

Eban acquiesça d'un signe de tête et s'apprêtait à développer lorsque quelqu'un cria depuis l'intérieur de la maison :

— Joe ! C'est qui ?

— Un flic ! Il est là pour le meurtre !

Eban ne le corrigea pas. Il s'était présenté et avait montré son badge du FBI ; si le type l'avait pris pour un flic, ce n'était pas bien grave. Finalement, le résultat était le même : il était chargé de l'application de la loi et était là pour faire son travail.

— Je croyais que la coupable avait été arrêtée ? s'étonna Joe de sa voix bourrue.

Une femme autochtone les rejoignit depuis l'autre pièce, traînée par un gros Terre-Neuve noir. Âgée d'une vingtaine d'années, elle avait de longs cheveux bruns et un joli visage. Elle avait l'air nerveuse, et Eban se demanda si ces gens avaient quelque chose à cacher ou si c'était le meurtre qui la mettait dans cet état.

— Louise, lâche le chien, soupira Joe. Ne vous inquiétez pas, il n'est pas méchant, rassura-t-il ensuite Eban.

— Il s'appelle Jasper, sourit Louise. Il risque de vous baver dessus, mais c'est tout le mal qu'il vous fera !

Eban laissa l'animal curieux renifler ses pieds avant de lui gratter doucement la tête.

— Je me demandais si vous aviez vu quelque chose d'anormal, la nuit dernière ?

— Non, répondit Joe. Nous sommes allés nous coucher à 22 heures, comme d'habitude.

— Par contre, intervint Louise en fronçant les sourcils, à minuit et demi, Jasper s'est réveillé et s'est mis à aboyer.

— Certainement à cause du vent ou d'un cerf ; il le fait tout le temps. Ce chien a peur de son ombre ! minimisa Joe. D'après ce que j'ai entendu, la fille est restée dans la maison de Martin toute la nuit ?

— Qui vous a dit ça ? lui demanda Eban d'un ton nonchalant.

— Un de mes amis qui est pompier, répondit Joe, se refermant légèrement. Il faisait partie des premiers à arriver sur place. Ils ont trouvé la fille dans sa voiture. Il m'a appelé parce qu'il sait qu'on habite à côté et il voulait nous rassurer en nous disant que la coupable avait été arrêtée et qu'il n'y avait plus de danger...

*Génial.* Prouver l'innocence de Darby risquait de prendre plus de temps que prévu. Eban savait d'expérience que les rumeurs pouvaient être tenaces...

— Donc votre chien a senti quelque chose vers minuit trente ?

— Minuit trente-trois exactement. Je m'en souviens car j'ai regardé l'heure en me réveillant, avoua la jeune femme en riant timidement. Je suis un peu insomniaque et je suis devenue obsédée par l'heure à laquelle je me réveille.

— D'ailleurs, il va falloir penser à faire dormir Jasper au sous-sol. Ce clebs nous réveille toutes les nuits, c'est infernal !

Eban remarqua que Joe n'avait pas l'air d'aimer beaucoup Jasper. Au contraire de la jeune femme, laquelle était déjà en train de papouiller son chien pour le rassurer.

— Vous voyez parfois des personnes entrer ou sortir de la maison de vos voisins, la nuit ?

— Euh... réfléchit Joe en se grattant le front. Non. Pas vraiment. Mais on n'espionne pas les gens...

— Vous les connaissiez ?

— Oui, nous connaissons Martin et Gregory.

Le type n'était pas très disert... Mais c'était justement le métier d'Eban de faire parler les gens, et il était assez doué pour ça.

— « Gregory » ?

— L'autre garçon qui vit dans la maison. Il est venu ici pour le travail. C'est le meilleur ami de Martin, dit-il en baissant les yeux pour masquer son chagrin. Il va être dévasté.

— Est-ce qu'ils avaient des petites copines ? Ou des petits copains ?

— Je n'en ai jamais parlé avec eux, répondit Joe d'un air perplexe.

— Je ne pense pas, intervint Louise avec un sourire triste. Gregory avait une copine avant de s'installer à Fairbanks, mais elle a rompu avec lui peu de temps après son arrivée ici. Il a du mal à s'en remettre et pense encore beaucoup à elle. Martin, lui, n'était pas du genre à sortir avec la première venue ; il cherchait le grand amour. Je sais qu'il avait des vues sur une fille avec laquelle il travaillait, mais il ne m'a jamais dit comment elle s'appelait.

Il s'agissait sûrement de Darby, et Eban se dit que si Martin n'avait pas été assassiné, ils auraient peut-être fini par être en couple. Cela lui procura un drôle de sentiment. Pas vraiment du soulagement – un homme était mort ; il ne l'oubliait pas –, mais peut-être la sensation d'avoir de la chance. C'était comme si, malgré les circonstances dramatiques, la vie lui donnait une deuxième chance ; l'opportunité de revenir en arrière et de prendre conscience à quel point Darby comptait pour lui. Mais il était aussi terrifié. Car il réalisait qu'il pourrait à nouveau tout gâcher alors que Darby avait besoin avant tout de quelqu'un sur qui compter.

— Est-ce que vous avez s'ils avaient des ennemis, ou des ennuis avec une personne en particulier ? Peut-être avez-voué assisté à une dispute ?

— Non. Rien, répondit Louise en essuyant ses larmes.

Martin était un gars super sympa. Un voisin adorable. Comme Gregory, d'ailleurs.

Joe toussa doucement, visiblement mal à l'aise face à la démonstration d'émotion de sa femme.

— Je déneige souvent leur allée pour leur rendre service. Je n'ai pas eu le temps de le faire, depuis hier soir, mais il n'est tombé que quelques centimètres alors je me suis dit que ça pouvait attendre.

En effet, Eban avait vu en arrivant un pick-up F-150 rutilant garé devant la maison, équipé d'un système chasse-neige à l'avant.

— Ils m'ont aidé à stocker le bois, en automne, ajouta-t-il avec une sorte de tendresse mélancolique. Ce sont vraiment deux bons gars, c'est vrai. Intelligents, mais avec l'esprit pratique. Ils ont organisé une fête, avant Noël. Ils nous ont même invités. Mais, à part ça, on a très peu de contact avec eux.

— Vous êtes allés à la fête ?

— Non. On a eu peur d'être mal à l'aise...

Eban ne répondit rien pour encourager Joe à continuer.

— C'étaient tous des universitaires. Moi, qu'est-ce que vous voulez... Je suis un gars simple. Je n'ai même jamais mis les pieds dans une université.

Il semblait gêné de ne pas avoir fait d'études, et Eban ressentit le besoin de le rassurer. Il était touché. Peut-être parce que ça lui rappelait l'un de ses professeurs de lycée qui lui avait dit qu'il n'était pas fait pour les études supérieures. Finalement, il lui avait prouvé qu'il avait tort, mais il se souvenait de l'humiliation qu'il avait ressentie alors – la même dont semblait souffrir Joe.

— Vous savez, l'université n'est pas un passage obligé. Ça dépend de ce qu'on veut faire dans la vie.

— C'est vrai.

Une réponse idéale pour un négociateur...

— Je travaille à la mine d'or. Je n'ai pas besoin d'un doctorat pour faire fonctionner des machines. C'est Louise l'intellectuelle, chez nous. Elle enseigne au collège.

— C'est courageux ! sourit Eban

— On aime ou on déteste, répondit Louise en riant. Moi, personnellement, j'adore mon métier. Martin est venu dans ma classe une fois, pour parler aux élèves de la tectonique des plaques. C'était vraiment un garçon bien, conclut-elle, la voix brisée.

Eban repensa au jeune garçon et il partageait la tristesse du couple. Personne ne méritait d'être tué, mais lui peut-être encore moins que les autres... Pourquoi ce meurtre ? Et pourquoi vouloir faire inculper Darby ? Il ne le savait pas, mais il avait la ferme intention de le découvrir. Et le fait que le chien ait aboyé à peu près à l'heure de la mort était une piste qui lui semblait intéressante.

— Est-ce que je peux jeter un œil autour de votre maison ?

— Euh... Oui, bien sûr, dit Joe en fronçant les sourcils. Je vais venir avec vous.

Joe enfila ses bottes, sa veste, et attrapa une grande lampe de poche sur l'étagère de l'entrée. Puis il tendit une paire de gants chauds et un bonnet en laine à Eban, qui les prit avec gratitude.

— Je vais emmener le chien avec nous. Allez, Jasper, viens !

— Faites vite, lui demanda Louise, qui n'avait pas l'air rassurée de rester seule.

— On ne sera pas longs, lui promit Eban. Je veux juste essayer de trouver une trace de ce qui a pu effrayer votre chien la nuit dernière.

Joe ne dit rien, mais il regarda sa femme avec l'air de penser qu'Eban était complètement fou.

— Ferme la porte à clé, lui ordonna-t-il avant de sortir.

Le chien courait partout et risquait de détruire des traces, des indices, mais Eban ne pouvait malheureusement pas demander à Joe de le tenir en laisse ; ils n'étaient pas sur la scène de crime et il n'avait donc aucune autorité sur lui.

Après avoir parcouru la trentaine de mètres qui les séparaient du bois derrière la maison, ils s'engouffrèrent dans les arbres, la lumière de la lampe torche de Joe révélant des traces de pas de cerfs, de lapins et d'écureuils.

Même avec des gants, les mains d'Eban étaient gelées. Il faisait un froid glacial, et il frissonna en se demandant ce qu'il faisait là... Il avait déjà interrogé les autres voisins, et ils n'avaient rien entendu. Il était clairement en train de perdre son temps.

— Regardez ! s'exclama Joe en s'arrêtant net alors qu'ils se trouvaient face à des traces de pas humains venant de la route principale.

— Rappelez votre chien, lui demanda aussitôt Eban.

Joe s'exécuta alors qu'Eban passait devant lui, se penchant sur les traces de pas qu'il éclaira avec la lampe de son portable. La taille et les empreintes de la semelle semblaient différentes de celles des autres traces qu'il avait vues précédemment. La personne qui avait marché ici avait des pieds plus petits.

Joe et lui suivirent les pas sur une vingtaine de mètres, jusqu'à l'endroit où ils s'arrêtaient. Joe tourna alors sur lui-même, dirigeant le faisceau de sa lampe de poche vers la maison de Martin Carstairs, puis vers la fenêtre de son salon, avant de revenir vers les empreintes.

Eban réfléchit. Ces traces avaient peut-être été faites par l'une des personnes venues voir ce qui se passait, ce matin-là. Prouver qu'elles étaient liées au meurtre de Martin s'annonçait compliqué, mais il allait quand même demander à ce que la scientifique vienne les analyser.

— Rentrez chez vous, Joe. Je vais demander à une équipe de venir sur place, dit-il au voisin de Martin en prenant des photos rapprochées des traces avec son téléphone portable. Ils vont en avoir pour quelques heures. Ils vont certainement comparer les empreintes avec vos bottes et celles de votre femme, ajouta-t-il en se relevant. Ça vous va ? C'est juste une formalité.

Joe hocha la tête, les yeux baissés sur les empreintes.

— Je pensais que la police avait arrêté la coupable ?

Eban enfouit ses mains sous ses bras pour se réchauffer.

— Je ne pense pas que la coupable soit la fille qu'ils ont arrêtée. Rentrez chez vous, et enfermez-vous.

*<br>**

Signy jeta son sac et ses clés sur la table de la cuisine, retira le chargeur de son arme, et se dirigea vers son fils de 15 ans dans le salon. Affalé sur le canapé, il était en train de jouer à un jeu vidéo et il retira son casque en voyant sa mère, lui lançant un regard interrogateur.

— Désolée, je n'ai pas pu rentrer plus tôt. J'ai essayé, mais...

Avec l'agent du FBI sur son dos, elle n'avait pas voulu lui donner l'impression de négliger l'enquête au profit de sa vie privée. Elle s'en voulait, d'ailleurs, car elle savait qu'elle aurait pu le faire – après tout, c'était normal qu'une mère s'occupe de son fils. Mais elle avait toujours l'impression qu'en tant que femme, elle devait en faire plus que ses collègues masculins pour asseoir son autorité.

— Tu as fait tes devoirs ? lui demanda-t-elle, comme chaque jour.

Elle savait que le harceler ne faisait pas d'elle une bonne mère, mais elle faisait comme elle pouvait.

— Je n'en avais pas. Je t'ai vue aux infos. Tu as arrêté la coupable ? T'es trop forte, mamoune !

Elle ne put s'empêcher de ressentir un élan de fierté. Ce n'était pas tous les jours qu'elle impressionnait son fils...

— Ouais... Sauf qu'on va devoir la libérer.

— Quoi ? Mais pourquoi ?

L'idée de laisser partir Darby O'Roarke la mettait en rogne, et elle avait préféré rentrer chez elle pour ne pas assister à sa libération.

— On n'avait pas assez de preuves contre elle...

— Ah ouais... Si je comprends bien, on a intérêt à s'enfermer ce soir, quoi ! dit Aiden en réprimant un frisson.

— Je t'ai déjà dit qu'il fallait *toujours* fermer la porte à clé, Aiden.

— Oui, je sais, souffla-t-il.

Il lui sourit et Signy sentit son cœur se serrer d'émotion.

Son fils était sa plus grande fierté, sa plus grande joie. C'était lui qui la faisait sourire lorsqu'elle se levait le matin et qu'elle rentrait chez elle le soir. Il le savait, d'ailleurs, et il n'hésitait pas à en abuser. Un regard affectueux, un câlin, et il obtenait ce qu'il voulait de sa mère...

Elle regrettait de ne pas passer plus de temps avec lui, et elle faisait de son mieux pour ne pas ramener son travail à la maison afin de préserver le peu de temps qu'ils avaient ensemble. Elle aurait aimé être moins protectrice – elle savait qu'elle rentrait dans la catégorie des « parents hélicoptères » –, mais elle voyait tellement de jeunes qui tournaient mal, dans le cadre de son travail, qu'elle ne pouvait pas s'empêcher de le surprotéger.

Elle tenait à ce qu'il ait une belle vie, et c'est pour lui qu'elle s'investissait autant dans son travail. Chaque fois qu'un meilleur poste s'était libéré, avec de meilleurs horaires et un meilleur salaire, elle avait tout fait pour l'avoir. Alors cette enquête, elle était déterminée à la résoudre ; si elle échouait, ça risquait de compromettre sa carrière.

— Je vais prendre une douche. Tu sors un gratin du congélo et le mets au micro-ondes ?

— On ne peut pas commander des pizzas ? gémit Aiden.

Signy soupira, lasse d'entendre – et de répéter – la même chose presque tous les soirs.

— J'ai déjà mangé une pizza à midi, lui dit-elle, sans préciser qu'elle était grasse, froide, et que c'était il y a tellement long-temps que son estomac criait famine. Bon, je m'occupe du gratin et lance le riz, concéda-t-elle. Mais je te laisse surveiller la cuis-son ! Et puis si tu vois que le gratin n'est pas assez chaud quand le micro-ondes s'arrête, tu le remets en route. D'accord ? Tu penses que tu peux gérer, mon chéri, ou c'est trop compliqué pour toi ?

Aiden lui adressa son sourire le plus charmeur – le même que son père. Pas étonnant qu'elle soit tombée amoureuse de ce garçon, au lycée. Dès qu'elle l'avait vu, elle était devenue raide dingue de lui.

— Je termine ma partie, et je m'en occupe !

Signy leva les yeux au ciel alors qu'elle tournait les talons et se dirigea vers la cuisine. Au dernier moment, elle décida de faire l'impasse sur le gratin de légumes et sortit à la place une barquette de poulet au curry.

Elle profitait de ses congés pour cuisiner plusieurs plats, ce qui lui permettait de gagner du temps lorsqu'elle rentrait du travail, parfois très tard, sans avoir à manger de la nourriture industrielle. Et, encore une fois, elle se félicita de son organisa-tion. Après la journée qu'elle venait de passer, jamais elle n'au-rait eu le courage de se mettre aux fourneaux...

Elle travaillait dans une ville où le taux de criminalité était l'un des plus élevés des États-Unis. Fairbanks comptait environ cent mille habitants ; pourtant, ils n'étaient que trois inspecteurs et une vingtaine de policiers pour faire respecter l'ordre public. Autant dire qu'elle ne chômait pas... Surtout qu'être une femme n'était pas facile quand on devait diriger une équipe, et elle sentait bien que tous l'avaient un peu prise en grippe, guettant la moindre erreur de sa part.

Après avoir versé le riz dans le cuiseur, elle le mit en route et plaça le curry au micro-ondes pour le faire décongeler. Puis elle monta à l'étage et alla directement dans la salle de bain, espérant qu'une douche suffirait à faire disparaître son sentiment d'échec, et la tristesse qui la tenaillait depuis qu'elle avait vu le corps de Martin. Elle ne le montrait pas, mais elle ne s'habituait pas à la violence et à la mort auxquelles elle était confrontée tous les jours.

Alors qu'elle jetait ses vêtements dans le panier à linge, elle repensa à l'agent du FBI et sa colère remonta. Elle ne comprenait pas pourquoi il était venu fourrer son nez dans cette affaire.

Et Allan Robertson.

Et Elliot Byrne.

*Ils me font vraiment tous chier !* se dit-elle en laissant l'eau lui asperger le visage. Elle savait qu'elle était injuste envers Allan. Après tout, son seul tort avait été d'être plus perspicace qu'elle. Elle aurait dû se rendre compte que quelque chose clochait avec les empreintes retrouvées sur le couteau. Même si ça n'innocentait pas complètement la suspecte – en tout cas pas de son point de vue. Certes, c'était étrange, mais pas plus que d'imaginer que quelqu'un d'autre ait voulu la faire accuser à sa place. À en croire Darby O'Roarke, elle aurait été droguée lors de la soirée, puis conduite par quelqu'un chez Martin. Le meurtrier aurait alors poignardé Martin avant de mettre les empreintes de Darby sur le couteau... Franchement, c'était alambiqué ! On était loin du rasoir d'Occam...

S'appuyant contre la paroi, elle se força à chasser les images violentes qui envahissaient son esprit. Après quelques secondes, elle se ressaisit, puis se lava le corps et les cheveux, avant de se raser rapidement. Elle avait hâte de redescendre ; elle avait faim et aurait aimé passer du temps avec Aiden avant de se remettre au travail. Elle avait prévu de se pencher sur le dossier quand il serait couché.

Après s'être séchée et avoir enveloppé ses cheveux mouillés dans une serviette, elle enfila rapidement son pantalon de yoga préféré et un sweat. Elle fit l'impasse sur le soutien-gorge – la vie était trop courte, et ses seins n'étaient pas si gros... Puis elle glissa ses pieds dans ses chaussons, attrapa son ordinateur portable sur la table de chevet, et quitta sa chambre.

— Tout est prêt, mon chéri ? lança-t-elle en descendant les escaliers.

Lorsqu'elle arriva dans le salon, son fils la regarda avec de grands yeux désolés, et elle soupira de frustration. Il n'avait rien fait, comme d'habitude...

— Désolé, maman. Je vais le faire maintenant ! s'excusa-t-il en se levant.

— Ça va... Je m'en occupe. Par contre, je te préviens, si tu n'es pas à table dans dix minutes, je fous ta console à la poubelle. C'est clair ?

— Oui, maman. Merci, maman ! lui répondit Aiden avec un large sourire.

Signy soupira en essayant de cacher son amusement, puis se dirigea vers la cuisine, pestant contre elle-même de ne pas être assez ferme. Mais si elle ne l'était pas, c'est qu'Aiden faisait aussi des choses pour elle. Il lui préparait souvent son lunch, le matin, avant qu'elle parte au travail. Et puis il ne lui faisait jamais aucun reproche au sujet de ses horaires tardifs. Alors que, honnêtement, cela aurait été légitime qu'il lui en fasse.

Elle relança le micro-ondes quelques minutes supplémentaires, remua le curry, puis elle ouvrit son ordinateur portable et tapa le nom de Darby O'Roarke dans la barre de recherche. Aussitôt, une multitude d'articles sur ce qui lui était arrivé l'été précédent s'affichèrent à l'écran. Elle en avait parcouru quelques-uns dans l'après-midi mais, cette fois, elle les lut avec davantage d'attention.

Même si, tout à l'heure, elle avait utilisé le terme « présumé » pour susciter une réaction chez la jeune femme, il était évident que Darby avait été kidnappée et que ce qu'elle avait enduré avait dû être terrible. Mais ça ne voulait pas dire qu'elle n'était pas capable de tuer...

Elle tomba sur une courte vidéo où on voyait Darby s'exprimer après être descendue de l'avion qui l'avait ramenée aux États-Unis. Les journalistes étaient agglutinés comme des mouches autour d'elle, tous lui posant des questions en même temps dès qu'elle avait terminé de répondre à l'un d'eux. Et là, dans la foule, Signy repéra l'homme qui ne l'avait pas lâchée de la journée...

Visiblement, Eban Winters faisait partie de l'unité de négociation de crise qui avait sauvé Darby O'Roarke. Signy se pencha vers l'écran en plissant les yeux, alors que les pièces du puzzle commençaient doucement à se mettre en place dans son esprit.

Ce qu'elle ne savait pas, en revanche, c'est si l'intérêt d'Eban Winters pour l'affaire était personnel ou professionnel... Elle était sur le point d'appeler une amie qui aurait pu peut-être la renseigner, quand son téléphone sonna.

— Torgerson, dit-elle en décrochant.

— Je vous ai laissé un message, mais vous ne m'avez pas rappelé, lui dit Allan de but en blanc.

Elle avait en effet vu l'appel manqué et l'icône en haut à gauche de son écran lui indiquant qu'elle avait un message, mais elle n'avait pas pris le temps de l'écouter.

— Désolée, j'étais sous la douche.

— Aucun problème. Je voulais simplement vous prévenir que l'agent Winters a trouvé d'autres empreintes de pas, près de la maison de l'un des voisins. Elles pourraient appartenir à quelqu'un qui observait Carstairs par la fenêtre de son salon. Et, apparemment, le chien des voisins s'est mis à aboyer, un peu après minuit, mais ils n'y ont pas prêté attention. Ils ont pensé qu'il avait dû sentir la présence d'un cerf.

*D'un cerf, d'un élan, d'un caribou, d'un ours ou même du vent !* pensa Signy, agacée par le fait que ce Winters soit encore allé fouiner – en plus en dehors de la scène de crime !

— Vous êtes là ? lui demanda Allan.

— Oui, oui, pardon, répondit-elle du ton le plus détaché dont elle était capable.

Elle n'avait jamais remarqué qu'Allan Robertson pouvait se montrer impatient...

En regardant le micro-ondes, elle soupira en comprenant que son assiette de curry allait devoir attendre.

— Bon, je vous retrouve là-bas dans vingt minutes.

Elle fit une pause, se demandant pourquoi elle se sentait si mal à l'aise tout d'un coup.

— Je peux vous demander de rappeler la scientifique ?

— C'est déjà fait. Ils sont en route.

— Okay. Profitez-en pour interroger tous les voisins.

— Bien, inspectrice.

Elle se dirigea dans le salon et regarda son fils d'un air contrit. Il lui sourit, essayant de cacher sa déception. Elle s'avança alors vers lui et le prit dans ses bras avant de l'embrasser sur la joue.

— Tu ne manges pas tout, hein ! lui lança-t-elle en riant.

— T'inquiète, lui répondit Aiden en se forçant à sourire. Et toi, tu fais attention, d'accord ?

— Bien sûr, comme toujours.

Car elle savait qu'elle était la seule personne qu'il lui restait.

Elle courut à l'étage et s'habilla rapidement, prenant soin d'enfiler des sous-vêtements thermiques. Pas étonnant qu'elle soit célibataire. Comment séduire un homme avec un accoutre-ment pareil ?

L'image d'Elliot Byrne fit irruption dans son esprit et elle étouffa un rire. Un type comme lui ne s'intéresserait jamais à une femme comme elle. Pas assez sexy, et trop de valises derrière elle...

Puis l'avocat laissa place Darby O'Roarke. Elle la revit, l'air perdue et complètement dévastée, pendant l'interrogatoire. Et si elle était vraiment innocente ?

*Mouais...*

En tout cas, ça la contrariait sérieusement qu'Eban Winters ait découvert ces nouvelles traces alors qu'elle avait de toute façon demandé à l'une de ses équipes d'aller interroger les voisins, ce soir-là.

Et si c'était lui qui avait fait ces traces pour brouiller les pistes ?

Il y avait peu de chances, mais...

Son ventre gargouilla. En tout cas, elle ne savait pas quelle était la motivation de Winters pour s'occuper de *son* affaire, mais il venait de gâcher sa soirée avec son fils, et de la priver d'un repas bien mérité. Remontée, elle se promit de mener son enquête sur lui auprès de son amie, et de demander à son patron de contacter Quantico afin de savoir pourquoi le FBI s'intéres-sait de si près à ce meurtre.

Avec un peu de chance, elle réussirait à faire virer Winters, et pourrait enfin être tranquille pour résoudre cette enquête qui s'annonçait compliquée...

# CHAPITRE DIX

Darby entendit des pas dans le couloir et se redressa, terrorisée, lorsqu'elle vit apparaître un policier qui la regarda d'un air sévère.

— Vous êtes libre, dit-il finalement en déverrouillant la porte de sa cellule.

Elle crut avoir mal entendu et fronça les sourcils.

— Pardon ?

— J'ai dit que vous étiez libre, tonna-t-il.

— Comment ça ?

Elle était complètement perdue.

— Vous préférez dormir ici ?

— Non, non, s'empressa-t-elle de dire en se levant. Mais je ne comprends pas ce qui se passe...

Son ton trahit son irritation. Pourquoi est-ce qu'il ne lui expliquait pas pourquoi elle était libérée ?

Mais l'agent ne prononça pas un mot de plus et attendit en silence qu'elle veuille bien passer la porte.

Elle avança lentement, se demandant si c'était un piège. Pourtant, lorsqu'elle sortit de sa cellule, il referma la porte derrière elle et la guida jusqu'au bureau principal, où tous les agents lui lancèrent des regards noirs. Elle remarqua que Torgerson n'était pas là. Ni Eban ni son avocat.

La panique s'empara d'elle ; elle avait l'impression d'être dans un mauvais film d'horreur. Si ça se trouvait, dès qu'elle aillait essayer de sortir, ils allaient lui tirer une balle dans le dos et prétendre ensuite qu'elle avait tenté de s'échapper ?

Lentement, elle marcha jusqu'à l'accueil où un agent lui tendit sa parka, son portefeuille, ses clés et son téléphone. Ses autres vêtements étaient derrière lui, notamment ses bottes de neige, mais il ne les lui rendit pas.

Elle retira le sweat qu'ils lui avaient prêté et le posa sur le comptoir.

— Je vous rendrai le reste plus tard, murmura-t-elle.

L'homme l'ignora et baissa les yeux sur son formulaire.

— Votre voiture est toujours en train d'être examinée. À quel numéro pouvons-nous vous joindre quand nous aurons terminé ?

Darby donna son numéro en claquant des dents.

— Est-ce que quelqu'un a payé ma caution ?

— Vous n'êtes accusée de rien, pourquoi voulez-vous qu'il y ait une caution ? lui demanda l'agent avec mépris.

— Vous me faites une blague, c'est ça ?

Il la regarda en grimaçant, comme si elle dégageait une odeur putride.

— Non...

— Donc vous me laissez vraiment partir ?

— À moins que vous souhaitiez faire des aveux ?

— « Des aveux » ? répéta-t-elle en clignant des yeux. Mais... Et les preuves ? Les empreintes dont madame Torgerson m'a parlé ?

Elle chercha l'inspectrice du regard, mais ne la voyait toujours pas.

— Elle a dit que c'était la preuve que j'avais tué Martin !

L'homme continua de la regarder sans rien dire, et Darby se sentit comme un insecte sur le point d'être écrasé. Finalement, il se pencha par-dessus le comptoir et baissa les yeux sur ses chaussons.

— Vous devriez appeler un taxi et rentrer chez vous. Vous devez rester à notre disposition. Si vous envisagez de quitter la ville, n'oubliez pas de nous le faire savoir.

Elle avait clairement manqué un épisode ; toute cette situation était incompréhensible... Pourquoi personne ne voulait-il lui expliquer ce qui se passait ?

Son cœur battait à tout rompre alors qu'elle suivait une femme brune, plus douce que les autres, qui l'escortait jusqu'à la porte. Elle sentait tous les regards braqués sur elle, comme des canons prêts à lui tirer dessus. À chacun de ses pas, elle s'attendait à ce que quelqu'un lui coure après en lui disant qu'il s'agissait d'une erreur et qu'elle devait retourner en cellule. Elle se força à respirer lentement et profondément pour ne pas céder à la panique.

Lorsqu'enfin elle mit le pied dehors, le froid glacial lui fit du bien. Elle enfila sa parka, qui risquait d'être insuffisante : on ne lui avait pas rendu ses bottes, ni son bonnet, ni ses gants, pourtant indispensables ici, en cette saison.

Elle alluma son téléphone, soulagée de constater qu'il lui restait de la batterie.

Les messages qu'elle avait reçus pendant sa garde à vue s'affichèrent les uns après les autres dans un flot incessant, beaucoup provenant de numéros qu'elle ne connaissait pas : des amis, des étudiants, des membres de l'administration de l'UAF... Tous voulaient avoir des nouvelles. Mais rien de la part d'Eban.

Le dernier message reçu était celui d'Elliot Byrne.

Prenez un taxi jusqu'à chez vous. Je vous
retrouve sur le parking.

Une vague de soulagement la submergea. S'il était au courant de sa sortie, c'était que tout ça n'était pas un coup monté et qu'elle était réellement libre. Elle avait hâte de le retrouver pour qu'il lui explique comment cela avait pu se produire. Il devait être au courant ; c'était même certainement grâce à lui.

Elle ignora tous les autres messages pour l'instant. Elle devait économiser le peu de batterie qu'il lui restait sur son téléphone, et elle avait hâte de quitter le parvis du commissariat avec tous ces policiers hostiles dans son dos et les caméras de surveillance qui la guettaient. Elle avait l'impression d'être une proie entourée d'une meute de loups, et elle détestait ça. Mettant sa capuche, elle descendit les quelques marches jusqu'au trottoir. Le vent glacial lui frappait le visage tandis qu'elle se mettait à chercher le numéro d'un taxi, ses doigts engourdis par le froid. Mais, soudain, un klaxon retentit et, surprise, elle leva les yeux, découvrant un van qui s'arrêta juste devant elle.

Elle était éblouie par le soleil et elle mit sa main au-dessus de ses yeux pour essayer de voir de qui il s'agissait, mais elle n'en eut pas le temps. Des bras puissants l'entourèrent par-derrière et la tirèrent au coin de la rue. Terrifiée, elle se raidit et retint son souffle, incapable de crier.

— C'est moi, Darby. Je suis là. Tout va bien...

*Eban !*

— Viens ! lui dit-il en la tirant par la main.

Elle courut avec lui sans lui poser de question. Elle savait qu'elle pouvait lui faire confiance : s'il était aussi pressé, c'est qu'il y avait un danger.

— Monte. Dépêche-toi ! lui ordonna-t-il en ouvrant la portière d'une voiture.

Elle s'engouffra à l'intérieur tandis qu'il contournait la voiture en courant et s'installait au volant, démarrant immédiatement en trombe, alors qu'elle n'avait pas encore attaché sa ceinture de sécurité. Elle avait un million de questions à lui poser, mais le soulagement d'avoir été libérée et d'être enfin avec cet homme qui occupait son esprit en permanence l'empêcha de prononcer un seul mot.

— Ça va ?

Elle se tourna vers lui et ils échangèrent un regard chargé de tension.

— J'ai connu des jours meilleurs, répondit-elle d'une voix tremblante. Mais des pires, aussi. C'était qui dans le van ? lui demanda-t-elle en repoussant sa capuche.

Elle sentit son regard sur elle et se demanda à quoi il pensait. Elle tenta de le deviner, mais Eban avait toujours été doué pour cacher ses émotions.

— Des journalistes d'une chaîne locale. Quelqu'un a dû les prévenir de ta libération.

Il serra les poings pour essayer de les réchauffer. Il ne portait même pas de veste.

— C'est sûrement cette inspectrice. Elle me déteste. Tous les flics me détestent, d'ailleurs… dit-elle en se tournant sur son siège pour regarder derrière eux. Je ne vois personne…

Eban jeta un coup d'œil dans le rétroviseur et tourna dans la première rue à droite. Puis à gauche, et encore à droite, prenant la direction nord-est.

— Je pense qu'on les a semés, mais j'habite complètement à l'opposé, le prévint-elle.

Elle évitait d'aborder les sujets qui risqueraient de briser ce court moment de répit. Comme essayer d'expliquer comment ses empreintes s'étaient retrouvées sur l'arme du crime. Ou lui demander pourquoi il n'était pas venu la voir en prison.

— Je sais, lui dit-il avec un sourire froid. Mais des journalistes font le pied de grue en bas de chez toi, ajouta-t-il en soutenant son regard tout en gardant un œil sur la route. Quand j'ai compris que tu allais être libérée, je suis passé chez toi pour te prendre des affaires – j'espère que tu ne m'en veux pas. Les flics étaient déjà passés pour perquisitionner...

Darby frissonna en imaginant des étrangers fouiller dans ses affaires personnelles à la recherche de quelque chose qui aurait pu expliquer son geste. Elle avait l'impression d'être dans un cauchemar... Même la présence d'Eban, qu'elle attendait depuis si longtemps, ne la rassurait pas autant qu'elle l'aurait voulu. Car il n'était pas venu par plaisir ni par amour – ça aurait été le rêve ! – mais par obligation. Pour la sauver. Une fois de plus...

La voyant frissonner, il monta le chauffage. Mais même ce geste d'attention ne la rassura pas. Il était négociateur ; évidemment qu'il était observateur et attentionné. Il se contentait de faire son travail, et venait de lui briser le cœur pour la deuxième fois depuis qu'elle l'avait rencontré.

Il s'éclaircit la gorge.

— J'ai croisé une de tes amies, chez toi. Elle venait t'emprunter un livre. Leonora...

— Lenny Serkoak ?! s'exclama Darby, ne parvenant pas à dissimuler la douleur que cette annonce lui faisait ressentir. Elle voulait prendre un de mes livres ? Mais elle ne m'a même pas demandé !

— Elle m'a dit que ce sont d'autres étudiants qui lui ont donné les clés de ton appartement.

— Ouais, Davis et Stef. Ils ont mes clés, et j'ai les leurs, au cas où... confirma-t-elle doucement en regardant par la fenêtre sans faire attention au paysage.

Peut-être qu'elle surréagissait... Après tout, ils se prêtaient tout le temps des bouquins entre étudiants. Mais quand même, en étant passée chez elle alors qu'elle était en garde à vue, Lenny lui faisait penser à un vautour venu picorer son corps meurtri avant même qu'elle ne soit morte. Dès qu'elle le pourrait, elle devait absolument aller à son bureau de l'UAF pour récupérer son ordinateur portable et d'autres affaires avant que tout ne disparaisse.

— Je suis aussi allé parler aux voisins de Martin. En revenant au commissariat, je suis repassé devant chez toi et j'ai vu un van avec des journalistes qui t'attendaient, déclara-t-il. C'est pour ça que j'ai préféré venir te chercher ; pour t'éviter ces charognes.

Elle se tourna vers lui et se demanda si elle n'était pas en train de rêver. C'était tellement irréel de l'avoir là, *lui*, juste à côté d'elle.

— Pourquoi est-ce qu'ils m'ont laissée partir ?

— Je t'expliquerai plus tard, quand on sera à l'abri.

« *À l'abri ?* ». D'accord, mais de qui, de quoi ?

— C'est plutôt moi, le danger... lui fit-elle remarquer d'un ton amer.

— Ne dis pas de bêtises.

Il n'arrêtait pas de regarder dans le rétroviseur, comme s'il craignait sincèrement que quelqu'un les suive. De toute évidence, ce n'était pas d'elle qu'il avait peur, et il ne la considérait pas du tout comme une tueuse.

*Alors pourquoi est-ce qu'il n'est pas venu me voir, quand j'étais chez les flics ?*

Elle lui en voulait, mais elle s'en voulait encore plus de ne pas avoir le courage de lui poser la question.

— Tu ne te dis pas que je pourrais faire une crise de panique et m'en prendre à toi ?

Sa voix était toute petite, comme celle d'une souris. C'était la voix de la jeune fille fragile qu'elle était en Indonésie, et pas celle de la Darby qu'elle était devenue, forte et déterminée.

— Darby, je n'ai pas peur de toi, lui assura-t-il en plantant son regard sombre dans le sien. Je *sais* que ce n'est pas toi qui l'as tué.

Il était sincère, elle le voyait dans ses yeux, et ça lui réchauffait le cœur. Elle était tellement émue qu'elle en avait presque les larmes aux yeux.

— Je suis désolé que tu aies dû traverser ça après tout ce qui t'est arrivé l'année dernière, reprit-il, les lèvres serrées. Tu ne le mérites vraiment pas...

Elle n'était pas la seule. De nombreuses autres personnes avaient été blessées en Indonésie et la plupart n'avaient pas survécu. Sans parler de Martin ; lui non plus ne méritait pas de mourir. Mais il avait raison ; elle-même se demandait pourquoi le sort s'acharnait contre elle comme ça.

— C'est horrible, admit-elle, essayant de ravaler ses larmes.

— Je sais...

Elle lui était tellement reconnaissante d'être là ! Même s'il avait mis une certaine distance entre eux ces derniers temps, il avait tout laissé tomber dès qu'elle avait eu besoin d'aide. Et, visiblement, c'était grâce à lui qu'elle avait été libérée. Ils s'étaient rencontrés dans le pire moment de sa vie, et il savait de quoi elle était capable. Pourtant, il était venu et semblait avoir toujours confiance en elle. Pas étonnant qu'elle l'apprécie autant et qu'il soit si important pour elle.

Elle ferma les yeux alors que ses larmes menaçaient de couler. Elle avait l'impression d'être une plaie pour lui et elle s'en voulait terriblement.

Elle cligna des yeux, déterminée à ne pas pleurer. Elle refusait de craquer, de s'effondrer. Elle était plus forte que ça à présent. Si Eban pensait qu'elle n'avait pas tué Martin, alors elle non plus.

Mais pourquoi ses empreintes digitales étaient-elles sur le couteau ?

Elle sortit son portable.

— Tu appelles qui ? lui demanda-t-il aussitôt.

— Mon avocat, Elliot Byrne. Il m'a donné rendez-vous sur le parking de mon immeuble.

— Dis-lui que tu lui parleras demain, mais ne lui dis pas que tu es avec moi.

Elle ne se l'expliquait pas, mais cette demande la blessait.

— Pourquoi ?

— Je ne veux pas que les flics découvrent que je suis personnellement lié à leur principale suspecte, lui répondit-il avec un sourire ironique.

— C'est pour ça que tu n'es pas venu me voir au commissariat ?

Il lui prit la main et la serra dans la sienne. C'était la première marque d'affection qu'il lui témoignait depuis longtemps, et ça lui réchauffa le cœur.

— Je suis désolé de ne pas être venu. Je ne voulais pas prendre de risque. Heureusement, personne ne m'a demandé pourquoi j'étais là. Je sais que Quentin me couvrira si jamais ils lui demandent, mais bon... Je craignais que ma présence aggrave ta situation. Officiellement, je participe simplement à l'enquête.

— « Officiellement » ?

— Oui, enfin, plus ou moins officiellement, admit-il avec un sourire. Je n'ai interféré dans rien. Je leur ai simplement donné quelques directives pour qu'ils approfondissent l'enquête et s'intéressent à d'autres pistes.

Il semblait irrité. Pas contre elle, mais contre les flics et la manière dont ils avaient fait leur travail.

— Et c'est pour ça que j'ai été libérée ?

— Oui, ils ont trouvé la preuve que ce n'est pas toi qui as manipulé le couteau. Mais j'ai dû insister pour que ces ploucs fassent leur travail correctement... J'espère qu'ils vont continuer de chercher et qu'on va comprendre ce qui s'est passé.

C'était donc bien ça : une fois de plus, il avait aidé à la sauver. Peut-être qu'il avait raison, finalement, de craindre que leur relation soit déséquilibrée – même si parler de « relation » était exagéré. C'était davantage une amitié basée sur beaucoup de pitié, et un tout petit peu d'attirance.

Heureusement qu'il avait dressé toutes ces barrières entre eux. S'il ne l'avait pas fait, il aurait été dans une position inconfortable, à présent. Et elle aussi. Ils n'étaient pas *en couple*, mais au moins, il était là. Et mieux valait avoir un ami comme lui que rien du tout.

Quoi qu'il se passe ensuite, elle se fit la promesse de ne pas insister pour que leur relation devienne plus que ça. Une amitié, c'était déjà pas mal...

# CHAPITRE ONZE

E ban était sur le point de demander une fois de plus à Darby si elle allait bien lorsque son téléphone sonna.

— Oui, allô ? dit-elle en décrochant, mettant l'appel sur haut-parleur pour qu'Eban puisse entendre la conversation.

— Darby, vous êtes déjà sortie ? Ne rentrez surtout pas chez vous, il y a des journalistes partout. Prenez un taxi et retrouvez-moi à mon hôtel, lui dit Elliot, avant de lui indiquer le nom de l'hôtel dans lequel il était descendu. Il faut qu'on passe en revue les éléments du dossier et qu'on décide quoi faire.

Eban lui toucha le genou pour attirer son attention.

— Demain, murmura-t-il.

Elle hocha la tête, regardant vaguement les lumières du tableau de bord.

— Elliot, je suis épuisée. Je vais dormir chez un ami, ce soir.

— Darby...

L'avocat sembla inquiet, ce qui ne surprit pas Eban. Il l'était lui aussi. Darby avait cet effet-là : elle suscitait le besoin de la protéger, en particulier chez les hommes.

— Je ne veux pas vous faire peur, mais... vous êtes sûre de

pouvoir faire confiance à votre ami ? Il faut que ce soit quel-qu'un à qui vous confieriez votre vie...

— C'est le cas. Pourquoi, vous pensez que je devrais me méfier de certains de mes amis ? s'étonna-t-elle.

— Je n'en sais trop rien, soupira Elliot. Tout ce que je sais, c'est qu'il y a quelque chose de pas clair dans cette affaire, et que vous avez peut-être été témoin des événements qui ont conduit à la mort de Martin Carstairs.

Elle fronça les sourcils et sembla réfléchir un instant.

— Mais je ne me souviens de rien.

— J'espère que le tueur le sait...

*Il a raison*, se dit Eban, se demandant s'il y aurait un moyen d'aider Darby à retrouver la mémoire. L'hypnose, peut-être ?

— La bonne nouvelle, c'est que la police a lancé un appel pour obtenir des photos ou des vidéos de la soirée. J'ai l'impression qu'ils se sont enfin décidés à chercher d'autres pistes...

Eban avait en effet hâte que ces photos et vidéos arrivent pour pouvoir les consulter.

— Pourquoi est-ce que la police m'a laissée partir ?

Du coin de l'œil, Eban observa la main libre de Darby s'enrouler nerveusement autour de sa ceinture de sécurité.

— Vous savez qu'ils ont retrouvé vos empreintes digitales sur le couteau ?

— Oui, justement... répondit Darby en s'enfonçant dans son siège.

— Un des flics a remarqué que la position de vos empreintes sur le couteau n'est pas compatible avec la manière dont Martin Carstairs a été poignardé.

— Je ne comprends pas, dit Darby en fronçant les sourcils.

— Quelqu'un a enroulé votre main autour du manche du couteau, mais cette personne a commis une erreur : elle a placé le couteau dans votre paume dans le mauvais sens.

Darby inspira profondément, et Eban vit qu'elle était complètement perdue.

— Vous voulez dire que quelqu'un a délibérément pressé mes doigts autour de l'arme du crime ?

— Exactement, confirma l'avocat d'un ton grave.

Darby était désormais tellement pâle qu'Eban craignit qu'elle ne s'évanouisse.

— Pourquoi ? Pourquoi est-ce que quelqu'un aurait fait ça ?

— Vraisemblablement pour vous piéger et vous faire accuser du meurtre à sa place.

Darby sembla avoir du mal à respirer et Eban posa une main sur son genou pour la rassurer. Elle se tourna vers lui, les yeux remplis de larmes.

— Donc vous pensez sincèrement que ce n'est pas moi la coupable ? demanda-t-elle, autant à Elliot qu'à Eban.

Eban secoua légèrement la tête en souriant, et elle eut l'impression qu'elle ne s'était jamais sentie aussi soulagée de sa vie.

— À moins que vous ne soyez un génie maléfique... Il faut l'être pour penser à mettre délibérément ses empreintes dans le mauvais sens pour s'innocenter, avant d'aller se coucher sur le canapé de celui qu'on vient de tuer.

— C'est vrai... reconnut-elle, tremblante.

Et Eban en était lui aussi convaincu. Même s'il savait que Darby était intelligente et capable de tuer en situation de légitime défense, elle n'aurait jamais tué quelqu'un de sang-froid.

Mais qui la détestait assez pour vouloir la faire accuser ? Et qui en voulait à Martin Carstairs au point de le tuer ?

— Est-ce que la police a d'autres suspects ? demanda-t-elle.

— Pas encore.

— Merde, souffla-t-elle. Je m'en veux tellement de ne me souvenir de rien !

— Vous n'y pouvez rien, Darby. Vous avez certainement été droguée.

Eban regarda le GPS, puis dans le rétroviseur. Personne ne les suivait, et il allait devoir s'arrêter pour faire quelques courses.

— À votre avis, qu'est-ce qui s'est passé ? demanda-t-elle à Elliot.

Un long silence s'installa, avec uniquement le bruit d'un chauffage qui soufflait à l'autre bout du fil, et le crissement des pneus d'hiver sur la route gelée.

— Je ne sais pas, dit finalement son avocat. Mais, encore une fois, je suis sûr que vous n'y êtes pour rien, Darby. Je ne doute pas de votre intelligence, mais je ne vous crois sincèrement pas capable d'un tel machiavélisme. Quelqu'un a voulu vous piéger, mais a commis une erreur. Maintenant, la question, c'est de savoir si cette personne avait prévu de vous piéger, ou si vous vous êtes simplement retrouvée au mauvais endroit, au mauvais moment. Je n'ai pas la réponse à cette question, mais j'ai demandé à avoir une copie des résultats d'examen des preuves et des analyses toxicologiques. Ça devrait être rapide car un agent du FBI a insisté pour que ce soit confié à un laboratoire d'État. D'ailleurs, est-ce que vous savez pourquoi le FBI s'intéresse autant à vous ?

— Non, répondit Darby en lançant un regard à Eban, qui lui sourit, amusé. Et donc, vous croyez que j'ai été droguée pendant le *ceilidh* ? demanda-t-elle pour changer de sujet.

— C'est en tout cas une possibilité. Je vais demander à pouvoir consulter les images que la police recevra. J'espère y trouver des preuves que nous pourrons utiliser pour renforcer votre défense.

Darby regarda les lumières le long de l'autoroute. Tout à coup, elle se sentit toute petite – vulnérable et complètement perdue.

— Je ne comprends pas... Qui a pu vouloir s'en prendre à moi ? Et à Martin ?

— Je ne sais pas, et c'est justement pour ça que nous devons parler, répondit l'avocat. Le fait que le FBI soit impliqué me laisse penser que l'affaire est peut-être plus importante que nous ne le pensons.

Eban regarda Darby en secouant la tête pour qu'elle ne révèle surtout rien à Elliot.

— Bon, et vous êtes vraiment sûre que cette personne chez qui vous êtes est digne de confiance ?

— J'en suis absolument certaine, confirma Darby en regardant Eban dans les yeux.

— Très bien, dit alors Elliot d'un ton plus doux. Alors on se retrouve à mon hôtel, demain matin à 9 heures. J'ai la chambre 405. Nous prendrons le petit-déjeuner ensemble et déciderons de la suite.

Eban lui confirma d'un signe de tête que le programme convenait. Techniquement, elle n'avait pas besoin de sa permission, mais il allait lui falloir beaucoup de temps pour arrêter de la protéger.

— Je serai là.

— Est-ce que la police vous a demandé de ne pas quitter la ville ?

— Oui. Enfin, ils m'ont dit que je devais les prévenir si jamais je prévoyais de le faire. Ils ont aussi gardé ma voiture pour quelques jours, et ont semble-t-il perquisitionné mon appartement.

— Quelle bande d'enfoirés ! souffla Elliot. Ils savent très bien que vous avez été piégée... Bon, je vais demander la liste de tout ce qu'ils ont pris chez vous, et leur mettre la pression pour qu'ils vous rendent votre voiture rapidement, ainsi que toutes les choses qui vous appartiennent et qui n'ont pas été saisies sur la scène du crime.

— Merci.

— Darby... dit l'avocat d'une voix différente, plus profonde, et Eban comprit que ce type ne faisait pas uniquement son travail ; il était aussi impliqué émotionnellement.

— Oui ?

— Après ce que vous m'avez raconté aujourd'hui...

Il s'interrompit et s'éclaircit la voix, mal à l'aise.

— Eh bien... disons que je comprends maintenant pourquoi Haley est si protectrice envers vous.

Eban leva les yeux au ciel.

— Comme je suis protectrice envers elle, lui fit remarquer Darby d'un ton un brin défensif.

Car elle détestait qu'on ait pitié d'elle.

— Oui, bien sûr, je sais. Ce que je voulais dire... c'est que je suis là pour vous. Je veux vraiment vous aider, Darby, et je peux vous assurer que je ne laisserai pas une bande de flics ou le FBI vous faire avouer des choses fausses par la force, simplement parce qu'ils ont la flemme de faire leur boulot. Bon, mais on se voit demain matin. Et, d'ici là, n'hésitez pas à m'appeler si vous avez besoin de quoi que ce soit. À n'importe quelle...

La ligne coupa.

— Merde, marmonne Darby en regardant son écran. Je n'ai plus de batterie. Il faut que je le rappelle...

— Pourquoi ? Pour lui dire au revoir ? répondit Eban avec sarcasme. Tu sais que ces chiens facturent même les conversations téléphoniques ?

Darby rit doucement, et Eban se sentit soulagé. Malgré la nouvelle épreuve qu'elle venait de vivre, elle n'avait pas perdu son humour...

— T'exagères un peu non ? lui dit-elle en branchant son téléphone au câble connecté sur le tableau de bord.

Et soudain, ils se retrouvèrent à nouveau seuls, avec les événements des douze dernières heures suspendus au-dessus d'eux.

— Eban, je suis vraiment désolée pour...

— Tu n'as pas à t'excuser, l'interrompit-il. Tu n'y es absolument pour rien.

Ce n'était pas la première fois qu'il lui disait ça, et ils semblèrent réaliser tous les deux en même temps que cette situation en rappelait une autre.

Elle souffla dans ses mains pour se réchauffer. Il ne faisait pourtant pas froid dans la voiture, mais elle avait l'impression d'être gelée de l'intérieur.

— Tu as prévenu Quentin et Haley que j'allais être libérée ?

— Ouais.

Quand il le lui avait dit, Quentin était fou de joie. Comme lui et Haley, d'ailleurs.

— Je leur ai dit que tu les appellerais quand on serait installés. Mais je dois d'abord acheter des vêtements chauds.

— Tu n'en as pas apporté ?

— Je n'ai qu'une parka estampillée « FBI » au dos. Je voudrais quelque chose d'un peu moins visible, sourit-il en tendant ses bras entre lui et le volant, alors qu'ils roulaient dans la direction de l'un des centres commerciaux de la ville. J'avais préparé ma valise pour Seattle en janvier, pas pour un hiver en Alaska.

— Je suis vraiment désolée de t'avoir entraîné dans ce pétrin, murmura Darby en détournant les yeux pour regarder ses pieds, les épaules voûtées.

— Hé... Ce n'est pas ta faute, lui dit-il en lui prenant la main.

Alors qu'il serrait ses doigts dans les siens, il ressentit un frisson auquel il ne s'attendait pas.

— Quand même... rétorqua-t-elle en relevant les yeux vers lui. Je ne sais pas comment je me débrouille pour me mettre dans des situations pareilles...

— Ça tombe bien, sauver les gens est mon métier, sourit-il.

Il essayait de prendre les choses à la légère mais, avec la mort de Martin, Darby n'avait pas le cœur à rire de la situation.

— En tout cas je comprends, maintenant, pourquoi tu ne voulais pas qu'on se mette ensemble…

Il serra la mâchoire. Il était négociateur. Il avait été envoyé en Indonésie pour la sauver. Il ne pouvait pas laisser ses sentiments pour elle prendre le dessus, surtout en sachant qu'elle avait subi des sévices sexuels… Encore aujourd'hui, jamais il ne profiterait de son statut pour séduire une victime. Mais peut-être qu'il s'était écoulé suffisamment de temps ? Un lien profond s'était créé entre Darby et lui. Certes, il y avait toujours des choses qui les séparaient, mais alors qu'elle avait failli aller en prison, il avait pris conscience des sentiments qu'il avait pour elle. Pour autant, il ne savait pas si ses ambitions étaient compatibles avec les espoirs et les rêves de Darby. C'était compliqué, et il avait besoin de mettre de l'ordre dans ses idées. Quant à Darby, elle allait avoir besoin de temps pour se remettre de l'épreuve qu'elle venait de traverser.

— On en parlera plus tard, tu veux bien ? En tout cas, je peux t'assurer que je ne veux que le meilleur pour toi.

— Je ne suis pas une petite fille, Eban. Tu peux me traiter comme une adulte, tu sais ? lui dit-elle d'un air las. En fait, je crois que je suis maudite, comme l'île.

— Mais arrête, enfin ! s'emporta Eban. Tout ce qui t'arrive n'est pas ta faute.

— Je ne dis pas que c'est de ma faute, mais n'empêche que ça m'arrive, et je n'en peux plus d'être une victime.

— Tu es une *survivante*, pas une victime.

— Je suis les deux ! rectifia-t-elle avec colère. Arrête de vouloir me convaincre que je suis courageuse ; je ne le suis pas !

Pour une fois, il ne sut pas quoi dire.

— Excuse-moi. Ce n'est pas contre toi que je suis en colère. Je ne t'ai même pas remercié d'avoir tout laissé tomber et d'être venu ici pour m'aider. Je suis vraiment nulle.

— Tu n'es pas « nulle ». Tu es *incroyable*, dit-il en luttant contre la boule d'émotion qui se formait dans sa gorge. Je suis désolé d'avoir été si loin, si longtemps.

Elle cligna des yeux, visiblement surprise.

— Mais on doit résoudre tout ce merdier avant de nous occuper du reste, tu comprends ?

Il sentait qu'il était à présent sur un terrain glissant et décida de revenir à un sujet plus neutre. *Le meurtre.*

— Est-ce que tu vois qui pourrait en avoir après toi ou Martin ?

— Non, pas du tout, répondit-elle en frissonnant. Martin était très apprécié dans notre département. Quant à moi, la seule personne qui pourrait m'en vouloir, c'est Hurek. Mais c'est plus moi qui ai une dent contre lui que l'inverse.

Darmawan Hurek était le chef du groupe terroriste qui l'avait enlevée l'année précédente. Il avait réussi à s'échapper avant que le FBI puisse l'arrêter. La plupart de ses hommes avaient été tués.

— Non, mais de toute façon, cette affaire n'est pas liée à Hurek.

— Comment tu le sais ? lui demanda-t-elle en arquant les sourcils.

— Ce n'est pas son style. Et puis, il est sur la liste des personnes les plus recherchées par le FBI ; je ne vois pas comment il aurait pu venir jusqu'ici sans être pris...

— Sauf s'il est venu par la mer, depuis le Canada.

Eban hocha la tête, admettant que Darby marquait un point.

— Mais quand même... Le mode opératoire ne lui ressemble pas. Si c'était lui, il voudrait que tu le saches.

Darby frissonna et il regretta d'avoir été aussi franc. Mais il le pensait vraiment : si ça avait été Hurek, il aurait pris plaisir à la terroriser.

— Quentin est en train de faire des recherches sur lui pour

voir s'il y a du nouveau le concernant. Mais, très franchement, je ne le vois pas venir jusqu'ici, surtout en hiver.

Il marqua une pause et s'éclaircit la voix, gêné par le sujet qu'il s'apprêtait à aborder.

— Est-ce que Martin ou toi voyiez quelqu'un d'autre ?

— Tu sais très bien que je ne vois personne.

— Même pas Martin ? lui demanda-t-il d'un ton calme, comme si le fait qu'elle ait des relations lui était indifférent.

Il ne voulait surtout pas qu'elle ait l'impression qu'il la jugeait, alors qu'il n'avait cessé d'hésiter à s'engager dans une relation avec elle.

— Non, même pas Martin, répondit-elle d'un air profondément triste. Pour être honnête, j'ai parfois pensé à l'embrasser, peut-être même à coucher avec lui. Parce que c'est vrai qu'il y avait un peu d'ambiguïté entre nous. Il était tellement gentil... Mais il n'y avait pas d'étincelle, ça n'aurait pas duré. Alors je n'ai jamais rien fait ; je ne voulais pas lui faire de peine.

— Darby...

Il s'interrompit. Car il ne savait pas quoi dire. Tout ce qu'il savait, c'est qu'elle lui fendait le cœur.

— Je n'ai couché avec personne, si c'est ça ta question, dit-elle en regardant à nouveau par la fenêtre. Mais ça me pèse, et tu le sais très bien. Je n'en peux plus de ne pas savoir si je suis vierge ou pas. Au moins, si je couchais avec quelqu'un, je saurais que je ne le suis plus et ça m'aiderait peut-être à oublier le reste.

Elle avait été victime de plusieurs viols collectifs par ses ravisseurs, en Indonésie. Eban avait tenté de la rassurer, l'année précédente, en lui disant que selon lui, elle n'avait pas perdu sa virginité, car elle n'était pas consentante. Mais elle était moins convaincue que lui sur ce point.

Il savait que le fait qu'elle n'ait jamais couché avec un homme, volontairement, l'empêchait de s'engager dans une relation amoureuse. Et c'était pour ça qu'il avait mis de la distance entre eux ; il s'était dit que, sans lui, elle aurait l'espace nécessaire pour se rapprocher de quelqu'un d'autre. Alors il n'avait pas le droit de se sentir soulagé par le fait qu'elle n'ait pas eu de relation. Pourtant, c'est ce qu'il ressentait : du soulagement.

— Martin était génial. Incroyablement intelligent. Il était passionné par ses recherches, mais était aussi très sociable et très drôle. Je me souviens d'avoir dansé avec lui, hier soir. On a vraiment passé un bon moment, mais il ne s'est rien passé entre nous.

Des larmes roulèrent sur ses joues alors qu'elle prenait conscience que son ami n'était plus là.

— Je n'arrive pas à croire qu'il soit mort. Il ne méritait pas ça.

Elle marqua une nouvelle pause, puis se tourna finalement vers Eban, désespérée.

— T'es vraiment sûr que ce n'est pas moi qui l'ai tué ?

— Absolument. Je te connais, Darby ; tu es incapable de faire une chose pareille. À aucun moment je n'ai douté de ton innocence.

— « À aucun moment » ? répéta-t-elle en écarquillant les yeux. Je ne sais pas comment tu peux être si sûr de toi. Même *moi*, je doute de moi.

— Bon, d'accord, quand j'ai appris que tes empreintes étaient sur le couteau, j'ai douté. Mais je me disais que si tu avais tué Martin, c'était forcément qu'il y avait une raison valable.

La réalité était qu'Eban avait une confiance aveugle en elle. Darby était une belle personne – et il avait rencontré suffisamment de mauvaises personnes pour savoir de quoi il parlait.

Il s'engagea sur le parking d'un centre commercial et se gara près de l'entrée.

— Tu préfères que je t'attende ici ? lui demanda Darby. En même temps, j'ai vraiment besoin de faire pipi.

Il hésita, fronçant les sourcils en regardant ses cheveux roux ébouriffés. Elle n'allait pas passer inaperçue...

— Tu as un bonnet ?

— Je n'ai que ma capuche, dit-elle timidement en touchant ses cheveux. Je ne sais pas ce que j'ai fait de mon bonnet et de mes gants. J'ai dû les laisser dans ma voiture. Et puis il me faut des bottes, aussi, ajouta-t-elle en regardant les chaussons qu'elle portait aux pieds.

— C'est vrai, mais tu es passée en boucle sur les chaînes d'info ; avec tes cheveux, tout le monde va te reconnaître, dit Eban en prenant son sac à dos sur le siège arrière.

Il en sortit une casquette noire, conscient que Darby n'allait pas pouvoir garder longtemps sa capuche dans le centre commercial ; il allait faire trop chaud... Puis il ramassa ses cheveux en une queue de cheval qu'il enroula au-dessus de sa tête, avant de la recouvrir avec la casquette.

Darby se chargea de dissimuler les mèches restantes, inquiète à l'idée d'être reconnue.

Il avait envie de la serrer dans ses bras. D'embrasser ses lèvres pâles. Mais il ne voulait pas brouiller encore davantage son esprit ni lui faire peur. Et, surtout, il ne voulait pas détourner son attention des dangers auxquels elle semblait être exposée.

— Allez, viens. On va s'acheter des vêtements chauds, sinon on risque de mourir de froid !

*<br>* *

Darby trouvait la situation complètement surréaliste. Elle était assise près des cabines pour hommes dans un magasin de vêtements de sport, où Eban était en train de faire des essayages pendant qu'elle attendait que le vendeur lui apporte une paire de bottes dans sa pointure : un quarante et un.

Alors qu'il y avait une heure, elle était persuadée qu'elle allait finir sa vie en prison, elle n'en revenait pas de faire tranquillement des courses dans un centre commercial. Avec Eban, en plus ! Qu'elle avait tellement attendu, et qui lui avait donné tellement d'excuses pour ne pas venir chaque fois qu'elle lui avait proposé de le voir. Elle ne savait pas si c'était un rêve ou un cauchemar, mais ce qui était sûr, c'est que sa petite vie tranquille avait complètement basculé.

Dommage qu'il ait fallu attendre la mort de Martin pour qu'Eban lui montre enfin à quel point il tenait à elle. Même si elle le savait déjà. Car, bien qu'il refuse de s'engager avec elle, c'était presque toujours lui qui l'appelait. C'est lui qui insistait pour maintenir le lien si particulier qu'il y avait entre eux.

Leur relation était d'autant plus compliquée qu'il ne cessait de lui envoyer des signaux contradictoires. Ce que Darby acceptait, car elle ne voulait surtout pas perdre son amitié. C'était d'ailleurs pour ça qu'elle ne devait pas le pousser à lui avouer des sentiments qu'il n'avait peut-être pas envers elle. De toute façon, elle avait d'autres problèmes à régler, en ce moment, que sa vie amoureuse.

Sans lui – sans son sens des responsabilités et l'affection qu'il lui portait –, elle aurait probablement été en train de croupir en prison.

— Voilà ! lui dit le vendeur avec un large sourire en lui tendant la paire de bottes à la taille demandée.

Elle lui rendit son sourire et il s'écarta pour la laisser enfiler les bottes. Elles étaient fourrées en laine d'agneau et bordées par de la fausse fourrure, avec des lacets au bout desquels pendaient des pompons. Elle se leva et se regarda dans le miroir, hésitante. Ces bottes étaient bien plus sexy et voyantes que ce qu'elle achetait d'habitude. En général, elle choisissait des vêtements d'extérieur confortables, pratiques et solides, sans trop prêter attention au style. Ce qu'elle voulait surtout, c'est avoir chaud et que ça tienne dans le temps.

Ses bottes étaient très bien, d'ailleurs, et elle espérait que la police les lui rendrait bientôt.

Elle fit quelques pas vers l'avant du magasin. Les bottes étaient souples et chaudes, avec une semelle suffisamment épaisse pour protéger du froid. Et puis c'est vrai qu'elles lui faisaient un look sympa et que cela l'aidait à oublier un peu qu'elle venait d'être accusée de meurtre.

— Je vais les prendre ! déclara-t-elle finalement. Merci !

Après les avoir retirées, elle ajouta à la pile de vêtements qu'elle avait déjà choisis quelques paires de grosses chaussettes en laine, ainsi qu'un bonnet couleur crème avec un pompon, et des mitaines assorties. C'était la police qui devait avoir son bonnet ; à moins qu'il ne soit dans sa voiture ? Quoi qu'il en soit, il lui en fallait un autre et elle se dit que c'était l'occasion d'en prendre un avec un pompon. Ça lui avait toujours fait envie mais elle n'avait jamais osé en acheter.

Elle était vraiment pathétique... Ne même pas avoir le courage de porter les choses dont elle avait secrètement envie... Il était vraiment temps qu'elle change !

— T'es prête ?

La voix d'Eban la fit sursauter, et elle se retourna vers lui en clignant des yeux.

Elle le trouvait toujours aussi beau, avec ses cheveux bruns coupés suffisamment court pour cacher leur tendance à boucler, et ses yeux si noirs qu'on ne distinguait presque pas la pupille de l'iris. Il ne s'était pas rasé, ce jour-là, et le bas de son visage était recouvert d'un léger duvet sombre qui mettait en évidence la pâleur de sa peau – presque aussi pâle que la sienne.

Il avait l'air d'un prince gallois.

— Quoi ? lui demanda-t-il en fronçant les sourcils, amusé, alors qu'elle le regardait fixement.

— Non, non, rien, balbutia-t-elle alors qu'il lui prit des mains le tas de vêtements qu'elle avait choisis pour les ajouter aux siens.

*Quelle lâche !*

Elle inspira profondément, prête à lui dire la vérité – qu'elle était toujours aussi troublée par sa beauté –, mais il était déjà en train de se diriger vers la caisse.

— Attends, je vais payer mes affaires ! lui dit-elle en le rejoignant.

— Trop tard ! lui lança-t-il avec un sourire. Tu t'achèteras autre chose... On va mettre les parkas et les bottes tout de suite, dit-il en se tournant vers le vendeur.

Elle se sentit mal à l'aise. Elle avait toujours vu son père refuser catégoriquement tout ce qui pouvait s'apparenter à de la charité, et elle avait fini par avoir elle-même du mal à recevoir des cadeaux.

— Je te rembourserai, promit-elle doucement.

— Ne dis pas de bêtises. Considère ça comme ton cadeau de Noël.

— Mais tu m'as déjà fait un cadeau à Noël !

— Ce n'était pas grand-chose, plaida-t-il en haussant les épaules.

Il lui avait envoyé un carnet avec une couverture en cuir et un stylo-plume. Depuis qu'elle les avait reçus, elle les emmenait partout avec elle.

Ce qui lui faisait penser que...

— Est-ce qu'on peut passer vite fait à l'université après ?

Le type derrière la caisse fronça les sourcils.

Eban sortit sa carte de crédit, et elle vit qu'il se retenait de grimacer devant le montant de la facture. Il avait acheté une parka, des bottes, des mitaines, des pantalons, des chemises, un bonnet, des sous-vêtements... En regardant le vendeur mettre les articles dans les sacs, Darby écarquilla les yeux, réalisant qu'Eban envisageait visiblement de rester un certain temps. Malgré les circonstances, cette perspective la rendait folle de joie, même si elle se sentait coupable de lui faire dépenser tout cet argent.

— C'est indispensable ? lui demanda-t-il.

— Oui. J'ai laissé mon ordinateur portable et des cahiers au laboratoire, hier soir. Je suis allée directement à la soirée après le travail, et je ne voulais pas prendre le risque de me les faire voler, expliqua-t-elle, chassant de son esprit l'image du cadavre de Martin. Je voudrais pouvoir travailler si jamais je ne peux pas retourner à la fac pendant quelque temps.

Eban acquiesça en soupirant, mais il n'avait pas l'air très enthousiasmé par l'idée.

— Attendez... souffla le vendeur en reculant d'un pas. Vous êtes la fille qui a tué l'étudiant ?!

— Je ne l'ai pas tué ! rétorqua Darby, accablée par la terreur qu'elle voyait dans les yeux du vendeur.

— Vous avez déjà entendu parler de la présomption d'innocence, espèce d'imbécile ? gronda Eban en lui arrachant le ticket de caisse des mains.

Puis il prit les sacs sur le comptoir et laissa passer Darby devant lui alors qu'ils quittaient le magasin, comme pour la protéger.

— Il faut qu'on se dépêche ; cet imbécile va sûrement prévenir la presse, lui dit-il doucement. On s'arrêtera en route pour manger un morceau. Je ne sais pas toi, mais je meurs de faim.

Darby jeta un coup d'œil derrière elle et vit le type en train de les filmer avec son téléphone portable. Ça lui donna un haut-le-cœur. De son côté, elle se sentait incapable d'avaler quoi que ce soit. Depuis son retour d'Indonésie, elle tenait jalousement à sa vie privée et à son anonymat. Or, avec ce qui venait de se passer, tout le monde allait la reconnaître. Elle ne savait pas comment elle allait pouvoir continuer à vivre ici, dans une si petite ville...

Il fallait vraiment que la police trouve qui était le véritable tueur, sinon, ça allait être l'enfer.

## CHAPITRE DOUZE

Alors qu'il suivait Darby à travers le campus en direction de l'impressionnant bâtiment blanc qui abritait l'institut de géophysique, Eban se félicita de son choix de parka. Enfin il avait chaud ! Il était surpris de voir autant de lumières encore allumées. De toute évidence, les gens qui travaillaient ici étaient des passionnés...

Tout était parfaitement calme, et ils ne croisèrent que quelques silhouettes solitaires penchées pour se protéger du vent alors qu'elles rejoignaient leurs véhicules.

Il s'était arrêté sur la route pour acheter des hamburgers et des frites dans un *drive*, mais il avait dû insister pour que Darby accepte de manger, ne serait-ce qu'un peu. Il s'inquiétait pour elle. Elle était trop maigre, trop fragile. Sur les photos prises avant son enlèvement, elle avait un visage plus rond, avec des joues rebondies. Désormais, il était creusé par la douleur qu'elle portait en elle depuis l'été précédent, avec des pommettes saillantes et des cernes foncés sous les yeux. Il lui avait pourtant semblé que ces derniers temps elle commençait doucement à retrouver une certaine joie de vivre. Mais il avait fallu que le sort s'acharne contre elle...

L'attitude du vendeur, tout à l'heure, lorsqu'il l'avait reconnue, l'avait visiblement perturbée. C'était comme si elle comprenait vraiment, pour la première fois, que sa vie avait de nouveau basculé. Malheureusement, pas du bon côté... Eban espérait qu'ils réussiraient à trouver le meurtrier et à prouver que Darby était innocente. Mais, même s'ils y parvenaient, il craignait que les gens d'ici continuent de la soupçonner, et qu'elle ne soit plus jamais en sécurité à Fairbanks.

Lorsqu'ils arrivèrent devant la porte du bâtiment, Darby sortit sa carte d'accès, mais elle n'eut pas besoin de l'utiliser car un petit groupe d'étudiants sortit et les fit entrer. Eban surprit le regard hostile que l'un des jeunes envoya à Darby ; heureusement, elle était si profondément perdue dans ses pensées qu'elle ne sembla pas le remarquer.

La sécurité était typique d'un endroit comme celui-ci. Elle n'était pas infaillible, et l'immeuble était facilement accessible pour quelqu'un qui comprenait le comportement humain. Avec suffisamment de confiance et un peu d'entregent, certaines personnes pouvaient accéder même aux endroits les plus fortifiés. Quant à quelqu'un comme Eban, c'était encore plus facile. Il lui suffisait de brandir son badge pour entrer presque n'importe où, y compris au sein des services de police de Fairbanks.

Ce qui voulait dire que le tueur était soit de l'entourage de Martin et Darby, soit quelqu'un de suffisamment intelligent pour savoir comment passer inaperçu...

— C'est par là, lui dit Darby en lui adressant un sourire incertain.

Sous cette lumière, sa peau semblait encore plus pâle et les quelques taches de rousseur sur l'arête de son nez encore plus prononcées. Il sentait qu'elle était inquiète de l'accueil que ses collègues allaient lui réserver, et il la comprenait. Elle lui avait souvent dit qu'elle était heureuse de travailler ici, que l'ambiance était extraordinaire, mais il se demandait comme elle si les liens d'amitié qu'elle avait noués avec les gens d'ici suffiraient à la protéger de la hargne et de la suspicion.

Darby avait eu une journée difficile, et il avait le sentiment horrible que ce n'était pas encore fini.

Ils traversèrent un hall très éclairé, longeant un mur aux vitres colorées, jusqu'à un escalier qu'ils empruntèrent pour monter quelques étages. Darby avait une petite tendance à la claustrophobie, et elle ne prenait l'ascenseur que lorsqu'il n'y avait pas d'autre option.

— Il y a beaucoup de données qui transitent par ici. L'institut est un peu une plaque tournante, et on collabore avec des chercheurs et des organisations dont les spécialités sont très différentes, mais finalement toutes liées les unes aux autres.

Chaque fois qu'elle lui parlait de son travail, son expression s'éclairait. Ça lui faisait plaisir de la voir comme ça.

— C'est ce qui explique l'énorme antenne parabolique sur le toit, j'imagine ?

— Il y a plusieurs satellites sur le campus et à proximité. Je peux t'expliquer la fonction de chacun, si tu veux ?

— Peut-être pas tout de suite, lui dit-il en riant. Mais promis, je te dirai si je ressens l'envie soudaine d'en savoir plus sur le sujet...

Elle rit, comme il l'espérait, et ils s'engagèrent dans un long couloir blanc, passant devant des salles de laboratoires dont chaque porte était munie d'un hublot permettant de voir ce qui s'y passait. Des affiches représentant des volcans, des glaciers, des formations de glace ou des appareils de haute technologie bordaient les murs.

Il reconnut Pulau Gunung Rebi, le volcan où il avait rencontré Darby pour la première fois, et il se demanda ce qu'elle ressentait en passant tous les jours devant une photo de cette île ? Elle avança sans même la regarder. Pourtant, il savait qu'elle surveillait quotidiennement le réseau de signaux qu'elle avait installé l'été d'avant, dans le cadre de la collecte de données pour sa thèse. Elle était donc obligée de se confronter aux événements qui se passaient en Indonésie. Est-ce que cela la faisait souffrir ou, au contraire, l'aidait à panser ses blessures ?

— Je pensais que ton département ne réunissait que des recherches sur les volcans de l'Alaska ?

— C'est en partie vrai, lui répondit-elle avec son enthousiasme habituel quand il s'agissait de son travail. Tout le monde ici étudie les volcans de l'Alaska, parce qu'on est juste à côté.

Le regard qu'elle lui lança lui indiqua qu'elle comprenait le sous-texte de son commentaire. *S'ils étudient les volcans ici, pourquoi est-elle allée en Indonésie ?*

— Mais, même si nous sommes la région sismique la plus active des États-Unis, nous n'avons heureusement pas beaucoup d'éruptions. Donc si on veut approfondir nos connaissances à tous les niveaux, nous devons étudier d'autres volcans plus actifs. Plus nous rassemblons d'informations, plus nous serons en mesure de prédire les éruptions potentiellement dangereuses – ce qui est important pour la sécurité des populations locales, et le transport aérien.

— Sans parler de la menace potentielle pour l'humanité si l'un des supervolcans explosait.

Elle lui sourit, faisant apparaître ses fossettes.

— C'est vrai que si la caldeira de Yellowstone entre en éruption, on est tous foutus. Il n'y a que les survivalistes qui s'en sortiront. Et encore, à condition qu'ils n'aient pas oublié leurs ouvre-boîtes.

— Tu n'es pas inquiète ?

— La peur n'empêche pas le danger, comme on dit ! Non, mais plus sérieusement, je suis plus inquiète du ralentissement du Gulf Stream à cause du changement climatique. Mais au moins, là-dessus, on a des moyens d'agir. Malheureusement, ajouta-t-elle en détournant le regard, j'ai d'autres choses à gérer, en ce moment...

Pour que Darby dise une chose pareille, alors que l'environnement était sa plus grande préoccupation, c'est qu'elle était profondément affectée par ce qui lui arrivait. Eban sentit son cœur se serrer ; il aurait tellement aimé pouvoir lui éviter toute cette peine supplémentaire. En même temps, que pouvait-il faire ? Être accusé du meurtre d'un de ses amis figurait certainement en tête de liste des pires cauchemars de la plupart des gens, tout de suite après « être kidnappé et violé à plusieurs reprises dans un pays étranger ». Par malheur, Darby avait vécu les deux.

Il se demandait comment elle réussissait à ne pas s'effondrer. Plus il la connaissait, et plus il l'admirait...

Darby s'arrêta devant une porte qui s'ouvrit en grand avant qu'elle n'ait le temps de la pousser. Ils se retrouvèrent face à une jeune femme brune au visage rond, une frange recouvrant son front. Elle les regarda, bouche bée.

— Jacqui... dit Darby d'un ton hésitant. Tu travailles tard...

— Darby... souffla Jacqui en reculant, les mains sur sa poitrine, comme si elle voulait se protéger d'un danger. Qu'est-ce que tu fais ici ? On a entendu... Je veux dire, ce matin... Je t'ai vue dans la voiture de police... Et c'est partout dans les journaux. Toi et Martin...

Elle semblait sous le choc, incapable de faire une phrase complète, et elle fit une courte pause pour reprendre ses esprits tandis qu'elle posait son regard sur Eban.

— Qu'est-ce que tu fais ici ? Et c'est qui, lui ? Qu'est-ce qui s'est passé ? Comment ça se fait que la police t'ait libérée ?

Eban serra les dents, hors de lui à l'idée que cette fille, et certainement tout l'institut, semble avoir déjà condamné Darby.

— La police m'a libérée parce que je n'ai rien fait, Jacqui, déclara Darby avec fermeté.

Encore une fois, Eban ressentit pour elle un élan de fierté.

— Je n'arrive pas à croire ce qui est arrivé à Martin, reprit-elle en fronçant les sourcils. Mais je ne suis pas sûre d'être prête à en parler. Je ne sais même pas si j'ai le *droit* d'en parler.

Elle jeta un coup d'œil à Eban et il lui fit non de la tête. Il valait toujours mieux ne pas révéler les détails d'une enquête policière en cours.

D'ailleurs, il était content qu'elle ne l'ait pas présenté. Il préférait ne pas avoir à s'expliquer sur sa présence jusqu'à ce que le véritable tueur ait été identifié. Ou jusqu'à ce que quelqu'un lui pose des questions.

— Après la journée que je viens de passer, je vais rester quelques jours chez moi. Mais je suis passée prendre mes affaires pour pouvoir travailler à distance.

Elle passa devant Jacqui et se dirigea vers son bureau pour réunir quelques affaires dans un sac d'ordinateur portable suspendu au dossier de la chaise.

Eban attendit contre la porte ouverte et observa la pièce remplie de matériel : ordinateurs, imprimantes, trépieds, disques, panneaux solaires, et d'autres choses qu'il ne reconnaissait même pas. De grands posters recouvraient les murs, et des combinaisons de survie étaient accrochées à un portemanteau, derrière la porte.

Jacqui lui lança un regard inquiet, et il fit de son mieux pour avoir l'air détendu afin de ne pas la paniquer davantage.

— Ce matin, quand la police nous a interrogés, ils nous ont dit qu'ils avaient arrêté la coupable, dit Jacqui avec un petit rire nerveux. Comment est-ce qu'ils ont pu te laisser partir ? Pardon, je me répète, mais je ne comprends pas.

— Darby vous a déjà répondu, intervint Eban en croisant les bras. Elle n'a pas tué votre ami. C'est moi qui ne comprends pas votre insistance...

— Oh... Oui, pardon, excusez-moi, balbutia Jacqui en osant à peine le regarder.

— Ils ont trouvé des preuves que... commença Darby avant de s'interrompre, réalisant que les preuves en question étaient ses empreintes. Bref, ils ont abandonné les charges contre moi. Je peux te dire que ça a été un soulagement !

*L'euphémisme du siècle.*

— Quelles preuves ? insista Jacqui.

— Je ne peux pas te le dire. Au fait, tu te souviens, toi, de ce qui s'est passé hier soir ?

— Bah... Oui, évidemment, répondit Jacqui en fronçant les sourcils. Je n'ai pas bu, *moi.*

Eban eut envie de rire avec mépris. Évidemment qu'elle n'avait pas bu. Elle avait l'air d'une nonne !

— Ah bon ? C'est bizarre... Je pensais que je n'étais pas la seule à...

Darby s'interrompit, mais Eban comprit. Elle espérait ne pas être la seule à être victime d'un *black out.* Mais elle avait raison de ne pas poser la question. Les gens la soupçonnaient déjà suffisamment.

— Tu m'as vue quitter la soirée ? demanda Darby à Jacqui, qui semblait de plus en plus mal à l'aise entre eux deux.

— Non. Je suis partie tôt. Stef et Davis ont dit qu'ils vous avaient vus partir ensemble, Martin et toi. D'après Davis, Martin te soutenait parce que tu n'arrivais pas à marcher. Visiblement, tu avais l'air complètement bourrée. Il s'en souvient parce que c'est vrai que ça ne t'est jamais arrivé... Il a dit que Martin semblait vouloir te ramener chez toi en un seul morceau, répondit Jacqui, pâle et les traits tendus.

— Ils peuvent dire ce qu'ils veulent, marmonna Darby avec amertume. Ce n'est pas moi qui me prends des murges tous les soirs ! D'ailleurs, c'est presque toujours moi qui les ramène chez eux d'habitude... Et puis je sais ce que je dis : je n'ai bu qu'un verre de whisky avec le *haggis*.

— Justement. Comme tu ne bois jamais d'alcool fort, on s'est tous dit que ça avait suffi à te mettre dans cet état, dit Jacqui en croisant les bras.

— « Dans cet état » ?! s'emporta Darby. *Trois heures* plus tard ? Tu trouves ça logique, toi ?

Eban regarda Darby avec compassion alors qu'elle était en train de réaliser que ses amis la croyaient capable de tuer. Qu'aucun d'eux ne semblait remettre en question la version abracadabrantesque de la police. Ou plutôt, la version de Torgerson. C'était elle qui était allée dire partout, un peu trop rapidement, que la coupable avait été arrêtée. À cause d'elle, le tueur était en ce moment en liberté et devait bien se marrer...

La police avait clairement négligé l'affaire. Ils avaient condamné Darby avant d'avoir tous les éléments. Avant même qu'elle soit jugée. Malheureusement, les gens s'en tenaient aux premiers éléments et, même si d'autres faits venaient contredire la version initiale, ils restaient sur leur position. Eban aurait aimé pouvoir éviter à Darby cette condamnation publique, mais il savait qu'à ce stade, il ne pouvait rien faire à part la protéger, la soutenir, et trouver le vrai tueur.

— Vous avez vraiment tous cru que j'avais tué Martin ? murmura Darby.

Jacqui se mordit la lèvre et baissa le regard.

— On sait ce qui t'est arrivé l'été dernier... Et on s'est dit que...

Alors qu'elle s'interrompait, Eban changea de position et Jacqui posa à nouveau les yeux sur lui.

— Davis a pensé que tu avais peut-être tué Martin pour éviter de retourner là-bas cet été.

*Tuer Martin « pour éviter de retourner là-bas cet été » ?*

Outrée, Darby regarda Eban avec nervosité. Il plissa les

yeux pour essayer de lui faire comprendre de laisser tomber, mais elle l'ignora.

— Si je n'avais pas voulu retourner en Indonésie l'été prochain, j'en aurais parlé au professeur Nilsson. Je n'aurais pas tué Martin, ni qui que ce soit d'autre !

— On a juste essayé de comprendre... dit Jacqui en haussant les épaules, visiblement indifférente au mal que ses paroles avaient fait à Darby, alors qu'elle était censée être son amie...

— Et qu'est-ce que vous vous êtes dit d'autre ? Que j'étais folle et que j'avais pété un câble ? Ou peut-être que je faisais partie d'une secte satanique ?

Les yeux de Jacqui s'écarquillèrent alors qu'elle regardait Darby avec agressivité. Elle ouvrit la bouche pour parler, mais Darby l'interrompit :

— Et ça ne vous a pas traversé l'esprit, ne serait-ce qu'un instant, que peut-être ce n'était pas moi qui avais tué Martin ?! hurla-t-elle.

— Mais la police...

— Je n'en ai rien à faire de la police ! Ils ne me connaissent pas. Alors que vous, vous me connaissez !

— C'est vrai, mais tu es toujours restée un peu à l'écart du groupe. Tu ne nous parles jamais de ce qui t'est arrivé, alors...

— Ah, pardon ! Pardon de ne pas vous avoir raconté comment j'ai été enlevée et violée par des hommes armés ! Tu veux les détails peut-être ? Comme ça, tu auras bien peur la prochaine fois que tu iras sur le terrain ? Je te comprends... C'est tellement agréable de se réveiller en sueur au moindre bruit, ou de se pisser dessus chaque fois qu'un mec te regarde un peu trop longtemps...

Darby était tellement hors d'elle que tout son corps tremblait, et Jacqui sembla mortifiée.

— Je ne savais pas que tu avais été violée... murmura-t-elle en baissant les yeux.

— Et qu'est-ce que tu croyais ?! Que j'étais dans un centre de vacances ?!

Jacqui ne savait plus quoi dire. Elle osait à peine bouger.

Pour tenter de se calmer, Darby ferma les yeux, et Eban dut lutter contre l'envie d'aller vers elle. Il savait qu'elle avait besoin de gérer ça toute seule.

— Si tu veux savoir ce que j'ai vécu, Jacqui, c'est simple : imagine ton pire scénario, multiplie-le par mille, et dis-toi que tu vas vivre ça jusqu'à ce que tu meures ou qu'on vienne te sauver – mais que tu as très peu de chances d'être sauvée.

Jacqui frissonna et enroula ses bras autour d'elle.

— Qu'est-ce que tu comptes faire maintenant ? demanda-t-elle doucement à Darby

— Comme je te l'ai dit, je récupère mes affaires pour pouvoir travailler depuis chez moi pendant quelques jours. Les journalistes me harcèlent et je n'ai aucune envie de leur parler.

Ce n'était pas la première fois qu'elle était poursuivie par les journalistes et Eban n'avait pas hâte de découvrir ce qu'ils allaient dire d'elle. Il savait qu'ils allaient déterrer ce qu'elle avait vécu en Indonésie et faire un parallèle avec le meurtre de Martin. Non seulement ça allait être très difficile pour elle, mais ce serait aussi le meilleur moyen de rappeler à Darmawan Hurek qu'elle était toujours en vie – et *où* elle vivait.

Certes, Darmawan Hurek était un terroriste recherché dans le monde entier et Eban savait qu'il y avait peu de chances qu'il prenne le risque d'être arrêté uniquement pour se venger de Darby – surtout que lui n'avait jamais pris part aux violences physiques qui lui avaient été infligées –, mais elle était terrifiée à l'idée qu'il puisse vouloir la retrouver, et le fait qu'elle fasse à nouveau la une des journaux allait forcément renforcer cette peur.

*Putain.*

Eban n'aimait pas ça. Car il savait que la peur de Darby

n'était pas complètement injustifiée ; lui aussi craignait pour sa sécurité.

— C'est qui ? demanda Jacqui à voix basse en désignant Eban d'un signe de tête.

Il se demanda si Darby avait parlé de lui à ses amis, et ce qu'elle leur avait dit, exactement.

Darby croisa son regard et quelque chose de silencieux passa entre eux.

— Un ami.

Il aurait préféré qu'elle le présente autrement que comme un simple « ami », mais c'était sa faute. C'était lui qui refusait d'être plus que ça pour elle.

Il fronça les sourcils.

— J'ai bientôt fini. Je dois juste télécharger quelques trucs, lui dit Darby, se tournant vers un ordinateur auquel elle se connecta rapidement.

— Okay. Mais fais vite.

Eban n'était pas à l'aise avec l'idée de rester ici trop longtemps. Les journalistes pourraient les retrouver. Sans parler du tueur.

— Excusez-moi, dit Jacqui avant de sortir précipitamment de la pièce.

Darby se retourna pour la regarder partir en fronçant les sourcils, puis haussa finalement les épaules.

— Bon, bah j'ai l'impression qu'on ne dormira pas dans la même tente lors de notre prochain projet sur le terrain...

Elle tentait de plaisanter, mais Eban voyait bien qu'elle était blessée par la méfiance de Jacqui vis-à-vis d'elle.

— Ne t'inquiète pas. Ils se calmeront quand on aura découvert la vérité.

— *Si* on la découvre... soupira-t-elle en envoyant des documents sur sa boîte mail, avant de se déconnecter. Peut-être qu'on ne saura jamais ce qui s'est vraiment passé, et que je serai toujours considérée comme suspecte. J'aurais peut-être dû aller à Hawaï, avec mon autre co-directrice de thèse.

— Tu as choisi l'Alaska plutôt qu'Hawaï ?

— C'est fou, hein ? dit-elle en se forçant à rire.

Eban lui sourit, mais ils savaient tous les deux que cette bonne humeur était artificielle et ils détournèrent l'un et l'autre le regard. Il aurait aimé lui promettre que le tueur allait être retrouvé, mais il savait que ce n'était pas acquis. Tout ce qu'il espérait, c'était que les éléments qui étaient en train d'être examinés leur donneraient une piste. Un ADN, l'identification d'une semelle, des empreintes digitales, un bornage de téléphone... Peut-être aussi qu'un témoin allait se manifester ou que quelque chose allait ressortir des photos de la soirée ? Et puis – on pouvait toujours rêver – peut-être que le tueur allait décider de se rendre ? Il paraît que les miracles existent...

Darby glissa les câbles de chargement dans le sac de son ordinateur portable, et s'empara de quelques gros livres sur l'étagère au-dessus de son bureau. Eban s'avança pour l'aider et prit la pile de livres.

Il entendit des pas dans le couloir et s'empressa d'aller voir. Un homme d'âge moyen vêtu d'un jean et d'un sweat vert estampillé « UAF » se dirigeait vers lui d'un pas pressé, accompagné de Jacqui à laquelle il s'adressait d'un air grave. Jacqui et l'homme entrèrent dans le bureau en passant devant Eban, lequel posa sa main sur son arme, prêt à dégainer si nécessaire. Ces deux-là n'avaient pas l'air bien dangereux, mais c'était une habitude.

— Darby, qu'est-ce que vous faites ici ?

— Professeur Nilsson ! le salua Darby avec un léger sourire. Je suis venue prendre de quoi travailler depuis chez moi.

— Darby... Ce que je veux dire, c'est « pourquoi n'êtes-vous pas en prison » ?

Darby le regarda un instant, interloquée, et visiblement déçue d'une telle remarque de sa part.

— La police m'a libérée et je n'ai pas été inculpée, comme vous pouvez le constater.

Le professeur et Jacqui la fixaient d'un air dubitatif, et Darby soupira, exaspérée.

— Appelez-les si vous ne me croyez pas !

Le silence se prolongea, créant une atmosphère inconfortable, jusqu'à ce que le directeur de thèse de Darby finisse par le briser :

— Écoutez, Darby... Cette situation est extrêmement gênante pour l'institut, dit-il en fronçant les sourcils. Vous le comprenez, n'est-ce pas ?

—Je n'ai rien fait de mal, dit Darby d'un ton sec.

Il soupira.

— Nous devons protéger nos étudiants.

— « Protégez vos étudiants » ? répéta Eban en ricanant.

Le professeur lui jeta un regard surpris.

— J'ai parlé à la police, ce matin. Ils m'ont dit que Darby était chez Martin au moment de son meurtre et qu'ils pensaient que c'était elle la coupable.

— Exactement, « ils pensaient ». Mais ce n'est plus le cas. Darby a été innocentée. Elle n'a *pas* tué Martin Carstairs ! le tança Eban, frustré de la façon dont l'enquête avait été menée par la police locale.

— Je n'ai rien à voir avec tout ça, ajouta Darby d'une voix brisée.

Le professeur l'observa un instant avec une moue dubitative.

— L'inspectrice avait pourtant l'air très sûre d'elle...

Eban ne savait pas comment Darby parvenait à garder son sang-froid. Lui avait envie de sauter à la gorge de ce type.

— Je suis désolé, Darby, mais nous devons donner la priorité au bien-être et à la sécurité de nos étudiants. Ce n'est pas contre vous…

*Décidément, on peut être un universitaire brillant et être complètement con*, se dit Eban. Mais il décida de rester professionnel et d'utiliser l'arme la plus efficace dans une telle situation : l'empathie.

— Vous semblez avoir beaucoup à gérer, et je comprends tout à fait que cette situation soit difficile pour vous…

S'il suivait le protocole, Eban aurait à présent dû passer à la deuxième étape : *s'intéresser* – en posant des questions sur la manière dont le professeur et l'université envisageaient de gérer cette situation, avant d'éventuellement offrir son aide. Mais il en avait assez d'être courtois et professionnel alors que ce type venait de traiter Darby comme une merde.

— Mais il me semble que l'été dernier, vous ne vous êtes pas beaucoup préoccupé du « bien-être » et de la « sécurité » de Darby… Ça ne vous a pas dérangé de la laisser partir seule sur un volcan indonésien, dans un climat politique instable, et dans une région aux prises avec un groupe terroriste que tout le monde connaît.

— Personne ne pouvait prévoir que…

— Si ! Moi j'aurais pu prévoir ! le coupa Eban en le regardant avec mépris. Si vous aviez pris la peine de vous renseigner auprès du Département d'État, vous auriez su que c'était de la folie ! La situation sur place est catastrophique depuis des années, et ça n'est pas près de changer, ajouta-t-il en se tournant vers Darby, incapable de croire qu'elle puisse envisager d'y retourner.

— Nous allons là où se trouvent les volcans. Pas l'inverse. Et nous appliquons des protocoles de sécurité stricts, se défendit Nilsson.

Eban eut soudain envie de lui foutre son poing dans la gueule, mais il se retint. Il savait que le professeur n'était pas au courant de tout ce qu'avait enduré Darby l'année précédente. Il savait qu'elle avait été enlevée, mais Darby n'avait jamais voulu révéler qu'elle avait été victime de viols collectifs à répétition.

*Même si Jacqui risque maintenant de le dire à tout le monde,* pensa Eban avec amertume.

— Darby a été envoyée seule sur une île isolée, sans aucune protection ni aucune possibilité de secours. Alors vous savez ce que je comprends ? lui demanda-t-il d'une voix menaçante, même si le professeur ne sembla pas le remarquer. Je comprends que vous protégez tous les étudiants, sauf Darby. En fait, j'ai même l'impression que vous la mettez régulièrement en danger.

*<br>**

Darby vit son directeur de thèse pétri de culpabilité.

— Ce n'est pas vrai, soutint Jim Nilsson. Ce n'est pas ce qui s'est passé...

— C'est exactement ce qui s'est passé, le contredit Eban avec fermeté.

Darby savait que Quentin avait interrogé son directeur de thèse, et que celui-ci avait exprimé des regrets. Mais, à le voir à cet instant, elle se demanda si ce n'était pas finalement que des paroles en l'air...

Nilsson bomba la poitrine pour se donner de l'assurance et fit de son mieux pour avoir l'air supérieur à Eban. En vain. Il était pathétique.

— Vous êtes qui, de toute façon ?

— Je fais partie de ceux qui vous auraient déconseillé de mener un projet dans cette partie du monde l'été dernier.

Surtout, je vous aurais *catégoriquement* interdit de laisser une femme y aller seule !

Nilsson détourna le regard et s'éclaircit la voix.

— Nous ne faisons pas de discrimination, ici.

Eban n'en revenait pas. Oser brandir l'excuse de l'égalité des sexes était complètement déplacé au regard de ce qui s'était passé. Ce type refusait d'assumer ses responsabilités, point barre.

— Arrêtez de vous foutre de ma gueule ! tonna Eban, qui semblait avoir perdu toutes les qualités qui faisaient de lui un bon négociateur. Je vous préviens, vous avez intérêt à mettre un terme à tout futur projet dans cette partie de l'Indonésie – sauf si vous avez les moyens de faire appel à une entreprise de sécurité privée. Et encore... C'est de la pure folie d'aller là-bas !

— Les autorités indonésiennes m'ont assuré que...

— Mais arrêtez ! l'interrompit Eban, de plus en plus furieux. Vous savez parfaitement qu'un membre du parlement indonésien était de mèche avec les terroristes...

— Oui, et il a été démis de ses fonctions.

— Mais il n'y avait pas que lui. L'armée indonésienne entretient des liens étroits avec le groupe qui a enlevé Darby.

Darby était tétanisée. Le simple fait d'entendre parler d'Indonésie la terrorisait. Elle avait eu tellement de chance de s'en être sortie...

— Ne vous inquiétez pas, nous avons tiré les leçons du passé et avons prévu de renforcer la sécurité pour nos futurs projets.

— Tu parles ! Il vous faudrait une armée entière ! Vous avez les moyens pour ça ?

Le cœur de Darby battait comme un tambour dans sa poitrine alors qu'elle réalisait que Nilsson était prêt à mettre la vie de ses étudiants en danger une seconde fois au nom de la science. Comment pouvait-il manquer de lucidité à ce point ?

— Bon écoutez, j'apprécie vos conseils en matière de sécurité, mais ce n'est pas de ça qu'il s'agit pour le moment. Dois-je vous rappeler que Martin Carstairs a été tué ? dit Nilsson pour essayer de reprendre le dessus. Je me suis entretenu avec le directeur de notre département, et nous sommes d'accord que toute cette histoire jette le discrédit sur notre institut. Nous devons protéger notre réputation si nous voulons continuer d'attirer des étudiants de qualité...

— Attendez un instant, intervint Darby. C'est moi qui discrédite l'institut ?

— L'année dernière a déjà été assez mauvaise en termes de résultats, lui dit son directeur de thèse, trop lâche pour assumer une réponse plus directe à sa question.

— « De résultats » ?

*Quel enfoiré !*

Elle avait l'impression que ses jambes allaient la lâcher. Elle était médusée par la froideur de son professeur. Elle avait failli crever et lui pensait... *aux résultats* !

— Darby, reprit Nilsson d'une voix plus douce. Je sais pertinemment que ce qui vous est arrivé a été terrible et que vous n'y êtes pour rien. Mais vous devez comprendre que nous ne pouvons pas prendre le risque de compromettre notre travail. Nos recherches sont vitales pour la planète...

— Vous voulez que je comprenne en plus ?! dit-elle avec un petit rire amer.

Elle se sentait trahie. Elle avait envie de hurler. Il voulait qu'elle comprenne, mais lui, est-ce qu'il la comprenait ?

Mais il ne méritait pas qu'elle rentre dans des explications. D'un seul coup, le grand professeur lui parut minuscule, et indigne de confiance. Alors qu'elle le fixait avec des yeux hagards, Eban toussa nerveusement, et elle prit conscience du silence tendu qui s'était installé.

—Quelqu'un a tué un étudiant de l'institut et a tenté de faire accuser Darby, dit doucement Eban. Vous ne croyez pas que vous devriez donner la priorité à la prise en charge des victimes plutôt que de vouloir sauver les apparences et les « résultats » ?

— Je... soupira Nilsson, ne sachant visiblement pas quoi dire.

— Écoutez, *professeur*, reprit Eban d'un plus apaisé. Martin est mort, mais Darby est elle aussi une victime. La condamner sur la base d'éléments infondés alors que vous devriez plutôt la soutenir ne va pas améliorer l'image de votre établissement, croyez-moi.

Nilsson semblait de plus en plus embarrassé.

— Surtout après le fiasco de l'année dernière, renchérit Eban, qui, bien que redevenu diplomate, semblait vouloir écraser le directeur de thèse comme une mouche à merde.

Darby était tellement reconnaissante d'avoir un homme comme lui à ses côtés...

Finalement, Nilsson se redressa de toute sa hauteur et rentra son menton, conscient qu'il était prêt à lâcher une bombe.

— Malheureusement, le directeur du département a déjà décidé de vous retirer l'accès à l'institut, Darby. Je vais donc vous demander de partir, vous et votre ami.

— Vous me virez du programme ? demanda Darby, le souffle coupé.

— Nous avons une réunion de service demain matin pour décider de ce point.

Darby le fixa en réprimant ses larmes. Elle n'arrivait pas à croire qu'ils puissent envisager de la virer, après tous ses efforts, et tout ce qu'elle avait enduré.

— Darby n'a tué personne ! grogna Eban, transi de colère.

— Votre libération change évidemment les choses, concéda Nilsson. Bon, écoutez, vous pouvez travailler à distance jusqu'à ce que nous prenions une décision avec notre directeur. Ça vous va ?

Il parlait comme s'il rendait service à Darby. Sauf qu'elle ne lui faisait plus du tout confiance. Tout son monde venait de basculer et elle n'était pas sûre de pouvoir un jour croire Nilsson à nouveau.

— Vous êtes mon directeur de thèse. Vous me connaissez. Vous êtes censé vous battre pour moi. Mais Eban a raison : vous avez tellement peur que votre image soit ternie auprès des médias que vous êtes prêt à me jeter aux loups. C'est dégueulasse...

— Je comprends que vous puissiez le prendre comme ça, dit le professeur d'un ton bourru.

Mais comment est-ce qu'il aurait voulu qu'elle le prenne ? Elle vivait un cauchemar, et lui s'obstinait à lui maintenir la tête sous l'eau !

— Martin Carstairs était également l'un de nos étudiants. C'était un jeune homme merveilleux. Nous ne pouvons pas nous permettre de ne pas réagir à son meurtre.

— Je suis entièrement d'accord avec vous, *Jim*, dit Darby en relevant le menton. Mais je vous le répète : j'ai été libérée parce que la police a compris que ce n'est pas moi qui ai tué Martin. Donc je ne vois pas en quoi je suis concernée par votre désir de réagir à sa mort ? Je vous conseille donc de parler au corps enseignant et à l'administration avant que le département ne détruise ma carrière sur la base de rumeurs et de fausses informations. De mon côté, sachez que je vais en parler à mon avocat.

Eban la regarda avec des yeux brillants de fierté, d'autant plus que Jim Nilsson semblait complètement désarçonné.

— Très bien. En attendant, je dois vous demander de partir, maintenant.

Elle entendit des pas dans le couloir et fut horrifiée en comprenant que c'étaient des agents de sécurité. Nilsson la croyait vraiment si dangereuse que ça ? Il ne lui avait vraiment rien épargné...

— Tu as tout ce qu'il te faut ? lui demanda Eban.

Darby acquiesça d'un signe de tête, tandis que son directeur de thèse scrutait la pièce comme pour s'assurer qu'elle n'avait rien volé.

— Viens, on s'en va ! lui dit doucement Eban.

Ravalant ses larmes, elle jeta son sac sur son épaule et prit délibérément la lourde pile de livres du bras d'Eban.

Elle tenait à montrer qu'elle n'était pas faible.

— J'attends des excuses de votre part, Jim, *et* du directeur du département. En attendant, merci de veiller à ce que tous mes accès soient maintenus. Et je vous conseille de parler à l'inspectrice Torgerson ou au chef de la police locale pour mettre les choses au clair le plus rapidement possible. Vous avez mes coordonnées, vous savez donc comment me joindre.

Ils quittèrent la pièce au moment où les agents de sécurité arrivèrent. Aussitôt, Eban leur montra son badge ainsi que son arme, et ils reculèrent, l'air confus. Néanmoins, ils les escortèrent jusqu'à la sortie, et Darby remarqua qu'Eban se plaçait entre elle et eux pour la protéger.

— Ça va ? s'inquiéta-t-il lorsqu'ils furent dehors, enfin seuls.

— Bof... répondit-elle en baissant la tête, alors qu'ils marchaient d'un pas rapide jusqu'à la voiture.

Le vent glacial lui coupa le souffle et gela ses larmes. Au moins, elle n'avait pas à se retenir de pleurer...

— Je travaille avec ces gens tous les jours ! Je ne comprends pas comment ils peuvent croire que j'ai tué Martin.

Eban lui ouvrit la portière arrière afin qu'elle puisse déposer ses affaires, et elle le regarda, abasourdie.

— Je sais que ce matin je n'étais pas sûre de ce que j'avais fait, mais...

— Mais tu ne tuerais jamais quelqu'un de sang-froid, et tous ces cons devraient le savoir, termina-t-il en écartant les cheveux qui lui tombaient sur les yeux.

Elle se laissa faire en le regardant, admirant son visage sous le clair de lune, et ignorant le froid qui lui brûlait la peau.

Il était tellement beau qu'elle avait du mal à croire qu'il était enfin là, et que sa présence n'était pas le produit de son imagination. Elle lui trouvait encore plus de charme que l'année précédente ; peut-être était-ce dû à ses pattes d'oie plus prononcées et à sa fine barbe qui lui donnaient un air plus viril ? Ou peut-être à son look plus sportif que celui qu'il arborait d'habitude, avec ses costumes et ses chemises parfaitement repassées. Tout lui allait, et elle le trouvait incroyablement sexy dans n'importe quelle tenue, mais ce style décontracté était plus proche du sien et il lui semblait plus accessible. Ce soir-là, ils avaient presque l'air d'un couple.

— Je ne comprends pas ce qui se passe, Eban, dit-elle après avoir déposé ses affaires et claqué la portière. Et ça me fait peur...

— Je suis là ; je ne te lâche pas. Et je te promets qu'on va découvrir qui est derrière tout ça.

Elle ferma les yeux quelques secondes, se laissant bercer par le réconfort que lui apportait la présence d'Eban, puis les rouvrit et regarda le ciel étoilé.

— Oh. Regarde ! s'émerveilla-t-elle.

Eban leva les yeux, et découvrit à son tour la lueur verte qui traversait le ciel comme un voile.

— C'est l'un des meilleurs endroits au monde pour observer les aurores boréales, lui dit-elle d'une voix plus forte, comme chaque fois qu'elle parlait de sa passion. C'est dû à l'interaction des électrons émis par le soleil avec les gaz de l'atmosphère terrestre, ajouta-t-elle en souriant, sans quitter le ciel des yeux. C'est magnifique, non ?

— C'est incroyable...

Darby sourit et, absorbée par la féérie de ce spectacle, elle oublia l'espace d'un instant tout ce qui s'était passé cette journée-là. Malgré le froid polaire, elle aurait aimé que ce moment dure pour l'éternité. *Elle et lui sous cette lumière verte.*

Finalement, Eban se retourna et aperçut les agents de sécurité du campus assis dans leur voiture, le moteur en marche. Ils les surveillaient, mais il craignait qu'ils puissent également les filmer en espérant vendre les images à la presse.

— Il faut qu'on y aille, Darby, dit-il en se plaçant devant elle pour qu'ils ne puissent pas la voir.

— Où est-ce qu'on va ? lui demanda-t-elle en montant dans la voiture.

— Dans un endroit où personne ne te cherchera, répondit-il laconiquement avant de fermer sa porte et de faire le tour pour s'installer au volant.

Elle se demanda de quel endroit il pouvait s'agir. Fairbanks n'était pas une grande ville, et son visage était passé en boucle à la télévision. Mais elle se fiait à Eban et se réjouissait à l'idée de pouvoir bientôt se détendre – peut-être même dormir quelques heures. Elle avait besoin d'oublier.

# CHAPITRE TREIZE

Pourquoi est-ce qu'ils l'avaient libérée ? Je leur avais offert Darby O'Roarke sur un plateau, et ces idiots la laissaient partir ?

À moins que...

Est-ce que j'avais merdé quelque part ?

Non. J'avais fait gaffe au moindre détail. J'avais même réussi à résoudre le problème des traces de pas entre la maison et la route principale.

Après avoir décidé de donner à cette conne une leçon qu'elle n'était pas près d'oublier, j'avais quitté la maison par la porte d'entrée mais avais tout de suite vu les traces que je laissais dans la neige fraîche, brillant au clair de lune. Or, comme mes bottes étaient exactement les mêmes que celles de Darby, j'avais compris qu'en empruntant le même chemin qu'à mon arrivée, je risquais d'éveiller les soupçons de la police... Même si Darby se réveillait et quittait la maison, ces empreintes « supplémentaires » posaient problème, et je ne voulais pas que quelqu'un puisse remettre en question le scénario que j'avais imaginé.

J'avais donc pris une paire de bottes qui se trouvait près de la porte arrière et dont la pointure était bien plus grande que la mienne – probablement celle du type que je venais de poignarder –, puis j'avais traversé le bois avant de retourner sur la route, là où j'avais garé ma voiture. J'avais ensuite jeté les bottes trop grandes dans une benne à ordures du centre-ville, suffisamment près du refuge pour sans-abri pour qu'un de ces misérables les trouve facilement.

*Autant faire un heureux...*

J'avais plusieurs fois repassé dans ma tête chacune de mes actions de la veille au soir. Même si je n'avais pas prémédité le meurtre, je savais que je n'avais commis aucune erreur. J'avais tout fait pour offrir aux flics un scénario crédible et je savais – d'expérience – que ces imbéciles cherchaient rarement plus loin que le bout de leur nez.

*Mais alors, pourquoi est-ce qu'ils l'ont libérée ?*

Ça m'angoissait...

Peut-être que finalement, ils ne s'étaient pas dit, comme je l'avais prévu, que les empreintes étaient celles du mort qui se serait promené plus tôt dans la journée, et qu'ils avaient pensé à une troisième personne impliquée dans le meurtre ? Mais tout de même... De là à libérer Darby... ?

Je serrai le volant dans mes mains. Je détestais ne pas comprendre ce que j'avais pu rater.

Alors que je passais devant l'immeuble de Darby, je vis les journalistes agglutinés devant la porte malgré la nuit froide, comme des mouches volant au-dessus d'une carcasse en décomposition.

Autant dire que je n'allais pas me risquer à aller chez elle...

Les lumières de son appartement étaient éteintes., et je me demandai si elle est là. J'en doutai. Je l'imaginais plutôt dans un hôtel miteux, en train de pleurer sur son sort, recroquevillée sur le lit. Elle devait se dire qu'elle était seule au monde, et que le sort était bien cruel de s'acharner ainsi sur elle après ce qui lui était arrivé l'été dernier. Comme si elle avait été la seule à avoir souffert !

J'avais froid et je finis par augmenter le chauffage. J'étais même complètement maso de ne pas l'avoir monté plus tôt.

J'avais presque envie d'appeler Darby pour lui proposer mon aide, mais je me dis que c'était trop risqué.

Elle avait l'air complètement sonnée, la veille au soir, mais on ne savait jamais. Si ça se trouve, elle n'était pas totalement inconsciente et elle se souvenait peut-être de quelque chose ? Même si je détestais cette idée, j'allais devoir me débarrasser d'elle. À moins que je ne réussisse à la faire inculper pour de bon. Parce qu'il était hors de question que je passe le reste de ma vie en prison. Plutôt mourir ! Darby était la couverture idéale. Avec ses bonnes manières de petite fille sage, elle ferait dix ans maximum avant d'être libérée pour bonne conduite. Et puis ce serait peut-être l'occasion de renforcer notre amitié ?

Je dépassai son immeuble et me dirigeai vers le campus.

De toute façon, c'était à cause d'elle tout ça. Quand je l'avais vue, la veille au soir, en train de s'amuser, de sourire, de rire même, j'avais cru que j'allais exploser ! Je croyais qu'elle était censée se remettre de son traumatisme, *pauvre bichette...* ?

Tu parles !

Toute la colère que j'avais réussi à contenir pendant des mois avait ressurgi d'un seul coup. Rien qu'en y repensant, j'avais de nouveau des envies de meurtres.

Je me forçai à inspirer et expirer lentement. Il fallait que je contienne cette rage. Mais c'était difficile. Il n'y avait que quand je tuais qu'elle disparaissait. Mais tuer Martin Carstairs n'avait pas été très satisfaisant. Il était complètement bourré et avait à peine senti mon couteau adoré déchirer sa poitrine.

*Mon couteau...* Quelle tristesse d'avoir dû l'abandonner. Mais si je voulais faire accuser Darby, il fallait que je fasse ce sacrifice.

Je fis glisser mes mains gantées autour du volant pour faire demi-tour en direction du centre-ville. Car je venais de penser à quelque chose... Et si Darby faisait une nouvelle victime ?

Il me restait à trouver laquelle, mais les possibilités ne manquaient pas.

Je tapotai le volant en réfléchissant.

L'idée était folle mais affreusement tentante...

Certes, la police risquait de trouver étrange qu'elle commette deux meurtres coup sur coup, en l'espace de deux jours seulement. Mais, en même temps, avoir été arrêtée pour la mort de Martin Carstairs aurait pu lui faire péter un câble ? L'avantage, si j'allais au bout de cette idée, c'était que je faisais d'une pierre deux coups : non seulement Darby serait inculpée, mais en plus, les flics se feraient taper sur les doigts pour avoir libéré une tueuse en série...

« *La police responsable d'un deuxième meurtre* ».

Je souris en imaginant les titres dans les journaux. Décidément, cette idée me plaisait de plus en plus...

Et puis ils mettraient peut-être sur le dos de Darby d'autres meurtres – en supposant qu'ils soient assez intelligents pour faire le lien entre les différentes affaires.

Ce n'était pas gagné ! Ça se serait su si la police avait des lumières dans ses rangs... J'avais commis mon premier meurtre il y avait plus de dix ans – une salope qui avait cru pouvoir faire de moi ce qu'elle voulait – et ils n'avaient jamais su que c'était moi. Je crois même qu'ils avaient fini par classer l'affaire.

Mais ce soir-là, à qui aurais-je pu ôter la vie ? Un étudiant au hasard ? *Nan.* Le campus devait être sous haute surveillance en ce moment. Un pauvre type dans un bar ?

Attends, je ne savais même pas quel jour on était... Je regardai sur mon téléphone. Mercredi...

Ça y est, je savais...

Je souris.

*C'est parfait. Absolument parfait !*

# CHAPITRE QUATORZE

— Tu es sûr que tu sais où on va ? demanda Darby.

Ils roulaient depuis ce qui semblait être une éternité. Après être retournés au centre-ville où Eban avait emprunté toutes les rues possibles et imaginables, ils avaient finalement repris la route Richardson, par laquelle ils étaient venus, en direction de l'est, longeant la rivière Tanana. Ils étaient à présent sur une autre route en direction du nord, qui allait jusqu'aux forêts du lac Chena.

Ils n'avaient pas beaucoup parlé depuis qu'ils avaient quitté le campus. Darby était encore éprouvée par les événements de la journée. Elle n'arrêtait pas de penser à la réaction qu'avaient eue Jacqui et le professeur Nilsson, et elle était terrifiée à l'idée que sa carrière puisse être terminée. Jamais elle n'aurait pu soupçonner une telle réaction de la part de ses collègues et de ses professeurs. Elle pensait au moins qu'ils auraient été prêts à écouter sa version des faits avant de la condamner. Alors oui, Nilsson avait la réputation de faire passer son travail avant tout le reste, mais quand même... De là à la lâcher aussi froidement... La chute était d'autant plus rude que l'année d'avant, après ce qui lui était arrivé en Indonésie, il avait su faire preuve d'empathie.

Quant à Jacqui... Elle avait pourtant cru qu'elles étaient amies ! Elle était bien obligée de constater que ce n'était pas le cas, et elle craignait d'ailleurs de ne plus avoir beaucoup d'amis au sein de l'institut.

— Haley nous a loué une maison complètement perdue dans la nature, et tu seras en sécurité jusqu'à ce que l'affaire soit résolue. Personne ne nous trouvera là-bas.

Darby inspira pour essayer de calmer son angoisse. Elle ne savait pas combien de temps cette situation allait durer, et elle détestait être dans cette incertitude.

— Je suis désolée de t'embarquer là-dedans.

— Ce n'est pas un problème, Darby, tu le sais...

— Bien sûr que si, c'est un problème ! Toi, tu as dû quitter ton boulot pour venir t'enterrer ici. Haley paye mes frais d'avocats, et maintenant cette maison... Franchement, vous devez regretter de m'avoir rencontrée !

— Arrête... C'est moi qui ai voulu venir ici. Je n'aurais pas pu être ailleurs. Je m'inquiète pour toi, tu sais...

Il s'interrompit en serrant les lèvres, se retenant d'aller plus loin dans ce qu'il avait envie de dire. Ce n'était pas une bonne idée.

— Quant à Haley, elle a tellement d'argent qu'elle ne sait même plus quoi en faire, alors ne t'inquiète pas. Et puis tu sais bien qu'elle t'aime certainement plus que Quentin, sourit-il pour essayer de la dérider – en vain. Tous les trois, vous avez vécu une expérience qui vous a liés pour la vie. Alors même si elle devait vendre sa maison, elle le ferait. Haley est prête à tout pour t'aider.

— Je sais, murmura Darby en serrant les bras autour d'elle. Et je ferais la même chose pour elle. J'aimerais juste ne plus avoir besoin de l'aide des autres. J'ai l'impression d'être une petite chose fragile sans défense, et ça me met hors de moi.

Eban la regarda brièvement avant de se concentrer à nouveau sur la route. Ils traversaient à présent une forêt dense, le long d'une route en mauvais état qui avait heureusement été déneigée. Avec tous les cerfs et les élans qui pouvaient surgir à tout moment, il ne pouvait pas se permettre de détourner le regard plus d'une seconde.

— Tu n'y es pour rien, Darby.

Elle savait qu'il avait raison, mais ça ne l'empêchait pas de se sentir terriblement frustrée. C'était comme si elle était privée de ses jambes alors qu'elle aurait aimé pouvoir avancer seule.

— Je pense que c'est ça, dit Eban en se penchant en avant pour regarder à travers les arbres.

Il s'engagea dans l'allée devant eux – si étroite que les branches des sapins griffèrent la carrosserie d'un côté et de l'autre – et s'arrêta devant une petite cabane en rondins.

Pour la première fois depuis qu'ils avaient quitté le campus, Darby sourit en écarquillant les yeux. Elle avait l'impression d'être dans un conte de fées – *son* conte de fées – et d'avoir trouvé la maison de ses rêves.

Elle regarda le ciel, mais les aurores boréales avaient pour l'instant disparu. Dommage...

— On va aller s'installer. Je viendrai chercher les sacs de courses plus tard, déclara Eban.

— Et je t'aiderai, lui dit-elle avec conviction.

Il la regarda, sur le point de protester, mais se retint finalement, comprenant qu'elle ne voulait pas être infantilisée.

— Bien, madame, sourit-il.

Satisfaite, Darby descendit de voiture et attrapa ses affaires de travail sur la banquette arrière, pendant qu'Eban sortait les deux bagages qu'elle reconnaissait comme étant les siens. L'imaginer fouiller dans ses affaires lui fit un drôle d'effet, mais elle cessa immédiatement d'y penser. Après tout, c'était franchement un détail au regard de tout ce qui lui était arrivé cette journée-là.

Elle se dirigea vers la porte d'entrée qui était déverrouillée, et entra dans la maison pour déposer ses affaires sur la table basse, où trônait un mot de bienvenue. Mais elle ne prit pas le temps de le lire et retourna immédiatement vers la voiture pour aider Eban.

— Je m'en occupe ! lui dit-il en souriant. Va plutôt nous allumer un feu...

Il avait raison. Même si la cabane était chauffée, il faisait encore un peu froid.

Elle ouvrit la porte du poêle à bois dans lequel un feu était déjà allumé et y ajouta du papier, regardant la flamme jaune-orange s'en emparer et se propager, avant de refermer en prenant soin d'ouvrir le clapet.

Elle se redressa tandis qu'Eban revenait à l'intérieur, chargé comme un mulet. Il jeta tous les sacs dans l'entrée et s'empressa de fermer la porte à clé.

Darby réalisa que, pour la première fois depuis des mois, ils étaient enfin seuls dans une maison, et son cœur s'emballa, même si ce n'était pas la situation dont elle avait souvent rêvé.

Eban avait l'air épuisé. Quant à elle, elle avait l'impression d'avoir été piétinée par des éléphants.

— Tu veux boire quelque chose ?

— Qu'est-ce qu'on a ? demanda-t-elle d'un air dubitatif.

— Haley nous a fait livrer des courses ; j'imagine qu'elle a tout prévu, répondit Eban en se dirigeant vers la petite cuisine.

Il ouvrit le réfrigérateur. Effectivement, il était plein à craquer.

— Tu penses qu'il y aurait de la tisane quelque part ?

Ce n'était pas fou, mais ça l'aiderait peut-être à dormir.

Eban ouvrit un placard, et en sortit une boîte verte qu'il secoua d'un air victorieux.

— Ah oui ! Elle a vraiment pensé à tout ! rit Darby.

— Elle te connaît bien... Tu devrais l'appeler pendant que je déballe les affaires ?

— Ouais, t'as raison ! acquiesça-t-elle, émue en pensant à ce que Haley et lui faisaient pour elle.

Incapable de résister davantage, elle s'approcha de lui et enroula ses bras autour de sa taille. Elle tenait à lui témoigner sa reconnaissance et son affection. Et puis, plus égoïstement, ça lui faisait du bien de se blottir contre lui. Il lui faisait du bien ; lui donnait de la force. Malgré ce que lui et Quentin devaient penser, elle ne craquerait pas – et c'était en partie grâce à eux.

Sa joue posée contre sa poitrine, elle sentit son cœur s'emballer avant de retrouver un rythme plus régulier. Elle se laissa envelopper par la douce chaleur qui émanait de lui, savourant le léger parfum de son déodorant. Enfin elle se sentait en sécurité. À sa place.

— J'imagine que tu ne t'attendais pas à vivre une telle journée quand tu t'es réveillé ce matin, dit-elle doucement. Merci encore d'être venu.

Alors qu'elle levait les yeux vers lui, elle vit dans son regard tout ce qu'il ne lui disait pas mais qu'il ressentait pour elle depuis le début – elle le savait. Du désir. La joie d'être avec elle. De l'amour, même... À moins que ce ne soit son imagination ?

— Être ici avec toi, dans cette cabane, est beaucoup mieux qu'être chez moi, dans mon appartement, avec Max.

— Pour moi aussi, sourit-elle.

Tout à l'heure, elle s'était attendue à dormir en prison. Elle avait presque envie de pleurer d'émotion, mais elle chassa la boule dans sa gorge en passant à un sujet plus léger :

— Comment vont Max et Lucy, au fait ?

— Bien, répondit-il simplement, avant de la lâcher et de

reculer. Appelle Haley. Je sais que Quentin et elle ont hâte de t'entendre leur dire que tu vas bien.

Darby vérifia l'heure. C'était le milieu de la nuit en Virginie, mais elle savait qu'Eban avait raison et qu'ils devaient attendre son appel. Pour la première fois depuis qu'elle s'était réveillée ce matin-là, elle avait l'impression de pouvoir se détendre – au moins un peu. La situation était toujours grave, mais la terreur l'avait enfin quittée et elle pouvait à nouveau respirer normalement.

Elle mit en route la bouilloire et appela Haley.

# CHAPITRE QUINZE

Après avoir nettoyé les tables et mis en route le lave-vaisselle afin que tout soit propre pour le groupe mères-enfants du lendemain matin, Adèle Surrey éteignit les lumières de l'annexe où la réunion hebdomadaire du groupe de parole pour les femmes victimes de violences sexuelles venait de se terminer, plus tard que d'habitude.

Ce soir-là, toutes les participantes avaient semblé avoir la tête ailleurs. Elles étaient bouleversées par la mort du jeune Carstairs, et l'absence de Darby O'Roarke à la réunion de ce jour-là n'avait fait que susciter plus d'émoi et d'interrogations. Toutes connaissaient bien Darby. Elles l'appréciaient, même. Elle avait l'air calme et douce mais, d'après ce qu'elle avait raconté lors des réunions précédentes, elle avait vécu l'horreur. C'était peut-être ça qui lui avait fait commettre l'irréparable ?

Adèle avait suffisamment d'expérience pour savoir lire entre les lignes. Les silences de Darby n'avaient jamais eu aucun secret pour elle. Personne n'était obligé de rentrer dans les détails sordides. C'était pourtant cathartique, mais il y avait des personnes qui n'étaient pas prêtes à ce genre de thérapie.

La discussion de ce soir-là avait porté sur la facilité avec laquelle on pouvait basculer, dans certaines circonstances, et faire exactement ce que Darby avait fait – en supposant qu'elle soit coupable, évidemment, ce qui restait encore à prouver. Des participantes avaient exprimé qu'elles avaient peur du mal dont elles pourraient être capables, envers elles-mêmes ou leur entourage. Le Dr Gleeson n'avait pas pu venir, ce soir-là, mais il avait été remplacé par l'une de ses doctorantes qui les avait rassurées en leur disant que le fait qu'elles demandent de l'aide en assistant à un groupe de parole comme celui-ci signifiait qu'elles étaient sur la voie de la guérison et qu'il y avait très peu de chances qu'elles expriment la violence qu'elles ressentaient en elles.

Ça les avait rassurées, certes, mais cela n'avait pas empêché la discussion de se tourner sur l'exemple de Darby, chacune spéculant sur ce qui avait pu se passer, et pourquoi.

Adèle n'était pas certaine que la séance de ce soir-là ait été très utile sur un plan thérapeutique, mais elle avait au moins permis à toutes d'exprimer leur ressenti. Un meurtre suscitait toujours beaucoup d'émotions, et il était bon de pouvoir les extérioriser.

Adèle repoussa les cheveux de son front en sueur. Elle avait chaud – la faute au rangement qu'elle venait de faire, et à cette salope de préménopause.

Elle ferma les yeux pour essayer de se calmer, regrettant d'avoir des pensées aussi violentes. La vulgarité ne résolvait rien, elle le savait. En revanche, baisser le chauffage aurait été une bonne idée, et elle s'empressa de le faire. Elle aurait de la chance si le révérend Regis ne lui hurlait pas dessus quand il recevrait la facture de gaz. Il était dur avec elle, plus qu'avec les autres. Mais, même s'il était souvent cinglant, elle n'y attachait pas trop d'importance. Au fond, c'était un homme bon.

En tout cas, la plupart du temps.

S'approchant des bougies, elle s'agenouilla sur un vieux

coussin de prière usé. Elle en alluma une pour Darby, et une autre pour la pauvre âme de Martin Carstairs, puis récita une prière pour eux deux. Le jeune homme était désormais entre les mains de Dieu, et ce n'était pas à elle de juger.

Ses genoux lui faisaient mal à cause de son arthrose, et elle frissonna alors qu'un courant d'air froid balayait l'allée principale, signe que quelqu'un entrait dans l'église.

Mentalement, elle soupira d'agacement. Elle allait devoir attendre que cette personne veuille bien partir avant de pouvoir fermer l'église à clé. Généralement, c'était le révérend Regis qui s'en chargeait, mais elle le remplaçait dans cette tâche lorsqu'il était absent – comme ce soir-là, où il apportait son aide à un foyer pour sans-abri. Il n'aimait pas qu'elle presse quelqu'un qui avait besoin du réconfort de Dieu. Mais elle était fatiguée et avait hâte de rentrer chez elle, où elle pourrait enfin reposer ses pieds endoloris.

Prenant son courage à deux mains, elle se redressa en s'appuyant sur la petite marche.

Une silhouette emmitouflée était agenouillée, tête baissée, devant l'autel principal.

Adèle se dit qu'elle pouvait lui laisser encore cinq minutes de prière, le temps pour elle de fermer toutes les portes latérales, d'enfiler sa parka, et de troquer ses chaussures de ville contre ses bottes de neige. Après avoir fait tout cela, elle enfila son bonnet, heureuse de cacher enfin ses cheveux qui avaient bien besoin d'une nouvelle couleur. Elle reportait son rendez-vous chez le coiffeur depuis quelque temps car elle n'en avait pas forcément les moyens, mais cette fois, ses racines étaient devenues beaucoup trop apparentes. Avec en plus les effets de la préménopause, elle ne sentait pas vraiment à son avantage. Décidément, ce qu'on disait était vrai... La vieillesse était un naufrage.

Si elle ne pouvait pas aller chez le coiffeur, elle devait au moins acheter une couleur dans un supermarché et la faire elle-même.

La personne était *toujours* agenouillée.

Adèle réprima son agacement, se rappelant qu'elle était chrétienne et qu'elle se devait d'accueillir les âmes perdues qui en avaient besoin. Car, pour venir prier si tard le soir, c'était forcément que cette personne avait un problème. À moins qu'elle ne soit très dévote ? Quoi qu'il en soit, elle ne reconnaissait pas la silhouette, ce qui ne la surprenait pas ; avec l'hiver, tout le monde portait plusieurs couches de vêtements.

— Je suis désolée, mais il va être temps de partir, chuchota-t-elle en s'approchant respectueusement. Je dois fermer l'église à clé.

Pas de réponse.

Peut-être que la personne était malade, ou malentendante ? Beaucoup de gens avaient des problèmes, et le révérend Regis lui rappelait souvent qu'elle devait être conciliante.

— Excusez-moi, dit Adèle, plus fort, en se plaçant face à la personne pour être certaine d'être vue. Je vais devoir fermer l'église. Est-ce que je peux vous demander de partir ?

Elle se dit soudain qu'il s'agissait peut-être de quelqu'un n'ayant nulle part où dormir. Dans ce cas, elle l'orienterait vers le refuge. Elle pourrait même l'y conduire en voiture.

Alors qu'elle s'avançait, la personne se leva et lui asséna un coup de poing dans la poitrine avant qu'Adèle n'ait le temps de réagir. Il lui fallut une fraction de seconde pour prendre conscience de la douleur, et une autre pour réaliser ce qui venait de se passer. Elle essaya de parler, mais le choc l'en empêcha. Elle n'arrivait plus à respirer, et ce fut encore pire lorsque la personne face à elle lui planta un couteau dans le ventre.

Cette fois, elle était à l'agonie.

Elle s'effondra sur le sol, se cognant la tête contre le bois dur alors qu'elle sentait la lame sortir de sa chair. Elle tâtonna pour tenter de trouver la blessure, mais son bras était engourdi. Le visage de la personne au-dessus d'elle était dissimulé par une cagoule noire, et cela l'effraya presque autant que le couteau.

Impuissante, elle se laissa traîner par les jambes en direction de l'annexe. Alors qu'elle tourna la tête et vit des taches de sang sur le sol derrière elle, elle sentit la colère l'envahir : elle avait passé la serpillière ce matin ! Elle avait presque envie de rire tellement cette pensée était ridicule ; quelqu'un essayait de la tuer, qu'est-ce qu'elle en avait à faire du sol ? Elle aurait mieux fait de s'inquiéter du sang qu'elle était en train de perdre !

Mobilisant ses dernières forces, elle releva la tête alors qu'elle était traînée sur les trois marches menant à l'annexe, laissant échapper un cri de douleur. Grossière erreur. Son bourreau pensait visiblement l'avoir tuée et la regarda avec des yeux écarquillés de surprise. Quelle idiote ! Elle aurait dû faire la morte !

Pourtant, l'inconnu lâcha ses jambes, qui tombèrent lourdement, et s'éloigna.

Soulagée, Adèle se dit que son assaillant avait peut-être eu peur et qu'il avait préféré fuir. Sans perdre une seconde, elle fouilla dans sa poche à la recherche de son téléphone portable et réussit à appuyer sur le bouton d'urgence permettant d'appeler le 911. Une opératrice lui répondit presque aussitôt, et elle murmura sa position. Puis, alors qu'elle entendait des pas et qu'elle comprenait que son calvaire n'était pas terminé, malgré ses doigts tremblants, elle mit son téléphone sur silencieux et s'empressa de le fourrer dans la poche de sa parka.

Qui que ce soit, la personne qui voulait lui ôter la vie n'était pas partie. Elle était simplement allée s'assurer que la porte d'entrée était bien fermée à clé pour ne pas être interrompue.

Adèle trouva la force de rouler sur le ventre et commença à ramper sur le sol en bois, priant pour que la police arrive rapidement. Mais elle n'eut pas le temps d'aller bien loin avant d'être bloquée par une paire de bottes de neige.

La personne s'accroupit et la regarda à travers les fentes de sa cagoule.

Adèle n'avait jamais vu un tel regard. C'était celui du diable.

— Tu voulais me quitter ?

La voix doucereuse était celle de quelqu'un qui jubilait.

La lame en acier, dont la pointe était rouge de sang, capta la lumière. Adèle ne voulait pas mourir. Elle n'était pas prête.

— Que Dieu vous pardonne, souffla-t-elle.

L'autre se mit à rire, mais s'interrompit brusquement alors que le son des sirènes s'élevait au loin.

Adèle fut soulagée et ne put s'empêcher de sourire alors que le monstre la retournait sur le dos, avant de fouiller ses poches et de sortir son téléphone portable. Voyant l'appel en cours, il raccrocha et se baissa à nouveau vers Adèle, la regardant avec une sorte de bienveillance morbide.

— Dieu n'en a rien à foutre de personne ; ni de toi ni de moi. Mais si ça te fait plaisir de croire en lui, ne te gêne pas !

Adèle inspira profondément alors que la personne se redressait, mais le soulagement fut de courte durée. La lame la transperça à nouveau son abdomen. Une, deux, trois fois.

— On va voir si ton Dieu va t'aider...

La douleur était atroce. Le sang coulait de sa bouche, de son nez, et sa vision commença à s'estomper alors qu'elle regardait son assassin mettre le couteau dans sa poche et s'éloigner rapidement en direction de la sortie de secours.

Adèle était presque inconsciente mais elle crut entendre des coups à la porte d'entrée.

*Je suis là. Vite...*

Mais aucun son ne sortit de sa bouche remplie de sang.

Son cœur battait à peine lorsque des pompiers accourent enfin vers elle. Elle était heureuse de les voir, mais elle savait qu'il était trop tard. Elle allait mourir.

Tout était déjà noir.

# CHAPITRE SEIZE

Eban portait les affaires de Darby jusqu'à la mezzanine, gravissant les marches raides de l'échelle. Il s'en voulait de s'être laissé aller à l'émotion lorsqu'elle s'était blottie contre lui. Il avait pourtant réussi à tenir des mois entiers ; ce n'était pas le moment de craquer, même si elle venait de vivre une nouvelle épreuve.

*Surtout* parce qu'elle venait de vivre une nouvelle épreuve.

Il fallait vraiment qu'il se ressaisisse. Ils n'étaient pas ici en vacances. Ce n'était pas non plus une escapade romantique. D'ailleurs, ils allaient avoir chacun leur chambre et, malheureusement, ils n'étaient pas bloqués par la neige. Même si, d'après la météo, la neige devrait tomber en abondance au cours des prochains jours. Et il devait avouer que l'idée ne lui déplaisait pas...

Il envisagea un instant de défaire ses valises pour elle, mais il se ravisa. Darby n'était pas un enfant et elle préférerait certainement s'en occuper elle-même. Elle lui reprochait suffisamment de ne pas la traiter comme son égale, et pas seulement quand il s'agissait de valises... Elle avait raison, mais le fait qu'il ait huit ans de plus qu'elle le bloquait. Même si Darby avait quand même 26 ans, et qu'elle était très mature. Il fallait dire qu'elle en avait vu d'autres... Son épreuve l'avait renforcée, bien sûr, mais il y avait aussi l'éducation que lui avait donnée son père. Elle était capable de tuer un cerf et de le dépecer, s'il le fallait.

Il sourit en l'imaginant le faire, et redescendit dans le salon, où il la trouva recroquevillée sur le canapé en train de téléphoner, devant le poêle à bois qui avait commencé à dégager une chaleur intense.

Prenant ses propres bagages, il les emporta dans la chambre du rez-de-chaussée. Il n'avait pas laissé le choix de la chambre à Darby ; il voulait absolument prendre celle du bas afin d'être au plus près des différents points d'entrée. Même s'il était peu probable qu'on les retrouve ici, il craignait les journalistes ou les personnes qui pourraient vouloir rendre justice elles-mêmes. Heureusement, il y avait peu de chances que le tueur veuille prendre le risque d'attirer l'attention sur lui en s'en prenant à Darby.

*Le tueur...*

Il n'arrêtait pas de se demander de qui il pouvait s'agir et avait hâte de parcourir les images de la soirée, quand Darby serait couchée. Peut-être qu'elles lui donneraient un indice ? Car il était fort probable que ce soit quelqu'un qui avait participé à la fête. Ou quelqu'un avec qui travaillait Darby.

Il avait demandé à ce que les antécédents de Martin et des autres doctorants de l'institut géophysique de l'UAF soient vérifiés. Il voulait aussi interroger le colocataire de Martin dès qu'il serait rentré de l'Arctique. De son côté, l'inspectrice Torgerson convoquerait certainement les autres participants de la soirée, et il espérait qu'elle lui communiquerait les informations qu'elle aurait obtenues. La connaissant, elle risquait de ne pas le faire volontairement et il allait sans doute lui falloir insister un peu.

Après avoir déposé ses bagages sur la commode, il les ouvrit mais ne les déballa pas. C'était une habitude : toujours être prêt à partir en cas d'urgence. Puis, après avoir déposé sa trousse de toilette dans la salle de bain, il n'avait plus d'excuses pour éviter le salon.

Darby était toujours au téléphone, mais elle avait jeté sur le côté le plaid sous lequel elle s'était blottie précédemment. Il faisait à présent suffisamment chaud, et lui-même retira son pull en polaire.

Lorsqu'il leva les yeux, il surprit Darby en train de le regarder avant qu'elle ne détourne rapidement le regard, les joues rougies.

— Je dois te laisser, Haley.

— ...

— Non, c'est gentil, mais ce n'est pas la peine que tu viennes. Je t'assure...

— ...

— Okay, je lui dirai. Et toi, embrasse Quentin pour moi, d'accord ?

— ...

— Promis ! Je t'embrasse.

Lorsqu'elle raccrocha, elle eut l'air terriblement triste et Eban fut plus touché qu'il ne l'aurait voulu. Il alla s'asseoir à côté d'elle et la prit dans ses bras, heureux de la sentir se blottir contre lui.

*Trop* heureux...

— Ils vont bien ?

Darby frissonna et il la serra plus fort.

— Oui. Quentin ne peut pas prendre de congé mais ils voulaient quand même venir ici avec le jet de la compagnie. Je leur ai dit que ce n'était pas la peine, répondit-elle en frissonnant.

Eban sourit pour dissimuler son malaise.

— Tu m'étonnes qu'il ne puisse pas prendre de congé. Il a pris tous ses jours à Noël ; je me suis tapé tout le boulot !

— Je t'avais invité aussi, lui fit remarquer Darby en levant le regard vers lui.

— Mais il fallait bien que quelqu'un reste sur le pont.

Ce qu'il ne dit pas, c'est qu'il ne voulait surtout pas que son ami mais néanmoins patron soit le témoin de ses sentiments pour Darby, lesquels étaient loin d'être platoniques. Et même si Haley semblait s'en être aperçue et être d'accord avec ça, il ne voulait pas la mettre dans une position embarrassante. Il allait même jusqu'à éviter de parler à Darby, ou de l'évoquer, en leur présence.

Pourtant, ce n'était pas l'envie qui lui manquait. Et il s'en rendait encore plus compte à présent qu'il était enfin seul avec elle, après des mois de manque. Avec un effort surhumain, il essaya d'ignorer la pression de la poitrine de Darby contre la sienne – ce n'était pas le moment de transformer cette amitié en autre chose.

— J'ai dit à Haley que tu étais là et que tu me protégeais, reprit Darby en caressant doucement son dos. Ça l'a rassurée... Mais je lui ai promis de partir et de rentrer avec toi si les choses deviennent trop compliquées ici.

Il la serra fort, priant pour que la situation n'empire pas. Elle avait suffisamment enduré comme ça.

— Tout va s'arranger, je te le promets...

Elle leva la tête et sourit avec une moue dubitative.

Elle avait vraiment une bouche adorable...

— Mouais... Enfin t'oublies que mon directeur de thèse est un con, et que tout le monde à l'institut pense que j'ai tué l'un de nos amis... Franchement, même si je suis innocentée, je ne vois pas comment je vais pouvoir continuer à faire de la recherche ici.

Elle se mordit la lèvre pour retenir un sanglot.

— Essaie de ne pas y penser...

Il regretta aussitôt son conseil ; comment pourrait-elle oublier le drame qu'elle était en train de vivre ?

Plutôt que de dire une autre ineptie, il l'embrassa sur le front pour la réconforter, et Darby recula en le regardant avec surprise.

— Désolé... dit-il, regrettant immédiatement son geste.

Il décida de changer de sujet pour dissiper la gêne :

— Tu voulais vraiment retourner en Indonésie l'été prochain ?

— Ah... sourit-elle en serrant ses genoux contre elle. J'espérais que tu aurais oublié ce détail...

— C'est mal me connaître ! rétorqua-t-il avec humour.

Elle rit en baissant les yeux, prenant son temps avant de répondre :

— En fait, je n'avais encore rien décidé. Je leur ai dit que je voulais bien envisager la possibilité d'y retourner, mais c'est tout.

Il prit sur lui pour ne pas lui faire de reproches, mais la regarda fixement en arquant un sourcil, attendant une explication.

— C'est Jim qui a eu l'idée. Un jour, en réunion d'équipe, il a dit qu'on obtiendrait sûrement de meilleures données en plaçant un capteur beaucoup plus près de l'évent de fissure situé sur le côté nord du Pulau Gunung Rebi. J'étais d'accord avec lui, mais je n'imaginais pas qu'il me demanderait à moi d'aller l'installer... Pourtant, c'est ce qu'il a fait. Au cours de la réunion suivante, ils nous a annoncé qu'il avait obtenu le financement pour son projet, et m'a demandé si j'acceptais de réfléchir à la possibilité de le mener moi-même. Ce que j'ai accepté... J'avais l'impression que si je disais non tout de suite, il ne me ferait plus confiance et confierait l'ensemble de mon travail de recherche à quelqu'un d'autre.

— Mais pourquoi est-ce qu'il n'aurait plus eu confiance en toi ? demanda Eban en fronçant les sourcils, peinant à contenir sa colère contre ce directeur de thèse à la con.

Elle haussa les épaules.

— Je ne sais pas... C'est un chouette type, au fond, mais il ne pense qu'au travail et n'est pas très doué avec l'empathie, tu vois ?

Eban ne put s'empêcher de rire – de nerfs. Comment Darby pouvait-elle encore le défendre ? Ce type était une enflure de première !

— Bref, en tout cas, c'est vrai, j'ai pensé à la possibilité de retourner là-bas, admit-elle. Je savais que ça n'allait pas durer longtemps et, cette fois, j'y serais allée avec toute une équipe. Et puis je me suis dit que ça me permettrait peut-être d'exorciser mes démons.

Eban avait envie de lui dire que c'était la pire des idées, mais ce n'était pas son rôle. Elle avait le droit de mener sa vie comme elle voulait.

— Je ne fais pas confiance à ton Jim Nilsson ; ce type ne pourra jamais assurer ta sécurité, lui dit-il en revanche avec franchise.

— T'as sûrement raison, soupira-t-elle. De toute façon, depuis tout à l'heure, moi non plus je ne lui fais plus confiance.

Il fixait ses lèvres et mourait d'envie de les embrasser. Mais Darby avait l'air épuisée, et il ne ferait que la bouleverser encore davantage alors qu'elle avait besoin de calme et de sérénité.

— Bon, je vais faire un tour autour de la cabane pour vérifier que tout va bien. Toi, tu vas te coucher ; tu as besoin de dormir.

Elle s'éloigna de lui, et il ressentit instantanément le manque de sa chaleur alors qu'il se penchait en avant pour soulever le bas de son pantalon et prendre son Glock 27 Subcompact dont il ne se séparait jamais.

— Tiens, prends ça avec toi dans ta chambre, lui dit-il en lui tendant l'arme.

Il l'avait vue tirer à l'académie, après son retour d'Indonésie. Elle était meilleure que la plupart des agents qu'il connaissait.

Elle écarquilla les yeux, mais prit quand même le petit pistolet des mains d'Eban.

— On est en sécurité, ici, mais on ne sait jamais. Je préfère que tu aies de quoi te défendre, au cas où...

Les mains légèrement tremblantes, elle examina le pistolet automatique avant de le poser soigneusement sur la table basse.

— Tu n'as pas peur que je puisse l'utiliser contre toi ? plaisanta-t-elle en mettant ses cheveux derrière son oreille, ses yeux verts brillant de malice.

— Non, sourit-il en entrelaçant ses doigts avec les siens. Mais fais quand même attention de ne pas me tirer dessus par accident...

Il se pencha en avant pour déposer un baiser sur sa joue, mais elle tourna le visage au même moment, et leurs lèvres se rencontrèrent. D'abord surpris, ils finirent par se détendre, et Eban fit glisser sa langue à l'intérieur de la bouche de Darby, avant de se ressaisir et de s'écarter.

Ce n'était pas pour ça qu'il était venu. Et ce n'était pas ce dont elle avait besoin en ce moment.

— Excuse-moi, dit-il en se forçant à sourire, même si le cœur n'y était pas.

— Pourquoi ? lui demanda-t-elle d'un air ingénu en se touchant les lèvres. C'était presque aussi bien que la dernière fois.

Eban inspira profondément, repoussant le souvenir de ce baiser qu'ils avaient échangé « la dernière fois ». Il avait dû lutter pour réussir à l'oublier, et il ne voulait pas craquer maintenant. Il se leva, s'éloignant de la tentation.

— Je vais faire un tour autour de la maison. Je suis là dans une vingtaine de minutes. Je vais fermer la porte à clé et prendre la clé avec moi, dit-il en enfilant ses bottes et sa parka. Garde bien le Glock avec toi, okay ? De toute façon, je prends mon portable. Appelle-moi s'il y a quoi que ce soit.

Elle acquiesça d'un signe de tête silencieux avant qu'il ne franchisse la porte et la referme derrière lui.

Se laissant happer par le froid, Eban leva les yeux vers le ciel immense, soulagé de se retrouver seul. Pendant tout ce temps, il s'était caché derrière leur lien professionnel et la distance géographique entre eux. Mais, ici, dans cette cabane perdue au milieu de nulle part où ils n'étaient que tous les deux, cette barrière menaçait de s'effondrer. Le choix lui revenait, désormais, et il devait décider s'il valait la peine de mettre en péril son amitié pour Darby en entamant une relation avec elle. Il ne voulait ni la blesser ni la perdre. Surtout au moment où elle avait le plus besoin de lui.

Une branche craqua quelque part dans les bois, et il tourna la tête en fronçant les sourcils. Mais la nuit était épaisse ; il ne vit rien. Il remonta l'allée engoncée dans les arbres, et contourna une autre maison à proximité. Heureusement, cette fois-ci, il était mieux équipé contre le froid et la neige n'était pas trop profonde.

Cela aurait été une erreur de s'engager dans une relation avec Darby alors qu'elle essayait de sortir du champ de mines qu'était sa vie depuis l'année précédente.

Il se fraya un chemin à travers la forêt, les arbres le protégeant de la violence du vent. Faisant attention à chaque pas, il avança avec précaution. Tout semblait parfaitement calme, mais il restait sur le qui-vive.

En même temps, pourquoi nier l'évidence ? Ils étaient attirés l'un par l'autre, ça crevait les yeux. Pourquoi n'auraient-ils pas pu être ensemble ? Certes, Darby était fragile en ce moment, mais, et alors ? Il se serait parfaitement vu fonder une famille avec elle. Même s'il ne savait pas si elle voulait des enfants. Ils n'avaient jamais abordé la question. C'est surtout lui qui avait évité le sujet, d'ailleurs – il avait trop peur que la réponse ne soit pas celle qu'il attendait.

Mais devait-on forcément avoir la réponse à toutes les questions avant de se mettre en couple avec quelqu'un ?

Quelque chose passa près de lui, comme un murmure dans la nuit. Il s'arrêta, et aperçut à quelques mètres devant lui un hibou se jeter sur un lièvre arctique qu'Eban avait fait sortir de sa cachette par inadvertance.

Il était béat d'admiration devant cette nature étonnante. Une minuscule tache de sang sur la neige blanche était la seule preuve qu'il restait de la lutte à laquelle il venait d'assister. Ça avait été si rapide... Ça lui rappela qu'il suffisait d'un rien pour que tout bascule. Il devait rester concentré sur son objectif : assurer la sécurité de Darby et lui éviter la prison.

Il fallait absolument que la police trouve le véritable assassin de Martin.

Quant à lui, il devait renoncer à une aventure avec Darby, au moins pour le moment. C'était sa vie qui était en jeu.

Et la perdre n'était pas une option.

*<br>**

Alors qu'elle montait les marches de l'église, Signy remuait ses orteils. Après être restée aussi longtemps dans les bois, près de la maison de Carstairs, ses pieds étaient littéralement gelés. Ses mains aussi, d'ailleurs. À tel point qu'elle était heureuse d'être enfin en intérieur. Même dans une église, et même sur une scène de crime.

L'équipe de la scientifique était dans un état encore pire que le sien, tout comme l'équipe cynophile. Les pauvres... Elle ne savait même pas si la présence des chiens était bien utile. Celui qui avait été lâché autour de la maison de Carstairs ne leur avait rien appris de particulier. Si ce n'est les traces de pas, mais ils les avaient déjà. La neige étant annoncée pour le lendemain matin, ils devaient collecter toutes les preuves possibles dans la nuit, malgré le froid et uniquement éclairés par des projecteurs. Un calvaire ! D'autant que ces preuves étaient techniquement irrecevables puisque les empreintes provenaient d'un endroit en dehors du périmètre de la scène de crime. Elles avaient pu être faites par n'importe qui, à n'importe quel moment, y compris après que la police avait quitté les lieux, ce matin-là. Mais c'était vrai que ça pouvait malgré tout leur donner des indices pour comprendre le déroulement la soirée ayant conduit à la mort de Martin.

Il régnait dans l'église une odeur de sang métallique, et Signy fronça le nez. Dehors, le froid neutralisait les odeurs, mais ce n'était pas le cas en lieu clos. Elle était pourtant habituée, mais elle ne s'y faisait pas. Le massacre avait un parfum putride.

La nef était très légèrement éclairée. Il faisait frais, mais c'était toujours mieux que les moins trente que Signy avait dû endurer pendant une heure. Elle repéra le sergent Allan Robertson, qui semblait être sur tous les fronts, en ce moment. Il était en train de parler au révérend Regis – une figure bien connue de la communauté – qui avait l'air complètement sonné.

Après avoir retiré sa parka et l'avoir déposée sur une grande malle métallique apportée par la scientifique, elle enfila une salopette blanche en Tyvek pour la deuxième fois de la journée, et s'assit pour couvrir ses bottes de chaussons de protection.

Elle pesta intérieurement. Elle était fatiguée, et aurait préféré passer la soirée avec Aiden. Elle lui avait envoyé un texto pour lui rappeler de ne pas se coucher trop tard. Pour toute réponse, il lui avait envoyé un emoji qui ronfle – ce qui pouvait s'interpréter de deux manières différentes.

Expirant profondément pour se donner du courage, elle se leva et se dirigea vers l'emplacement où avait été retrouvé le corps.

Deux coups de couteau en vingt-quatre heures, ce n'était pas si inhabituel. En revanche, le fait que les deux aient été mortels était plus intrigant.

Et elle allait devoir gérer ça toute seule – ce qui ne lui déplaisait pas tant que ça, elle devait bien le reconnaître. Les deux autres inspecteurs du service, Ross et Leatherbook, travaillaient actuellement sur une grande affaire internationale impliquant plusieurs services. Si elle avait d'abord été en colère d'avoir été exclue, désormais, elle jubilait... Car elle savait que ses deux collègues allaient être déçus d'être passés à côté d'un double homicide très médiatisé.

Elle comptait bien profiter de l'occasion pour résoudre cette affaire, *seule*. Et elle n'avait plus le droit à l'erreur. Le fait que Winters ait trouvé les traces de pas était déjà suffisamment humiliant – ça voulait dire qu'elle avait mal délimité le périmètre de la scène de crime. Elle s'en voulait, même si l'équilibre entre la mobilisation d'une zone pour la collecte de preuves et le fait de ne pas entraver la libre circulation de la population était toujours difficile à trouver. Sa hiérarchie le savait et ne lui en tiendrait pas rigueur. Mais n'empêche ; elle ne se le pardonnait pas.

Ces traces montraient que quelqu'un avait coupé les bois entre la maison de Carstairs et celle de ses voisins pour rejoindre la route principale. Malheureusement, les secours qui étaient venus en nombre ce matin avaient effacé les traces de pneus qu'il devait y avoir – le tueur était forcément véhiculé.

À moins que les traces soient celles de Darby O'Roarke ? C'était peu probable, mais elle avait pu vouloir, pour une raison quelconque, passer par ce chemin, depuis la route, pour regarder par la fenêtre du salon de Martin ? De toute façon, comme ses bottes étaient toujours au commissariat, ils allaient vite savoir si ces traces étaient les siennes.

L'amnésie de Darby était commode, mais les faits parleraient pour elle...

Mais, pour l'instant, Signy avait un autre meurtre sur les bras. Un meurtre dont son instinct lui disait qu'il était lié à celui de Martin... Lorsque les pompiers étaient arrivés – après avoir forcé la porte de l'annexe –, ils avaient découvert une femme victime de plusieurs coups de couteau. Elle était encore vivante mais était décédée tout de suite après avoir été admise à l'hôpital.

Allan quitta le révérend et la rejoignit.

Le meurtre était si récent qu'elle sentait encore une légère odeur de cire chaude suspendue dans l'air, bien qu'aucune bougie ne soit allumée. Un membre de la scientifique était en train de prendre des photos sous différents angles, tandis qu'un autre faisait un croquis de la scène. Elle leur était reconnaissante d'être là, même si elle ne leur dit pas. Ils tournaient tous à plein régime et avaient clairement explosé le compteur des heures supplémentaires.

— Qu'est-ce qu'on a ? demanda-t-elle à Allan.

— Il semblerait que le premier coup de couteau ait été donné là-bas, répondit-il en se dirigeant vers l'autel.

Signy le suivit et repéra au sol ce qui était vraisemblablement le sac à main de la victime. Un petit marqueur jaune numéroté était placé à côté, comme c'était le cas pour chaque élément de preuve potentiel. Le plancher en bois était taché de sang, avec une ligne rouge sur la gauche de Signy, laissée par la trajectoire du couteau lorsqu'il avait été retiré du corps. Une traînée de sang suggérait que la victime avait été déplacée vivante. Signy la suivit, descendant les trois marches de l'autel jusqu'au centre de l'église, où le sang était accumulé. Des empreintes de pas pourpres couvraient le sol, avec tellement de marqueurs jaunes qu'il était presque impossible de les éviter. C'était un véritable carnage ; rien à voir avec la propreté presque médicale du meurtre de Carstairs.

— Vous prenez des clichés de toutes les traces de pas ? demanda-t-elle au technicien chargé de prendre les photos.

Sa voix résonna fortement, ce qui la rendit presque sacrée.

— Ouais. Mais j'en ferai aussi d'autres demain, quand il fera jour. Ne marchez surtout pas dessus...

— Il est drôle ; il y en a partout ! marmonna-t-elle en direction d'Allan, avant de se diriger vers le côté droit de l'église. Demandez à un agent de retrouver toutes les personnes qui ont pu assister à la scène, et de prendre leurs empreintes, qu'on puisse les éliminer le plus vite possible.

— C'est fait, répondit Allan.

— Très bien.

Allan avait toujours été un bon policier, mais il était particulièrement compétent dans cette affaire. C'était clairement grâce à Winters, qui lui avait redonné confiance en lui. Signy s'en voulait ; c'était à elle de motiver ses équipes. Il allait falloir qu'elle fasse un effort là-dessus.

Les secours qui étaient intervenus avaient laissé des emballages et des gants en plastique un peu partout. Ça rendait la scène difficile à examiner, mais comment leur en vouloir ? Leur rôle était de sauver des vies, et ils agissaient dans l'urgence.

Un gant noir parmi les détritus attira le regard de Signy.

— Est-ce que ce gant est celui de la victime ? demanda-t-elle en se penchant en avant.

— Non. Les gants d'Adèle Surrey ont été retrouvés dans son sac à main, répondit Allan en fronçant les sourcils.

Il se pencha à son tour, profitant de sa grande taille pour

s'approcher le plus près possible du gant alors qu'aucun d'eux ne voulait risquer de marcher sur les empreintes de pas.

— Est-ce que ce ne serait pas le même gant que celui que nous avons trouvé à côté du corps de Carstairs ? Celui qui appartenait à Darby O'Roarke ?

Signy se retint de tirer des conclusions hâtives.

— C'est le même, en effet, mais ces gants noirs sont courants. Est-ce que O'Roarke fréquente cette église ? demanda-t-elle, avant de se raviser. Laissez tomber, je vais aller parler au révérend et lui demander moi-même. Demandez des photos de ce gant et envoyez-les au labo. Je veux une comparaison avec l'autre le plus rapidement possible, ainsi qu'une analyse de l'ADN et des empreintes. Il appartient peut-être au tueur.

Elle était de plus en plus convaincue que les deux meurtres étaient liés.

— Peut-être que le tueur l'a laissé là exprès ? suggéra Allan en se redressant, la main posée sur sa ceinture.

— Peut-être... admit Signy, même si ce scénario lui plaisait moins. En tout cas, il faut qu'on réinterroge O'Roarke, et vite.

— Je vais appeler son avocat.

— Merci, sourit Signy, heureuse de lui déléguer cette responsabilité.

Elle se dit qu'elle devrait probablement appeler Winters, mais elle ne savait pas pourquoi il était ici et n'aimait pas tellement avoir le FBI dans les pattes. Elle n'appréciait pas non plus qu'il lui ait caché qu'il avait un lien avec Darby O'Roarke.

Elle avança avec précaution et observa les empreintes de pas, jusqu'à ce que l'une d'elles retienne son attention.

— Allan, vous voyez ce que je vois ? dit-elle en pointant du doigt les zigzags laissés par la semelle.

Allan s'approcha et regarda à son tour l'empreinte en plissant les yeux.

— On dirait la même marque de botte que celles trouvées par l'agent Winters près de la maison des voisins...

— Il faudrait comparer cette empreinte avec les semelles de Darby O'Roarke.

— On a gardé ses bottes, lui rappela Allan.

— Demandez quand même au labo de les comparer – avec les bottes de Darby et avec les autres empreintes retrouvées dans la neige ce matin.

Elle voulait prouver au FBI qu'elle n'avait pas besoin qu'ils lui envoient l'un de leurs agents pour faire correctement son travail.

— Avec un peu de chance, on pourra obtenir une marque et une pointure.

— Très bien. Le 911 nous a aussi fourni l'enregistrement de l'appel de la victime sur lequel on entend la voix du tueur.

Signy se tourna vers lui et le regarda en arquant les sourcils.

— Vous avez gardé le meilleur pour la fin, Allan !

Allan resta interloqué, mais elle lui sourit pour lui faire comprendre que ce n'était pas une critique sur son travail.

— Je vais retourner au commissariat pour écouter l'enregistrement. Appelez-moi dès que vous aurez eu Elliot Byrne. J'espère qu'il sait où est sa cliente...

# CHAPITRE DIX-SEPT

E ban se réveilla à 6 heures du matin. Il avait veillé tard, la veille, pour regarder les photos et les vidéos du *ceilidh* postées sur les réseaux sociaux. Darby apparaissait souvent avec Martin sur la piste. Parfois, ils dansaient ensemble, et parfois séparés, avec d'autres personnes. Ils avaient l'air de beaucoup s'amuser. Jacqui Paulson et Lenny Serkoak étaient également présentes. En revanche, aucune photo montrant quelqu'un en train de verser quelque chose dans les boissons, ou portant un couteau. Quoi qu'il en soit, il espérait que la police allait interroger toutes les personnes visibles pour avoir leurs versions de la soirée.

Il avait aussi passé au crible la boîte mail et les relevés bancaires de Martin, sans rien trouver de particulier. Le jeune homme semblait être un étudiant en dernière année de doctorat tout à fait normal. Il prévoyait malgré tout de demander à Torgerson si elle avait interrogé son directeur de thèse afin de vérifier si ses recherches pouvaient porter atteinte aux intérêts d'une ou plusieurs entreprises. Il fallait absolument qu'il trouve le mobile du meurtre s'il voulait pouvoir innocenter Darby.

Il se prépara en prenant soin de ne pas faire de bruit mais, alors qu'il venait de mettre en route la cafetière sur le feu, il entendit Darby se réveiller à l'étage.

— Putain... Merde... marmonna-t-elle.

— Qu'est-ce qu'il y a ? lui demanda-t-il alors qu'elle apparaissait en haut de l'échelle dans son pyjama à carreaux, les cheveux ébouriffés, et malgré tout superbe.

— Je viens de rallumer mon téléphone, répondit-elle d'une voix encore endormie et les yeux plissés. Elliot Byrne m'a laissé une tonne de messages. Il me demande où je suis. Apparemment, la police veut m'interroger à nouveau. Et il semblerait que ce soit urgent.

— Merde... Bon, rappelle-le et dis-lui qu'on le rejoint à son hôtel dans une heure. Demande-lui de voir avec l'inspectrice si elle est d'accord pour t'interroger là-bas.

— Okay.

— Je vais appeler Torgerson pour lui demander pourquoi elle veut te voir. Dépêche-toi. Je vais préparer le petit-déj !

— Tu ne vas pas avoir d'ennuis à cause de moi ?

Eban résista à l'envie de sourire, touché que Darby se fasse du souci pour lui.

— Non, ne t'inquiète pas. Je n'ai pas l'intention de mentir à Torgerson, et puis je sais que tu es innocente. Je ne sais pas pourquoi ils veulent te revoir, mais on n'a rien à se reprocher et il n'y a aucune raison qu'on ait des problèmes.

— Merci pour tout, Eban. Vraiment.

Il mourait d'envie de la prendre dans ses bras pour la réconforter, mais elle n'était pas encore tirée d'affaire, et il devait faire de sa sécurité sa priorité numéro un. Hors de question de se laisser distraire par ses désirs et ses sentiments pour elle. En tout cas pour le moment... Et l'idée qu'ils puissent être ensemble une fois que tout ça serait terminé lui mettait du baume au cœur. Il se sentait plus léger qu'il ne l'avait été depuis des mois.

Il jeta deux tranches de pain dans le grille-pain et sortit

un instant sur le porche, à côté du jacuzzi, pour appeler Torgerson. S'il y avait eu du nouveau la veille au soir, il y avait de fortes chances qu'elle ne soit pas rentrée chez elle et qu'elle ait passé la nuit à travailler. Il compatissait... Il s'était lui-même souvent retrouvé dans cette situation – encore l'avant-veille, d'ailleurs – et il savait que c'était un rythme éreintant.

— Torgerson ? répondit-elle d'une voix rauque.

Il grimaça, craignant de l'avoir réveillée.

— Eban Winters à l'appareil. Je voulais savoir s'il y avait eu du nouveau concernant l'affaire Carstairs ?

Torgerson ne répondit pas immédiatement, et Eban comprit qu'elle avait visiblement des informations qu'elle rechignait à partager.

— Peut-être, finit-elle par lâcher. Il y a eu un autre meurtre hier soir. Une femme. Même mode opératoire. On cherche à interroger Darby O'Roarke, mais elle n'est pas chez elle.

Eban réfléchit à la manière dont il devait réagir. Il était tellement concentré qu'il n'entendit presque pas la question de l'inspectrice.

— Vous ne sauriez pas où elle est, par hasard ?

Il comprit, au ton de sa voix, qu'elle avait saisi le lien qui l'unissait à Darby. Elle avait dû lire la presse et découvrir qu'il avait participé à son sauvetage, l'été précédent.

— L'Unité de négociation de crise s'intéresse à mademoiselle O'Roarke. Je vous l'ai dit.

— Vous m'avez parlé du FBI...

— En effet. Mais, aux dernières nouvelles, la CNU fait partie du FBI.

— Vous savez où elle est ? insista Torgerson.

— Oui. Et je sais aussi qu'elle n'a tué personne hier soir.

— Vous en êtes certain ?

— J'en mettrais ma main à couper...

— Dois-je comprendre que vous êtes personnellement impliqué dans…

— Écoutez, inspectrice, ma patience a des limites, l'interrompit-il. Je sais que vous aimeriez que Darby O'Roarke soit coupable, mais les faits parlent d'eux-mêmes : ce n'est pas elle la meurtrière. Il est évident que quelqu'un tente de la faire inculper en vous mettant sur une fausse piste. Mais ce quelqu'un, ce n'est pas moi.

Torgerson laissa à nouveau s'installer un long silence, mais Eban ne se laissa pas impressionner et c'est elle qui finit par céder.

— Très bien. Je quitte à l'instant l'institut médico-légal. Je vous retrouve au commissariat dès que possible. Vous et O'Roarke.

« *O'Roarke* » ? Il détestait cette façon dont elle parlait de Darby, comme si elle ne méritait aucun respect.

— Je vous propose plutôt de nous retrouver à l'hôtel d'Elliot Byrne, dans le centre. Je voudrais éviter à mademoiselle O'Roarke d'avoir à affronter les journalistes, comme hier, dit-il d'un ton sévère.

Car il était prêt à parier que c'était elle qui avait prévenu la presse de la libération de Darby.

— Désolée, mais je ne fais pas de visites à domicile…

— Signy… Nous sommes du même côté. Je veux autant que vous trouver le meurtrier et éviter qu'il ne fasse d'autres victimes.

*Et que Darby soit inculpée de crimes qu'elle n'a pas commis.*

— Alors je vous propose que nous collaborions en bonne intelligence. Les ressources du FBI pourraient vous être utiles dans cette affaire, vous savez. Nous ne sommes pas vos ennemis.

— Bon, okay ! céda l'inspectrice, visiblement agacée. Mais je vous préviens, je n'ai pas beaucoup de temps, alors vous et votre petite copine avez intérêt d'être à l'heure ! ajouta-t-elle avec ironie.

Elle raccrocha avant qu'il ne puisse la corriger, mais de toute façon, à quoi bon nier alors que c'était exactement ce qu'il aurait aimé – que Darby soit sa « petite copine » ? Même si Darby avait bien sûr son mot à dire. Et même si le fait qu'il sorte avec une ancienne victime sauvée par le FBI n'aurait certainement pas été très bien vu par sa hiérarchie...

Mais ce n'était pas le moment de réfléchir à tout ça. Il venait d'apprendre qu'un nouveau meurtre avait été commis, et c'était là-dessus qu'il devait se concentrer. D'ailleurs, il était plus doué pour la résolution d'enquêtes que pour les sentiments... Depuis que Darby s'était jetée dans ses bras, il y avait sept mois, en Indonésie, il avait complètement buggé et n'avait toujours pas trouvé le moyen de se débloquer. Heureusement qu'il était meilleur dans le travail...

Il retourna à l'intérieur. Darby était dans la salle de bain, et il en profita pour appeler Quentin. Alors qu'il tenait son ami informé des derniers rebondissements, il mit d'autres toasts dans le grille-pain et beurra les précédents. Quentin était évidemment désolé pour la nouvelle victime, mais pensait aussi que ce deuxième meurtre était une bonne nouvelle pour Darby. Car elle avait un alibi : si elle était avec Eban la veille au soir, elle ne pouvait pas avoir tué cette femme...

Après avoir raccroché, Eban remplit deux tasses de café, puis disposa l'assiette de toasts et la confiture sur la table.

Darby sortit alors de la salle de bain dans un nuage de vapeur, les cheveux mouillés. Elle avait l'air d'avoir vu un fantôme.

— Ça va ?

— Elliot m'a dit que quelqu'un d'autre avait été tué...

— Ouais, je suis au courant, dit Eban, consultant son téléphone tout en mordant dans son toast. Tu la connais ? lui demanda-t-il en lui montrant une photo de la victime.

Darby s'approcha de l'écran, puis écarquilla les yeux alors qu'elle commençait à perdre l'équilibre. Jetant son toast et son téléphone sur la table, Eban se précipita pour la prendre dans ses bras avant qu'elle ne s'effondre.

Il l'allongea sur le canapé.

— Ça va mieux ? lui demanda-t-il doucement. J'imagine que tu la connais ?

— Ouais... Je fais partie d'un groupe de parole organisé par la paroisse. Elle y travaille...

Eban se pinça les lèvres en fronçant les sourcils. Cette affaire tournait un peu trop autour de Darby...

— Elle s'appelle Adèle. Elle est tellement gentille ! Tu es sûr qu'elle est morte ? demanda Darby, la voix brisée.

—J'en ai bien peur... Torgerson me l'a confirmé, et c'est déjà partout dans la presse. Apparemment, elle a été tuée à l'église Saint-Paul, hier soir.

Darby se rassit et posa sa tête sur l'épaule d'Eban en fermant les yeux.

— Deux personnes que je connais sont mortes. Je ne peux pas croire que ce soit une coïncidence.

— Moi non plus.

— Je ne comprends pas...

Mais soudain, elle réalisa.

— Quelqu'un cherche à me faire accuser, c'est ça ? demanda-t-elle à Eban en se redressant et en le regardant avec de grands yeux.

— Peut-être... Mais, qui que ce soit, cette personne vient justement de prouver que ce n'était pas toi.

— Parce que tu es avec moi, dit-elle doucement, alors qu'elle prenait la mesure de ce qui se passait. Combien de personnes savaient ? Pas beaucoup...

Elle avait raison. Si elle n'avait pas eu d'alibi, si elle s'était réfugiée seule dans un hôtel, les flics l'auraient déjà arrêtée.

— Tout ce qui compte, c'est que tu aies un alibi. Maintenant ils savent que ce n'est pas toi, et ils vont enfin chercher d'autres pistes. Allez, finis de te préparer et mange un morceau. On doit aller en ville rejoindre Torgerson et ton avocat.

Il avait hâte que son nom soit définitivement blanchi, et de comprendre qui la connaissait assez bien pour s'en prendre à des personnes de son entourage proche. Et dans quel but... Avec un peu de chance, le tueur aurait commis un impair, ce soir-là, qui permettrait à la police de l'identifier. En tout cas, une chose était sûre : Eban ne pouvait pas quitter Darby tant que ce tueur n'aurait pas été arrêté et mis hors d'état de nuire. Peu importe le temps que cela prendrait.

*<br>* *

Darby regardait l'inspectrice avec un mélange de mépris et de lassitude.

Torgerson avait finalement changé d'avis et avait appelé Eban pendant le trajet, insistant pour qu'ils la rejoignent au commissariat. Quand ils étaient arrivés, Elliot Byrne était déjà là, et ils étaient à présent tous les deux dans la salle d'interrogatoire. Darby avait comme l'impression d'un retour en arrière et les événements commençaient à peser de plus en plus lourd sur ses épaules. Eban et Elliot avaient beau essayer de la rassurer, elle avait le sentiment de vivre un cauchemar sans fin.

— L'agent Winters a déclaré que vous êtes restée avec lui toute la soirée d'hier, et cette nuit. Vous confirmez ?

Elle lui parlait comme si elle était convaincue de sa culpabilité. C'était peut-être un truc de flic pour déstabiliser les coupables et les amener à avouer, mais n'empêche... Darby avait clairement l'impression que l'inspectrice ne l'appréciait pas beaucoup. Pour le coup, elle n'était pas mécontente de voir ses cernes et ses yeux rougis. Dans des circonstances normales, son manque de sommeil lui aurait fait de la peine, mais son empathie avait disparu quelque part entre les menottes et l'examen qu'elle avait dû subir pour savoir si elle avait été violée.

— Absolument.

— Avez-vous une relation avec l'agent Winters ?

La question tomba comme un cheveu sur la soupe, et Elliot intervint immédiatement :

— Je ne vois pas en quoi cette question est pertinente, inspectrice !

— Moi je vois très bien, au contraire, puisque l'agent Winters semble travailler sur l'affaire de mademoiselle O'Roarke.

— « L'affaire de mademoiselle O'Roarke » ? Inspectrice, dit Elliot en se penchant en avant, je vous rappelle que ma cliente n'a pas tué Martin Carstairs, vous le savez autant que moi. D'après ce que j'ai compris, tout ce que l'agent Winters a fait, c'est vous pousser à collecter plus de preuves, à réaliser d'autres examens, et à poser plus de questions. Autrement dit, à faire votre travail !

Torgerson fixa Elliot de son regard bleu acier, et Darby réalisa que l'inspectrice en avait plus après son avocat qu'après elle.

— Et moi je vous rappelle, maître, que si l'agent Winters abuse de sa position pour tenter de détourner les soupçons de sa compagne, cela constituerait une infraction.

— Je ne suis pas sa « compagne » ! intervint Darby, jetant un regard incertain vers le miroir sans tain.

Elle se demanda si Eban était là et s'il la regardait à nouveau se mettre à nu. Elle ne voulait surtout pas qu'il ait des ennuis à cause d'elle.

— J'aurais aimé l'être, c'est vrai, mais il a toujours insisté pour maintenir une distance entre nous, justement à cause de sa position.

L'inspectrice lui adressa un sourire pervers.

— Et pourtant, il n'a pas hésité à voler à votre secours...

— Parce que nous sommes amis, rétorqua Darby en relevant le menton. Mais je peux vous assurer qu'il s'est toujours comporté de manière très professionnelle avec moi, et je ne vous laisserai pas salir sa réputation uniquement parce qu'il est convaincu que je ne suis pas coupable. Prenez-vous-en à moi si vous voulez, mais laissez-le en dehors de ça.

L'inspectrice baissa les yeux, apparemment peu impressionnée, et Darby sentit la colère monter en elle. Elle détestait cette femme. De quel droit se comportait-elle comme une garce avec elle ? Elle avait peut-être des problèmes, mais elle n'était pas la seule !

L'inspectrice sortit une photo du dossier devant elle et la fit glisser sur la table.

— Connaissez-vous cette femme ?

Darby se tendit en reconnaissant Adèle, visiblement morte. Elle prit une profonde inspiration et but une gorgée d'eau pour tenter de se calmer.

— Oui, c'est Adèle Surrey. Elliot m'a en effet appris qu'elle était morte, ce matin, déclara-t-elle en détournant les yeux de la photo.

Elle savait que Torgerson faisait exprès de la lui mettre sous le nez pour la déstabiliser et elle comptait bien ne pas se laisser faire.

— J'ai éteint mon portable, hier soir, parce que je n'arrêtais pas de recevoir des demandes de journalistes et des messages d'insultes de personnes que je pensais pourtant être des amis.

Partout sur les réseaux sociaux, les gens me menacent des pires horreurs. De me violer, et même de me tuer.

Elliot frémit, mais l'inspectrice ne broncha pas. Elle semblait complètement insensible au sort de Darby.

À bout de nerfs, Darby retourna la photo pour ne pas avoir à regarder la pauvre Adèle sans vie. Elle n'avait pas besoin qu'un autre fantôme vienne hanter ses nuits.

— Comment l'avez-vous connue ?

Darby jeta un coup d'œil à Elliot. Il avait l'air détendu, mais elle savait que ce n'était qu'une façade.

— Elle gère la salle de l'église dans laquelle sont organisées les réunions du groupe de parole auquel je participe. Elle prépare le thé et le café, et range quand nous avons terminé. C'est mon psy qui m'a proposé d'intégrer ce groupe. C'est lui qui l'anime, généralement.

— Un groupe de parole pour quoi, exactement ?

Darby ferma les yeux un instant pour tenir le coup. Elle qui avait toujours tout fait pour garder secret ce qui lui était arrivé, elle déteste devoir en parler à cette peste qui prenait un plaisir presque obscène à lui faire déballer son intimité.

— C'est un groupe destiné aux victimes de violences sexuelles.

— Vous avez été agressée sexuellement ? insista Torgerson.

Darby jeta un nouveau coup d'œil à Elliot.

— Ma cliente n'a pas à répondre à cette question.

— Quel soir de la semaine est organisé ce groupe de parole ?

— Le mercredi soir, à 19 heures.

*Hier soir, donc*, réalisa Darby. Sa bouche devint sèche.

— Mais je n'y suis pas allée hier. Pour des raisons évidentes.

— Que pouvez-vous me dire sur les personnes qui y participent habituellement ?

Darby regarda l'inspectrice en arquant les sourcils. Elle ne comprenait pas où elle voulait en venir.

— Rien de particulier. C'est un groupe de parole normal, où chacun peut s'exprimer librement, en présence de personnes ayant vécu plus ou moins la même chose. Nous avons toutes confiance les unes envers les autres, ce qui est la base pour pouvoir parler de choses très intimes.

Darby n'avait pas encore raconté toute son histoire lors des séances. Après cette expérience, elle doutait de pouvoir le faire un jour.

— Peut-être qu'une des participantes au groupe a été témoin ? dit l'inspectrice.

Elle semblait s'être adoucie, mais elle avait eu l'air tout aussi douce, hier, avant d'accuser Darby de meurtre.

Darby but une autre gorgée d'eau.

— Vous devriez interroger le docteur Kim Gleeson.

— Votre psychologue ?

Darby acquiesça d'un signe de tête. Elle ne voulait pas entraver l'enquête, mais elle ne souhaitait pas non plus que les flics traumatisent davantage les autres membres du groupe, déjà très fragiles.

— Qui est au courant que vous participez à ce groupe de parole ?

Darby réfléchit un instant en fronçant les sourcils.

— Les autres participantes. Les gens qui louent la salle au docteur Gleeson. L'assistante de Gleeson. Ses étudiants... dit-elle en grattant la peau au-dessus de son pouce. J'en ai aussi parlé à quelques étudiants qui sont avec moi à l'institut, mais sans donner de détails. Comment est-ce qu'Adèle a été tuée ?

Elle avait lu quelques articles sur son téléphone, dans la voiture, mais aucun ne précisait les causes exactes de sa mort.

— Tout ce que je peux vous dire, c'est qu'elle a souffert, répondit l'inspectrice d'un ton grave.

Darby accusa le choc.

— C'était quelqu'un d'adorable. Elle ne méritait pas ça... Pourquoi pensez-vous qu'elle a été tuée ?

Torgerson la regarda en plissant les yeux et Darby avait la nette impression qu'elle la soupçonnait toujours, malgré son alibi. Elle était pourtant couverte par un agent fédéral, et cela aurait dû suffire à convaincre l'inspectrice.

Mais, de toute évidence, elle était retorse...

Sans répondre, elle lui mit sous le nez une autre photo. Celle d'un gant noir.

— Nous avons trouvé ça, à l'église, près du corps.

Darby prit la photo pour la regarder de plus près.

— Est-ce que c'est le mien ?

— À vous de me le dire...

Le cœur de Darby s'emballa.

— J'ai le même, mais je ne sais pas si c'est le mien. Je n'ai pas revu mes gants depuis le *ceilidh*.

Elle avait l'impression que c'était il y avait un siècle...

— Je me suis dit que j'avais dû les laisser dans ma voiture.

L'inspectrice lui montra une autre photo. Une empreinte de pas dans la neige.

Darby haussa un sourcil interrogateur, et se tourna vers Elliot pour avoir son soutien.

— Est-ce que vous reconnaissez cette empreinte ? lui demanda Torgerson.

— Euh... non.

— Ce ne serait pas celles de vos bottes ?

Darby recula sa chaise pour pouvoir poser sa botte sur son genou et regarder sa semelle afin de la comparer avec l'empreinte sur la photo, imitée par Elliot.

— Ça n'a rien à voir, déclara l'avocat, sûr de lui.

— Je ne parle pas de ces bottes, mais de celles que votre cliente avait avant sa garde à vue et que nous avons conservées comme pièces à conviction.

Darby regarda à nouveau l'image et fronça les sourcils.

— Cette empreinte serait celle de mes bottes ? dit-elle d'une voix à peine audible. Où avez-vous pris cette photo ?

Encore une fois, l'inspectrice ne répondit pas à sa question et fit glisser une autre photo à travers la table. Il s'agissait de la même empreinte mais, cette fois, faite dans du sang.

Darby recula, horrifiée.

— Où cette empreinte a-t-elle été trouvée ? demanda Elliot.

— À Saint-Paul. Et celle-ci, dit l'inspectrice en touchant la photo de l'empreinte dans la neige, a été découverte dans le bois face à la maison des voisins de Martin Carstairs. Les deux empreintes correspondent aux semelles de vos bottes de neige, Mademoiselle O'Roarke.

Les mots résonnèrent dans la tête de Darby mais c'était comme s'ils n'avaient aucun sens.

— Vous voulez dire que le tueur portait exactement les mêmes bottes que moi ? La même pointure, tout ?! demanda-t-elle, sa voix montant dans les aigus sous l'effet du stress.

— Je n'ai pas encore eu le retour du labo concernant la pointure. En revanche, il s'agit de la même marque, en effet.

Darby regarda à nouveau l'image, interdite.

— En même temps, ce sont des bottes assez courantes, plaida-t-elle.

Mais elle devait bien admettre qu'elle était déstabilisée. Si ce n'était pas une coïncidence, ça voulait dire que le tueur s'acharnait à la faire inculper à sa place. Mais comment pouvait-il savoir quelles bottes elle portait ? Ça voulait forcément dire que c'était quelqu'un qu'elle connaissait. Quelqu'un de l'UAF. L'un de ses collègues, sûrement. Ou pire, l'un de ses amis !

Elle releva les yeux vers l'inspectrice et chercha dans son regard un peu de compassion. Et de raison.

— Vous savez que je n'étais pas à l'église, hier soir. En plus, vous le dîtes vous-même : vous avez gardé mes bottes. Donc, je ne les avais pas… Vous savez que ce n'est pas moi ! Pourquoi est-ce que vous continuez à me traiter comme si j'étais coupable ?

L'inspectrice la fixa sans ciller, refusant même d'admettre que Darby avait raison au moins sur ce point.

— Je ne suis sûre de rien, Mademoiselle O'Roarke. Je vous invite à signer votre déposition avant de partir. Vous êtes libre.

Darby laissa échapper un soupir de soulagement, tandis que l'inspectrice se levait pour quitter la pièce.

— Attendez, la retint Darby. Est-ce que vous pourriez appeler mon directeur de thèse à l'institut et lui dire que je ne suis pas responsable de la mort de Martin ?

Torgerson la tança d'un air sévère qui suggérait clairement qu'elle ne comptait pas lui rendre un tel service.

— Je risque d'être virée de l'université ! insista Darby d'un ton plus ferme. La recherche, c'est toute ma vie ! ajouta-t-elle, se retenant de préciser que même les événements de l'été précédent ne l'avaient pas poussée à abandonner. J'ai investi tout mon temps, toute mon énergie dans ma thèse, et je refuse de ne pas pouvoir aller au bout à cause de quelque chose dont je ne suis pas responsable !

Sa voix vibrait d'émotion. Elle avait enduré trop de choses pour laisser quelqu'un la forcer à arrêter maintenant. Elle refusait d'être une victime.

— Je vous suggère de passer cet appel, inspectrice, intervint Elliot.

Il avait l'air sincèrement désolé pour Darby et ça lui faisait du bien que lui, au moins, ne la considère pas comme une tueuse.

— Je vais devoir passer quelques coups de fil moi-même en sortant d'ici, reprit-il, et je doute que le chef de la police apprécie la publicité négative que cet incident pourrait générer si vous ne prenez pas les bonnes décisions.

— Okay, céda l'inspectrice. Je vais appeler votre directeur de thèse et lui dire que nous n'avons aucune preuve...

— Vous allez faire mieux que ça, Signy.

La voix d'Elliot était plus ferme et l'inspectrice parut surprise qu'il l'appelle par son prénom.

— Vous savez très bien que cette affaire risque d'être explosive si elle parvient aux oreilles du ministère. Et je vous assure que je n'hésiterai pas à convoquer la presse s'il le faut.

La main sur la poignée de la porte, l'inspectrice lui lança un regard noir, mais finit par se résigner.

— Bien, dit-elle avant de claquer la porte derrière elle.

— Ouf... On peut dire qu'elle me déteste ! souffla Darby en se forçant à rire pour ne pas pleurer.

— C'est après moi qu'elle en a, la rassura Elliot. J'ai déjà eu affaire à elle, et elle a été ridiculisée devant le tribunal. Elle ne me l'a toujours pas pardonné, c'est tout. Mais ça n'avait rien de personnel...

— Elle a pourtant l'air de l'avoir pris très personnellement.

— Son compagnon l'a trompée avec l'une des témoins, à l'époque, et elle l'a découvert au moment du procès, en même temps que le jury, expliqua Elliot.

*Aïe.*

— Je comprends mieux...

— Mais c'est une bonne flic, Darby. Je sais qu'elle fera tout pour résoudre cette affaire.

— Elle ferait bien de me lâcher un peu, alors, et de chercher le véritable tueur...

— Je suis sûr que c'est ce qui va se passer, dit Elliot d'un ton réconfortant. Très belles bottes, au fait ! lui lança-t-il en regardant ses pieds.

— J'ai eu envie de changer, sourit Darby en baissant les yeux sur les pompons qui pendaient à ses lacets.

— Vous avez bien fait. C'est un bon moyen de se consoler...

Il releva les yeux vers elle et elle crut percevoir de la pitié dans son regard – ce qu'elle détestait –, mais aussi de l'empathie.

— Je vais aller appeler l'un de mes amis qui travaille au service juridique de l'UAF. Je vais lui rappeler que ça pourrait être très mauvais pour leur image de vous virer.

— Allez-y mollo, quand même... N'oubliez pas que je vais devoir travailler avec eux après tout ça.

— Ne vous inquiétez pas. D'ailleurs, on va aussi faire une déclaration à la presse pour dire haut et fort que vous êtes une victime dans cette affaire.

Darby se passa la main sur le front en soupirant.

— Je déteste ça. Être considérée comme une victime...

— Je suis désolé. Mais Fairbanks est une petite ville. Si vous voulez continuer à vivre ici sans que tout le monde vous fusille du regard, c'est important de rappeler que vous êtes innocente. Vous vous sentez de vous exprimer devant les caméras ?

— Seulement si je peux parler de volcans, répondit-elle en grimaçant.

— Je ne pense pas que cela jouerait en votre faveur, rit-il en attrapant sa veste de costume sur le dossier de sa chaise. Bon, dans ce cas, c'est moi qui parlerai. Mais je veux que vous soyez à mes côtés, que tout le monde puisse voir que vous êtes libre. Je vous laisse écrire votre déposition, en précisant l'endroit où vous êtes allée, hier soir, après avoir quitté le commissariat. N'hésitez pas à mentionner votre ami, Winters, aussi souvent que possible. Je vais aller passer mon coup de fil.

Il s'arrêta sur le seuil de la porte et se tourna vers elle.

— Pourquoi est-ce que vous ne m'avez pas dit, hier, que vous étiez amie avec cet agent du FBI ?

Darby baissa les yeux, penaude.

— Quand je l'ai appelé, hier matin, il m'a dit d'attendre mon avocat. Et quand il est arrivé, je ne savais pas s'il me croyait coupable ou non, expliqua-t-elle avec une petite voix, jouant nerveusement avec le stylo sur la table.

— Vous devriez faire davantage confiance aux personnes qui vous aiment, Darby, lui dit Elliot, avec une lueur particulière dans le regard. Même si c'est vrai que les gens peuvent changer, ajouta-t-il. Finalement, vous avez peut-être eu raison...

Il la fixa quelques secondes avec un sourire chaleureux.

— Bon, j'y vais ! déclara-t-il. Ne parlez à personne en mon absence, sauf à votre ami. Winters. Je reviens dans une demi-heure, et nous donnerons notre petite conférence de presse. Après ça, on sera enfin libres ! soupira-t-il. J'espère que la météo ne va pas être aussi mauvaise que prévu... J'aimerais pouvoir prendre un vol pour rentrer chez moi.

— Merci, Elliot.

— Vous me remercierez quand l'université rampera à vos pieds pour s'excuser de son manque de soutien, lui lança-t-il avec un clin d'œil.

Lorsqu'il quitta la pièce, Darby expira en se massant la nuque pour évacuer la tension. Elle jeta un œil vers le miroir sans tain, se demandant si Eban était derrière ou s'il était occupé ailleurs. Puis elle regarda les feuilles de papier vierges posées sur la table devant elle. Plus vite elle aurait écrit sa déposition et plus vite elle pourrait partir d'ici. Elle n'avait pas hâte d'affronter la presse, mais Elliot avait raison : elle ne pouvait pas se cacher éternellement si elle voulait continuer à vivre ici. Alors, même si elle était tétanisée, elle savait qu'elle doit en passer par là – dire à tout le monde qu'elle n'était pas une tueuse. Et tant pis si elle devait pour ça passer pour une victime.

Après tout, ce n'était pas grand-chose au regard de tout ce qu'elle avait traversé.

# CHAPITRE DIX-HUIT

Eban signa la déposition dans laquelle il déclarait qu'il n'avait pas quitté Darby un seul instant après sa libération, la veille, à l'exception des quelques minutes durant lesquelles il avait fait le tour de la cabane pour s'assurer qu'il n'y avait pas de danger. Mais il savait qu'elle n'avait pas pu aller en ville à ce moment-là pour aller tuer cette pauvre femme à Saint-Paul ; elle n'avait même pas les clés de la voiture.

Et quand bien même ; jamais elle n'aurait été capable d'une chose pareille.

Aucun mobile. Aucun moyen technique de le faire. Et donc aucune raison que les flics continuent de la surveiller.

Même si Eban était désolé pour Adèle Surrey, il était heureux que sa mort ait permis de prouver à la police que Darby était innocente.

Pendant que Darby était interrogée, il en avait profité pour saisir des informations sur les deux meurtres dans ViCAP – le programme d'arrestation pour actes criminels violents du FBI –, afin de voir si d'autres affaires similaires avaient été signalées dans le pays.

Le tueur était clairement expérimenté. Il avait été capable de gérer deux personnes à la fois, d'en droguer une – sinon les deux –, et il avait eu l'audace de commettre un autre crime dans une église, où n'importe qui aurait pu le surprendre. À supposer, bien sûr, qu'il s'agisse de la même personne.

Il avait écouté l'enregistrement fourni par les secours. On entendait le tueur parler, c'est vrai, mais il ne disait que quelques mots et la voix était étouffée. Torgerson voulait garder cet enregistrement secret, mais elle l'avait néanmoins autorisé à en prendre connaissance et à le transmettre à l'un de ses amis du Bureau, parmi les plus grands experts en communication et en reconnaissance vocale au monde. Malheureusement, il n'avait pas encore eu de retour de sa part.

Qui que soit le tueur, c'était en tout cas quelqu'un capable de garder son sang-froid dans des situations où la plupart des gens auraient paniqué. Ce qui signifiait que Martin et Adèle n'étaient probablement pas ses premières victimes. Et, s'il n'était pas arrêté rapidement, ce ne seraient certainement pas ses dernières non plus...

Après avoir terminé sa saisie dans ViCAP, Eban était allé voir le chef de la police, Jacobs, pour s'excuser de son intrusion dans l'enquête et de ne pas avoir été très transparent. Il avait découvert en Jacobs un type compréhensif, et il n'avait pas été difficile de l'amadouer. Il fallait dire que la promesse d'une aide fédérale pour la résolution de l'enquête avait aidé. Les experts du FBI étaient déjà en train de croiser les profils de Martin Carstairs et d'Adèle Surrey pour essayer de voir s'il y avait des points communs entre eux qui pourraient expliquer qu'ils aient été pris pour cibles.

Il était à présent assis dans la voiture qu'il avait louée, devant le commissariat, et regardait la star du barreau faire son numéro devant la presse. Il devait bien reconnaître qu'Elliot

Byrne était doué ; il était aussi à l'aise avec la presse, les flics, ou des universitaires. C'était d'ailleurs grâce à lui que Darby n'avait finalement pas été virée de son cursus, et que l'institut avait publié une déclaration en sa faveur, blâmant la police pour les fausses informations qui avaient été véhiculées.

Eban n'était pas dupe ; il savait qu'ils n'avaient pas eu le choix et qu'ils ne faisaient ça que pour protéger leur réputation. Ils avaient même demandé à Darby de rester discrète quelque temps, par respect pour Martin et sa famille. Il aurait pu leur en vouloir de lui avoir demandé ça, mais finalement, ça l'arrangeait. Il n'aurait pas pu assurer sa sécurité à l'université. Il n'était déjà pas certain de pouvoir la protéger en étant seul avec elle... En fait, il ne serait rassuré que quand ils auraient trouvé le meurtrier. Il ne partirait pas avant ça.

L'idée de devoir à terme quitter Darby lui laissait un goût amer. Mais, si elle voulait toujours être avec lui, peut-être trouveraient-ils un moyen de se voir régulièrement ? Et puis, si les choses allaient bien entre eux, il serait toujours temps d'envisager un avenir commun, quelque chose de plus stable.

La portière arrière du SUV s'ouvrit d'un seul coup, le tirant de ses pensées, et Darby fit irruption dans le véhicule. L'avocat s'installa à côté d'elle et, dès qu'il eut fermé sa portière, Eban démarra rapidement, semant les journalistes qui accouraient pour prendre d'autres photos.

— Ravi de vous rencontrer enfin, agent Winters ! dit Elliot en regardant Eban dans le rétroviseur.

— Appelez-moi Eban.

Il s'engagea à gauche, puis encore à gauche, empruntant une route de détection de surveillance afin de semer les journalistes ou toute autre personne qui aurait pu les suivre – notamment le tueur.

— Vous êtes garé où ? demanda-t-il à Elliot.

— J'ai pris un taxi, ce matin. Est-ce que ça vous dérange de me déposer à mon hôtel ?

— Pas du tout. Tout s'est bien passé avec Torgerson ?

— Ouais... Elle s'accroche, mais elle n'a rien, et la presse n'est pas dupe. J'espère qu'elle va finir par laisser Darby tranquille...

Eban jeta un regard à Darby. Elle semblait plus calme, à présent, loin de la frénésie des journalistes et de sa principale accusatrice.

— Le tueur a laissé un gant sur la scène du crime, à l'église. Je suis prêt à parier que c'est le tien... Tu sais quoi d'autre tu as pu égarer après la soirée ?

— Pas vraiment, répondit Darby. Il me semblait avoir laissé mon bonnet, mes gants et les chaussures que j'avais à la soirée dans ma voiture. Je n'imaginais pas que quelqu'un les prendrait...

— J'ai demandé une liste détaillée de vos effets personnels qui ont été saisis par la police, déclara Byrne. Je devrais l'avoir d'ici ce soir.

— Je pense que tu ne vas pas tout retrouver, dit Eban en tournant à gauche, avant de s'engager dans l'allée de l'hôtel.

— Vous pensez que le tueur a pris des choses ?

— Ouais.

— Dans quel but ? demanda Byrne, comme s'il interrogeait un témoin à la barre.

Eban haussa les épaules, sans répondre. Quelles que soient les circonstances, il n'oubliait pas qu'ils étaient officiellement dans des camps adverses.

— Je voudrais tellement pouvoir me souvenir de ce qui s'est passé, souffla Darby, l'air désespérée.

— Il vaut mieux que vous ne vous en souveniez pas ; vous ne seriez plus là, à l'heure qu'il est... lui dit Byrne.

Eban réprima cette idée et regretta que Byrne ait dit cette réalité à Darby.

Il se gara devant l'hôtel et se tourna vers l'avocat, retirant ses lunettes de soleil pour le regarder dans les yeux.

— Vous partez aujourd'hui ?

— Si je réussis à prendre un vol avant la tempête, oui, répondit Elliot en consultant sa montre. Et vous ? Vous comptez rester combien de temps ?

— Aussi longtemps qu'il le faudra, dit Eban, sentant le regard de Darby sur lui. J'ai pas mal de vacances à prendre, si jamais ça devait durer un peu...

Byrne descendit et se pencha à l'intérieur de la voiture avant de fermer la portière.

— Vous avez mon numéro de portable et mon e-mail, Darby. Vous pouvez m'appeler n'importe quand, de jour comme de nuit. Et je vous le répète : ne parlez pas à la police sans ma présence... Si jamais la météo m'empêche de revenir rapidement, je vous enverrai un de mes confrères qui exerce ici, d'accord ?

Darby hocha la tête et lui adressa un sourire chaleureux.

— Prenez soin de vous, Darby.

— Merci pour tout, Elliot.

L'avocat ferma la portière et s'éloigna à grands pas, comme si le monde lui appartenait, tandis que Darby détachait sa ceinture de sécurité et se glissait sur le siège passager, à côté d'Eban.

— On va où, maintenant ? lui demanda-t-elle.

— Alors... déclara-t-il en démarrant. On a deux options. La plus intelligente serait probablement de retourner à la cabane et de nous reposer en laissant les flics enquêter.

Il se retint de préciser qu'il n'avait pas tellement confiance dans les capacités de la police.

— Et la deuxième option ?

— Je vais interroger des personnes qui pourraient savoir ce

qui s'est passé hier soir, et tu m'accompagnes, mais en restant à une distance de sécurité. Le plus urgent, à mon avis, est d'aller parler au révérend...

— Super ! J'ai mon ordinateur portable avec moi ; je peux travailler dans la voiture en t'attendant.

Même s'il était un peu inquiet à l'idée de la laisser seule dans la voiture, il n'était pas sûr d'avoir beaucoup d'options. Et puis, il ne serait pas loin.

— Je voudrais aussi interroger ton psy. Ça ne te dérange pas ?

Darby le regarda les yeux écarquillés, visiblement surprise.

— Il ne me dira rien de confidentiel, rassure-toi.

— De toute façon, tu sais autant de choses sur moi que lui, lui répondit-elle en riant. Peut-être même plus... Si tu penses que ça peut être utile, aucun problème pour moi. J'aurais juste préféré que ce ne soit pas nécessaire. Qu'Adèle et Martin ne soient pas morts.

*<br>**

Eban gara la voiture devant le refuge pour sans-abri.

— Bon, tu m'attends ici ? Surtout, tu gardes les portes fermées, et tu n'ouvres à personne. Sous aucun prétexte. De toute façon, j'ai mon téléphone avec moi ; appelle-moi s'il y a quoi que ce soit, d'accord ?

Darby acquiesça en souriant et Eban sortit de la voiture, en prenant soin de laisser le contact pour que Darby ne meure pas de froid et que le moteur ne gèle pas. Alors qu'il traversait la route en courant, il se demanda comment faisaient ces pauvres gens qui dormaient dehors avec des températures pareilles. Ça devait déjà être difficile de ne pas avoir de maison, mais ça devait l'être encore plus par moins trente ! Il savait qu'avec un tel froid les engelures pouvaient apparaître en quinze minutes si la peau n'était pas protégée, mais il se demandait combien de temps il fallait pour que les gens meurent de froid. Cette pensée le répugna, mais c'était malheureusement une triste réalité pour certains membres les plus vulnérables des communautés vivant dans des climats comme celui-ci.

Son enfance lui avait appris que la vie pouvait parfois être difficile et qu'il n'était pas toujours simple de s'en sortir.

Avant d'entrer dans le bâtiment, il jeta un coup d'œil en direction de la voiture. Darby était déjà absorbée par son travail, et il ne put s'empêcher de sourire. Il l'admirait. Car il savait qu'elle avait eu du mal à mettre de côté ses traumatismes ; elle avait fini par y arriver grâce à des techniques d'adaptation que lui avait apprises son thérapeute. Ce type avait vraiment été utile... D'ailleurs, s'il voulait le voir, c'était aussi pour qu'il puisse parler à Darby et peut-être lui donner quelques conseils pour surmonter cette nouvelle épreuve – discrètement, car il savait que Darby refusait d'être traitée en victime.

Ils étaient passés à l'église Saint-Paul, mais elle était fermée au public, du ruban adhésif jaune barrant les portes avant et latérales. Eban avait bien tenté de frapper à l'annexe, mais personne ne lui avait répondu. Il avait aperçu un flash se déclencher à l'intérieur et supposé que la scientifique devait être en train de passer la scène de crime au peigne fin.

Il avait alors composé le numéro de téléphone du révérend Regis qu'il avait trouvé sur Internet. Une femme lui avait répondu – certainement sa femme ou sa fille –, lui disant que le révérend était allé travailler au refuge pour éviter de penser à la mort tragique d'Adèle. C'est ainsi qu'il se retrouvait à présent à pousser la porte de l'association, et à se diriger vers la réception.

La femme derrière le comptoir leva les yeux et lui adressa un sourire accueillant.

— Bonjour ! Qu'est-ce que je peux faire pour vous ?

— Bonjour. Je cherche le révérend Regis.

— C'est à quel sujet ?

— C'est confidentiel, répondit Eban en montrant son badge.

— Oh… J'imagine que c'est au sujet du meurtre d'hier soir ? Je crois que le révérend est dans le bureau, avec Ray. Il y était tout à l'heure, en tout cas. Vous prenez le couloir, et tournez à gauche.

— Merci !

Eban se dirigea dans la direction que venait de lui indiquer la réceptionniste. Des dépliants étaient épinglés au mur, offrant des services et de l'aide à ceux qui en avaient besoin. Cette ambiance lui rappelait certaines qu'il avait connues dans son enfance. Mais il chassa le sentiment de malaise qui naissait en lui et continua jusqu'à arriver devant une porte sur laquelle était écrit « Direction ».

Après avoir frappé, il attendit un moment avant qu'un homme grand et au teint mat vienne lui ouvrir.

— Bonjour. Vous êtes le révérend Regis ?

— Euh… Non. Je suis Raheeb Rasheed. Je gère cet endroit. Peter est parti il y a quelques minutes. Vous avez dû le croiser dans le couloir.

— Je n'ai croisé personne, Monsieur Rasheed, répondit Eban avec un sourire courtois mais tendu, se demandant si le révérend cherchait à l'éviter.

— Vraiment ? s'étonna l'homme en fronçant les sourcils. Il est peut-être sorti par la porte latérale, dans ce cas ? Ça dépend de l'endroit où il s'est garé. Mais entrez, je vous en prie. Et appelez-moi Ray. C'est comme ça que tout le monde m'appelle, ici.

— Merci, Ray. Je suis Eban Winters ; je travaille pour le FBI.

Il montra son badge et Ray écarquilla les yeux, impressionné.

— Je voulais poser quelques questions au révérend Regis à propos d'Adèle Surrey. Est-ce que vous la connaissiez ?

— Oui. Enfin... Un peu, répondit Ray en retournant s'asseoir à son bureau. C'est terrible ce qui s'est passé. Cette pauvre Adèle était une femme merveilleuse. Peter est secoué, mais nous le sommes tous, en réalité. Ça aurait pu être n'importe lequel d'entre nous, souffla-t-il en levant les mains en l'air en signe de désespoir. Et ce jeune homme...

— Martin Carstairs ? Vous le connaissiez ?

— Non, confia Ray en secouant la tête, le regard dans le vide. Je ne sais pas pourquoi la police a libéré cette jeune femme, hier. Peter m'a dit qu'elle assistait régulièrement aux réunions de son groupe de parole, dans la salle paroissiale. Ce n'est quand même pas un hasard que les deux victimes soient des personnes qu'elle côtoyait !

Eban regarda l'homme en gardant une expression neutre.

— La jeune femme en question a un alibi pour hier soir. Ce n'est pas elle qui a commis ces meurtres.

Ray regarda Eban en plissant les yeux, posant doucement ses mains sur son bureau.

— Vous n'êtes pas sérieux ?

— Si, absolument. Cette jeune fille n'a rien à voir avec la mort des deux victimes. Mais je comprends qu'il soit plus facile de croire le contraire ; ça donne une illusion de sécurité... Mais, personnellement, je préfère trouver le vrai coupable.

— Vous avez raison, admit Ray. Moi-même, je vois souvent des personnes marginalisées accusées à tort et qui n'ont pas les moyens de payer une caution ou des avocats compétents. Et donc, vous dites que cette Darby O'Roarke a été arrêtée alors qu'elle est innocente ?

— C'est bien ça.

Ray se pinça les lèvres.

— Je suis désolé de l'entendre. Et je m'excuse de m'être joint à la meute...

— Vous connaissiez Adèle Surrey ?

— Absolument. Pas beaucoup, mais...

Il s'interrompit en baissant les yeux sur son bureau.

— C'est vraiment horrible...

Eban compatit et attendit quelques secondes avant de poser sa prochaine question.

— Elle était souvent seule à l'église, le soir ?

— Oui, soupira Ray en passant ses mains sur les accoudoirs de sa chaise. Peter nous aide au refuge plusieurs fois par semaine, surtout en hiver. Et puis il m'a confié, il y a quelque temps, qu'il préfère éviter d'animer les réunions du groupe de parole chaque fois qu'il le peut, car il est un homme et il sait que les femmes sont parfois gênées de se confier devant lui.

— Est-ce qu'Adèle assistait aux séances ?

— Je n'en suis pas sûr. Ce que je sais, c'est que c'est elle qui préparait la salle. Elle faisait du thé, du café, préparait un stock de mouchoirs... Ce genre de choses. Et puis elle fermait l'église une fois que tout le monde était parti.

Ce qui impliquait qu'elle avait certainement entendu beaucoup de choses personnelles de la part des participantes.

— Savez-vous si elle vivait seule ?

— Oui. Son mari est décédé il y a quelques années. Elle avait deux enfants, qui sont grands maintenant. La fille vit à Anchorage, et le garçon en Amérique centrale ; je crois qu'il travaille auprès de personnes démunies. Peter m'a dit qu'il a réussi à joindre la fille hier soir, mais qu'il essaie toujours de contacter le fils d'Adèle. Le réseau au Salvador ne marche pas très bien, malheureusement.

— Je vois... dit vaguement Eban, ne posant pas d'autres questions afin d'encourager Ray à poursuivre.

— Peter organise une veillée de prière devant l'église, à partir de 18 heures. Pour être tout à fait honnête, je ne sais pas comment il va se débrouiller sans Adèle. Elle était indispensable. Elle nettoyait l'église, ouvrait et fermait les portes, gérait la location de la salle paroissiale et s'occupait de tous les achats. C'est aussi elle qui prenait ses messages et qui répondait aux mails reçus par l'église. En fait, elle faisait tout, à part prononcer le sermon.

Ray secoua encore une fois la tête, peinant visiblement à réaliser ce qu'il venait de se passer.

— La police n'a pas encore libéré les lieux. Il n'est même pas autorisé à entrer pour commencer à nettoyer, reprit-il avec un ton de reproche.

— La police doit rassembler tous les indices qui lui permettront de retrouver l'assassin d'Adèle. S'ils vont trop vite, ils risquent de passer à côté de quelque chose d'essentiel pour l'enquête.

— Bien sûr, je comprends, souffla Ray.

— Peut-être que la femme du révérend Regis peut l'aider ? demanda Eban, amenant subtilement Ray à lui donner l'information qu'il cherchait.

— Elle l'a quitté il y a des années !

— Oh... dit Eban en fronçant les sourcils. J'ai eu une femme, tout à l'heure, au téléphone, et je me suis dit que...

— Vous avez dû parler à Carly, sa fille. Elle est étudiante en biologie à l'UAF. Elle est brillante, mais elle n'est pas du tout intéressée par l'église de son père. Il faudrait qu'il accepte de parler des dinosaures lors de l'office pour qu'elle y mette les pieds ! dit-il en riant. Pourtant, Peter n'arrête pas de lui dire qu'il ne faut pas prendre l'histoire de la création au pied de la lettre, mais vous savez comment les enfants peuvent être...

Eban sourit.

— J'imagine que Darwin devait avoir le même dilemme !

Est-ce que vous avez une idée de l'endroit où a pu aller le révérend Regis ? J'aurais vraiment besoin de lui parler aujourd'hui.

— Je n'en sais rien, mais je peux l'appeler pour lui demander, si vous voulez ?

Le portable d'Eban se mit à sonner. *Darby*.

— Excusez-moi un instant.

— Eban, viens ! Je t'en supplie ! hurla-t-elle, terrorisée.

Eban quitta le bureau de Ray en courant, la main sur son arme. Au bout du couloir, devant la porte d'entrée, il comprit immédiatement le problème. Quatre hommes entouraient son SUV, criant après Darby enfermée à l'intérieur.

L'un d'entre eux donnait des coups sur la vitre côté passager.

Eban rangea son portable et traversa la rue.

— FBI ! cria-t-il en sortant son arme, qu'il pointa vers le sol, le doigt sur la gâchette.

Alors que les hommes se tournaient vers lui avec surprise, il brandit son badge doré avec son autre main.

— FBI, répéta-t-il. Éloignez-vous du véhicule et mettez les mains en l'air !

Sa voix résonna sur les murs des bâtiments alentour et les hommes semblèrent impressionnés.

— C'est la fille qui a tué ces gens ! dit l'un d'entre eux en désignant Darby. Elle devrait être en taule ! Elle est dangereuse, putain !

Eban rangea son badge dans sa poche en se dirigeant vers l'avant de la voiture.

— Elle était avec moi quand le deuxième meurtre a eu lieu, Einstein. Elle n'a tué personne. Maintenant, dégagez de mon véhicule, et mettez-vous sur le trottoir – ce serait dommage de vous faire écraser.

Heureusement, la rue n'était pas très fréquentée. Il n'aurait vraiment pas le temps de gérer en plus un accident...

— Couchez-vous ! leur ordonna-t-il. Je vais appeler la police. Vous êtes coupables d'agression, de trouble à l'ordre public et de détérioration d'un véhicule !

Les quatre hommes se regardèrent nerveusement, hésitant à s'exécuter. Eban connaissait bien ce genre d'énergumènes : ils aboyaient fort, mais couinaient comme des pleutres lorsqu'ils avaient affaire à plus fort qu'eux.

— Comment vous vous appelez ? demanda sèchement Eban en composant un numéro sur son téléphone.

Les quatre hommes tournèrent les yeux vers lui, réalisant qu'il ne plaisantait pas. Celui qui semblait être le meneur leva alors les mains mais, soudain, tous partirent en courant dans différentes directions.

Eban envisagea un instant de les poursuivre, mais il ne voulait plus laisser Darby seule. Il s'installa au volant en maugréant, replaça son arme dans son holster, et verrouilla les portières avant de mettre le moteur en marche. Au moment où il démarra, quelque chose atterrit sur la vitre arrière avec un grand bruit. Eban freina brusquement et s'apprêta à descendre pour courser le connard qui avait lancé le projectile, mais Darby l'en empêcha en lui attrapant le poignet.

— Laisse tomber ! Je veux juste qu'on s'en aille d'ici ! le supplia-t-elle, des larmes plein les yeux qu'elle refusait pourtant de laisser couler.

Eban jeta un coup d'œil dans le rétroviseur. Les hommes étaient maintenant loin et il ne n'aurait de toute façon pas pu les rattraper. Il ferma alors les yeux en soupirant, essayant de calmer la peur qu'il avait ressentie en entendant Darby crier au téléphone. La dernière chose qu'il voulait, c'était de la mettre en danger ou d'augmenter son anxiété.

— On rentre, déclara-t-il.

— Non ! dit-elle d'un ton ferme en lui lâchant le bras. Ça ne va pas s'arrêter tant qu'on n'aura pas identifié le tueur. Tu voulais parler au docteur Gleeson, non ? Il pourrait peut-être nous dire s'il a vu quelque chose de suspect pendant la réunion d'hier soir.

— Tu es sûre ?

Darby hocha la tête.

Eban hésita mais, en même temps, tout ce qu'il voulait, c'était que ce cauchemar se termine et qu'elle soit enfin en sécurité.

— D'accord, on va le voir !

# CHAPITRE DIX-NEUF

Le pouls de Darby commençait à battre moins vite. Elle était complètement paniquée après la scène de tout à l'heure. Lorsque les quatre hommes étaient passés devant la voiture, elle n'avait pas pensé que ça pourrait dégénérer. Elle avait simplement levé la tête par réflexe et croisé le regard de l'un d'eux. Immédiatement, elle avait compris qu'il l'avait reconnue. Ils avaient continué de marcher, mais celui qui l'avait regardée dans les yeux avait tapoté le bras d'un autre et s'était penché vers lui pour lui dire quelque chose. Ils s'étaient alors tous retournés vers elle et, sans qu'elle ait le temps de comprendre ce qui se passait, s'étaient jetés sur la voiture, lui hurlant des menaces et des obscénités à travers les fenêtres.

De toute évidence, ils n'avaient pas regardé la dernière conférence de presse donnée par Elliot, ce matin-là.

Elle s'en était voulu d'avoir appelé Eban à l'aide – une fois de plus – mais elle était tétanisée. Et, de toute façon, elle n'aurait rien pu faire seule contre eux quatre. Ça lui avait rappelé le groupe de terroristes qui l'avait enlevée, en Indonésie. Ça avait été si traumatisant qu'elle avait failli perdre tout contrôle. Elle avait eu envie de hurler, de les supplier d'arrêter. Mais elle ne l'avait pas fait. Et elle était fière d'avoir su se contrôler. Ce n'était peut-être pas grand-chose, mais toute victoire était bonne à prendre...

Malgré tout, elle avait eu peur qu'ils endommagent la voiture d'Eban. Ou, pire, qu'ils forcent les portières et la tirent pour la faire sortir. Elle frémit en pensant à ce qui aurait pu se passer. Car elle aurait été incapable de se défendre. À présent qu'Eban était avec elle, elle se sentait en sécurité, mais elle ne pourrait pas toujours compter sur lui. Qu'est-ce qu'elle allait faire quand il ne serait plus là ? Se teindre les cheveux, porter des lunettes de soleil, et se trimbaler avec une arme en toutes circonstances ? Ça allait vraiment être ça, sa vie ?

En Alaska, beaucoup de personnes étaient armées, mais Darby avait toujours refusé d'en faire partie. Elle détestait l'idée qu'on puisse se faire justice soi-même.

— Le révérend Regis t'a donné des informations utiles ? demanda-t-elle en serrant ses mains pour essayer de stopper son tremblement.

— Il n'était pas là. J'ai parlé à un certain Ray Rasheed. Tu le connais ?

— Non...

Eban regarda les noms de rues alors qu'ils se dirigeaient vers le bureau du psychothérapeute de Darby, situé dans un centre commercial près de son appartement. Son GPS était pourtant en route, mais il n'y prêtait pas attention.

— Rasheed m'a dit que je l'avais manqué de peu. Est-ce que le révérend Regis assistait parfois aux réunions du groupe de parole ?

— Non, jamais, dit Darby, dont la fréquence cardiaque était désormais presque normale. En tout cas pas à celles auxquelles j'ai participé. Mais il est parfois dans l'église, juste à côté de la salle, pendant les réunions.

— Donc il peut entendre ce que vous dites ?

— Euh... Oui... Mais je ne pense pas que ça l'intéresse tant que ça.

— Si tu savais le nombre de tarés qui aiment écouter la souffrance des autres.

Darby le regarda en clignant des yeux, si longtemps qu'Eban finit par s'en rendre compte et comprend qu'il devait se rattraper.

— Mais tous les malades ne sont pas dangereux, bien sûr. Et, pour ceux qui le sont, ils sont souvent arrêtés. Mais bon... Avant d'être enfermés, ils peuvent faire pas mal de dégâts.

Darby frissonna et il ne fut pas certain de s'être montré très rassurant.

— Le révérend Regis ne m'a jamais semblé bizarre...

— Ça ne veut rien dire, rétorqua Eban en serrant ses mains sur le volant. Les psychopathes ne sont pas toujours faciles à repérer.

Darby s'enfonça dans son siège, le col de sa parka remontant sur le bas de son visage. Elle en avait marre d'être confrontée à des psychopathes. Tout ce qu'elle voulait, c'était pouvoir étudier les mystères de la croûte terrestre et tenter de prédire le réveil des volcans afin de sauver des vies. C'était assez ironique, mais les volcans semblaient finalement moins mortels et plus stables que certaines personnes...

Elle étudia discrètement le profil d'Eban : ses yeux sombres, la légère courbure de son nez, ses lèvres épaisses qu'il pressait l'une contre l'autre alors qu'il était concentré sur la route...

— Tu n'en as pas marre de te méfier de tout le monde, tout le temps ? lui demanda-t-elle.

Il se tourna vers elle avec un sourire amusé.

— On s'habitue... J'ai grandi comme ça.

Comme toujours, il restait très vague sur son enfance. Elle savait qu'il avait été élevé par une mère célibataire dans une petite ville du Montana, mais c'était à peu près tout.

— Je me suis toujours dit que ton travail consistait à faire respecter la loi. À dissuader les gens de commettre des délits, ou des erreurs. Mais ce n'est pas tout à fait ça, en fait ?

— Pas tout à fait, non, admit-il en lui jetant un rapide coup d'œil. Disons que si j'interviens, c'est que la situation a déjà dégénéré. Des braqueurs enfermés dans une banque avec des otages et qui demandent qu'on leur envoie un hélicoptère pour qu'ils puissent s'enfuir sans passer par la case prison. Ou des ex-maris qui enlèvent et séquestrent leurs ex-femmes parce qu'ils ne supportent pas qu'elles ne veuillent plus d'eux. Le pire, ce sont les enlèvements d'enfants par l'un des parents qui refuse de se conformer à l'ordonnance du tribunal. C'est horrible car, parfois, ils en arrivent là parce qu'ils craignent sincèrement pour la sécurité de leurs enfants. Dans ces cas-là, ils sont prêts à tout – y compris à prendre le risque de perdre complètement la garde. C'est déchirant... Et puis il y a les affaires internationales, reprit-il après une courte pause. Comme la tienne. Ce sont presque toujours des prises d'otage avec demande de rançon. Il faut généralement des mois pour résoudre la situation.

Elle détourna le regard, consciente qu'elle avait eu beaucoup de chance. Si les terroristes qui l'avaient enlevée n'avaient pas aussi enlevé un agent du FBI quelques jours plus tard, elle aurait probablement toujours été dans cette cabane où elle aurait fini par perdre la tête.

— J'en rêve encore parfois, admit-elle.

— J'imagine...

— Et tu sais quoi ?

— Quoi ?

— J'ai presque de la peine pour eux.

— Alors tu es une meilleure personne que moi.

— Non, je ne crois pas. C'est simplement que j'ai conscience d'avoir eu de la chance, et pas eux. Mais je suis contente qu'ils soient tous morts. C'est horrible, je le sais, mais je m'en fiche.

— Ce n'est pas horrible, Darby. C'est humain.

— Je n'ai été détenue que six jours ; c'est un miracle, tu le sais autant que moi. Et puis je me dis que grâce à ça, je vous ai rencontrés, toi, Haley, et Quentin.

Elle eut envie de lui prendre la main mais n'osa pas.

— Ce qui m'est arrivé est horrible, mais je mesure ma chance de vous avoir dans ma vie.

Elle vit sa mâchoire se contracter et comprit qu'il luttait pour retenir ses émotions.

— J'aurais préféré qu'on se rencontre dans d'autres circonstances. Que tu n'aies pas à vivre ça, dit-il doucement.

Elle tourna la tête vers la fenêtre pour éviter de soutenir son regard.

— Moi aussi. Mais c'est comme ça. Et malgré ce que certains peuvent penser, je m'en suis remise. En tout cas, j'arrive à gérer, maintenant.

— Sauf que peu de gens savent ce que tu as vraiment vécu... lui fit-il remarquer en prenant l'une de ses mains dans la sienne.

Même avec des gants, ce contact la fit frissonner d'émotion. Il n'était pas là pour de bonnes raisons mais ce n'était pas grave : avec lui, elle avait l'impression d'être au paradis.

— Parce que je sais que les gens jugent. Tu verrais les commentaires que je lis parfois sur les réseaux sociaux quand des victimes témoignent de ce qui leur est arrivé... Il y en a toujours pour rejeter la faute sur la victime. « Elle n'avait qu'à pas y aller », « elle était habillée comme une pute », « elle est débile ; elle devait bien se douter »...

Elle fit une pause, savourant la chaleur que lui procurait la main d'Eban autour de la sienne.

— Ça me rend folle quand je lis des trucs comme ça. Je préfère ne pas parler de mon expérience parce que je sais que ça pourrait se retourner contre moi, et que ça me détruirait. Alors je gère mon traumatisme toute seule, à mon rythme. Après tout, je ne dois rien à personne.

— Tu as raison. Les gens sur les réseaux sociaux se cachent derrière l'anonymat. Ils disent les pires conneries sans penser que ça peut blesser...

— Et pourtant, ça blesse.

— Je sais. Et je crois que tu fais bien de gérer ça seule. Mais je suis là, et tu peux compter sur moi. Tu le sais ? lui demanda-t-il en lui serrant à nouveau la main avant de la lâcher.

Elle savait qu'il la comprenait. C'était peut-être pour ça, d'ailleurs, qu'elle était tombée amoureuse de lui. Avec lui, elle n'avait pas besoin d'expliquer, de verbaliser. Il savait quel avait été son calvaire – dans les moindres détails. Elle n'avait pas peur qu'il la regarde différemment en apprenant la vérité, car il connaissait *déjà* la vérité.

Alors qu'ils arrivaient dans le centre commercial où se trouvait le cabinet du Dr Kim Gleeson, ils comprirent immédiatement que quelque chose n'allait pas. Une voiture de police était stationnée sur le parking, et le Dr Gleeson se tenait sur le trottoir, la main sur le front et l'air agité, alors qu'il parlait à un grand policier noir que Darby reconnaissait – elle l'avait vu la veille. Le Dr Gleeson était un homme petit et mince, et il semblait minuscule à côté du géant en uniforme.

Eban se gara et ils descendirent immédiatement de la voiture, Darby prenant son ordinateur avec elle pour ne pas risquer de se le faire voler. Eban trouva ça étrange, mais il ne lui dit rien. Il avança à grands pas vers le docteur et l'agent, Darby marchant discrètement derrière lui. Elle savait qu'elle n'était pas autorisée à participer à l'enquête, mais elle était inquiète pour son thérapeute.

— Bonjour Allan. Qu'est-ce qu'il se passe ? demanda Eban à l'agent en montrant son badge au Dr Gleeson pour le rassurer.

— Le cabinet du docteur Gleeson a été cambriolé.

— Quand ?

— Je ne sais pas, répondit le psychologue en se penchant en avant pour se protéger du vent.

Il portait une veste épaisse, mais ni bonnet ni gants.

— Quand j'ai appris ce qui s'est passé avec Darby, hier matin, j'ai reporté tous mes rendez-vous.

— Vous êtes le psy de mademoiselle O'Roarke ? s'étonne Allan avec une pointe de moquerie qui fit tressaillir Darby.

— Je suis le *psychologue* de mademoiselle O'Roarke, en effet, le reprit Gleeson. En tout cas, après mon premier patient, hier matin, j'ai entendu parler du meurtre et j'ai immédiatement appelé la police, dit-il en croisant le regard de Darby. Je leur ai dit que j'étais disponible s'ils avaient besoin d'aide, et j'ai ensuite travaillé depuis chez moi. Ce matin, en arrivant pour mon premier rendez-vous, j'ai trouvé mon cabinet saccagé. Comment vous sentez-vous, Darby ? lui demanda-t-il avec une compassion sincère.

— Mieux, maintenant que la police m'a libérée.

Elle fourra ses mains dans ses poches pour se réchauffer. Il faisait un froid glacial et le vent n'arrangeait rien. Heureusement, Eban avait laissé tourner le moteur pour maintenir le chauffage, et elle avait hâte de retourner dans la voiture.

— Si vous avez besoin d'une séance, je peux vous recevoir dans mon bureau, chez moi, lui proposa Gleeson.

— C'est gentil. Peut-être plus tard.

Elle ne voulait surtout perdre un seul instant de la présence d'Eban. Elle s'occuperait d'elle après son départ.

— Comment sont-ils entrés dans votre cabinet ? demanda Eban.

En effet, Darby remarqua que la porte d'entrée ne semblait pas avoir été forcée.

Gleeson avait l'air embarrassé.

— Franchement, je n'en sais rien... En arrivant ce matin, la porte d'entrée n'était pas fermée à clé, et la petite fenêtre dans les toilettes était ouverte. D'ailleurs, il faisait un froid de canard ! C'est Corinne, mon assistante, qui a fermé le cabinet, mardi soir. J'ai essayé de la joindre tout à l'heure pour lui demander si elle savait ce qui s'était passé, mais je n'ai pas réussi.

Darby connaissait bien Corinne ; elles fréquentaient le même café, à quelques rues de là, qui faisait les meilleurs lattes au thé Matcha et au soja de l'État.

— Donc le cambriolage a pu avoir lieu n'importe quand entre mardi soir et ce matin... dit Eban. Vous avez un système de sécurité ?

— Oui, mais l'alarme n'était pas branchée quand je suis arrivé, tout à l'heure, avoua Gleeson, dépité. J'ai d'abord cru que Corinne était arrivée avant moi. Mais quand je suis rentré dans mon bureau, j'ai compris.

Eban prit note de contacter l'entreprise qui gérait le système d'alarme du cabinet pour avoir plus d'informations.

— Et vous êtes équipé de caméras de surveillance ?

— Non, malheureusement. Il y en a une à l'avant et à l'arrière du centre commercial, mais elles ne fonctionnent pas. C'est plus dissuasif qu'autre chose, même si visiblement, ce n'est pas très efficace.

Le visage presque givré par le vent, Darby était sur le point de retourner dans le SUV pour se réchauffer, lorsqu'Eban posa une question qui la retint :

— Qu'est-ce qu'ils vous ont pris ?

Gleeson regarda Darby ; il avait l'air mal à l'aise, presque nerveux.

— Je ne sais pas exactement, dit-il finalement avant de souffler dans ses mains nues, dansant d'un pied sur l'autre pour se réchauffer. Dès que je suis entré et que j'ai compris ce qui s'était passé, j'ai appelé la police et suis sorti tout de suite après avoir raccroché.

— Les dossiers de vos patients sont conservés dans votre cabinet ?

Darby comprenait où Eban voulait en venir et sentit son sang se glacer.

— Oui, admit doucement Gleeson.

Eban jeta un coup d'œil entendu à Darby, et ils n'eurent pas besoin de se parler pour arriver à la même conclusion : c'était son dossier qui avait été volé. Sauf si les cambrioleurs avaient espéré trouver des médicaments. Beaucoup de gens pensaient à tort que les psychothérapeutes stockaient des médicaments dans leurs cabinets...

— Qu'est-ce qu'il y a, exactement, dans les dossiers que vous conservez ? demanda Allan.

— Principalement les notes manuscrites que je prends lors des consultations. Mais il y a aussi des enregistrements vidéo. Il m'arrive de filmer certaines séances du groupe de parole hebdomadaire. Beaucoup de choses sont dites, et je ne peux pas me souvenir de tout... Mais je ne fais aucune copie, se défendit-il, comme s'il se sentait coupable. Tout reste sur la carte SD de la caméra, et je visionne les images avec les participants si quelque chose d'important a été dit.

Il baissa les yeux en expirant longuement.

— Comme je vous l'ai dit, je ne suis pas resté dans le cabinet, tout à l'heure, mais il me semble avoir vu que ma caméra avait disparu.

— Je vais demander à un agent de faire le tour des prêteurs sur gages du coin, dit immédiatement Allan. On ne sait jamais, peut-être que l'un d'entre eux aura vu arriver une caméra...

— Ça veut dire que quelqu'un a maintenant accès à toutes les réunions ? demanda Darby, sous le choc.

— Je suis vraiment désolé, lui dit Gleeson. Ces vidéos

devaient rester confidentielles. Mais, si vous vous souvenez, au moment de votre inscription, vous signez un accord qui prévoit que certaines séances puissent être filmées à des fins thérapeutiques.

— Mais l'accord ne prévoit pas que ces vidéos soient vues par d'autres personnes ! rétorqua Darby d'un ton sarcastique.

Gleeson soupira, visiblement accablé par la situation.

— Ce n'est évidemment pas formulé comme ça, mais il y a bien une clause de non-responsabilité qui me couvre en cas de situations comme celle-ci.

Darby l'écoutait à peine. Elle se fichait de savoir qui était responsable ou pas responsable. Tout ce qu'elle voyait, c'est qu'elle et les autres filles se mettaient à nu lors des réunions du groupe de parole. Elles parlaient de leurs secrets les plus intimes. Si ces vidéos étaient vues par d'autres, ce serait comme un viol – un viol de leur intimité. Elle savait déjà que les autres filles allaient être autant dévastées qu'elle. Et que, comme elle, elles ne pourraient plus jamais faire confiance à Gleeson.

— Je voudrais que les autres participantes ne soient pas informées, pour l'instant, dit Gleeson d'un ton ferme, comme s'il lisait dans ses pensées.

Darby le regarda en écarquillant les yeux, estomaquée par sa lâcheté.

— Vous plaisantez ? Vous devez les prévenir avant qu'elles ne l'apprennent par la presse !

— Oui, vous avez peut-être raison, admit doucement Gleeson en plissant le visage alors que le vent devenait de plus en plus fort. Maintenant que la police est là, je vais retourner au cabinet et envoyer un mail à tout le monde, dit-il avant de souffler dans ses poings serrés. Voulez-vous me parler de ce qui s'est passé ces derniers jours ?

— Non, ça va aller. Je n'ai pas envie d'en parler maintenant.

En réalité, elle n'avait pas envie de se confier à *lui*. Elle se sentait trahie et ne lui faisait plus confiance.

— C'est important de parler, Darby, vous le savez... insista Gleeson.

— Je sais. Mais je ne...

— Mademoiselle O'Roarke vous appellera pour fixer un rendez-vous avec vous quand elle sera prête, l'interrompit Eban, prouvant une fois de plus qu'il la comprenait sans qu'elle n'ait à lui dire les choses.

— Bien, dit Gleeson, déstabilisé, avant de se tourner vers Allan. Je vais rester dans mon véhicule en attendant que vous ayez terminé. Évidemment, prenez tout ce que vous jugerez nécessaire pour l'enquête. Je vous rappelle juste que vous n'êtes pas autorisés à lire les dossiers...

— Ne vous inquiétez pas, nous connaissons la loi. La scientifique ne recherche que des empreintes et des traces ADN. Nous devrons également prendre vos empreintes et celles de votre assistante pour les éliminer.

— Bien sûr, dit Gleeson en fronçant les sourcils, inquiet. Je vais rappeler Corinne. Elle doit être malade ou a eu un problème... Elle devrait être là...

— Si vous me donnez son adresse, je peux envoyer un agent chez elle pour s'assurer que tout va bien, proposa Allan.

Il semblait lui aussi inquiet et Darby commença à paniquer en comprenant que quelque chose de grave était peut-être arrivé à Corinne. Si c'était le cas, allait-elle encore être accusée ?

— Je suis sûr qu'elle va bien, répondit Gleeson, bien qu'il semble penser l'exact contraire.

— Lorsque la scientifique aura terminé son travail, pouvez-vous faire la liste de ce qui manque et me la communiquer ? lui demanda Allan.

— Oui, oui, bien sûr. Je vais aller prendre un café en attendant. Est-ce que l'un de vous veut quelque chose ?

— Non, merci, répondit Darby d'un ton expéditif.

— Conservez-vous une copie de vos dossiers à votre domicile ? demanda Eban.

— Non, répondit Gleeson en claquant des dents. Je n'ai que des dossiers d'anciens patients. Ils datent de l'époque où j'étais installé à Anchorage. En revanche, j'enregistre tous mes dossiers actuels sur le Cloud afin de pouvoir y accéder à distance.

Darby se crispa. Elle n'appréciait pas que ses informations soient stockées « sur le Cloud ».

— Depuis combien de temps êtes-vous à Fairbanks ? demanda Eban.

— J'ai commencé à travailler au département de psychologie de l'UAF à l'automne. C'est un chasseur de têtes qui m'a recruté, révéla Gleeson avec un petit sourire trahissant sa fierté. J'ai ouvert mon cabinet juste après... Cette histoire risque bien de ruiner ma carrière, dit-il d'un air catastrophé.

— Connaissiez-vous Martin Carstairs ? demanda Eban.

— Vous me demandez s'il était mon patient ?

— Il l'était ?

— Non, il ne l'était pas et je ne le connaissais pas. De vue, uniquement. La dernière fois que je l'ai aperçu, c'était mardi soir, au souper de Burns. Il dansait et avait l'air de beaucoup s'amuser.

Eban fronça les sourcils.

— Vous étiez à la soirée ?

— Oui. J'y suis allé avec ma femme et mes enfants. C'est d'ailleurs pour ça que nous ne sommes pas restés tard. Mais nous étions ravis de la soirée, jusqu'à ce que nous apprenions le meurtre, le lendemain matin. C'était d'autant plus violent que la suspecte était l'une de mes patientes, dit-il en adressant un sourire désolé à Darby.

Lors du repas, Darby était assise à côté de la femme de Gleeson, Mélanie. Elle l'avait beaucoup appréciée. En revanche, elle avait trouvé le fils du couple un peu bizarre. Il ne l'avait pas quittée des yeux et la regardait d'un air étrange. Mais elle s'était dit qu'elle se faisait sûrement des idées. Depuis son enlèvement en Indonésie, elle était vite mal à l'aise avec les hommes, y compris les adolescents.

— Avez-vous remarqué quelque chose d'inhabituel au *ceilidh* ? demanda Eban.

— Non, dit-il en haussant ses épaules osseuses. Quand nous sommes partis, Darby et Martin dansaient encore. Comme je vous l'ai dit, nous sommes rentrés tôt : les enfants avaient école le lendemain, et je devais pour ma part donner un cours à 9 heures.

— Et Adèle Surrey ? Est-ce que vous la connaissiez ?

— Qui ? demanda Gleeson, l'air confus.

— La femme qui travaillait à l'église, précisa Darby.

— Oh, Adèle ! dit Gleeson. Oui, bien sûr. C'est une femme adorable. C'est elle qui prépare la salle avant les réunions du groupe de parole. Pourquoi ? demanda-t-il en fronçant les sourcils.

Personne ne lui répondit, et il comprit ce que cela voulait dire.

— Mon Dieu ! C'est la femme qui a été tuée hier soir, c'est ça ? demanda-t-il en regardant tour à tour ses trois interlocuteurs.

Darby baissa les yeux, mal à l'aise.

— Êtes-vous allé à l'église, hier soir, pour organiser la réunion du groupe de parole ? insista Eban.

Gleeson se couvrit le visage d'une main pendant un moment, le temps d'encaisser le choc.

— Non, répondit-il finalement. J'ai demandé à une étudiante de me remplacer.

— Il me faudrait son nom, ainsi que ceux des personnes qui ont participé à la réunion d'hier soir. Évidemment, leurs identités resteront confidentielles et ne seront communiquées qu'à la police pour les besoins de l'enquête. L'une de ces personnes est peut-être la dernière à avoir vu Adèle Surrey vivante. Et peut-être que certaines ont même vu le tueur. Leur témoignage est important.

Gleeson pâlit, à l'exception du bout de son nez et de ses joues, rougis par le froid.

— Je comprends. Je vous communiquerai les noms et les coordonnées de tout le monde rapidement.

D'autres voitures de police arrivèrent et Darby se rapprocha d'Eban, traumatisée.

— Si vous vous souvenez d'autre chose, appelez-moi, dit Eban en tendant sa carte de visite à Gleeson.

— Je n'y manquerai pas !

Gleeson prit la carte de visite et se précipita vers son élégante BMW noire.

— On va y aller, dit Eban à Allan. Appelez-moi lorsque vous aurez retrouvé l'assistante ou si vous découvrez quoi que ce soit sur le cambriolage.

— Bien sûr, lui répondit le sergent.

Puis il se tourna vers Darby, et elle fronça les sourcils d'un air interrogateur alors qu'il gardait le silence.

— Vous n'avez pas été complètement transparent avec moi, hier, finit-il par dire à Eban.

— C'est vrai, admit Eban avec un petit rire gêné. Mais je n'ai pas menti, j'ai juste gardé quelques informations pour moi. Et puis je vous ai poussé à creuser d'autres pistes. Ce n'est pas moi, tu sais, qui me suis rendu compte que quelque chose clochait avec les empreintes sur le couteau, dit-il en se tournant vers Darby. C'est le sergent Robertson, et c'est grâce à lui que tu as pu être libérée.

— Merci, dit-elle à Allan avec une gratitude sincère.

Car, même si elle savait à présent avec certitude qu'elle était innocente, elle avait conscience que, sans preuve, elle aurait pu finir sa vie derrière des barreaux. Quelqu'un voulait la faire plonger et, même si ça n'avait pas marché jusque-là, elle ne serait pas tranquille tant que cette personne ne serait pas arrêtée.

— Je n'ai fait que mon travail, sourit Allan d'un air bienveillant.

— Peut-être, mais vous l'avez fait mieux que les autres, insista Darby.

Les policiers étaient désormais partout et elle se blottit contre Eban qui, percevant son malaise, la prit par les épaules et l'emmena jusqu'à sa voiture. Lorsqu'enfin ils furent à l'intérieur, elle relâcha la pression, soulagée de ne plus être exposée au froid glacial et aux regards suspicieux.

— Tu crois que le cambriolage est lié aux meurtres ? demanda-t-elle à Eban en claquant des dents.

— Je ne sais pas.

— C'est peut-être juste une coïncidence ?

— Peut-être, dit-il d'un air dubitatif alors qu'il faisait marche arrière, se frayant un chemin à travers les voitures de police avec une aisance que Darby trouvait incroyable.

Elle avait clairement des progrès à faire en matière de conduite...

Une fois sur la route principale, il prit la direction de l'université, mais elle le connaissait désormais suffisamment bien pour n'avoir aucune idée d'où il comptait aller.

— Je propose qu'on aille faire quelques courses, et qu'on se prépare un petit truc au chalet. Ça te va ?

— C'est parfait ! sourit-elle.

Le chalet était le seul endroit où elle avait envie d'être, en ce moment. Loin des meurtres et des gens qui semblaient la croire coupable. Tout ce qu'elle voulait, c'était être seule.

Seule avec Eban.

CHAPITRE VINGT

— Nous n'avons pas réussi à joindre votre assistante, Corinne Brown, déclara Signy au psychologue en surveillant attentivement son expression. Avez-vous une idée de l'endroit où elle pourrait être ?

En le regardant, elle se dit que le Dr Kim Gleeson devait faire de la course à pied pour être aussi mince. Il était même presque maigre. Mais il était pas mal... Si on aimait les chauves...

— Non. C'est la première fois qu'elle ne vient pas au travail. Elle a toujours été très ponctuelle et professionnelle.

Il réfléchit un instant, pressant ses pouces et ses index contre ses tempes.

— Elle a plusieurs fois mentionné un petit ami à Anchorage, et je crois me souvenir que sa mère vit ici. Mais je ne saurais pas vous dire où exactement.

— Quand lui avez-vous parlé pour la dernière fois ?

— Avant de quitter le cabinet, mardi après-midi.

Ils étaient dans la petite cuisine attenante à son cabinet. Il préparait du café pendant les agents de la scientifique faisaient leur travail. L'endroit était peint dans des couleurs pastel, avec de grandes œuvres d'art sur les murs que Signy trouvait totalement insignifiantes.

— Vous êtes parti avant elle ?

— Oui. Ce n'est pas mon habitude, mais mon rendez-vous de 17 heures a été annulé, alors j'en ai profité pour rentrer plus tôt chez moi. Corinne travaille ici les après-midi et termine à 18 heures. Lorsque j'ai des rendez-vous qui se terminent au-delà, c'est moi qui ferme le cabinet.

— Vous ne travaillez que l'après-midi ? s'étonna Signy.

— J'aimerais bien ! s'exclama-t-il en riant. Mais, non. Le matin, je suis à l'UAF pour donner des cours ou rencontrer les étudiants dont je dirige les travaux de thèse, et l'après-midi, je fais mes consultations ici. Quant au soir, je travaille le plus souvent, au grand dam de ma famille.

— Vous « travaillez »... C'est-à-dire ?

— Je fais les choses que je n'ai pas le temps de faire la journée : de l'administratif pour l'université, des propositions de subventions, des formulaires de sécurité, la rédaction ou la correction d'articles – notamment ceux rédigés par les étudiants avant leur publication... Et puis j'animais aussi le groupe de parole à l'église, une fois par semaine.

— Pourquoi est-ce que vous en parlez au passé ?

— Parce que je doute que les participantes veuillent revenir. Non seulement le contenu de ces réunions a été volé, mais maintenant qu'un meurtre a été commis là où étaient organisées les réunions...

Il avait raison.

— Nos agents vont faire le tour des prêteurs sur gages et interroger également les receleurs connus de nos services, tenta-t-elle de le rassurer. Heureusement, le voleur ne savait pas ce qu'il volait.

— Je l'espère.

Les classeurs et les armoires avaient été fouillés, et les caméras, ainsi que l'ordinateur qui se trouvait à la réception, avaient disparu. Quant aux papiers et dossiers sur le bureau, ils avaient été jetés au sol et étaient dans un tel désordre qu'il allait falloir du temps à Gleeson pour les remettre en ordre et découvrir si certains manquaient.

— Vous pensez que le cambrioleur cherchait de la drogue ? demanda-t-il, plein d'espoir.

— C'est une possibilité...

Mais Signy n'était pas convaincue. Cela aurait été une sacrée coïncidence qu'un cambrioleur ait su qu'il y avait de la drogue dans le cabinet du thérapeute de Darby O'Roarke, alors que deux personnes qu'elle connaissait avaient été tuées coup sur coup...

— Vous stockez des médicaments dans votre cabinet ?

— Uniquement de l'Advil et quelques huiles essentielles. Je ne fais pas de prescription ; si j'estime que mes patients ont besoin d'un traitement, je leur fais une recommandation et les renvoie vers leur médecin. Il m'arrive aussi de les recommander à un psychiatre si je pense qu'un examen plus approfondi est nécessaire.

— Est-ce que Darby O'Roarke...

— Désolé, mais je suis tenu au secret médical, l'interrompit-il.

Signy essaya alors une tactique différente.

— Avez-vous une liste des personnes qui assistent aux réunions du groupe de parole ?

— Oui. J'ai déjà dit à l'agent du FBI qui travaille avec vous que je la lui ferai parvenir rapidement.

Signy cacha son irritation. Ce Winters commençait vraiment à lui taper sur le système.

— Je peux vous en envoyer une copie, si vous voulez. Mais, comme je l'ai dit à l'agent Winters, ces informations doivent rester confidentielles – autant que possible, en tout cas, compte tenu des circonstances. J'ai envoyé à toutes les participantes du groupe un e-mail pour les informer du cambriolage, et leur dire que tous les rendez-vous étaient annulés jusqu'à lundi, sauf cas d'urgence. Je n'ai pas précisé que les vidéos avaient été volées, ajouta-t-il en baissant la tête. Et j'aimerais que cela ne soit pas rendu public...

Il sortit le lait du petit réfrigérateur.

— Je me dis que si le cambrioleur a volé la caméra pour la revendre, il ne consultera peut-être pas son contenu. Je ne veux pas affoler tout le monde pour rien. Surtout si je réussis à la récupérer.

Signy était d'accord avec lui. Elle n'aimait pas que les journalistes publient des informations sur des enquêtes en cours ; ils faisaient souvent plus de mal que de bien. Tout comme elle n'appréciait pas que le FBI s'immisce dans son enquête, la faisant passer pour une petite fliquette de province. Ce Winters était tellement omniprésent qu'elle en venait à se demander s'il n'était pas impliqué d'une manière ou d'une autre dans le meurtre d'Adèle Surrey ou le cambriolage... Mais c'était certainement aller un peu loin. De l'avis général, c'était un agent remarquable, avec une excellente réputation. Elle ne l'imaginait pas assassiner une pauvre femme de sang-froid pour faire innocenter sa petite protégée alors qu'elle avait été libérée...

— Est-ce que vos étudiants recevaient certains de vos patients ? demanda Signy, intriguée par le fait que l'université semble si étroitement liée à toutes les affaires.

— Ils n'ont pas accès aux dossiers des patients, qui sont confidentiels. Mais, si les patients sont d'accord, certains étudiants assistent parfois aux séances, en tant qu'observateurs uniquement. Il est aussi arrivé qu'ils assistent aux réunions du groupe de parole.

— Est-ce que l'un d'entre eux a assisté à une séance avec Darby O'Roarke ?

— Non, Darby n'a jamais donné son accord. Elle est encore très méfiante, dit-il avec un sourire triste. Tout ce qui lui arrive va certainement la fragiliser. C'est pour ça que je lui ai proposé de la recevoir, hier...

Il marqua une pause, s'appuyant contre le comptoir.

— Je ne suis même pas sûr qu'elle m'ait raconté tout ce qu'elle a enduré pendant sa captivité. La dernière fois, elle m'a dit que son directeur de thèse voulait qu'elle retourne là-bas, l'été prochain, et m'a demandé si je pensais que c'était une bonne idée pour sa guérison.

— Elle souffre de stress post-traumatique ?

— Encore une fois, je ne peux pas parler de son dossier avec vous, rétorqua-t-il avec un sourire qui semble dire « bien essayé, mais raté ! »

— Bon, et qu'est-ce que vous lui avez conseillé de faire, alors ? demanda Signy avec impatience.

— Je lui ai demandé si elle pensait que c'était une bonne idée, mais elle n'a pas su me répondre. Personnellement, je pense que Jim Nilsson est un connard égoïste ; je ne sais pas comment il peut lui demander une chose pareille ! Même si je crois qu'il ne sait pas exactement ce qu'elle a vécu ; elle n'en parle presque jamais. Et puis, au fond, ça ne me regarde pas. C'est entre Darby et lui.

— Et vous, vous recollez les morceaux, c'est ça ?

Gleeson la regarda d'un air circonspect, car il n'était pas sûr de savoir ce qu'elle pensait de son travail.

— Disons que j'aide les patients à recoller les morceaux eux-mêmes. En ce qui concerne Darby, je dirais qu'elle a très bien réagi aux méthodes que j'ai utilisées avec elle.

Signy hocha la tête, hésitant sur ce qu'elle devait penser de ce psy. Il était encore trop tôt pour dire si c'était un chic type ou un con arrogant.

Le café avait fini de couler, et Gleeson servit plusieurs

tasses. Il en tendit une à Signy qu'elle accepta avec gratitude. Les quarante-huit premières heures d'une enquête étaient cruciales, et elle était restée debout toute la nuit. En fait, depuis la veille, toute son équipe était sur le pont. Ils étaient tous épuisés. Pourtant, ils n'avaient pas l'ombre d'une piste, et sa hiérarchie commençait à grincer des dents.

Gleeson apporta les trois autres tasses aux agents en train de travailler dans son cabinet.

— Vous connaissiez Martin Carstairs ? lui demanda Signy lorsqu'il revint.

— Je l'ai déjà dit à l'agent du FBI.

— Mais c'est moi qui vous pose la question, maintenant, lui fit-elle remarquer avec un sourire crispé.

— Martin Carstairs ne faisait pas partie de mes patients, dit Gleeson avant de boire une gorgée de son café. Comme je l'ai dit à l'agent Winters, la seule et unique fois où j'ai vu ce jeune homme, c'est au *ceilidh*.

— Vous y étiez ? s'étonna Signy.

— Oui. Avec ma famille.

Devant son expression surprise, il fronça les sourcils d'un air interrogateur.

— Ça vous surprend ?

— Ce qui me surprend, c'est que vous côtoyiez vos patients en-dehors de votre cabinet...

Gleeson soupira avec agacement.

— J'ai salué Darby, ce soir-là, et ne lui ai plus parlé ensuite. Nous sommes à Fairbanks, en plein mois de janvier : il n'y a pas beaucoup de choses à faire. Et puis nous sommes ici depuis peu de temps ; nous essayons de nous intégrer, c'est tout. Ce n'est pas facile pour mes enfants, vous savez. Leurs amis leur manquent. Alors, quand mes étudiants m'ont invité, je me suis dit que ce serait l'occasion de rencontrer du monde. C'était une soirée très sympathique, d'ailleurs. Malheureusement, j'ai l'impression que c'était la dernière. Au moins avant quelques années.

Signy pensait la même chose ; le meurtre de Martin allait hanter les esprits pendant longtemps.

Elle avait rencontré ses frères et ses parents ce matin-là, qui venaient d'arriver à Fairbanks. Malheureusement, elle n'avait pas pu leur dire grand-chose. Elle leur avait simplement promis de veiller à ce que le travail sur la scène de crime soit terminé rapidement afin qu'ils puissent s'y rendre et emballer les affaires de Martin.

Elle but une gorgée supplémentaire. Le café était bon, mais elle en buvait tellement depuis deux jours que ça finissait par l'écœurer.

Gleeson avait raison : il n'y avait pas grand-chose à faire à Fairbanks en cette période de l'année, à moins d'aimer les sports d'hiver ou le traîneau à chiens. L'hiver était particulièrement rude en Alaska, et s'étalait facilement jusqu'en avril. Alors, c'est vrai, les gens d'ici ne manquaient pas une occasion de s'amuser et de se réunir. D'ailleurs, peut-être qu'elle aurait dû aller à cette soirée. Mais elle n'avait pas voulu laisser Aiden seul, et n'avait pas pu non plus l'emmener – il était encore trop jeune pour ce genre d'événements.

Elle pinça les lèvres en pensant à son fils. Il lui manquait. Et elle s'en voulait d'être aussi absente pour lui. Malheureusement, elle avait deux meurtres sur les bras et n'avait pas le temps de s'apitoyer sur elle-même.

— Que pouvez-vous me dire d'autre sur Corinne Brown ?

Gleeson haussa les épaules en faisant la moue.

— Pas grand-chose... C'est une fille très agréable et compétente. Elle ne travaille pour moi que depuis décembre. Je l'ai recrutée après que mon ancienne assistante a démissionné sans préavis. Ça m'a beaucoup soulagé de la trouver... J'espère qu'elle va bien, dit-il d'un air inquiet.

Signy l'espérait aussi.

— Peut-être qu'elle a mal compris et qu'elle a pensé que le cabinet était fermé pour le reste de la semaine ? murmura-t-il, comme s'il réfléchissait à voix haute. Lorsque je l'ai eue au téléphone, hier matin, j'étais un peu perturbé... Comme je vous l'ai dit, son petit ami vit à Anchorage ; si elle a cru que je n'avais plus besoin d'elle jusqu'à la semaine prochaine, elle est peut-être allée le voir ? Mais je ne comprends pas pourquoi elle ne répond pas à son portable...

— Elle n'ose peut-être pas vous prendre au téléphone et avouer qu'elle a fait une erreur ? Elle est peut-être tout simplement partie quelques jours... dit Signy en haussant les épaules, espérant que Corinne Brown était en train de s'amuser quelque part avec l'homme de ses rêves. Vous connaissiez Adèle Surrey ?

— Très peu. Elle préparait le buffet pour les réunions, mettait le chauffage pour que l'on n'ait pas froid, et veillait à ce qu'on ne soit pas dérangés par les visiteurs. Elle s'asseyait toujours un peu à l'écart, contre le mur, mais elle était attentive et je la trouvais très empathique envers les participantes.

Signy hocha la tête en buvant une autre gorgée de café, notant que le Dr Gleeson avait un lien avec chacune des victimes. Le fait que son cabinet ait été cambriolé était pour le moins étrange et elle se demanda s'il s'agissait d'une coïncidence ou si le cambrioleur cherchait quelque chose de précis. À moins que Gleeson ait voulu brouiller les pistes en se faisant passer pour une victime ? L'enregistrement de la voix du tueur était de mauvaise qualité et Signy avait hâte d'avoir les résultats de Quantico. Si c'était celle de Gleeson, ses tentatives pour détourner les soupçons n'auraient servi à rien.

— Est-ce que Corinne assistait aux séances ?

— Non, répondit-il en secouant la tête. Jamais.

Elle lui sourit avec gentillesse. Elle voyait dans son regard qu'il s'inquiétait sincèrement pour son assistante.

Corinne Brown s'octroyait-elle quelques jours de vacances ou était-elle une autre victime ?

— Si vous pouviez m'envoyer rapidement la liste de vos étudiants et celle des participantes aux réunions du groupe de parole, ça nous permettra d'interroger toutes les personnes qui ont pu entrer en contact avec Adèle Surrey...

— Vous ne pensez quand même pas qu'un de mes patients pourrait avoir tué cette pauvre femme ou Martin Carstairs ?

Il avait l'air médusé, et Signy soutint son regard sans répondre.

Les deux enquêtes étaient encore en cours, mais la presse relayait déjà la possibilité qu'il puisse s'agir d'un seul et même tueur, ce que pensait également Signy. Les empreintes et les gants allaient dans ce sens...

— Nous interrogeons tout le monde ; c'est la procédure dans les enquêtes de cette nature, le rassura-t-elle. À moins que vous n'ayez des raisons de soupçonner l'un de vos patients ?

— Absolument pas ! s'offusqua-t-il. Mes patients ne sont pas violents.

— Les apparences sont parfois trompeuses... Ce que je vois, moi, c'est que quelqu'un a tué Martin et Adèle, et que c'est peut-être cette même personne qui a cambriolé votre cabinet.

— Vous pensez que le cambriolage est lié aux meurtres ? demanda-t-il en se redressant et en fronçant les sourcils. Est-ce que Darby aurait pu...

— Mademoiselle O'Roarke n'a rien à voir avec le deuxième meurtre. Quant au cambriolage, j'ai besoin de connaître l'heure exacte à laquelle il a eu lieu avant de pouvoir soupçonner qui que ce soit.

Signy devait bien admettre qu'elle n'était pas pour libérer Darby. Pas encore. Peut-être qu'Adèle avait été tuée par un *copycat* ? Ou que Darby avait un complice ? Elle s'en était tirée grâce à Winters, mais cela ne voulait pas dire qu'elle était innocente. Même le FBI se trompait, parfois...

— Comment pouvez-vous en être si sûre ? demanda Gleeson d'un air inquiet. Non pas que je pense que Darby soit capable de...

— Elle a un alibi solide. Elle n'a pas pu tuer Adèle Surrey, le coupa-t-elle.

— Ah... J'imagine que c'est cet agent du FBI ?

— Exactement, sourit Signy. Avoir un agent fédéral qui jure que vous étiez avec lui au moment d'un meurtre est la Rolls-Royce des alibis, si vous voyez ce que je veux dire...

— Je vois... dit Gleeson en hochant la tête.

Mais quelque chose semblait le tracasser.

— Elle ne m'en a jamais parlé, mais ils doivent être amis, j'imagine... reprit-il avec un petit rire gêné. Je m'en veux de l'avoir soupçonnée, et pourtant, je l'ai fait. Même un psychologue peut se laisser influencer. La presse nous l'a tellement présentée comme la coupable... Et puis elle était chez Martin Carstairs au moment du meurtre, aussi... En tout cas, si Darby est innocente – et je suis maintenant persuadé qu'elle l'est – ça va être difficile, pour elle, de continuer à vivre dans cette ville...

Signy changea de pied d'appui, se sentant un peu coupable. Peut-être qu'elle était passée à côté de quelque chose en lien avec la mort de Martin ? Mais elle se ressaisit, refusant de se remettre en question. C'était facile de critiquer le travail de la police, mais ce métier était difficile. Tout pouvait basculer tellement vite...

Elle finit sa tasse et la lava avant de la poser sur le bord de l'évier.

— La scientifique devrait en avoir pour une petite heure, lui dit-elle en se tournant vers lui. Si vous pouvez regarder ensuite dans vos dossiers pour voir s'il en manque un ?

Elle lui tendit sa carte de visite.

— Bien sûr, soupira-t-il en la prenant. Dites-moi juste ce qui est le plus urgent : la liste de mes étudiants, celle des participantes au groupe de parole, ou que je regarde s'il manque des dossiers ? lui demanda-t-il avec un brin d'agacement dans la voix.

— Peut-être la liste des participantes au groupe de parole. Au cas où on ne retrouverait pas la caméra... Il me faudrait leurs noms, leurs adresses et leurs numéros de téléphone. Évidemment, nous ne leur dirons pas que ces informations nous ont été communiquées par vous.

— Je vous remercie. Je leur enverrai également un e-mail pour leur dire que je n'y suis pour rien, dit-il en attrapant sa parka. Je vais rentrer chez moi pour faire cette liste et vous l'envoyer au plus vite. Merci pour votre aide, aujourd'hui, inspectrice !

Il la conduisit à l'extérieur et elle salua les agents de la scientifique avant de rejoindre son véhicule. Une fois seule à l'intérieur, elle se reposa quelques secondes contre l'appuie-tête en fermant les yeux, se réveillant en sursaut alors qu'elle commençait à s'endormir. Elle n'avait pas le temps de faire une pause, et pourtant dormir était ce dont elle avait le plus besoin en ce moment.

Elle regarda Gleeson monter dans sa voiture : une BMW noire et brillante qu'elle ne pourrait jamais s'offrir avec son salaire actuel. Il fit marche arrière, puis se dirigea vers l'entrée de la voie rapide, où il s'arrêta avant de s'insérer et d'être englouti par le flot de la circulation. Elle aurait pu le suivre, mais elle savait que son patron n'aurait pas approuvé.

Elle vérifia l'heure sur sa montre et décida de retourner au commissariat. Elle repasserait chez elle quand Aiden serait rentré pour le voir un moment et faire une petite sieste. Avec un peu de chance, elle n'aurait pas un troisième meurtre sur le dos d'ici là...

# CHAPITRE VINGT-ET-UN

Je commandai un autre café pour accompagner mon muffin, réfléchissant à ce que je devais faire.

J'hésitais entre partir ou rester et continuer sur ma lancée. Il aurait peut-être été préférable de me faire oublier, mais une disparition risquait d'attirer les soupçons sur moi. Et puis, surtout, j'avais l'impression de ne pas en avoir fini.

Darby n'avait pas été inquiétée pour le meurtre d'Adèle, et je ne comprenais pas pourquoi. Avais-je commis une erreur ? Pourtant, j'avais beau me repasser les événements en boucle dans ma tête, je n'avais pas l'impression. Personne n'avait pu voir mon visage et encore moins me reconnaître. Certes, Adèle avait eu le temps d'appeler les secours, mais j'étais trop loin du téléphone pour que ma voix ait pu être identifiée...

N'empêche que j'avais merdé, et je détestais ça.

J'avais brûlé les vêtements et les bottes que je portais à l'église dans les bois. Tout comme ceux que j'avais quand j'avais tué Martin. Ce n'étaient plus que des cendres, désormais, et personne ne pourrait jamais les retrouver.

Quant à ce que j'avais pris dans le bureau de Gleeson, je ne l'avais fait que pour brouiller les pistes. Je pensais que ça avait marché...

J'avalai un morceau de muffin en regardant la serveuse passer devant moi avec une serpillière et un sceau.

*Tuer Adèle était peut-être une connerie*, me dis-je.

Je m'en voulais d'avoir perdu le contrôle. Ça ne me ressemblait pas. D'ailleurs, une fois l'adrénaline retombée, redevenant moi-même, je m'étais presque fait peur. Je n'avais plus le droit à l'erreur désormais, et j'avais intérêt à faire attention au moindre détail. Je ne pouvais pas me permettre de laisser des traces qui auraient pu conduire les flics jusqu'à moi...

Seuls les perdants commettaient des erreurs. Inconsciemment, ils voulaient se faire prendre. Ce n'était pas mon cas. Hors de question que je finisse en taule.

D'ailleurs, je n'avais pas l'intention de tuer éternellement. Je savais que tôt ou tard, je n'en aurais plus envie et, ce jour-là, je me sentirais enfin bien dans ma peau. En attendant, il fallait absolument que je réussisse à maîtriser mes émotions, car c'étaient elles qui réveillaient en moi ces pulsions morbides.

Mais c'était la faute de Darby, aussi ! Si elle n'avait rien fait pour me mettre en colère, je ne me serais pas retrouvée dans cette merde !

Je me demandais où elle était, à cet instant, et dans quel état d'esprit... La connaissant, elle devait être terriblement triste de ce qui était arrivé à Martin et Adèle. Et elle devait avoir peur d'être la prochaine sur la liste...

Si elle avait su... Jamais je ne lui aurais fait de mal. Je savais mieux que personne ce qu'elle avait vécu, et je serais toujours là quand elle aurait besoin de moi. C'était peut-être aussi bien que les flics l'aient libérée... Elle avait eu peur ; ça devrait suffire à la remettre sur les rails. Et puis je l'aiderais à s'en remettre.

Réalisant que j'étais en train d'agiter nerveusement ma jambe, je me forçai à arrêter et regardai autour de moi pour voir si quelqu'un avait remarqué mon tic nerveux. Ça ne semblait pas être le cas. La serveuse s'essuya le front avec son avant-bras alors qu'elle terminait de nettoyer la neige sale amenée par les clients qui ne cessaient d'entrer et de sortir, puis elle plaça un panneau d'avertissement à quelques mètres de ma table.

Je ne pensais pas qu'il servirait à grand-chose, et ça me fit sourire.

Je laissai un pourboire de quelques dollars sur la table. J'aurais pu laisser plus, mais je ne voulais pas que la serveuse se souvienne de moi.

Lorsqu'elle vint débarrasser, elle me sourit pour me remercier et je hochai la tête avant d'enfiler ma parka et de récupérer mes affaires.

C'était décidé : je n'allais rien faire d'autre pour le moment. Il valait mieux que je m'efface un peu et que je laisse les flics brasser de l'air sans rien comprendre – comme toujours. J'avais fait suffisamment pour qu'ils ne remontent pas jusqu'à moi. En tout cas, pendant quelque temps...

# CHAPITRE VINGT-DEUX

E ban était inquiet. Darby était clairement la cible de cette frénésie criminelle et il n'aimait pas ça du tout.

Ils avaient commandé une pizza et, en attendant qu'elle soit prête, il était allé faire quelques achats dans un magasin de fournitures de bureau à côté. La pizza était maintenant sur la banquette arrière, et le parfum qui s'échappait de la boîte en carton lui mettait l'eau à la bouche.

Darby regardait sans le voir le paysage enneigé défiler sous ses yeux. Il se demandait à quoi elle pensait : aux événements de l'été précédent ou à la mort de Martin Carstairs ? À moins qu'elle ne pense à Adèle Surrey, ou au fait que les enregistrements des séances de son groupe de parole aient été volés ? Ce n'étaient pas les sujets qui manquaient, malheureusement.

Quelqu'un lui en voulait, et il aurait bien aimé savoir pourquoi.

— Qui savait que Gleeson était ton thérapeute ?

Darby se tourna vers lui et le regarda en rentrant son menton dans le col de sa parka.

— Beaucoup d'autres étudiants de l'institut. Et mon directeur de thèse. Je leur ai parlé librement de ma thérapie pour qu'ils sachent que je faisais des efforts pour aller mieux. Il y avait aussi les autres participantes au groupe de parole. Mais ça pourrait être n'importe qui. Si c'est moi que le meurtrier veut atteindre, il a pu me suivre et tout savoir de ma vie – mon lieu de travail, le nom de mon psy, ou ma participation au groupe de parole...

— Qu'est-ce que tu fais d'autre ?

— Bah... Rien ! dit-elle avec un petit rire amer. Je travaille et je me soigne, c'est tout.

— Tu as des amis en dehors de ton boulot ?

— Pas vraiment... admit-elle. Je croise beaucoup de monde, mais je ne fréquente personne en dehors de l'institut.

— Mais tu fais quoi pour te détendre ? s'étonna-t-il.

— Je travaille.

— Tu ne sors pas ? Tu ne fais pas de soirées ?

— Non. Quand j'ai besoin de parler, je t'appelle.

Ces mots lui serrèrent le cœur. Il savait qu'elle dépendait de lui. Et, s'il était tout à fait honnête, depuis qu'il l'avait rencontrée, lui-même préférait lui parler au téléphone plutôt que d'aller boire un verre. Il n'avait pas été de très bonne compagnie ces derniers temps, et il devait s'excuser auprès de ses amis. Il devait aussi arrêter de se voiler la face : sa relation avec Darby était plus qu'une amitié. Il était malheureux sans elle, même si un avenir avec elle était loin d'être garanti.

— Bon après, je fais quand même des choses, mais toujours dans le cadre de l'institut, reprit-elle, inconsciente de son trouble. Quand le temps le permet, il y a des randonnées ou des week-ends camping qui sont organisés. Et puis on va souvent boire un verre, le vendredi soir. C'est sympa et j'apprécie vraiment leur compagnie. Mais bon... Je ne suis pas sûre que je puisse continuer à les voir, dit-elle d'une voix à peine audible.

— Tu finiras par leur pardonner, plaisanta-t-il.

Elle éclata de rire, et il fut heureux d'avoir réussi son coup.

— Ouais, t'as raison !

La seule personne qui n'était pas suspecte pour Eban, c'était Darby. Mais il ne lui dit pas ; ça ne servait à rien de l'effrayer plus qu'elle ne l'était déjà. Pourtant, il ne pouvait s'empêcher d'avoir peur que le tueur soit quelqu'un qu'elle considère comme faisant partie de ses amis...

— Ils vont tous avoir peur que je leur plante un couteau pendant qu'ils dorment dans leurs sacs de couchage, marmonna-t-elle, réfléchissant à voix haute.

— Quand vous sortez, vous allez dans quel bar ?

— Au Borealis, sur Regent.

— Et il n'y a jamais eu quelqu'un qui t'a mise mal à l'aise ? Qui a eu un comportement bizarre avec toi ?

Elle réfléchit en passant la langue sur ses les lèvres, et il fut parcouru par un frisson de désir.

— Pas vraiment... De toute façon, chaque fois qu'on me parle, je suis mal à l'aise...

Ne sachant pas quoi répondre à ça, il détourna le regard et décida de changer de sujet :

— Et tu n'es pas inscrite dans une salle de sport ? Ou à un cours de yoga ? Un endroit où tu irais régulièrement et où quelqu'un se serait mis à te suivre, ou aurait pu avoir accès à ton adresse ?

— Je vais à la piscine du campus... répondit-elle d'un ton peu convaincu. Je ne croise pas grand monde, là-bas. Mais ça me fait du bien...

Des images d'elle en maillot de bain remplirent son esprit et il dut faire un effort pour ne pas laisser son imagination s'emballer, gardant les yeux rivés sur la route. Ils allaient devoir passer du temps ensemble dans cette cabane perdue dans la forêt, et il ne voulait pas la mettre mal à l'aise ni risquer de créer de la tension entre eux.

Il s'éclaircit la voix.

— Et les gens de ton immeuble ? Il n'y a pas un voisin qui était plus insistant que les autres ?

Il n'oubliait pas que Lenny était entrée chez Darby quand elle n'était pas chez elle, et qu'elle s'était enfuie quand il s'était annoncé.

En tout cas, le tueur semblait être obsédé par Darby, et ne pas avoir froid aux yeux.

Il se demanda si le cambriolage du cabinet de Gleeson était lié aux meurtres... Peut-être que le tueur cherchait quelque chose, ou qu'il voulait détruire des preuves ?

— Il y a bien Davis Farraday et Stef Riddell, qui habitent au premier étage et que je connais car ils travaillent avec moi à l'institut. Je croyais même qu'on était amis, soupira-t-elle. Et puis il y a madame Lenoski, qui est sur mon palier, deux portes plus loin. Maintenant que tu le dis, c'est vrai qu'elle est toujours un peu trop heureuse quand elle me voit. Mais bon... Elle a 80 ans et je ne l'ai pas vue au *ceilidh*.

Il sourit, amusé par son humour.

— Cela dit, le tueur n'est peut-être pas resté à la soirée longtemps. Il a pu repérer ton verre, mettre quelque chose dedans et, après s'être assuré que tu l'avais bu, sortir et t'attendre dehors pour te proposer de te ramener, ou même t'enlever à un moment où personne ne le voyait.

Il prit quand même note mentalement d'en savoir un peu plus sur cette Mme Lenoski, et de demander si les analyses toxicologiques avaient été effectuées. Il était convaincu que Darby avait été droguée, mais il avait besoin d'en avoir la preuve.

— C'est peut-être pour ça que Martin a été tué ? réalisa-t-elle en écarquillant les yeux. Si quelqu'un m'a droguée avec une idée en tête, le fait que Martin me propose de dormir sur son canapé a pu contrecarrer ses plans ?

Elle frémit à l'idée qu'elle ait pu être responsable de la mort de son ami.

— Dans l'état où je devais être, il a dû préférer conduire ma voiture et me ramener chez lui pour qu'il ne m'arrive rien...

— Est-ce qu'il avait bu ?

— Seulement quelques bières. Mais il était costaud, et puis je crois qu'on est restés longtemps.

Elle fronça les sourcils en réfléchissant.

— Si le tueur est un de mes voisins, il aurait pu s'en prendre à moi dans le couloir ou la cage d'escalier à n'importe quel moment...

Elle n'avait pas tort, mais Eban se dit qu'en faisant ça, le tueur aurait pris un risque. D'abord, quelqu'un aurait pu le surprendre, et la police aurait forcément soupçonné les voisins s'il l'avait tuée chez elle. Sauf s'il s'était débarrassé du corps...

L'idée lui retourna l'estomac et il choisit de ne pas faire part de sa réflexion à Darby.

En tout cas, même s'il n'excluait aucune piste, il pensait sincèrement que le tueur avait dû penser comme lui et qu'il avait préféré s'en prendre à Darby ailleurs que chez elle. Un *ceilidh*, avec beaucoup de monde, était l'occasion idéale...

— Si on part du principe que le tueur attendait dehors que tu quittes la soirée... Il t'a peut-être proposé de te ramener chez toi, et Martin est intervenu. Dans ce cas, non seulement Martin a déjoué ses plans mais, en faisant ça, il devenait en plus un témoin dangereux...

— Et donc le tueur nous aurait suivis jusqu'à chez lui ?

— Ouais. Sauf s'il savait déjà où il habitait...

Si c'était quelqu'un de l'institut, Eban avait eu l'impression que tout le monde se connaissait assez bien.

— Il a pu attendre un moment dans les bois, le temps que vous alliez vous coucher.

Ce qui aurait pu expliquer les empreintes de pas dans la neige devant la maison des voisins. Le tueur aurait préféré surveiller la maison de Martin de loin pour ne pas être vu.

— Et une fois qu'il était sûr qu'on dormait, il est entré et a tué Martin... termina Darby.

Elle semblait terrifiée, et Eban l'était autant qu'elle. Ce scénario lui faisait froid dans le dos.

— Mais je ne comprends pas pourquoi il ne s'en est pas pris à moi... dit-elle doucement.

Eban repéra un élan sur le bord de la route, à la lisière du bois, et ralentit jusqu'à ce qu'ils l'aient dépassé.

— Moi non plus, admit-il. Il a certainement voulu te faire accuser du meurtre... Soit pour te faire payer quelque chose, soit pour sauver sa peau. À moins que ce ne soit les deux...

Il jeta un coup d'œil rapide à Darby et remarqua qu'elle était aussi blanche que la neige.

— Tu sais quoi ? lui demanda-t-il.

— Quoi ?

— Ce soir, on va oublier tout ça... On va allumer un feu, manger notre pizza, et regarder un film. Et on va arrêter de réfléchir à ce qui s'est passé pendant au moins quelques heures. De toute façon, au stade où on en est, on pourrait soupçonner à peu près tout le monde dans ton entourage, et je ne crois pas que ce soit ne bonne idée. Ça ne servirait à rien, à part t'angoisser pour rien.

— Ah ouais ! soupira-t-elle avec soulagement. C'est une super idée.

Il sourit en s'engageant dans l'allée menant à leur cabane, mais déchanta vite en constatant qu'ils n'étaient pas seuls.

— C'est qui ? demanda Darby en se redressant, paniquée.

— Probablement les propriétaires. Sur le mot de bienvenue, il était écrit qu'ils vérifiaient le jacuzzi tous les jours.

— Il y a un jacuzzi ?!

Darbyeut soudain l'air d'une petite fille dans un parc d'attraction, ce qui lui redonna le sourire.

— Mets ta capuche, tes lunettes de soleil, et fais comme si

t'étais au téléphone, lui dit-il. S'ils te regardent, souris, reste naturelle, et laisse-moi faire. Okay ?

— Okay, dit-elle en faisant ce qu'il lui disait.

Même comme ça, elle était magnifique.

— Je vois que t'as l'habitude... sourit-il.

— Ouais. Je m'entraîne souvent au cas où tu me demanderais de m'enfuir avec toi ! plaisanta-t-elle en le regardant pardessus ses lunettes.

Il soutint son regard, et se dit que ce serait pas mal de fuir avec elle à l'autre bout du monde.

— Bon, j'y vais. Dans deux minutes, tu me rejoins. Je ferai diversion pendant que tu rentres dans la maison. Ferme bien la voiture derrière toi.

— D'accord, dit-elle en prenant la clé qu'il lui tendait, avant de coller le téléphone à son oreille. Et... Eban !

La main sur la poignée de la portière, il se tourna vers elle et haussa un sourcil interrogateur.

— Sois prudent.

*<br>**

Darby détestait devoir se cacher comme si elle était coupable de quelque chose. Mais Eban avait raison ; il valait mieux que personne ne sache où elle s'était réfugiée. Malgré sa plaisanterie dans la voiture, elle espérait ne jamais devoir être en fuite. Elle n'aurait pas su où aller, à part peut-être chez Haley et Quentin, en Virginie.

Elle se sentait fatiguée. Elle avait mal dormi la nuit dernière. Elle n'arrêtait pas de penser au couteau enfoncé dans la poitrine de Martin.

Les deux minutes étaient passées et elle sortit de la voiture. Heureusement, avec ce froid, ça ne paraissait pas anormal qu'elle ait voulu terminer son appel au chaud, ni qu'elle se dirige directement dans la maison, avec uniquement un geste de la main à la femme en train de parler à Eban, sur le porche arrière.

Une fois à l'intérieur, elle entendit la femme rire et plaisanter avec Eban sur la météo. Puis Eban évoqua Darby comme étant sa femme, et elle se figea. Elle savait qu'il disait ça pour que la propriétaire ne se doute de rien mais, malgré ça, l'idée que quelqu'un puisse penser qu'elle était la femme d'Eban la remplit d'une joie immense. Et puis ça la changeait du statut de victime pathétique.

Elle aurait tellement aimé être en couple avec Eban...

— Arrête de te faire des films, Darby, marmonna-t-elle.

Puis elle leva les yeux au ciel. Voilà qu'elle parlait toute seule, maintenant ! Elle devenait folle. En fait, elle avait l'impression d'être devenue folle depuis l'Indonésie. Déjà à ce moment-là, quand elle était violée, elle n'était plus elle-même ; son esprit quittait son corps et elle regardait les événements de loin, comme on regarde un film d'horreur.

Elle chassa les souvenirs de son esprit.

*Ils ne peuvent plus me faire de mal.*

Elle avait d'autres problèmes à résoudre. Mais elle se sentait épuisée. Tout ce stress, tous ces meurtres... Elle ne savait pas qui lui en voulait ni pourquoi, mais Eban avait raison : elle avait besoin de faire une pause ; de ne plus penser à rien, au moins le temps d'une soirée.

Elle se dirigea vers le poêle à bois, heureuse de découvrir que le feu, bien que faible, était toujours allumé. Elle jeta dans les braises du papier journal froissé, du petit bois, et quelques petits bâtons qui s'embrasèrent presque immédiatement. Au bout d'une minute, elle ajouta une petite bûche et la regarda disparaître sous les flammes.

Son téléphone bipa. Elle s'essuya les mains et regarde son message. C'était Elliot Byrne qui lui annonçait qu'il n'avait pas pu prendre un vol pour rentrer chez lui et qu'il était donc toujours à Fairbanks si elle avait besoin de lui. Elle lui envoya un message rapide pour le remercier, puis retira sa parka et son bonnet, avant de manger une part de pizza, debout, devant le feu.

Les pizzas au jambon et à l'ananas étaient ses préférées. Le fait que ce soit aussi celles que préfère Eban lui procurait un petit frisson pathétique.

Il fallait vraiment qu'elle arrête de se comporter comme une midinette. C'est ridicule, et ce n'était pas le moment...

Elle avait déjà eu une relation avec un homme mais n'avait pas voulu coucher avec lui avant d'être certaine que c'était sérieux entre eux. Finalement, il l'avait quittée avant que ça n'arrive. Et puis il y avait eu l'Indonésie – elle avait alors compris que se réserver pour le véritable amour était une ineptie. Les circonstances étaient horribles, mais l'avaient quand même amenée à comprendre que le sexe n'était pas uniquement une question d'amour fou, et que l'idée d'attendre le mariage était complètement désuète. Elle aurait voulu une relation amusante et légère qui lui fasse oublier ce qu'elle avait vécu. De toute façon, elle avait perdu ses illusions et préférait ne plus faire de plans sur la comète. Désormais, elle voulait vivre le moment présent, sans se poser de questions.

Elle voulait être normale. Au moins une fois dans sa vie, elle aurait voulu avoir l'impression d'être parfaitement *ordinaire*.

Et peut-être qu'une relation amoureuse pourrait l'aider à se sentir normale. À retrouver la force de caractère qu'elle avait avant, quand elle était optimiste et courageuse.

Malheureusement, sa mince expérience sexuelle était loin d'être positive, et elle n'était pas sûre de pouvoir vivre une sexualité épanouie un jour. Ce qui était terrible. Le jour J, elle craignait d'être tendue, ou que ça déclenche en elle une crise de panique... Malheureusement, elle ne le saurait que le moment venu, lorsqu'elle aurait une relation sexuelle complète avec quelqu'un.

C'était certainement le pire moment pour penser à tout ça, et pourtant, toutes les composantes étaient réunies. Eban était le seul homme qu'elle avait vraiment aimé et désiré – à l'exception peut-être de Chris Evans, qu'elle voyait comme un super-héros.

Eban entra dans la pièce et le courant d'air froid la fit frissonner. Il referma rapidement la porte, donna un tour de clé, puis retira ses bottes et sa parka, révélant son pull bleu marine qui moulait ses épaules larges et ses bras musclés.

— Je meurs de faim ! lança-t-il en allant se laver les mains.

Il prit ensuite une part de pizza qu'il avala en quatre bouchées avant de se resservir. Darby s'empara elle aussi d'une deuxième tranche, consciente qu'elle devait manger. Elle était tellement maigre qu'elle en était presque décharnée. Elle n'avait pas toujours été comme ça. Les victimes ne vivaient pas toutes leurs traumatismes de la même manière ; le sien lui avait fait perdre l'appétit et le plaisir de manger.

— Tu veux que j'ouvre une bouteille de vin ?

— Non merci.

Elle n'aimait que les alcools pétillants.

— Une bière, alors ? proposa-t-il en se dirigeant vers le frigo. Haley a acheté tes préférées.

— Ouais, ça je veux bien !

Peut-être qu'une bière l'aiderait à se détendre... Elle était tendue comme une arbalète.

Eban décapsula deux bières et lui en tendit une alors qu'elle était en train d'avaler un bout de pizza.

— Ça fait du bien ! soupira-t-elle en souriant, s'autorisant enfin à profiter du moment et à ne pas penser à ses névroses ni au tueur toujours en liberté, certainement en train de préparer son prochain coup.

— C'est vrai. Je n'ai jamais autant apprécié un poêle à bois que ce soir ! Ça chauffe super bien...

Il posa sa pizza sur le couvercle de la boîte et passa son pull par-dessus sa tête. Pour éviter de le regarder avec des yeux de merlan frit, elle se dirigea vers la fenêtre. Bien qu'elle préfère la vue d'Eban, elle devait reconnaître que le paysage enneigé était magnifique. Un lac gelé immaculé au loin, entouré de sapins. À part quelques cabanes de pêcheurs, il n'y avait rien — que le vent qui soufflait dans les branches.

— C'est comme si on était seuls au monde, dit-elle doucement.

Cette ambiance lui rappelait un peu celle de l'endroit où elle avait grandi : une zone isolée uniquement accessible par avion, les montagnes et la neige empêchant d'y venir en voiture. Ça avait été difficile parfois. Elle préférait de loin avoir *l'impression* d'être coupée du monde, que de l'être réellement.

Là où vivait son père, s'il arrivait quoi que ce soit — si quelqu'un se blessait, par exemple, ou que quelque chose se cassait — on n'avait pas d'autre choix que de se débrouiller. Il était toujours possible de demander de l'aide par avion, mais ce n'était pas rapide et, en cas d'urgence, on ne pouvait compter que sur soi-même. Ce qui pouvait potentiellement avoir des conséquences dramatiques.

Sa mère — dont le nom de jeune fille était *Darby* — était décédée parce que son appendice s'était rompu et qu'ils habitaient trop loin d'un hôpital pour pouvoir la sauver. Darby se souvenait encore parfaitement de ce jour-là. Elle avait 12 ans. Sa mère avait commencé à avoir mal au ventre, et aucun médicament ne la soulageait. Quand son père avait finalement décidé d'appeler les secours, il était trop tard. Elle ressentait encore l'angoisse de l'attente jusqu'à l'arrivée de l'hélicoptère Medivac.

Darby n'avait pas pu accompagner ses parents ; il n'y avait pas assez de place à bord. Alors elle avait attendu, transie de peur et immobile devant la radio, jusqu'à ce que son père l'appelle enfin pour lui annoncer la mauvaise nouvelle. Elle avait affronté la mort de sa mère seule, sans personne pour la prendre dans ses bras et la réconforter. Elle avait pleuré pendant des heures et, quand son père était finalement rentré, le lendemain, son regard n'était plus le même. Une partie de lui était morte en même temps que sa femme. La seule fois où elle avait eu l'impression de retrouver enfin le père de son enfance, joyeux et présent, c'était quand il l'avait prise dans ses bras, à son retour d'Indonésie, l'été précédent.

Son reflet dans la vitre ressemblait tellement à sa mère qu'elle avait presque l'impression de voir un fantôme.

Avalant le reste de sa pizza, elle se força à chasser sa tristesse. C'était loin, tout ça...

Soudain, un cerf émergea de la forêt et passa prudemment devant la maison.

— C'est magnifique... dit Eban derrière elle.

Elle jeta un coup d'œil par-dessus son épaule et le découvrit en train de la regarder en souriant. Elle sentit ses joues rougir ; avec un peu de chance, il penserait que c'était à cause du feu. Car, même si elle aurait aimé que ce compliment s'adresse à elle, il parlait de la nature...

— C'est vrai, dit-elle en retournant vers la table pour s'essuyer les doigts avec une serviette en papier avant de siroter sa bière. Et maintenant ? C'est quoi le programme ?

*Faire l'amour ?*

— On peut regarder un film ? Ou lire, si tu préfères ? proposa-t-il en prenant une troisième tranche.

*Merde !* Lire n'était pas exactement ce qu'elle avait espéré...

En même temps, même si elle appréciait ce moment de détente, elle savait que ni lui ni elle n'étaient doués pour l'oisiveté. Elle avait hâte de retrouver ses données. Quant à lui, malgré ce qu'il lui avait dit tout à l'heure, il devait certainement vouloir travailler sur l'affaire.

— C'est dommage qu'il fasse si froid dehors, aujourd'hui, dit-elle en enroulant ses bras autour d'elle. On aurait pu aller faire une balade en raquettes...

Il écarquilla les yeux, avec l'air de trouver l'idée complètement folle compte tenu de la température glaciale.

— On pourrait profiter du jacuzzi ?! proposa-t-elle avec enthousiasme.

— Avec ce froid ?

Elle rit en voyant son expression.

— Mais le jacuzzi a justement pour but de réchauffer. Et puis, eh ! Je croyais que tu avais le sens de l'aventure ?

— Je l'ai... Mais ma notion de l'aventure n'inclut pas de me geler les couilles... De toute façon, je n'ai pas pris de maillot de bain. Mais vas-y si tu veux ; je crois qu'il y a ton maillot dans les affaires que j'ai prises chez toi.

— C'est dommage. Le jacuzzi fait partie intégrante de la culture locale... dit-elle en posant sa bière. Bon, bah moi je vais aller mettre mon maillot. Tant pis pour toi !

— Ne t'inquiète pas pour moi. Je crois que je vais m'en remettre ! dit-il en riant.

Il lui lança un regard ambigu qui lui laissait penser qu'un jeu s'installait entre eux. Elle lui sourit, puis monta dans sa chambre pour se changer et s'attacher les cheveux. Elle se sentit un peu gênée lorsqu'elle redescendit, et se précipita vers le peignoir accroché à côté de la porte d'entrée. Elle enfila également ment une paire de chaussons et prit une serviette avant de s'aventurer à l'extérieur. Le froid lui coupa le souffle. Il devait faire moins vingt, peut-être même moins trente. Heureusement, sous le porche, elle était protégée du vent.

Eban avait déjà ôté la bâche. Elle retira son peignoir et le suspendit au crochet prévu à cet effet, dansant sur ses pieds pour lutter contre le froid. Sans attendre, elle pénétra dans l'eau bouillante et s'immergea lentement, ressentant un plaisir immense. C'est divin, et elle se détendit immédiatement. Eban sortit, se tenant près de la porte. Il avait l'air gelé malgré sa parka.

Elle se demanda s'il la surveillait et elle ressentit soudain un léger malaise.

— Tu crois que le tueur pourrait venir jusqu'ici ? lui demanda-t-elle.

— Ça m'étonnerait. Haley a réservé au nom d'une de ses sociétés, et je me suis assuré qu'on n'était pas suivis...

— Alors ne reste pas là... Rentre avant d'avoir des engelures, ou rejoins-moi. Ça me stresse de te voir rester là comme un garde du corps. Je voulais me détendre, à la base...

Il avait l'air inquiet, mais sembla se ranger à son avis.

— Okay. Je reviens dans une minute. Crie si tu vois quelqu'un.

Elle n'eut pas eu besoin de crier.

Trente secondes plus tard, Eban réapparut, enveloppé dans un peignoir comme le sien, un Glock dans une main et leurs deux bières dans l'autre. Il pose le pistolet sur une petite table juste à côté du jacuzzi, lui tendit une bière, et plaça l'autre bouteille dans le porte-gobelet en face de l'endroit où elle était assise.

Puis il retira son peignoir et le jeta sur la table à côté de son arme. Elle fut presque déçue en découvrant qu'il portait un caleçon, mais elle profita de tout le reste. Il ressemblait à un dieu grec...

— Putain ! grogna-t-il en plongeant dans l'eau. Je ne sais pas comment on peut trouver ça agréable… C'est bouillant !

Darby éclata de rire, et c'était la première fois qu'elle se sentait vraiment heureuse depuis le *ceilidh*.

— Mauviette ! lui lança-t-elle en l'éclaboussant.

Elle regarda avec gourmandise les gouttes couler sur sa poitrine, avant que son corps disparaisse entièrement dans l'eau.

— Quand j'étais petite, je rêvais d'avoir un jacuzzi, avoua-t-elle. Mais mon père disait que ce n'était pas possible, et il avait raison.

Il aurait fallu faire venir les produits d'entretien par avion. Quant au jacuzzi lui-même, ça relevait de l'utopie…

— J'imagine que là où tu as grandi, tu devais briser la glace du lac tous les jours pour te laver, entourée de grizzlys et de pygargues à tête blanche ? plaisanta-t-il.

— Exactement ! rit-elle. Été comme hiver…

Elle avait conscience que le mode de vie qu'elle avait connu fascinait. Certains n'imaginaient pas une seconde vivre dans de telles conditions, alors que d'autres trouvaient cela merveilleux. Mais la réalité, c'était que de moins en moins de gens vivaient dans ces régions reculées. C'était magnifique, mais c'était aussi très rude. Les villes étaient plus confortables. Elle-même ne pourrait certainement plus retourner habiter dans la maison de son enfance.

— C'était idyllique, par certains côtés. Mais, après la mort de ma mère, je me suis sentie très seule. Et puis c'était difficile ; je me souviens qu'en hiver, nous manquions souvent de choses et il fallait attendre les beaux jours pour pouvoir se les procurer.

Elle en avait souvent voulu à son père de la faire vivre dans cette nature sauvage.

— En y repensant maintenant, je crois que si mon père a survécu après la mort de ma mère, c'est justement parce que la vie était difficile. Si on avait vécu en ville, qu'on n'avait pas eu à lutter pour avoir tout ce qu'on avait, je pense sincèrement qu'il se serait détruit d'une manière ou d'une autre.

— J'imagine à quel point la mort de ta mère a dû être terrible...

Elle but une gorgée de bière, le regard perdu dans son passé.

— Il l'aimait tellement que je suis presque sûre que la seule raison pour laquelle il m'aime est parce que je fais partie d'elle.

Eban lui prit la main et la rapprocha de lui.

— Il était dévasté, tu sais, quand je lui ai parlé, après ton enlèvement.

— Ouais, je sais... Je crois qu'à ce moment-là, il a réalisé à quel point je comptais pour lui.

Il resserra ses doigts autour des siens pour la réconforter.

— Je sais que c'est idiot, mais pendant longtemps après la mort de ma mère, j'ai eu le sentiment que mon père était mort lui aussi. Mort de l'intérieur. Finalement, mon enlèvement lui a fait l'effet d'un électrochoc. Il s'est rendu compte qu'il pouvait me perdre, et ça l'a comme réveillé... C'est horrible à dire, mais c'est grâce à ça qu'on s'est retrouvés, conclut-elle, la voix chargée d'émotion.

Eban pinça les lèvres et elle vit dans son regard qu'il comprenait exactement ce qu'elle voulait dire. En même temps, avec tout ce qu'il avait vu, plus grand-chose ne le surprenait...

Chassant son émotion, elle prit son courage à deux mains pour lui poser la question qui lui brûlait les lèvres depuis qu'elle l'avait rencontré.

— Et toi ? Tu ne m'as jamais parlé de ta famille, de ton enfance...

# CHAPITRE VINGT-TROIS

Eban lui adressa un sourire sans joie.

— J'ai grandi à Stone Creek, dans le Montana. C'est aussi un endroit hostile, surtout pour les étrangers.

— Vous n'étiez pas originaires de là-bas ?

Il secoua la tête et but une gorgée de bière. La vapeur s'accrocha à ses cheveux, faisant briller ses cheveux noir ébène. Elle s'était attendue à ce qu'il change de sujet. C'était ce qu'il avait toujours fait, jusque-là, quand elle lui avait posé des questions sur lui. Pourtant, cette fois, il osait lui en dire un peu plus.

— Ma mère a rejoint un homme dont elle était tombée amoureuse. J'avais 8 ans. Je ne me souviens même pas où nous étions avant ça. Dans l'Ohio, peut-être ? Ou dans le Michigan ? On a tellement bougé... Chaque fois qu'elle tombait amoureuse, on partait. Au bout d'un an, elle s'est amourachée d'un autre tocard... Mais, cette fois, quand elle a voulu partir, j'ai refusé de l'accompagner.

— Mais tu étais petit ! Comment t'as fait ?

— Je me suis enfui et me suis caché dans l'écurie d'un voisin, avoua-t-il en riant, avant de prendre une autre gorgée de bière.

Avec le recul, je me dis que j'ai eu de la chance qu'il ne m'ait pas tiré dessus.

Il leva les yeux vers Darby et, pour la première fois, elle le sentit vulnérable.

— Je suis resté caché une dizaine de jours. J'avais emporté un sac de couchage et de la nourriture avec moi. Je volais des pommes dans un verger à côté et buvais l'eau d'un ruisseau. Quand la rentrée scolaire est arrivée, j'ai cru que je pouvais sortir de mon trou ; que je ne risquais plus rien. Mais quand je me suis pointé à l'école, ça a été la catastrophe. Non seulement j'étais dégueulasse – je ne m'étais pas lavé pendant dix jours –, mais j'ai découvert que ma mère avait signalé ma disparition et que le shérif local l'avait arrêtée pour maltraitance.

— Elle a été soupçonnée de t'avoir maltraité ?! s'exclama Darby en écarquillant les yeux.

Eban acquiesça en souriant, visiblement amusé par ce souvenir.

— Les flics frappaient sans arrêt à notre porte. Soit parce que ma mère faisait trop de bruit, soit parce qu'elle avait bu. De toute façon, la plupart du temps, elle était trop défoncée pour s'en rendre compte. Par contre, moi, je m'en rendais compte et j'allais me cacher chaque fois que je les voyais débarquer. Je n'avais aucune envie d'être placé en foyer ; ma mère était ce qu'elle était, mais je préférais encore être avec elle...

Si Eban semblait raconter tout ça avec désinvolture, Darby sentit son cœur se serrer. Elle savait à quel point il était difficile d'avoir un parent défaillant. Elle-même avait vécu dans une sorte de détresse émotionnelle, avec un père qui souffrait trop pour lui apporter de l'affection, et elle en avait longtemps souffert.

Elle s'approcha de lui, avec l'envie de le prendre dans ses bras, et s'arrêta lorsque leurs genoux se frôlèrent.

— Après ma fugue, elle a fait une semaine de prison. Quand les flics m'ont vu revenir vivant, ils étaient soulagés, mais j'ai vraiment cru que le shérif allait me foutre une torgnole...

— C'est con, mais j'ai de la sympathie pour ta mère. Ça a dû être horrible pour elle d'être arrêtée pour quelque chose qu'elle n'avait pas fait.

Il la regarda en souriant, comme s'il voulait détendre l'atmosphère malgré l'évocation de leurs souvenirs douloureux.

— T'as raison... Elle était complètement toxico et, même si je n'avais pas beaucoup de sympathie pour elle à l'époque, avec le recul, je réalise qu'en fait, elle aurait eu besoin d'aide. Mais tu sais, la prison lui a fait du bien. Quand elle est sortie, elle était propre, sobre, et suffisamment secouée pour le rester pendant un moment. En plus, le type qu'elle avait décidé de suivre s'était fait la malle entre temps, donc moi, j'étais sauvé... Mais bon, elle a fini par rencontrer quelqu'un d'autre : Larry, un courtier en assurance qui vivait en ville. En moins d'un mois, ils étaient mariés. Il faut dire que ma mère était très belle et qu'elle savait s'y prendre pour obtenir ce qu'elle voulait...

D'après son expression, Darby comprit que le charme de sa mère avait dû disparaître avec le temps.

— Larry était un brave type. Et puis il était sur les routes quarante semaines par an. Ma mère a fait une bonne affaire en l'épousant. Elle obtenait de lui tout ce qu'elle voulait, et menait la grande vie quand il n'était pas là. Finalement, elle a réussi à arrêter la drogue – à part un joint de temps en temps – mais elle n'a jamais pu arrêter complètement l'alcool.

Il regarda sa bouteille d'un air songeur.

— Je sais que c'est génétique, mais je n'ai jamais eu de problème avec l'alcool. Sûrement parce que j'ai vu ce que ça a fait chez ma mère. Ou peut-être que j'ai eu de la chance, tout simplement...

Darby s'approcha suffisamment de lui pour pouvoir appuyer sa tête sur son épaule. C'était la première fois qu'il lui parlait de sa mère, de son enfance, et elle était sincèrement heureuse qu'il lui fasse suffisamment confiance pour s'ouvrir à elle.

— Larry s'est vite aperçu que ma mère était alcoolique, mais il a fait avec. Même si je crois qu'il a essayé de faire en sorte de lui laisser moins d'argent pour qu'elle ne puisse pas s'acheter trop de bouteilles. Il a essayé d'être un père pour moi, mais j'étais trop jeune à l'époque. Je ne supportais pas qu'un mec – le dernier d'une longue liste – me donne des ordres et me dise quoi faire.

En l'imaginant petit, dans cet environnement, Darby eut les larmes aux yeux.

— Heureusement, je m'en sortais bien à l'école. Larry a fini par renoncer à se comporter comme mon père, et il est devenu mon ami. On s'entendait bien. C'était vraiment un chouette type, dit-il d'une voix plus douce. Il est mort d'une crise cardiaque quand j'avais 16 ans. C'est fou parce que, quelque part, il me manque plus que ma mère. Et pourtant, Dieu sait que je l'aimais...

Il détourna le regard, jugeant probablement qu'avouer son amour pour sa mère était une faiblesse.

— Après la mort de Larry, ma mère est devenue complètement incontrôlable. Elle a dilapidé tout son argent et était ivre la plupart du temps.

— Ça a dû être horrible, murmura-t-elle doucement, savourant la sensation de sa peau humide contre la sienne.

— Ce n'était pas génial, mais je m'en suis sorti comme j'ai pu. Je vivais avec elle, mais je n'étais presque jamais à la maison. Larry avait ouvert un compte épargne à mon nom qu'elle n'a pas pu toucher, pour que j'aille à l'université. Du coup, je me suis lancé à fond dans les études, et je travaillais en même temps dans une quincaillerie pour gagner de l'argent. Je mettais tout de côté pour pouvoir me sauver à mes 18 ans.

Il reposa sa bière dans le porte-gobelet, faisant onduler sans s'en rendre compte les muscles de son épaule.

— Je voulais devenir ingénieur ou biologiste en environnement. Je voulais sauver le monde ! dit-il avec un petit rire.

— Et finalement, tu sauves des gens... sourit-elle.

Peut-être pour sauver sa mère ? Ou le petit-garçon qu'il avait été ?

Elle but une gorgée de bière et se blottit plus près de lui alors qu'il passait son bras autour de sa taille. C'était comme si leurs corps avaient besoin de cette connexion.

Elle commençait à avoir trop chaud, mais elle ne voulait pas rompre le charme. Pourtant, elle avait l'impression de fondre, malgré le froid hivernal.

— Et comment tu as atterri au FBI, alors ?

— Le shérif local était un vrai connard.

— Ah bah oui, c'est une bonne raison ! rit-elle.

De la glace se formait dans ses cheveux, mais elle ne voulait pas sortir. Pas encore.

— Il était si mauvais que je savais que je ne pouvais pas être pire, et je me disais que les gens méritaient mieux. Alors, quand j'ai quitté l'université, j'ai intégré la police d'État, expliqua-t-il en enroulant ses doigts autour de sa taille.

Il la pressa doucement mais fermement contre lui, et elle frissonna de plaisir.

— J'y suis resté quelques années, jusqu'à ce qu'un de mes amis, Ryan, postule au FBI. Quand il m'en a parlé, je me suis dit que c'était une bonne idée, et j'ai fait comme lui. On a été pris tous les deux, et je me suis retrouvé dans l'équipe de sauvetage des otages.

— Et ta mère ?

— Ma mère... Malheureusement, ça ne s'est pas très bien fini pour elle, dit-il doucement en passant son autre main sur la surface de l'eau. Elle est morte quand j'étais à l'université. Personne ne sait exactement ce qui s'est passé. Comme je te l'ai dit, le shérif était un idiot fini. Il aurait été incapable de résoudre une enquête même si le coupable lui avait envoyé une lettre d'aveux... Il a dit que sa mort était accidentelle, et c'était probablement le cas. Elle est morte d'un coma éthylique, et je sais que quelqu'un lui avait refourni de la drogue. Mais bon, j'imagine que le cocktail qui l'a tuée n'a pas d'importance. Talbot, le shérif, a coffré quelques dealers, mais c'est tout.

— Je suis désolée. C'est tellement horrible...

Darby aurait voulu pouvoir le serrer dans ses bras.

— Ne sois pas désolée pour moi. J'ai été un fils horrible. Ma mère était une mère épouvantable. C'est déjà une chance qu'on ne se soit pas entretués, dit-il en se tournant vers elle et en soutenant son regard. J'espère sincèrement que je ne serai pas comme elle avec mes enfants.

— Tu veux des enfants ?

Il ne lui en avait jamais parlé auparavant.

— Ouais. Deux, pour qu'ils ne se sentent pas trop seuls.

Il déglutit et elle observa l'ondulation de sa pomme d'Adam.

— En fait, j'ai toujours rêvé de fonder une famille normale.

— C'est quoi « une famille normale » ? lui demanda-t-elle en riant pour masquer son émotion.

Car elle comprenait parfaitement pourquoi il avait un tel désir.

Il pinça la bouche en réfléchissant et, en le regardant, elle aurait aimé avoir plus d'assurance pour l'embrasser. Le faire se sentir mieux – au moins l'espace d'un instant.

— Une famille stable. Aimante. Avec des parents unis et présents pour leurs enfants.

C'était une définition parfaite, mais elle savait qu'on ne

maîtrisait pas toujours tout et que l'instabilité s'invitait parfois à la table, malgré tout ce qu'on pouvait faire pour l'éviter. Avec la mort de ceux qu'on aimait, notamment.

— Tu n'as jamais eu de nouvelles de ton père ?

— Non. Je ne sais absolument pas qui il est. Il n'est pas mentionné sur mon acte de naissance, et ma mère m'a toujours assuré qu'elle ne se souvenait pas de son nom. Je ne sais pas si c'était vrai ou pas... J'imagine que ça l'était. Si elle avait su comment le retrouver, elle lui aurait certainement demandé une pension alimentaire.

Darby se tourna légèrement pour être face à lui, et essuya les quelques gouttes qui coulaient sur son front, se délectant de la douceur de sa peau.

Il lui attrapa la main et, soudain, l'air autour d'eux devint électrique. Darby se sentit prise au piège de son regard sombre sur ses lèvres. Son cœur s'emballa. Ils étaient presque nus, perdus dans cette moiteur, à seulement quelques centimètres l'un de l'autre. Est-ce qu'elle interprétait mal la situation, ou est-ce que... ?

Elle se pencha vers lui de manière presque imperceptible, tandis qu'il restait parfaitement immobile, l'observant attentivement. Prenant sur elle, elle réduisit encore la distance entre eux et pressa ses lèvres contre les siennes.

Avec un léger grognement, il ouvrit la bouche. Il sentait la bière, le chlore, et cette odeur si particulière qui lui appartenait et qui l'avait toujours attirée. Elle l'embrassa doucement, jouant avec ses lèvres, et se leva légèrement afin qu'il puisse la prendre par les hanches et l'asseoir sur ses cuisses.

Réalisant à peine ce qui se passait, elle cligna des yeux et le regarda avec un demi-sourire. Elle avait l'impression de rêver.

— Ça va ? lui demanda-t-il avec bienveillance.

Elle acquiesça d'un léger signe de tête sans le quitter des yeux et sans se départir de son sourire.

— Parce que ce n'est pas grave si ça ne va pas, lui dit-il, une fossette verticale barrant sa joue.

— Mais ce n'est pas grave non plus si ça va ?

— Tant que tu ne me dis pas que ça va « à peu près », rien n'est grave… sourit-il.

Elle rit et se mordit la lèvre inférieure, transportée par son regard sur elle.

— Ça va super bien, et je ne veux surtout pas que tu t'arrêtes.

— Que j'arrête quoi ? la taquina-t-il. De t'embrasser ?

— Pas seulement, murmura-t-elle en s'agrippant à ses épaules. Je veux tout…

— On ne devrait pas aller trop vite, souffle-t-il en arquant les sourcils. Je pense même qu'on ferait mieux d'y aller très lentement ; ce serait mieux pour nous deux.

Elle se pencha en arrière et le regarda en fronçant les sourcils, à la fois heureuse et un peu perdue.

— « Nous deux » ?

— Oui, dit-il en prenant ses mains dans les siennes. Si ce qu'on est en train de commencer ne marche pas, on a tous les deux beaucoup à perdre.

L'idée que ça puisse ne pas marcher entre eux lui était insupportable, et elle vit dans le regard d'Eban, redevenu sérieux, que ça l'était tout autant pour lui. Ils avaient conscience autant l'un que l'autre qu'ils marchaient sur des œufs, alors qu'aucun d'eux ne voulait ruiner leur relation.

Il fit glisser ses mains le long du corps de Darby, et un merveilleux frisson s'empara d'elle.

— Tout ce que je sais, c'est que j'ai regretté de t'avoir dit non, l'été dernier. Même si c'était sûrement la meilleure chose à faire.

— Tu ne m'as jamais dit que tu regrettais… sourit-elle en écarquillant les yeux.

— Il y a tellement de bonnes raisons pour lesquelles on ne devrait pas mettre le doigt dans cet engrenage, dit-il en gardant son sérieux. Pourtant... ajouta-t-il en caressant sa joue, quand j'ai reçu ton appel hier, j'ai vraiment eu peur de te perdre.

Son cœur battait tellement fort que Darby entendit son pouls courir dans ses oreilles. Elle n'en revenait pas : il venait de lui dire tout ce qu'elle avait toujours rêvé d'entendre...

— Je me suis dit que j'étais passé à côté de ma chance. De la chance de ma vie. Et j'ai su, à ce moment-là, que si tu voulais toujours de moi, je ne referais pas la même erreur.

*Si elle voulait toujours de lui ?* Comment pouvait-il en douter ? Est-ce qu'il ne voyait pas, dans ses yeux, tout l'amour qu'elle avait pour lui ?

Lui inclinant le menton, il l'approcha de lui et l'embrassa tendrement. Il fit courir sa langue le long de ses lèvres, et elle se cambra, plaquant sa poitrine contre la sienne.

— Mais j'ai peur de gâcher notre amitié... murmura-t-il en posant son front contre le sien.

— Notre amitié est indéfectible, le rassura-t-elle en le regardant dans les yeux.

Il ferma les paupières, visiblement peu convaincu.

— Je n'en suis pas si sûr... Tu es prête à prendre le risque ?

— Et toi ?

Pour toute réponse, il l'embrassa à nouveau, plus profondément cette fois, glissant sa langue dans sa bouche et serrant ses doigts sur sa taille. Lorsqu'elle sentit son sexe en érection pressé contre le bas de son ventre, une vague de désir l'engloutit littéralement.

Puis soudain, il recula, la regardant comme si elle était une grenade dégoupillée. Pour le rassurer, elle caressa sa joue et l'embrassa à son tour, haletante, faisant lentement onduler son bassin sur sa queue raide.

Elle prit son temps, avança avec précaution. Elle ne savait

plus tout à fait ce qu'elle était en train de faire, perdue dans un nuage de plaisir alors qu'elle faisait glisser ses mains sur sa poitrine, suivant le sillon de ses poils bruns.

Leurs lèvres collées, leurs souffles mêlés, elle posa sa main sur son short et sentit son sexe dur contre sa paume. C'était fou. Jamais elle n'aurait imaginé pouvoir faire ça un jour. Elle en avait tellement rêvé...

Elle referma sa main, le sentant se tendre contre elle, puis se détacha de lui et caressa sa poitrine avec son autre main, passant ses doigts sur ses mamelons sous la surface de l'eau.

— T'es magnifique... murmura-t-il.

Elle le regarda en souriant et passa son bras autour de son cou pour l'embrasser à nouveau, savourant le goût de sa bouche.

Malgré son excitation, Eban ne poussa pas pour aller plus loin. À l'exception de sa bouche et de ses mains agrippant sa taille, il ne bougea pas. Mais elle savait que ce n'était pas par manque d'envie. Il ne voulait pas la brusquer et la laissait suivre son rythme.

— Touche-moi, souffla-t-elle en le regardant dans les yeux.

*
**

— J'ai cru que tu ne me demanderais jamais, grogna-t-il.

Son corps était chaud, tremblant de désir. Il fit courir sa main libre de son cou jusqu'au bas de son ventre, répétant le mouvement plusieurs fois, lentement, jusqu'à ce qu'elle soit complètement détendue.

Puis il se pencha en avant pour l'embrasser dans le cou, faisant tomber la bretelle de son maillot de bain pour pouvoir passer sa langue sur son épaule, léchant les quelques gouttes d'eau dans le creux de sa clavicule. La bretelle tomba plus bas, découvrant son sein qu'il prit dans sa main. Il était doux, chaud, humide – baigné dans une vapeur reliant l'eau bouillante à l'air glacial.

Darby retira son autre bretelle pour libérer entièrement sa poitrine, et Eban la regarda comme un adolescent découvrant pour la première fois le corps d'une femme. Après tout ce qu'elle avait vécu, il ne s'attendait pas à ce que Darby soit aussi à l'aise. La confiance qu'elle lui accordait l'honorait, autant que son corps l'excitait.

Décidant de ne pas trop réfléchir, il passa la main sur ses seins et la sentit se tendre contre lui. Incapable de résister, il prit dans sa bouche son téton, et le mordilla doucement.

Son cœur battait à tout rompre. Sa queue était dure et tendue.

Darby jeta la tête en arrière, et il se redressa pour la regarder. Elle était magnifique ; d'une beauté singulière. Avec ses cheveux roux et sa peau d'albâtre, elle ressemblait à une créature des bois venue pour le séduire et voler son âme.

Là, avec elle, il se dit que le destin existait peut-être, finalement. Il avait toujours eu un faible pour les rousses, mais il réalisait à présent qu'en fait, inconsciemment, il avait cherché Darby toute sa vie. D'ailleurs, depuis qu'il l'avait rencontrée sur cette île infernale, il n'avait été avec personne d'autre.

C'était elle qu'il aimait. Même s'il savait que, après ce qu'elle avait vécu, il devait y aller doucement avec elle et lui laisser prendre la main sur leur relation naissante.

Elle gémit en se frottant contre sa queue, et Eban se dit qu'il valait mieux mettre un terme à ce qu'ils étaient en train de faire avant que ça aille plus loin.

— Tu ne veux pas qu'on continue devant la cheminée ? chuchota-t-elle.

— J'adorerais... Mais tu ne crois pas qu'on va un peu trop vite ?

Il sourit devant sa moue boudeuse, mais il la comprenait. Il était déjà allé trop loin et, même s'il ne voulait pas la brusquer, il aurait été un vrai connard d'arrêter maintenant.

Prenant son autre téton dans sa bouche, il le suça, un peu plus fort cette fois. Elle se cambra comme un arc, et il fit glisser sur main sur sa peau, jusqu'à son entrejambe. Agrippée à ses épaules, Darby écarta les cuisses, lui donnant la permission de continuer. Il la caressa alors par-dessus le tissu de son maillot de bain, passant ses doigts entre ses lèvres, et contre son clitoris.

Elle gémit, bougeant légèrement sur ses doigts, les yeux fermés. Il la laissa aller à son rythme. Il savait qu'elle voudrait plus. Lui aussi d'ailleurs. Mais il se retint. Il avait besoin de savoir qu'il pouvait se contrôler ; résister à ses pulsions. Car, malgré le plaisir qu'elle semblait prendre, il n'était pas certain qu'elle soit prête et il préférait aller trop lentement plutôt que trop vite, et prendre le risque de déclencher en elle une réaction négative.

Il observa son visage. Elle était de plus en plus excitée, les paupières fermées, la tête penchée en arrière, la bouche entrouverte, et les tétons durcis tandis que sa poitrine se soulevait au rythme de sa respiration saccadée.

Il ne savait même pas si elle avait déjà connu l'orgasme...

Cette pensée le fit ralentir, mais il se reprit et accéléra à nouveau la cadence, appuyant un peu plus pour lui donner davantage de plaisir.

Il prit son téton entre son pouce et son index. Darby gémit, s'abandonnant toujours plus, et il comprit qu'elle était prête à venir. Une seconde plus tard, elle s'effondra sur lui, et il enroula ses bras autour d'elle en lui embrassant tendrement la tête.

Ils restèrent ainsi un long moment, l'un contre l'autre, leurs corps immergés dans l'eau, et entourés d'un nuage de vapeur, jusqu'à ce que son téléphone, resté à l'intérieur, se mette à sonner, les ramenant à la réalité.

— Il vaut mieux que j'aille répondre, dit-il.

Darby s'écarta de lui et plongea ses cheveux dans l'eau avant de se lever, inconsciente de l'effet que son corps de rêve avait sur lui. À moins qu'elle n'en soit pas si inconsciente que ça, à en croire le sourire suggestif qu'elle lui adressa avant de quitter le jacuzzi et d'enfiler son peignoir, sans attacher la ceinture.

Le téléphone d'Eban sonna à nouveau. Il se décida alors à se lever et surprit les yeux écarquillés de Darby devant son érection que son slip ne suffisait pas à cacher. Immédiatement, il se drapa dans son peignoir, ignorant le sentiment de frustration qu'il ressentait de ne pas avoir pris autant de plaisir qu'elle. Puis il remit la bâche en place, et ramassa les bouteilles, ainsi que son Glock.

Darby lui tint la porte, et il voyait bien qu'elle était un peu mal à l'aise. La poussant à l'intérieur, il l'attira à lui pour l'embrasser rapidement avant de regarder son portable qui se trouvait sur le comptoir de la cuisine, près de la porte.

Il fronça les sourcils en découvrant le numéro des appels manqués.

— Il faut que je le rappelle. Je vais d'abord aller me doucher. Ça ne t'ennuie pas si je prends la salle de bain en premier ?

Il aurait aimé lui proposer une douche commune, mais la cabine était à peine assez grande pour une seule personne.

— Non, non, pas du tout. Vas-y ! lui répondit-elle en souriant, se tenant devant le poêle à bois.

Après s'être assuré que les portes et les fenêtres étaient toutes fermées à clé, il prit son arme de secours au milieu de sa pile de vêtements, sur le canapé, et la lui mit dans la main.

— Garde ça avec toi jusqu'à ce que je sorte de la salle de bain. De toute façon, je laisse la porte ouverte, alors n'hésite pas à entrer si jamais tu vois quelqu'un rôder autour de la maison. Surtout, n'ouvre pas, peu importe qui te le demande, okay ?

— Okay, murmure-t-elle, visiblement terrorisée.

Eban prit alors ses vêtements, son arme de service, et posa le tout sur une étagère dans la salle de bain.

Il fallait absolument qu'il retourne cet appel. Mais quelque chose lui disait qu'il valait mieux qu'il rappelle en n'étant ni nu ni excité.

# CHAPITRE VINGT-QUATRE

Le téléphone d'Eban sonna à nouveau alors qu'il était en train d'enfiler son tee-shirt. Il le prit, regarda l'écran : c'était le numéro de Quantico.

— Winters !

— Bonjour Winters. Lincoln Frazer, à l'appareil. J'essaie de vous joindre depuis une demi-heure.

— Désolé... J'étais occupé, mentit-il.

Car il n'était pas du tout désolé. Il regrettait seulement que cet appel risque de ruiner sa bonne humeur.

Lincoln Frazer était une légende au sein du Bureau, à la fois en tant que profiler et que personnalité. Il était impitoyable. Distant. Concentré. À la tête d'un service entier, il murmurait à l'oreille du président, et comptait parmi ses proches amis un magnat des médias milliardaire. Il y avait trois choses qu'il ne supportait pas : les imbéciles, les erreurs, et qu'on ne réponde pas immédiatement à ses appels.

Eban l'avait rencontré à plusieurs reprises – lorsqu'il était détaché au J. Edgar Hoover Building, alors que le siège du FBI avait été attaqué –, mais il ne s'attendait pas à ce que Frazer se souvienne de lui. Il quitta la salle de bain pour s'assurer que

Darby allait bien, et la trouva dans la cuisine en train de nettoyer le chlore qu'ils avaient ramené du jacuzzi. Il lui adressa un sourire rassurant, bien qu'il ne soit pas très rassuré lui-même.

— Je vous écoute, Frazer... ?

Darby avait laissé son arme en évidence sur le comptoir de la cuisine. Après s'être assuré qu'elle était déchargée, il la rangea dans l'étui qu'il portait à la cheville.

— Vous avez saisi des informations dans ViCAP aujourd'hui.

Eban fronça les sourcils. Il avait espéré que sa saisie dans le système aboutirait à quelque chose, mais pas à un appel de Frazer.

— En effet. Deux meurtres qui ont été commis ici, à Fairbanks.

— Il me semblait pourtant que vous étiez négociateur pour Quantico ?

Il aurait vraiment préféré que Frazer ne se souvienne pas de lui...

— C'est le cas.

— Alors qu'est-ce que vous foutez en Alaska ? Vous m'expliquez pourquoi ces affaires vous intéressent ? Et pourquoi c'est vous qui avez saisi les informations dans ViCap, alors que c'est le rôle des flics sur place... ?

Ça faisait beaucoup de questions de la part d'un homme plus connu pour ses silences menaçants que pour sa gouaille...

— Une amie était impliquée dans le premier meurtre, expliqua Eban.

— O'Roarke ?

— C'est ça...

Il aurait dû s'attendre à ce que Frazer soit déjà au courant.

Il s'éclaircit la voix avant de continuer :

— C'est la CNU qui a organisé le sauvetage de mademoiselle O'Roarke, l'année dernière, et nous continuons de nous occuper d'elle. Et elle compte beaucoup pour moi sur le plan personnel, avoua-t-il. Pourquoi ?

Frazer ne répondit pas tout de suite, et Eban ne savait pas si cette pause hostile était due au fait qu'il ait déclaré ses sentiments pour Darby, ou à autre chose.

— Êtes-vous avec mademoiselle O'Roarke en ce moment ?

— Oui. Elle est en train de prendre une douche.

— Bien. Je ne veux pas qu'elle entende ce que je vais vous dire – pas encore, en tout cas.

*Qu'est-ce que c'est que cette merde ?*

Eban resta silencieux. Il n'aimait pas devoir cacher des choses à Darby, et il avait hâte d'entendre ce que Frazer avait à lui dire.

— Je dirige la BAU-4*, qui est responsable du ViCAP et des enquêtes impliquant les crimes commis contre des adultes.

— Je sais qui vous êtes.

Tout le monde au FBI savait qui était Lincoln Frazer. Il était même plus connu que la nouvelle directrice du FBI nommée en janvier et qui était encore en train d'essayer de faire sa place en tant que première femme à la tête du FBI depuis sa création. Hoover devait se retourner dans sa tombe...

— Nous traquons un tueur en série qui sévit en Alaska depuis maintenant un certain temps.

Eban ferma les yeux. Il aurait préféré entendre autre chose.

— Et je pense qu'il pourrait y avoir un lien entre notre tueur et les deux meurtres commis à Fairbanks.

*Putain.*

---

*  La *Behavioral Analysis Unit* (BAU) ou « Unité d'Analyse Comportementale » est une composante du *National Center for the Analysis of Violent Crime*, département du FBI. Elle utilise les sciences comportementales dans ses enquêtes criminelles.

Eban se dirigea vers la fenêtre et regarda le paysage hivernal.

— Qu'est-ce qui vous fait penser qu'il pourrait y avoir un lien ?

— D'abord, l'usage du couteau. Vous me direz que les meurtres par arme blanche ne sont pas rares, mais ce que vous avez décrit pour le premier meurtre à Fairbanks nous laisse penser qu'il pourrait s'agir du même mode opératoire. Même si le tueur a voulu faire accuser Darby O'Roarke, il a laissé sa signature.

— Le fait d'avoir planté deux fois le couteau dans la même plaie ? comprit Eban, la bouche sèche.

— Exactement. Il s'agit d'un tueur très précis. Il ne frappe pas toujours au même endroit, mais toujours deux fois, exactement dans la même plaie. C'est quelque chose que l'on retrouve sur tous ses crimes. Dans le cas de Martin Carstairs, il a visiblement voulu faire accuser la jeune O'Roarke et a mis ses empreintes sur le manche du couteau avant de remettre minutieusement le couteau dans le corps de sa victime. Il a dû penser que son stratagème marcherait et qu'on ne ferait pas le lien entre ce meurtre et ceux qu'il a commis dans d'autres villes de l'État, et dont les enquêtes n'ont pas été résolues. C'était sans compter sur ViCap, et je vous remercie d'avoir saisi les informations que vous aviez.

— Il fait tout pour ne pas être arrêté…

— Malgré ce qu'on croit, les tueurs en série veulent rarement être arrêtés. Et ceux qui le veulent finissent le plus souvent par se rendre.

— Comment expliquez-vous la deuxième victime, Adèle Surrey ? demanda Eban en passant sa main dans ses cheveux mouillés. Elle a reçu plusieurs coups de couteau.

— C'est vrai… admit Frazer. C'est intéressant, d'ailleurs.

« Intéressant » n'était pas l'adjectif qu'aurait choisi Eban pour qualifier le meurtre de cette pauvre femme.

— Je pense que le temps a joué...

— « Le temps » ? répéta Eban, faisant appel à ses talents de négociateur pour obtenir le plus d'informations possible.

— Je pense que le tueur a été déstabilisé par la libération de Darby O'Roarke, et qu'il a commis cet autre meurtre sous le coup de la colère.

— Qu'est-ce que vous voulez dire ? Qu'il a commis ce deuxième meurtre uniquement pour faire accuser Darby, en laissant sur place des preuves contre elle ?

Eban était de plus en plus inquiet. Si ce taré voulait faire couler Darby, il n'allait pas s'arrêter là...

— Exactement. Mais le fait qu'il y ait plusieurs plaies me fait penser qu'il a perdu le contrôle au moment où il a réalisé qu'Adèle Surrey avait appelé les secours. Il a manqué de temps et n'a pas pu, comme les autres fois, s'assurer qu'il n'avait commis aucune erreur. On a maintenant un couteau et un enregistrement vocal. C'est beaucoup par rapport à ce qu'on avait pour ses précédents meurtres, c'est-à-dire, rien. *Nada* !

— Pourquoi vouloir s'en prendre à Darby ? demanda Eban.

Elle avait suffisamment souffert... *Pourquoi elle ?*

— Je ne sais pas. Soit leur meurtrier s'identifie d'une manière ou d'une autre à elle en tant que victime, soit il s'amuse à la torturer encore plus qu'elle ne l'a déjà été.

Eban accusa le coup.

— Vous pensez qu'elle est en danger ?

— En danger immédiat ? Je dirais que non... À mon avis, si le tueur avait voulu la tuer, il l'aurait fait. Or, elle est en vie... Mais bon, il pourrait lui en vouloir que les choses ne se passent pas comme il les avait prévues, et on ne peut pas prévoir ses réactions...

Eban sentit son sang se glacer. Si Frazer avait raison, Darby était poursuivie par un tueur en série suffisamment fort pour avoir échappé au FBI depuis pas mal de temps. Ça ne présageait rien de bon...

— Je dois la sortir d'ici !

Un long silence s'installa à l'autre bout du fil avant que Frazer reprenne finalement la parole.

— Si nos suspicions sont exactes – bien qu'elles soient certainement en dessous en de la réalité – ce tueur a tué six hommes au cours des quatre dernières années et, avec Adèle Surrey, quatre femmes. Mais je pense, personnellement, qu'il sévit depuis bien plus longtemps que ça.

*Putain !* Eban soupira longuement, se demandant pourquoi les médias n'en avaient jamais parlé.

— Ces nouvelles affaires portent le nombre de victimes à onze, et c'est la première fois que le tueur laisse l'arme du crime derrière lui. À supposer qu'il s'agisse bien de notre tueur en série, mais je pense vraiment que c'est le cas.

Eban serra les dents en réfléchissant.

— Et en faisant arrêter Darby, il voulait lui mettre ses précédents meurtres sur le dos ?

— Peut-être. Et ça aurait pu marcher si on avait pu prouver la présence de Darby dans les zones où ont été commis les autres meurtres, sans alibi valable. Ça n'aurait pas été la première victime d'une erreur judiciaire...

Eban le savait, malheureusement, et se dit que Darby ne s'en était finalement pas trop mal tirée.

— Vous n'avez pas l'air de la soupçonner ? dit-il en fronçant les sourcils.

— Non... Je me suis penché sur son dossier et ai interrogé l'un de ses professeurs de l'époque : elle était en mission à Hawaï et dans les Aléoutiennes pour au moins deux des autres meurtres. Et puis le prof m'a assuré qu'elle serait incapable de tuer, tout comme plusieurs membres du FBI en qui j'ai confiance.

Eban ressentit un soulagement immense en entendant que Frazer l'avait déjà innocentée.

— Elle ne correspond pas non plus au profil du tueur. D'après nos informations, elle est intelligente, dévouée, et n'a jamais causé le moindre problème. Nous pensons que le tueur est également quelqu'un d'intelligent, mais pas autant qu'il voudrait le croire.

Et pourtant, il avait réussi à ne pas se faire prendre. Mais Eban se garda de le faire remarquer à Frazer et le laissa continuer.

— Ce qui m'inquiète, en revanche, c'est que sans Darby, le tueur n'aura aucune raison de rester à Fairbanks. Ou alors il se rendra compte qu'on est sur son dos et disparaîtra. En tout cas, il se fera plus discret pendant un moment. Il pourrait par exemple adopter un autre mode opératoire pour qu'on ne puisse pas relier ses prochains crimes aux précédents. C'est peut-être déjà ce qu'il a fait, d'ailleurs. En réalité, on ne sait pas exactement combien de personnes il a tuées.

*Putain !*

Mettre Darby à l'abri aurait donc pu être une bonne chose à court terme, mais à long terme ? Pourtant, elle avait déjà été victime d'un terroriste international, elle n'avait pas besoin d'avoir en plus à ses trousses un tueur en série capable d'échapper au FBI dont on ne connaissait même pas le profil – ça aurait pu être n'importe qui...

— J'ai jeté un œil à votre dossier, reprit Frazer, qui avait l'air de faire les cent pas. Vous étiez un excellent policier avant d'intégrer le FBI...

— Et ?

Eban n'était pas d'humeur pour ce petit jeu de flatterie.

Darby était potentiellement en danger de mort et il préférait que Frazer en vienne au fait.

— Et... Je me dis que vous avez peut-être les capacités de mettre la main sur ce tueur.

Il serra le téléphone dans sa main pour éviter de s'emporter.

— Je ne tiens pas à reprendre cette enquête, dit-il d'un ton calme, mais ferme. Je travaille pour la CNU maintenant. Tout ce que je veux, c'est mettre Darby à l'abri.

— « À l'abri » ? ricana Frazer. C'est-à-dire ?

— À Quantico.

Eban entendit l'autre inspirer longuement. Sa réponse ne semblait pas lui avoir beaucoup plu.

— Écoutez, Winters. Ce tueur veut visiblement la faire tomber. Vous pensez sincèrement qu'il n'ira pas la chercher n'importe où ? Elle étudie les volcans, je crois ?

— Oui.

— Donc elle ne voudra jamais rester éternellement à Quantico. Vous allez peut-être pouvoir la protéger quelque temps, mais elle finira par partir et je vous garantis que le tueur la retrouvera. Il mettra peut-être un an, deux ans, mais il la retrouvera. À moins qu'elle accepte de changer de voie et d'abandonner ses rêves ? Ou de changer d'identité ?

Eban passa ses doigts dans ses cheveux. Darby était passionnée par les volcans autant que lui par son métier. Lui demander d'y renoncer, ça aurait été comme lui demander de se faire amputer d'une jambe. Elle ne voudrait jamais.

— Peut-être que ce fils de pute aura été arrêté entre temps ? suggéra-t-il.

— Pour l'attraper, il nous faut un appât. Et je ne vois pas de meilleur appât que Darby O'Roarke.

— « Un appât » ?!

Ce type était cinglé, ce n'était pas possible autrement !

— Je ne suis pas en train de vous proposer de laisser mademoiselle O'Roarke seule en pleine nature. Il est hors de question que nous la mettions en danger. Je veux juste que le tueur ne sache pas qu'elle est sous protection, ni qu'on utilise un double pour l'attirer dans nos filets.

Eban se calma un peu. L'idée d'un double pour faire croire au tueur qu'il s'agissait de Darby n'était peut-être pas si folle, et pouvait même fonctionner.

— Pourquoi voulez-vous que je reprenne cette enquête ? Je vous préviens tout de suite : les flics d'ici ne vont pas beaucoup aimer l'idée…

Lui non plus, d'ailleurs.

— La police de Fairbanks n'est pas équipée pour une enquête de cette ampleur. Une fois que nous aurons informé le chef de la police de nos soupçons, je vous garantis qu'il sera ravi de bénéficier de l'aide du FBI. Et puis ça ne devrait pas durer trop longtemps. J'ai déjà pris la liberté d'envoyer des agents d'Anchorage vous rejoindre à Fairbanks. Pour ma part, je compte arriver demain, avec un associé. L'assistante de la BAU va nous réserver des chambres dans un hôtel loin des flics locaux. J'aurai besoin de vous pour assurer la liaison entre eux et nous afin que nous puissions rester hors de vue et qu'ils n'apprennent pas notre présence.

Eban ferma les yeux.

— C'est impossible, je suis désolé.

Il ne pouvait pas être intermédiaire *et* protéger correctement Darby. Il devait d'abord demander à Quentin de lui envoyer un garde du corps vingt-quatre heures sur vingt-quatre, et sept jours sur sept. Ou de la mettre dans un endroit sûr, en lui évitant les mesures de protection généralement mises en place par le ministère de la Justice dans ce genre de cas – l'idée que Darby puisse être incarcérée, même pour son bien, lui tordait les tripes.

— Faites venir le double et, une fois que je saurai avec certitude que Darby est en sécurité, je discuterai du reste avec ma hiérarchie.

— J'ai déjà fait part de mes plans au bureau de la directrice du FBI. Ça a été approuvé.

Eban détestait se sentir piégé, et il dut prendre sur lui pour réussir à se calmer, appliquant les méthodes de gestion des personnalités difficiles qu'il connaissait par cœur.

— Vous deviez être désespéré pour penser que me mettre la pression pourrait être une bonne idée...

— Vous travaillez pour le Bureau, non ? lui rétorqua Frazer d'un ton irascible, qu'Eban ignora.

Darby sortit de la salle de bain entièrement habillée, avec une serviette enroulée autour de ses cheveux mouillés. Elle regarda Eban avec ses grands yeux émeraude ; visiblement, elle avait entendu une partie de la conversation.

— Pour bien négocier, Frazer, il vaut mieux avoir toutes les informations avant de faire une offre. Sinon, vous prenez le risque qu'un cygne noir vienne compromettre vos plans...

— Un « cygne noir » ? C'est-à-dire ?

— C'est comme ça qu'on appelle un événement imprévisible dans notre jargon... En l'occurrence, le cygne noir est le fait que je préfère être viré plutôt que de mettre en péril la sécurité de Darby. Je refuse qu'elle soit utilisée comme *appât*.

Les yeux de Darby s'écarquillèrent.

— Je suis prêt à démissionner pour ne pas la mettre en danger. C'est elle ma priorité, pas le tueur.

— Vous n'avez pas l'air de comprendre qu'elle ne sera *jamais* en sécurité tant qu'on n'aura pas arrêté le tueur. Sans parler des futures victimes...

— Ce n'est pas mon problème. Je vous le répète : c'est elle ma priorité.

— Agent Winters, seriez-vous en train de désobéir à un ordre ? lui demanda Frazer d'un ton glacial.

Eban rit avec un mépris ostentatoire.

— Si vous réussissez à convaincre Quentin Savage de me donner cet ordre, je serai peut-être suffisamment impressionné pour y réfléchir. C'est lui, mon supérieur hiérarchique. Pas vous.

Il savait que si Frazer avait fait des recherches, il devait être au courant du lien entre Quentin, Haley et Darby, et savoir que jamais le chef du CNU n'approuverait son plan. C'est pour ça qu'il avait dû préférer passer directement par le bureau de la directrice du FBI.

Pour autant, Eban ne voulait pas mettre Quentin dans une position où il pourrait perdre son sang-froid et claquer la porte de rage. Le FBI avait besoin de lui.

— Voilà ce que je vous propose, Frazer : je travaille avec la police locale en tant que consultant pour aider à examiner les indices et à ce qu'ils soient traités rapidement par le labo du FBI. Je veux bien diriger l'enquête, mais uniquement jusqu'à ce qu'un membre de votre équipe prenne le relais. En revanche, je veux que Darby O'Roarke reste en permanence sous ma protection ou sous la protection de quelqu'un en qui j'ai pleinement confiance. Autre chose : je veux bien être un intermédiaire temporaire entre vous et la police de Fairbanks, mais je refuse d'être rattaché officiellement à votre équipe.

Frazer resta silencieux, pesant probablement le pour et le contre.

— Si je peux vous donner un conseil : enregistrez-vous sous un faux nom quand vous arriverez à l'hôtel. Fairbanks est une petite ville ; les bruits courent vite, ici. Et si la presse annonce votre arrivée, vous pouvez dire adieu à votre couverture... Louez en plus deux suites communicantes : une pour que Darby puisse travailler la journée, et l'autre que nous utiliserons comme quartier général.

— Et ? C'est tout ?

— Non, dit Eban en retournant vers la fenêtre. Quand je

serai sûr que le truc du double aura fonctionné, je veux que Darby s'envole pour Quantico sous la protection d'une équipe que nous aurons choisie, Quentin Savage et moi-même. De mon côté, je resterai ici avec vous pour continuer l'enquête et essayer de mettre la main sur ce fils de pute avant qu'il ne tue quelqu'un d'autre.

Un nouveau silence.

— Okay, Winters, finit-il par soupirer. Ça me va.

— Bien, dit Eban, regardant dans le reflet de la vitre le visage de Darby, qui avait l'air complètement sonnée. Je vous laisse appeler Jacobs pour lui annoncer qu'il va nous avoir sur le dos un petit bout de temps ?

— Je m'en occupe ! Bon courage pour la veillée !

*Merde* ! Eban avait complètement oublié la veillée pour Adèle Surrey prévue ce soir-là. Les tueurs en série se rendaient souvent aux veillées, aux messes commémoratives ou sur les tombes de leurs victimes.

— Je ne sais pas si c'est une bonne idée que j'y aille. Je ne veux pas laisser Darby seule mais, si elle m'accompagne, tout le monde va la regarder de travers. La plupart des gens d'ici continuent de la croire coupable.

— Je fais confiance à vos talents de négociateur, Winters ! rit Frazer. Je suis sûr que vous trouverez le moyen de calmer les esprits...

Il raccrocha, et Eban dut se retenir pour ne pas balancer le téléphone contre le mur.

— Qu'est-ce qu'il y a ? lui demanda Darby en croisant les bras. Il y a eu une autre victime ?

Eban secoua la tête en fermant les yeux, ne sachant pas comment lui annoncer qu'un tueur en série en avait après elle, ni comment lui expliquer qu'elle allait devoir se mettre en danger pour finalement être en sécurité.

*
**

Darby comprit que quelque chose n'allait pas.

— Eban, dis-moi ce qui se passe ? insista-t-elle.

Eban posa lentement son téléphone portable sur la table du salon, et tous les deux surent que leur après-midi de détente était officiellement terminé.

— Ton travail est menacé, c'est ça ?

— On s'en fiche de mon travail, répondit-il avec un sourire triste. C'est ta sécurité qui m'importe.

Darby retira la serviette de sa tête et démêla ses cheveux mouillés avec ses doigts.

— Je ne m'en fiche pas de ton travail ; je sais que c'est important pour toi.

Il sauvait des gens. Des vies. Et elle ne voulait surtout pas qu'il puisse perdre son travail à cause d'elle.

— Dis-moi ! Je ne comprends pas... C'était quoi ce coup de fil ?

Eban restait désespérément silencieux et elle commença à prendre peur.

— C'est Quentin ? Est-ce qu'il va bien ?

— Oui, oui, ne t'inquiète pas, soupira-t-il en passant ses deux mains dans ses cheveux, les dressant sur sa tête. Il faut que je l'appelle, d'ailleurs. Mais ça va aller...

Darby fronça les sourcils. Elle ne comprenait rien à ce qu'il racontait. Elle alla chercher sa brosse dans la salle de bain et revint dans le salon en se coiffant les cheveux.

— C'était qui au téléphone ? Pourquoi est-ce que tu parlais de ton travail ? le pressa-t-elle.

La peur laissa place à la colère. Elle ne supportait pas l'idée qu'il puisse avoir des ennuis à cause d'elle, d'autant plus que c'était justement pour éviter les problèmes qu'il avait refusé d'avoir une relation avec elle, l'été d'avant.

Elle n'en pouvait plus d'être protégée, de devoir être aidée. Elle n'était pas une petite chose fragile : elle avait grandi dans le *bush* ; ça forgeait le caractère ! Alors oui, elle avait vécu l'enfer, et ça lui avait laissé des traces, mais elle allait mieux désormais. Elle *allait* mieux, en tout cas, jusqu'à ce qu'elle découvre le corps de l'un de ses amis avec un couteau dans la poitrine.

— Pourquoi est-ce que tu veux que j'aille à Quantico ?

Eban serra la mâchoire, s'entêtant à ne pas répondre.

— Mon travail est ici, Eban. Si je veux continuer à vivre à Fairbanks, je ne vais pas pouvoir me cacher éternellement.

Même si, depuis la mort de Martin, la ville et l'institut avaient perdu de leur charme à ses yeux...

Il la fixa, et elle fut incapable de lire quoi que ce soit dans son regard sombre. Machinalement, elle tressa ses cheveux humides en espérant qu'il finisse par parler mais, lorsqu'elle eut terminé sa tresse, aucun mot n'était sorti de sa bouche.

— Eban, s'il te plaît, tu me fais peur, dit-elle doucement en s'approchant de lui.

Il inspira profondément et lui répondit enfin :

— C'était l'agent du FBI qui dirige la BAU.

— Oh... Comme dans les émissions de télévision où on dresse des profils de délinquants ?

— Voilà... sourit Eban. Il est *profiler*, même si ce n'est pas un titre officiel au sein du Bureau.

— Et il travaille sur le profil du tueur ? C'est une bonne nouvelle, non ?

Alors qu'il la regardait sans répondre, elle repensa à ce qu'elle avait entendu juste avant, quand il était au téléphone.

— Pourquoi tu as parlé d'un double ?

Eban frotta ses paumes sur ses cuisses. Elle ne l'avait jamais vu aussi nerveux.

— Je pense que tu devrais t'asseoir...

— Eban, je ne veux pas m'asseoir ! Dis-moi ce qui se passe. Pourquoi est-ce que j'ai besoin d'une protection ? C'est Hurek ? C'est ça ? Il est revenu ?

D'un coup, ses genoux la lâchèrent et elle dut finalement s'asseoir sur le canapé.

— Ce n'est pas Hurek, la rassura-t-il.

Il s'accroupit devant elle et posa ses mains nonchalamment sur ses cuisses. En d'autres circonstances, elle aurait adoré ce geste. Surtout après l'orgasme qu'il lui avait donné dans le jacuzzi. Mais il se passait visiblement quelque chose de grave, et elle n'avait pas l'esprit à minauder.

— Ce fils de pute ne t'approchera plus jamais, je te le promets.

— Alors dis-moi ce qui se passe ! le supplia-t-elle en prenant ses mains dans les siennes.

— Je ne veux pas, répondit-il en baissant le regard.

Elle lui serra les doigts et fronça les sourcils, ne comprenant pas pourquoi il s'obstinait à lui taire la vérité.

— D'abord, je veux que tu saches que je serai toujours là pour toi. Quoi qu'il se passe. Je serai toujours là, tu comprends ?

Ce qu'elle comprenait, c'est que ce n'était pas vraiment une déclaration d'amour, et que c'était surtout très inquiétant.

— Eban, dis-moi.

Il inspira profondément.

— Tout à l'heure, pendant que tu écrivais ta déposition, j'ai saisi les informations sur les meurtres de Martin et Adèle dans ViCAP – notre programme d'arrestation pour actes criminels violents – géré par la BAU. On l'utilise pour essayer d'établir des liens entre différents crimes. Lincoln Frazer a appelé parce que...

Il s'interrompit et se pinça les lèvres. Il avait du mal à continuer mais devait trouver le courage de le faire.

— Frazer a découvert des similitudes entre les meurtres de Martin et Adèle, et d'autres meurtres qui ont été commis en Alaska.

— Tu veux dire que... le meurtrier a fait d'autres victimes ? demanda Darby en fronçant les sourcils.

— C'est ce qu'on pense, oui.

— Où ?

— Je ne peux pas te donner trop de détails...

— Arrête tes conneries, Eban ! s'emporta Darby. Je suis grande, je ne suis pas en sucre. Je n'ai pas besoin que tu me caches les choses...

— Je sais tout ça, Darby, répondit-il, la mâchoire crispée. Mais ça fait partie de mon travail de ne pas tout révéler. J'ai fait des écarts pour toi, mais ça ne veut pas dire que je peux tout faire. Je dois respecter un minimum la procédure...

Une boule d'émotion se forma dans la gorge de Darby. Elle aurait aimé lui en vouloir, mais elle ne pouvait s'empêcher d'admirer son professionnalisme.

— En même temps, je ne vois pas comment je peux te protéger et faire ce que Frazer veut que je fasse sans t'expliquer ce qui passe, au moins à grands traits. Je ne peux pas tout te dire, mais...

— Bon... Eban ! Dis-moi au moins pourquoi je dois être sous protection vingt-quatre heures sur vingt-quatre et sept jours sur sept ? Pourquoi tu veux m'envoyer à Quantico ? Pourquoi je dois avoir un double ?

Il la fixa un instant et elle soutint son magnifique regard avec détermination.

— Frazer pense que les deux meurtres ont été commis par un tueur en série que la BAU traque depuis des années.

Elle ferma les yeux, et revit immédiatement le corps de Martin.

— Je ne comprends pas, dit-elle doucement en rouvrant les

paupières. Pourquoi avoir tué Martin ? C'est après moi qu'il en a, non ?

— Je ne sais pas, murmura-t-il.

Darby passa une main sur son visage en soupirant.

— C'est pour ça que ce salaud a laissé un de mes gants à côté du corps d'Adèle. Il veut me piéger, c'est ça ? Il veut me faire accuser de ses autres meurtres ?

— Je ne sais pas, répéta Eban. Peut-être...

Alors qu'elle le regardait dans le fond des yeux, il détourna le regard, ne sachant pas comment il allait lui annoncer la suite.

— Il est probable que tu connaisses le tueur, lâcha-t-il finalement.

— Quoi ?! hurla-t-elle en lui saisissant le bras. Tu es en train de me dire que je connais un tueur en série ?

— En tout cas, tu l'as sûrement déjà rencontré. Peut-être depuis ton enlèvement... ? C'est visiblement quelqu'un qui s'est immiscé dans ta vie, même si on ne sait pas encore comment.

Elle ferma à nouveau les yeux pour essayer de fuir la réalité, et il frotta doucement ses bras pour la réconforter – en vain. Les pensées et les questions fusaient dans son esprit.

— À mon avis – mais je ne suis pas *profiler* –, c'est quelqu'un qui t'a vue à la télé ou dans les journaux au moment de ton enlèvement, et qui a fait une fixette sur toi. Il a ensuite voulu te connaître et y est certainement arrivé.

Darby gardait les yeux dans le vague, complètement sonnée.

— Il faudrait dresser la liste de toutes tes connaissances, lui dit-il avec délicatesse en entremêlant ses doigts aux siens. Cette personne a pu emménager ici pour se rapprocher de toi, mais peut-être aussi qu'elle vivait déjà ici...

Elle appuya sa tête contre le canapé et fixa le ventilateur de plafond.

— C'est un cauchemar... souffla-t-elle.

— Darby, je suis là. Il ne te fera aucun mal...

Elle se redressa et prit son visage dans ses mains, passant doucement son pouce sur sa lèvre inférieure.

— Mais toi : qui te protège, Eban ? Tu prends des risques en veillant sur moi. Je ne veux pas qu'il t'arrive quoi que ce soit...

— Ne t'inquiète pas pour ça, j'ai du renfort, sourit-il, faisant à nouveau apparaître ses fossettes. D'ailleurs, en parlant de ça...

Il s'écarta d'elle pour se pencher en avant, et elle ne comprit pas ce qu'il faisait jusqu'à ce qu'il retrousse le bas de son jean et lui attache quelque chose autour de la jambe.

— Mais qu'est-ce que tu fais ?! tenta-t-elle de protester.

— Je te donne mon arme de secours.

— Et si tu en as besoin ?

— J'ai mon arme de service, lui assura-t-il en terminant d'attacher la sangle du holster avant de glisser l'arme à l'intérieur.

Résignée, elle baissa son jean. Heureusement, en cette saison, elle portait des jeans amples et doublés. On ne voyait pas qu'elle était armée.

— Ça va qu'on est en hiver ! sourit-elle.

— Ouais... Par contre, tu ne pourras pas le garder à la jambe avec tes bottes. Il faudra que tu le mettes dans ton sac.

Il avait l'air tellement stressé qu'elle eut presque envie de le rassurer alors qu'elle-même avait l'impression de vivre un cauchemar.

— Je le ferai, lui promit-elle en souriant. Mais tu ne crois pas que je devrais m'acheter une arme et un holster d'épaule ?

— On verra ça plus tard, lui répondit-il en se redressant et en lui tendant les mains pour l'aider à se lever. Dès que tu peux, entraîne-toi à dégainer, okay ? Ce n'est pas forcément facile...

Il se dirigea vers la porte arrière de la petite maison pour s'assurer qu'elle était fermée à clé, puis lui tendit sa parka.

— Où est-ce qu'on va ? lui demanda-t-elle, paniquée.

D'autant plus que, d'après le regard qu'il lui lançait, elle n'allait pas aimer la réponse.

— Je vais te déposer au commissariat. Tu vas rester là-bas pendant que j'assiste à la veillée que le révérend Regis organise pour Adèle Surrey. Les tueurs assistent souvent à ce genre d'événements. Certains adorent voir la détresse qu'ils ont provoquée chez les gens, et d'autres veulent voir où en est l'enquête.

— Je ne vais pas au commissariat !

— Darby, c'est pour ton bien. Pour que tu sois en sécurité. Si tu viens avec moi à la veillée, les gens risquent de s'en prendre à toi...

— Alors dépose-moi au laboratoire de l'UAF. Je m'enfermerai à clé et travaillerai en t'attendant.

— C'est trop loin ; je n'ai pas le temps d'y aller. Mais je te promets que tu seras bien traitée au commissariat. Les flics savent que tu es innocente, maintenant. Et puis je n'en ai pas pour longtemps...

— Hors de question ! s'obstina-t-elle en reculant d'un pas.

Elle voyait bien qu'il commençait à perdre patience, mais ce n'était pas lui qui avait été traité comme s'il était un criminel – c'était elle. Comment pouvait-il lui demander de retourner dans cette fosse aux lions ? Armée, en plus...

— Et mon avocat ?

— Je croyais qu'il était rentré chez lui ?

— Non, il n'a pas réussi à avoir un vol. Il est à son hôtel. Il m'a envoyé un message, tout à l'heure.

Eban soupira, hésitant, mais finit par céder.

— Bon, okay. Allez, on y va ; tu l'appelleras sur le trajet. Je vais appeler le chef de la police et lui demander d'envoyer une brigade pour surveiller l'hôtel.

Elle se hérissa.

— Darby. *S'il te plaît*, soupira-t-il en passant une main dans ses cheveux. Si tu ne coopères pas, si tu ne fais pas ce que je te dis, je vais devoir démissionner pour être ton garde du corps à plein temps – ce qui pourrait être très sympa –, dit-il en souriant, ou désobéir aux ordres et rentrer avec toi à Quantico pour te mettre à l'abri... C'est ça que tu veux ?

Elle croisa les bras et le défia du regard, se disant que quelques semaines en Virginie avec Eban, Haley et Quentin lui feraient sûrement du bien. Mais elle ne voulait pas fuir ; elle en avait assez d'être considérée comme une victime.

— Ça va durer jusqu'à quand tout ça ? demanda-t-elle d'un air désespéré.

— Jusqu'à ce qu'on mette la main sur ce taré, lui répondit Eban, désolé.

— Depuis combien de temps le FBI est après lui ?

Il inspira et expira profondément. La réponse n'allait pas lui plaire...

— Depuis des années.

Le regard qu'il posa sur elle la terrifia. Car elle vit que lui-même avait peur. Qu'il avait peur *pour elle*.

Elle ferma les yeux quelques secondes, le temps de respirer profondément et d'encaisser la nouvelle.

— Et le FBI a besoin de moi pour attraper ce monstre, c'est ça ?

Il acquiesça d'un clignement de paupières.

Elle se frotta la tempe, soudain prise d'un mal de tête. Elle ne savait pas quoi penser ni quoi faire. Elle ne faisait pas confiance à la police, mais elle faisait confiance à Eban.

— Bon, après cette veillée, on voit ce qu'on peut faire ensuite, d'accord ?

— Tout ce que tu veux, tant que je sais que tu es en sécurité.

# CHAPITRE VINGT-CINQ

— M aman. C'est ton boss au téléphone.

Signy lutta pour ouvrir les yeux. Épuisée, elle s'était couchée il y a une demi-heure et s'était endormie presque immédiatement, après avoir éteint son téléphone portable pour ne pas être dérangée. Si Jacobs l'appelait sur son fixe, c'est que c'était important.

Elle attrapa le combiné que lui tendait Aiden en lui ébouriffant affectueusement les cheveux pour le remercier, et attendit qu'il quitte la chambre avant de parler.

— Oui, allô ? dit-elle d'une voix endormie.

— Il y a du nouveau.

— C'est-à-dire ?

— Je préfère ne pas vous le dire au téléphone.

Elle leva les yeux au ciel en serrant les dents.

— Okay. J'arrive, soupira-t-elle.

— Non, Signy, attendez...

Il était nerveux, ce qui ne lui ressemblait pas.

— Allez au Diamond Head Lodge. Demandez Elliot Byrne.

*L'avocat ?*

— Mais je croyais qu'il était parti ?

— Apparemment non.

Signy se tendit immédiatement. Elliot Byrne l'avait déjà ridiculisée une fois devant un juge. Même si elle n'y était pour rien, c'était elle qui était à la barre ce jour-là. Elle n'aurait pas dû lui en tenir rigueur – il n'avait fait que son travail – mais c'était comme ça ; depuis, elle avait une dent contre ce type.

— Vous voulez que je l'interroge ?

— Non, lui répondit Jacobs de manière abrupte.

Elle avait presque envie de lui dire qu'elle n'avait pas le temps pour un rendez-vous galant, mais elle sentait qu'il n'était pas d'humeur à plaisanter. La situation semblait grave...

— Il y a un nouveau meurtre ? s'inquiéta-t-elle.

Elle se prit à espérer qu'il ne soit rien arrivé à Byrne.

— Non, non. Enfin... J'espère que non !

Elle regarda l'heure à sa montre.

— La veillée pour Adèle Surrey commence dans une heure...

— J'ai envoyé certains de vos collègues...

— Mais il faut que j'y aille ! protesta-t-elle.

— Signy, est-ce que pour une fois vous pourriez faire ce que je vous demande sans discuter ?

Signy écarquilla les yeux. Ce n'était pas le genre de Jacobs de jouer au chefaillon. Il ne haussait jamais le ton. Il devait vraiment se passer quelque chose...

— Okay, j'y vais tout de suite.

Dès que Jacobs eut raccroché, elle sauta de son lit et se dirigea dans sa salle de bain où elle se brossa les dents et mit un peu de déodorant – le minimum. Puis elle changea rapidement de chemise, essayant de se convaincre que c'était un hasard si elle en avait choisi une assortie à ses yeux et qui mettait sa poitrine en valeur. Elle mit ensuite un peu de rouge à lèvres et de fard à paupières, histoire de ne pas ressembler à un zombie – rien à voir avec le fait qu'Elliot Byrne soit sexy. Elle aurait fait exactement la même chose pour aller interroger une vieille dame.

Avant de quitter sa chambre, elle attrapa son ordinateur portable. On ne sait jamais ; si elle était coincée à l'hôtel, au moins elle pourrait travailler.

Elle descendit les escaliers en courant et embrassa rapidement Aiden, qui détourna à peine les yeux de la télévision.

— J'y vais, mon chéri ! Tu fermes derrière moi ? Et tu n'ouvres à personne, okay ?

Il la regarda comme si elle était folle, et elle éclata de rire en enfilant sa parka. Puis elle sortit par la porte arrière, qu'elle ferma à clé avant de rejoindre sa voiture. Elle avait oublié de rappeler à Aiden de ne pas se coucher trop tard. Heureusement, il n'avait pas école le lendemain.

Elle sourit en pensant à son fils qui semblait n'avoir peur de rien. Il ne craignait pas de rester seul à la maison, ne regardait jamais derrière lui dans la rue, et n'était pas du genre à préférer les endroits bien éclairés. D'un côté, elle était contente qu'il soit aussi confiant, mais en tant que maman et que policière, elle craignait que cette assurance finisse par lui jouer des tours. Elle voyait tellement de choses dans son travail... Elle avait souvent remarqué que les filles étaient plus prudentes ; si seulement Aiden avait pu en prendre de la graine...

Elle quitta son allée en marche arrière. Il avait commencé à neiger, mais ça ne gênait pas la circulation et elle arriva rapidement au Diamond Head Lodge – du nom de la mine à proximité. Proche de l'aéroport, cet hôtel était le plus beau de la ville, avec une vue spectaculaire sur la rivière. Le restaurant était très réputé, mais elle ne l'avait jamais essayé. Un peu trop cher pour une fonctionnaire...

Elle reçut un SMS de Byrne au moment où elle arrivait devant l'entrée principale, ce qui lui laissa penser qu'il l'attendait ; elle leva les yeux mais ne vit pourtant personne aux fenêtres. Elle se gara sur une place réservée aux visiteurs. Sa voiture était banalisée, et elle espérait qu'elle ne serait pas enlevée par la fourrière... Elle consulta son message.

> Chambre 405. J'ai demandé à ce qu'on vous remette une clé à la réception.

Elle remarqua qu'elle avait également deux messages vocaux : l'un de Jacobs, l'autre de Kim Gleeson.

— *Bonjour, docteur Gleeson à l'appareil. Bonne nouvelle, Corinne m'a finalement appelé. C'est bien ce que je pensais : elle est à Anchorage,* disait-il avec un soupir de soulagement. *Elle est bouleversée et inquiète pour son travail, mais je l'ai rassurée. Je suis surtout content qu'elle aille bien. Elle m'a assuré qu'elle avait bien fermé le cabinet, mardi, et la société de sécurité me l'a confirmé. Je ne sais pas comment ils ont fait, mais ces salauds ont réussi à éteindre l'alarme avant d'ouvrir la fenêtre à l'arrière, peut-être en espérant que d'autres cambrioleurs en profiteraient et seraient accusés à leur place. Voilà... Je voulais vous tenir au courant. Corinne m'a proposé de rentrer, mais je lui ai dit que je n'avais pas besoin d'elle avant lundi, de toute façon. N'hésitez pas à m'appeler si vous avez du nouveau concernant le cambriolage... Merci !*

Elle leva les yeux au ciel, agacée. Il était bien mignon, mais elle avait plus important à gérer qu'un cambriolage. À moins qu'il ne soit lié aux meurtres... Mais c'était quand même une bonne nouvelle : l'assistante allait bien.

Elle se dirigea vers la réception de l'hôtel et, après avoir montré son badge, la jeune fille derrière le comptoir lui remit la carte magnétique permettant d'ouvrir la porte de la chambre 405. Elle traversa le grand hall bondé, et appuya sur le bouton d'appel de l'ascenseur, se demandant pourquoi son chef avait semblé si évasif, tout à l'heure, au téléphone. Est-ce qu'il pensait être sur écoute ? Ou peut-être qu'il croyait que c'était elle qui avait révélé à la presse la libération de Darby O'Roarke et qu'il ne lui faisait plus confiance ?

C'est vrai que, même si elle ne l'avait pas fait, elle avait pensé un instant avertir la presse. Parce qu'elle était sûre, à ce moment-là, que Darby était – au mieux – liée au meurtre de Martin Carstairs. D'ailleurs, malgré son alibi solide pour Adèle Surrey, elle n'était toujours pas convaincue de son innocence. Darby était suffisamment intelligente pour laisser les empreintes de quelqu'un d'autre afin de se disculper. Elle aurait aussi tout à fait pu avoir un complice... Même si Winters semblait avoir une confiance totale en elle, ce qui jouait effectivement en sa faveur.

Alors que l'ascenseur s'arrêtait au quatrième étage et qu'elle remontait le couloir vers la chambre, elle se demanda à quoi elle devait s'attendre. Elle hésita avant de frapper. Honnêtement, elle espérait que ses collègues n'avaient pas voulu lui faire une blague en lui faisant croire qu'elle rejoignait l'avocat, parce qu'elle risquait de très mal réagir. Ils se faisaient souvent entre eux ce genre de canulars, mais en ce moment, elle n'était pas d'humeur. Tant qu'un taré serait dans la nature, mettant en danger toute la population de Fairbanks, elle ne serait pas tranquille.

Elle entendit des pas s'approcher, et Elliot Byrne entrouvrit la porte. Il était magnifique, avec ses cheveux blonds légèrement humides tombant sur son front. Il portait une chemise déboutonnée au niveau du cou et un pantalon noir, mais pas de chaussettes, comme s'il s'était habillé à la hâte après avoir pris une douche.

Il jeta un coup d'œil par-dessus son épaule et, une fois certain qu'elle était seule, ouvrit plus grand la porte pour la laisser entrer. Alors qu'elle passait devant lui, son odeur de gel douche l'émoustilla, et elle s'en voulut de se comporter comme une adolescente.

Elle traversa la petite entrée sombre et s'arrêta net en découvrant, dans la pénombre, Darby O'Roarke assise sur un fauteuil dans un coin de la pièce. Elle était en train de regarder par la fenêtre, et elle se tourna rapidement vers Signy avant de détourner à nouveau les yeux. Seule la lampe de chevet à côté du lit king-size était allumée, créant une atmosphère pour le moins particulière.

Signy se tourna vers Elliot, qui la regarda en fronçant les sourcils.

— Vous avez l'air fatiguée, lui dit-il doucement.

— Super, merci ! répondit-elle d'un ton sarcastique pour masquer l'effet qu'il lui faisait.

— Vous auriez préféré que je vous fasse des compliments ? lui demanda-t-il avec un sourire narquois – incroyablement séduisant.

Elle lui lança un regard noir.

— Voilà, c'est ça ! Je travaille sur un double homicide, ça fait deux jours que je n'ai presque pas fermé l'œil, mais ce qui compte surtout pour moi, c'est de coller à vos canons de beauté, Maître Byrne !

— Vous collez aux canons de beauté de tout le monde, et vous le savez, lui rétorqua-t-il, presque comme un reproche, comme s'il lui en voulait de se moquer de lui.

Pourtant, non, elle ne le savait pas, et le fait qu'elle soit troublée l'insupportait. Elle n'avait pas besoin de compliments de la part de ce type...

— Bon, vous m'expliquez ? Qu'est-ce que je fais ici ?

— Je pense qu'il vaut mieux que ce soit Darby qui vous explique...

Signy le regarda une seconde en arquant un sourcil, avant de se résigner à se tourner vers Darby.

— Très bien, soupira-t-elle en appuyant son épaule contre le mur à côté d'elle. Je vous écoute, Darby... Qu'est-ce qui se passe ? Vous n'êtes pas avec votre garde du corps ?

La jeune femme se tourna vers elle, les yeux hagards et la bouche serrée, comme si quelque chose la terrorisait. Elle semblait dans le même état d'épuisement que Signy, mais avec davantage de douceur. Sûrement était-ce dû à ses cheveux roux soyeux, son regard vert émeraude et ses taches de rousseur. À présent qu'elle la regardait avec moins d'animosité, Signy se rendait compte que Darby O'Roarke ressemblait à une fée irlandaise.

— Eban est à la veillée, répondit doucement Darby.

Là où elle aurait dû être en ce moment si Jacobs n'avait pas insisté pour qu'elle vienne ici.

— Apparemment, le FBI pense que Martin et Adèle ont été tués par un tueur en série...

— Hein ?! C'est quoi cette histoire ?! s'exclama Signy en se redressant.

Darby ramena ses pieds sous ses cuisses. Elle tremblait de froid malgré la température plus que confortable.

— Le FBI pense que le tueur pourrait également avoir commis d'autres meurtres dans tout l'Alaska. Peut-être même un certain nombre...

*Putain !*

— Il faut que j'aille à la veillée ! déclara Signy en se tournant pour aller vers la porte.

Mais elle se heurta au corps dur d'Elliot. Lorsqu'il l'attrapa par les épaules pour la stabiliser, un frisson la parcourut tout entière. Elle leva alors le regard vers lui et vit dans ses yeux bleus quelque chose qui n'était pas que professionnel...

— D'après le directeur de la BAU, le tueur a pu faire une fixation sur Darby.

— Je dois y aller, insista Signy en se détachant de lui. Les tueurs assistent souvent aux veillées et aux commémorations organisées pour leurs victimes.

— C'est exactement pour ça qu'Eban y est allé, lui dit Elliot. Ce soir, c'est lui le flic, et vous la garde du corps...

— Le FBI a repris l'affaire, c'est ça ? demanda Signy.

Elle était déçue. Si le FBI reprenait l'affaire, elle pouvait tirer un trait sur ses rêves d'avancement de carrière.

Darby réprima en sanglot en se couvrant la bouche. Signy tourna la tête vers elle et, pour la première fois depuis la découverte du corps de Martin Carstairs, elle ressentit un élan de sympathie pour la jeune fille. Après tout, peut-être qu'elle était réellement la cible d'un fou ? Si c'était le cas, Signy se demandait bien ce qui, chez Darby, pouvait susciter une telle haine ou une telle passion...

— Je ne sais pas qui dirige l'enquête. Si je vous ai fait venir, c'est parce qu'Eban Winters m'a appelé il y a une demi-heure pour me demander de veiller sur Darby et de faire venir un policier pour qu'on ait quelqu'un qui puisse utiliser son arme en cas de besoin. Je lui ai dit qu'à mon avis il valait mieux que ce soit une femme, pour rassurer Darby, mais j'ai su que c'était vous il y a quelques minutes seulement, quand votre chef, Jacobs, m'a appelé pour me dire que vous étiez en route et me donner votre numéro de téléphone. Je suis désolé ; d'ailleurs, je pense que Darby n'aurait pas accepté de venir si elle avait su qu'elle allait devoir rester avec vous...

Signy fronça les sourcils. Elle était flic, pas baby-sitter ! Encore moins pour des suspects...

Pourtant, en voyant Darby se blottir sur le fauteuil et tourner la tête – clairement mécontente de devoir rester avec elle –, elle ressentit une pointe de regret. Il fallait vraiment qu'elle arrête de se comporter comme un dragon... En même temps, il fallait bien que quelqu'un dans ce commissariat garde la tête froide car, visiblement, Jacobs était prêt à gober tout ce que lui racontait le FBI.

— Je croyais que vous étiez rentré à Anchorage ? demanda-t-elle à Elliot.

— Tous les vols étaient pleins. J'ai attendu deux heures en espérant qu'une place se libérerait, mais j'ai fini par abandonner. Du coup, je suis coincé ici jusqu'à ce que la tempête soit terminée, soupira-t-il en passant ses doigts dans ses cheveux.

Elle se força à détourner les yeux ; à ne pas le trouver aussi séduisant.

Elle jeta un regard à Darby puis se tourna à nouveau vers Elliot. Elle n'aimait pas beaucoup l'idée d'être relayée au rang de garde du corps. Mais il fallait dire que si Darby préférait être avec une femme flic, elle était la seule disponible. Elles n'étaient que trois femmes au commissariat, et ses deux collègues sont étaient en ce moment : l'une en congé maternité, l'autre en vacances.

— Vous voulez que j'attende dehors, dans le couloir ?

— Non. Je préfère qu'on ne sache pas que Darby est ici ; si vous restez devant la porte, ça risque d'éveiller les soupçons, répondit Elliot.

— Mais vous voyez bien que je la mets mal à l'aise, dit-elle à voix basse en lui adressant un regard insistant.

— Pourquoi ? Vous avez quelque chose contre elle ? lui demanda l'avocat en se penchant vers elle.

Signy le regarda dans les yeux. Elle n'avait pas vraiment de réponse à cette question. Elle n'avait rien de personnel contre Darby ; elle ne faisait que son travail.

— Non, mais...

— Vous pourriez peut-être profiter de l'occasion pour lui parler comme à un être humain ? l'interrompit-il en arquant un sourcil. Avec un peu d'empathie, je suis sûr qu'elle serait prête à coopérer. Car il y a de grandes chances qu'elle connaisse le tueur...

— Et que le tueur la connaisse... conclut-elle en soutenant son regard.

Décidée à faire un effort, elle se tourna pour rejoindre Darby, mais Elliot l'arrêta en l'attrapant par le bras, la faisant sursauter.

— Et... inspectrice...

Elle attendit qu'il continue, troublée par son regard sur ses lèvres.

— Soyez gentille avec elle.

— Je suis *toujours* gentille, sourit-elle avec malice.

— Je suis sérieux. Darby vit un cauchemar en ce moment. Elle a besoin de soutien.

Il n'en dit pas plus, mais Signy lut le reste dans son regard. Elle savait que Darby avait été kidnappée en Indonésie, et elle avait aussi appris qu'elle participait à un groupe de parole pour victimes de violences sexuelles. Signy pouvait être dure parfois – c'était son travail de l'être –, mais ça ne l'empêchait pas de compatir. C'était un miracle que cette jeune fille soit encore en vie.

Elle acquiesça d'un signe de tête. Si Darby était toujours suspecte, elle aurait réagi différemment mais, de toute évidence, ce n'était pas le cas. Pour qu'elle soit ainsi protégée par le FBI, c'est qu'ils avaient des preuves de son innocence. Et puis il y avait ce tueur en série... Signy était bien obligée de prendre cette information au sérieux, car Eban Winters ne serait jamais allé jusqu'à inventer une histoire pareille uniquement pour innocenter Darby.

Mais quand même... Un tueur en série ici, dans *sa* ville ? Elle n'arrivait pas à savoir si c'était un cauchemar ou une chance pour elle...

Car elle tenait plus que tout à décrocher le poste pour

lequel elle avait postulé. Elle en avait besoin pour passer plus de temps avec son fils avant qu'il ne quitte définitivement la maison, et pour lui payer ses études universitaires. Alors, même si le FBI était impliqué dans l'affaire, si elle contribuait à résoudre cette enquête et à arrêter ce tueur, ça jouerait forcément en sa faveur.

Elle retira sa parka et, ignorant le frisson que lui procurait le regard d'Elliot Byrne sur son corps, et alla s'asseoir sur le fauteuil en face de Darby.

— Darby, je vous propose qu'on reparte à zéro toutes les deux... Je veux vraiment trouver qui vous en veut au point de chercher à vous faire accuser de meurtre.

Darby se tourna vers elle en écarquillant les yeux.

— Ce n'est pas ce que vous étiez censée faire depuis le début ?

— C'est vrai, admit Signy en soupirant, osant même un léger sourire. Mais la situation est beaucoup plus complexe que ce que je pensais au départ...

— C'est peut-être pour ça que le tueur est toujours en liberté et qu'il a fait autant de victimes ? Parce que la police locale n'est pas capable de gérer les affaires *complexes* ?

Visiblement, Darby lui faisait payer la garde à vue...

— Vous devez m'en vouloir de vous avoir soupçonnée, mais ça n'avait rien de personnel, je vous assure. Je ne faisais que mon travail, comme Eban Winters fait le sien. Ce que je veux, c'est arrêter l'assassin de Martin et Adèle avant qu'il ne frappe à nouveau, et je pense que vous pouvez m'aider.

Signy sortit un bloc-notes du sac dans lequel était rangé son ordinateur portable avant de reprendre :

— Je crois que vous devez connaître le tueur. Même de loin...

— C'est aussi ce que m'a dit Eban.

Elle remarqua l'intonation de la jeune fille lorsqu'elle

prononça le prénom de Winters, et elle se souvint alors que, lors de son interrogatoire, elle avait admis avoir été amoureuse de lui. À en croire la manière dont Eban Winters la regardait, ses sentiments étaient réciproques, et elle se demanda s'il s'était déjà passé quelque chose entre eux...

Elle jeta un coup d'œil à Elliot Byrne qui était dans la kitchenette en train de préparer du thé et du café. Dommage, elle aurait préféré un scotch.

— Je vous propose qu'on passe en revue votre emploi du temps de la semaine, et qu'on fasse une liste des endroits où vous allez, et des personnes que vous rencontrez, suggéra Signy. Je voudrais surtout que vous m'indiquiez les personnes que vous connaissez bien, en particulier celles qui sont rentrées dans votre cercle récemment.

Darby lança un regard hésitant à Elliot.

— Je crois que l'inspectrice a raison, la rassura-t-il en les rejoignant.

Il déposa sur la table basse le plateau qu'il venait de préparer, avec du thé, du café, des petits berlingots de crème et du sucre en morceaux.

— Ça fait partie du service ou vous facturez un supplément pour tout ça ? le taquina Signy.

— Figurez-vous que c'est comme ça que j'ai payé mes études... sourit-il.

Elle remarqua son regard appuyé, mais préféra ne pas s'y fier.

— J'étais barista avant de devenir avocat.

Darby rit et Signy sourit. Non seulement ce type était résolument beau, mais il était en plus très charmant... D'ailleurs, la dernière fois qu'ils s'étaient croisés, devant un tribunal d'Anchorage, il avait réussi à obtenir la relaxe pour son client, la juge semblant davantage impressionnée par le charme d'Elliot que par le réquisitoire du procureur. Il fallait dire aussi que le mari de la magistrate l'avait trompée avec l'une des témoins, ce qui avait sans doute impacté la sentence du tribunal...

Quelque temps après ce procès, Signy avait croisé Elliot dans un bar, mais ils étaient tous les deux pris à ce moment-là. Malgré tout, ils s'étaient regardés dans les yeux un peu plus longtemps que ce qu'ils auraient dû, et elle avait bien senti que quelque chose passait entre eux. Elle s'était même dit qu'elle ne pouvait pas avoir une histoire avec lui. Une flic avec un avocat de la défense : elle aurait été la risée de tout le commissariat. Mais à présent, elle devait bien avouer que ça flattait son ego qu'il puisse la trouver attirante. En tant que mère célibataire d'un ado de 15 ans, elle en avait bien besoin !

Elle prit une tasse de café et s'obligea à se concentrer sur Darby.

— Bon, on y va ? Il faudrait qu'on puisse trouver comment le tueur est entré dans votre vie.

# CHAPITRE VINGT-SIX

Eban marchait au milieu de la foule d'une centaine de personnes en direction de l'église Saint-Paul. Malgré les premiers effets de la tempête qui commençaient à se faire sentir, il n'avait mis sur sa tête que son bonnet en laine, laissant sa capuche pendre dans son dos pour pouvoir entendre les conversations autour de lui. Il avait également laissé sa parka ouverte afin de pouvoir dégainer rapidement son arme en cas de besoin. Sachant que le tueur avait une prédilection pour les couteaux, il faisait de son mieux pour être attentif, mais ce n'était pas évident avec tout ce monde.

Il fourra ses mains gantées dans ses poches et baissa la tête dans ses épaules pour essayer de se réchauffer. Il faisait si froid que la peau de son visage était brûlée, et que ses cils et sourcils étaient gelés. Tout comme les poils à l'intérieur de son nez, d'ailleurs : chaque fois qu'il inspirait, ça lui faisait mal et lui donnait les larmes aux yeux.

Il était mieux dans le jacuzzi...

Des lanternes de glace bordaient les marches de l'église jusqu'aux larges portes sur lesquelles le ruban de la police, arraché pour la circonstance, flottait dans l'air. Le révérend Regis attendait ses ouailles en haut de l'escalier, à côté du chevalet sur lequel était posée la photo encadrée d'Adèle, tenue par une femme afin que le vent ne la fasse pas tomber.

En regardant la photo d'Adèle, Eban découvrit une femme ordinaire, d'âge moyen, assez jolie, avec un regard bienveillant. Comment le tueur avait-il pu s'en prendre à elle uniquement pour faire accuser Darby ?

Et ce cambriolage ? Il ne comprenait pas quel lien ça pouvait avoir avec les meurtres – à supposer qu'il y ait même un lien...

Il regrettait la conférence de presse de ce matin-là donnée par Elliot Byrne. S'il avait d'abord pensé que ça pouvait aider Darby, en faisant savoir à la population locale qu'elle était innocente, il réalisait désormais que ça avait surtout servi à prévenir le tueur qu'elle avait été libérée et que son plan avait échoué. Il devait être fou de rage et risquait de vouloir s'en prendre à elle de manière plus directe...

Il scruta la foule, inquiet. Surtout qu'avec la tempête annoncée, ils étaient bloqués ici, à Fairbanks. Il aurait aimé prendre un avion avec Darby pour la mettre à l'abri, mais ce ne serait pas possible avant quelques jours. Il serra la mâchoire, prenant conscience qu'en plus, l'équipe du FBI qui devait les rejoindre ne pourrait certainement pas venir tout de suite. Aucun avion ne prendrait le risque de décoller avec une telle météo.

Bref, ils étaient seuls...

Heureusement, Darby et lui étaient armés et les flics, commençaient – semblait-il – à prendre conscience de la situation. Il était temps... Car quand la population saurait qu'un tueur en série était en liberté, qui savait comment les gens réagiraient ? Ou le tueur ?

L'homme à côté de lui passa son bras autour de la femme

qui l'accompagnait, et tous deux se blottirent l'un contre l'autre pour se réconforter mutuellement. La scène lui fendit le cœur. Visiblement, Adèle était une femme appréciée...

Eban observa chaque personne à proximité, puis se déplaça vers une autre partie de la foule, essayant de trouver le tueur, même s'il n'avait aucune idée de ce à quoi il ressemblait. Si seulement le « méchant » avait pu avoir un signe distinctif, comme un pentagramme peint sur la joue avec du sang, des yeux rouges et brillants, ou une discrète paire de cornes sur la tête... Malheureusement, ce n'était pas aussi simple.

Le révérend Regis, à qui Eban n'avait toujours pas parlé, s'éclaircit la voix avant de s'adresser à la foule à l'aide d'un microphone, emmitouflé comme tout le monde contre le froid. Il prononça une courte prière pour Adèle, avant d'évoquer la femme pieuse et travailleuse qu'elle était.

Des policiers se tenaient aux abords de la foule. Ils rendaient eux aussi hommage à la défunte, mais surveillaient néanmoins chaque personne de manière ostentatoire, utilisant également leurs caméras-piétons pour filmer la scène. Un autre agent était posté dans une camionnette noire garée de l'autre côté de la route, prenant des photos de toutes les personnes présentes, qu'elles soient mêlées à la foule ou légèrement en dehors.

Le révérend louait à présent le dévouement d'Adèle à Saint-Paul, insistant sur le fait qu'elle manquerait beaucoup. Sa présence fiable et bienveillante était une aide précieuse, tant pour le révérend que pour les fidèles. Eban agita ses pieds pour se réchauffer, pensant avec ironie que le discours du religieux commençait à prendre des airs d'appel à candidatures...

L'une des deux femmes se tenant sur les marches, derrière le révérend, ressemblait beaucoup à Adèle, et Eban se dit qu'il devait s'agir de sa fille.

Il changea de place, et Kim Gleeson croisa son regard avant de détourner les yeux. Il tenait par la taille celle qui devait être son épouse, tandis qu'une adolescente se tenait devant eux, pleurant à chaudes larmes, à côté d'un grand gaillard qui lui bâillait sans vergogne, ayant certainement hâte de rentrer chez lui. Voilà donc la petite famille Gleeson... Eban avait imaginé que les enfants seraient plus jeunes. C'est sûr que ça avait dû être difficile, à leurs âges, de changer de ville et d'école. Malheureusement, les parents n'y prêtaient pas toujours attention, ou n'avaient pas forcément le choix.

Il se demanda si son assistante avait réapparu et envoya un message rapide à Torgerson pour lui poser la question, tout en continuant de taper des pieds pour faire circuler son sang. Il espérait qu'elle s'était aussi penchée sur les antécédents de Gleeson.

Il aperçut Ray Rasheed, le directeur du refuge, à proximité des marches, accompagné de la femme qui était à la réception lors de sa visite. Elle était contre lui, et Eban ne savait pas bien s'ils étaient en couple ou si le directeur essayait simplement de la protéger du vent.

Il remarqua aussi la présence d'un groupe d'étudiants de l'UAF, légèrement en dehors de la foule. Leur présence le surprit, et il les observa de loin en fronçant les sourcils. Jacqui Paulson avait dû sentir son regard insistant car elle se tourna vers lui, puis prévint les autres à côté d'elle en montrant Eban du doigt. Il décida d'aller vers eux, alors que le révérend Regis était en train de dénoncer la violence, exhortant toute personne susceptible d'avoir des informations à le contacter, ou à appeler directement la police, avant de baisser la tête et de réciter une autre prière.

Alors qu'Eban s'approchait du petit groupe d'étudiants, il eut l'étrange impression d'être observé. Il regarda lentement autour de lui et, même s'il ne surprit personne en train de le regarder, il sut que le tueur était là.

Il en était persuadé. Il le sentait.

*<br>* *

Mes nouvelles bottes sont pourtant chaudes, mais j'ai les pieds gelés. Je tape contre le trottoir, comme un cheval qui trépigne, et remonte ma large écharpe sur mon visage. Comme tout le monde, je porte un bonnet pour ne pas mourir de froid, et on ne voit plus que mes yeux.

J'ai pris un risque en venant ici – mais un risque calculé.

Les flics sont partout. J'ai presque de la peine pour eux. Ils ont l'air tellement cons ! Ils se croient pourtant forts et intelligents, et se pavanent comme des paons dans leurs uniformes et leurs gilets pare-balles. On dirait des mollusques avec des armes à feu.

J'enroule mes doigts autour de mon couteau, dans ma poche, réfléchissant au meilleur endroit pour planter la lame si je décidais de tuer l'un d'entre eux. Probablement dans le dos, avec la pointe inclinée vers le haut, à environ deux centimètres au-dessus de la ceinture et en dessous du gilet pare-balles. J'enfoncerais la lame d'un coup sec, puis la tournerais pour percer le rein.

Je regarde autour de moi la masse de gens rassemblés, me demandant si je réussirais à fuir après avoir tué un policier avec autant de monde autour. Ce serait un défi, mais l'idée ne me déplaît pas. Au contraire, c'est presque tentant...

Une bourrasque m'arrive en plein visage, m'obligeant à

tourner la tête pour me protéger, tandis que des larmes de froid coulent sur mes joues.

Non.

Ce serait trop risqué. Or, je ne prends jamais de risques. C'est ce qui fait que les flics n'ont jamais pu mettre la main sur moi.

Je jette un coup d'œil à la photo encadrée d'Adèle. Cette conne m'a causé plus de problèmes que ce à quoi je m'attendais, mais je dois dire que le fait qu'elle se soit battue si farouchement pour essayer de rester en vie m'a procuré une certaine excitation. Même si je ne tue jamais pour m'amuser, j'aime regarder, dans les yeux de mes victimes, la vie quitter leurs corps. Rien ne vaut ce sentiment de puissance, même pas le sexe.

Je scanne la foule, scrutant les visages pour essayer de voir qui est vraiment en deuil ; ceux à qui elle va vraiment manquer. Soudain, je tombe sur un homme qui erre parmi la foule, comme s'il cherchait quelqu'un. Je le reconnais, et mon cœur se met à battre plus fort, me faisant oublier le froid. C'est l'agent du FBI. On dirait qu'il est en mission...

*Il me cherche !* réalisé-je dans un élan de panique.

Je me demande s'il est là parce qu'il est lié à Darby, ou si le FBI est sur mon dos. Fronçant les sourcils, je baisse la tête comme si je priais. Il y a des caméras partout et les flics vont ensuite se passer en boucle les images de cette veillée dont on va tous rentrer avec des engelures – je ne peux donc pas me permettre le moindre signe d'agitation. Le maximum que je puisse faire, c'est essuyer une larme ; tout le monde le fait, ce soir, entre ceux qui pleurent Adèle, et les autres, dont la cornée est sensible au froid.

L'agent spécial a la tenue parfaite pour un séjour hivernal en Alaska : parka noire, bonnet en laine gris, et une tenue sombre assortie à son regard maussade.

Je m'enfouis un peu plus dans mon col. Avec le froid qu'il

fait, ça paraît tout à fait normal, et ça me permet de me cacher. Je ne suis pas très à l'aise d'être aussi proche de lui. D'autant que, si je devais m'enfuir, j'ai l'impression qu'il me rattraperait sans problème.

J'ai l'impression d'être dans la gueule du loup. En tapant à nouveau des pieds, je regarde autour de moi : personne ne fait attention à moi. Tant mieux. J'ai presque envie de partir, mais j'ai peur d'éveiller les soupçons. Mieux vaut rester et agir normalement.

L'agent échange un regard avec le grand policier noir. Cette fois, c'est sûr, il est là pour moi.

Aussi tentant que cela puisse être de me glisser derrière lui et de lui enfoncer ma lame dans le dos, ce serait insensé et ne me rapporterait rien. Prenant une profonde inspiration pour me calmer, je me laisse absorber par la foule pendant que le révérend continue son speech sur cette connasse d'Adèle qui a souffert le martyre. Ce qu'il ne sait pas, c'est qu'elle n'aurait pas autant souffert si elle n'avait pas appelé ces putains de flics.

Où est Darby ?

Je résiste à l'envie de me tourner vers les voitures à proximité. Je parie que l'agent du FBI sait où elle est. J'évite de le regarder, car je sais qu'on le sent quand on est observé, mais je me demande s'il l'a laissée avec quelqu'un pour la surveiller ou si elle est seule et vulnérable pendant que lui est ici. L'idée qu'elle puisse être seule m'enthousiasme. Je pourrais le suivre jusqu'à leur cachette et attendre qu'il parte...

*Putain.* Ce révérend commence à me taper sur le système avec ses jérémiades. C'est lui que j'aurais dû le tuer plutôt qu'Adèle. Je fronce les sourcils et incline la tête en avant en me retenant de gémir. Je n'en peux plus de ce beauf en soutane et de sa fausse piété.

Peut-être que Darby est à l'hôtel, avec l'avocat qui a donné la conférence de presse de ce matin ? Ça a été tellement facile de le retrouver. *Elliot Byrne.* Son nom fait la une des journaux et il n'y avait pas beaucoup d'endroits en ville où un type comme lui pouvait séjourner.

Comment Darby a-t-elle pu se payer ses services ? J'aimerais bien le savoir... Je poserai la question à Darby quand elle sera face à moi.

Ce qui ne saurait tarder...

# CHAPITRE VINGT-SEPT

Eban se dirigea vers les étudiants de l'UAF qui semblaient se préparer à partir.

— Jacqui ! lance-t-il en retirant son gant pour pouvoir sortir son badge.

Jacqui écarquilla les yeux – la seule partie de son visage qui ne soit pas couverte, comme les quatre autres jeunes qui étaient à côté d'elle. Ils étaient tous serrés les uns contre les autres pour lutter contre la neige de plus en plus dense et le vent de plus en plus fort.

La tempête approchait.

— Je n'ai pas pris le temps de me présenter, hier. Eban Winters. Je suis agent spécial de surveillance pour le FBI, déclara-t-il d'une voix forte.

Il voulait que les gens entendent son titre, car il avait demandé à Allan Robertson de guetter les réactions autour de lui. Avec un peu de chance, le tueur se ferait remarquer.

— Vous étiez dans le groupe du FBI qui a sauvé Darby, l'année dernière ? demanda un jeune homme.

— C'est exact, lui répondit Eban.

Il serra tour à tour les mains des quatre amis qui accompagnaient Jacqui : Lenny Serkoak, Davis Farraday, Stef Riddell, et Mohammed Black.

— Pourquoi est-ce que vous ne m'avez pas dit que vous étiez du FBI, hier ? lui demanda Jacqui, visiblement contrariée.

— D'abord parce que vous ne m'en avez pas laissé l'occasion – vous n'étiez pas particulièrement accueillante, sourit-il. Et puis je n'étais pas là à titre officiel.

Il n'aimait pas beaucoup cette fille – principalement en raison de la manière dont elle avait traité Darby, la veille, à l'institut –, mais il devait rester professionnel et prendre sur lui pour ne pas laisser ses sentiments personnels prendre le dessus.

— Ce que je veux, c'est protéger Darby. Je...

— Et nous, vous vous en fichez ? l'interrompit Jacqui.

Elle le regarda avec détermination. Elle n'était pas particulièrement grande, mais elle était clairement la leader du groupe.

— Comment ça ? lui demanda-t-il calmement, faisant de son mieux pour dissimuler son aversion.

— Ça va, ne me prenez pas pour une idiote, rétorqua-t-elle avec amertume. On regarde tous les infos, je vous signale ! Maintenant, vous nous dites que vous êtes du FBI... Pas besoin d'être un génie pour comprendre que c'est vous l'alibi de Darby pour le meurtre de cette pauvre femme. Si vous la protégez à ce point, j'imagine que ce n'est pas non plus elle qui a tué Martin ? Donc ça veut dire que le tueur est quelque part... conclut-elle.

Eban ne sut pas quoi répondre, décontenancé par sa perspicacité.

— Comme on était tous au *ceilidh*, on est tous des témoins potentiels. Le tueur pourrait vouloir s'en prendre à nous ?! reprit-elle d'une voix aiguë trahissant sa panique, et qui attira l'attention des quelques personnes autour d'eux.

— Jacqui, dit doucement Eban. Je comprends que vous ayez peur ; c'est une situation très difficile pour vous.

La jeune fille se calma, aidée par l'un de ses amis qui lui serrait l'épaule.

— Vous avez perdu un ami, et avez cru qu'il avait été tué par une autre de vos amis. N'importe qui serait bouleversé, à votre place.

Les quatre étudiants le fixèrent sans rien dire, et il vit dans leurs yeux de la culpabilité. Sans doute regrettaient-ils d'avoir accusé Darby à tort. Au fond, il ne leur en voulait pas. Ils n'étaient pas méchants ; juste humains.

— Quant au fait que le tueur puisse vouloir vous éliminer en tant que témoins oculaires, c'est en effet une possibilité.

Jacqui le regarda avec des yeux remplis d'effroi. Il aurait dû s'empresser de la rassurer, mais l'occasion de lui faire payer son comportement vis-à-vis de Darby était trop belle. Son côté sadique, sans doute...

— Il faudrait que vous alliez tous au commissariat pour témoigner. Vous pourriez vous souvenir de quelque chose d'important à propos de mardi soir.

De la buée se formait devant sa bouche et, malgré ses gants, ses doigts commençaient à lui faire mal.

— Je me souviens qu'il y avait ce type, à la soirée, dit Davis Farraday en désignant Gleeson d'un signe de tête.

Eban regarda dans la direction du psychologue et de sa famille.

— Oui, les Gleeson étaient à la soirée ; ils nous l'ont dit.

D'ailleurs, il allait devoir leur demander d'aller témoigner, eux aussi.

— Quand devons-nous aller au commissariat ? demanda le plus grand des quatre, Mohammed.

Eban consulta sa montre. Il avait déjà laissé Darby seule plus longtemps que prévu.

— Pour votre sécurité, je dirais le plus tôt possible. Maintenant, par exemple. Un agent prendra vos dépositions. Si vous pouviez chacun faire la liste des personnes que vous avez vues à la soirée, à l'intérieur ou à l'extérieur, ce serait formidable. Si vous pouvez, il faudrait aussi indiquer l'heure à laquelle les personnes sont parties.

— Okay, on va y aller maintenant, dit Jacqui en croisant les bras d'un air déterminé.

— Comment va Darby ? demanda timidement le garçon portant une parka rouge – Stef Riddell.

— Pas bien. Elle est bouleversée. Elle a peur, répondit Eban. Toute cette situation a été extrêmement stressante pour elle.

— Comme pour nous tous, murmura Jacqui en baissant les yeux. Martin était l'un de nos meilleurs amis. Darby...

Eban réprima son agacement vis-à-vis de la jeune femme et s'obligea à agir en bon négociateur et à faire preuve d'empathie.

— Bien sûr. Je comprends que vous soyez tous en deuil et que ce qui s'est passé ait été difficile pour vous aussi.

Tous acquiescèrent en silence, visiblement très affectés. Malgré tout, Eban ne put s'empêcher de penser qu'eux avaient eu la chance de ne pas découvrir le corps de Martin, de ne pas avoir été accusés de meurtre, et de ne pas être les proies d'un tueur en série. Ils n'avaient pas non plus été enlevés et violés sur une île en Indonésie. Darby avait vécu tout cela ; pourtant, elle restait optimiste et faisait preuve d'une force incroyable.

Le plus impressionnant était que, telle qu'il la connaissait, il savait qu'elle pardonnerait certainement à ses amis de l'avoir crue coupable. Elle était moins rancunière que lui...

Il donna à chacun sa carte de visite avant de prendre congé. Il devait aller parler au révérend avant qu'il ne lui échappe à nouveau.

— Allez au commissariat maintenant, et dites que c'est l'agent Winters, du FBI, qui vous a demandé de venir faire vos dépositions. Soyez prudents...

Le tueur pouvait frapper n'importe où, n'importe quand.

Eban n'avait pas encore vu le profil des victimes précédentes et ne savait donc pas si ce malade s'en prenait à un type spécifique de personne ou non.

— Restez ensemble jusqu'à ce que tout ça soit terminé. Surtout, ne prenez pas le risque de vous déplacer seuls.

La mine des quatre jeunes s'assombrit, mais Eban les quitta avant qu'ils ne puissent poser davantage de questions — il connaissait les scientifiques : ils adoraient poser des questions. De toute façon, il ne soupçonnait aucun de ces quatre jeunes gens. Ils étaient tous à l'institut géophysique depuis plus d'un an et connaissaient Darby avant son enlèvement. Malgré tout, il restait prudent. À part Darby et lui, tout le monde était un suspect potentiel.

Il chercha le révérend mais il avait disparu. Il s'agaça... Le temps pressait ; il tenait à lui parler, mais il voulait aussi absolument rejoindre Darby.

Soudain, il aperçut un petit groupe s'affairant sur le côté de l'église. Le révérend, aidé de quelqu'un, portait le chevalet, pendant qu'une troisième personne avait la photo d'Adèle dans les bras, comme s'il s'agissait d'une vraie personne.

Eban fit un signe de tête à Allan Robertson et s'empressa de les rejoindre. Il les rattrapa devant la porte de l'annexe.

— Révérend Regis, Eban Winters, du FBI, se présenta-t-il. Je vous ai laissé plusieurs messages aujourd'hui... Est-ce que je pourrais vous dire un mot ?

Le religieux croisa son regard avant d'ouvrir la porte et d'entrer. Eban le suivit, soulagé d'échapper au froid polaire.

Mais le soulagement fut de courte durée.

Le sol était plein de sang.

Les deux femmes haletèrent avec dégoût.

— La police m'a pourtant assuré qu'ils avaient nettoyé les lieux, soupira le révérend.

La femme portant la photo d'Adèle se dirigea vers le coin de la pièce et se mit à sangloter.

— Je pense qu'ils ont voulu dire qu'ils avaient terminé leur travail et que vous pouviez à nouveau accéder à la pièce. La police ne nettoie pas les scènes de crime, dit Eban en jetant un coup d'œil vers la femme en train de pleurer.

L'autre était allée la réconforter. Elle la tenait par les épaules et lui parlait doucement à l'oreille.

Eban regarda le sang sur le sol, dans lequel apparaissaient des traces de pas. Il pinça les lèvres. Il fallait absolument qu'il compare ces empreintes à celles retrouvées dans la neige, près de la maison de Martin Carstairs. Pourtant, il résista à l'envie de prendre une photo.

— Je vais ramener Carman chez Adèle, dit la femme qui était allée réconforter l'autre, alors qu'elles venaient de les rejoindre.

— Mais j'ai besoin de vous ici ! protesta le révérend.

La jeune femme, qui devait avoir une vingtaine d'années, lui lança un regard noir. À en juger par leur proximité évidente, Eban comprit qu'il s'agissait de sa fille.

— Tu ne vas quand même pas demander à Carman de nettoyer le sang de sa propre mère ! chuchota-t-elle en s'approchant de son père.

— Non, évidemment, dit le révérend en se redressant avec un air contrarié qui disait tout le contraire.

— Vous devriez faire appel à une entreprise spécialisée, suggéra Eban.

Puis il se tourna vers la fille de la victime et lui tendit la main.

— Bonjour. Je suis l'agent Winters, du FBI. Je suis vraiment désolé de ce qui vous arrive...

La jeune fille le regarda d'un air ahuri, fronçant les sourcils derrière ses lunettes de vue à la monture épaisse. Elle était visiblement complètement perdue, ce qui était normal. Après un gros choc, il fallait un certain temps pour prendre conscience de ce qui se passait.

— Est-ce que vous savez qui avait tué ma mère ? lui demanda-t-elle doucement.

— Non, pas encore, malheureusement. Mais je vous assure que nous faisons tout pour le découvrir. Voici ma carte ; n'hésitez pas à m'appeler pour quoi que ce soit...

Elle hocha la tête, couvrant sa bouche avec sa main gantée pour étouffer un sanglot.

— Je n'arrive pas à croire que ce soit son sang. Comment est-ce que quelqu'un a pu lui faire ça ? Ma mère était une femme formidable. Elle consacrait tout son temps à aider les autres...

Le révérend fit un pas vers elle pour la consoler, mais sa fille l'en empêcha en prenant à nouveau Carman contre elle, avant de se diriger avec elle vers la porte.

— Je vous appellerai demain, Carman. Je vais prier pour vous, lui lança le révérend, dépité.

Mais les deux jeunes femmes l'ignorèrent et la porte se referma derrière elles.

Regis poussa un profond soupir et contourna avec précaution la scène de crime, en prenant soin de longer les murs de la salle paroissiale en direction de la cuisine, suivi par Eban. Ils passèrent devant des rangées de chaises empilées, et rejoignirent le côté où se trouvait une table posée contre un mur muni d'un passe-plat, sur laquelle se trouvaient une bouilloire et une cafetière.

Ils pénétrèrent dans la cuisine, et le révérend se mit à fouiller dans les produits ménagers entassés dans un coin. Il prit une bouteille d'eau de javel, un sceau rouge, une serpillière, puis rejoignit l'évier.

— Je vous ai manqué au refuge, ce matin, commença doucement Eban, essayant de savoir à quel type de personnalité il avait affaire.

— Ray m'a appelé pour me dire que vous étiez passé, dit le révérend Regis en remplissant le seau d'eau chaude. J'étais occupé à organiser la veillée, et je suis ensuite allé chercher Carman à l'aéroport. J'avais prévu de vous appeler demain matin.

— Carman a eu de la chance d'avoir un vol.

— C'est vrai, confirma le révérend en hochant nonchalamment la tête en regardant l'eau couler. Vous vous rendez compte : dire que je vais devoir nettoyer le sang moi-même... soupira-t-il. Normalement, c'est Adèle qui...

Il s'interrompit, réalisant encore une fois l'horreur de ce qui s'était passé.

— Je sais que tout ça fait partie de Son plan, mais il est difficile de ne pas questionner sa foi devant une telle violence...

— Je comprends.

Une fois le seau rempli, le révérend ajouta une grande dose de javel dans l'eau fumante et l'odeur si particulière du produit se répandit dans l'air. Il essaya alors de soulever le sceau de l'évier mais sembla avoir du mal, et Eban se précipita pour l'aider. Il prit l'anse des mains du révérend et porta le seau jusqu'à la pièce principale.

Il regarda à nouveau le sol ensanglanté. Adèle avait perdu beaucoup de sang, et les traînées rouges provenant de la porte donnant dans l'église suggéraient qu'elle avait mis du temps à mourir et qu'elle avait certainement agonisé, au contraire de Martin Carstairs.

— Est-ce que beaucoup de fidèles viennent à l'église en fin de journée ? demanda-t-il.

— Ça dépend... répondit le révérend en commençant à passer la serpillière imbibée de produit, ce qui avait pour effet de créer une mare brun rougeâtre.

Eban savait que le révérend espérait certainement qu'il lui donne un coup de main. Malheureusement, il n'avait pas le temps de faire le ménage... Il devait absolument rejoindre Darby au plus vite ; elle avait peut-être besoin de lui. Et, il n'aimait pas être manipulé ; or, avec son air de chien battu, c'était exactement ce que le révérend essayait de faire.

— Y a-t-il des personnes qui ont l'habitude de venir tard ? insista-t-il, reformulant sa question.

— Oui et non, marmonna le révérend en faisant aller et venir la serpillière. Beaucoup de gens passent tard pour dire une prière, ou pour se protéger du froid pendant quelques minutes. Mais personne ne vient tous les soirs à une même heure. En fait, il est même rare qu'on ait des visiteurs après la fin de la réunion du groupe de parole.

— Pourriez-vous me fournir une liste de personnes qui pourraient savoir quelque chose et que je pourrais interroger. Des personnes susceptibles d'avoir été dans les parages au moment où Adèle a été tuée, par exemple, et qui ont pu être témoin de quelque chose sans s'en rendre compte.

— Oui, bien sûr, soupira le révérend avec lassitude. Même si je pense que la police aurait déjà eu des témoignages si quelqu'un avait vu quelque chose...

— Vous est-il déjà arrivé d'écouter les réunions du groupe de parole ? lui demanda Eban, ignorant sa remarque.

— Oui, mais ce n'était jamais volontaire de ma part ! se défendit le révérend en s'arrêtant de frotter pour regarder Eban. Plusieurs fois, je suis venu m'assurer qu'il y avait tout ce dont les participantes avaient besoin, mais l'atmosphère changeait chaque fois qu'elles me voyaient. Je sentais que ma présence les rendait nerveuses... dit-il en posant son menton sur ses mains jointes en haut du manche de la serpillière. J'ai fini par ne plus supporter de me sentir en trop dans ma propre église alors, après la troisième séance, j'ai demandé à Adèle de me remplacer en prétextant devoir être au refuge les soirs de réunion.

Il soupira en pinçant les lèvres, visiblement anxieux.

— Si je n'avais pas pris cette décision, si je n'avais pas fui mes responsabilités, Adèle serait peut-être encore en vie, reprit-il en regardant dans le vague.

— Pourquoi dites-vous « en prétextant » devoir être au refuge… ? l'interrogea Eban, trouvant le terme singulier.

Le révérend sembla mal à l'aise. Il leva les yeux vers lui puis les détourna aussitôt.

— Vous y étiez, hier soir ? poursuivit Eban.

— Non, répondit le révérend, le regard toujours fuyant. J'étais chez moi.

Il marqua une pause, hésitant visiblement à s'expliquer, mais Eban attendait fermement la suite.

— J'ai menti, finit-il par avouer. C'est à cause de moi qu'Adèle est morte, et il ne me reste plus qu'à faire pénitence.

Il reprit le passage de la serpillière comme si laver le sang d'Adèle lui permettait de laver ses péchés.

— Est-ce que quelqu'un peut confirmer que vous étiez chez vous, hier soir ?

Le révérend s'arrêta net et regarda Eban avec indignation.

— Pourquoi me posez-vous cette question ?

— Votre fille, peut-être ? suggéra Eban, comme s'il n'avait pas entendu.

— Non, elle étudiait avec un groupe d'amis. Elle est rentrée à minuit. Pourquoi ? Vous me suspectez ?

Eban soutint son regard offusqué, se demandant si le tueur ferait preuve d'autant d'audace. S'il s'agissait d'un psychopathe, c'était possible, mais tous les tueurs en série n'étaient pas des psychopathes, et tous les psychopathes n'étaient pas des tueurs en série.

— Disons qu'à ce stade de l'enquête, je n'écarte aucune piste, révérend.

— Y compris la jolie rousse qui a été enlevée l'été dernier ? lui lança le religieux d'un ton sarcastique.

Eban se força à ne pas répondre à la provocation et garda son calme.

— Que savez-vous de Darby O'Roarke ?

— Je l'ai vue ici plusieurs fois, répondit le révérend en plongeant la serpillière dans le seau. Je sais qu'elle a vécu des choses terribles. Je lui ai proposé de lui parler un jour. Je me disais que ça pouvait peut-être l'aider...

— Et que vous a-t-elle dit ?

— Elle a refusé, mais très poliment. Je crois qu'elle est timide et qu'elle n'avait pas envie d'être seule avec un homme qu'elle ne connaît pas bien. Ce que je comprends tout à fait.

Eban sentit sa gorge se nouer en réalisant qu'avec lui, ça avait toujours été différent. Darby lui avait fait confiance d'emblée, alors qu'elle ne le connaissait pas du tout. Lorsqu'il lui avait offert ses bras, elle s'était même jetée contre lui. Il ne savait pas ce qu'il avait fait pour mériter un tel cadeau, mais il prenait la mesure de sa chance et était bien résolu à ne plus la gaspiller.

D'ailleurs, il était temps pour lui de la rejoindre à l'hôtel et d'aller ensuite au commissariat pour voir si la police avait du nouveau.

— Je vais vous laisser, déclara-t-il en posant sa carte de visite sur la table, près de la bouilloire. La nuit va être longue...

— À qui le dites-vous ! s'agaça le révérend en se remettant à frotter, avec cette fois plus de vigueur.

— Je vous conseille de fermer la porte à clé, après mon départ...

Le révérend se redressa et appuya le manche de la serpillière contre le mur.

— Nous sommes ici dans la maison de Dieu. Comment

voulez-vous que j'accueille ses enfants si je verrouille la porte ? Je ne peux pas me mettre à avoir peur de tout le monde...

— Comme vous voulez. Mais acceptez au moins de porter sur vous une arme que vous savez utiliser, afin de pouvoir vous défendre, jusqu'à ce qu'on ait arrêté le tueur.

Le révérend le regarda avec des yeux écarquillés, prenant enfin conscience de la situation. Il était temps !

— Par ailleurs, ne restez pas seul à l'église tard le soir.

Cette fois, le révérend capitula. Il rapporta le seau et la serpillière dans la cuisine, jeta l'eau sale dans l'évier, qu'il nettoya rapidement en faisant couler l'eau, puis il attrapa sa parka et rejoignit Eban près de la porte.

— Je suis sûr que, de là où elle est, Adèle me pardonnera d'être prudent, vu les circonstances. Et puis, franchement, je n'ai pas le cœur à nettoyer seul. C'est horrible... Pourriez-vous m'accompagner jusqu'à ma voiture ?

Eban sourit légèrement, entre amusement et compassion. Jamais un homme ne lui avait demandé un tel service, mais il comprenait tout à fait la réaction du révérend. Sa peur était légitime.

— Bien sûr.

Allan Robertson les attendait dehors et il les suivit alors qu'ils se dirigeaient vers une Coccinelle branchée à l'arrière du bâtiment.

Eban se retint de le faire remarquer, mais la Coccinelle était la voiture de Ted Bundy, un célèbre tueur en série.

Le révérend débrancha le câble reliant sa voiture au chauffe-bloc, monta à l'intérieur, démarra, et appuya sur l'accélérateur après un rapide signe de tête à Eban et Allan, laissant derrière lui une traînée de gaz d'échappement.

— Vous avez remarqué quelqu'un de suspect, tout à l'heure ? demanda Eban alors qu'il marchait avec Allan vers le devant de l'église, où étaient garées leurs deux voitures.

— Non, personne. Mais les agents de la scientifique nous attendent au poste pour visionner les images.

— Je dois d'abord récupérer quelque chose.

— Il y a du nouveau ? lui demanda Allan, qui remarqua chez Eban un léger changement.

Ils étaient désormais devant la voiture de location d'Eban, et le quartier était étrangement calme.

— Je vous le dirai tout à l'heure, avec les autres.

Allan sembla déçu et Eban reconsidéra sa décision. Il trouvait le type sympa, et il devait reconnaître qu'il l'avait beaucoup aidé jusqu'à présent.

— Le FBI pense que nous avons affaire à un tueur en série.

Allan ouvrit des yeux immenses. Les mots lui manquaient.

— Je vous retrouve au commissariat dans trente minutes, dès que j'aurai récupéré Darby, déclara Eban. En attendant, est-ce que je peux vous demander de vérifier si les étudiants de l'UAF ont déjà fait leurs dépositions ? S'ils sont encore sur place, interrogez-les sur leurs sorties avec Darby avant les meurtres. Peut-être qu'ils ont remarqué quelqu'un de bizarre avec elle...

Allan acquiesça et Eban s'installa au volant, soulagé que la voiture démarre du premier coup alors qu'elle n'était pas branchée à un chauffe-bloc. Il avait besoin d'avoir Darby près de lui, sous sa protection. Même s'il savait d'avance qu'elle n'allait pas être ravie à l'idée de passer la nuit au commissariat...

# CHAPITRE VINGT-HUIT

— Eban arrive, dit Darby à l'inspectrice, assise en face d'elle. Il me demande de le retrouver dans le hall.

Elle était soulagée que la veillée soit enfin terminée et heureuse de le retrouver. Et ce n'était pas seulement pour se sentir protégée... À présent qu'il se passait enfin quelque chose entre eux, elle ne supportait pas d'être séparée de lui.

Il lui manquait.

Elle avait envie de le regarder sourire, avec ses fossettes qui lui barraient le visage. De sentir sur elle son regard plein de désir. D'être dans ses bras, et de terminer ce qu'ils avaient commencé tout à l'heure.

Même si elle ne savait pas bien où tout ça allait les mener...

Tous les deux travaillaient beaucoup et voyageaient souvent. Sans compter qu'ils vivaient à des milliers de kilomètres l'un de l'autre. Quantico était plus proche de Londres, en Angleterre, que de Fairbanks, en Alaska.

Mais elle chassa ces questions logistiques de sa tête. Leur relation était trop récente pour se soucier des détails. De toute façon, ce qui comptait pour l'instant, c'était de mettre la main sur ce tueur en série qui la terrorisait. Ensuite, elle pourrait se poser des questions sur leur couple.

*Leur couple...*

Elle avait envie de crier de joie, mais le regard perçant de l'inspectrice lui remit les idées en place. Ce n'était clairement pas le moment de sourire comme une idiote. Elle remit ses bottes, puis emporta les tasses dans l'évier de la cuisine, pendant que Signy Torgerson glissait son ordinateur portable et son bloc-notes dans son sac.

Alors qu'elle était devant l'évier, Darby repensa au matin où elle s'était réveillée chez Martin.

— Vous pensez que le tueur a fait exprès de disposer deux verres et une bouteille de whisky sur la table, chez Martin ?

— Je ne sais pas, lui répondit l'inspectrice en se postant à côté d'elle. Peut-être. C'est vrai que si vous avez été droguée, vous étiez certainement en mauvais état ; il est peu probable que Martin vous ait proposé de boire du whisky en arrivant chez lui.

— J'ai détruit toutes les preuves que le tueur a pu laisser, soupira Darby.

— Vous ne pouviez pas savoir, la rassura Elliot. De toute façon, le tueur avait sûrement laissé des preuves qui vous incriminaient pour que la police les trouve.

— Mais il a pu faire une erreur, souligna Darby.

— Winters pense que le tueur vous a observés depuis les bois pendant un moment. Vraisemblablement, il a attendu que Martin se couche et s'endorme, lui dit Signy.

Darby fronça les sourcils, repensant au moment où elle s'était réveillée ce matin-là, ne sachant pas encore que sa vie allait basculer.

— C'est bizarre... Les rideaux étaient fermés quand je me suis réveillée.

— Vous en êtes sûre ? demanda Signy en tournant la tête vers elle.

— Oui. Je n'ai aucun souvenir de la soirée, mais je me souviens parfaitement de tout le lendemain matin.

— Je vais demander à la scientifique d'analyser les rideaux. Peut-être qu'ils trouveront des traces ADN...

— Sauf si les rideaux étaient déjà fermés ? Ou peut-être qu'il portait des gants ? suggéra Elliot en enfilant ses chaussettes et ses chaussures.

Signy et Darby perdirent aussitôt leur enthousiasme.

— Vous n'êtes pas obligés de m'accompagner en bas, leur dit Darby, réalisant qu'ils se préparaient pour quitter la chambre. Il ne va rien m'arriver entre ici et le hall, ajouta-t-elle en levant les yeux au ciel.

Le tueur ne pouvait quand même pas l'avoir suivie jusqu'ici. Il aurait fallu qu'il trouve l'hôtel d'Elliot, qu'il sache qu'elle allait le rejoindre, et qu'il connaisse l'étage et le numéro de la chambre. Ça paraissait très improbable...

— Je dois retourner au commissariat, de toute façon, dit Signy en haussant les épaules.

— Et moi j'ai besoin de me dégourdir les jambes, sourit Elliot.

Darby les regarda d'un air amusé. Ils avaient beau essayer de le cacher, leur attirance l'un pour l'autre crevait les yeux. Dans d'autres circonstances, ils se seraient déjà arraché leurs vêtements.

Mais puisqu'ils insistaient...

Elle enfila sa parka, puis prit son bonnet, ses gants, et son sac besace contenant notamment l'arme que lui avait donnée Eban, avant de se diriger vers la porte, les attendant avant de sortir.

Lorsqu'ils quittèrent la chambre, le couloir était désert. Darby commença à marcher vers les escaliers, escortée par Signy, tandis qu'Elliot s'assurait que la porte de sa chambre était correctement fermée avant de les rejoindre.

Les filles l'attendirent en haut des marches, Darby tapotant nerveusement son bonnet et ses gants contre sa main libre. La cage d'escalier était vide, et ils atteignirent le hall sans incident. Darby scruta la réception à la recherche d'Eban et, ne le voyant pas, se dirigea vers les portes de l'entrée principale. L'hôtel était bondé, entre les gens coincés par la tempête et ceux venus dîner ou prendre un verre dans ce lieu réputé de la ville.

Elle sentit les regards sur elle alors qu'un murmure menaçant s'élevait dans le hall. Elle baissa la tête. Eban avait pourtant promis qu'il serait là le temps qu'elle descende, mais ce n'était pas le cas et elle avait l'impression d'être jetée en pâture.

Soudain, elle aperçut dans son champ de vision quelqu'un s'approcher d'elle. Tout alla très vite, et elle n'eut pas le temps de réagir avant qu'un poing lui percute le visage.

« Salope. Salope de meurtrière ! » entendit-elle vaguement alors que la douleur lui brouillait la vue.

Alors qu'elle commençait à reprendre ses esprits, l'homme la frappa à nouveau. Cette fois, elle s'écroula sur le sol, et l'inconnu s'agenouilla sur elle, l'empêchant de se relever. Elle tenta de se débattre, paniquée, mais l'homme finit par lui mettre un couteau sous la gorge et elle s'immobilisa, le regardant avec des yeux écarquillés par la peur.

Le visage au-dessus d'elle lui était étrangement familier, mais elle n'eut pas le temps de se demander de qui il s'agissait car Signy Torgerson surgit derrière eux, pointant son arme sur le type.

— Lâchez ce couteau ! cria-t-elle. Lâchez-le ou je tire !

Malgré la foule, le hall était plongé dans un silence total. La seule chose à laquelle Darby pouvait penser était l'acier froid pressé contre sa trachée. Elle fixait les yeux bleus cernés de cils noirs au-dessus d'elle, et y voyait de la haine. Ça lui rappelait ses ravisseurs, en Indonésie. Ils avaient cette même haine dans le regard quand ils la violaient, comme si c'était de sa faute à elle, comme si elle méritait ce qu'ils lui faisaient subir. C'était sûrement plus facile pour eux de penser ça que d'admettre qu'ils se comportaient comme des animaux.

*Ils sont tous morts. Ils ne peuvent plus me faire de mal.*

Alors que cet homme au-dessus d'elle était bien vivant. Il était là, et était visiblement prêt à la tuer.

— Si vous approchez, je la tue ! grogna-t-il.

Mue par son instinct de survie, Darby agrippa son poignet et le poussa de toutes ses forces. Son cœur battait à mille à l'heure. Ses bras se mirent à trembler. L'homme lutta et réussit à approcher dangereusement le couteau de sa gorge. Les gens autour d'eux se mirent à hurler, courant dans tous les sens. Signy était toujours là, l'arme pointée sur le monstre. Darby tourna les yeux et aperçut Elliot retenir de force une femme d'un certain âge, des larmes plein les joues, en train de hurler. Visiblement, elle voulait intervenir, mais il l'en empêchait. Pourtant, elle réussit finalement à se dégager de lui et sauta sur l'assaillant. Elle tira sur ses épaules, mais il résista et, d'un seul coup, la lame pénétra dans la chair de Darby.

Tout le monde se figea. Le sang chaud coula sur son cou.

Cette fois, c'était sûr, Darby savait qu'elle allait mourir.

Elle eut envie de crier, mais aucun son ne sortit.

— Si quelqu'un s'approche, elle meurt. Même toi, maman ! cria l'homme, postillonnant sur le visage de Darby. Pourquoi est-ce que t'as fait ça, espèce de salope ? Pourquoi est-ce que tu l'as tué ?

Darby ne comprenait rien à ce qui était en train de se passer. Ça n'avait aucun sens. Les tueurs en série ne commettaient pas leurs crimes en présence de leur mère, si ?

Elle aurait voulu le pousser et prendre l'arme d'Eban dans son sac, coincé sous elle. Elle aurait voulu se défendre, elle l'aurait vraiment voulu. Mais l'homme était trop grand, trop lourd, trop fort. Elle sentait son poids chaud sur elle, comme celui d'un animal mort, et elle avait envie de vomir.

Incapable de bouger, elle le fixait – c'est tout ce qu'elle pouvait faire – et, tout à coup, elle se souvint où elle avait vu ce visage.

— Tu es le frère de Martin... murmura-t-elle.

— Tais-toi ! Je t'interdis de prononcer son prénom ! la menaça-t-il, les traits de son visage déformés par le chagrin et la rage.

Darby tremblait de plus en plus alors qu'elle essayait de repousser sa main.

— Je ne l'ai pas tué ! dit-elle d'une voix à peine audible malgré un effort surhumain.

— Lâche ce couteau !

*Eban.*

Darby regarda sur sa droite et le vit avancer vers eux avec son arme à la main. Il avait l'air calme, sûr de lui, malgré la peur qu'il ressentait certainement. Enfin, elle se sentit soulagée. Avec lui, elle avait l'impression qu'il ne lui arriverait rien.

La foule s'était dispersée, à l'exception d'Elliot et d'un autre homme qui retenait avec lui la mère de Martin qui continuait de crier à son fils de la laisser partir. « Cette salope ». C'étaient ses mots, et Darby comprit qu'elle la croyait elle aussi coupable. Mais, au moins, elle ne semblait pas vouloir que son autre fils la tue.

— C'est le frère de Martin, Tim, dit Signy Torgerson à Eban.

— Okay, Tim, dit alors Eban d'une voix posée, teintée de compassion. J'imagine à quel point tu dois souffrir. Vraiment, je comprends ta douleur...

Tim leva les yeux vers lui, mais Darby ne relâcha pas sa prise sur son avant-bras.

— Je suis sincèrement désolé pour la mort de ton frère, mais je suis sûr qu'il ne voudrait pas que tu t'en prennes à Darby. Elle est une victime, elle aussi, comme Martin.

— Arrêtez vos conneries ! C'est elle qui l'a tué ! cria Tim, posant à nouveau son regard de fou sur Darby.

Comment Eban pouvait-il rester aussi calme alors qu'elle était terrorisée ? Sa bouche était sèche. Et elle n'allait pas tenir encore longtemps ; son bras commençait à lui faire mal.

— Ce n'est pas juste ! dit Tim Carstairs d'une voix moins menaçante alors que des larmes commençaient à couler sur ses joues.

— Tu as raison, ce n'est pas juste, dit Eban avec douceur. Martin ne méritait pas de mourir. Et tu ne méritais pas de perdre ton frère. Ce qui arrive à ta famille est horrible, je le sais...

Même s'il tenait toujours le couteau contre sa gorge, Darby voyait la colère quitter lentement les yeux de Tim. La technique d'Eban fonctionnait. Reconnaître son chagrin, mettre des mots sur ses sentiments, compatir... Tout cela semblait l'apaiser.

— Je l'aimais, murmura Tim.

— Je sais, dit Eban. Mais est-ce que tu crois que Martin serait d'accord avec le fait que tu t'en prennes à une innocente ?

— Comment est-ce que vous savez qu'elle est innocente ? Elle était là quand Martin a été tué...

Tim sanglotait complètement à présent, et Darby aurait presque eu de la peine pour lui si elle n'était pas aussi tétanisée. C'était comme si cet épisode faisait ressurgir toutes les émotions négatives qu'elle avait réussi à enfouir. La peur, la douleur, et le dégoût. Elle avait cru être enfin en sécurité, mais elle réalisait que ce n'était pas le cas. Elle était véritablement en danger.

Eban s'approcha. Il brandit son arme sur Tim en plissant les yeux, et elle comprit ce qu'il faisait. Il cherchait le meilleur endroit pour lui tirer dessus sans prendre le risque de blesser qui que ce soit d'autre. La panique s'empara d'elle ; c'était comme si la scène n'était pas réelle.

— Ne le tue pas, je t'en supplie, dit-elle à Eban d'une voix étranglée.

Tim réalisa alors ce qui était en train de se passer et cligna des yeux, confus.

— Darby n'a rien fait. Elle n'a tué personne, reprit Eban. Elle et ton frère étaient amis. Tu t'en prends à la mauvaise personne, Tim, dit-il d'une voix toujours plus apaisante. Darby a beaucoup souffert, elle ne mérite pas ça... Tu crois que ton frère voudrait que tu lui fasses du mal ?

Tim la regarda dans les yeux, prenant enfin conscience de la réalité.

— Non, finit-il par admettre alors qu'il relâchait sa prise.

Il laissa tomber le couteau sur le sol, et Darby put enfin respirer normalement, épuisée. Tim la regardait toujours et elle vit dans ses yeux qu'il aurait aimé pouvoir la détester, mais qu'il avait compris que ce n'était pas elle qui avait tué son frère.

Immédiatement, Eban se jeta sur Tim, attrapa son poignet et repoussa le couteau d'un coup de pied. Torgerson le rejoignit et passa les menottes au frère de Martin en lui disant ses droits.

Eban se pencha alors sur Darby, toujours allongée au sol, complètement sonnée. Elle fixait l'énorme lustre au-dessus de sa tête, laissant la lumière l'éblouir, tandis que des larmes emplissaient ses yeux et qu'une boule d'émotion se formait dans sa gorge. Les gens prenaient des photos d'elle, et l'humiliation s'ajouta au choc qu'elle venait de vivre.

— Je n'en peux plus, Eban, murmura-t-elle.

Il la regarda avec des yeux brillants, visiblement ému, et lui sourit tout en rangeant son arme, avant de la prendre dans ses bras et de l'aider à se relever.

Enfin, elle était en sécurité.

*
**

— Je suis là. Tout va bien, lui dit doucement Eban en ouvrant la portière de la voiture pour l'installer sur le siège passager.

Ses mains tremblaient. Malgré ses années d'expérience, toutes les crises qu'il avait gérées, son cœur battait si fort qu'il entendait à peine les bruits autour de lui.

Cette fois, c'était différent. C'était personnel. Il s'agissait de Darby. Il aurait tellement voulu qu'elle n'ait pas à vivre tout ça après ce qu'elle avait déjà enduré...

Il contourna l'avant de la voiture et se mit au volant, puis démarra immédiatement pour l'éloigner le plus vite possible de ce cauchemar. Ils croisèrent des voitures de police qui arrivaient trop tard. Au moins, Torgerson aurait du renfort si elle en avait besoin, mais il doutait que ce soit le cas. Tim Carstairs avait eu une réaction violente en voyant Darby, mais il n'avait pas l'air d'être particulièrement dangereux.

Pourtant, il pouvait s'estimer heureux de ne pas avoir reçu une balle dans la tête. Eban était à deux doigts d'appuyer sur la gâchette. Si Darby ne lui avait pas demandé de ne pas le faire, cet enfoiré serait certainement mort à l'heure qu'il était.

— Je suis désolée, souffla Darby.

Eban savait qu'elle retenait ses larmes.

— Ce n'est pas à toi d'être désolée...

Il pouvait à peine parler ; encore moins respirer. Il conduisait vite et ses pneus crissèrent dans un virage qu'il prit un peu trop serré. Il décida alors de se calmer et de ralentir : la dernière chose dont ils avaient besoin, c'était d'avoir un accident.

— Je sais, mais c'est plus fort que moi, dit-elle, la gorge nouée. Merci de m'avoir sauvée – une fois de plus.

« De l'avoir sauvée » ?! Il avait merdé, surtout. Il l'avait laissée seule. Il n'avait pas tiré sur ce petit con alors qu'il aurait dû le faire tout de suite en arrivant dans le hall de l'hôtel. Alors oui, c'était vrai, il était négociateur et on lui avait appris à utiliser les mots plutôt que les armes – c'était d'ailleurs ce qu'il faisait d'habitude, et il était même doué pour ça –, mais il détestait l'idée d'avoir dû parler avec douceur à cette ordure qui avait un couteau sur la gorge de Darby. Qui l'avait même coupée ! L'issue aurait pu être dramatique...

Gardant une main sur le volant, il écarta la main qu'elle tenait sur sa gorge pour voir la plaie. Du sang coulait, mais ce n'était pas très abondant. Ça semblait être superficiel.

Il poussa un soupir de soulagement.

— Ça va ? lui demanda-t-il.

— Oui, oui, la plaie n'est pas profonde.

Elle sortit une lingette antiseptique de son sac à main et l'appliqua contre sa peau en grimaçant, le produit devant certainement la brûler.

Il détestait la voir souffrir. Et il s'en voulait, car il savait que c'était sa faute.

— Je suis désolé. J'aurais dû tirer sur cet abruti.

— Quoi ?! Mais non ! Tu as très bien géré...

Elle abaissa le pare-soleil et releva le menton pour examiner la coupure dans le miroir. Un mince filet de sang coulait dans son cou, qu'elle essuya avec la lingette.

— Je ne l'ai pas fait parce que j'ai bien vu qu'il n'avait pas les idées claires, mais...

Il s'interrompit, serrant la mâchoire et ses mains autour du volant. Il se détestait le fait de l'avoir mise en danger.

— Tu lui as donné une chance de ne pas commettre l'irréparable parce que tu es un professionnel. Tu savais que tu pouvais gérer autrement qu'en le tuant, et tu as réussi. Tu as super bien assuré, Eban, vraiment... Tu n'es pas un meurtrier.

Elle se trompait. Il était tout à fait capable de tuer si la situation l'exigeait. Or, Tim Carstairs aurait tout aussi bien pu trancher la gorge de Darby. Il n'avait pas bien géré du tout, il avait complètement merdé. Il aurait *dû* tirer !

Elle grimaça en déglutissant.

— Je sais ce que tu dois te dire, mais ça aurait été mille fois pire si tu l'avais tué. Je n'aurais pas assumé cette culpabilité en plus de tout le reste.

*Quoi ?* Mais quelle culpabilité est-ce qu'elle aurait dû assumer ? Ce type lui avait littéralement sauté dessus, il avait voulu la tuer, alors qu'elle n'avait rien fait !

Il détourna une seconde les yeux de la route pour regarder sa plaie. C'est vrai que ça n'avait pas l'air d'être grand-chose, mais il était malgré tout inquiet. Il préférait qu'elle soit vue par un médecin et avait hâte d'arriver à l'hôpital.

— Déjà que les Carstairs pensent que j'ai tué Martin, tu te rends compte si tu avais tué Tim sous les yeux de sa mère, *à cause de moi* ? Ils m'auraient haïe.

— Ils n'ont aucune raison de te haïr. Et, de toute façon, si j'avais tué ce petit con, ça n'aurait pas été ta faute. C'est lui qui s'est mis en danger tout seul. Franchement, il peut te dire merci !

— J'sais pas, soupira-t-elle. Je sais que je n'ai pas vraiment tué Martin, mais j'ai quand même l'impression que tout ce qui arrive est un peu de ma faute.

Elle se blottit dans sa parka, mais se redressa aussitôt lorsqu'il tourna vers le parking de l'hôpital.

— Mais, qu'est-ce que tu fais ?

— Il faut que tu voies un médecin.

— Mais non, pas du tout, je vais très bien ! plaida-t-elle.

Mais il ne l'écouta pas et se gara sur une place proche de l'entrée des urgences.

— La lame a pu endommager ta trachée. Je ne veux prendre aucun risque.

Elle le regarda d'un air effaré et il réalisa que la panique lui avait fait hausser le ton.

— Excuse-moi. Mais ne t'inquiète pas, ça va très bien se passer. Je vais montrer mon badge et demander à ce que tu sois prise en charge tout de suite. C'est juste pour vérifier que tout va bien, et qu'on te fasse un certificat médical. Tu vas en avoir besoin pour porter plainte.

— Je ne veux pas porter plainte, dit-elle d'un ton catégorique.

— Je ne pense pas que tu aies le choix.

— Pourquoi ? C'est quand même moi qui décide, non ?

— Darby... Ce type t'a agressée devant les forces de l'ordre, dans un lieu public. La scène a certainement été filmée. Par les caméras de surveillance de l'hôtel, mais aussi par des abrutis qui se sont sans doute empressés de dégainer leurs téléphones... Je suis presque sûr que les images circulent déjà sur Internet... Je ne connais pas par cœur les lois de l'Alaska, mais j'imagine que c'est comme ailleurs : les images de l'agression suffiront à ce que Tim Carstairs soit inculpé. Il ne fera pas de prison, mais c'est important qu'il soit reconnu coupable. Les gens doivent comprendre qu'on ne peut pas se faire justice soi-même...

Elle regarda par la fenêtre d'un air boudeur, et il réalisa que, pour la première fois, il était en train de l'obliger à faire quelque chose qu'elle n'avait pas envie de faire.

— Je sais que tu n'aimes pas les hôpitaux. Je suis comme toi...

Il soupira, cherchant les mots justes.

— Darby, je veux juste m'assurer que ta blessure n'est pas grave. On ne sait jamais... S'il te plaît, fais-le au moins pour moi ? Je te promets qu'après, on rentre à la maison.

— Je pensais que tu devais travailler sur l'affaire ? s'étonna-t-elle en se tournant vers lui.

Elle avait raison, mais il n'avait pas besoin de réfléchir à sa décision.

— Je ne veux rien t'imposer de plus ce soir, et il est hors de question que je te laisse seule encore une fois.

— Eban, commença-t-elle d'un ton solennel, plantant sur lui ses grands yeux verts. La seule façon pour moi de retrouver une vie normale est que les flics retrouvent le véritable tueur et que plus personne ne doute de mon innocence.

— Darby...

— Laisse-moi finir ! le coupa-t-elle, accusant la légère douleur qu'elle avait ressentie dans sa gorge en haussant le ton. Tout à l'heure, quand Tim était sur moi, avec son couteau, tout est revenu : la haine, et cette sensation d'impuissance. J'étais tétanisée.

La vulnérabilité dans son regard le bouleversa.

— Même avec une arme et la police à côté, j'ai quand même été agressée.

Eban ne savait pas comment la rassurer. Car elle avait raison : elle était tellement frêle, n'importe qui pouvait s'en prendre à elle à tout moment.

— Dès qu'on a le temps, je t'apprends quelques techniques de combat rapproché, okay ?

— Génial ! ricana-t-elle avec amertume. Écoute, Eban, je ne te dis pas que je comprends le geste de Tim, au contraire. Mais tant qu'on ne saura pas qui est le tueur, les gens vont me soupçonner, c'est comme ça. Or, je n'ai aucune envie de devoir me cacher toute ma vie, ni d'apprendre à me défendre. Il y a quelque part un cinglé qui est probablement en train de planifier son prochain meurtre, et qui fait croire à tout le monde que c'est moi la coupable. Je veux qu'on le retrouve, et je veux contribuer à le retrouver.

Eban l'étudia un instant. Elle avait des larmes plein les yeux, et il comprenait à quel point c'était important pour elle.

Que ce dont elle avait besoin, ce n'était pas de se cacher dans une maison perdue dans les bois, mais *d'agir*, pour mettre fin à ce cauchemar.

— Tu es sûre ? Tu ne préfères pas aller te reposer à la maison ? Oublier tout ça, au moins quelques jours ?

— « Oublier tout ça » ?! Comment est-ce que tu veux que j'oublie ?

Il avait bien quelques idées sur la manière dont il pourrait l'aider à oublier, mais il sentait que ce n'était pas le meilleur moment pour lui en faire part. Ces deux derniers jours avaient été un véritable cauchemar, et ils avaient affaire à un tueur qui sévissait depuis des années.

— Bon, alors je te propose un marché : tu acceptes de te faire examiner par un médecin, et on va ensemble au commissariat pour voir où en est l'enquête, avant de rentrer et de faire une bonne nuit, ça te va ? Demain, on se remet au travail jusqu'à l'arrivée de mes collègues du FBI et, dès qu'ils sont là, je regarde comment je peux t'envoyer discrètement loin d'ici pour que tu sois à l'abri.

— Okay... céda Darby en jetant un coup d'œil vers l'hôpital.

Le moins que l'on puisse dire, c'est qu'elle n'avait pas l'air enthousiaste. Il attrapa sa main pour la porter à sa bouche et y déposer un baiser.

— Je veux juste être sûr que tu n'as pas besoin de points de suture. Plus vite on quitte cet endroit, plus on a de chances d'éviter les journalistes...

— D'accord, dit cette fois Darby de manière plus convaincue.

Elle ouvrit la portière et la neige tourbillonna à l'intérieur de la voiture, signe que la tempête était de plus en plus proche.

— J'espère qu'on pourra accéder à la cabane... Tu sais si les déneigeuses passent dans cette zone ? s'inquiéta-t-elle.

Eban descendit de voiture et la rejoignit pour la prendre dans ses bras.

— J'appellerai le propriétaire pour lui demander pendant que tu seras avec le médecin. Au pire, on pourra toujours louer une chambre d'hôtel pour cette nuit.

Darby le regarda avec des étincelles dans les yeux.

Être enfermée avec lui dans une chambre d'hôtel... Il y avait pire comme punition.

# CHAPITRE VINGT-NEUF

Signy Torgerson accompagnait Tim Carstairs jusqu'au bureau de la détention du commissariat. Même si elle comprenait ses motivations, il n'avait aucune excuse pour avoir voulu se faire justice lui-même.

— Tu as pensé à ta mère ? le sermonna-t-elle. Elle va devoir assister à l'enterrement de ton frère sans toi ! Franchement, tu as de la chance d'être encore en vie.

C'était un miracle que ni Winters ni elle n'aient tiré sur lui.

Tim Carstairs se remit à sangloter et Signy eut envie de le secouer. Même si elle avait un peu de peine pour lui, il devait se rendre compte qu'il avait fait n'importe quoi. Et puis son geste la faisait culpabiliser, car elle se disait qu'elle avait contribué à ce que les gens croient Darby coupable. Même si elle n'avait fait que son travail lorsqu'elle l'avait arrêtée et interrogée – ça n'avait rien de personnel. D'ailleurs, même Darby n'avait pas semblé convaincue de sa propre innocence, au début. Sans ce deuxième meurtre et la piste d'un tueur en série, elle aurait toujours été la principale suspecte. Celui ou celle qui avait tué Martin avait presque pensé à tout...

— Comment est-ce que tu as su que Darby était à l'hôtel ?
lui demanda-t-elle.

Tim ne répondit pas, gardant les yeux fixés au sol, et Signy
soupira.

Il avait grandi à Fairbanks et quitté la ville pour ses études,
au moment où ses parents avaient pris leur retraite en Floride.
Elle savait qu'ils avaient encore beaucoup d'amis et de relations
ici. Quelqu'un avait dû voir Darby et les prévenir... Sinon, ça
voulait dire que c'était un flic qui les avait prévenus ; un gars de
son équipe qui ne croyait pas en l'innocence de Darby et qui
avait pensé que ce serait une bonne idée de dire à la famille où
elle se trouvait. Un con, quoi...

Si elle découvrait que c'était effectivement l'un des leurs qui
avait fait fuiter l'information, elle n'hésiterait pas à en référer à
son supérieur. Ça n'arrangerait pas sa cote de popularité au sein
du commissariat, mais elle ne pourrait pas laisser passer ça.
Personne n'était au-dessus de la procédure. Cette affaire était
déjà suffisamment compliquée pour qu'il n'y ait pas en plus des
gens qui décident de jouer aux justiciers... Non seulement ils se
trompaient de coupable, mais ils mettaient l'enquête en péril. À
cause d'eux, le tueur risquait de leur échapper...

Après avoir remis Tim Carstairs à l'agent chargé de la
détention, Signy retourna à son bureau. Les images de vidéosur-
veillance que le directeur de l'hôtel lui avait envoyées et les
témoignages de la quinzaine de personnes qu'elle avait interro-
gées allaient dans le même sens : c'était une agression avec arme
blanche. Il n'y avait aucun doute là-dessus. Malgré ça, elle
doutait que le procureur accable Tim Carstairs, vu les circonstances. Et elle commençait à réaliser que personne n'était réellement prêt à prendre la défense de Darby O'Roarke. Alors que
non seulement elle était innocente, mais elle était aussi une
victime. Après avoir passé la soirée avec elle, Signy en était
persuadée.

Malheureusement, si elle décidait de prendre publiquement la défense de Darby, elle allait mettre en jeu sa carrière, mais aussi sa sécurité et celle de son fils. Pour Eban Winters ou Elliot Byrne, c'était plus facile : ils avaient tout à gagner à défendre Darby. Eban était amoureux d'elle, et Elliot était grassement payé pour assurer sa défense. Signy, elle, avait beaucoup à perdre. Si elle perdait son travail – ce qui risquait d'arriver si elle s'opposait à sa hiérarchie – son fils pourrait tirer un trait sur ses rêves universitaires.

Elle réalisa soudain qu'elle n'avait pas dit au revoir à Elliot. Tout était allé tellement vite qu'elle n'en avait pas eu le temps. Elle regretta de ne pas l'avoir fait, et imagina ce qui aurait pu se passer... Mais elle se ressaisit et leva les yeux au ciel. Elle n'était pas assez bête pour tomber sous le charme d'un homme comme lui.

*Même pas pour une nuit ?*

Elle ignora la petite voix intérieure qui essayait de la tenter et se dirigea vers les toilettes.

En découvrant son reflet dans le miroir, elle oublia définitivement tout rêve de séduction. Elle avait une tête à faire peur... Elle manquait cruellement de sommeil et aurait vraiment eu besoin de dormir. Malheureusement, ce ne serait pas pour tout de suite... Elle se passa un peu d'eau sur le visage et alla se chercher un café avant de se rendre dans la salle de réunion, transformée en quartier général dédié à l'arrestation du tueur.

Lorsqu'elle entra, elle découvrit les dossiers des deux homicides, chacun sur une table séparée. Deux grands tableaux blancs étaient accrochés aux murs, l'un en face de l'autre. Tout était prêt pour recevoir les autres agents du FBI qui devaient arriver, avec des informations sur toutes les autres affaires potentiellement liées au tueur.

*Et si la police de Fairbanks pouvait résoudre l'affaire avant leur arrivée ?* se demanda Signy.

Et si *elle* pouvait résoudre l'affaire ?

*<br>* *

Darby et Eban entrèrent dans le commissariat par la porte arrière. Elle détestait être ici, et frissonna malgré la chaleur qui régnait à l'intérieur du bâtiment. Le temps ne cessait de se dégrader, un peu comme sa maîtrise d'elle-même... Eban ouvrit la voie, et elle le suivit de près. Elle lui avait rendu son arme de secours car elle ne faisait pas confiance à tous ces flics et ne voulait surtout pas qu'ils la découvrent avec une arme. À la façon dont certains d'entre eux la regardaient alors qu'elle se tenait près d'Eban, elle savait avec certitude que ces gens n'étaient pas ses amis.

Elle aperçut Jacqui, Davis, Stef, Mohammed, et Lenny. Ils étaient assis dans la salle d'attente avec des carnets de notes et des stylos. Lorsqu'il la vit, Mohammed lui lança un regard triste et plein de regret. Jacqui leva la tête à son tour et sembla surprise en découvrant Darby, probablement à cause du bandage qu'elle portait autour de son cou.

— Ça va ? lui demanda-t-elle, suffisamment fort pour que Darby puisse entendre malgré la vitre qui les séparait.

Darby acquiesça d'un léger signe de tête et détourna le regard. Elle savait qu'elle devrait lui pardonner, mais elle avait du mal. Pourtant, si elle voulait continuer à travailler avec Jacqui dans le même labo, il allait bien falloir qu'elle prenne sur elle...

— Viens ! lui dit Eban en ouvrant la porte de la salle de réunion, jetant aux collègues de Darby, dans la salle d'attente, un regard noir.

Darby le remarqua et lui en fut profondément reconnaissante. Pas de les détester, mais de la protéger. Il était l'une des rares personnes en qui elle avait confiance les yeux fermés.

Elle le suivit dans la salle de réunion sans hésiter. Sa vie avait été complètement chamboulée. Martin et Adèle étaient morts, et elle voulait absolument que le responsable de tout ça soit arrêté le plus tôt possible. Alors, si être ici pouvait aider Eban à faire son travail, ça en valait la peine, même si ça lui demandait un véritable effort.

— Vous êtes sûr que c'est une bonne idée que Darby soit ici ? demanda Signy Torgerson en s'adressant à Eban.

Puis elle se tourna vers Darby, et lui adressa un sourire rassurant, ce qui la surprit. Elle n'avait pas réalisé que leur relation s'était à ce point améliorée depuis tout à l'heure, à l'hôtel.

— Non pas que je vous considère comme suspecte, Darby. Mais c'est pour vous préserver. Et puis nous sommes tenus au secret de l'enquête et de l'instruction...

— Je ne dirai rien à personne.

— Peut-être pas exprès...

— Si elle vous dit qu'elle ne dira rien à personne, c'est qu'elle ne dira rien à personne, l'interrompit sèchement Eban.

Il retira sa parka et l'accrocha à un crochet derrière la porte. Darby se força à faire pareil.

— J'ai dit à votre chef et à mon collègue du FBI qui doit nous rejoindre que je ne participerais à l'enquête que si je pouvais assurer la protection de Darby. Après ce qui s'est passé à l'hôtel, je veux rester avec elle en toutes circonstances, reprit Eban.

— Je suis désolée pour Tim Carstairs, dit Signy. Il est sorti de nulle part...

— Vous n'y êtes pour rien, intervint Darby, autant pour la rassurer que pour apaiser Eban qu'elle sentait énervé. Je n'ai rien de grave, à part quelques contusions. Je n'ai même pas eu besoin de points de suture, et le médecin m'a dit que ma trachée n'avait pas été endommagée.

Pourtant, Signy remarqua que sa voix était rauque et qu'elle semblait avoir mal quand elle parlait.

— En revanche, je veux bien une tisane, si c'est possible...

— Bien sûr, je vais aller vous chercher ça, lui dit Signy. Eban, vous voulez quelque chose ?

« Eban » ?! Décidément, Signy s'était beaucoup détendue !

— Je veux bien un café. Je n'arrive pas à me réchauffer, depuis la veillée.

Alors que Signy quittait la pièce, Darby leva les yeux vers les tableaux blancs et fit un pas en arrière ; les photos qui étaient accrochées lui faisaient froid dans le dos. La soirée promettait d'être longue...

Elle se dirigea vers les trois chaises rembourrées alignées contre le mur du fond, et en positionna une face à l'autre ; ça ferait office de chaise longue... Satisfaite, elle se tourna vers Eban et le surprit en train de la regarder d'un air inquiet.

— Ça va, je t'assure, sourit-elle.

Il s'approcha d'elle et lui prit la main.

— Tu es vraiment la personne la plus forte que je connaisse...

— Mais... ?

— Mais on a tous nos limites, répondit-il en soutenant son regard.

— Je connais mes limites, ne t'inquiète pas... Je ne dis pas que je suis surhumaine, mais ça va, je t'assure.

Il sourit, visiblement plus calme.

— Tu *es* surhumaine, crois-moi, mais ça n'empêche pas que je veux prendre soin de toi.

Il regarda la pièce et le couloir donnant sur les bureaux par la porte ouverte.

— Ce n'est pas vraiment comme ça que j'imaginais notre

soirée, chuchota-t-il en se tournant vers elle, plongeant son regard bleu dans le sien.

Elle frissonna, repensant à ce qui s'était passé dans le jacuzzi.

— Moi non plus, admit-elle avec un sourire suggestif. Dès que tu as retrouvé ce taré, je veux qu'on passe une semaine ensemble, nus, dans le jacuzzi...

— Okay pour tout, sauf pour le jacuzzi. Je te propose une plage à Hawaï, en échange.

— Ça me va ! rit-elle. T'as de la chance, ma co-directrice de thèse est à Hawaï...

Ils se sourirent bêtement, jusqu'à ce que Torgerson revienne avec leurs boissons chaudes. Lorsque Darby prit le thé que l'inspectrice lui tendait, elle fut immédiatement réconfortée par le parfum de menthe fumante qui lui chatouillait les narines.

— Je vais m'asseoir ici avec mes écouteurs antibruit et travailler, déclara-t-elle en s'asseyant et en posant ses jambes sur la chaise d'en face. Si vous voulez installer un écran pour que je ne puisse pas voir ce qui se passe, aucun problème pour moi !

Eban échangea un regard avec Signy.

— J'ai un séparateur de bureau que je peux installer, si vous voulez ? proposa l'inspectrice.

— Okay. Tant que je peux voir Darby et être sûr qu'elle va bien, ça me va.

Ces mots firent prendre à Darby la mesure du danger, mais elle ne broncha pas. Alors que Signy partait chercher le séparateur, elle mit les écouteurs que Quentin lui avait offerts pour Noël. Elle se souvint qu'elle avait promis à Quentin et Haley de les rappeler, mais ça l'ennuyait de les inquiéter alors qu'ils ne pouvaient rien faire. Elle fera ça plus tard. Pour l'instant, elle ne risquait rien.

*\
**

— On a les résultats des analyses toxicologiques, déclara Signy
en faisant irruption dans la pièce, une feuille à la main. Martin
n'avait pas pris de drogue, mais son taux d'alcool était à 0,15 %.

Ce qui signifiait que Martin avait conduit en état d'ébriété,
ou qu'il avait bu un grand verre de whisky en rentrant chez lui.
Cette deuxième option était la plus probable : aucun accident
de la route n'avait été signalé le soir de sa mort. De toute façon,
ça n'avait pas beaucoup d'importance ; même si Martin avait
pris le volant en ayant trop bu, le pauvre garçon n'aurait plus
l'occasion de recommencer.

Depuis près d'une heure, Eban et six agents de la police
locale examinaient les indices qui avaient été collectés jusqu'à
présent. Il était presque 23 heures, et les policiers avaient fait
une nuit blanche la veille. Tout le monde commençait à
fatiguer.

— En revanche, Darby avait des traces de flunitrazépam
dans son organisme, dit Signy en tendant la feuille à Eban.

Ce qui confirmait ce qu'il pensait.

Il jeta un coup d'œil à la cloison entre eux et Darby. Il ne
voyait que ses pieds, qui ne bougeaient pas. Peut-être s'était-elle
endormie ? La dernière fois qu'il était allé la voir, elle était
absorbée par son travail.

— Et dans la bouteille de whisky ?

— Rien. Uniquement du whisky de bonne qualité.

— On a donc deux scénarios possibles, réfléchit Eban. Soit
c'est Martin Carstairs qui a drogué Darby pendant la soirée
pour la ramener chez lui, soit c'est le tueur, et Martin est intervenu pour l'empêcher de faire ce qu'il avait prévu. Martin étant
mort, je penche pour le scénario du tueur. Par contre, je me

demande comment il a pu la droguer sans que personne ne le remarque ?

— Il devait passer inaperçu… dit Signy en se rasseyant.

Eban regarda la chronologie des faits qu'ils avaient reconstituée sur le tableau blanc.

— Il devait être à la soirée disons au moins une heure avant le départ de Darby et Martin, et au moins trente minutes avant que Darby n'ingurgite la drogue. On sait qu'elle a dansé assez longtemps, ce qui suggère qu'elle ne l'a pas ingérée tout de suite… À quelle heure Jacqui Paulson est-elle partie ?

Signy consulta ses notes.

— 21 h 30.

— Darby et Martin ne sont partis qu'après 23 h 30. Et la soirée s'est terminée à minuit.

— Il a pu revenir en douce sans que personne ne le remarque ? suggéra Signy.

— Ou il avait peut-être un complice ? proposa Allan.

— Possible, reconnut Eban en hochant la tête d'un air pensif. En tout cas, je ne pense pas que les autres étudiants de l'institut soient suspects – en particulier ceux qui étaient à l'institut avant que Darby n'arrive, il y a seize mois.

Il réfléchit un instant en se mordant l'intérieur de la joue.

— Ce serait une sacrée coïncidence que Darby ait intégré un labo où travaillait un tueur en série.

Il pensait plus probable que le tueur ait cherché Darby – peut-être qu'il avait été touché par ce qu'il lui était arrivé l'été précédent ? Ou peut-être pensait-il au contraire qu'elle n'avait pas assez souffert ? Avec un fou, tout était envisageable.

— Est-ce que Lenny Serkoak a été interrogée ? demanda-t-il.

— Ce nom ne me dit rien… dit Signy en fronçant les sourcils.

Eban ouvrit la porte et regarda le bureau principal. Il n'y

avait presque personne, à l'exception de quelques agents en uniforme et d'un agent d'accueil.

— Je l'ai vue à la veillée. Elle était là, tout à l'heure, pour faire sa déposition.

— Ah, oui, je vois ! s'exclama Signy.

Elle chercha une feuille dans le tas face à elle.

— Voilà : elle a déclaré qu'elle était partie peu avant 22 heures. Quelqu'un l'a ramenée chez elle, mais elle ne sait pas qui c'était.

Eban ferma la porte et retourna vers le tableau blanc, regardant les informations inscrites dessus en plissant les yeux.

— Il faut découvrir qui c'est. Elle a commencé au laboratoire en septembre. Quand je suis allé récupérer des affaires chez Darby, hier, je suis tombé sur elle. Elle m'a dit qu'elle venait chercher un livre, mais elle s'est enfuie quand elle a vu que j'étais là...

Sur certaines vidéos, il l'avait vue danser avec Martin et Darby, mais il ne se souvenait pas que Darby lui en ait parlé lors de leurs nombreuses conversations téléphoniques.

— Essayez d'en savoir plus sur elle : d'où elle vient, à quel moment elle a postulé à l'UAF... ce genre de choses.

— Okay, soupira Signy avec lassitude. Je vais l'ajouter à notre liste de personnes à réinterroger.

— Merci. J'ai demandé les profils des victimes d'autres crimes qu'on pense avoir été commis par le tueur, mais je ne les ai pas encore reçus.

Il avait la nette impression que Lincoln Frazer ne serait pas très enthousiaste à l'idée de partager des informations par e-mail avec la police locale. Certainement pour que rien ne fuite dans la presse – ce qui aurait pour conséquence de faire fuir le tueur. Ses collègues du FBI, y compris la fille qui devait faire le double de Darby, avaient été retardés par la tempête. Si le temps s'améliorait, ils prévoyaient d'arriver le lendemain par un avion de la police d'État, mais Eban doutait que ce soit possible. Les conditions météo étaient particulièrement mauvaises et aucun pilote n'accepterait de décoller alors que le ciel ressemblait à un champ de coton.

Il avait également demandé à Quentin et Haley de faire venir un garde du corps par jet privé afin qu'il puisse exfiltrer Darby en toute sécurité mais, même chose, il fallait attendre que la tempête soit passée.

Darby était donc bloquée ici jusqu'à nouvel ordre. Il y avait bien l'option de la détention, mais il ne voulait pas la forcer. Il allait donc falloir qu'il lui en parle et la convainque que c'était le meilleur moyen d'assurer sa sécurité. Si elle refusait, il n'aurait d'autre choix que de veiller sur elle personnellement jusqu'à ce qu'elle ne coure plus aucun danger. Et si ça voulait dire perdre son travail, tant pis. Darby était sa priorité absolue.

Ne pouvant retenir un bâillement, il couvrit sa bouche avec sa main.

— Désolé... Bon, il faut qu'on réinterroge tous les participants à la soirée, et qu'on leur pose des questions sur la période comprise entre 22 h 30 et 23 h 30. Il faut qu'on sache exactement qui était là, et s'ils ont remarqué quelqu'un se comporter bizarrement. Est-ce que les images et les vidéos mises en ligne sont horodatées ? demanda-t-il à Allan Robertson, qui avait l'air aussi fatigué que lui.

Ils avaient vraiment tous besoin de sommeil et allaient bientôt devoir faire une pause pour dormir quelques heures.

— Certaines, mais pas toutes, répondit Allan en notant les instructions données par Eban. Le problème, c'est que la pièce où était organisée la soirée était très peu éclairée ; du coup, les images ne sont pas de très bonne qualité. Certaines sont même carrément inexploitables... On n'a remarqué personne de suspect, mais on essaie d'identifier toutes les personnes présentes sur les vidéos et de dresser une liste afin de pouvoir les interroger.

— Voyez ça avec Darby demain. Elle pourra peut-être vous aider à identifier des personnes, et voir les images pourrait lui rafraîchir la mémoire... Concentrez-vous sur le créneau horaire qu'on a ciblé pour commencer, *si* elle s'en sent capable, insista-t-il.

— Très bien, acquiesça Allan. Je la contacterai demain matin. On commencera par réinterroger les personnes dont nous savons qu'elles étaient présentes aux heures qui nous intéressent.

— J'imagine que les organisateurs de la soirée ont arrêté de vendre des billets d'entrée bien avant la fin ? demanda Eban.

— Oui. Vers 21 heures. Malheureusement, les billets n'étaient pas numérotés ni nominatifs, répondit distraitement Signy en regardant son téléphone portable. C'est bon, la scientifique a récupéré les rideaux du salon chez Martin Carstairs ; ils me disent qu'ils procéderont à la recherche ADN demain. J'espère qu'on trouvera l'ADN du tueur... dit-elle en croisant le regard d'Eban.

Eban pinça les lèvres ; il avait envie d'y croire mais se refusait à être trop optimiste.

— Ça va de toute façon prendre du temps... Et puis le tueur portait peut-être des gants. Mais on ne sait jamais : on aura peut-être de la chance... On en est où avec les empreintes de chaussures ?

Signy sortit les trois photos des empreintes prises dans la neige et dans l'annexe de l'église.

— Celles qui ont été retrouvées sur la propriété du voisin correspondent à celles retrouvées dans l'église. Pour ce qui est de l'église, il s'agit de la même marque et de la même pointure que les bottes de Darby. En revanche, pour les empreintes relevées dans la neige, le labo n'a pas pu m'affirmer avec certitude que c'était les mêmes bottes. Quant aux autres empreintes qu'Allan a trouvées dans les bois du côté opposé, elles ont été faites par des bottes d'homme de la marque Sorel, modèle Glacier XT, en taille quarante-deux, mais on n'a pas réussi à identifier le propriétaire.

Eban réfléchit. C'était peu probable, mais Martin avait pu aller se promener dans les bois après le *ceilidh*... Il était allé directement à la soirée après le travail, et la neige avait continué de tomber jusqu'à environ 22 heures, mardi soir. Mais, même si c'était ce qui s'était passé, pourquoi ces bottes n'avaient-elles pas été retrouvées chez lui ? Ça n'avait aucun sens. Quant à la possibilité que le tueur ait un complice, on avait identifié les traces d'une seule personne dans l'église...

À moins que quelqu'un cherche délibérément à brouiller les pistes ? Si c'était le cas, on pouvait dire que ça fonctionnait !

— Les bottes, les gants – dont je suis prêt à parier qu'ils portent l'ADN de Darby... Tout laisse penser que le tueur tente de faire accuser Darby des deux meurtres.

Il regarda à nouveau la chronologie sur le tableau blanc.

— Je suis en train de me dire que le tueur ne devait pas savoir que j'étais là...

— Pas plus que nous, lui fit remarquer Signy. En tout cas, on ne savait pas que vous étiez ici en qualité de garde du corps personnel, ajouta-t-elle avec ironie.

Eban lui adressa un large sourire.

— Regardez le bon côté des choses, Torgerson. Grâce à moi, Darby a un alibi pour le deuxième meurtre. Non seulement ça vous a évité une erreur judiciaire, mais ça vous a en plus permis d'identifier un éventuel tueur en série qui sévit dans votre région. Si vous mettez la main sur lui, vous allez passer pour une héroïne !

— Vous ne pensez pas qu'on devrait avertir le public ? demanda Allan.

— En faisant ça, on risque de faire fuir le tueur... Tant que la presse reste concentrée sur Darby, il se croira en sécurité. Il doit se croire intouchable ; c'est la première fois qu'il a les flics sur le dos. Heureusement, avec la tempête, il va être obligé de rester ici, mais mieux vaut ne pas prendre de risque. C'est aussi pour ça que ce groupe de travail est restreint, dit Eban en regardant les agents présents autour de la table.

En effet, seuls quelques agents locaux, parmi les meilleurs, avaient été sélectionnés pour travailler sur l'affaire. Comme les deux autres inspecteurs du service travaillaient actuellement sur une autre affaire importante avec la GRC et la DEA, Signy Torgerson était la seule à seconder Eban, ce qui ne semblait pas lui déplaire...

— Si le tueur réussit à s'enfuir, ou s'il sait qu'on est après lui et décide de rester inactif, on revient à la case départ, et lui se remettra à tuer tôt ou tard, ajouta-t-il.

Surtout, tant que ce tueur serait en liberté, Darby serait toujours en danger, ainsi que le reste de la population. Ils devaient absolument attraper ce type. Et vite.

— Est-ce qu'on pourrait retrouver toutes les bottes correspondant à celles de Darby, qui ont été vendues à Fairbanks depuis septembre dernier ?

— Pourquoi septembre ?

— C'est à ce moment-là que Darby est revenue à Fairbanks, après son enlèvement l'été dernier, répondit Eban en passant une main sur son visage fatigué. J'imagine que le tueur n'a pu voir ses bottes que quand elle a commencé à les porter, avec les premières chutes de neige. À moins qu'il ne soit allé chez elle...

Ce qui n'était pas impossible, compte tenu de la facilité avec laquelle les voisins de Darby semblaient donner sa clé à qui la leur demandait...

— Il faudrait peut-être vérifier quand la neige est tombée pour la première fois cette année, et passer en revue les achats de ce style de bottes dans la semaine qui a suivi. Si on ne trouve rien, on regardera les achats effectués avant ça...

— Vous pensez que le tueur avait prévu de la piéger depuis tout ce temps ? demanda Allan en fronçant les sourcils.

Eban aurait préféré que Lincoln Frazer soit là pour répondre à cette question mais, même si lui n'est pas profiler, sa formation lui permettait malgré tout de pouvoir y répondre.

— Je pense que le tueur s'est identifié à Darby et cherche à l'imiter. Le mimétisme est un moyen d'accélérer et de renforcer les liens sociaux. En d'autres termes : nous sommes attirés par ceux qui nous ressemblent et agissent comme nous.

Le mimétisme était une technique de base dans la négociation qui permettait d'établir un lien. L'effet miroir, par exemple, en était un excellent exemple.

— Je ne sais pas si le tueur était déjà à Fairbanks ou s'il a déménagé ici spécifiquement pour se rapprocher de Darby, mais je pense qu'il a entendu parler de son enlèvement et de sa libération, l'été dernier, et que depuis, il est obsédé par elle. Il doit se dire qu'elle lui ressemble d'une manière ou d'une autre – qu'ils ont vécu des choses similaires, ou qu'elle est une sorte d'alliée. Il voudrait être comme elle. Dans son esprit, elle est une sorte de meilleure amie. Sauf que, mardi soir, quelque chose a changé.

— Darby s'amusait... suggéra Signy en regardant Eban dans les yeux. Le tueur l'a vue s'amuser à la soirée...

*Intéressant...*

— Peut-être qu'il l'a droguée pour la « sauver » ? Et le fait que Martin l'ait ramenée chez lui a déclenché un instinct de protection qui l'a poussé à le tuer ?

— Ou alors Darby était celle qu'il voulait tuer, mais Martin s'est mis en travers ?

— On ne peut pas se permettre de faire des hypothèses à ce stade. On ne peut rien exclure...

— Je vais commencer par faire une liste des bottes qui ont

été vendues, dit Signy en prenant des notes. J'ai aussi demandé la liste des numéros qui ont borné à proximité de la maison de Martin la nuit de sa mort, et dans le quartier de l'église, hier soir.

— Parfait, la félicita Eban en hochant la tête.

Passer en revue ces informations allait prendre du temps, mais il avait bon espoir que cela leur permette d'établir une liste de personnes sur lesquelles ils pourraient se concentrer.

— Il faudrait aussi lancer un appel à témoins pour savoir si des personnes ont vu un véhicule garé sur le bord de la route près de la maison de Martin, mardi soir, suggéra Allan. Je sais que c'est un quartier calme, mais on ne sait jamais : quelqu'un a pu passer par là et se souvenir de quelque chose.

— Excellente idée ! sourit Eban. Je vous laisse gérer ça ? Signy, voyez avec les opérateurs de réseaux mobiles si des téléphones ont borné depuis un véhicule à peu près au même moment.

Toutes ces sources d'informations étaient intéressantes, mais il allait falloir du temps pour obtenir des données utilisables...

— J'attends toujours les résultats des traces ADN qu'on a retrouvées sur le couteau, dit Eban en s'affalant sur sa chaise. D'ailleurs, ajouta-t-il en fronçant les sourcils, vérifiez également les ventes de couteaux ces dernières vingt-quatre heures. Je ne pense pas que le tueur avait prévu de laisser l'arme derrière lui quand il a tué Carstairs. En tout cas pas jusqu'à ce qu'il décide de piéger Darby. Il lui en a donc fallu un nouveau pour tuer Adèle Surrey.

C'était une piste supplémentaire, même s'il savait qu'en Alaska, tout le monde avait des couteaux et que ce n'était pas difficile de s'en procurer, y compris sans en acheter.

— Il faut tout passer au crible... conclut-il.

— La pointure des bottes laisse penser qu'il pourrait s'agir d'une femme... fit remarquer Signy.

Eban hocha la tête.

— C'est vrai. Ou d'un homme avec des petits pieds.

Un tueur en série sur six était une femme, se dit-il, avant de passer à l'élément suivant sur sa liste.

— Le cambriolage du cabinet de Gleeson... ?

— On n'est pas encore certains qu'il soit lié aux meurtres, répondit Signy.

— En tout cas, quelque chose me dit que ce n'est pas impossible, dit Eban. Vous m'avez dit qu'on avait eu des nouvelles de l'assistante ?

— Apparemment. C'est en tout cas ce que Gleeson m'a dit.

— Vous ne l'avez pas eue au téléphone ? s'inquiéta Eban.

— Non. Gleeson m'a laissé un message vocal, tout à l'heure, pour me dire qu'il avait eu de ses nouvelles. Elle lui a dit qu'elle était à Anchorage, comme il le pensait.

— Mais il lui a parlé ?

— C'est ce qu'il m'a dit, et je n'avais pas de raison de mettre sa parole en doute. C'est lui qui a signalé sa disparition...

Eban faisait les cent pas en se mordant la lèvre.

— Je veux quand même être sûr, finit-il par dire. Appelez-la.

— Vous soupçonnez le psy ? demanda Allan.

Eban lui adressa un léger sourire.

— Je soupçonne toute personne qui pourrait glisser ses petits pieds dans ces bottes de neige, à l'exception de Darby.

— Vous êtes sûr que ce n'est pas moi, alors ! rit Allan. Dans Cendrillon, je serais plutôt l'une des deux laideronnes...

Tout le monde éclata de rire. Un peu de détente ne faisait pas de mal après la pression constante de ces derniers jours.

— J'appellerai Corinne Brown demain matin, lui assura Signy. Histoire d'être sûre qu'elle est en vie et à Anchorage.

— Parfait. Est-ce que vous pourriez envoyer l'un de vos hommes en civil au Borealis dès que possible ? C'est un bar du centre-ville où se retrouvent les étudiants de l'UAF le vendredi soir.

— Tout de suite ? demanda Allan, l'air épuisé par cette perspective.

Eban consulta sa montre.

— Demain, ça ira.

Ce serait même mieux puisqu'on serait vendredi.

— Le tueur a forcément croisé Darby quelque part. Or, elle ne sort pas beaucoup. Elle m'a dit qu'elle allait parfois dans ce bar avec d'autres étudiants ; il faudrait interroger les personnes sur place et voir si l'une d'elles se souvient d'avoir vu quelqu'un prêter une attention particulière à Darby...

Est-ce que Darby aurait été plus à l'aise en société s'il avait accepté d'être en couple avec elle ? Il en doutait. Elle était uniquement concentrée sur son travail, jusqu'à en oublier les autres aspects de sa vie. C'était d'ailleurs le principal frein à une éventuelle relation entre eux... Mais ce n'était pas le moment de penser à ça. Une fois qu'ils auraient arrêté le tueur, Darby et lui pourraient discuter afin de déterminer s'ils étaient prêts à former un couple, malgré la distance.

Même si lui pensait déjà avoir la réponse... À présent, il n'aimait pas beaucoup l'idée qu'ils puissent ne pas être ensemble.

— Il faudrait aussi que des officiers en uniformes interrogent tous les voisins de Darby. Le tueur la traque depuis un certain temps et elle ne l'a pas remarqué. Donc, soit il est vraiment très discret – ce qui n'est pas exclure, quand on sait qu'il tue depuis au moins quatre ans – , soit il s'agit de quelqu'un qu'elle voit tous les jours.

Encore une fois, cette éventualité laissait penser qu'il pourrait s'agir d'une femme. Darby était très méfiante vis-à-vis des hommes en général ; il savait que si un homme s'était intéressé à elle de trop près, elle l'aurait immédiatement remarqué et lui en aurait parlé.

Signy bâilla longuement, et Eban réalisa que tout le monde avait besoin d'une pause.

— Bien, déclara-t-il en regardant l'heure sur sa montre. Je pense qu'on a tous besoin de fermer les yeux. Je voudrais juste qu'on écoute l'enregistrement qui nous a été transmis par le 911, et après, je vous libère.

La bande avait été améliorée, mais seulement partiellement. Son ami, Mike Tanner, était en vacances cette semaine, et injoignable. *Fait chier !*

— On se retrouve ici, demain matin. Je ne pense pas que l'équipe du FBI puisse être là avant 14 heures. S'ils arrivent à être là...

Signy ouvrit le fichier de l'enregistrement sur son portable et s'apprêta à appuyer sur « play », mais Eban l'interrompit.

— Attendez ! Je voudrais voir si Darby reconnaît la voix, cette fois.

Il contourna le séparateur et elle leva la tête vers lui. Son bandage autour de la gorge lui rappela une fois de plus à quel point il avait failli la perdre ce jour-là...

Elle retira ses écouteurs et le regarda d'un air interrogateur.

— Tu peux venir, s'il te plaît ? Je voudrais que tu essaies d'identifier la voix du tueur.

À contrecœur, elle posa ses écouteurs et son ordinateur sur la chaise à côté d'elle, et se leva pour suivre Eban vers le reste de l'équipe. Elle était nerveuse. Il lui faudrait sûrement du temps pour faire à nouveau confiance à la police...

Il l'installa sur sa chaise, et se pencha à son oreille en posant ses mains sur ses épaules.

— C'est l'enregistrement de l'appel qu'Adèle Surrey a passé au 911, murmura-t-il. Ne t'inquiète pas, ce n'est pas trop impressionnant...

Il fit signe à Signy d'appuyer sur « play ».

— *Tu voulais me quitter ?*

Il était difficile de dire s'il s'agissait d'un homme ou d'une femme. Malgré le travail qui avait été fait pour améliorer la qualité de l'enregistrement, la voix était lointaine, étouffée.

— *Que Dieu vous pardonne.*

— C'est Adèle Surrey, confirma Darby.

Puis on entendit un rire, probablement celui du tueur, mais ça ne dura pas longtemps. Les sirènes des secours étaient également audibles en arrière-plan, et Eban ne put s'empêcher de penser que, s'ils n'avaient pas fait autant de bruit, peut-être qu'Adèle serait toujours en vie. Et peut-être que le tueur serait derrière les barreaux...

Malheureusement, ils étaient arrivés trop tard.

L'enregistrement s'arrêta.

Le tueur avait eu de la chance, et ce n'était sûrement pas la première fois, ce qui voulait dire qu'il devait se croire tout puissant – ce qui n'était pas le cas, et Eban espérait bien le lui prouver.

Au moins, Adèle avait réussi à appeler le 911. Même si le tueur lui avait fait payer. Sans aucune pitié.

— Alors ? demanda Signy.

Darby la regarda d'un air sombre.

— Je ne sais pas, murmura-t-elle en serrant les poings sur ses genoux. Je ne sais même pas si c'est un homme ou une femme.

— C'est vrai qu'on n'entend presque rien, réagit Allan en tapant nerveusement son stylo contre son bloc-notes.

— Je suis certain que les experts de Quantico pourront au moins déterminer ça, dit Eban. Ce n'est pas grave, ajouta-t-il en s'accroupissant à côté de Darby.

— J'aimerais pouvoir aider davantage, dit-elle en se frottant machinalement les bras.

— On aura au moins essayé... Allez, ça suffit pour ce soir. On va rentrer...

Il sentit les regards de tout le monde sur eux.

— Vous voulez une protection ? proposa Allan.

— Non, ça va aller.

Tout ce qu'il voulait, c'était être seul avec Darby.

CHAPITRE TRENTE

Darby essayait de se détendre, et elle sourit en regardant Eban au volant. Il n'avait pas dit un mot depuis qu'ils avaient quitté le commissariat. Il avait fait son truc d'espion et avait tourné dans la ville de manière aléatoire pour semer toute personne qui aurait pu les suivre, avant de se diriger vers l'est, en direction de la cabane. Visiblement, il prenait très au sérieux la possibilité qu'ils soient suivis. Avant de partir, il avait même vérifié qu'aucun traceur n'était placé sur la voiture – ce qui, par moins trente, signifiait qu'il ne plaisantait pas et que la menace était réelle. Darby avait l'impression d'être dans un *James Bond...*

Heureusement, il n'avait rien trouvé.

Le vent hurlait, la neige fonçait sur eux, et l'énorme voiture semblait toute petite, aux prises avec cette nature déchaînée.

— Tu crois vraiment que les autres agents du FBI vont pouvoir prendre un vol demain ?

— J'en doute. J'appellerai Frazer demain matin pour voir où ils en sont. Même s'ils ne réussissent pas à venir, il pourra peut-être me donner d'autres informations sur le tueur...

Alors qu'ils arrivaient au niveau de l'allée menant à leur

cabane de location, Eban s'arrêta, scrutant le sol devant la voiture à la recherche de traces.

— Ça va, j'ai l'impression que personne n'est venu, déclara-t-il finalement.

— En tout cas pas depuis une heure, dit Darby. Avec un vent pareil, même avec des arbres, si quelqu'un était venu, les traces seraient effacées.

— Ouais, soupira-t-il.

Elle avait raison, et il le savait.

— Je vais continuer quelques kilomètres et revenir en arrière. Au cas où quelqu'un suivrait nos traces pour savoir où on va...

— Mais Monsieur est intelligent, dis donc ! lui lança-t-elle en souriant.

— Bah... Je n'ai pas de doctorat, mais j'espère avoir quand même quelques qualités...

— Tu as *plein* de qualités...

Elle lui adressa un regard suggestif, et il sourit en comprenant qu'elle faisait allusion à ce qui s'était passé dans le jacuzzi, cet après-midi-là. Mais il ne répondit pas. Il craignait que le tueur soit après eux, et il était en mode hyper-protecteur.

Elle aussi était inquiète. Mais après son agression par Tim Carstairs, elle se forçait à ne pas trop réfléchir pour ne pas sombrer complètement. Elle repoussait la peur car elle refusait de tomber à nouveau dans la paranoïa, et de redevenir une épave. Elle avait conscience du danger, mais elle savait aussi qu'elle avait à ses côtés un garde du corps à plein temps, armé, parmi les meilleurs du pays, et une équipe entière de policiers dédiée à la recherche du tueur. C'était suffisant pour la rassurer. De toute façon, trop de peur tuait la peur... Elle avait besoin d'une pause et de revenir, ne serait-ce que brièvement, dans la zone de la normalité.

Pendant qu'Eban et l'équipe de Torgerson travaillaient sur

l'affaire, tout à l'heure, au commissariat, elle s'était plongée dans plusieurs articles universitaires sur la façon dont les changements dans les émissions gazeuses donnaient un aperçu de l'état des régions subvolcaniques. Son travail était de tenter d'établir un système d'alerte fiable permettant d'anticiper les éruptions. Si les scientifiques réussissaient à établir un lien entre les capteurs chimiques et les données de déformation – qui étaient sa spécialité –, cela permettrait de faire de réels progrès dans la surveillance à distance de l'activité volcanique, et donc, potentiellement, de sauver des centaines, voire des milliers de vies.

Eban, lui, était davantage concentré sur le sauvetage d'une ou deux vies. Ce qui n'était pas moins noble, l'une de ces vies étant la sienne...

Elle toucha le bandage autour de son cou. Heureusement, la blessure était superficielle. Elle espérait qu'elle n'aurait pas de cicatrice supplémentaire... Ça la piquait encore un peu, et elle avait des crampes dans les bras après avoir lutté si durement contre le frère de Martin. Une heure dans le jacuzzi lui ferait sûrement du bien ; ça aiderait à détendre ses muscles. Mais elle n'était pas d'humeur et, de toute façon, le médecin lui avait conseillé de ne pas mouiller le bandage.

Tim Carstairs passait la nuit en prison. Elle avait aperçu ses parents, tout à l'heure, dans la salle d'attente du commissariat. Ils étaient en train de parler à Jacqui et aux autres. Ils avaient tous l'air affolés et tristes, mais elle n'avait pas eu le temps de les voir longtemps car Eban s'était empressé de la faire entrer dans la salle de réunion. De toute évidence, il cherchait à la protéger non seulement du tueur, mais aussi de tous ceux qui doutaient de son innocence et auraient pu s'en prendre à elle. Il empêchait quiconque voulant s'adresser à elle de l'approcher, et elle devait reconnaître que ça lui faisait du bien. Elle avait de la peine pour la famille de Martin, et pour ses soi-disant amis, mais elle était tellement fatiguée par tout ce qui lui arrivait qu'elle avait besoin de se concentrer sur elle, sans avoir à gérer les émotions des autres. Quand elle irait mieux, elle sortirait de sa coquille. Mais, pour l'instant, elle n'en avait pas l'énergie.

De toute façon, qu'est-ce qu'elle aurait pu dire à tous ces gens ? Elle ne se souvenait toujours pas de ce qui s'était passé après la soirée, et n'avait pas le droit de révéler les détails de l'enquête. Alors, finalement, mieux valait qu'elle ne parle à personne jusqu'à ce que le tueur ait été retrouvé.

Eban s'engagea dans l'allée d'une autre maison, puis fit soigneusement marche arrière pour regagner la route principale en roulant sur les mêmes traces. La précaution était peut-être inutile, car ils n'avaient croisé personne sur la route, mais elle savait qu'il faisait attention à absolument tout, et ça la rassurait.

C'était d'ailleurs grâce à ça – ou grâce *à lui* – que, malgré le stress de la journée et tout ce qui s'était passé ces deux derniers jours, elle n'était pas devenue complètement folle. Au contraire, elle était heureuse d'être seule avec Eban ; il réveillait quelque chose en elle qui la maintenait en vie.

La nuit précédente, tous les deux avaient été trop tendus pour penser à autre chose qu'à décompresser et à leur sécurité. Mais, depuis le jacuzzi, l'idée qu'Eban semble disposé à ce que leur relation dépasse le stade de l'amitié ne la quittait pas. Elle en rêvait depuis si longtemps !

Elle se mordit la lèvre, osant se dire que, peut-être, ce soir-là, ils allaient enfin faire l'amour. Elle avait presque honte de penser à ça alors qu'un tueur en série était là, tapi quelque part, mais tant pis. Elle n'était plus la jeune fille fragile qui se recroquevillait et pleurait dans son coin. Cette jeune fille-là, elle l'avait laissée en Indonésie. Elle n'était pas devenue complètement inconséquente pour autant, mais elle ne voulait pas laisser à ce tueur le loisir de la détourner de sa vie. Ni de sa joie de vivre. Elle voulait être avec Eban – *en couple* avec Eban – et elle ne voulait plus attendre pour concrétiser ça.

— Eban ?

— Ouais ? répondit-il distraitement, concentré sur la route.

— Tu veux coucher avec moi ce soir ?

Il se retourna brusquement pour la regarder avec de grands yeux, et elle dut stabiliser le volant pour ne pas qu'ils quittent la chaussée et finissent dans un arbre.

Elle sourit et ne fuit pas son regard. Sa question ne la gênait même pas. Elle ne voulait plus aucun faux-semblant entre eux. Si la réponse était « non », autant qu'elle le sache le plus tôt possible.

— Tu veux, toi ?

— Bah... Oui ! rit-elle. C'est pour ça que je te demande !

— T'es sûre ?

Son regard était plein d'inquiétude alors qu'elle aurait aimé y voir du désir.

— Seulement si toi, tu en as envie, rétorqua-t-elle, un brin vexée. Moi, tu sais que j'en ai envie depuis Quantico.

— Je sais... Mais je trouvais que c'était trop tôt après ce que tu avais vécu. On rentre et on en parle, ça te va ? lui proposa-t-il alors qu'il se garait devant la cabane.

La main posée sur son Glock, il descendit de voiture, brancha le câble du chauffe-bloc afin que le moteur ne gèle pas pendant la nuit, puis fit le tour pour l'aider à sortir du SUV. Alors qu'elle prenait sa main, elle se sentit flattée et protégée, mais elle réalisa que, si c'était nécessaire, il se mettrait entre elle et le danger. Or, elle ne supporterait pas qu'il lui arrive quelque chose.

Elle se dépêcha de récupérer son sac contenant son ordina-teur portable puis courut presque jusqu'à la porte d'entrée, bais-sant la tête pour contrer la tempête. Eban plaça une main devant elle pour la faire rester à l'extérieur alors qu'il ouvrait la porte, et inspecta rapidement la pièce principale. Une fois certain qu'il n'y avait pas de danger, il revint la chercher, lui tendit son arme de secours, et ferma la porte à clé.

— Entre là-dedans, lui dit-il en lui montrant sa chambre.

Elle avait espéré quelque chose d'un peu plus romantique, mais elle s'exécuta malgré tout.

— Je vais m'assurer que les autres pièces sont sécurisées, murmura-t-il après avoir inspecté l'intérieur du placard et le dessous du lit. Je reviens tout de suite. Ferme les rideaux.

Il se glissa dans le salon et alluma toutes les lumières. Elle observa un instant son reflet dans les vitres du salon, puis alla fermer les rideaux de sa chambre, comme il le lui avait demandé, s'assurant qu'il n'y ait pas le moindre espace à travers lequel on pourrait les espionner.

Mais elle chassa immédiatement de son esprit l'idée que quelqu'un puisse rôder autour de la maison. Elle ne voulait pas que les horreurs du passé envahissent cet espace. Elle refusait de laisser ceux qui lui avaient fait du mal la hanter jusqu'ici.

Elle attendit près de la porte, l'arme pesant comme du plomb dans la paume de sa main. Elle détestait cette sensation ; ça lui rappelait qu'elle avait déjà tué, même si c'était en état de légitime défense. Elle n'était pas sûre qu'elle pourrait recommencer... D'ailleurs, même si elle avait pu avoir accès à son arme lorsque Tim Carstairs l'avait agressée, elle ne pense pas qu'elle en aurait fait usage. D'abord parce qu'elle ne voulait plus tuer, mais aussi parce qu'il avait clairement agi sous le coup de la tristesse. À quoi bon ajouter de la peine à la peine ?

— C'est bon ! lui cria Eban depuis le salon.

Elle éteignit la lumière avant de le rejoindre, puis elle lui rendit l'arme et s'agenouilla devant le poêle à bois pour allumer le feu.

— Tu ne veux pas garder l'arme ? lui demanda-t-il.

— Non, si je n'y suis pas obligée, je ne préfère pas...

Il lui sourit en clignant des paupières pour lui indiquer qu'il la comprenait, puis ferma les rideaux, avant d'allumer une seule applique murale diffusant une très faible lumière. Darby eut l'impression qu'ils étaient seuls au monde, dans une bulle, à l'écart de tout.

Le petit bois s'enflamma immédiatement, et elle ajouta des morceaux de plus en plus gros dans le foyer, jusqu'à ce qu'elle soit sûre que le feu ne s'éteindrait pas avant un moment.

Elle alla ensuite se laver les mains à l'évier de la cuisine, pendant qu'Eban décapsulait deux bières. Il lui en tendit une, et ils trinquèrent en silence en se regardant dans les yeux, avant de boire chacun une longue gorgée rafraîchissante.

Darby s'essuya la bouche du revers de la main et rit devant l'expression sévère d'Eban.

— Qu'est-ce qui t'arrive ? Tu as l'air bien sérieux...

— Je pense à ce que tu m'as dit dans la voiture.

— Et ?

— Et... Je me sens nerveux... admit-il avec un petit rire gêné. Je crois que j'ai peur de mal faire.

— C'est impossible. Moi, par contre, je pourrais...

— C'est ta première fois. On ne fait jamais mal la première fois.

— C'est gentil de me rassurer, mais j'en suis moins sûre que toi...

Ses paumes étaient moites. Elle avait tellement peur qu'il dise non.

— Honnêtement, je suis tellement nerveux que c'est comme si c'était ma première fois aussi. Je ne suis pas un dieu du sexe, tu sais...

— Pour moi, tu es un dieu tout court.

Il la regarda un instant dans les yeux avec une bienveillance et un amour qui lui réchauffèrent le cœur.

— Okay, Darby. Je vais coucher avec toi ce soir, finit-il par dire.

Elle eut envie d'exploser de joie.

— Il faudrait peut-être que je me rase ? lui demanda-t-il en souriant et en passant une main dans ses cheveux puis sur sa mâchoire recouverte d'une fine couche de barbe.

— Non, ce n'est pas la peine.

Elle posa son verre sur la table et fit un pas vers lui pour caresser sa joue.

— Je n'ai plus envie d'attendre, murmura-t-elle.

Ses yeux étaient aussi sombres que la nuit, et elle chercha en eux comme elle aurait cherché l'étoile Polaire dans le ciel nocturne.

Elle n'avait pas peur du noir ; elle avait peur de vivre sans lumière. D'être submergée par ses traumatismes sans jamais expérimenter le bonheur de la sexualité. Elle était terrifiée à l'idée de vivre une vie sans jamais faire l'amour avec Eban. Dès qu'elle l'avait rencontré, elle avait senti qu'elle pouvait lui faire confiance ; qu'avec lui, elle était en sécurité et qu'il l'aiderait à retrouver une vie normale. Elle savait déjà qu'il était extraordinaire, et sa seule crainte était de ne pas être à la hauteur de cet homme qu'elle avait immédiatement admiré. C'était pour lui qu'elle s'était battue afin de redevenir celle qu'elle était, de ne plus être une boule d'angoisse remplie de larmes.

Il finit sa bière d'un seul trait, posa la bouteille vide sur la table à côté de celle de Darby, puis attrapa sa main et la porta à sa bouche pour l'embrasser.

— On doit y aller doucement. Promets-moi de me dire si tu as peur, ou si tu te sens mal. Il n'y aura jamais aucun problème pour moi. Il y a plein de façons de faire l'amour, tu sais... Ce qui compte, c'est d'être bien. Comme dans le jacuzzi cet après-midi.

Elle avait l'impression que l'épisode du jacuzzi remontait à un million d'années.

Elle prit le temps avant de lui répondre, cherchant les mots justes pour expliquer exactement ce qu'elle ressentait sans lui faire peur.

— Ce n'est pas que je veux précipiter les choses. Je sens juste que j'ai besoin d'avoir une relation sexuelle, de sentir ce que ça fait d'être *pénétrée*. Parce que j'ai profondément le sentiment d'attendre ça, qu'il me manque quelque chose. Tout le monde dit que c'est génial, mais, moi, je n'en sais rien. Alors, même si ça me fait un peu peur, j'ai vraiment envie de ne plus être privée de ça.

Elle leva les yeux et perçut la douleur dans son regard.

— Après tout ce qui s'est passé l'été dernier... Et maintenant, avec la mort de Martin et d'Adèle... reprit-elle malgré l'émotion qui lui nouait la gorge en soutenant son regard. J'ai besoin de vivre quelque chose de positif, Eban. Et je veux le vivre avec toi.

Il se pencha et l'embrassa sur le front.

— Je comprends. Mais tes traumatismes seront toujours là. Tu ne peux pas les effacer ; tu ne peux pas effacer ton passé. On a tout le temps, pour le reste. Tout l'avenir devant nous.

Elle savait qu'il essayait de la rassurer, mais certaines des peurs qu'elle avait enfouies refirent surface.

— Et si je meurs ? Ou si tu meurs ? Je ne connaîtrai jamais la beauté de l'amour. Je sais que ça peut paraître égoïste alors que des gens sont morts, mais...

— Darby, l'interrompit-il en serrant doucement ses épaules. D'abord, il ne va rien nous arriver. Ni à toi ni à moi.

— Comment tu peux en être sûr ?

Alors qu'ils se regardaient dans les yeux, elle réalisa qu'elle avait gâché le moment en parlant si franchement. Elle essaya de se détourner, mais il l'en empêcha.

Sans un mot, il la prit dans ses bras et la porta jusqu'à la chambre.

Elle soupira en souriant. C'était exactement comme ça qu'elle avait rêvé leur première fois.

— Et ensuite, reprit-il, on ira à ton rythme... On peut aller vite, ou doucement, c'est toi qui décides. Et tu as même le droit de changer d'avis, à tout moment. On est ensemble pour long-temps maintenant, toi et moi. Alors on peut se permettre de perdre du temps...

*Ensemble pour longtemps...*

Elle avait l'impression d'être au paradis...

Il la posa sur ses pieds et l'embrassa alors qu'elle passait ses bras autour de son cou. Lui faisant pencher la tête en arrière, il lui mordilla la lèvre. Il la goûta doucement, sa langue rencon-trant la sienne. Elle attrapa son pull et le rapprocha d'elle jusqu'à ce qu'ils soient pressés l'un contre l'autre comme les deux moitiés d'un coquillage.

Elle fit glisser ses doigts plus bas, les enfouissant sous la couche de laine et de coton, jusqu'à ce qu'elle trouve sa peau, douce et chaude. Il retira alors son pull et son tee-shirt, et se retrouva torse nu face à elle.

Elle sourit. Il était tellement beau... Ces yeux profonds et sombres, ces bras forts... Alors qu'elle passait une main sur sa poitrine, suivant le sillon noir qui descendait plus bas, elle sentit son regard sur elle. Elle leva alors la tête vers lui et vit dans ses yeux du désir, certes, mais aussi de l'inquiétude. Trop d'in-quiétude.

Le prenant par la main, elle le guida jusqu'au lit.

Elle s'allongea et le regarda poser son arme de service et son arme de secours sur la table de chevet. Lorsqu'il la rejoignit sur le matelas, elle se redressa pour admirer à nouveau son corps. C'était la première fois qu'elle voyait son torse nu, découvrant sa cicatrice sur son épaule gauche.

— Tu t'es fait tirer dessus ? lui demanda-t-elle en passant son doigt dessus.

— Non, désolé, sourit-il. Un été, j'aidais un de mes amis qui a un ranch, et je suis tombé de cheval. Je me suis cassé la clavicule et j'ai dû être opéré, dit-il en regardant sa cicatrice. Les plaques et les vis sont toujours là, ce qui fait que je bipe toujours quand je passe les portiques de sécurité à l'aéroport. Tu verras, c'est assez amusant !

— T'es en train de me dire que tu as été cow-boy avant d'être au FBI ? lui demanda-t-elle avec un sourire narquois.

— Bah oui... confirma-t-il en souriant. Techniquement, je l'étais.

— Tu m'apprendras à monter à cheval un jour ?

Il rit et lui attrapa la main pour embrasser ses doigts.

— Si tu veux. Je peux même t'emmener au ranch de mon ami.

Darby sentit son cœur s'emballer. Lui proposer de rencontrer son ami était une promesse d'avenir ; ce dont elle avait toujours rêvé. Leur relation était en train de prendre forme ! Elle avait du mal à réaliser, mais elle réussit à ne pas pleurer de joie ; elle avait trop peur de lui faire regretter ce qu'il venait de lui dire... Elle retira sa main de la sienne et caressa sa poitrine, prenant la mesure de la force de son corps. Elle glissa sur sa peau légèrement bronzée, ses mamelons rose foncé, puis descendit au centre de ses côtes avant de remonter doucement. Elle étala ses doigts sur son cœur et le sentit cogner fort contre sa paume.

Immédiatement, elle pensa à Martin et se força à bannir ce souvenir de son esprit. Ce souvenir, et tant d'autres.

Elle embrassa la peau d'Eban. Elle était chaude, et sentait le gel douche aux agrumes – celui qu'elle lui avait emprunté, tout à l'heure, en prenant sa douche. Elle remonta jusqu'à son cou, s'arrêtant pour presser ses lèvres contre le pouls irrégulier qui faisait battre sa gorge. Puis elle parcourut sa mâchoire légèrement râpeuse, avant de retrouver sa bouche, enfin. Il entrouvrit les lèvres et elle savoura son subtil goût de bière, aspirant son souffle irrégulier.

Elle était là sa place. Avec lui. Elle le savait, désormais...

Elle caressa son visage doucement, délicatement, alors qu'il défaisait la fermeture éclair de sa veste polaire, la faisant glisser avec précaution sur ses épaules, jusqu'à la retirer complètement et la jeter au sol. Puis, son regard plongé dans le sien, il sortit son tee-shirt de la ceinture de son jean et le fit passer par-dessus sa tête en faisant attention à éviter sa gorge blessée.

Elle frissonna, gênée par son soutien-gorge blanc uni. Elle aurait préféré avoir de la jolie lingerie en dentelle mais, d'abord, elle n'avait pas beaucoup d'argent pour ça, et puis elle choisissait en priorité des sous-vêtements confortables, adaptés au terrain.

Heureusement, Eban ne semblait pas y prêter attention, et elle voyait de l'admiration dans son regard, alors qu'il passait un doigt sur sa peau pâle.

— Tu es vraiment très belle, tu sais. C'est la première chose que j'ai pensée en découvrant ta photo, avant de te rencontrer, murmura-t-il en la regardant dans le fond des yeux.

Avec un sourire taquin, il baissa les bretelles de son soutien-gorge.

— Oups... fit-il mine d'être surpris.

Puis il glissa ses mains expertes dans son dos pour le dégrafer.

— Oh la la... dit-il, à nouveau comme s'il n'était pour rien dans la libération de sa poitrine.

Elle rit, heureuse qu'il la mette ainsi à l'aise, lui qui était habituellement si sérieux.

Gardant son sourire, il se pencha en avant pour passer ses lèvres sur la peau sensible au-dessus de ses seins. Sa fine barbe la gratta légèrement et lui donna la chair de poule alors qu'il passait sa langue sur son mamelon. Submergée de plaisir, elle ferma les yeux en cambrant le dos, appuyant son sein contre sa bouche et savourant la sensation de ses grandes mains dans son dos, réchauffant sa peau.

— J'adore... souffla-t-elle, enfonçant ses doigts dans ses cheveux noirs et épais.

Il grogna en retour, passant d'un sein à l'autre, et des picotements de plaisir parcoururent tout son corps. C'était aussi incroyable que ce qu'elle s'était imaginé ; il était aussi doux que ce qu'elle avait espéré.

Elle caressa son dos jusqu'en bas, sentant ses muscles onduler sous ses doigts, puis défit son bouton et sa fermeture éclair, avant de passer sa main sur toute la longueur de son sexe en érection.

Mais Eban lui attrapa la main et la regarda en souriant.

— J'ai oublié de te dire : j'ai un plan... Et t'es en train de sauter les étapes.

— T'as « un plan » ? s'étonna-t-elle. Ça veut dire que tu y avais réfléchi, alors ? J'adore l'idée, mais il me semble qu'on est dans une situation dynamique, qui nécessite la contribution de plusieurs sources de données, non ? sourit-elle en serrant sa main autour de son sexe.

— Il se peut que t'aies raison, souffla-t-il contre sa bouche, avant de l'embrasser, cette fois de manière plus animale. Mais souviens-toi que c'est toi qui décides, dit-il en s'écartant d'elle pour la regarder dans les yeux. Si tu veux arrêter...

Elle posa un doigt sur ses lèvres pour l'interrompre. Même si elle lui était reconnaissante de prendre tant de précautions. Car, si elle avait envie de passion, qu'il lui fasse l'amour comme si ce n'était pas pour elle la première fois, elle savait aussi qu'elle risquait de se bloquer et de tout gâcher s'il le faisait.

— Je sais ce que j'ai vécu, c'est de la violence, pas du sexe. Je ne veux plus être victime ; je veux vivre quelque chose de normal. Même si tu as raison : je ne sais pas ce qui est *normal* dans ce domaine...

— Tu veux que je t'apprenne ? lui demanda-t-il doucement en repoussant les cheveux de son visage.

— Mouais... Tu pourrais être pas mal comme professeur... sourit-elle.

— Je suis spécialiste des pics de plaisir, plaisanta-t-il en arquant un sourcil.

Elle le trouva terriblement sexy, et très très tentant...

— Mais, plus sérieusement, Darby. Je pense qu'il faut que tu prennes ton temps. Tu ne pourras pas effacer ce qui t'est arrivé en une fois. C'est un long processus, et tu...

— Tais-toi et embrasse-moi, lui ordonna-t-elle en attrapant ses cheveux pour approcher sa bouche de la sienne.

Alors qu'il l'embrassait, elle ne pensa plus à rien, se laissant voguer sur un océan de plaisir. Ses lèvres étaient douces ; ses mains étaient partout sur elle. Tout son corps frissonnait.

Sans cesser de l'embrasser, il lui déboutonna son jean, et elle le fit glisser le long de ses jambes avant de le retirer complètement. Puis elle tira sur son jean à lui. Elle voulait sentir sa peau nue contre la sienne.

— Quoi ? lui demanda-t-elle en souriant alors qu'il se mettait à rire. J'apprends vite, qu'est-ce que tu veux... Et maintenant, ça se passe comment ?

— Ça dépend de ce que tu veux faire ensuite...

— Que dit le manuel ?

— Le manuel dit de demander régulièrement à Darby si elle va bien, et si elle veut continuer.

La douceur d'Eban lui noua la gorge. Ce qu'il lui faisait vivre était tellement différent de ce qu'elle avait connu avec ces chiens en rut qui lui avaient déchiré ses vêtements et l'avaient fait pleurer.

Mais elle ne voulait pas y penser. Pas maintenant.

Le poussant sur le dos, elle s'installa à califourchon au-dessus de sa taille, sentant sa queue raide contre elle. Puis elle se pencha sur lui et l'embrassa doucement, tandis qu'il défaisait délicatement sa tresse jusqu'à libérer complètement ses cheveux bouclés qui tombaient en cascade autour d'eux.

— J'adore toucher tes cheveux, murmura-t-il en passant ses doigts dans ses mèches emmêlées. Ils sont magnifiques. On dirait de la soie...

Elle se dit qu'elle devait ressembler à rien, mais elle ne fit pas de commentaire, savourant ses compliments.

Elle l'embrassa dans le cou, sur la poitrine, sur le ventre, et plus bas, glissant ses doigts sous la ceinture de son caleçon, jusque sur ses cuisses. Elle leva la tête vers lui pour s'assurer que ce qu'elle faisait était bien et vit dans ses yeux le plus beau magma qu'elle ait jamais étudié.

Elle se mordit la lèvre en baissant le regard sur son sexe. Elle avait pourtant vu des films et lu des livres pour savoir ce qu'elle devait faire, mais elle craignait néanmoins de se tromper.

— Darby...

Elle le regarda.

— Viens, murmura-t-il.

Il la tira jusqu'à ce qu'elle tombe sur lui en riant. Il la fit rouler sous lui mais vit immédiatement que quelque chose n'allait pas. Elle était complètement figée. Il se plaça à côté d'elle, son visage juste en face du sien.

— C'est mieux ? lui demanda-t-il.

Elle hocha la tête, et il ne lui demanda pas ce qui n'allait pas. Il le savait.

Elle sentit sa tête tourner, comme si elle était sur un manège. Il pressa son front contre le sien, et ils se regardèrent pendant un long moment en silence, le temps pour elle de retrouver son équilibre. Elle avait le cœur qui battait à mille à l'heure. Il lui fallait un moment pour reprendre son souffle et chasser les souvenirs qui la hantaient.

Eban garda une main rassurante sur son ventre jusqu'à ce qu'il sente ses muscles se détendre. Et, lorsqu'enfin elle fut plus apaisée, il recommença à la caresser pour raviver la flamme du désir.

La lumière du feu pénétrait par la porte ouverte, les réchauffant juste assez pour qu'elle ne ressente pas le froid. Il l'embrassa, la serra contre lui, et petit à petit, son corps s'embrasa à nouveau. Elle voulait plus, et avait hâte de le sentir en elle.

Elle plaça son genou sur sa cuisse pour se rapprocher. Elle adorait la sensation de ses lèvres sur les siennes. Elle adorait son goût, sa chaleur. Elle ressentait tellement d'amour pour lui ! Même si elle ne parvenait pas encore à le verbaliser, elle savait qu'il devait le sentir. C'était tellement évident ! Malgré le drame qu'elle était en train de vivre, avec lui, elle avait l'impression de briller de bonheur.

Eban passa sa main dans sa culotte, faisant glisser un doigt contre sa fente humide et chaude. Il pénétra à l'intérieur et pressa sa paume contre son clitoris. Submergée de plaisir, elle ferma les paupières et, lorsqu'elle les rouvrit, elle le découvrit en train de la regarder avec une intensité qui la fit frissonner.

— Tu aimes ?

Elle déglutit en hochant la tête, incapable de parler. Alors qu'elle avait eu peur de se crisper, elle fut agréablement surprise en sentant son intimité palpiter autour de lui. Elle n'avait plus peur, enfin, et tout son corps avait envie de lui. Elle ne voulait qu'une chose : le sentir au plus profond d'elle.

Elle se frotta doucement contre lui pour l'encourager à aller plus vite, mais Eban maintint un rythme lent. Ça la rendait folle.

Lorsqu'il inséra un autre doigt en elle, elle retint son souffle en se mordant la lèvre.

— Tu as un préservatif ? haleta-t-elle. Sinon j'en ai dans le sac de mon ordinateur...

Il rit en retirant sa main.

— Tu as des préservatifs dans ton sac d'ordinateur ? s'amusa-t-il.

Elle sentit ses joues devenir rouges.

— Je me suis dit que c'était le meilleur endroit ; je l'ai toujours avec moi...

Il lui sourit avec tendresse et elle eut envie de disparaître.

— Ne sois pas gênée ; j'adore l'idée que tu te sois préparée, la rassura-t-il. Mais attends-moi là, je crois en avoir dans mon sac.

Il se leva et se dirigea vers son sac alors qu'elle se glissait sous la couette en ayant presque peur de bouger.

Eban revint rapidement et, en la regardant avec un large sourire, il s'allongea à côté d'elle, le petit carré d'aluminium entre eux.

# CHAPITRE TRENTE-ET-UN

— **A**vant que tu demandes pourquoi j'ai des préservatifs dans mon sac de voyage, je dois te dire quelque chose, dit-il d'une voix grave, presque solennelle. Je n'ai été avec personne depuis avant ton enlèvement.

— Quoi ?!

Eban ferma les yeux une seconde, se préparant à lui avouer une vérité inconfortable.

— Depuis que tu m'as demandé de... de coucher avec toi, l'été dernier, je savais que si on se retrouvait tous les deux quelque part, et que tu en avais toujours envie, on finirait par le faire.

Elle le regarda avec ses grands yeux verts brillant de fierté.

— D'accord, mais je ne m'attendais pas à ce que tu me sois fidèle alors que nous n'étions pas réellement en couple.

— Moi je ne voyais pas les choses comme ça, dit-il, irrité contre lui-même en réalisant qu'il s'est vraiment comporté comme un tordu. J'avais l'impression qu'on était ensemble, mais je n'avais pas le courage de l'admettre complètement, et ça me rendait dingue.

— Je croyais qu'il n'y avait que moi qui étais amoureuse de toi, et que tu avais pitié de moi...

Il soupira en posant son front contre le sien.

— Je suis désolé... J'étais perdu. Je me disais que c'était mieux pour toi, et j'ai lutté contre moi-même pour rester loin de toi. C'est pour ça que je ne suis jamais venu, même si j'en mourais d'envie. Je savais que, si je venais, je ne pourrais pas résister. Je me suis vraiment comporté comme un con. J'imagine que tu n'as rien dû comprendre...

— Tu ne t'es pas comporté comme un con, mais comme un véritable ami. C'est vrai que tu ne m'as jamais fait sentir que tu voulais être avec moi mais, tu vois, je n'ai jamais perdu espoir !

— C'est vrai... Et je réalise que j'ai beaucoup de chance.

L'idée qu'il aurait pu la perdre, qu'elle aurait pu entrer dans la vie d'un autre homme, lui était insupportable.

— Et notre relation risque de te créer des ennuis ? lui demanda-t-elle en caressant sa joue.

— Non... la rassura-t-il en souriant. De l'eau a coulé sous les ponts, et je pense que ma hiérarchie ne dira rien. Mais je vais devoir leur dire, par contre. Et Quentin... dit-il en plissant le nez.

— Haley le sait déjà.

— Quoi ? Tu lui as dit ?

— À ton avis, qui m'a donné des préservatifs ?

Eban éclata de rire en roulant sur le côté et en plaçant une main sur ses yeux.

— Bon, j'imagine que ça veut dire qu'elle approuve ?

— Honnêtement ? Je crois que ça va dépendre du nombre d'orgasmes que tu vas me donner...

— C'est bien Haley, ça ! rit-il à nouveau.

Haley n'était pas du genre à mâcher ses mots et, même si elle faisait souvent rougir Quentin, Eban, lui, trouvait ça plutôt rafraîchissant.

— Il va falloir que je m'y mette tout de suite, alors, si je veux la bénédiction de Haley, murmura-t-il en se penchant pour l'embrasser à nouveau.

Il reprit les choses là où il les avait laissées il y avait un instant : avec les mêmes caresses, les mêmes baisers, et la même douceur en essayant de découvrir ses zones érogènes.

Darby, elle, n'eut aucun mal à trouver les siennes. Dès qu'elle enroula ses doigts autour de son sexe et les serra doucement, elle le sentit frémir et se tendre contre elle, comme si elle lui faisait vivre l'expérience la plus jouissive du monde.

Trop excité pour retarder le moment plus longtemps, Eban déchira le préservatif et le déroula sur sa tige. Darby tremblait légèrement, sa respiration devint irrégulière, et, même si Eban mourait d'envie de lui donner du plaisir, il espérait qu'il n'allait pas tout gâcher.

La prenant par l'arrière de la tête, il l'attira vers lui et la laissa le chevaucher. Il ne voulait surtout pas l'effrayer ; d'ailleurs, il voyait dans son regard qu'elle appréciait qu'il lui donne le contrôle. Il lui murmura d'y aller doucement mais, aussi excitée que lui, elle se positionna au-dessus de lui et s'abaissa sur son érection, jusqu'à ce que leurs corps soient liés le plus étroitement possible.

Il se figea, stupéfait par la sensation incroyable qu'il ressentait en étant à l'intérieur d'elle. Il la regarda, à la fois excité et terrifié.

— Ça va ?

Elle se redressa et inclina légèrement les hanches, comme pour s'habituer à la sensation de son sexe raide dans son ventre.

— Ouais... sourit-elle.

Il continua de la fixer alors qu'elle avançait et reculait sur lui, montait et descendait, faisant sauter un à un les verrous qu'il avait tenté de mettre entre eux pour garder le contrôle sur cette relation. Elle le chevauchait doucement, prudemment, savourant clairement la sensation de leurs corps glissant l'un contre l'autre.

— Tu es prête pour un peu plus ? lui demanda-t-il doucement.

— « Plus » ?

— Il y a même beaucoup plus à découvrir, mais aujourd'hui, on va se contenter *d'un peu* plus...

— D'accord.

Elle était la créature la plus érotique qu'il ait jamais vue.

— Prête ?

— Oui, répondit-elle d'une voix incertaine.

Il passa sa main entre eux et caressa doucement son clitoris. Immédiatement, Darby jeta la tête en arrière en fermant les yeux, le corps tendu, frissonnant, tandis que son intimité se resserrait autour de lui. Alors, discrètement, il ouvrit ses lèvres et la pénétra plus fort, plus profondément. S'il avait eu peur que ce soit trop pour elle, il réalisait que ce n'était pas le cas : elle savourait chaque poussée, et semblait prendre autant de plaisir que lui.

Quittant son clitoris, il pressa son sein dans sa main, et ce geste suffit à la faire jouir. Il n'avait jamais été aussi excité... Ses couilles étaient dures, sur le point de céder. Il pencha la tête en arrière et ferma les yeux alors qu'un orgasme puissant l'électrisait tout entier, remplissant son esprit d'une lumière vive et d'un million d'étincelles de plaisir.

Lorsqu'il rouvrit les paupières pour s'assurer que Darby allait bien, elle avait encore les yeux fermés et la bouche entrouverte dans un sourire d'émerveillement.

Elle était vraiment magnifique...

— Merci, murmura-t-elle en rouvrant les yeux.

Jamais un remerciement ne l'avait ému à ce point. Car il réalisait qu'on lui avait volé sa sexualité, sa joie, et qu'il venait de l'aider à les récupérer. Il était heureux qu'ils aient réussi à créer ensemble quelque chose de beau. De parfait.

— Merci, sourit-il en retour, d'une voix rauque et empreinte de tristesse.

Il aurait tout donné pour la sauver de ce qu'elle avait vécu l'été précédent. S'il ne pouvait malheureusement pas changer le passé, il pouvait agir sur son futur – si elle le lui permettait. Et s'ils trouvaient un moyen de continuer cette relation.

En ce qui concernait le présent, il était parfait.

Darby se laissa tomber sur lui, et il retira son préservatif avant de remonter la couette sur eux.

— Eban ? murmura-t-elle en se blottissant contre lui.

— Hmmm.

— La plupart des expériences nécessitent plusieurs points de données, tu sais...

Il sourit dans ses cheveux.

— On dort un peu et on voit ça, d'accord ?

Elle s'endormit lentement, sa respiration devenant progressivement plus profonde et plus régulière. Il n'était pas sûr de savoir comment elle allait réagir après cette première *vraie* expérience sexuelle, et il ne le prendrait pas personnellement si elle se réveillait en criant – bien qu'il espère pour elle que ça n'arriverait pas. Elle voulait guérir de ses blessures et il était prêt à tout pour l'aider à y parvenir – même s'il trouvait qu'elle avait déjà fait beaucoup de chemin.

Quittant le lit prudemment pour ne pas la réveiller, il se débarrassa du préservatif et ajouta quelques bûches dans le feu. Puis il ouvrit les rideaux du salon et contempla la nuit enneigée, se demandant où se trouvait le tueur, et s'il avait toujours Darby dans sa ligne de mire, ou s'il était passé à autre chose...

Le blizzard s'était intensifié. La neige volait horizontalement devant la fenêtre, et les arbres luttaient contre le vent hurlant.

Le tueur était probablement comme tous les habitants : pris

au piège dans la ville. L'idée qu'il puisse être là, tout près, le fit frissonner, et il retourna se coucher, serrant Darby contre lui.

Il ne laisserait personne d'autre lui faire du mal. Ni ce tueur ni personne. Plus jamais.

*<br>**

Darby se réveilla brusquement et se figea instantanément devant les ombres sombres dansant au plafond. Puis elle réalisa où elle est, et se détendit instantanément, savourant la chaleur d'Eban contre elle. Elle n'était pas dans une hutte en Indonésie. Et elle n'était ni seule ni avec des monstres qui la terrorisaient.

Elle souleva la couette pour aller dans la salle de bain, puis remit du bois dans le poêle avant de retourner se coucher.

Alors qu'elle se collait contre Eban pour se réchauffer, elle se sentit euphorique et sourit béatement en repensant à ce qu'ils avaient fait avant de s'endormir.

— Tu ne m'échapperas pas si facilement, grogna-t-il en glissant sa main autour de sa taille pour la rapprocher encore davantage de lui.

— Ça tombe bien, je n'ai aucune envie de t'échapper... miaula-t-elle.

Elle étendit son corps nu contre le sien et sentit son érection contre sa hanche.

— Mouais... En bon négociateur, j'ai appris à ne présumer de rien...

Il roula sur elle en prenant soin de ne pas l'écraser, et observa en souriant son magnifique visage dans la pénombre.

Elle savait qu'il allait lui demander si elle allait bien, et elle ne voulait pas qu'il le fasse. Alors elle parla avant qu'il ne puisse dire quoi que ce soit :

— Et qu'est-ce qu'on apprend d'autre à l'école des négociateurs ? lui demanda-t-elle en posant sa main sur sa poitrine.

Il embrassa son front, ses yeux, ses lèvres, son menton, puis sa gorge – plus doucement, pour ne pas lui faire mal –, et sa clavicule, tout en serrant son sein dans sa main. Elle se cambra de plaisir, et ce fut pour lui un émerveillement. Il n'était pas préparé à tant de grâce, tant de bonheur.

— À toujours se préparer aux surprises.

Elle rit, alors qu'il faisait glisser sa main le long de son corps jusqu'à son entrejambe – cette zone chaude et humide qu'il caressa doucement.

— Et à ne jamais aller trop vite...

Sa main sur elle était divine. Et la lenteur de son geste la plus douce des tortures. Elle aurait aimé que ça ne s'arrête jamais et elle écarta les cuisses, l'implorant en silence de continuer, plus fort.

— Un négociateur doit garder un ton de voix bas et rassurant, susurra-t-il avant d'embrasser son sein et de le prendre dans sa bouche.

— Quoi d'autre ? haleta-t-elle, les yeux fermés.

— On apprend à toujours commencer nos phrases par « je suis désolé », pour instaurer la confiance. Par exemple « *je suis désolé*, mais tu veux que j'arrête de t'embrasser pour répondre à tes questions ? », ce qui serait une manière de te demander si tu es sûre de vouloir que j'arrête de t'embrasser...

— Ce serait un non catégorique.

— Voilà, tu vois, sans que tu t'en rendes compte, je t'ai amenée à être d'accord avec moi...

Il passa sa langue sur son autre sein.

— Je t'ai fait croire que tu avais le choix, mais je savais que ma question t'amènerait à répondre « non », et te mettrait dans de meilleures dispositions pour négocier avec moi.

— Si c'est comme ça qu'on négocie, je veux bien négocier toute la nuit, et toute la journée.

— Tu sais que je ne vais jamais plus pouvoir former les nouvelles recrues sans avoir des pensées inappropriées... lui dit-il en souriant, avant de glisser sur elle, ses lèvres parcourant son ventre jusqu'à la zone juste au-dessus de son sexe.

Darby sentit son rythme cardiaque accélérer, et elle réalisa que tout ce qu'ils avaient fait ici, dans ce lit, avait effacé une partie de la douleur de son passé.

— Quoi d'autre ? murmura-t-elle, à bout de souffle.

— L'isopraxie.

Elle rouvrit les yeux en entendant ce terme barbare qu'elle ne connaissait pas, mais elle n'eut pas le temps de lui demander ce que c'était car il passa sa langue sur les plis de ses lèvres, la faisant gémir de plaisir.

Il recula pour souffler sur sa chair mouillée et la sentit frémir.

— En principe, les gens sont attirés par ceux qui leur ressemblent. C'est ce comportement instinctif qui pousse les individus d'une même espèce à agir de la même manière. Par exemple, si une personne commence à applaudir au théâtre, tout le monde se joint à elle. C'est une commande du cerveau reptilien, et on l'utilise en négociation pour influer sur le comportement de quelqu'un.

Darby se mordit la lèvre alors qu'il suçait doucement son clitoris. Tout son corps était en feu et, lorsque sa langue descendit plus bas, faisant passer ses jambes par-dessus ses épaules, elle eut l'impression de fondre.

— Comme j'interviens généralement par téléphone, je me concentre principalement sur les mots, reprit-il alors qu'elle se concentrait principalement sur son plaisir.

— C'est pour ça que tu es si doué avec ta bouche ? gémit-elle alors qu'il s'était remis à la lécher, lentement, profondément.

— Répéter le dernier mot, ou les trois derniers, ou le mot le plus important d'une phrase, est une technique qu'un négociateur utilise tout le temps. Ce mimétisme permet d'établir une connexion, et d'obtenir plus facilement des informations.

— « Des informations » ? soupira-t-elle.

— Tu apprends vite... lui fit-il remarquer en souriant.

— J'ai surtout un excellent professeur...

Il la tira jusqu'au rebord du lit et s'agenouilla sur le sol. Elle aurait dû avoir froid, pourtant, elle était brûlante.

— C'est le but de la négociation : obtenir des informations en instaurant une relation de confiance, et arriver au meilleur résultat possible.

Sa langue s'enfonça profondément en elle et elle se tordit de plaisir.

— D'accord, haleta-t-elle.

Elle attrapa ses cheveux et l'amena à caresser son entre-jambe avec sa barbe.

— Quoi d'autre ?

— C'est une vraie formation que tu me demandes, là ! rit-il en se léchant les lèvres.

— Je veux tout savoir...

— La compétence la plus importante pour un négociateur est l'écoute active. C'est-à-dire qu'il faut non seulement écouter les mots prononcés, mais aussi les interpréter pour identifier les besoins réels de la personne, ses craintes...

— Là, je t'assure que j'ai des besoins bien réels...

— Tu aimes ? lui demanda-t-il.

— J'adore !

Elle le vit sourire dans la lumière provenant de la pièce à côté.

— Tu es très douée... C'est un truc de négociateur d'encourager l'autre par un simple mot pour lui faire savoir que tu es toujours à l'écoute, sans pour autant l'interrompre.

— Ah ouais... ?

Il replongea entre ses jambes et elle sentit la tension monter de plus en plus, avant qu'il ne ralentisse, jouant avec son plaisir.

— En fait, la base de notre métier – de *mon* métier –, c'est se mettre à la place de l'autre et de comprendre ses peurs – de mettre des mots dessus pour l'aider à en prendre conscience. Par exemple : « j'ai l'impression que tu as peur d'être arrêté ? », ou « on dirait que tu as peur de décevoir ta famille ? ». C'est important de poser des questions ouvertes – le moins de questions possible auxquelles on ne peut répondre que par oui ou par non. Et surtout pas d'accusation ni aucune déclaration qui risquerait de braquer ton interlocuteur.

Elle ouvrit la bouche pour parler, mais il plaça un doigt sur ses lèvres pour l'en empêcher.

— Et ne jamais vouloir à tout prix combler le silence ; l'autre finit toujours par parler...

— Quoi d'autre ? demanda-t-elle dans un souffle, frémissante.

— Paraphraser – que ce soit les griefs ou les points de vue de l'autre – pour qu'il sache que tu le comprends.

— C'est incroyable ce que tu me fais... Ne t'arrête surtout pas...

— Tu ne veux pas que je m'arrête parce que ça te fait du bien ? murmura-t-il contre sa peau.

— Voilà, c'est exactement ça... Quoi d'autre ?

— Mettre une étiquette sur les émotions les plus négatives. Nommer les peurs et en parler ouvertement permet d'évacuer une grande partie de l'anxiété qu'elles génèrent.

Sa langue transperça son clitoris tandis que ses doigts s'enfonçaient en elle, provoquant une vague de plaisir qui la submergea. Alors, elle se tendit contre lui, traversée par un orgasme si intense qu'elle ne put s'empêcher de crier.

Lorsqu'elle reprit ses esprits, son cœur battait à tout rompre. Eban rampa sur le lit, l'embrassa, et l'installa au-dessus de lui. Ils se regardèrent un long moment dans le noir, et Darby comprit qu'il ne lui ferait rien d'autre ce soir. Elle savait pourquoi : il voulait y aller doucement, pour ne pas l'effrayer. Et elle lui en était reconnaissante. Mais, même si elle savait qu'il n'avait pas tort, qu'elle risquait de paniquer parfois, elle n'était plus une petite chose fragile. Elle avait participé activement à ce qui venait de se passer, et elle ne voulait pas qu'il pense qu'elle était uniquement passive.

Elle l'embrassa sur la bouche et se redressa, à cheval sur ses hanches.

— Dis-moi si je fais quelque chose qui ne te plaît pas.

— Darby, tu n'es pas obligée de...

— Chut... murmura-t-elle avant de l'embrasser à nouveau pour le faire taire.

Puis elle descendit lentement le long de son corps.

— Qu'est-ce que tu fais ? souffla-t-il en enfonçant ses doigts dans ses cheveux.

— Ce que je fais ?

Elle enroula ses doigts autour de sa queue et la lécha de bas en haut, tout doucement.

— Ça s'appelle l'isopraxie. C'est un truc qui aide à établir un lien de confiance...

Elle le prit dans sa bouche et le sentit se contracter, avant de se détendre. Elle ne savait pas exactement quoi faire, mais elle sentait qu'elle lui faisait du bien, alors elle continua, s'arrêtant juste avant qu'il ne jouisse. Car elle voulait sa part, elle aussi...

Après qu'il eut enfilé un autre préservatif, elle s'assit sur lui et le reprit en elle. C'était encore mieux que la fois d'avant. S'allongeant sur lui, elle le fit rouler sur elle pour sentir son poids contre ses hanches alors qu'elle écartait les cuisses. Parfaitement adaptés l'un à l'autre, leurs corps ondulèrent ensemble, dans une harmonie parfaite. Plus rien d'autre ne comptait que l'instant présent. Lorsqu'elle jouit à nouveau, Darby eut l'impression de se briser. Enfin elle connaissait le bonheur de l'orgasme, la beauté de l'amour, et jamais elle n'aurait cru que ce serait aussi puissant.

*<br>**

Eban se réveilla tôt. Il faisait encore nuit, et il faisait froid – signe que le feu s'était éteint. Il regarda l'heure à sa montre : 6 heures du matin.

Darby gémit et se blottit contre lui. Il aurait aimé rester avec elle, mais il devait aller consulter ses messages. Il avait hâte de savoir s'il y avait du nouveau. Si seulement ce cauchemar pouvait avoir été résolu pendant qu'ils dormaient...

Le parfum du shampoing de Darby lui rappela la nuit précédente. Ça avait été merveilleux – encore mieux que ce qu'il avait imaginé. Une fois de plus, le courage de Darby l'avait impressionné. Elle était beaucoup moins lâche que lui, en réalité. Alors qu'il était terrifié à l'idée de lui faire du mal sans le vouloir, elle s'était montrée déterminée à surmonter son passé. Il ne la méritait pas. D'ailleurs, s'il s'avérait qu'elle ne voulait pas les mêmes choses que lui, il n'était pas sûr d'avoir le droit de lui demander de le suivre.

Bien sûr, il pouvait attendre pour avoir des enfants. Mais le fardeau de la grossesse incombait à la femme. Or, Darby avait des rêves et elle devait les réaliser.

Il ne voulait pas la pousser à faire des choses dont elle

n'avait pas envie mais, si elle ne voulait pas avoir d'enfants, il préférait le savoir rapidement. Car lui avait toujours rêvé de fonder une famille...

En même temps, sans Darby à ses côtés, ce rêve aurait-il la même saveur ?

*Non...*

Il se leva tout doucement du lit pour éviter de la réveiller et se dirigea vers le salon. Il y avait encore des braises dans le poêle, et il ajouta du papier froissé avec de l'écorce de bouleau pour les rallumer. Une fois le feu reparti, il glissa dedans de petits morceaux de bois qui s'embrasèrent en crépitant.

En s'installant devant son ordinateur, il se dit que la priorité, pour l'instant, c'était de retrouver le tueur. Le reste – leur relation, le fait de fonder une famille –, il y réfléchirait après, une fois que le danger serait écarté.

Il avait une tonne de messages et d'e-mails. Charlotte Blood l'informa que Quentin avait été appelé pour une situation de crise sur un navire de la Marine dans une base navale de Virginie. Elle lui dit aussi que ça aurait été bien qu'il revienne travailler, mais il était hors de question qu'il laisse Darby ici sans protection.

Si le tueur n'avait pas été retrouvé dans les prochaines vingt-quatre heures – et si la tempête s'était calmée d'ici là – Darby accepterait peut-être de le suivre à Quantico et de laisser l'agent qui devait venir pour jouer son double prendre sa place ?

C'était la seule condition pour qu'il retourne à la CNU. Il refusait de prendre le risque qu'elle soit à nouveau kidnappée.

# CHAPITRE TRENTE-DEUX

Le journaliste à la radio annonça que la police avait des preuves irréfutables que Darby O'Roarke *n'avait pas* tué Martin Carstairs ni Adèle Surrey. Puis il mentionna son agression, la veille au soir, au Diamond Head Lodge, l'hôtel où Darby était avec son avocat. Là où je pensais qu'elle séjournait aussi, d'ailleurs. Heureusement, le frère de Martin Carstairs était désormais en prison et Darby s'en était sortie.

J'avais vu les images sur les réseaux sociaux ; l'agression avait été violente. Winters avait réussi à convaincre cet imbécile de lâcher son couteau, mais la vérité c'est qu'il était négociateur, pas garde du corps. La preuve, c'est que ce connard n'avait pas su protéger Darby. Elle n'aurait pas dû être agressée.

Je n'avais jamais voulu que Darby soit blessée. Au contraire, si j'en étais là, c'est parce que j'avais voulu l'aider à surmonter son traumatisme et assurer sa sécurité.

Mais c'était peut-être un signe... Si l'imbécile de frère de Martin Carstairs avait pu atteindre Darby, je devais pouvoir le faire moi aussi, encore plus facilement que lui, même.

Ce que je ne savais pas, par contre, c'était quelles preuves pouvaient avoir les flics pour assurer que Darby était innocente... J'avais pourtant mis ses empreintes sur le couteau, du sang de Martin sur sa chemise, et les traces de ses semelles sur les deux scènes de crime...

Les bras tendus sur le volant, je gémis en cognant ma tête contre l'appuie-tête, une, deux, trois fois. *Les bottes.* Les flics avaient dû garder les bottes de Darby comme pièces à conviction après le meurtre de Martin ; elle ne pouvait donc pas les avoir quand Adèle avait été tuée.

Donc mes empreintes avaient brouillé les pistes, mais ils n'avaient certainement eu aucun mal à retrouver la marque et le modèle...

Je soupirai en réalisant mon erreur. Même si ça ne constituait pas en soi une « preuve irréfutable », ajouté au fait que Darby avait probablement un alibi pour la mort d'Adèle, ça avait permis aux flics de comprendre que ce n'était pas elle qui avait tué. Mais peut-être pensaient-ils qu'elle avait un complice ? Cette pensée me fit sourire. L'idée de partager qui j'étais vraiment avec quelqu'un capable de me comprendre est tentante...

Mais Darby se faisait des illusions si elle croyait qu'elle n'avait pas été détruite, l'année précédente. Qu'elle pouvait mener une vie normale. J'imaginais très bien ce qui lui était arrivé : ce n'était pas rien. C'était le genre d'expérience qui laissait des stigmates à vie ; qui ruinait à jamais ceux qui en étaient victimes.

Si Darby pensait qu'elle pouvait reprendre sa vie là où elle l'avait laissée avant l'Indonésie, elle se trompait – ce n'était pas comme ça que ça marchait...

Je fis de mon mieux pour garder mon sang-froid et m'obligeai à ne pas appuyer trop fort sur l'accélérateur. J'avais essayé de l'aider. J'avais essayé de lui dire que je la comprenais. J'avais essayé de faire en sorte qu'elle soit mon amie.

Serrant les lèvres, je réalisais à présent qu'à cause de ça, les flics risquaient de remonter jusqu'à moi. Peut-être même que le

FBI avait déjà fait le lien entre les meurtres de Martin et d'Adèle, et d'autres que j'avais commis. Ils ne feraient certainement pas le lien avec *tous* mes crimes – moi-même, je ne me souvenais pas de tous – mais je leur faisais confiance pour en retrouver certains, voire pas mal... Mais bon, si ces couillons pensaient que ça allait les aider, ils se mettaient le doigt dans l'œil. Je n'avais plus peur du FBI, désormais. Bien sûr, je n'aurais pas pris le risque de les narguer avec un drapeau rouge, mais je savais avec certitude qu'ils ne pourraient jamais mettre la main sur moi. Ils étaient nuls...

Je levai les yeux vers les feux de circulation qui semblaient bien pâles au milieu de toute cette neige. La tempête était bien là, avec son vent qui hurlait et son froid glacial. Tous les vols avaient été annulés, et les principales routes permettant de quitter la ville avaient été fermées par endroits. Il y avait trop de neige, même si, en ville, la vie continuait plus ou moins normalement. J'allais donc devoir rester à Fairbanks jusqu'à ce que le temps soit plus clément.

Je bâillai en m'arrêtant à un feu rouge. J'avais à peine dormi, et je sentais que la fatigue commençait à me gagner. Un café me ferait du bien ; ensuite, j'irais dormir une heure ou deux. Je mis mon clignotant gauche et, alors que j'attendais de pouvoir tourner, je me figeai en voyant passer devant moi, arrivant depuis ma droite et s'insérant dans la file du même drive que celui auquel je m'apprêtai à m'arrêter, l'agent spécial de surveillance du FBI Eban Winters, avec à côté de lui, Darby, qui portait un bonnet en laine avec un pompon en fourrure.

Elle avait l'air tellement heureuse qu'il me fallut toutes mes forces pour ne pas démarrer en trombe et rentrer dans le joli SUV de ce connard de Winters. Comment pouvait-elle encore sourire après tout ce qui s'était passé ? Combien de personnes est-ce que j'allais devoir tuer pour qu'elle comprenne enfin que la vie était horrible ?

Le feu passa au vert, et je démarrai sans attendre pour pouvoir me placer derrière eux dans la file d'attente.

Alors que je baissais ma vitre pour passer ma commande, je fis de mon mieux pour ne rien laisser paraître de ma rage. Il faisait froid en plus, et le vent s'incrusta dans ma voiture comme un malotru. Je refermai aussi vite que je pus. J'étais tellement en colère que je serrai les dents au point d'en avoir mal. Tout ça, c'était à cause de Darby ! Pourtant, elle avait l'air de s'en foutre complètement et de passer le meilleur moment de sa vie...

Je sentis la sueur dans mon dos, le long de ma colonne vertébrale. La rage coulait dans mes veines comme la lave de ses putains de volcans. Cette conne n'avait *rien appris*. Rien de l'été dernier, rien de la mort de Martin ou d'Adèle. Rien de son agression, le soir d'avant. Je regardai leurs deux silhouettes dans la voiture devant moi se tourner l'une vers l'autre et s'embrasser.

La bile monta dans ma gorge, amère et aigre. Elle me brûla la langue. Mon cœur battait à tout rompre, tambourinait dans mes oreilles. Mes mains étaient si serrées autour du volant que j'avais presque peur de le casser. Je ne montrais rien mais, à l'intérieur, je pleurais, je hurlais. Même si personne ne le remarquait.

Personne ne l'avait jamais remarqué...

Soudain, je me dis qu'ils m'avaient peut-être tendu un piège. Les gouttes de sueur sur mon front tombèrent sur mes sourcils, tandis que je scrutais nerveusement la zone autour de moi. Tout semblait normal. À cause du blizzard, il n'y avait presque aucun piéton, à l'exception d'un couple qui traversait le parking avec leurs cafés, un camion poubelle tournant derrière eux, au ralenti.

Je pensai à l'arme dans la boîte à gants. Ce n'était pas mon arme préférée mais, si je devais me défendre, elle ferait l'affaire. J'aurais pu sortir, tuer ce connard de Winters et enlever Darby.

Il ne m'aurait fallu que quelques secondes. Ils ne s'y seraient pas attendu...

De toute façon, ils ne s'y attendraient jamais. Ne me verraient jamais venir.

Je jetai un œil à la solide clôture en bois sur ma gauche, et à l'énorme pick-up RAM derrière moi. Aucune issue. Si je tentais quoi que ce soit, je ne m'en sortirais jamais.

Leur SUV avança et je clignai des yeux comme un hibou, ne sachant pas quoi faire. De toute façon, ça y est, il était trop tard. Je les avais laissés filer. Je pensais savoir où ils allaient, mais c'était le dernier endroit où j'avais envie d'être.

Le RAM derrière moi klaxonna et je jeta à son conducteur un regard noir dans mon rétroviseur. J'eus très envie de lui crier d'aller se faire foutre – voire de lui tirer une balle dans la tête –, mais je levai la main en signe d'excuse et avançai pour récupérer ma commande.

Je tapotai du doigt sur le volant en prenant mon café et mon muffin, en prenant soin de sourire et de plaisanter sur la météo, puis je partis, réfléchissant à ce que je devais faire ensuite.

Peut-être qu'il était temps pour moi de partir, en pleine gloire ? Mais je n'avais pas envie de souffrir, et encore moins de mourir. Non, ce qu'il me fallait, c'était une distraction.

*Ça y est, je sais !* Je ne savais pas pourquoi je n'y avais pas pensé plus tôt.

Ce dont la police avait besoin, ce dont *j'avais* besoin, c'était d'une autre victime.

Et je savais déjà qui ça allait être...

# CHAPITRE TRENTE-TROIS

Darby entra avec Eban dans le commissariat par la porte arrière, heureuse et agréablement endolorie. Heureusement, les journalistes n'étaient pas là, ce matin-là, car ça n'aurait certainement pas amélioré son image d'apparaître aussi souriante alors que le tueur courait toujours...

Signy Torgerson vint vers eux et leur lança un sourire entendu.

— Quoi ? demanda sèchement Eban.

— Rien...

Darby détourna le regard. Elle était un peu gênée, mais à peine. La nuit qu'elle venait de passer était la meilleure de sa vie. Non seulement physiquement, mais aussi sur le plan de sa relation avec Eban. Même s'il n'avait rien dit ouvertement, elle savait désormais avec une quasi-certitude qu'il avait des sentiments pour elle – des sentiments qui n'étaient *absolument pas* platoniques. Il lui avait même parlé d'avenir et, pour la première fois depuis des mois, elle avait l'impression d'avoir retrouvé l'espoir et le goût de la vie.

Cette nuit resterait à jamais l'un des moments clés de son destin ; elle le ressentait intimement. C'était un tournant, y compris pour sa guérison. Elle avait hâte d'en parler avec son thérapeute. Elle n'entrerait pas dans les détails, mais elle comptait bien lui dire qu'elle avait fait l'amour et que ça avait été un moment magique. Qu'elle s'était endormie contre un homme et qu'elle ne s'était pas réveillée en criant dans le noir. Qu'Eban lui avait manqué lorsqu'elle s'était réveillée et qu'il n'était pas là. De toute évidence, la thérapie cognitivo-comportementale et l'EMDR que pratiquait Gleeson avec elle fonctionnaient et elle se réjouit de pouvoir le lui dire, en particulier après le vol des vidéos. Il devait s'en vouloir, comme elle s'en voulait, à présent, d'avoir été un peu dure avec lui à ce sujet.

Surtout que les vidéos n'avaient été diffusées nulle part. Avec un peu de chance, elles seraient retrouvées avant que quelqu'un décide de les rendre publiques.

Soudain, ils tombèrent nez à nez avec Tim Carstairs. Il était escorté par un agent qu'elle ne reconnaissait pas, et arrivait d'un couloir latéral.

Elle se figea. Elle pensa un instant à se glisser derrière Eban, mais refusa de le faire. Elle ne voulait plus être cette fille qui avait peur. Malgré tout, elle devait reconnaître qu'elle fut soulagée lorsqu'Eban se plaça devant elle.

Tim s'arrêta pour la regarder, et elle réalisa qu'il avait exactement les mêmes yeux que ceux de son frère, sauf que les siens étaient rougis et ravagés par le chagrin et la colère.

— Je suis vraiment désolée pour ton frère, lui dit-elle rapidement.

Il la regarda un instant dans les yeux avant de répondre :

— Il paraît que je te dois des excuses, dit-il d'un ton neutre. Les amis de Martin ont dit à ma mère que tu ne l'as pas tué. Que tu serais la victime d'un coup monté. Mais je t'avoue que je ne comprends pas bien... conclut-il, visiblement pas convaincu.

Darby eut les larmes aux yeux en apprenant que ses amis

avaient fini par la croire. Mais elle cacha son soulagement par respect pour Tim.

— Darby ne peut malheureusement pas parler de l'affaire, intervint Eban d'un ton sévère. Quant à toi, il me semble que jusqu'au procès, tu n'as pas le droit de l'approcher.

— Martin était une personne merveilleuse. Je suis très triste de ce qui lui est arrivé, dit Darby en serrant doucement le bras d'Eban.

— Il était amoureux de toi.

— Quoi ? souffla-t-elle, sous le choc.

Tim se frotta les yeux, et Darby se demanda s'il avait dormi dans une de ces cellules horribles.

— Il m'a dit qu'il aimait bien une fille avec qui il travaillait. Une rousse...

— Ah bon ? dit-elle d'une voix à peine audible.

Elle avait presque du mal à y croire mais elle voyait dans le regard injecté de sang de Tim qu'il disait la vérité.

— Je ne savais pas...

Soudain, elle eut l'impression d'étouffer. Il faisait chaud à l'intérieur du commissariat et elle réalisa qu'elle n'avait pas défait sa parka. Lorsqu'elle l'ouvrit, le regard de Tim se posa sur son cou. Ce matin-là, elle avait changé le pansement, mais avait retiré le bandage.

— Oh mon Dieu, murmura-t-il en se couvrant la bouche, horrifié. Je suis vraiment désolé.

Darby résista à l'envie de lui dire que ce n'était rien. Car ce n'était pas rien. Elle comprenait sa colère, mais ce n'était pas *rien*.

— Bon, il faut qu'on y aille, dit Eban en posant une main dans le dos de Darby. L'absolution, ce sera pour la prochaine fois, mec ! Tu as essayé de tuer une innocente et tu as failli te faire tirer dessus. T'as vraiment de la chance d'être en vie. Je te suggère d'aller réconforter tes parents, d'éviter les ennuis, et de laisser ton frère reposer en paix.

Alors qu'ils se dirigeaient vers la salle dédiée à l'enquête, Darby se retourna brièvement et se sentit désolée pour Tim qui semblait complètement dépité.

— Laisse-le mériter ton pardon, lui murmura Eban.

— Il a perdu son frère... C'est dur...

— Je sais. Mais tu n'as pas à porter sa peine à sa place. Il va faire son deuil, comme tu as dû faire le tien. De toute façon, ne t'inquiète pas, il ne risque pas grand-chose. La justice va juste lui remettre les idées en place ; ça va lui faire du bien... la rassura-t-il en la faisant entrer dans la salle de réunion avant lui.

Les stores étaient fermés et Darby fut soulagée que la pièce soit vide. Il n'était que 7 heures du matin ; Eban avait hâte de se remettre au travail. Comme elle se levait toujours tôt, ça ne l'avait pas trop dérangée. Surtout après la nuit qu'ils avaient passée ; elle ne s'était jamais sentie aussi pleine d'énergie et revitalisée.

Signy Torgerson les rejoignit et ouvrit les stores. Darby aperçut alors les photos sur le tableau blanc et détourna le regard, heureuse que Tim ne les ait pas vues.

— Je vais m'installer derrière le séparateur... proposa Darby.

— Ah... dit Eban, l'air ennuyé. J'espérais que tu pourrais regarder les vidéos et les photos du *ceilidh* avec l'un des agents, ce matin. Ça nous aiderait à identifier les personnes présentes. Mais si tu t'en sens capable, évidemment...

— Oui, bien sûr ! répondit-elle avec enthousiasme.

C'était tout ce qu'elle voulait: être proactive et participer à l'enquête.

Mais elle fut coupée dans son élan par un brouhaha dans le couloir. D'un seul coup, Allan fit irruption dans la pièce, essoufflé.

— Il y a eu une autre attaque ! déclara-t-il.

Immédiatement, l'humeur de Darby s'assombrit.

— La victime est inconsciente mais vivante. Elle a été emmenée d'urgence à l'hôpital.

— Allez-y, lui répondit Eban en jetant un coup d'œil à Darby. Je vais rester ici avec le reste de l'équipe pour examiner les éléments reçus cette nuit. Voyez s'il y a des témoins que vous pouvez interroger, et si la victime est en mesure de répondre à des questions...

Darby regarda Eban en écarquillant les yeux. Le fait que la victime soit encore vivante était une chance incroyable : elle pourrait peut-être donner des informations qui permettraient de retrouver enfin le tueur. La seule raison pour laquelle il ne voulait pas y aller, c'était parce qu'il voulait la protéger.

— Eban... Vas-y. Je peux rester ici. Je ne serai pas seule, et je te promets de ne pas quitter la pièce sauf pour aller aux toilettes, sourit-elle. Il ne peut rien m'arriver...

— Elle a raison, renchérit Allan. On a identifié l'agent qui a prévenu la presse, avant-hier soir ; il a été suspendu jusqu'à nouvel ordre. Quant à Tim Carstairs, il a été prévenu par le portier de l'hôtel qui vous a reconnue. Et personne ici ne vous croit coupable. Plus maintenant... Nous sommes tous de votre côté, Mademoiselle O'Roarke.

Une bouffée de soulagement la submergea. Elle n'avait pas réalisé, jusque-là, à quel point elle était affectée par toute cette suspicion autour d'elle. Même avec Eban à ses côtés.

— Merci, dit-elle, la gorge sèche.

Elle prit la main d'Eban et la serra dans la sienne.

— Vas-y. Je promets de rester ici jusqu'à ton retour.

— T'as intérêt ! la prévint-il d'un air sérieux.

— Je le jure ! le taquina-t-elle. Allez, vas-y. Plus vite tu retrouveras le tueur, plus vite ce cauchemar sera terminé.

***

Alors que Signy enfilait sa parka, puis ses bottes, son taux d'adrénaline était au maximum. La neige était tombée abondamment pendant la nuit, et Fairbanks ressemblait à un désert gelé – un paysage typique en Alaska pour un mois de janvier. Ils se rapprochaient du tueur, elle le sentait. Et même si Eban Winters participait à l'enquête, il ne semblait pas intéressé par la gloire. Tout ce qu'il voulait, c'était que Darby ne coure plus aucun danger.

De son côté, c'était un peu différent. Bien sûr, si elle avait choisi ce métier, c'était d'abord pour protéger les gens. Mais elle pensait à sa promotion. Si elle pouvait l'obtenir en remplissant sa mission, ce serait idéal... Or, elle touchait du doigt le fait de retrouver le tueur avant l'arrivée de l'équipe du FBI. Si la victime était capable de parler et qu'elle se souvenait de quelque chose, Signy risquait bien de résoudre cette enquête. Seule.

Elle courut vers sa voiture, débrancha le chauffage, avant de monter à bord. À sa grande surprise, Eban s'installa à côté d'elle. Mais elle ne dit rien, et démarra sans perdre une seconde. Ils suivirent Allan jusqu'à l'hôpital local qui n'était qu'à quelques rues du commissariat. Elle se gara derrière de son sergent, et ils se rendirent tous les trois au bureau des admissions d'urgence où Signy montra son badge.

— Bonjour, nous venons voir la personne qui a été agressée au couteau et qui vient d'être admise chez vous.

L'employée les fit entrer et ils se précipitèrent tous les trois dans le couloir, jusqu'à une zone fermée par un rideau au centre de laquelle plusieurs médecins et infirmières entouraient une femme blonde allongée sur un lit, inconsciente. Un couteau sortait de la partie supérieure droite de sa poitrine. C'était elle, la troisième victime.

— Est-ce qu'elle est consciente ? demanda Signy en s'avançant.

— Non. Et je vous demanderais de nous laisser travailler. Nous devons l'opérer, lui répondit une infirmière.

— Bien sûr. Dites au chirurgien de placer le couteau dans un sac stérile pour préserver les empreintes, s'il vous plaît. Est-ce qu'elle a dit quelque chose ?

L'infirmière les fit reculer tous les trois de quelques mètres.

— Rien. Elle est arrivée ici inconsciente. Apparemment, elle a été droguée et séquestrée.

— Qui l'a trouvée ?

— Il faut poser la question aux ambulanciers qui l'ont amenée, répondit l'infirmière en les faisant reculer encore un peu plus.

— Attendez, insista Signy en esquivant le bras de l'infirmière. Qu'est-ce qui vous fait penser qu'elle a été séquestrée ?

— Elle a des traces autour des poignets et des chevilles. On pense qu'elle a réussi à s'enfuir, puis s'est évanouie dans la neige. Elle commençait à avoir des engelures quand elle a été retrouvée. Elle a eu beaucoup de chance. Dix minutes de plus, et elle perdait ses doigts et ses orteils.

Elle avait surtout failli mourir poignardée, mais Signy s'abstint de le souligner.

— Est-ce qu'elle avait une pièce d'identité sur elle ?

— Non, répondit rapidement l'infirmière.

— Je sais qui elle est, intervint Allan.

Il sortit son téléphone portable et montra à Signy la photo d'une jolie femme blonde.

— Corinne Brown. L'assistante du docteur Gleeson, qui avait disparu.

Signy regarda la photo, bouche bée.

— Donc Gleeson nous a baladés avec son histoire de petit copain à Anchorage ? dit-elle à voix basse pour préserver la confidentialité de l'enquête.

— On dirait... confirma Eban.

— Il faut qu'on le mette en garde à vue !

Elle avait hâte d'arrêter ce fils de pute. S'il pensait pouvoir lui mentir et s'en tirer aussi facilement, il s'était mis le doigt dans l'œil.

— Il nous faut d'abord un mandat d'arrêt, dit doucement Eban. Ne précipitons pas les choses. Nous savons qui il est. Il ne faudrait pas lui faire peur et qu'il fasse n'importe quoi sous le coup de la panique, comme prendre des otages... Je préfère qu'on l'interpelle dans un lieu ouvert et isolé. Le parking du campus, par exemple ? Est-ce qu'on sait s'il a des cours, ce matin ?

— Non, répondit Signy.

C'était vendredi, mais elle ne connaissait pas son emploi du temps.

— Bon, faites-le suivre. Demandez des mandats de perquisition pour son domicile, ses bureaux, et tous ses appareils électroniques. Je veux qu'on cherche toutes les bottes qu'il peut avoir chez lui pour les comparer à celles de Darby et aux autres empreintes qu'on a trouvées. Il nous faut aussi un enregistrement de sa voix qu'on puisse analyser et confronter à celui du 911.

Signy avait sur son téléphone le message vocal que lui avait laissé Gleeson. Ça devrait faire l'affaire.

— Est-ce qu'il a d'autres propriétés dans la région ?

— Je ne sais pas, je vais vérifier, dit Signy. Il m'a dit que son ancienne assistante avait démissionné du jour au lendemain. J'espère que...

Eban la regarda en arquant les sourcils, et se retint de

hurler. Comment avait-elle pu passer à côté d'autant de signaux d'alarme ?

— Placez la victime sous protection, et demandez aux ambulanciers comment et où ils l'ont trouvée. Il est possible que Gleeson, ou qui que soit ce tueur, ne sache pas encore qu'elle a réussi à s'échapper et la croie morte.

Allan acquiesça d'un signe de tête.

— Je vais demander à un agent de venir ici pour monter la garde.

— Et je vais appeler Jacobs pour lui demander de faire filer Gleeson, en supposant qu'il est encore chez lui.

Signy était furieuse contre elle-même. Appeler Corinne Brown était en tête de sa liste de choses à faire ce matin-là, mais elle aurait dû s'en occuper plus tôt.

— Signy...

Elle leva les yeux vers Eban, se préparant à recevoir des reproches. Pourtant, elle ne vit dans son regard que de la compréhension.

— On aurait tous pu faire l'erreur, la rassura-t-il.

— J'sais pas, souffla-t-elle en détournant le regard. Je me suis fait avoir comme une bleue par ce connard...

— On va l'avoir, dit Eban avec bienveillance. Si on la joue fine, ce type va être à l'ombre pendant un très, très long moment...

— Putain, j'espère ! dit-elle avant de s'éloigner pour appeler son patron.

Jacobs n'était même pas encore au bureau, mais il avait l'air très heureux de cette avancée dans l'affaire. Il lui promit d'envoyer un gars des stups expérimenté pour surveiller Gleeson, et Signy fut soulagée qu'il n'ait pas pensé à l'un de ses collègues inspecteurs, car l'arrestation du thérapeute lui aurait alors échappé.

Elle voulait arrêter ce type et interroger cette dernière

victime pour confirmer que c'était bien Gleeson qui l'avait attaquée. En espérant que Corinne se souviendrait de plus de
choses que Darby O'Roarke à son réveil.

*<br>**

Eban claqua la portière de la voiture et suivit Signy dans une
ruelle de l'un des quartiers les plus pauvres de Fairbanks.

Malgré le vent et la neige, tout était encore ouvert en ville
grâce aux déneigeuses qui permettaient à la population de vivre
à peu près normalement.

— C'est ici que les ambulanciers l'ont retrouvée, déclara-t-
elle. Quelqu'un a prévenu les secours, mais je n'ai pas encore
son nom. Je vais contacter le répartiteur pour avoir l'info.

Pendant qu'elle passit l'appel, Eban regarda les maisons
environnantes. Les rues étaient désertes ; il faisait trop froid
pour faire des bonhommes de neige.

Le vent lui fouettait le visage, et la neige dense ne permettait pas d'y voir correctement alors qu'ils remontaient lentement
l'allée bordant quelques maisons. Il n'y avait pas un bruit, à part
un chien qui aboyait, enchaîné dans une cour.

Soudain, Eban remarqua une tache rouge sur le sol.

— Qu'est-ce que c'est ?

— Peut-être du sang.

Ils suivirent alors le petit chemin sur lequel se trouvait la
tache jusqu'à une porte ouverte donnant sur un jardin, et
découvrirent une empreinte de main faite avec du sang.

Ça y était ; ils étaient au bon endroit.

— Vous croyez qu'il est parti en pensant qu'elle était morte ?
demanda Signy.

Cette possibilité glaça le sang d'Eban.

— Je ne sais pas... On sait à qui appartient cette adresse ?

Signy demanda par radio plus d'informations alors qu'il longeait le garage de la maison. L'endroit n'avait visiblement pas été déneigé depuis un bout de temps, et Eban fit attention à ne pas marcher sur les empreintes de pas et les taches de sang éparpillées sur le sol. La maison était assez jolie – une construction typique des années 1950, blanche, avec des bordures jaunes.

— La maison appartient à une certaine Debbie Abbot. Aucun antécédent connu, dit Signy en le rejoignant.

Eban sortit son arme alors qu'il suivait les traces de sang jusqu'à la porte arrière de la propriété.

— On sait si elle a un lien avec Gleeson ou Brown ?

— A priori, aucun.

De toute évidence, ils étaient sur une scène de crime, avec potentiellement d'autres victimes à l'intérieur.

— Vous ne préférez pas qu'on attende les renforts ? lui demanda Eban.

— Non. Il y a peut-être des personnes qui ont besoin d'aide ; on ne peut pas prendre le risque d'attendre. Ils ne vont pas tarder de toute façon.

Il se rangea à son avis. S'ils pouvaient sauver ne serait-ce qu'une vie, ils devaient intervenir. Peut-être que, comme Corinne, Debbie Abbot était toujours en vie à l'intérieur ? À moins qu'elle ne soit la tueuse, ou une complice de Gleeson ? À ce stade, ils ne pouvaient tirer aucune conclusion ni exclure aucune piste...

Il ouvrit la porte moustiquaire du bout des doigts pour ne pas effacer les éventuelles empreintes, et la maintint ouverte avec sa botte pendant qu'il tentait délicatement d'ouvrir la porte principale. Elle n'était pas fermée à clé. Il échangea alors un regard avec Signy qui lui faisait un signe de tête pour lui indiquer qu'elle était prête, son arme pointée vers le sol. Dès que la porte serait ouverte, ils devraient aller vite pour éviter d'être dans la ligne de mire d'un tireur potentiel.

D'un coup sec, il ouvrit la porte et pénétra en premier dans la maison, suivi par Signy qui se dirigea dans la direction opposée à la sienne.

Ils étaient dans une petite cuisine, avec du sang partout : sur la table, sur une chaise, et sur les carreaux de vinyle au sol. Ils faisaient de leur mieux pour éviter de marcher dedans, mais il y en avait tellement que l'entreprise était difficile...

Eban sentit sa bouche devenir sèche en réalisant que le type qui avait fait ça voulait s'en prendre à Darby. Il fallait absolument qu'il arrête ce connard !

Il fit signe à Signy de se placer derrière lui, et ils descendirent prudemment les quelques marches menant à l'espace salon, et à d'autres pièces qu'ils inspectèrent une à une. Ils ne rencontrèrent personne. Tout était parfaitement en ordre, sans aucune trace de sang.

Ils descendirent ensuite au sous-sol. Vide, lui aussi.

— Putain, mais elle était où cette Debbie Abbot ? souffla Signy.

— Vous savez ce qu'elle a comme voiture ?

Signy demanda à nouveau l'information par radio.

— Une berline grise, lui dit-elle, lui indiquant également le modèle et la plaque d'immatriculation.

— Okay. Demandez à la scientifique de venir. On va aller voir si la voiture est dans le garage et on rentre au bercail.

L'infirmière leur avait dit que l'opération de Corinne durerait au moins une heure ou deux, et qu'il faudrait du temps avant qu'elle puisse être interrogée. Inutile, donc, de retourner à l'hôpital ; Eban préférait aller directement au commissariat et travailler sur l'affaire.

Ils quittèrent la maison en prenant soin de ne toucher à rien

– en tout cas au minimum – et découvrirent les renforts à l'extérieur.

— Il n'y a personne, lança Signy à ses hommes. Mais attendez que la scientifique arrive avant d'entrer. Faites attention aux empreintes et aux taches de sang ; on va en avoir besoin. En revanche, ces empreintes de pas sont les miennes et celles l'agent Winters, ajouta-t-elle en désignant les traces qu'ils avaient laissées dans la neige.

Elle suivit alors Eban jusqu'au garage, et se plaça derrière lui avant qu'il n'ouvre la porte, gardant son arme levée.

L'air à l'intérieur de la dépendance était aussi glacial qu'à l'extérieur mais, au moins, ils étaient à l'abri du vent. Une berline grise se trouvait en plein milieu : la voiture de Debbie Abbot.

Ils vérifièrent que personne ne se cachait derrière le mobilier de jardin, les cartons et les pots de fleurs vides qui entouraient les deux véhicules.

*Rien.*

Signy regarda par la fenêtre à l'intérieur de la voiture.

— Vide.

Fronçant les sourcils, Eban s'approcha de Signy vers le coffre. Dès qu'elle l'ouvrit, tous deux reculèrent en grimaçant. Une femme, probablement dans la trentaine, se trouvait à l'intérieur, complètement gelée. Elle avait été poignardée au niveau du cœur, et sa chemise blanche était imbibée de sang. Sa peau était grise, ses yeux figés et sans vie, mais elle était parfaitement préservée. Le froid empêchant la décomposition, elle était peut-être morte depuis un certain temps.

Eban détourna le regard et laissa échapper un long soupir.

— Debbie Abbot, j'imagine ?

Signy chercha une photo d'elle sur son téléphone.

— Ça en a tout l'air... Putain, il me semblait bien que j'avais déjà entendu ce nom !

— Et... ?

— Debbie Abbot était la première assistante de Kim Glee-son. Celle qui a soi-disant « démissionné » du jour au lendemain.

— Ça commence à faire beaucoup, grogna Eban. Il faut à tout prix qu'on le réinterroge, et qu'on voie si les indices qu'on a peuvent constituer des preuves contre lui. Je veux aussi sa femme en garde à vue...

— Vous pensez qu'elle était au courant ?

Eban haussa les épaules. Il ne pouvait pas imaginer qu'on puisse vivre avec un tueur, dormir avec, et ne se douter de rien.

— Disons que je ne voudrais pas qu'elle lui fournisse un alibi. De toute façon, si c'est lui le tueur et que le principe de Locard est exact, on va forcément trouver des éléments qui nous permettront de prouver qu'il est coupable.

## CHAPITRE TRENTE-QUATRE

Darby avait passé deux heures à regarder des photos et des vidéos, donnant à un agent les noms des personnes qu'elle avait reconnues, ou lui indiquant auprès de qui se renseigner lorsqu'elle ne les connaissait pas. Heureusement, au fur et à mesure de la soirée, les gens avaient pris moins de photos et de vidéos, car elle n'en pouvait plus de voir défiler tous ces visages. Comment croire que dans une soirée aussi joyeuse se cachait un meurtrier ?

Elle essayait à présent de se concentrer sur son travail en attendant Eban mais, avec tout ce qui se passait, elle avait du mal. Elle n'arrêtait pas de se demander si la victime avait survécu. Si elle se souvenait de quelque chose. Peut-être même qu'elle avait pu donner le nom de son agresseur ?

Normalement, elle aurait dévoré les derniers articles concernant « son » volcan, ou même n'importe lequel de la cinquantaine de volcans surveillés par l'institut d'études géologiques des États-Unis. Mais, manque de chance, il n'y avait rien à signaler, ce jour-là, du côté de la croûte terrestre. Tout semblait à peu près normal, à l'exception du Kīlauea, qui était en éruption presque constamment depuis 1983.

Son téléphone sonna. Elle regarda le numéro et décrocha en se redressant.

— Allô ?

— Darby. C'est Jacqui.

— Oui...

Un long silence s'installa à l'autre bout de la ligne, mais Darby ne fit rien pour le rompre. Elle se souvint de ce que lui avait dit Eban sur la puissance du silence, et elle refusait d'être la première à parler :

— Je suis vraiment désolée.

Darby continua à se taire mais, cette fois, ce n'était ni un stratagème ni une punition. Elle ne savait tout simplement pas quoi répondre à cette fille qu'elle pensait être son amie. D'un côté, elle comprenait sa réaction – d'ailleurs, ne se souvenant de rien, elle-même s'était crue coupable... – mais, d'un autre côté, elle s'était sentie trahie et cela lui avait fait plus mal que la lame qui avait tranché sa gorge.

— Je suis désolée d'avoir prévenu Nilsson quand tu es venue à l'institut, mercredi soir. Je... Enfin... Il... Il nous a dit de le prévenir si on te voyait, et j'étais tellement bouleversée par la mort de Martin que je crois que je n'avais pas les idées claires.

— Je comprends, dit doucement Darby.

Même si elle connaissait suffisamment Jacqui pour savoir que ça ne la gênait pas d'enfreindre les règles quand ça l'arrangeait.

— En tout cas, je voulais te dire qu'avec Davis, Stef, Mohammed et Lenny, on a créé un site internet pour te soutenir. On en a aussi créé un à la mémoire de Martin, mais on ne voulait pas tout mélanger. On s'est dit que les gens risquaient de mettre des commentaires haineux sur la mort de Martin sur ton site, alors Mohammed en a conçu deux. Ce qu'on veut, c'est rassembler les étudiants et les enseignants derrière toi, pour que tu saches que tu es soutenue et que tu n'aies pas peur de revenir sur le campus.

C'était fou... En entendant parler du campus, Darby avait l'impression qu'elle n'y avait pas mis les pieds depuis un million d'années. L'idée d'y retourner lui sembla presque saugrenue, et la mit étrangement mal à l'aise.

— Merci, répondit-elle simplement, préférant taire ses hésitations.

— Davis m'a aussi dit de te dire que lui et Stef ne te quitteront pas d'une semelle quand tu reviendras, pour que tu n'aies rien à craindre. On n'est peut-être pas des agents du FBI, mais on peut être teigneux, si on veut !

Darby savait qu'elle était censée rire, mais elle ne trouvait pas ça drôle du tout. Surtout parce qu'elle réalisait qu'Eban allait bientôt disparaître. Ça lui arrachait les tripes... Ils n'avaient pas parlé de la suite, mais elle ne supportait pas l'idée de son départ.

Elle ne voulait pas qu'il parte.

Elle se sentait déjà seule.

Avant, elle se contentait des appels vidéo et des SMS. Mais, après ce qu'ils avaient vécu, elle savait qu'elle ne pourrait plus se contenter de ça. Qu'elle avait besoin de lui dans sa vie.

Mais peut-être que lui préférait une relation longue distance ?

Il lui avait dit qu'il voulait fonder une famille, mais il n'avait pas précisé quand ni s'il pourrait envisager de la fonder avec elle. Il faut dire qu'il était un peu plus âgé qu'elle. Si elle avait toujours voulu avoir des enfants, elle n'avait pas prévu d'en avoir avant quelques années. Pour l'instant, elle était uniquement concentrée sur son doctorat. À tel point qu'elle n'avait jamais vraiment pris le temps de se demander ce qu'elle voulait faire de sa vie...

Qu'est-ce qu'elle voulait?

*Tout*, réalisa-t-elle. Elle était gourmande et voulait « la complète » : une carrière, un mari, des enfants, et... de l'*amour*.

— Darby ? Tu es là ?

La voix de Jacqui rappela à l'ordre son esprit vagabond.

— Oui, oui, excuse-moi... Merci pour tout, vraiment. Et dis à Davis et Stef que je veux bien qu'ils m'accompagnent partout mais qu'ils risquent d'être déçus : on ne s'arrêtera pas dans tous les bars entre l'institut et mon appart !

« Mon appart »...

En réalité, elle n'avait plus l'impression que c'était « son » appart. C'était un endroit où elle avait ses affaires, mais c'est tout.

Sa place, c'était aux côtés d'Eban.

Elle avait hâte de pouvoir lui parler pour lui dire qu'elle ne voulait plus être à six mille kilomètres de lui. Maintenant qu'elle avait trouvé l'homme de sa vie, elle refusait de le perdre.

*<br>**

Eban était installé à côté de Signy, à l'avant de son 4x4. Ils regardaient la porte d'entrée du bâtiment où Gleeson avait récemment fini de donner un cours devant quelques centaines d'étudiants en psychologie. Sur ses gardes, il entendait son pouls battre dans ses oreilles. Il était prêt à intervenir.

Connaissant la prédilection du tueur pour les couteaux, tous deux portaient un gilet de protection en Kevlar.

— Il quitte son bureau, leur annonça par radio l'un des agents en poste, prêts à intervenir si Gleeson réussissait à prendre la fuite. Il porte sa parka, et tient à la main ce qui ressemble à un sac d'ordinateur portable.

Il y avait un agent à l'intérieur du bâtiment, et deux autres dans un véhicule près de l'entrée. Signy leur avait donné comme consigne de ne pas intervenir – elle et Eban étaient convenus de le laisser aller jusqu'à sa voiture avant de l'appréhender.

— Il quitte le bâtiment, crépita la voix dans la radio.

Ils regardèrent Gleeson traverser le campus en baissant la tête pour protéger son visage des rafales de vent, bien que la tempête ait commencé à se calmer. Heureusement, le parking était vide.

— Prête ? demanda Eban.

Signy hocha la tête, et ils descendirent tous deux du véhicule en dégainant leurs armes, puis se séparèrent afin d'approcher Gleeson de différents côtés.

— Police ! cria Signy. Mettez les mains en l'air !

Gleeson se retourna d'un air ahuri et mit quelques secondes pour réaliser que c'était à lui qu'elle s'adressait.

— Les mains en l'air ! répéta-t-elle en hurlant. Maintenant !

Comme un lapin pris dans des phares, Gleeson leva doucement ses mains tremblantes.

— Posez votre sac par terre. Doucement.

— Mais... Qu'est-ce qui se passe ? demanda-t-il d'une voix faiblarde.

— Faites ce que je vous dis !

Sans les quitter des yeux, Gleeson se pencha lentement en avant et déposa son sac d'ordinateur sur la neige. Eban le scruta du regard, cherchant un signe de sa culpabilité, quelque chose qui indiquerait qu'il comprenait pourquoi une inspectrice était en train de lui hurler dessus. Mais le type semblait ne rien comprendre. Il avait l'air complètement perdu.

— Faites trois pas sur la droite et mettez-vous à genoux, les mains sur la tête !

Gleeson s'exécuta, et Eban couvrit Signy alors qu'elle lui passait les menottes en lui disant ses droits. Puis il s'avança pour remettre le docteur sur ses pieds et le conduisit à l'arrière d'une voiture de police conduite par les agents qui étaient entre-temps venus en renfort, comme prévu. Il l'aida à s'asseoir sur la banquette arrière, claqua la portière, puis alla ramasser le sac d'ordinateur qu'il glissa dans un grand sachet en plastique avant de le placer dans le coffre de Signy.

Il envoya alors un message à Darby pour lui dire de prendre un thé, et de s'enfermer ensuite dans la salle de réunion jusqu'à ce qu'il aille la chercher. Elle lui répondit par un pouce vers le haut, et il rangea son portable, satisfait.

Alors que la voiture de patrouille démarrait, il croisa le regard de Gleeson et ne fut toujours pas convaincu de sa culpabilité.

— Vous doutez qu'il soit le tueur ? lui demanda Sigy, remarquant son air perplexe.

— Disons que je serai soulagé quand il avouera ou quand on aura des preuves irréfutables contre lui.

— Vous voulez l'interroger avec moi ?

— C'est une demande officielle ? la taquina-t-il en ouvrant la portière.

Signy éclata de rire en s'installant au volant.

— Absolument ! Je vous demande officiellement de bien vouloir m'aider à obtenir les aveux du docteur Gleeson, agent Winters. Ça vous va comme ça ?

— Ça me va très bien ! sourit Eban, malgré ses lèvres gercées par le froid.

Franchement, il se demandait comment faisaient les gens d'ici pour supporter un froid pareil pendant des mois !

— Vous avez envoyé une équipe perquisitionner son domicile et ses bureaux ?

— Oui. Je viens d'avoir un message me confirmant que les mandats ont été délivrés. Mes gars sont en train d'aller sur place. J'espère que sa femme sera chez elle ; je leur ai demandé de l'arrêter, lui répondit-elle en le regardant d'un air amusé alors qu'il tenait ses mains gantées devant le chauffage.

— Parfait. Dites-leur bien de tout mettre sous scellé.

— Ils le feront, ne vous inquiétez pas.

Elle démarra et s'éclaircit la voix, mal à l'aise.

— C'est bien que vous soyez là, lui dit-elle finalement. Ça m'a appris à ne pas...

Il attendit la suite, mais ça ne vint pas.

— « À ne pas »... ?

— À ne pas tirer de conclusions trop hâtives.

Eban sourit. Il savait que ce n'était pas toujours facile de reconnaître ses erreurs.

— Essayons d'appliquer cette règle avec Gleeson...

Signy cligna des yeux avec surprise.

— Ah, mais donc, ce n'était pas seulement parce que Darby est votre petite copine ? se moqua-t-elle.

— Eh non, rit-il. J'essaie de bien faire mon travail, quels que soient mes sentiments.

— Qu'auriez-vous fait si elle avait été coupable ?

— Darby n'aurait jamais pu faire une chose pareille.

— Même pas en cas de légitime défense ?

Gêné par la question, il expira lourdement, son souffle formant un petit nuage de vapeur à l'intérieur de la voiture.

— Si elle a tué quelqu'un en état de légitime défense, je l'aurais compris et je l'aurais aidée à s'en sortir, finit-il par répondre en passant sa main sur sa mâchoire, réalisant qu'il avait besoin d'un rasage.

Il ne voulait pas penser à ce dont Darby avait été accusée. Tout ce qu'il souhaitait, c'était qu'elle soit en sécurité.

— Elle a vécu un enfer l'année dernière.

— Et vous comptez lui faire oublier en la rendant heureuse ? lui demanda Signy en regardant des deux côtés de la route avant de s'engager. Ou vous allez lui briser le cœur ?

— Qu'est-ce que vous en pensez ?

Elle rit d'un rire amer.

— Je ne suis pas la bonne personne pour donner des conseils. Le dernier conte de fées que j'ai vécu s'est terminé par le départ du prince charmant qui a préféré rejoindre l'armée, en me laissant seule avec un enfant en bas âge et un tas de dettes...

— Je ne savais pas que vous aviez un enfant...

— Ouais, dit-elle en souriant, des étoiles plein les yeux. Un garçon de 15 ans. Brillant à l'école, comme dans tout le reste. Ce n'est pas parce que c'est mon fils, mais vraiment, il est génial !

Il la regarda soudain différemment. Il savait à quel point c'était difficile d'être une mère célibataire.

— Vous ne vous êtes pas remariée ?

— Surtout pas ! Je vis déjà avec l'amour de ma vie. Il est probablement encore au lit à l'heure qu'il est, et c'est la meilleure chose qui me soit jamais arrivée.

Elle cligna des yeux pour chasser ce qui ressemblait à des larmes, et il fut touché de la voir aussi émue en parlant de son fils.

Il aurait aimé ça, lui aussi – être ému en parlant de ses enfants.

Et il se demandait ce qu'il ferait si Darby ne voulait pas d'une relation sérieuse avec lui.

La simple idée qu'elle puisse être à six mille kilomètres de lui était comme une flèche en plein cœur.

# CHAPITRE TRENTE-CINQ

Eban était assis avec l'inspectrice Torgerson face à Kim Gleeson et son avocat dans la même salle d'interrogatoire que celle où Darby avait timidement répondu aux questions de Signy quelques jours plus tôt.

Il faisait à présent nuit noire. Des agents avaient passé les rares heures du jour à fouiller le domicile et les bureaux de Gleeson, tandis qu'une autre équipe œuvrait dans la maison de Debbie Abbot. Grâce à une ordonnance du tribunal, ils avaient pu prélever l'ADN de Gleeson et l'envoyer au labo pour le comparer aux autres échantillons prélevés sur les différentes scènes de crime.

L'épouse de Gleeson – une fiscaliste qui travaillait à domicile – et leurs enfants avaient été interrogés en présence de leur avocat mais avaient vite été relâchés.

Corinne Brown ne s'était pas encore réveillée après son opération, mais son pronostic vital n'était plus engagé. Elle l'avait échappé belle : le couteau n'avait perforé aucun organe vital ni aucun vaisseau. Le médecin leur avait dit qu'elle risquait de souffrir quelque temps, mais qu'elle devrait récupérer rapidement. En revanche, comme pour Darby, du flunitrazépam avait été retrouvé dans son sang, et il n'était pas sûr qu'elle se souvienne de quoi que ce soit – ni de son agresseur ni des circonstances. C'était un miracle qu'elle ait pu s'échapper et qu'elle ait été retrouvée avant de se vider de son sang ou de mourir de froid. Un agent était posté devant sa chambre, pour la protéger, mais aussi pour l'interroger dès son réveil.

Signy ouvrit le dossier, sans permettre au suspect et à son avocat d'en voir le contenu. Eban l'avait briefée sur quelques techniques d'interrogatoire efficaces, et lui avait écrit les quelques questions qu'il voulait qu'elle pose dès le départ. Il avait préféré la laisser mener l'interrogatoire, car il pensait que Gleeson serait davantage en confiance avec elle qu'avec lui.

— Savez-vous pourquoi vous êtes ici, Monsieur Gleeson ? lui demanda Signy d'un ton calme en se penchant vers lui.

D'après l'expérience d'Eban, c'était là que les coupables donnaient leur alibi.

L'avocat bougea sur son siège comme pour faire passer un message silencieux à son client, et Gleeson lui jeta un coup d'œil.

— Je n'ai aucun commentaire à faire, répondit le docteur.

Eban détestait les avocats de la défense, et celui-ci ne faisait pas exception.

— Que pouvez-vous nous dire sur Corinne Brown ? demanda Signy.

— Je vous ai laissé un message sur votre téléphone, répondit Gleeson en fronçant les sourcils et en décroisant les jambes. J'ai parlé à Corinne hier, en fin d'après-midi. Elle va bien.

Eban décroisa à son tour lentement les jambes en veillant à rester naturel. En tant que psychologue, il se pouvait que Gleeson connaisse cette technique de communication non verbale, mais qu'il mise sur le fait que souvent, même les experts reconnaissent rarement ce genre de stratagèmes lorsqu'ils en étaient la cible.

— C'est elle qui vous a appelé ? demanda Signy.

— Oui.

Il avait l'air mal à l'aise.

— Elle voulait s'excuser d'avoir mal compris et pensé que le cabinet était fermé alors que je prévoyais de l'ouvrir. Elle m'a juré qu'elle avait bien fermé à clé en partant. Elle était presque en larmes, et m'a répété mille fois qu'elle était désolée. Elle est à Anchorage, ajouta-t-il en se grattant la tête. Appelez-la. Parlez-lui ! Vous verrez que je ne mens pas.

Si Eban n'avait pas vu Corinne de ses propres yeux, il aurait été convaincu que Gleeson disait la vérité. D'ailleurs, peut-être qu'il croyait vraiment ce qu'il disait... Quelqu'un d'autre avait pu séquestrer Corinne, la forcer à appeler Gleeson, avant de finalement décider de s'en débarrasser ? Mais il était aussi possible que Gleeson ait retenu Corinne chez Debbie Abbot — puisque c'était là, semblait-il, que l'assistante avait été séquestrée — et l'ait obligée à l'appeler alors qu'il était face à elle...

— Pardon, mais je ne comprends pas bien ce que je fais ici, s'agaça Gleeson. Vous pouvez me dire pourquoi vous m'avez arrêté comme un vulgaire criminel ?

— Debbie Abbot... répondit Signy de manière laconique.

— Quoi ? Debbie Abbot ?

Gleeson la regarda en arquant les sourcils.

— Je ne comprends rien... Quoi, « Debbie Abbot » ?

— Ellea travaillé pour vous, je crois. Du 17 août jusqu'en novembre, c'est ça ?

— Euh... Oui, je crois. Je ne me souviens pas exactement quand elle a arrêté de travailler pour moi, mais ça devait être vers la fin novembre, en effet. Mais donc... qu'est-ce qu'elle a fait ?

— Vous ne lui avez jamais demandé pourquoi elle avait démissionné ?

Il expira lourdement pour bien montrer son exaspération.

— Je n'en ai pas eu l'occasion, figurez-vous. Elle m'a envoyé sa démission par mail en me disant qu'elle se sentait *mal à l'aise* d'être seule avec moi. Qu'est-ce que vous voulez que je vous dise ? Je lui ai envoyé son solde de tout compte et ai cherché quelqu'un d'autre...

Ils avaient effectivement retrouvé le mail envoyé par Debbie.

Eban fixa Gleeson dans les yeux. Ce dernier sembla décontenancé et finit par détourner le regard, comme s'il se sentait coupable de quelque chose.

— Et pourquoi se sentait-elle « mal à l'aise » avec vous, à votre avis ? demanda Signy.

— Je n'en sais absolument rien, répondit le docteur en croisant les mains.

— Vous ne lui avez jamais donné des raisons d'être mal à l'aise ?

— Bien sûr que non ! s'offusqua-t-il en se redressant.

Eban fit discrètement la même chose.

— Compte tenu de ma profession, je me suis dit que j'avais peut-être fait quelque chose qui l'a contrariée, sans m'en rendre compte, mais je peux vous assurer que je me suis toujours comporté de manière purement professionnelle envers elle. Sa démission m'a beaucoup surpris.

— Peut-être qu'il vous est arrivé de mal interpréter son comportement et de lui faire des avances... ?

Il leva la main, paume tendue, comme pour arrêter le raisonnement de Signy qu'il semblait trouver scandaleux.

— Je ne lui ai jamais fait *aucune* avance ! Je ne considère pas « faire des avances » comme un comportement *professionnel*.

— Est-ce qu'elle a déjà eu un comportement inapproprié avec vous ?

— Mais non ! s'emporta-t-il. Écoutez, je ne comprends pas

pourquoi vous ne l'interrogez pas directement. Demandez-lui exactement pourquoi elle est partie, qu'on en finisse !

Eban était doué pour deviner des gens, et les réponses de Gleeson étaient celles d'un homme qui ne comprenait rien à ce qui se passait. Mais il savait aussi que les personnes atteintes d'un trouble de la personnalité antisociale – les « psychopathes », comme on les appelait avant – savaient quelles réponses ils devaient donner, même si ça ne correspondait pas à ce qu'ils ressentaient.

— Elle a peut-être rejeté vos avances ? insista Signy.

— Je suis un homme marié, siffla Gleeson en plissant les yeux. J'aime ma femme. Je ne l'ai jamais trompée, et je ne la tromperai jamais.

— Et je suppose que la pédopornographie vous pose moins de problèmes que l'infidélité ?

Signy lui mit sous le nez quelques-unes des photos qu'ils avaient trouvées dans son ordinateur.

Gleeson sembla se liquéfier sur place.

— Où avez-vous eu ça ? demanda-t-il, blafard.

— Dans votre ordinateur portable.

— Ce n'est pas mon ordinateur !

Les photos qu'ils avaient imprimées étaient de loin les moins choquantes. Il y en avait certaines qui avaient donné à Eban envie de vomir. Pourtant, il pensait avoir tout vu...

— Nous avons trouvé des milliers de photos dans un dossier caché sur votre disque dur, déclara calmement Signy.

Gleeson échangea un regard avec son avocat, qui ne semblait pas aussi facile qu'Elliot Byrne.

— Je ne comprends pas... Quelqu'un a dû les mettre...

— « Les mettre » ? répéta Signy, et Eban eut presque envie de la féliciter.

— Oui... Quelqu'un a pu accéder à mon ordinateur et y stocker ces photos. Je vous assure que je n'y suis pour rien !

clama-t-il, reculant sur sa chaise et croisant à nouveau les bras. Jamais je ne...

— « Jamais vous ne »... ?

Eban retint son souffle alors que Signy laissait le silence s'installer.

— Jamais je ne regarderais de la pédopornographie !

— À votre avis, comment devraient être punies les personnes qui regardent ce genre d'images en y prenant du plaisir ? lui demanda Signy, toujours placide.

Les coupables suggéraient généralement la peine minimale, alors que les innocents avaient tendance à être plus catégoriques, commençant souvent par proposer la castration.

— Il faut qu'ils se fassent soigner !

Et les psys, eux, proposaient une psychothérapie...

Eban s'abstint de lever les yeux au ciel, mais le petit docteur commençait à les lui briser. Il avait peut-être aidé beaucoup de gens, notamment Darby, mais ça ne l'empêchait pas d'être un porc. Il était temps de lui voler un peu dans les plumes...

— Donc, quelqu'un *a mis* dans votre ordinateur des images qui pourraient vous faire arrêter et vous faire perdre votre licence ? dit sèchement Eban, mimant toujours la posture de Gleeson. Ce n'est pas de chance...

— Je ne vous le fais pas dire ! rétorqua Gleeson en lui lançant un regard renfrogné.

— À votre avis, qui aurait pu faire ça ? demanda Signy.

— Je ne sais pas, grommela Gleeson. Je...

Il s'interrompit, secouant la tête en baissant les yeux.

Mais Signy ne se laissa pas impressionner, restant sur la ligne qu'ils s'étaient fixée avec Eban. Si Gleeson était le tueur, il devait être plus à l'aise en étant interrogé par une femme. Car, si c'était bien lui, il devait se croire très largement supérieur aux flics, et encore plus supérieur aux femmes.

— Où étiez-vous mardi soir ?

— Vous savez très bien où j'étais. Je vous l'ai dit : j'étais au *ceilidh* avec ma femme et mes enfants.

— En effet, vous m'avez dit que vous aviez quitté la soirée à 22 heures. Qu'est-ce que vous avez fait après ça ?

Comme le lui avait conseillé Eban, Signy donnait l'impression qu'elle demandait des informations, mais qu'elle n'accusait pas.

— Je suis rentré chez moi, répondit Gleeson en se frottant la nuque. Et j'ai travaillé un peu dans mon bureau.

— Où était votre femme ?

— Elle était couchée.

— Et vos enfants ?

— Couchés également. Ils avaient école le lendemain.

— Donc vous étiez seul dans votre bureau ?

— Oui.

— Est-ce que quelqu'un peut le confirmer ?

— Non. Tout le monde dormait, répondit Gleeson, qui semblait dorénavant moins sûr de lui.

— À quelle heure êtes-vous allé vous coucher ?

— Vers 2 heures du matin, il me semble.

— Et personne ne vous a vu entre le moment où votre femme et vos enfants sont allés se coucher et 2 heures du matin ?

— En effet.

Signy n'insista pas et le regarda dans les yeux, satisfaite. Gleeson venait d'admettre qu'il n'avait aucun alibi pour le moment où Martin Carstairs avait été assassiné.

— Et mercredi soir ? Que faisiez-vous ?

— J'ai travaillé à la maison, soupira-t-il en levant les yeux au ciel. J'ai beaucoup de travail à cette période de l'année.

— Est-ce que quelqu'un peut le confirmer ?

— Non. Les enfants étaient dans leurs chambres, certaine-ment en train de faire leurs devoirs ou de jouer à des jeux vidéo.

Quant à ma femme, Mélanie, elle est bénévole au refuge pour sans-abri. Elle ne voulait pas y aller à cause de ce qui était arrivé à Martin, elle avait peur, mais je lui ai dit qu'elle ne risquait rien, là-bas.

— Attendez... Vous avez dit à votre femme que ça ne risquait rien ? demanda doucement Eban.

— Oui, pourquoi ? s'étonna Gleeson en fronçant les sourcils. Je pensais que ce serait le cas. C'est un endroit très fréquenté.

— Un homme est mort poignardé, la veille, et vous n'étiez même pas un peu inquiet pour la sécurité de votre femme ?

— Je ne me suis pas vraiment posé la question comme ça. Je me suis dit que Martin avait été tué par quelqu'un qui lui en voulait...

— Je vois... Mais c'est vrai que je trouve ça un peu étonnant. Un meurtre, dans une petite ville comme Fairbanks, suscite l'émoi. Je vous aurais imaginé un peu plus inquiet que ça, surtout pour votre femme... dit Eban.

— Je... Enfin...

— Mais peut-être que vous saviez qu'elle serait en sécurité parce que vous étiez certain que le tueur ne s'en prendrait pas à elle ? continua-t-il.

L'avocat de Gleeson ouvrit la bouche pour protester, mais Signy l'interrompit.

— Monsieur Gleeson, vous avez récemment acheté plusieurs articles qui nous intéressent... commença-t-elle en faisant glisser vers lui un reçu de carte bancaire. Ce ticket date d'hier matin, et correspond à l'achat d'un couteau de chasse et d'une paire de bottes.

— Attendez. Quoi ?!

Complètement paniqué, Gleeson examina le ticket, sur lequel des éléments ont été surlignés par Signy. Son avocat tenta d'intervenir, mais Gleeson parla à sa place :

— C'est n'importe quoi ! Je n'ai fait aucun achat hier ! se

défendit-il en regardant Signy et Eban avec incrédulité. Je voudrais faire une pause, dit-il finalement, après plusieurs secondes de silence. Je veux parler à ma famille. Je veux rentrer chez moi...

Il avait l'air épuisé, mais Signy continua comme si elle n'avait rien entendu :

— Est-ce que vous vous souvenez de la dernière fois que vous avez vu Debbie Abbot ?

— Debbie Abbé ?! Mais enfin, qu'est-ce que vous avez avec cette fille ?! Elle m'a laissé tomber du jour au lendemain en essayant de me faire passer pour un pervers, alors qu'en fait, elle était débordée et ne voulait plus travailler. Voilà, c'est tout ! Elle est du genre à se noyer dans un verre d'eau...

Signy fit glisser au centre de la table une photo sur laquelle un enfant était en train de subir des sévices sexuels.

— Cette photo ne m'appartient pas ! gémit Gleeson en détournant le regard et en croisant les jambes.

Eban et Signy ne bronchèrent pas. Puis Gleeson finit par regarder brièvement la photo, son visage prenant une légère teinte rouge.

— Si ce n'est pas vous qui l'avez téléchargée, alors c'est qui ? Qui a accès à votre ordinateur portable ?

Gleeson changea de jambe ; son genou s'était mis à trembler.

— Personne. Mais...

— « Mais »... ? demanda Eban.

— J'utilise le même mot de passe sur tous mes appareils. Je ne vois pas qui peut retenir autant de mots de passe différents, pesta-t-il.

— Pas moi, mentit Eban. Vous avez raison...

— Donc vous voulez dire que quelqu'un, qui connaissait votre mot de passe, s'est introduit dans votre ordinateur pour y stocker ces images de pédopornographie ? résuma Signy. Sur l'ordinateur où vous stockez les dossiers de vos patients... Mais dans quel but ?

Gleeson soutint leurs regards en réfléchissant. Eban retint son souffle, se demandant s'ils étaient sur le point d'obtenir des aveux.

— Je n'en ai aucune idée, dit finalement Gleeson.

Il s'en sortait par une pirouette, mais Eban était maintenant convaincu que ce type mentait.

Signy avança une autre photo. Gleeson eut d'abord un mouvement de recul, puis se pencha sur la table pour la voir de plus près.

— C'est... ?

Il sembla sous le choc en reconnaissant son ancienne assistante.

— Le corps de Debbie Abbot a été retrouvé chez elle, aujourd'hui. Elle était morte depuis un certain temps.

— Et vous pensez que je l'ai tuée ?! s'exclama-t-il en se redressant, les yeux écarquillés. C'est ça ? Et vous pensez aussi que c'est moi qui ai tué Martin Carstairs et Adèle Surrey ?

— Je vous conseille de garder le silence, Kim, glissa l'avocat à l'oreille de Gleeson.

Mais Gleeson l'ignora.

— Mais pourquoi ? Pourquoi est-ce que je les aurais tués ?

— C'est vous le psychothérapeute. À vous de nous le dire, dit calmement Eban.

Gleeson lui adressa un sourire méprisant.

— Ah, je vois... Vous pensez que j'ai voulu piéger votre petite copine ? Que j'ai tué trois personnes pour faire accuser la pauvre petite Darby O'Roarke complètement instable ?

— Elle n'est pas instable !

— C'est votre avis. Mais permettez-moi de douter de votre impartialité ! ricana-t-il. Vous la sautez, non ?

Eban garda son calme. Il était habitué à ce genre de provocation et ne comptait pas rentrer dans son jeu.

— Docteur Gleeson... Pensez-vous que les personnes diaboliques savent qu'ils le sont ?

— Mon client ne peut pas... tenta à nouveau d'intervenir l'avocat, avant d'être interrompu par Gleeson.

— Qu'entendez-vous par « diabolique » ? lui rétorqua-t-il d'un air docte qui fit sortir Eban de ses gonds.

— Ça, c'est diabolique ! tonna-t-il en tapotant la photo du petit garçon. Ça, c'est diabolique, répéta-t-il en passant à la photo du cadavre de Debbie Abbot. La personne qui a poignardé Martin Carstairs dans son sommeil et massacré Adèle Surrey *est* diabolique ! Voilà ce que j'entends par « diabolique », conclut-il plus calmement. Et vous... comment définiriez-vous une personne diabolique ?

Gleeson le fixa un instant avant de détourner le regard, prenant un mouchoir dans sa poche pour essuyer la sueur qui perlait sur son front.

— Je suis fatigué et voudrais me reposer.

— Votre cabinet a-t-il réellement été cambriolé, ou avez-vous mis en scène ce cambriolage après avoir kidnappé Corinne afin d'effacer des preuves ?

— Je n'ai pas « kidnappé » Corinne, dit lentement Gleeson en fermant les paupières, visiblement à bout. Je vous le répète : elle m'a appelé et m'a dit qu'elle était à Anchorage. Vous comprenez ce que je dis, bordel ?!

— Kim... tenta de le calmer son avocat.

— Quoi ?! hurla Gleeson. Ça fait dix fois qu'ils me posent la même question, et je dois rester là sans rien dire ?

— Ils font leur travail.

— Eh ben faites le vôtre, putain ! Vous servez à quoi ? À rien ! D'ailleurs, vous pouvez y aller, je change d'avocat ! beugla-t-il, complètement hors de contrôle.

— Kim, est-ce que c'est vous qui les avez tués ? demanda Signy.

Le regard noir que Gleeson lança à Signy mit Eban sur ses gardes.

— Écoutez, foutez-moi la paix, d'accord ? Je ne peux plus vous voir, ni vous, ni lui, ni personne ! Je veux être seul !

— Nous allons faire une pause et appeler un autre avocat pour vous assister, dit Eban.

Il voulait de toute façon aller voir Darby pour s'assurer qu'elle allait bien. Et puis il refusait de donner à Gleeson l'impression que c'était lui qui commandait ici. Il avait bien l'intention de le secouer.

— Je vais demander à un agent de vous raccompagner jusqu'à votre cellule pour que vous puissiez vous reposer un peu. Si vous connaissez un avocat, donnez-moi son nom. Sinon, vous aurez un avocat commis d'office.

# CHAPITRE TRENTE-SIX

Darby ?

Elle entendit Elliot Byrne l'appeler depuis le couloir. Une seconde plus tard, il passa une tête dans la salle de réunion, mais Allan Robertson se précipita vers lui pour l'empêcher de passer.

Darby était soulagée de le voir ; elle commençait à s'ennuyer – pour ne pas dire qu'elle devenait folle. Elle aurait aimé participer à l'enquête, mais les agents refusaient de la laisser faire quoi que ce soit depuis que le Dr Gleeson avait été placé en garde à vue. Pourtant, elle était profondément affectée par l'attaque de Corinne, qu'elle croisait souvent au cabinet ; c'était une femme adorable.

Elle rejoignit Elliot à la porte en souriant, et Allan comprit alors qu'il pouvait laisser l'avocat l'approcher.

— Je voulais savoir comment vous alliez. Il y a du nouveau dans l'enquête ?

— Vous en savez probablement plus que moi... lui dit-elle en faisant un sourire rassurant à Allan, alors qu'elle passait le seuil de la salle de réunion et avançait dans le couloir. Vous voulez quelque chose ? Du thé, du café ? Il y a même du chocolat chaud ! annonça-t-elle fièrement en désignant la machine à boissons.

— Non, merci, répondit-il en riant. Je vois que vous êtes comme chez vous, ici, maintenant !

— Ouais ! soupira-t-elle. Ils ont enfin compris que je ne suis pas une folle qui poignarde tout ce qui bouge... Non, mais je dois dire qu'ils sont très gentils avec moi.

Sa voix se brisa et elle couvrit sa bouche pour étouffer un sanglot. Elle essayait de faire bonne figure, de plaisanter, mais chaque fois qu'elle repensait à la mort de Martin et d'Adèle, elle était submergée par l'émotion.

— Ça va aller, dit doucement Elliot en posant une main rassurante sur son épaule. Et même si vous êtes une folle qui poignarde tout ce qui bouge, ils doivent être gentils avec vous ! ajouta-t-il en chuchotant.

— Je m'en souviendrai si jamais je me transforme en monstre, lui répondit-elle en se forçant à sourire.

Ça lui rappelait qu'elle avait déjà poignardé quelqu'un – même si ça avait été de la légitime défense et qu'elle n'avait pas eu d'autre choix que de tuer cet homme.

Mais elle chassa rapidement ce souvenir. Elle pensait de moins en moins au calvaire qu'elle avait vécu sur l'île. Sa thérapie lui avait fait du bien, tout comme son amitié avec Quentin et Haley, et maintenant sa relation avec Eban. Tout cela l'aidait à rester ancrée dans le présent, et à ne pas ressasser le passé.

— La police m'a rendu votre voiture, au fait, lui annonça-t-il gaiement en brandissant devant elle son trousseau de clés. Et vous allez pouvoir récupérer vos affaires. Une signature, et elles sont à votre disposition !

— Oh, c'est génial ! souffla-t-elle en prenant le trousseau.

Elle était soulagée de savoir qu'elle allait pouvoir conduire à nouveau, même si pour l'instant, elle était heureuse d'être véhiculée par Eban. En fait, l'idée qu'elle ne soit bientôt plus sa passagère la rendait incroyablement triste.

Elle leva les yeux et surprit Eban au bout du couloir, en train de les regarder.

— Kim Gleeson a besoin d'un bon avocat, si jamais ça vous intéresse, dit-il à Elliot en les rejoignant.

— Kim Gleeson est mon thérapeute, précisa Darby, prenant sur elle pour ne pas laisser paraître le trouble qu'elle ressentait en présence d'Eban.

— Malheureusement, Darby étant ma cliente, cela constituerait un conflit d'intérêts, dit Elliot. Je crains de devoir refuser... Mais je peux lui recommander certains de mes confrères, s'il le souhaite.

— Donnez leurs noms à l'inspectrice Torgerson, elle verra ce qu'elle en fera, dit Eban avec une certaine froideur.

— Je crois qu'il essaie de se débarrasser de moi... fit mine de chuchoter Elliot à l'oreille de Darby.

— Ou de vous marier ! sourit-elle en désignant du regard Signy Torgerson en train de parler avec l'agent chargé de la détention.

— Peut-être... admit-il en souriant. Mais vous, vous ne bougez pas ! Je veux vous parler de deux ou trois choses avant de retourner à mon hôtel.

Une fois Elliot parti, Darby regarda Eban dans les yeux, essayant de dissimuler l'ampleur de ses sentiments pour lui. Ce n'était ni le lieu ni le moment pour les grandes déclarations. Il était en plein travail, et elle avait hâte qu'il découvre si Gleeson était vraiment le tueur.

— Alors ? lui demanda-t-elle en se commandant un chocolat chaud.

Il ne répondit pas et, lorsque sa boissonfut prête, il la ramena doucement dans la salle de réunion.

— Ça avance, mais rien de très probant... Et toi, ça va ?

— Ouais... Fatiguée...

Ils échangèrent un regard complice, l'un et l'autre repensant à la nuit précédente.

— Je suis désolé, dit-il doucement en la dévorant des yeux.

— Pas moi, murmura-t-elle en retour.

Il la prit par les épaules mais la relâcha rapidement, conscient que les murs avaient des oreilles et des yeux, surtout dans un commissariat.

— Vous avez eu des nouvelles de Corinne Brown ? demanda-t-il à Allan Robertson, encore en train de consulter des dossiers.

— Je viens de parler avec l'agent qui la surveille. Elle s'est réveillée, mais elle est encore un peu groggy et confuse. Elle n'a pas encore pu identifier son agresseur.

Darby réalisait que Corinne avait de la chance d'être en vie. Tout à l'heure, elle avait entendu l'équipe discuter d'un autre corps retrouvé dans le coffre d'une voiture – une victime du tueur, apparemment. Tout ça lui donnait la nausée, et elle évita de regarder les photographies scotchées sur le tableau blanc, ou celles disposées sur la table. C'était trop difficile pour elle – d'autant plus que son psy était peut-être le tueur...

— Dites-lui de ne pas insister, soupira Eban en passant une main dans ses cheveux. Après ce qu'elle a vécu, Corinne Brown doit avoir besoin de se reposer. On l'interrogera demain matin.

Malgré son inquiétude pour Corinne, Eban semblait frustré de devoir attendre toute une nuit pour pouvoir l'interroger.

Darby avait envie de lui poser un million de questions, mais elle savait qu'il n'était pas censé lui donner des informations sur l'enquête. Sa présence dans cette pièce n'était déjà pas très réglementaire...

Eban lut un message sur son téléphone.

— L'équipe du FBI est toujours bloquée à Anchorage, lut-il

à voix haute. Mais Lincoln Frazer me dit qu'ils ont peut-être un profil... Il attend que ce soit sûr et il me l'envoie.

— Okay... De notre côté, on a trouvé de nouvelles empreintes de pas, lui annonça Allan. Quant à l'autopsie, elle ne peut pas être effectuée avant...

Il s'éclaircit la gorge, et Darby comprit que sa présence l'empêchait de poursuivre.

— Je dois aller aux toilettes, dit-elle.

Eban s'approcha d'elle, mais elle leva la main pour l'empêcher de l'accompagner.

— Eban, je ne risque rien... Je vais juste *aux toilettes*... Je vais m'en sortir, je t'assure, sourit-elle.

— D'accord, mais tu reviens tout de suite, lui dit-il en lui prenant le bras et en la regardant dans les yeux.

Elle eut presque envie de lui dire qu'elle ne pouvait de toute façon pas rester loin de lui longtemps et que, d'ailleurs, elle n'imaginait pas qu'il puisse partir après l'enquête. Elle aurait aimé lui demander de rester, mais qu'est-ce qu'il aurait fait ici ? Il était l'un des meilleurs négociateurs du pays, voire du monde ; il gâcherait sa carrière en venant s'installer dans une petite ville comme Fairbanks. Pareil pour elle : où pourrait-elle étudier les mystères de la croûte terrestre ailleurs qu'ici ?

Alors elle se contenta d'acquiescer d'un signe de tête, avant de quitter la pièce et de le laisser travailler, gardant pour elle ses questions et ses doutes.

*<br>**

Signy discutait avec l'agent chargé de la détention, dont le fils était dans le même lycée qu'Aiden, lorsqu'il lui fit un signe de tête pour lui signifier que quelqu'un attendait derrière elle.

Elle se retourna et fut un peu déstabilisée par la présence d'Elliot Byrne.

— Bonsoir, inspectrice.

— Maître...

Le collègue avec qui elle était en train de parler s'en alla, mais Signy sentit tous les regards braqués sur eux.

— Je vous ai déjà dit de m'appeler Elliot, lui rappela-t-il.

Sa voix était grave et chaleureuse, mais elle se força à rester impassible.

— Qu'est-ce que je peux faire pour vous, Elliot ?

— Accepter une invitation à dîner...

Elle était tellement surprise qu'elle avait peur d'avoir mal entendu.

— Vous voulez m'inviter à dîner ?

— Oui... Mais je vous rassure, ça devrait être sympa, dit-il devant son air interdit.

Elle ne prêta même pas attention à sa plaisanterie, complètement absorbée par ses yeux bleu marine.

— Euh... Oui... Oui, d'accord... Quand ? balbutia-t-elle.

— Je pensais à... ce soir ? lui proposa-t-il en fronçant les sourcils, alors que Darby passait devant eux en direction des toilettes.

Elle rit, sans trop savoir pourquoi. Ça faisait trois jours qu'elle ne dormait presque pas et son esprit était tellement fatigué qu'elle avait l'impression d'avoir trop bu.

— Je ne pense pas avoir terminé avant au moins minuit. Ensuite, je vais rentrer chez moi et retrouver mon fils.

Elle avait espéré le choquer en lui révélant qu'elle avait un enfant, mais il ne broncha pas.

— Alors juste un verre avant que vous ne rentriez chez vous, tout à l'heure ?

*Ce type est la tentation incarnée.*

— Et demain ? proposa-t-elle, sachant parfaitement qu'il ne serait plus là.

— Je décolle à midi – si la météo le permet, évidemment.

Elle ne s'attendait pas à ressentir une telle déception. Mais c'était peut-être mieux comme ça. Elle savait depuis longtemps que la vie n'était pas une comédie romantique, et elle préférait s'éviter une nouvelle désillusion.

— Alors, tant pis ! dit-elle en haussant les épaules.

— Et le week-end prochain ? lui proposa-t-il alors qu'elle avait déjà fait demi-tour.

Elle se retourna lentement et le regarda en fronçant les sourcils.

— Pardon ?

— Le week-end prochain, répéta-t-il en s'approchant d'elle, lui révélant les secrets de son parfum – un mélange divin d'agrumes et d'épices.

— Mais je pensais que...

— On dit vendredi soir ? 19 heures ? Je passerai vous prendre chez vous...

Elle fut tellement médusée qu'elle en oublia même d'accepter.

— Mais vous avez une autre affaire ici ?

— Non, dit-il en souriant et en la regardant dans les yeux. Je viens pour le plaisir...

Sa réponse la fit frémir et lui fit battre le cœur, mais elle détestait qu'on la considère comme une fille facile.

— Je ne coucherai pas avec vous, *Elliot*.

Il soutint son regard, imperturbable, pendant quelques secondes.

— Je vous invite à dîner. Rien d'autre. Vous pouvez choisir le restaurant si vous préférez, sinon, je me ferai un plaisir de m'occuper de la réservation.

— Écoutez, c'est très gentil, mais le soir, j'essaie de passer du temps avec mon fils, Aiden.

— Venez avec lui ?

Elle soupira en souriant.

— Elliot, à quoi vous jouez ?

— À rien. C'est juste que...

— Quoi ?

— Vous vous souvenez de la fois où l'on s'est vus dans ce bar, à Anchorage, après le procès ? Vous étiez avec quelqu'un ce soir-là.

— Oui, je me souviens. C'est probablement la dernière soirée que j'ai passée avec un homme... Mais vous aussi vous étiez avec quelqu'un, il me semble ?

Une blonde. Peut-être qu'il avait un type ?

— Eh bien ce soir-là, je suis rentré chez moi tôt et seul, parce que je ne supportais pas de vous voir avec un autre homme...

Son cœur fit un petit bond dans sa poitrine, mais elle se reprit immédiatement. Après tout, il était peut-être en train de l'embobiner... Ça n'aurait pas été étonnant de la part d'un avocat.

— Pour tout vous dire, j'avais envie de lui casser la gueule à ce type... La seule raison pour laquelle je ne l'ai pas fait, c'est que j'aurais risqué d'être radié du barreau. Mais parfois, je regrette...

— Si ça peut vous rassurer, je l'ai giflé à la fin de la soirée, rit-elle. Il me trouvait un peu trop farouche pour une fille qui venait de se faire offrir le restau...

— Non... Vous plaisantez ?

— Pas du tout ! Le type m'a clairement prise pour une pute... C'est d'ailleurs pour ça que je ne sors plus beaucoup. Je n'aime pas prendre des risques.

— Vous voulez bien faire une exception pour moi ?

— Torgerson ! hurla Jacobs depuis son bureau.

— Je dois y aller !

Mais, alors qu'elle commençait à se diriger vers le bureau de son chef, Elliot lui attrapa doucement le bras et la relâcha dès qu'elle se tourna vers lui.

— S'il vous plaît.

— Je vais y penser, lui assura-t-elle en accrochant son regard au sien.

— Je vous promets qu'il n'y aura pas de conditions. C'est juste pour qu'on apprenne à se connaître. Vous et moi, et votre fils si vous voulez.

— Okay... Je vous promets d'y réfléchir.

Mais elle savait déjà qu'elle allait accepter. C'était tellement tentant.

— Je dois vraiment y aller, s'excusa-t-elle.

— Torgerson ! hurla à nouveau Jacobs, tandis que Darby venait se placer à côté d'Eliott.

Signy soupira en fermant les yeux et se précipita dans le couloir.

— À la semaine prochaine ! lui lança Elliot.

Signy ne se retourna pas pour ne pas qu'Elliot voie son large sourire. Elle savait pourtant que c'était une mauvaise idée ; elle n'aurait même pas dû lui promettre d'y réfléchir. À quoi bon ? Cette relation ne pouvait les mener nulle part, de toute façon : ils avaient chacun leurs vies, des obligations... Pourtant, l'idée de dîner avec Elliot Byrne la rendait heureuse. Un peu trop, même, ce qui était précisément la raison pour laquelle elle aurait dû rester chez elle, le week-end suivant, et profiter de son fils qui irait sûrement à l'université trois ans plus tard.

Alors qu'elle approchait du bureau de son patron, elle rangea son sourire béat au placard. Elle trouva Jacobs sur le pas de sa porte et, à la manière dont il la regardait, elle comprit qu'il était sur le point de lui faire une remarque à propos d'Elliot Byrne, ce qui l'irritait d'avance. Elle n'était pas d'humeur à supporter ses moqueries. Heureusement, Eban les rejoignit avant qu'il ne puisse dire quoi que ce soit.

— On a identifié un numéro qui a borné près de la maison de Martin Carstairs, et près de l'église au moment des meurtres, déclara-t-il. Il s'agit d'un téléphone jetable qui a été acheté avec la carte de crédit de Gleeson, le 4 janvier.

— C'est suffisant pour qu'il soit condamné, vous croyez ? lui demanda Signy.

— J'en doute. Mais ça va peut-être nous aider à obtenir des aveux.

— Okay ! Retournez l'interroger et tirez-moi les vers du nez de ce type ! dit Jacobs à Signy.

Signy savait pourquoi il ne s'adressait qu'à elle : il n'était pas autorisé à donner des ordres à l'agent spécial de surveillance Winters. Alors qu'il retournait dans son bureau et claquait la porte, elle se retint de lui faire un doigt d'honneur.

— J'ai l'impression que je ne vais encore pas voir mon fils, ce soir, souffla-t-elle. À ce rythme-là, je vais me retrouver avec les services sociaux sur le dos !

Eban pinça les lèvres et la regarda avec empathie.

— Il a quel âge déjà ?

— Quinze ans.

— Et il reste seul quand vous travaillez ?

— Ouais. Je n'ai pas de famille ici, répondit-elle, un peu trop sur la défensive, car elle voyait bien qu'Eban ne lui faisait aucun reproche. Mais il est raisonnable. Aussi parce qu'il sait que je peux suivre son téléphone et lui confisquer ses jeux vidéo s'il fait une connerie, ajouta-t-elle en souriant. Mais, sérieusement, il est super. Et puis je n'ai pas toujours autant de travail...

Malgré tout, elle se sentait rongée par la culpabilité.

— Ne vous inquiétez pas, la rassura Eban avec un sourire. Les enfants sont résilients. Et puis les garçons de cet âge sont plus intelligents qu'ils n'en ont l'air parfois...

— C'est vrai. Mais quand même... Je déteste le laisser seul, soupira Signy.

Soudain, Elliot Byrne éclata de rire à quelque chose que venait de lui dire Darby.

— Vous n'avez pas peur qu'il vous la pique ? le taquina-t-elle pour changer de sujet.

Le regard d'Eban se durcit alors qu'il regardait l'avocat.

— Si ça la rendait heureuse, j'accepterais...

— Oh mon Dieu ! dit Signy en levant les yeux au ciel avant de s'éloigner. Les hommes... !

— Quoi ? lui demanda Eban en marchant à côté d'elle.

— Bah arrêtez de vous sacrifier ! Les femmes se sacrifient déjà suffisamment... On a besoin d'une épaule solide. De quelqu'un qui se batte pour nous.

— Je serais prêt à mourir pour elle.

Signy s'arrêta pour le regarder et vit dans ses yeux qu'il était sincère.

— Alors dites-le-lui. Dites-lui ce que vous ressentez, sinon je vous le garantis : elle va partir avec cet avocat qui ferait craquer n'importe quelle femme... Non pas que vous ne soyez pas séduisant, mais...

Il la regarda en souriant, attendant la suite, et Signy se sentit devenir écarlate. Elle aurait tout donné pour avoir le pouvoir de disparaître.

— Merci du conseil, inspectrice. Je vais y penser...

Elle lui donna un coup de poing sur le bras en riant, puis repéra quelqu'un entrant dans le commissariat. Elle le reconnut ; c'était un avocat.

— Je crois que le nouvel avocat de Gleeson est là. Vous voulez diriger l'interrogatoire, cette fois ?

— Je vous propose plutôt qu'on l'interroge à tour de rôle. Vous commencez ? Parlez-lui de Corinne. Dites-lui qu'elle est en vie et qu'elle a été droguée avec le même produit qui a été donné à Darby mardi soir. Je crois que c'est important qu'on parle beaucoup de Darby si on veut le faire craquer.

— Vous pensez toujours qu'il est obsédé par elle ?

— Oui, j'en suis sûr, dit-il en regardant Darby, toujours avec Elliot.

— Pourquoi ?

Il inspira en arquant les sourcils, réfléchissant à sa réponse.

— Je ne sais pas... Ça peut être à cause de son intelligence brillante, de ses cheveux roux magnifiques, ou parce qu'elle a vu des choses horribles que peu de gens voient et qu'elle continue pourtant à croire en l'humanité...

Signy se gratta derrière l'oreille en souriant.

— Si vous ne lui dites pas ce que vous ressentez pour elle, permettez-moi de vous dire que vous êtes un imbécile. Je n'ai jamais vu un homme penser, et encore moins *dire*, ce genre de choses à mon sujet. Ça me donne presque envie de pleurer !

— Vous avez raison, admit Eban. Je lui dirai dès qu'on aura bouclé cette enquête.

# CHAPITRE TRENTE-SEPT

Gleeson roula des épaules comme s'il se préparait au combat, avant de s'installer sur sa chaise, visiblement dans un état de tension extrême.

Eban se demandait ce qui se passait dans la tête de ce type. Était-il un psychopathe en rage d'avoir été attrapé ? S'était-il donné une mission que lui seul connaissait ? Ou était-il, comme Darby, accusé à tort ?

Il n'en savait rien et espérait le découvrir.

Une fois de plus, il croisa les bras et les jambes, comme le faisait Gleeson.

— J'espère que vous avez pu vous reposer un peu ? dit doucement Signy.

— Vraiment un peu, alors ! répondit Gleeson avec amertume.

Ignorant son commentaire, Signy sortit une photo des bottes de neige dont les empreintes avaient été retrouvées dans les bois, près de chez Martin Cartairs, et dans l'église. La photo provenait du site internet de la marque, et il s'agissait exactement du même modèle que celui porté par Darby.

— Est-ce que vous reconnaissez ces bottes ?

Gleeson secoua la tête avec un ennui ostentatoire.

— Vous faites du quarante, je crois ?

— Quarante ou quarante et un, ça dépend de la marque, soupira-t-il.

Ce qui était proche de la pointure de Darby. Les preuves circonstancielles s'accumulaient contre lui... Eban aurait aimé avoir déjà récupéré la comparaison vocale, mais Mike Tanner était absent en ce moment, et les autres personnes du labo ne considéraient pas cette affaire comme une priorité.

Si seulement Corinne avait pu leur dire ce qui s'était passé...

— Vous nous avez dit que Corinne Brown vous a appelé d'Anchorage hier. C'était à quelle heure ? lui demanda calmement Signy.

— C'était en fin d'après-midi, mais je ne me souviens pas de l'heure exacte. Vous devez pouvoir consulter ma liste d'appels, non ?

Signy sourit.

— Quel est votre code pin ? Je vais vérifier, en effet...

Gleeson lui lança un regard condescendant.

— Je préférerais que vous demandiez un relevé de mes appels à mon opérateur. Parce que je n'ai rien fait, et que j'ai le droit à ma vie privée.

De toute façon, ils réussiraient à déverrouiller son téléphone, même sans son code pin. Mais Eban comprenait la réticence de Gleeson à coopérer. Il savait qu'il allait être radié de l'ordre des psychologues, qu'il ne pourrait plus enseigner, et qu'il serait inscrit sur le fichier des délinquants sexuels en raison des images de pédopornographie retrouvées sur son ordinateur.

— Approximativement, à quelle heure vous a-t-elle appelé ? insista Signy.

— Vers 16 h 30-17 h 00.

— Comment était-elle ?

— Je vous l'ai déjà dit : elle était bouleversée. Elle s'est excusée plusieurs fois de s'être trompée et de ne pas être venue au travail. Elle m'a dit qu'elle reviendrait lundi, mais avec la météo, je doute qu'elle puisse...

Il s'interrompit et les regarda en fronçant les sourcils.

— Attendez... Est-ce que Corinne va bien ? Vous lui avez parlé ? Est-ce qu'elle a confirmé ce que je vous ai dit ?

Signy sortit une photo de son dossier jaune cartonné, et la plaça sur la table, devant Gleeson. On y voyait Corinne dans un lit d'hôpital, d'une pâleur fantomatique. Elle avait les yeux fermés et il était impossible de dire à partir de la photo si elle était vivante ou morte.

Gleeson mit la main devant sa bouche et écarquilla les yeux, horrifié.

— Le tueur l'a suivie jusqu'à Anchorage ?

— Corinne n'est jamais allée à Anchorage, Kim, lui apprit Signy. Elle a été retrouvée dans une congère à Fairbanks, poignardée au niveau de la poitrine.

— Quoi ? Ce n'est pas possible... !

Gleeson se pencha en avant d'une manière agressive, et Eban se prépara mentalement à ce qu'il passe à l'offensive.

— Écoutez, vous dites n'importe quoi ! Pourquoi Corinne aurait-elle fait semblant de...

Il s'interrompit et retrouva un peu de calme, réalisant ce qui avait pu se passer.

— Vous pensez que quelqu'un était avec elle. Qu'elle a été forcée à me dire ce qu'elle m'a dit ? C'est pour ça qu'elle pleurait...

— Est-ce que le fait qu'elle pleure vous a dérangé ?

— Qu'est-ce que vous voulez me faire dire, inspectrice ? Je suis comme tout le monde, je n'aime pas voir quelqu'un pleurer. Malgré ce que vous semblez penser, je ne suis pas un monstre ! Je suis thérapeute ; j'aide des gens à aller mieux... C'est d'ailleurs pour ça que j'ai choisi ce métier : pour aider les gens.

— Vous avez déclaré qu'un chasseur de têtes était venu vous chercher pour travailler ici. Mais ce n'est pas vrai, n'est-ce pas ? intervint Eban.

Gleeson le regarda sans rien dire.

— J'ai contacté le directeur de l'UAF aujourd'hui. Il m'a dit que vous aviez postulé à une annonce. Pourquoi avoir soudainement voulu quitter Anchorage et enseigner à l'UAF ?

Gleeson baissa les yeux, se murant dans le silence.

Signy posa alors trois autres photos sur la table, devant lui. Deux femmes. Un homme.

— Reconnaissez-vous l'une de ces personnes ?

Gleeson se pencha sur les photos en fronçant les sourcils, puis reconnut la femme du milieu.

— Elle. Je l'ai vue aux infos. Elle a été assassinée à Anchorage au printemps dernier, je crois ?

— Ces trois personnes ont été tuées de la même manière que Martin Carstairs, entre mai et juin derniers, à Anchorage. Où étiez-vous à cette époque ?

Le nouvel avocat murmura quelque chose à l'oreille de Gleeson, et ce dernier écarquilla les yeux.

— Vous n'êtes quand même pas en train de m'accuser de ces meurtres ?

— On se pose des questions, c'est tout. Vous avouerez que la coïncidence est troublante : chaque fois que vous êtes dans une ville, des gens meurent assassinés...

Les narines de Gleeson se dilatèrent alors qu'il perdait son arrogance et commençait à être inquiet.

— C'est une « coïncidence », en effet.

— Pourtant, je suis à peu près certaine que si nous rouvrons les dossiers d'autres meurtres similaires dans le pays, nous trouverons un lien avec vous...

Gleeson observait Signy et Eban attentivement à présent. Les innocents finissaient généralement par se calmer avec le temps, alors que les personnes coupables avaient tendance à être stressés. Lui était entre les deux, et Eban avait du mal à cerner le personnage.

— Avez-vous déménagé à Fairbanks pour vous rapprocher de Darby O'Roarke, ou aviez-vous simplement envie d'un nouveau terrain de chasse ? le provoqua Eban, espérant susciter une réaction qui lui permettrait de trancher.

Gleeson pinça les lèvres sans répondre et, à l'exception de sa pomme d'Adam, il resta parfaitement immobile.

— J'imagine que vous avez mis en scène l'effraction dans votre cabinet ? poursuivit Eban. Ce que je ne sais pas, en revanche, c'est pourquoi... Est-ce que c'était pour vous rapprocher de l'enquête, ou pour vous débarrasser de certains éléments de preuve sans éveiller les soupçons ?

Toujours pas de réaction.

— Nous avons un échantillon d'ADN qui a été prélevé chez Martin Carstairs. Les analyses sont en cours, mais je suis certain qu'il correspondra aux autres échantillons prélevés sur les autres scènes de crime. Par ailleurs, nous avons découvert que votre carte de crédit a été utilisée pour acheter un téléphone portable qui a borné à proximité des deux endroits où ont été commis les meurtres. Elle a également servi à acheter une paire de bottes de neige et un couteau de chasse...

— Mais c'est impossible ! s'exclama Gleeson, sortant enfin de son mutisme.

Il avait l'air sincèrement effrayé et passait ses mains dans ses cheveux, regardant dans le vide.

— Je vous rappelle que nous avons trouvé des images pédopornographiques dans votre ordinateur... Si vous coopérez avec nous dans cette enquête, nous ferons en sorte que vous ne soyez pas poursuivi pour la détention de ces images, ce qui vous évitera d'être pointé du doigt en tant que pédophile en prison. Je vous repose donc la question : la maison et la voiture de Debbie

Abbot sont en train d'être examinées ; quelles sont les chances que nous y trouvions votre ADN ?

Gleeson expira longuement, essayant visiblement de calmer ses émotions.

— Si j'avoue, que se passera-t-il ? Est-ce qu'il y aura un procès ?

Eban eut envie d'exulter. Ils étaient à deux doigts de résoudre l'enquête...

— Vous pouvez éviter un procès, lui répondit Signy en rangeant les photos. Votre avocat peut demander au procureur de district une négociation de peine.

Gleeson chuchota à l'oreille de son avocat, lequel lui répondit à voix basse.

— Très bien, finit par dire Gleeson, la voix brisée par l'émotion. J'avoue. C'est moi. J'ai tué Martin Carstairs, Adèle Surrey, Debbie Abbot et Corinne Brown. Je faisais croire à ma famille que j'étais à mon bureau, de sorte que ni ma femme ni mes enfants n'ont jamais rien soupçonné. C'est important. Je veux que ma famille soit épargnée de tout ça.

Eban se retint de lui jeter à la figure qu'il était un peu tard pour penser au bien-être de sa famille. Ce type le dégoûtait.

— J'ai en effet voulu faire accuser Darby O'Roarke. J'avais envie de lui en faire baver. Et je crois avoir pas trop mal réussi, même si j'ai échoué à la faire accuser. Au fait, vous souhaiterez bon courage à son nouveau thérapeute de ma part ! lança-t-il avec un sourire méprisant.

La rage envahit Eban mais il réussit à la contenir, et quitta la pièce sans rien dire, laissant à Signy le soin de continuer l'interrogatoire pour obtenir les détails. Il refusait de donner à Gleeson la satisfaction de voir qu'il avait réussi à l'affecter. Il n'aurait même pas donné une goutte d'eau à ce porc en plein désert.

Après avoir refermé la porte derrière lui, il soupira longuement, réfléchissant à ce qui venait de se passer. Bizarrement, il était moins satisfait qu'il ne l'aurait cru. Peut-être parce qu'il n'avait pas foutu à Gleeson son poing dans la gueule, ou peut-être, tout simplement, parce qu'il était épuisé. Car c'était quand même une sacrée victoire. Pour Darby, mais aussi pour Torgerson : la résolution de cette affaire devrait faire avancer sa carrière, et il était content pour elle.

Il appela Lincoln Frazer pour le tenir informé des aveux, mais il tomba sur son répondeur et lui laissa un message. Puis il retourna vers la salle de réunion en se frottant les yeux, au bout du rouleau. Ces derniers jours avaient été un véritable enfer et il n'était pas mécontent que ce soit terminé...

Il passa devant un Allan Robertson profondément endormi, affalé sur la table, et contourna le séparateur, découvrant Darby en train de somnoler. Il s'accroupit à côté d'elle, et elle se réveilla en clignant des yeux, puis retira ses écouteurs.

— On peut y aller, lui annonça-t-il.

De près, ses yeux verts étaient encore plus beaux, avec de petites stries dorées à l'intérieur de ses iris.

— Comment ça s'est passé ?

— Gleeson a avoué.

— Alors ça y est, c'est fini ?! s'exclama-t-elle en prenant son visage dans ses mains, avant de l'embrasser rapidement.

— Oui, c'est fini.

Il l'espérait, en tout cas.

— Je suis tellement soulagée !

— Moi aussi... Allez, viens, on rentre.

**

Alors qu'ils étaient en train de rouler, Darby se frotta la nuque pour essayer de détendre ses cervicales. Elle était restée longtemps penchée sur son ordinateur, ce jour-là, et son dos le lui faisait payer. Quand elle avait quitté la salle de réunion, tout à l'heure, pour laisser Allan et Eban travailler, elle avait retiré les bandes stériles sur son cou. Ce n'était pas très joli à voir, mais la plaie avait commencé à cicatriser et elle n'en avait plus besoin.

De toute façon, tout ça n'avait plus beaucoup d'importance. Ce qui comptait, c'était que le cauchemar soit terminé. Elle se sentait enfin apaisée, même si le fait que le tueur soit son thérapeute était plus que troublant. Penser au nombre de fois où elle s'était retrouvée seule avec lui, confiante et vulnérable, lui faisait froid dans le dos. Quant à l'idée qu'il ait tué Martin à cause d'elle... Elle ne pouvait s'empêcher de culpabiliser. Si elle avait pu remonter le temps et ne pas assister au *ceilidh*, Martin serait probablement encore en vie. Adèle aussi.

Elle ne savait pas trop quoi faire de ces sentiments. Ni du fait qu'une grande partie de sa guérison était due au travail qu'elle avait effectué avec un homme qui se révélait être un tueur en série. Comment avait-il fait pour traiter un traumatisme d'un côté et l'infliger de l'autre ? Heureusement, elle était convaincue que c'étaient les méthodes utilisées plutôt que le Dr Gleeson lui-même qui l'avaient aidée, et il ne lui restait plus qu'à trouver un moyen de séparer les résultats de la personne qui avait supervisé sa thérapie.

Elle frémit, réalisant qu'elle avait maintenant besoin d'une thérapie pour sa thérapie...

— Ça va ? s'inquiéta Eban en prenant sa main.

Même s'ils portaient tous les deux leurs gants, ce geste réconfortant était bienvenu.

— Oui... Enfin... Pas vraiment, avoua-t-elle. Je me dis que j'ai raconté à Gleeson certaines des choses qui me sont arrivées en Indonésie et, franchement, ça me donne la nausée. Avec un peu plus de temps, je lui aurais sans doute tout raconté... Tu te rends compte ?

— N'y pense plus... Ce type est un pervers.

— Ouais. Je me dis qu'entendre toutes ces histoires de torture devait l'exciter... C'est horrible !

— Apparemment, il n'y avait pas de dimension sexuelle dans ses pulsions de meurtre.

— On va dire que c'est déjà ça... ironisa-t-elle en enroulant ses bras autour d'elle.

La tempête s'était un peu calmée, mais la neige continuait de tomber et il faisait toujours aussi froid. La température ressentie était de moins trente degrés.

D'immenses congères s'étaient formées au gré du vent. Des parties de route étaient complètement recouvertes de neige, alors que d'autres avaient été préservées.

Darby se pencha en avant pour regarder le ciel nocturne, soulagée d'apercevoir son point de repère parmi les nuages menaçants.

— Regarde...

Eban inclina maladroitement la tête et regarda à travers le pare-brise.

— C'est l'étoile Polaire, entre la Grande Ourse et Cassiopée, dit-elle en désignant les constellations à peine visibles dans le ciel brumeux.

Eban sourit malgré la fatigue.

— J'adore que tu saches ce genre de choses...

— C'est mon père qui m'a appris.

— Il n'était peut-être pas le meilleur père après la mort de ta mère, mais tu t'en es bien sortie...

— Toi aussi.

Elle aurait aimé lui dire les sentiments qu'elle avait pour lui – qu'elle l'aimait –, mais ce n'était pas le bon moment. Eban lui avait dit qu'ils devaient avancer doucement, et elle ne voulait pas avoir l'air de lui mettre la pression.

— On se fait un petit jacuzzi avant de dormir ? proposa-t-elle avec enthousiasme.

Elle supposait qu'ils allaient dormir ensemble. Elle n'imaginait même pas dormir à nouveau seule avant d'y être obligée.

— Je suis désolé, mais je suis vraiment crevé. Je crois que je vais aller me coucher directement en arrivant.

— Tu fais ton petit vieux, ou je rêve ? le taquina-t-elle en riant.

Il n'eut pas l'air de trouver ça amusant. Non pas qu'il soit vexé, mais il prenait conscience que l'âge était l'un des éléments qui les séparaient.

— Je suis beaucoup plus âgé que toi, c'est vrai, dit-il d'un air grave.

— N'exagère pas. Tu as 34 ans, pas 90 !

— Peut-être, mais je n'ai plus tout à fait les mêmes envies que j'avais à 26 ans.

— Mais je ne suis pas comme tous les jeunes de 26 ans... lui fit-elle remarquer.

— C'est vrai. Mais ça ne veut pas forcément dire qu'on a envie des mêmes choses. Il faudrait qu'on en parle d'ailleurs, dit-il en bâillant. De notre relation, je veux dire. Si ça vaut la peine d'essayer ou pas... Mais, bon, on en parlera une autre fois. Ce soir, je suis épuisé, et je ne voudrais pas être maladroit en choisissant mal mes mots.

*Si ça vaut la peine d'essayer ou pas...* Eban venait de lui déchirer le cœur, et toute la joie qu'elle ressentait depuis les aveux de Gleeson s'était envolée en l'espace d'une seconde à peine. Alors qu'ils remontaient l'allée menant à la cabane, elle ne sut pas quoi répondre. Heureusement qu'elle ne lui avait pas dit qu'elle l'aimait ; il l'aurait prise pour une gamine immature, alors que lui semblait vouloir une discussion « entre adultes » sur les avantages et les inconvénients d'être ensemble.

Pourtant, elle n'avait pas besoin de peser le pour et le contre. Elle ne pouvait tout simplement pas imaginer vivre sans lui.

Et elle était dévastée par le fait qu'il ne semble pas ressentir la même chose.

— Darby ? Ça va ?

Elle se força à le regarder en souriant. Elle ne voulait pas exposer sa vulnérabilité. Elle se sentait encore trop fragile pour révéler ce qu'elle ressentait réellement.

— Ouais, excuse-moi. Je suis fatiguée, je crois...

— Moi aussi, lui dit-il en posant sur elle son regard doux. Ces derniers jours ont été difficiles. J'étais vraiment inquiet pour toi.

C'était tout ce qu'il ressentait pour elle ? De l'inquiétude ? Il savait, pourtant, qu'elle tenait à lui. Il devait même savoir qu'elle l'aimait... Comment pouvait-il la garder ainsi à distance ?

Elle aurait préféré ne pas tomber amoureuse de lui. Ça la faisait trop souffrir.

Elle descendit de voiture et sentit son regard sur elle. Il mit quelques secondes à descendre à son tour, et elle en profita pour brancher le chauffe-bloc.

Lorsqu'ils rentrèrent à l'intérieur de la cabane, Eban garda la main sur son arme, mais il n'effectua pas un contrôle aussi complet que la fois précédente. Il regarda brièvement chaque pièce, plus par habitude que par réel souci sécuritaire.

— Tu es sûre que ça va ? lui demanda-t-il à nouveau en penchant la tête sur le côté.

Elle se força à rire. Elle se rendait bien compte que ça sonnait faux, mais elle préférait ça plutôt que d'affronter la discussion.

— Oui, promis ! Je suis juste épuisée après tout ce que s'est passé. Pour le coup, c'est moi qui me sens comme une petite vieille !

— Je te rassure, tu n'as pas du tout l'air d'une petite vielle...

Elle sourit, priant pour que ses lèvres ne se mettent pas à trembler, et que les larmes ne lui montent pas aux yeux, puis posa son sac sur la table du salon. Ils avaient laissé toutes les affaires qu'elle avait récupérées au commissariat dans le coffre, mais elle n'en avait pas besoin tout de suite. Alors qu'Eban allumait le feu, elle se dit qu'elle avait surtout besoin d'être seule. De faire le point sur ses émotions et de réfléchir. Car elle savait qu'elle devait se préparer au fait que même s'ils essayaient de faire fonctionner leur relation – dont lui doutait qu'elle vaille la peine, visiblement –, il la quitterait bientôt.

Son regard tomba sur les peignoirs accrochés près de la porte arrière.

— Je vais prendre un bain rapide avant de me coucher, lui dit-elle.

— Tu veux que je te rejoigne ? lui demanda-t-il avec une inquiétude croissante.

Il sentait qu'il avait fait quelque chose de mal, mais ne semblait pas savoir quoi.

À nouveau, elle se força à sourire.

— Si tu veux, dit-elle distraitement en attrapant un peignoir et des chaussons. Je ne vais pas rester longtemps de toute façon. Je ne vais même pas mettre de maillot de bain. Quinze minutes, et je sors.

Le portable d'Eban sonna, les faisant sursauter tous les deux.

— Je prends l'appel et te rejoins dès que j'ai terminé avec une bière... Et, Darby ? l'appela-t-il avant de décrocher.

— Oui ?

— Tu sais que...

Les mots avaient du mal à sortir.

— Tu sais que je tiens à toi ?

— Moi aussi, je tiens à toi, sourit-elle.

Puis elle sortit avant que ses larmes ne se mettent à couler. Car, pour elle, « je tiens à toi » était généralement suivi d'un « mais ».

*Je tiens à toi, « mais » ça ne peut pas marcher entre nous.*

*Je tiens à toi, « mais » je ne suis pas amoureux de toi.*

*Je tiens à toi, « mais » nous vivons à six mille kilomètres l'un de l'autre.*

Autant de « mais » qu'elle n'avait pas envie d'entendre.

Vidant son esprit de toutes ces pensées négatives, elle mit le jacuzzi en route et commença à retirer la bâche.

Soudain, elle sentit son souffle se couper. Une silhouette sombre apparut derrière la barrière du porche, et elle distingua clairement l'arme pointée sur elle.

— Pas un mot, Darby, lui dit une voix menaçante. Si tu cries, ton petit ami va sortir et je lui ferai sauter sa jolie petite tête. C'est compris ?

# CHAPITRE TRENTE-HUIT

Dès que Darby fut sortie, Eban ferma les yeux, en colère contre lui-même. Il était censé être doué avec les mots, or, il venait de rater le moment qui était peut-être le plus important de sa vie.

Il avait tellement voulu faire les choses bien – ne pas brusquer Darby, ne pas lui mettre de pression – qu'il avait fini par la blesser. Ça n'avait pourtant pas été son intention. Il ne voulait simplement pas qu'elle sacrifie ses études pour être avec lui. Évidemment qu'il aurait adoré qu'elle le suive. Il avait même imaginé ce qu'elle pourrait faire, et s'était renseigné auprès de Quantico sur les possibilités de carrière qui pouvaient s'offrir à elle. Mais avait-il le droit de lui demander de renoncer à sa passion des volcans si leur relation ne durait pas ? Lui aurait aimé passer le reste de sa vie avec elle, mais ils devaient quand même discuter des quelques écueils auxquels ils allaient être confrontés... Mais, à présent, il réalisait qu'il avait surtout besoin de lui dire ce qu'il ressentait pour elle. Qu'il serait prêt à tuer pour elle – ou à mourir.

Mais... et si elle ne ressentait pas la même chose ?

Plutôt que de réfléchir à cette éventualité, il répondit au

téléphone. Parce que c'était plus facile pour lui que de devoir gérer ses émotions, et sa peur viscérale que personne ne puisse jamais vraiment l'aimer. Comme sa mère, qui ne lui avait jamais rien donné.

Il se sentait pathétique...

— Allô ? soupira-t-il.

— Winters ? C'est Frazer. Nous venons d'arriver à l'aéroport de Fairbanks.

— Ah bon ? s'étonna Eban en passant une main dans ses cheveux. Je suis surpris que vous ayez réussi, mais c'est génial ! Je ne sais pas si vous avez eu mon message ? Kim Gleeson a avoué les meurtres. Ça colle ; il était à Anchorage au moment des meurtres de l'année dernière.

— Kim Gleeson ? répéta Frazer.

Eban avait l'impression qu'il était inquiet et qu'il donnait l'information à quelqu'un d'autre.

— Ouais. Vous descendez à quel hôtel ?

— Au Ramada, répondit rapidement Lincoln Frazer. Cette Kim Gleeson... Quel est son lien avec la petite O'Roarke ?

— Darby est une femme, pas une « petite ». Et Kim Gleeson est un homme...

— « Un homme » ?! Eban... Vous n'avez pas reçu le profil que je vous ai envoyé ?

— Non. Enfin... Je n'ai pas eu le temps de consulter mes e-mails. Tout s'est bousculé ces dernières heures. Kim Gleeson est le psychothérapeute de Darby. Plusieurs indices nous ont conduits à lui, notamment le fait qu'il ait menti sur les raisons qui l'ont poussé à venir s'installer à Fairbanks, en août dernier. Il était à la soirée où se trouvait Darby avec Martin Carstairs, mardi soir, et il animait le groupe de parole organisé dans l'église où la deuxième victime a été retrouvée. Quant aux troisième et quatrième victimes, elles ont toutes les deux été ses assistantes. Par ailleurs, on a découvert des images pédopornographiques dans son disque dur, et plusieurs achats liés aux meurtres ont été effectués avec sa carte de crédit. Et puis, il a avoué...

— Ah... Bon... Peut-être que le profil que je vous ai envoyé n'est pas le bon, dans ce cas.

Mais Frazer ne semblait pas convaincu, et Eban ne comprenait pas pourquoi.

Qu'est-ce qu'il lui fallait de plus ? Ils avaient des preuves *et* des aveux ! Ils n'avaient quand même pas pu se tromper à ce point... ?

En même temps, Eban savait que beaucoup de gens mentaient pour toutes sortes de raisons. Et Gleeson n'aurait pas été le premier à avouer des crimes qu'il n'avait pas commis... Mais pourquoi est-ce qu'il aurait menti en sachant qu'il allait tout perdre ? Pour couvrir qui ?

Inquiet, Eban ouvrit sa boîte mail et cliqua sur la pièce jointe que lui avait envoyée Frazer.

*Putain !*

— Ça n'a rien à voir avec Gleeson... souffla-t-il en découvrant le profil.

— En même temps, il nous est déjà arrivé de nous tromper.

— Mais jamais à ce point...

Pris de panique, il se dirigea vers la porte arrière et l'ouvrit en priant pour trouver Darby assise dans le jacuzzi, faisant semblant de ne pas être en colère contre lui parce qu'il n'avait pas eu le courage de simplement lui dire qu'il l'aimait.

Mais le jacuzzi était vide. Les seules traces de Darby étaient le peignoir et les chaussons posés sur la petite table d'appoint.

Puis il découvrit les empreintes de pas laissées sur le porche enneigé, et sur les quelques marches en bois. En d'autres circonstances, il aurait pensé qu'elle avait pu aller faire un tour. Mais, même s'il s'était comporté comme un con, elle ne serait jamais partie sans le prévenir.

— Putain, Frazer. Darby a disparu ! Elle a été enlevée ! hurla-t-il.

Il retourna à l'intérieur et attrapa sa parka, ses gants et son bonnet, puis sortit son arme de son étui avant de se précipiter à l'extérieur en donnant leur position à son collègue.

— J'ai l'impression qu'il l'a conduite jusqu'au lac.

Comment avait-il pu la laisser sans protection ne serait-ce qu'une minute ?!

— *Elle*, le corrigea Frazer. Il s'agit très probablement d'une tueuse en série, Eban. Elle ne prend pas plaisir à torturer ses victimes, mais à les voir mortes. C'est typiquement le mode opératoire d'une femme. Faites attention à vous, Eban ; ne vous dites surtout pas qu'elle sera plus clémente parce qu'elle est une femme. Elle devait considérer Darby comme sa meilleure amie et, dès qu'elle réalisera que ce n'est pas le cas, elle la tuera, et voudra certainement vous tuer, vous aussi.

— Frazer, je vous laisse. Je dois appeler les flics. Souvenez-vous : Lac Chena. Faites vite, j'ai besoin de vous !

— On est en route !

Eban raccrocha et appela immédiatement Signy Torgerson alors qu'il suivait les empreintes en courant, faisant attention de ne pas les effacer. Malgré la peur, il avait conscience que les chiens de l'équipe cynophile auraient plus de chances de retrouver la trace de Darby s'il n'ajoutait pas son odeur à la sienne.

— Allô ? répondit Signy, encore endormie.

— Gleeson n'est pas le tueur ! On s'est trompés ! C'est une femme. Elle a enlevé Darby et l'a emmenée sur le lac Chena !

Il était essoufflé et en sueur, malgré le froid glacial.

— Quoi ? Mais c'est qui cette femme ?

— Je ne sais pas !

— Vous êtes où ? lui demanda-t-elle, désormais parfaitement réveillée.

Il lui donna l'adresse de la cabane.

— J'étais au téléphone à l'intérieur, je n'ai rien vu ! Darby a voulu aller dans le jacuzzi, et… quand je suis sorti, elle n'était plus là.

Il n'arrivait pas à croire ce qu'il était en train de vivre…

Elles n'avaient pas pu aller bien loin, mais il ne voyait pas à deux mètres à cause de la neige qui lui fouettait le visage. Avec ce froid, Darby ne tiendrait tenir longtemps. Quant à lui, s'il se perdait, il était mort.

— Envoyez-moi toutes les voitures disponibles le plus vite possible. Établissez des barrages routiers à l'intérieur et à l'extérieur de la zone. Appelez l'équipe cynophile. Je suis à pied. Je suis les empreintes. Je les vois encore, mais elles disparaissent avec le vent.

— Eban, attendez-nous !

— La femme que j'aime est entre les mains d'une tueuse en série. Je n'ai pas le temps de vous attendre !

Eban courut aussi vite qu'il pouvait. Lorsqu'il arriva au bord du lac gelé, il posa un pied hésitant dessus pour jauger l'épaisseur de la couche gelée. Des bruits comme des gémissements angoissants résonnèrent dans la nuit alors que la glace se dilatait et se contractait avec la chute des températures. La couche semble épaisse, mais Eban n'était quand même pas très rassuré.

— Mais pourquoi Gleeson a avoué, si ce n'est pas lui ? demanda Signy, à bout de souffle.

— Je ne sais pas, ça peut être pour plein de raisons différentes : attirer l'attention, protéger quelqu'un qu'il aime…

*La tueuse pourrait être quelqu'un dont Gleeson est proche ?*

— Je vous laisse. Il ne faut pas qu'elle m'entende, et je dois me concentrer, chuchota-t-il. Dites à vos équipes de venir sans sirènes. Je ne veux pas que cette cinglée se mette à paniquer. Faites vite !

— Eban, attendez ! Il y a une rampe de mise à l'eau à

environ huit cents mètres au sud de là où vous êtes. Elle s'est peut-être garée à cet endroit et a continué à pied ?

Il entendit une portière de voiture claquer et fut rassuré de savoir qu'elle était en route.

Il regarda vers le sud, le long de la rive, mais les traces allaient vers l'est. Elles traversaient le lac. Il hésita à rebrousser chemin pour aller chercher sa voiture, mais il avait peur que les empreintes ne s'effacent entre temps. Elles commençaient déjà à disparaître.

— Je vais continuer de suivre les traces, en direction de l'est. Allez à la rampe de mise à l'eau quand vous arrivez. N'oubliez pas d'appeler l'équipe cynophile !

Il raccrocha et se remit à courir dans l'obscurité, ses pieds glissant sur la surface glacée polie par le vent qui devenait plus fort à mesure qu'il s'éloignait du rivage. Comment avait-il pu être assez stupide pour croire qu'il n'y avait plus de danger et laisser Darby sans protection ? Il ne lui avait même pas dit qu'il l'aimait. *Quel con !* Cette manie de toujours vouloir attendre le bon moment, alors qu'il n'y avait pas de meilleur moment que « tout de suite ». Il aurait dû lui dire mille fois déjà. Le dire à tout le monde, même aux inconnus. Si quelqu'un méritait qu'il lui crie son amour, c'était bien Darby. Dès qu'il l'aurait retrouvée, il se jurait de la bombarder de « je t'aime », jusqu'à ce qu'elle n'en puisse plus de l'entendre.

Il s'en voulait de s'être attaché à des détails – à la distance entre eux, ou au fait de savoir si elle voulait fonder une famille. Tout cela lui semblait tellement dérisoire à présent qu'il risquait de la perdre... Ce qu'on dit était vrai : *on prend conscience du bonheur au bruit qu'il fait quand il part.*

Il savait désormais que son bonheur, c'était elle.

# CHAPITRE TRENTE-NEUF

En voyant Darby trébucher sur la glace, je me demandai si elle était naturellement maladroite ou si elle essayait délibérément de nous ralentir. Je savais que ces derniers jours avaient été difficiles pour elle, mais pour moi aussi. Qu'est-ce qu'elle croyait ?!

— Darby, si j'arrive à marcher sans tomber, tu peux le faire aussi...

La douleur irradiait dans ma poitrine, et la peau exposée de la main avec laquelle je tenais l'arme commençait à brûler – signe précurseur d'engelures. Alors, dans un mouvement maladroit à cause de mes doigts raidis par le froid, je changeai de main et enfonçai celle qui était gelée dans ma poche.

— Je te croyais à l'hôpital ?! Je pensais que tu avais été attaquée par Kim Gleeson. Il a même avoué les meurtres !

*Pfff...* Ce con de Gleeson me faisait bien marrer. Il avait voulu jouer aux héros, mais j'avais ruiné ses plans en quittant l'hôpital et en venant chercher Darby.

— Gleeson doit penser que c'est son fils le tueur. Ils l'ont surpris en train de regarder des scènes de meurtres sur Internet. Quel taré ce môme ! Gleeson et sa femme ont même dû payer une fille à Anchorage qui disait que cette petite merde avait tenté de la violer, l'année dernière, pour qu'elle ne porte pas plainte.

Je le savais : je lisais tous leurs SMS et leurs e-mails.

— Il a dû croire que ce débile était passé à l'action...

Il faut dire que les images que j'avais stockées sur son ordinateur et les achats que j'avais faits avec la carte de crédit du cabinet avaient dû aider à le convaincre que son fils était un psychopathe...

— C'est pour ça que les Gleeson se sont installés ici. Ils voulaient que leur petit pervers échappe à la justice.

Darby me regarda comme si je venais de lui annoncer que la terre était plate.

— Ouais, je sais... En fait, je pensais que les flics allaient arrêter le gamin. Je n'avais pas prévu que son cher petit papa allait se sacrifier pour lui.

C'était tellement drôle de les voir se débattre pour couvrir leur « bébé » complètement cinglé. Il était peut-être adolescent, mais il ne changerait pas. C'était un violeur en série qui attendait son heure...

Je ralentis. Ma respiration me faisait mal ; l'anesthésique et les analgésiques commençaient à faire moins d'effet. On aurait pu penser que j'étais folle de m'être poignardée moi-même, mais c'était très calculé, au contraire. Je m'étais droguée avant de le faire, ce qui m'avait certainement aidée. Et puis j'avais fait attention de ne pas enfoncer le couteau trop profondément. Là où j'avais eu de la chance, c'était que quelqu'un me trouve dans cette ruelle avant que je ne meure de froid. Ça aurait été ironique...

— Je me demande comment ils font pour laisser leur fils vivre sous le même toit que leur fille, dis-je en frémissant d'horreur.

— Donc tu as piégé Gleeson comme tu m'as piégée, moi ? me demanda-t-elle en se tournant vers moi.

Cette conne me fit rire et ça me fit tellement mal que j'eus la tête qui tournait. J'avais perdu pas mal de sang et, avec ce vent qui me coupait le souffle et me brûlait les poumons, je commençais à me sentir faible. J'avais besoin de me reposer. Je levai les yeux, désorientée par la neige qui tombait à gros flocons et la blancheur du paysage.

— Non. Je l'ai *beaucoup* mieux piégé que toi. Toi, c'est arrivé comme ça, alors que lui a toujours fait partie de mon plan.

— Mais pourquoi ? gémit-elle en se blottissant plus profondément dans sa parka.

Je la regardai avec mépris. Elle était tellement naïve...

— Parce que j'avais besoin de certaines choses...

— Quelles choses ?

— Des vêtements, de la nourriture...

*De me rapprocher de toi.* Mais ça, je ne lui dis pas. Je ne voulais pas la faire flipper car je serais obligée de lui tirer dessus si elle s'enfuyait. Je voulais qu'elle m'apprécie.

J'avais encore changé de main et, même si je ne pouvais pas voir ses yeux, je savais qu'elle suivait le mouvement de mon arme. C'était bien ; je ne voulais pas qu'elle oublie que c'était moi qui avais le dessus sur elle, pas l'inverse.

— Et c'est toi qui as cambriolé le cabinet de Gleeson ?

Je ris doucement. *Qui d'autre ?*

— Après avoir tué Adèle, je savais que la police allait se pencher sur les réunions...

— Mais tu n'es jamais allée aux réunions ; comment tu pouvais savoir qui était Adèle ?

Les points de suture me faisaient mal. J'avais du mal à respirer.

— J'avais pris l'habitude de regarder les enregistrements que faisait Gleeson. On voit souvent Adèle sur les vidéos. Et comme j'ai plusieurs fois attendu à l'extérieur, je savais qu'elle était toujours la dernière à partir.

— Pourquoi tu l'as tuée ?

Darby était tellement pathétique. Elle commençait à m'agacer, mais je prenais sur moi pour ne pas lui montrer.

— Je me suis dit que les flics feraient le lien avec Gleeson, qu'ils perquisitionneraient son cabinet, et qu'ils trouveraient sa caméra et son ordinateur. Je voulais qu'ils se disent que quelqu'un avait copié les données. Quant au cambriolage, c'était une manière de brouiller les pistes... Et puis, en disparaissant quelques jours, j'espérais que ça attire encore davantage les soupçons sur Gleeson.

— Et tu es venue à Fairbanks parce que j'y étais ? Tu voulais me tuer ?

La fourrure de sa capuche recouvrait une partie de son visage et, avec la neige et l'absence de lune, je ne vis pas son expression.

— « Te tuer » ?! Mais non. Bien sûr que non !

La douleur dans ma poitrine était de plus en plus forte. En regardant autour de moi, je me rendis compte qu'on était beaucoup trop loin sur le lac. Il fallait absolument qu'on se rapproche de la rive.

— Je savais que tu étais à l'UAF, et je suis venue parce que je voulais te rencontrer.

*Je voulais devenir ton amie.*

— Mais je n'ai jamais voulu te faire de mal. Au contraire, je voulais te *sauver*.

Je me préparai mentalement à ce qu'elle me dise qu'elle n'avait pas besoin d'être sauvée. Et qu'elle n'avait pas besoin de quelqu'un comme moi comme meilleure amie.

— Pourquoi « me sauver » ? me demanda-t-elle en claquant des dents. Tu as vécu un traumatisme, toi aussi ?

Touchée, je détournai le regard avant de revenir vers elle.

— Je n'en parle jamais, murmurai-je.

Je mis ma main dans laquelle je tenais l'arme dans ma poche, m'assurant qu'elle voie bien que je la braquais toujours sur elle. Ça ne m'amusait pas de devoir la menacer, mais je n'étais pas assez stupide pour croire qu'elle me suivrait de son plein gré. Pas encore, en tout cas.

Où est-ce qu'on était, putain ? J'avais l'impression que je nous avais perdues. Ma voiture était vers la rampe de mise à l'eau mais, avec ce blizzard, je n'arrivais pas à savoir où c'était. Et puis j'étais tellement faible... Je n'avais plus les idées très claires...

— Je comprends. Je n'en parle pas non plus.

Je savais qu'elle comprendrait. Même si elle n'avait jamais parlé des viols qu'elle avait subis – ni dans la presse ni à Gleeson –, je savais combien elle avait souffert. C'est pour ça que je devais venir. Elle avait besoin de moi.

Elle trébucha encore sur un morceau de glace inégal. J'attrapai son épaule pour l'aider à se relever, mais ça tira sur ma plaie et me fit tellement mal que je la laissai finalement se débrouiller toute seule.

La douleur était si intense que des gouttes de sueur coulèrent sur mon front et gelèrent immédiatement.

— Où est-ce qu'on va ? me demanda-t-elle.

*Je n'en sais rien.* Mais je ne pouvais pas lui dire ça, alors je ne répondis pas... Mon plan était de trouver une autre voiture et de foutre le camp de Fairbanks.

Elle se releva finalement et passa ses mains sur ses genoux pour retirer la neige. J'adorais ses bottes à pompons... Il fallait absolument que je me trouve les mêmes.

— Mon beau-père abusait de moi, dis-je finalement.

Le simple fait d'en parler, d'y penser, me donnait encore la nausée. Il s'en était tiré parce qu'il était mort avant que je ne trouve mon vrai pouvoir. Mais j'étais allée cracher sur sa tombe.

— Et, après la mort de ma mère, quand j'avais 13 ans, j'étais dans une famille d'accueil où la soi-disant « mère de substitution » prostituait les enfants dont elle avait la garde...

Ma vision s'était suffisamment habituée à voir dans la nuit pour que, lorsque Darby se tourna vers moi, je voie ses yeux écarquillés. Comme je l'avais prévu, ce que je venais de lui dire lui faisait de la peine. Ça me faisait plaisir. Car elle était la seule à qui j'avais confié ce secret dégueulasse.

— C'est terrible. Je suis vraiment désolée...

— Je peux te dire que je lui ai fait payer, à cette truie. Une nuit, je me suis barricadée dans ma chambre et, pendant qu'elle dormait, je suis allée chercher un couteau dans la cuisine que je lui ai planté en plein cœur.

Darby s'arrêta de marcher et se tourna vers moi, la bouche grande ouverte. Nos souffles formèrent de gros nuages de vapeur glacée entre nous.

— Elle le méritait, me dit-elle.

Cette fois, ce fut moi qui écarquilla les yeux. Je savais qu'elle comprendrait ! J'avais les larmes aux yeux, et pas seulement à cause du vent violent. J'étais sincèrement émue, et heureuse.

— Tu m'étonnes ! Et le meilleur dans tout ça, c'est que c'est le type qui est venu frapper à ma porte, ce soir-là, qui a été accusé de l'avoir tuée. Il avait un casier et les flics ont trouvé ses empreintes partout. Ils ne m'ont même jamais soupçonnée... Ce porc a écopé de la perpétuité.

C'est à partir de là que j'avais pris conscience de mon pouvoir.

— Allez, avance ! lui ordonné-je.

— Pour aller où ?

— Tu verras.

En réalité, je n'en savais absolument rien. J'étais complètement perdue, même si je refusais de lui dire.

Soudain, j'aperçus une petite lumière au loin. Une forme carrée dans l'obscurité. Une maison, peut-être ?

— Marche vers la lumière, là-bas !

— Comment est-ce que tu as su où j'étais ? me demanda-t-elle au lieu de m'obéir.

Elle était essoufflée, et je me demandai si elle avait peur de moi. Mais c'était peut-être à cause du froid ?

Il faisait tellement froid.

D'ailleurs, j'avais moi aussi les dents qui claquaient à présent. Et les frissons qui parcouraient mon corps me faisaient mal, comme des pics de glace qui transperçaient ma chair.

— Je suis sortie de l'hôpital. J'ai dit au policier qui surveillait ma chambre que j'allais mieux et que je voulais dormir dans mon lit. Comme il n'avait pas le droit de m'en empêcher, il m'a laissée partir en me demandant d'aller au commissariat demain, pour faire ma déposition...

Quel imbécile...

— Ensuite, j'ai pris un taxi jusqu'à l'endroit où j'avais laissé ma voiture et, en passant devant le commissariat, j'ai vu le SUV du mec du FBI qui te suit partout. J'ai compris que vous étiez là, alors j'ai attendu que vous sortiez et je vous ai suivis. J'ai pris des risques pour toi, tu sais...

— On ne t'a pas vue...

Je haussai les épaules, fière de moi. J'étais restée loin derrière eux et avais éteint mes phares quand ils avaient quitté la route principale. Comme la zone était assez déserte, je n'avais pas eu de mal à suivre leurs traces.

Je pensais que je n'allais pas réussir à retrouver ma voiture, mais ça n'avait pas d'importance. Il m'en faudrait une autre, de toute façon, si je voulais pouvoir rejoindre la frontière canadienne. Darby allait venir avec moi. Elle ne voudrait sûrement pas, au début, mais c'était normal, elle ne me connaissait encore pas bien. Je ne pouvais pas lui en vouloir. Je ne voulais lui faire aucun mal – sauf si elle ne me laissait pas le choix. Mais, quoi qu'il arrive, je ne la tuerais pas ; elle comptait trop pour moi.

— Pourquoi est-ce que les flics t'ont laissée partir, mercredi ? lui demandai-je.

Ça me travaillait cette histoire...

— Quand tu as mis mes empreintes digitales sur le couteau, tu les as mises à l'envers. Ça ne correspondait pas à la trajectoire du couteau dans la poitrine de Martin.

— Merde, soufflai-je en fronçant les sourcils.

C'était tellement stupide comme erreur... Il faudrait que je fasse attention la prochaine fois.

— Je suis impressionnée qu'ils aient trouvé ça !

— Moi aussi ! rit Darby. Mais je t'avoue que ça m'a soulagée.

*J'imagine.* J'avais presque envie de m'excuser, mais ce n'était pas ma faute. C'était à cause d'elle. Si elle ne s'était pas autant amusée, à la soirée, avec ce mec, je n'aurais pas été obligée de le tuer ! La colère me gagna à nouveau. Sans son comportement irresponsable, j'aurais été en train de vivre ma vie, en faisant semblant d'être normale.

Pour la faire avancer, je sortis le pistolet de ma poche et le pointai sur elle. Elle eut l'air d'avoir peur, mais tant pis, on n'allait pas passer la nuit ici.

— Allez, avance, dépêche-toi !

Je regardai derrière moi, mais je ne vis rien d'autre que des ombres et la neige qui tourbillonnait. Le type du FBI n'allait pas tarder à réaliser que Darby avait disparu et, même si nos empreintes devaient être effacées par le vent, on était des cibles faciles sur le lac.

Alors qu'on approchait de la lumière, je compris que c'était une cabane de pêche sur glace. Un gros pick-up Ford était garé à côté.

Mais mon soulagement fut de courte durée. Tout à coup, un vrombissement résonna dans l'air. Je levai la tête et découvris un hélicoptère qui fonçait droit sur nous.

## CHAPITRE QUARANTE

En entendant l'hélicoptère, Darby comprit immédiatement qu'elle pouvait reprendre espoir. C'était forcément la police car aucun pilote professionnel ne volait la nuit.

Corinne ne sembla pas le remarquer tout de suite mais finalement, elle poussa Darby dans le dos.

— Cours jusqu'à la cabane ! Allez ! s'emporta-t-elle.

Darby courut comme elle pouvait vers la petite structure en préfabriqué devant elle. Corinne avait l'air d'avoir du mal à la suivre ; si Darby se dépêchait, elle aurait peut-être le temps de s'enfermer à l'intérieur et de la laisser dehors. Elle savait que Corinne était armée mais, tant pis. Elle n'avait pas d'autre solution pour le moment.

Darby l'entendait souffler lourdement derrière elle, et elle accéléra, profitant de son avance. Lorsqu'enfin elle atteignit la cabane, elle pria pour qu'il n'y ait personne – même si le pick-up garé juste à côté suggérait le contraire.

Elle jeta un coup d'œil derrière elle : Corinne était à une quinzaine de mètres et avait visiblement du mal à suivre. Darby se précipita sur la poignée, mais la porte était fermée.

*Merde !*

— Je ne peux pas entrer ! cria-t-elle.

Elle fit mine de s'adresser à Corinne, mais elle souhaitait avertir quiconque aurait pu se trouver à l'intérieur qu'une dangereuse psychopathe allait essayer d'entrer et qu'il ne fallait surtout pas ouvrir la porte.

— Au secours ! Aidez-nous, s'il vous plaît ! cria Corinne en mettant l'arme dans son dos.

Darby entendit du mouvement à l'intérieur de la cabane, et fut terrifiée. Elle ne pouvait pas laisser quelqu'un d'autre s'embarquer dans ce cauchemar. Qui savait comment allait réagir Corinne ; elle ne voulait surtout pas qu'un autre innocent perde la vie à cause de son inaction.

— N'ouvrez surtout pas ! hurla-t-elle. C'est la tueuse recherchée par la police !

— Espèce de petite salope, siffla Corinne, avant de tirer au hasard sur la cabane.

Un cri de douleur retentit derrière la porte. Le cœur de Darby battait à tout rompre. Elle s'attendait à être la prochaine cible et se prépara à recevoir une balle.

Mais, alors qu'elle fermait les yeux, elle fut tirée brusquement par la capuche et tomba en arrière sur la glace. Elle tenta de se relever, mais Corinne la traîna sur la surface gelée du lac jusqu'au pick-up. Elle la vit alors essayer d'ouvrir les portières, mais elles étaient toutes verrouillées.

Désespérée, Corinne se mit à jurer en hurlant. Puis elle attrapa à nouveau la capuche de Darby et la traîna comme si elle était un phoque mort. Darby suffoquait. Avec cette température et la panique, elle n'arrivait pas à aspirer suffisamment d'air. Elle avait mal à la gorge. Ses poumons lui faisaient mal. Où était Eban ? S'était-il au moins aperçu qu'elle avait disparu ? Elle osait espérer que oui – c'était sûrement grâce à lui que cet hélicoptère volait en pleine nuit ; la police devait la chercher.

Une deuxième cabane était nichée derrière la première.

Celle-ci n'était pas éclairée, et aucun véhicule n'était garé à côté – elle devait être vide.

L'hélicoptère s'éloigna.

*Putain, mais qu'est-ce qu'ils font ?!*

— Corinne, tu ne peux pas tuer tous ceux qui se mettent en travers de ton chemin. Même si tu es en colère, et à juste titre. Tu te rends compte que la personne sur laquelle tu viens de tirer est aussi une victime, comme toi et moi ? On doit l'aider...

Elle avait délibérément utilisé le mot « victime ». Corinne se sentait peut-être toute-puissante, mais ce n'était pas pour autant qu'elle n'était pas une *victime*. C'est ce qu'elle avait vécu qui avait fait d'elle ce qu'elle était aujourd'hui. Et Darby ne se faisait pas d'illusions : à présent qu'elle l'avait trahie, Corinne n'allait pas l'épargner.

Elle aperçut vaguement une ombre en mouvement, au loin. C'était probablement le vent et la neige, mais elle se prit à rêver que ça puisse être un policier venu la sauver.

Alors qu'elles atteignaient la porte de la deuxième cabane, elle eut un haut-le-cœur. Car, en la voyant de près, elle se rendit compte que cette structure ressemblait de manière troublante à celle dans laquelle elle avait été séquestrée et torturée en Indonésie. Elle ne pouvait pas entrer. Elle refusait de mettre un pied dans ce trou à rats. Surtout avec une psychopathe prête à tout.

— Pourquoi est-ce que tu ne casses pas les fenêtres du pick-up ? suggéra-t-elle, tentant le tout pour le tout. Je saurai comment le démarrer, même sans clé. Je peux nous sortir d'ici, Corinne, mais je veux que tu me promettes de ne plus faire de mal à qui que ce soit...

Corinne lâcha sa capuche, mais garda son arme pointée sur elle.

— Je croyais que tu me comprenais, lui dit-elle d'un air triste.

— Bien sûr que je te comprends ! répondit Darby en se relevant maladroitement. Tu crois que je n'ai pas rêvé de tuer ces salauds après ce qu'ils m'ont fait ?

Elle recula d'un pas.

— Tu crois que je n'ai pas été heureuse de savoir qu'ils étaient tous morts ?

Corinne la fixa en clignant des yeux, surprise par le discours de Darby.

— Oui, ils sont tous morts. Tous sauf un. Et je t'assure que je n'attends qu'une chose : que cette ordure soit arrêtée. Ce jour-là sera le plus beau jour de ma vie. Mais je refuse de m'en prendre à des personnes qui n'ont rien fait. Et tu sais pourquoi ? Parce que ça ferait de moi un monstre, comme eux. Or, je ne suis pas comme eux. Je ne serai *jamais* comme eux.

Cette fois elle en était sûre : il avait vu quelque chose bouger dans le noir. Il fallait à tout prix qu'elle fasse en sorte que Corinne reste concentrée sur elle, et elle savait exactement comment faire.

— Ces salauds sont venus m'enlever dans ma tente au milieu de la nuit, dit-elle en serrant les dents alors que le sentiment qu'elle avait ressenti ce jour-là s'emparait à nouveau d'elle. Je ne les ai pas entendus arriver jusqu'à ce qu'ils ouvrent la fermeture éclair. Je ne sais pas pourquoi... Je ne dors jamais aussi profondément, d'habitude. *Jamais* ! Mais, ce jour-là, j'avais beaucoup travaillé et j'avais été malade la veille – j'étais épuisée. Tu sais quoi ? Je n'arrête pas de repenser à cette nuit. Je me dis que si j'avais été réveillée, si je les avais entendus arriver, j'aurais pu m'enfuir, me cacher. Au lieu de ça, je les ai laissés me prendre... Ils m'ont emmenée dans une cabane comme celle-ci. Exactement la même. Alors, franchement, je ne veux pas entrer là-dedans. Si tu veux me tirer dessus, fais-le, mais je n'entrerai pas.

Corinne jeta un regard nouveau sur la cabane, et sembla perdre tout à coup sa hargne.

— Je suis désolée. Je ne savais pas, dit-elle à Darby.

Même ici et maintenant, en parlant de l'Indonésie, elle avait l'impression d'y être. Elle ressentait la peur, la rage et le sentiment de désespoir qui l'habitaient quand elle était là-bas. Mais, plutôt que de s'effondrer, elle décida d'utiliser ses émotions pour garder l'attention de Corinne sur elle.

— Encore aujourd'hui, je me demande comment ces porcs ont pu me faire ça. Comment ? Qui fait ça ?! hurla-t-elle pour impressionner Corinne et reprendre un peu le dessus.

Elle sentait que la police était là, tout près, et qu'ils se rapprochaient. Elle était désormais persuadée qu'Eban était avec eux. Il devait être fou d'inquiétude... Peut-être allait-il essayer de lui faire un signe ? À moins qu'il cherche le meilleur endroit pour tirer sur Corinne sans prendre le risque de la blesser ?

— Mais tu sais... je vais te dire un truc que très peu de gens savent : je me suis vengée sur l'un d'eux.

Corinne écarquilla les yeux et l'attrapa par le bras pour la rapprocher d'elle.

— Comment ?

— Je l'ai poignardé, avoua Darby. Quentin, l'agent du FBI qui m'a sauvée est entré dans la cabane juste au moment où il finissait de... Enfin, tu vois, quoi...

Le souvenir de ces porcs sales et gluants sur elle lui donna envie de vomir. Heureusement qu'elle allait désormais pouvoir effacer ces souvenirs par un autre, magnifique. Et même si elle devait mourir ce jour-là, au moins, elle aurait fait l'amour avec Eban...

Elle s'obligea à respirer. Elle aperçut l'étoile Polaire entre la neige et les nuages, et prit ça comme un bon présage. Corinne allait bien finir par s'effondrer – la police pourrait intervenir à ce moment-là.

— Il lui a alors sauté dessus et ils ont commencé à se battre. Mais Quentin devait mettre une main sur la bouche du type pour l'empêcher de crier et de réveiller les autres. Du coup, il était en mauvaise posture... À un moment, j'ai vu un couteau par terre. L'un de ces porcs avait dû le faire tomber... Quentin commençait à être en danger, alors...

Elle s'interrompit et essuya les larmes sur sa joue dont elle n'avait pas conscience avant qu'elles ne commencent à geler et lui picoter la peau.

— Alors j'ai ramassé le couteau et l'ai planté dans le ventre du dernier homme à m'avoir violée.

Elle se souvenait encore du jet de sang chaud qui l'avait éclaboussée. La bile lui monta à la gorge et elle eut juste le temps de se pencher sur le côté pour vomir contre la glace.

— On s'y habitue, lui dit Corinne.

Darby cracha puis s'essuya la bouche.

— Je ne m'y habituerai jamais. Je ne suis pas une tueuse, Corinne. Je n'ai aucune envie de faire du mal à qui que ce soit.

— Tu feras ce que je te dis.

*Ou quoi ?* pensa Darby en la défiant du regard.

— Tu feras ce que j'ai besoin que tu fasses, insista Corinne.

— C'est drôle, lui lança Darby avec amertume, c'est exacte-ment ce que me disaient mes agresseurs...

Ce n'était pas vrai. Ils ne parlaient pas anglais, de toute façon. Et puis ils n'avaient pas besoin de lui parler pour la torturer et la détruire.

— Je ne suis pas comme eux.

— Pourtant, tu m'as enlevée exactement comme eux : sous la menace d'une arme, contre ma volonté.

— Je ne te veux pas de mal ! s'empressa de la rassurer Corinne. Moi aussi, je suis une victime. Nous sommes pareilles, toi et moi.

— « Pareilles » ? répéta Darby.

Elle essayait d'appliquer les techniques de négociation qu'Eban lui avait enseignées quand ils faisaient l'amour, la nuit dernière, mais elle avait l'impression d'en avoir oublié la moitié. *Merde...* Pile au moment où elle en avait le plus besoin !

— Oui, nous a fait du mal à toutes les deux. On a toutes les deux été victimes de gros porcs. Personne n'a le droit de faire du mal à quelqu'un d'autre.

La main dans laquelle Corinne tenait son arme se mit à trembler, certainement à cause du froid, et Darby comprit qu'elle ne devait plus pouvoir tirer même si elle le voulait. D'ailleurs, elle sentit elle aussi que ses orteils et ses doigts commençaient à geler.

— C'est vrai, tu as raison. Personne n'a le droit. Y compris toi, lui fit remarquer Darby avec amertume.

— Ferme-la ! hurla Corinne. Tu finiras par comprendre, tu vas voir. Je vais te faire comprendre, moi !

— Tu vas « me faire comprendre » ? Comme tu l'as fait avec Martin et Adèle ?

Des larmes montèrent dans les yeux de Darby, mais c'étaient des larmes de colère.

— Pourquoi tu les as tués ?

Malgré la nuit et le mauvais temps, Darby voyait bien que Corinne avait l'air agacée.

— Martin allait profiter de toi. Tu aurais dû voir la gueule qu'il tirait quand tu ne faisais pas attention à lui !

Darby claqua des dents. Il faisait tellement froid... Elle ne voulait pas mourir. Il fallait absolument qu'elles se mettent à l'abri ; elles n'allaient pas tenir longtemps.

— Je ne t'ai pas vue à la soirée ?

— Je suis arrivée en retard. J'avais un billet mais...

Elle haussa les épaules.

— Je ne me sens pas très à l'aise dans ce genre d'ambiance.

— Pourquoi tu n'es pas entrée ? insista Darby. Puisque tu avais un billet, tu aurais pu rentrer pour – au moins pour voir. Si ça se trouve, tu te serais amusée.

Corinne la fixa sans répondre.

— Franchement, c'est con que tu sois restée dehors à nous regarder par la fenêtre...

— Je suis entrée ! cria Corinne, faisant sursauter Darby. Mais tu ne m'as pas remarquée. Personne ne me remarque jamais...

Darby réprima une grimace alors que le froid lui brûlait la poitrine à chaque fois qu'elle inspirait.

— Et quoi ? Ça t'a énervée que les gens s'amusent et pas toi ?

— Non, ce qui m'a énervée, c'est que tu te laisses draguer par ce type qui voulait te sauter !

Corinne jeta un coup d'œil autour d'elle, comme si elle se rappelait soudain qu'elles étaient dehors avec une température ressentie de moins quarante degrés, et non dans un bar en train de discuter.

Paniquée qu'elle puisse s'apercevoir de la présence de la police, Darby s'empressa d'attirer à nouveau son attention.

— Donc tu m'as droguée en mettant quelque chose dans mon verre, et après ? Tu as simplement attendu que je quitte la soirée ?

— Ce n'était pas très difficile ; tout le monde était complètement bourré. Il m'a suffi de faire comme si j'aidais à ranger. De toute façon, comme je t'ai dit, personne ne fait jamais attention à moi, répondit-elle d'un ton plus calme. Ensuite je t'ai attendue dehors. J'ai fait semblant de te croiser par hasard sur le parking et je t'ai proposé de te ramener chez toi, mais Martin s'est interposé.

— Et ça t'a vraiment mise en colère... ?

— Je lui ai demandé gentiment pourtant, mais il a insisté. Alors je vous ai suivis, pour être sûre qu'il ne te ferait pas de mal.

— Et tu t'es cachée dans les bois pour nous regarder par la fenêtre ?

Corinne parut surprise, et Darby continua pour surtout ne pas laisser de blanc :

— Quand tu as vu que je dormais sur le canapé, tu as attendu qu'il se couche pour entrer... Pourquoi est-ce que tu as versé les deux verres de whisky ?

Corinne essaya d'ouvrir la poignée de la cabane, mais elle était verrouillée.

— Putain ! marmonna-t-elle. Je me disais que ce serait mieux que la police pense que vous aviez tous les deux bu après avoir quitté la soirée.

— Que ce serait mieux pour me faire accuser du meurtre, tu veux dire ? demanda Darby en claquant des dents.

Mais Corinne ne répondit pas.

— Et maintenant ? Je suis ta prisonnière, c'est ça ?

— Quoi ?! Mais non, pas du tout !

— Alors laisse-moi partir, Corinne. Laisse-moi partir...

— Je... Je ne peux pas.

Son attitude avait changé. D'un seul coup, elle était redevenue menaçante. Elle ricane, et Darby réalisa que tous les progrès qu'elle avait faits pour dialoguer avec elle n'avaient servi à rien.

— Tu ne sais pas comment te protéger des hommes, lui dit-elle.

Elle avait véritablement l'air d'une folle, et Darby frissonna.

— Tu reproduis les mêmes erreurs, encore et encore. C'est pour ça que Martin et Adèle sont morts. Pas à cause de moi ; à cause de *toi* ! J'essaie de t'aider, mais tu ne m'écoutes pas. Alors il faut bien que je trouve un moyen pour que tu m'écoutes !

Darby avait l'impression que Corinne s'adressait à quelqu'un d'autre en réalité. Peut-être sa mère, ou son beau-père qui avait abusé d'elle ? Elle aurait pu presque avoir de la peine pour elle, mais ce que Corinne avait vécu ne justifiait pas le fait qu'elle s'en prenne à elle ; qu'elle veuille la manipuler.

Elle ne voulait plus se laisser manipuler.

Ce n'était pas des hommes dont elle devait se protéger. Elle devait se protéger des personnes qui voulaient lui faire du mal.

La bonne nouvelle, c'était que Corinne semblait être de plus en plus faible. Darby avait le sentiment qu'elle n'allait pas tarder à s'effondrer. En attendant, le mieux qu'elle puisse faire, c'était d'essayer de la calmer. *Faire preuve d'empathie.* Qu'est-ce qu'Eban lui avait appris d'autre ? *Se mettre à la place de l'autre.*

Mais elle devait surtout faire en sorte que Corinne accepte qu'elles se mettent à l'abri, sinon elles allaient toutes les deux mourir de froid.

— Corinne, tu es blessée... Viens, on va prendre le pick-up et partir d'ici avant que les flics arrivent. Il faut faire vite ; l'homme dans la cabane risque d'appeler les secours...

# CHAPITRE QUARANTE-ET-UN

E ban aperçut deux silhouettes qui se dirigeaient vers les cabanes de pêche sur glace au milieu du lac. Puis le bruit d'un coup de feu retentit, et il se mit à paniquer. Il courut aussi vite que possible et, lorsqu'il fut suffisamment près, il reconnut la femme avec Darby. Corinne Brown. *Putain...* Qu'est-ce qu'elle foutait là ? Il la croyait endormie sur son lit d'hôpital... Elle était en train de traîner Darby sur la glace. Heureusement, il n'avait pas l'impression que Darby soit blessée ; il n'y avait pas de sang...

Il s'approcha tout doucement et se cacha derrière le pick-up. Il était désormais suffisamment près pour entendre que Darby faisait parler Corinne.

Il ne comprenait pas... Si Corinne était celle qui avait commis tous ces meurtres, ça voulait dire qu'elle s'était poignardée elle-même pour se faire passer pour une victime ? Ça se tenait, et il était presque sûr que l'ADN retrouvé chez Debbie Abbot ne serait finalement pas celui de Gleeson. Mais avec ses aveux et l'absence de procès, les analyses risquaient de mettre du temps à être effectuées... Pourquoi ce type avait-il avoué s'il n'était pas coupable ? À moins que Corinne et lui soient complices ?

Il n'en savait rien et de toute façon, pour le moment, ce n'était pas le plus important.

Il profita de ce que Darby soit en train de parler pour continuer sa progression et atteindre le côté de la cabane. Collé contre le mur, il regarda discrètement et vit que Corinne avait une arme braquée sur la femme qu'il aimait.

Darby commença à lui raconter ce qu'elle avait vécu en Indonésie. *C'est bien.* Même si la douleur dans sa voix lui tordait les boyaux. Il savait à quel point elle avait souffert, et tout le chemin qu'elle avait dû parcourir pour se remettre. Cette salope était en train de tout gâcher en lui faisant revivre ces événements.

Son travail était de résoudre les conflits sans violence mais, en l'occurrence, il faisait trop froid et Corinne Brown était trop instable pour qu'il essaie de lui parler. Surtout, Darby était trop importante à ses yeux pour qu'il prenne le moindre risque.

Il y avait une chose essentielle qu'il n'avait pas enseignée à Darby l'autre soir : ne jamais tenter de négocier si des tirs étaient tirés.

Il lui faudrait trop de temps pour provoquer un changement de comportement chez Corinne. Et puis, si le profil que lui avait envoyé Frazer était juste, Corinne Brown souffrait probablement d'un trouble de la personnalité antisociale, et il aurait mis sa main à couper qu'elle était également psychopathe – ce qui rendait toute tentative d'empathie inutile.

Malheureusement, il ne pouvait pas tirer pour le moment car elles étaient trop proches l'une de l'autre et, avec le manque de visibilité, il risquait de toucher Darby.

Darby proposa à Corinne de briser les vitres du pick-up.

*Merde...* Il était hors de question qu'il les laisse partir.

Alors qu'elle tirait Darby par le bras en direction du véhicule, Corinne tomba soudain à genoux, entraînant Darby avec elle. Eban essaya de la viser mais Darby était encore trop près d'elle et il ne pouvait pas tirer.

Roulant sur elle-même, Darby attrapa soudain la main de Corinne et la dirigea vers le ciel. Corinne hurla de douleur et, sans qu'il sache si elle le faisait volontairement ou non, elle tira. Une fois. Deux fois. Trois fois. Les coups de feu résonnèrent dans la nuit et firent craquer la glace, qui fit un bruit de tonnerre aussi retentissant qu'effrayant.

*C'est le moment !*

Eban se précipita sur Corinne et lui arracha le pistolet des mains avant de le jeter sur le côté. Puis il plia son bras derrière son dos, l'obligeant à rester allongée, face contre terre. Elle hurla, agonisante, et il savait pourquoi. Non seulement cette position était faite pour être douloureuse et neutraliser la personne, mais ça devait en plus tirer sur sa blessure. Tant mieux ; elle le méritait.

Posant son genou sur le dos de Corinne, il jeta un coup d'œil à Darby. Hagarde, elle sautilla pour se réchauffer.

— Ça va ?

Elle hocha rapidement la tête, mais semblait profondément choquée.

— Je suis là maintenant. Tout va bien... Tu as été géniale. Tu l'as fait parler, tu as gardé ton calme... Je suis fier de toi !

Il sortit les menottes de sa poche arrière tout en informant Corinne de ses droits.

Malgré ses hurlements, ils entendirent les voitures de police arriver au loin. Eban avait hâte qu'ils arrivent et de pouvoir prendre Darby dans ses bras. Car, même si elle était menottée, il ne voulait pas lâcher Corinne tant qu'elle ne serait pas prise en charge et qu'elle ne représenterait plus aucun danger.

Il allait devoir rassurer Darby. D'abord pour réparer les

dommages que lui avait infligés Corinne, mais aussi pour se rattraper après avoir été si maladroit avec elle dans la voiture.

— Je suis désolé de ne pas t'avoir protégée. Je suis passé complètement à côté de...

Il s'interrompit, terrifié à l'idée de ce qui aurait pu se passer s'il était arrivé ne serait-ce que quelques minutes plus tard, ou si le vent avait complètement effacé toute trace de Darby et de sa ravisseuse.

— C'est terminé, Corinne, dit-il à l'assistante du docteur Gleeson, partagé entre le mépris et la peine qu'elle lui inspirait. Tu vas être aidée... Je crois que t'en as besoin.

Touchée par ses mots, Corinne cessa finalement de se débattre et se mit à sangloter.

Darby fit un pas en avant.

— Ne t'approche pas ! l'empêcha Eban.

Corinne Brown s'était avérée être bien plus rusée et ingénieuse que la plupart des tueurs qu'il avait rencontrés, et il ne voulait plus jouer avec sa sécurité. Il espérait qu'elle pourrait l'aimer même s'il ne le méritait pas toujours. Mais il était prêt à changer. Il était prêt à tout pour la mériter, quel que soit leur avenir ensemble.

— Merci de m'avoir sauvée, encore une fois, lui dit Darby.

— Tu plaisantes ? C'est grâce à toi tout ça. C'est toi qui as su lui parler. C'est toi qui as eu le courage d'essayer de la désarmer. Sans toi, je n'aurais peut-être pas pu intervenir...

Alors que Corinne continuait de pleurer, il sentait ses oreilles brûler à cause du froid.

— Je sais qu'elle doit être jugée, mais elle a tellement souffert... soupira Darby en regardant Corinne. Même si elle a fait des choses horribles, je suis contente que tu ne lui aies pas tiré dessus.

— Moi aussi.

Le fait qu'il ait réussi à neutraliser Corinne sans avoir à tirer était un petit miracle et une grande réussite. Il aurait détesté que Darby assiste à une autre mort violente. Elle n'avait pas besoin de ce traumatisme supplémentaire.

Enfin, trois voitures de police s'arrêtèrent à côté d'eux, soulevant un nuage de neige.

Signy Torgerson et Allan Robertson se précipitèrent vers eux et prirent en main Corinne afin qu'Eban puisse se relever. Ils la conduisirent à la voiture et, avant de l'installer à l'intérieur, effectuèrent sur elle une rapide fouille corporelle. Lorsqu'il vit le couteau qu'ils sortirent de sa poche, Eban fut soulagé d'avoir maintenu Darby à l'écart.

Dès que Corinne fut à l'intérieur du véhicule et que la portière fut refermée sur elle, Eban se tourna vers Darby en ouvrant les bras, soulagé qu'elle se jette sur lui. Même s'il ne la méritait pas, il se jurait de ne plus jamais la laisser partir.

Soudain, la porte de la cabane à côté d'eux s'ouvrit et un homme en sortit en titubant, l'air choqué par toute cette agitation. Immédiatement, un agent de police s'approcha de lui, et Darbyfut heureuse de constater qu'il n'avait pas été touché par les tirs de Corinne.

— Je t'aime, lui murmura Eban contre ses cheveux. Je suis désolé d'avoir mis autant de temps à te le dire. Je ne l'ai jamais dit à personne et, pour être honnête, j'avais peur que ce ne soit pas réciproque... Mais maintenant, je m'en fous : je t'aime, même si toi tu ne m'aimes pas.

— Évidemment que je t'aime, espèce d'idiot, sourit Darby en agrippant sa veste. Je ne veux plus jamais que tu doutes de ce qu'il y a entre nous. Moi je sais que notre relation va marcher, et je veux que tu en sois aussi persuadé que moi.

Ils s'abritèrent du vent derrière l'une des cabanes, et Darby enfouit ses mains froides à l'intérieur de sa parka, autour de sa taille, le serrant fort contre elle.

Eban sentit l'émotion lui nouer la gorge, et son pouls accélérer. Il précipitait les choses, il le savait, mais il ne voulait plus avoir peur.

— Je sais que ton travail est important pour toi. Et je sais aussi que tu ne pourras pas me rejoindre en Virginie. Alors je me suis déjà renseigné sur la possibilité d'une mutation à Anchorage ou à Seattle. Ils ont même besoin d'un nouveau responsable à Honolulu – comme tu m'as dit qu'un de tes directeurs de thèse était là-bas... Mais je ne sais pas si tu serais prête à quitter Fairbanks ? Et puis, de toute façon, il n'y a aucune garantie que j'obtienne le poste. Peut-être que le mieux serait finalement Seattle ? Ce n'est pas à côté, mais il y a des vols directs et on pourra se voir plus facilement...

— Je vais parler à ma directrice de thèse à Oahu, répondit-elle, réchauffant son nez froid contre son cou. Elle aura peut-être une place pour moi dans son laboratoire...

— Tu quitterais Fairbanks ? s'étonna-t-il.

Des policiers se déplaçaient autour d'eux pour prendre des photos de la scène.

— C'est chez toi, ici...

— Non, plus maintenant, dit-elle en frissonnant. Je ne crois pas que je pourrai retourner à l'institut comme si rien ne s'était passé. La mort de Martin a été horrible, et le fait que mes amis aient pu croire que c'était moi qui l'avais tué... Je vais avoir besoin de temps pour me remettre de tout ça et faire le point.

Il s'écarta d'elle pour la regarder dans les yeux, réalisant qu'il était en train de la forcer à imaginer un futur alors qu'elle n'en était pas encore là. Il fallait d'abord qu'elle se remette de ce qu'elle avait vécu.

— Bien sûr, je comprends. On parlera de tout ça plus tard. On a le temps...

— Mais non, pas du tout. Quand je dis que j'ai besoin de faire le point, je ne parle pas de toi, le rassura-t-elle en l'attirant à nouveau ver elle. Je t'aime, Eban. Je crois que je t'ai aimé dès le moment où tu m'as tenue dans tes bras pour la première fois. Et j'aimerais vraiment fonder une famille avec toi. Mais pas avant quelques années ; il faut d'abord que je termine mon doctorat et que je trouve un poste de chercheuse.

Le bonheur qu'il ressentit en l'entendant parler comme ça l'empêcha de réfléchir correctement. Tout ce à quoi il pouvait penser était qu'elle l'aimait et qu'elle voulait fonder une famille avec lui.

— Je me suis vraiment comporté comme un con, tout à l'heure. J'aurais dû te dire tout ça dans la voiture… Mais j'avais peur que ça aille trop vite pour toi et de te faire fuir. Je te promets que je ne ferai plus jamais cette erreur.

— Bien sûr que si tu referas cette erreur ! le taquina-t-elle.

— T'as peut-être raison… admit-il en souriant.

Un homme immense, vêtu d'un pardessus en laine et d'un chapeau à la russe, s'avança vers eux.

— Ah, Frazer ! Vous êtes finalement arrivé ?

— Désolé, on arrive un peu tard j'ai l'impression… dit Frazer en examinant la scène d'un air perplexe.

— Vous serez au moins là pour les aveux de Corinne Brown.

— Elle m'a dit que son beau-père abusait d'elle et que la première personne qu'elle a tuée était une mère d'accueil chez qui elle était placée, qui la prostituait, déclara Darby.

Lincoln Frazer tendit sa main gantée pour la saluer.

— C'est ce qui apparaît dans son dossier, en effet. Enchanté de vous rencontrer enfin, Mademoiselle O'Roarke. Je sais que vous venez de traverser une terrible épreuve, mais j'aimerais avoir votre témoignage ce soir. C'est sûrement la dernière chose dont vous avez envie, mais je ne voudrais pas que Corinne Brown passe entre les mailles du filet et obtienne une liberté sous caution, faute d'éléments suffisants.

— Corinne ne sera jamais libérée sous caution, le contredit Eban, aussi pour rassurer Darby, qu'il sentait terrifiée.

— Elle m'a aussi dit qu'elle avait piégé le docteur Gleeson et qu'il a probablement avoué pour protéger son fils qu'il pensait pouvoir être le tueur.

— Je vois. Je crois qu'il va falloir qu'on ait une petite explication avec le gentil docteur, déclara sèchement Frazer. Vous voulez qu'on vous ramène en hélicoptère ou vous préférez la voiture pour aller au commissariat ?

Eban n'avait même pas remarqué la présence de l'hélicoptère ; il était trop occupé à avouer ses sentiments à Darby.

— Je crois qu'on va choisir l'option voiture... Je vais demander à ce qu'on nous dépose à mon véhicule de location, et on vous rejoindra directement au commissariat.

— Très bien. Alors, à tout à l'heure !

— C'est terminé ? demanda doucement Darby une fois Frazer parti, se blottissant contre Eban.

— Presque, répondit-il en passant ses bras autour d'elle.

Il leva les yeux vers l'étoile Polaire scintillant au milieu d'un banc de nuages. Il savait qu'elle indiquait le nord, mais son nord à lui était maintenant celle qu'il avait rencontrée sur une île indonésienne.

— Viens. Allons faire nos dépositions pour que Corinne soit derrière les barreaux. Après ça, on retourne à la maison et on passe une semaine entière nus dans le jacuzzi !

Darby éclata de rire, et il s'émerveilla une fois de plus de sa capacité de résilience.

— Marché conclu ! dit-elle en l'embrassant sur la bouche malgré tous les gens autour d'eux.

Alors qu'il l'embrassait en retour, Eban mesura sa chance et se promit de ne plus jamais la prendre pour acquise. Il ferait tout, désormais, pour être à la hauteur du cadeau qu'elle lui avait offert : son amour.

*<br>**

Signy avait l'impression de ne pas mériter les félicitations de ses collègues pour l'arrestation de Corinne Brown. Elle ne savait même pas qu'elle avait quitté l'hôpital avant qu'Eban la réveille d'un très profond sommeil.

D'ailleurs, elle commençait à penser qu'elle n'aurait peut-être plus jamais l'occasion de dormir une nuit entière...

Assistée d'Elliot Byrne, Darby était en train d'être interrogée par Jed Brennan – un agent du FBI qui venait de débarquer de Quantico. Signy se souvenait de lui : il avait sauvé le président d'une tentative d'assassinat en prenant une balle à sa place.

Lincoln Frazer lui avait demandé si elle pouvait s'occuper d'interroger Corinne Brown dès son réveil à l'hôpital. Elle avait évidemment accepté ; elle n'était pas complètement idiote. Et comme elle n'était pas du genre à commettre deux fois la même erreur, elle avait demandé cette fois à ce que Corinne soit enchaînée à son lit et placée sous la surveillance de deux agents armés. L'expérience lui avait servi de leçon – même si elle espérait que Brown serait sa première et dernière tueuse en série...

— Bon travail, Torgerson ! lui lança Jacobs en passant devant elle.

Elle ouvrit la bouche pour le détromper, mais il ne lui en laissa pas l'occasion.

— Ça sent la promotion à plein nez, ça ! ajouta-t-il en s'éloignant joyeusement.

Le travail de la police était parfois difficile, mais il y avait toujours une part de chance : être au bon endroit au bon moment, ou encore avoir une bonne équipe à ses côtés. Cette fois, elle avait eu les deux – et, grâce à Eban Winters, elle avait même appris quelques trucs en prime.

Kim Gleeson, sur le point d'être libéré, passa devant elle, escorté par Allan. Il avait de la chance que personne ne soit mort après ses faux aveux... En revanche, son fils risquait d'avoir quelques problèmes et être dans l'obligation de suivre une thérapie.

Corinne Brown avait probablement suivi Darby pendant quelques semaines avant de décider que le meilleur moyen de l'atteindre était de passer par son thérapeute. Elle avait donc dû se lier d'amitié avec Debbie Abbot pour mieux la tuer. Puis elle avait envoyé un e-mail de démission à Gleeson depuis la boîte mail de Debbie. Il ne lui restait ensuite plus qu'à postuler, sachant que Gleeson la considérerait comme le Messie et la recruterait sans poser de question.

La fille était folle, mais intelligente... Elle avait même réussi à passer parfaitement inaperçue, à la soirée. Elle avait dû arriver en retard, quand la fête battait son plein, et rester discrète. Il faut dire que tout le monde devait avoir beaucoup bu et que Corinne avait un physique et un tempérament plutôt passe-partout. Était-ce une caractéristique naturelle ou quelque chose qu'elle avait développé lorsqu'elle était enfant, pour éviter d'attirer l'attention d'un beau-père qui abusait d'elle ? Quoi qu'il en soit, ça l'avait aidée à passer entre les mailles du filet : personne n'avait jamais soupçonné qu'elle pouvait être une tueuse en série, car personne ne l'avait jamais vraiment remarquée...

— Alors on se le boit ce verre, inspectrice ?

Reconnaissant la voix d'Elliot, elle se tourna et plongea dans ses yeux bleu marine en souriant. Corinne ne pourrait pas être interrogée avant plusieurs heures, et Aiden lui avait envoyé un message pour la prévenir qu'il passait la soirée chez son meilleur ami pour jouer à des jeux vidéo. Elle avait pris la peine de contacter la mère de l'ami en question qui lui avait confirmé que les deux jeunes étaient concentrés sur leurs manettes, et que tout allait bien.

— Un verre... acquiesça-t-elle en arquant les sourcils.

— Un verre, confirma Elliot en souriant.

Alors Signy attrapa sa parka et se dirigea avec lui vers le froid glacial. Elle était peut-être sur le point de commettre la plus grosse erreur de sa vie, mais tant pis. Il fallait bien vivre un peu.

## CHAPITRE QUARANTE-DEUX

Darby se réveilla doucement avec la sensation de la peau nue sous sa joue. Il faisait encore noir dehors et, pendant un instant, elle se demanda où elle se trouvait. Elle commença à paniquer.

— Bonjour, murmura Eban dans ses cheveux.

Elle se détendit et relâcha son souffle.

— Hmmm,

Elle le serra contre elle et passa une jambe entre les siennes.

— Bonjour, dit-elle en lui embrassant la poitrine. J'ai rêvé où on était sur un lac gelé, hier soir, avec une tueuse en série ?

— Malheureusement, ce n'était pas un rêve, grogna-t-il. Tu sais qu'à cause de ça, je ne vais plus jamais supporter de te quitter des yeux pendant au moins plusieurs années ?

Elle se redressa pour le regarder dans les yeux en souriant.

— Ça me va parfaitement, mais tu risques de t'ennuyer...

— Ça tombe bien, c'est exactement ce que je veux : m'ennuyer.

Il passa une main dans ses cheveux.

— Je suis sûr que je suis devenu tout gris hier soir.

— Mais non, pas du tout ! le rassura-t-elle en reposant sa tête sur son épaule.

— À l'intérieur, je suis devenu gris.

— Au fait, t'étais sérieux quand tu m'as parlé de déménager, d'Hawaï, tout ça... ? demanda-t-elle prudemment.

— Bien sûr.

— Mais la CNU va te manquer, non ?

— Chérie, oui, la CNU va me manquer. J'aime mes collègues. J'adore mon travail... Mais je t'aime encore plus.

Elle se redressa et croisa son regard sombre.

— Je ne veux pas que tu abandonnes ton travail pour moi.

— Je ne quitterai pas vraiment mon travail. Même si je ne suis plus au siège, je pourrai toujours être négociateur. C'est un métier qui peut se faire d'à peu près n'importe où. Ce qui n'est pas le cas de l'étude des volcans... Et puis, franchement, il y a pire qu'Honolulu comme endroit ; je me vois bien y vivre quelque temps.

Elle se blottit à nouveau contre lui en souriant, s'immobilisant brusquement lorsqu'elle entendit une voiture approcher dehors.

— C'est qui ? s'inquiéta-t-elle.

— J'sais pas, on s'en fout, grommela-t-il.

Il l'embrassa mais le bruit d'une portière qui claque les interrompit, et ils se figèrent tous les deux en entendant des bruits de pas.

— Darby ? Eban ?

— Putain... soupira Eban.

Il quitta le lit d'un seul mouvement, imité par Darby, qui se précipita sur son pyjama avant de courir dans la salle de bain pendant qu'Eban, après avoir enfilé un jean et un tee-shirt, allait ouvrir la porte.

Après s'être débarbouillée rapidement, elle rejoignit Eban et sauta dans les bras de Haley qui se tinait avec lui et Quentin dans la cuisine. Toujours aussi classe, elle portait un manteau en fausse fourrure avec la même décontraction que les gens qui portent des jeans.

— Je suis tellement contente de te voir ! lui dit Haley en la serrant dans ses bras dans une étreinte chaleureuse.

Dès qu'elle la libéra, Quentin prit le relais.

— Vous êtes arrivés quand ? leur demanda-t-elle quand il la relâcha enfin.

— Il y a environ quinze minutes. Quand on a appris que tu avais été enlevée par cette folle, on a couru à l'aéroport. Heureusement, il y avait un vol de nuit... Tu vas bien ?

— Oui, ça va, sourit-elle en rejoignant Eban, qui lui prit la main. On a quelque chose à vous dire...

— Oh putain, enfin ! s'exclama Quentin d'un ton théâtral. Il va peut-être être moins chiant au boulot, maintenant ?

— *Il* est là, tu sais... fit mine de se plaindre Eban.

— Tu savais ? demanda Haley à Quentin en l'embrassant.

— Je te rappelle que je suis un professionnel du comportement humain, ma chérie... Évidemment que je le savais.

Eban lâcha la main de Darby et servit du café pour tout le monde.

— Je vais chercher un poste plus près de Darby. Ou à Hawaï, si elle peut être mutée, annonce-t-il.

— Je peux peut-être t'aider, lui dit Quentin. La CNU a besoin d'un négociateur basé dans l'Ouest... Et... Nous aussi on a quelque chose à vous dire. Est-ce que vous accepteriez d'être témoins à notre mariage, le mois prochain ?

— « Le mois prochain » ?!

— Le jour de la Saint-Valentin exactement. On a pensé que, quitte à se marier, autant faire les choses bien ! rit-il. Et ce n'est pas tout... On voulait proposer à Darby, et à toi maintenant – si elle ne te largue pas entre temps –, de nous rejoindre une semaine pendant notre lune de miel.

— Vous voulez m'emmener en lune de miel avec vous ?! s'esclaffa Darby. Vous avez conscience que c'est très bizarre, quand même ?

— Bon, dit comme ça, oui, c'est vrai, admit Haley en souriant. Mais en fait, nous on va rester plus longtemps. On va sur mon île privée pendant un mois, et on s'est dit qu'après tout ce que vous avez vécu, ça pourrait vous faire du bien de venir avec nous. Et puis il n'y aura pas que vous : Alex et Mal viennent avec Georgina, et Dermott doit aussi nous rejoindre.

— Il faut que je voie si je peux prendre des congés, plaisanta Eban. Et ça dépend si t'arrives à me pistonner pour le boulot...

— Pas de problème, je connais un gars ! lui répondit Quentin avec un clin d'œil.

Il s'éclaircit la gorge avant de continuer :

— Quand Haley et moi avons été kidnappés en Indonésie et qu'on a fait semblant d'être mariés, on a imaginé comment aurait pu se passer notre mariage. On a décidé qu'il avait eu lieu sur l'île de Haley, avec Eban comme maître de cérémonie. Même si, cette fois, Haley a prévu d'inviter la moitié de Washington D.C. à la cérémonie, on a voulu recréer ce scénario sur une plage des Caraïbes. Un peu comme un dernier doigt d'honneur à ceux qui nous ont kidnappés.

— Je trouve ça génial ! dit Darby, la voix pleine d'émotion.

— On viendra avec un immense plaisir ! sourit Eban en ouvrant les rideaux.

La tempête s'était enfin dissipée, laissant place à une journée d'hiver froide mais ensoleillée. Le ciel parfaitement dégagé laissait entrevoir le lac gelé, au loin, et Darby le regarda avec un sourire triste.

— Ça va ? lui demanda Eban en posant ses mains sur ses épaules.

— Bon allez, vous deux ! lança joyeusement Haley en les éloignant de la fenêtre. On oublie le passé, et on se concentre sur l'avenir, okay ? En attendant, je vous propose un bon Mimosa pour bien commencer la journée !

Ils sourirent tous tandis qu'Haley sortait du champagne et du jus d'orange de son grand sac fourre-tout.

Darby trouva des verres à pied dans le placard et Haley prépara les cocktails.

— Qui a dit que les contes de fées n'existaient pas ? lança Darby en trinquant avec Eban.

— C'est vrai... *ma princesse* ! lui répondit-il en souriant.

— Non mais ils nous l'ont transformé ! rit Quentin, attirant Haley vers lui pour l'embrasser, avant d'avaler son Mimosa d'un seul coup. Bon ! Nous, on va aller se trouver un hôtel... On vous laisse tranquilles, les amoureux ! On se retrouve pour le dîner ?

Haley, qui aurait aimé rester, commença à protester, mais Quentin récupéra ses affaires et l'aida à enfiler son manteau. En moins d'une minute, ils étaient déjà partis, sans que Darby n'ait eu le temps de comprendre comment.

— Qu'est-ce qu'on va faire maintenant ? miaula-t-elle en se frottant contre l'homme qu'elle aimait.

— Un jacuzzi ? Nus ? suggéra-t-il en arquant un sourcil.

— Plus tard... répondit-elle en le ramenant vers la chambre. Je veux d'abord savoir quelle va être la prochaine leçon...

— « La prochaine leçon » ? répéta-t-il en s'arrêtant pour l'attirer contre lui.

Puis il la plaqua contre le mur et l'embrassa longuement.

— Dans le manuel de séduction, répondit-elle, essoufflée, lorsqu'il retira ses lèvres des siennes.

Alors qu'elle le regardait avec des yeux et un sourire lubriques, il baissa son bas de pyjama, qu'elle termina de le retirer avec ses pieds. Puis il passa un bras autour de sa taille, et elle enroula ses jambes autour de ses hanches.

— Je pensais qu'on pourrait commencer le chapitre sur les données de position... proposa-t-il avec malice.

— Je suis experte en données de position, sourit-elle.

Puis elle écarquilla les yeux en sentant son sexe dur contre sa fente brûlante.

— C'est ce que je me disais... murmura-t-il en l'embrassant dans le cou, déboutonnant de sa main libre son haut de pyjama.

— Je sens que je vais adorer ce chapitre...

— J'espère.

Et cette fois, lorsqu'il l'embrassa, elle cessa complètement de réfléchir.

Merci d'avoir lu l'histoire d'Eban et Darby. J'espère que vous avez aimé !

Inscrivez-vous à la newsletter de Toni Anderson en française : https://landing.mailerlite.com/webforms/landing/a4z9j3

N'hésitez pas à visiter la boutique de Toni Anderson pour découvrir ses autres livres et bénéficier d'offres exclusives ! https://toniandersonshop.com/collections/french-ebooks

# DÉFINITIONS UTILES DE QUELQUES ACRONYMES UTILISÉS DANS LES LIVRES DE TONI ANDERSON

**ADA (Assistant District Attorney) :** substitut du procureur

**PG :** procureur général

**ASAC (Assistant Special Agent in Charge) :** agent spécial adjoint responsable

**ASC (Assistant Section Chief) :** chef de section adjoint

**ATF (Alcohol, Tobacco, and Firearms) :** Alcool, tabac et armes à feu

**DSC :** Département des sciences du comportement

**BOLO (Be On the Look-Out) :** avis de recherche

**BORTAC :** Unité tactique de la patrouille frontalière américaine

**BUCAR (Bureau Car) :** voiture du FBI

**CBP (US Customs and Border Patrol) :** Service des douanes et de la protection des frontières des États-Unis

**TCC :** thérapie cognitivo-comportementale

**CIRG (Critical Incident Response Group) :** groupe de réaction aux incidents critiques

**CMU (Crisis Management Unit) :** cellule de gestion de crise

**CN (Crisis Negotiator)** : négociateur de crise

**CNU (Crisis Negotiation Unit)** : cellule de négociation de crise

**CO (Commanding Officer)** : commandant

**CODIS (Combined DNA Index System)** : banque de données des profils ADN

**PC** : poste de commandement

**CQB (Close-Quarters Battle)** : combat rapproché

**DA (District Attorney)** : procureur

**DEA (Drug Enforcement Administration)** : administration pour le contrôle des drogues

**DEVGRU (Naval Special Warfare Development Group)** : équipe spéciale antiterroriste de l'US Navy

**DIA (Defense Intelligence Agency)** : agence du renseignement de la Défense

**DHS (Department of Homeland Security)** : Département de la Sécurité intérieure

**DDN** : date de naissance

**DOD (Department of Defense)** : Département de la Défense

**DOJ (Department of Justice)** : Département de la Justice

**DS (Diplomatic Security)** : sécurité diplomatique

**DSS (US Diplomatic Security Service)** : Service de sécurité diplomatique des États-Unis

**DVI (Disaster Victim Identification)** : identification des victimes de catastrophes

**EMDR (Eye Movement Desensitization & Reprocessing)** : intégration neuro-émotionnelle par les mouvements oculaires

**EMT (Emergency Medical Technician)** : urgentiste

**ERT (Evidence Response Team)** : (police) scientifique

**FOA (First-Office Assignment)** : première affectation

**FBI (Federal Bureau of Investigation) :** Bureau fédéral d'enquête

**FNG (Fucking New Guy) :** bleu (nouvelle recrue)

**FO (Field Office) :** bureau régional

**FWO (Federal Wildlife Officer) :** agent fédéral de protection de la nature

**IC (Incident Commander) :** commandant de l'intervention

**IC (Intelligence Community) :** Communauté du renseignement

**ICE (US Immigration and Customs Enforcement) :** agence de police douanière et de contrôle des frontières

**HAHO (High Altitude High Opening) :** chute opérationnelle (saut en parachute)

**HRT (Hostage Rescue Team) :** équipe de libération d'otages

**HT (Hostage-Taker) :** preneur d'otages

**JEH :** bâtiment J. Edgar Hoover (siège du FBI)

**K&R (Kidnap and Ransom) :** enlèvement avec demande de rançon

**LAPD (Los Angeles Police Department) :** Département de police de Los Angeles

**LEO (Law Enforcement Officer) :** agent des forces de l'ordre

**LZ (Landing Zone) :** zone d'atterrissage

**ML :** médecin légiste

**MO :** mode opératoire

**NAT (New Agent Trainee) :** nouvel agent stagiaire

**NCAVC (National Center for Analysis of Violent Crime) :** Centre national pour l'analyse des crimes violents

**NCIC (National Crime Information Center) :** Centre national d'information sur la criminalité

**NFT (Non-Fungible Token) :** jeton non fongible

**NOTS (New Operator Training School)** : école de formation des nouveaux opérateurs

**NPS (National Park Service)** : Service des parcs nationaux

**NYFO (New York Field Office)** : bureau régional de New York

**CO** : crime organisé

**OCU (Organized Crime Unit)** : Unité de lutte contre le crime organisé

**OPR (Office of Professional Responsibility)** : Bureau de la responsabilité professionnelle

**POTUS (President of the United States)** : Président des États-Unis

**PT (Physiology Technician)** : technicien en physiologie

**SSPT** : syndrome de stress post-traumatique

**RA (Resident Agency)** : agence locale

**GRC (Royal Canadian Mounted Police)** : Gendarmerie royale du Canada

**RSO (Senior Regional Security Officer)** : agent de sécurité régionale du service diplomatique américain

**SA (Special Agent)** : agent spécial

**SAC (Special Agent-in-Charge)** : agent spécial en charge

**SANE (Sexual Assault Nurse Examiners)** : infirmières qualifiées pour examiner les victimes d'agression sexuelle

**SAS (Special Air Squadron)** : Forces spéciales aériennes (unité des forces spéciales britanniques)

**SD (Secure Digital)** : Carte SD

**SIOC (Strategic Information & Operations)** Informations et opérations stratégiques

**SF (Special Forces)** : Forces spéciales

**SSA (Supervisory Special Agent)** : agent spécial superviseur

**SWAT (Special Weapons and Tactics)** : Armes et tactiques spéciales

**TC (Tactical Commander)** : tacticien

**TDY (Temporary Duty Yonder)** : assignation temporaire

**TEDAC (Terrorist Explosive Device Analytical Center)** : Centre d'analyse des engins explosifs terroristes

**TOD (Time of Death)** : heure du décès

**UAF (University of Alaska, Fairbanks)** : Université de l'Alaska de Fairbanks

**UBC (Undocumented Border Crosser)** : clandestin franchissant la frontière

**UNSUB (Unknown Subject)** : sujet inconnu, suspect

**USSS (United States Secret Service)** : Services secrets des États-Unis

**ViCAP (Violent Criminal Apprehension Program)** : Programme d'arrestation pour actes criminels violents

**VIN (Numéro de série du véhicule)** : numéro d'identification du véhicule

**WFO (Washington Field Office)** : bureau régional de Washington

**ZA** : Zone d'atterrissage

# REMERCIEMENTS

Ce livre est le plus long que j'ai jamais écrit, et ce n'est donc pas étonnant qu'il m'ait fallu autant de temps pour le terminer. Comme toujours, je remercie Kathy Altman – la meilleure critique au monde –, et Rachel Grant, une super bêta-lectrice et la meilleure amie qu'on puisse avoir.

Merci à mes rédactrices, Deb Nemeth et Joan Turner, de JRT Editing, et à la relectrice, Alicia Dean. Vos commentaires et contributions m'ont été d'une aide précieuse ! Vous participez chacune à l'histoire et m'aidez à la peaufiner. Merci à mon assistante, Jill Glass, qui me permet de respirer – Jill : j'ai vraiment de la chance de t'avoir ! Merci également à mon incroyable illustratrice, Regina Wamba, pour ses magnifiques couvertures. Quant à toi, Eric G. Dove, qui est sur ton voilier en train d'enregistrer des livres audio et de vivre ton rêve, merci de prêter ta voix à ma série *Le Sommeil des justes* et d'être une personne avec qui il est si facile de travailler.

Enfin, merci à mon mari et à nos enfants (qui ont maintenant quitté la maison) d'être des gens formidables. Je les aime, comme j'aime toute ma famille et mes amis, au Royaume-Uni et dans le monde entier, que je n'ai pas vus depuis quelques années maintenant. Heureusement, depuis la pandémie, on s'est enfin mis aux appels vidéo

– ce qui me rappelle que...

## COLD JUSTICE® – MOST WANTED

*Cold Silence* (Book #1)
*Cold Deceit* (Book #2)
*Cold Snap* (Book #3)
*Cold Fury* (Book #4)
*Cold Spite* (Book #5) - Coming soon

# À PROPOS DE L'AUTEUR

Toni Anderson est une auteure de best-sellers classés par le *New York Times* et *USA Today*, finaliste de RITA®, accro aux sciences, touriste professionnelle, amoureuse des chiens, jardinière et maman. Originaire d'une petite ville d'Angleterre, Toni a étudié la biologie marine à l'Université de Liverpool (B.Sc.) et l'Université de St. Andrews (Ph.D.) avec l'intention de ne jamais s'éloigner de l'océan. Jusqu'à ce que ce plan vole en éclats et qu'elle atterrisse dans les prairies canadiennes avec son mari, professeur de biologie, deux enfants, un chien rescapé et un gecko léopard nonchalant. Ses plus belles réussites sont d'avoir compris le fonctionnement du métro de Tokyo, gravi le mont Ben Lomond, plongé dans la Grande Barrière de corail et survécu à de nombreux hivers à Winnipeg. Elle adore voyager à des fins de recherche et elle a eu la chance de visiter le centre des opérations et de l'information stratégique au quartier général du FBI à Washington en 2016. Elle a également réussi l'exploit notoire de déclencher une sortie de route lors de sa formation en course-poursuite à l'académie de police pour écrivains, dans le Wisconsin. Chaud devant, le monde, j'arrive !

Inscrivez-vous à la newsletter de Toni Anderson en française :
https://landing.mailerlite.com/webforms/landing/a4z9j3
Découvrez la bibliographie de Toni Anderson :
https://toniandersonshop.com/collections/french-ebooks

N'hésitez pas à visiter la boutique de Toni Anderson pour découvrir ses autres livres et bénéficier d'offres exclusives !
https://toniandersonshop.com

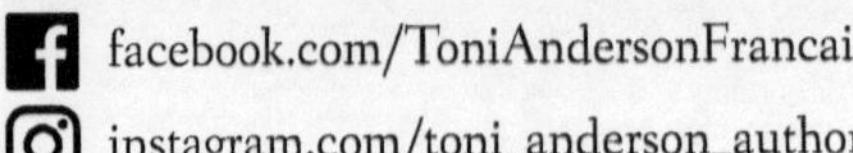

# NOTES